Stephan Korn, ein nicht mehr ganz junger Mann aus wohlhabender jüdischer Familie, kehrt nach dem Zweiten Weltkrieg aus New York in seine zerstörte Geburtsstadt Frankfurt am Main zurück. Dort sucht er seine alte Kinderfrau Agnes auf und legt sich wie in Kindertagen unter die dicken Plumeaux ihres Bettes. Das Rätsel dieser Reise wird faßbarer, je deutlicher sich die Welt abzeichnet, in der Stephan Korn lebt. Stephans Mutter, die herrische Florence Korn, die Baltin Aimée von Levem und die naive, idealistische Tante des kindlichen Beobachters und Erzählers bezeichnen die Spannungspunkte eines Kraftfeldes, aus dem Stephan nicht ausbrechen kann. ›Das Bett‹ ist ein Buch über die Sehnsucht, nicht erwachsen zu werden, und die geheime Schuld, die zur Vertreibung aus dem Paradies der Jugend führt.

Martin Mosebach, geboren am 31.7.1951 in Frankfurt am Main, lebt dort nach Abschluß des Studiums der Rechtswissenschaften als Schriftsteller. Er hat Romane (›Das Bett‹, 1983; ›Ruppertshain‹, 1985; ›Westend‹, 1992; ›Die Türkin‹, 1999; ›Eine lange Nacht‹, 2000; ›Der Nebelfürst‹, 2001), Erzählungen (›Stilleben mit wildem Tier‹, 1995; ›Das Grab der Pulcinellen‹, 1996; ›Die schöne Gewohnheit zu leben. Eine italienische Reise‹, 1997), Gedichte, Essays und Libretti geschrieben. 1980 erhielt er den Förderpreis der Jürgen-Ponto-Stiftung, 1999 den Heimito-von-Doderer-Preis und 2002 den Heinrich-von-Kleist-Preis.

Martin Mosebach

Das Bett

Roman

Deutscher Taschenbuch Verlag

Von Martin Mosebach
sind im Deutschen Taschenbuch Verlag erschienen:
Die schöne Gewohnheit zu leben (12659)
Das Grab der Pulcinellen (12863)

Ungekürzte, vom Autor neu durchgesehene Ausgabe
Dezember 2002
© 2002 Deutscher Taschenbuch Verlag GmbH & Co. KG,
München
www.dtv.de
Erstveröffentlichung: Hamburg 1983
Umschlagkonzept: Balk & Brumshagen
Umschlagbild: ›Nu au fond bleu‹ von
Pierre Boncompain
(© VG Bild-Kunst, Bonn 2002)
Satz: Fotosatz Reinhard Amann, Aichstetten
Gesetzt aus der Goudy Old Style 10/11,75· (QuarkXPress)
Druck und Bindung: Druckerei C. H. Beck, Nördlingen
Gedruckt auf säurefreiem, chlorfrei gebleichtem Papier
Printed in Germany · ISBN 3-423-13069-5

Für Peter Schermuly

»Ich bin ein blinder Maler, müssen Sie wissen, so wie Beethoven taub war.«

Charles Bonnetti

Erster Teil

AGNES

I.

Daß meine Mutter in der Sonntagsmesse fast niemals zur Kommunion ging, mußte damit zusammenhängen, daß sie nur selten beichtete.

Sie war sehr andächtig während des ganzen Ritus, an dem wir gewöhnlich erst nach dem Ende der Predigt teilnahmen. Sie schlug sich an die Brust, sie machte ihre Kreuzchen und lag auf den Knien, aber sie blieb während der Kommunion, für die ich noch zu klein war, bei mir und ging nicht nach vorn, und das sicher nicht, um mich nicht ohne Schutz zurückzulassen. Außerdem gab es genug Frauen, die ihre kleinen Kinder mitnahmen, wenn sie zum Altar gingen, das bemerkte ich sehr wohl, und ich wußte auch, daß den Unvorbereiteten der Empfang der heiligen Speise verboten war.

Meine Mutter war also unvorbereitet, sie hatte in der letzten Zeit nicht gebeichtet, meistens lag die letzte Beichte überhaupt schon weit zurück. In ihrem Gesicht war kein Bedauern zu lesen darüber, daß ihre nachlässige religiöse Pflichterfüllung sie nun von der Kommunion ausschloß. Wir warteten noch ein Weilchen und verließen dann die Bank noch vor dem Segen.

So sehr meine Mutter also dem Altarsakrament Verehrung entgegenbrachte, eine Verehrung, die ihr verbot, es ungesühnt zu empfangen, so wenig Verlangen nach der Hostie schien sie zu besitzen. Habe ich sie überhaupt ein einziges Mal kommunizieren sehen? Und doch muß es vorgekommen sein, denn es fanden sich mehrere Bildchen zur Erinnerung an die Osterkommunion zwischen den Sterbezetteln in ihrem Gesangbuch.

Wann meine Mutter gebeichtet hatte, erfuhr ich schnell, aus ihrem eigenen Mund, sie erzählte beim Mittagessen immer ganz genau, was sie am Vormittag alles unternommen hatte, und sie hielt es niemals für nötig, ihre Beichte mit schamhafter Diskretion zu behandeln, sie berichtete darüber wie über einen Aufenthalt beim Friseur.

In ihrem Sinn für das Praktische legte sie ihre Beichte gern auf einen Vormittag, an dem sie in der Stadt Besorgungen machte und deshalb in die Nähe einer anderen als unserer Gemeindekirche kam. Stellte ich mir deshalb ihre Bußakte, wenn sie erzählte, daß sie heute morgen »schnell beichten« gewesen sei, immer als etwas Flüchtiges, Huschendes vor, das im Gegensatz stand zu der unbeweglichen Ruhe des lange Stunden im Beichtstuhl ausharrenden, absolvierenden Beichtvaters? Es war gewiß schwierig, einem Wesen wie meiner Mutter gründlich und vollständig zu vergeben, wenn sie auf eine kleine Weile ihre Einkaufspäckchen im Stich ließ und sich wispernd in das dunkle Kästchen setzte. Dann sagte sie ihre Sünden auf, aber was waren das für Sünden? Ich sah meine Mutter jeden Tag viele Stunden lang, und es wäre mir schwergefallen, ihre Sünden aufzuzählen. Sie sorgte doch dafür, daß ich meinen Pflichten nachkam und brav war, konnte das eine Sünderin? Ich vermutete, daß meine Mutter das ähnlich sah. Wenn sie schließlich zur Beichte ging und ihre Untaten, die nun zum Teil schon länger als ein Jahr zurücklagen, dem Priester ins Ohr flüsterte, dann müssen ihr diese Geständnisse ganz unreal vorgekommen sein, gerechtfertigt nur, weil sie zur vollständigen Ausübung einer alten Zeremonie gehörten. Dabei waren alte Sünden ohnehin die einzigen, die sie hätte bekennen können. Sie hatte keine neuen Sünden, denn sie erlebte ihre Gegenwart schuldlos wie ein neugetauftes Kind. Eine Sünde bei sich zu erkennen war für sie mit der intellektuellen Leistung verbunden, eine ihrer spontanen Handlungen in das Korsett eines moralischen Gesetzes zu schnüren, und sie empfand immer als unbefriedigend, daß all die gewichtigen Gründe ihrer Taten, die zu ihrer vollständigen Erklärung beitrugen, in diesem Korsett keinen Platz finden sollten. Immerhin, die Beichte war nun einmal eine entscheidende Voraussetzung für die Kommunion, Reflexionen über ihren Sinn konnten daran nichts ändern. Und dennoch vermute ich, daß die geringe Sehnsucht meiner Mutter nach der Eucharistie auch damit zusammenhing, daß die Kirche vor dieses höchste Glück des Menschen eine Schranke gesetzt hatte, die meiner Mutter offenbar nicht einleuchten wollte. Wenn ein missionarisches Argumentieren ihre Sache gewesen wäre, hätte sie vielleicht sogar versucht, den verräterischen Judas, der sich auf dem Schnitzaltar des Domes während der ersten Spendung der Kommunion beim letzten Abendmahl mit seinem prallen Geldsäckchen ungespeist vom Abendmahlstisch davonstahl, zum Bleiben zu bewegen und allenfalls einen Schluck aus dem Kelch taktvoll zu verweigern. Sie war es, die mich auf diesen Altar aufmerksam machte und mir die geschnitzten Messerchen und Gäbelchen der Apostel zeigte, ihr kleines Tischtuch mit den erhabenen Falten, das gebratene Osterlamm, das seinen Kopf noch auf den Schultern trug, und den kleinsten Apostel, der an der Seite des Herrn Jesus eingeschlafen war wie mein kleiner Bruder an der meinen, wenn wir im Auto von Spaziergängen im Wald zurückkehrten. Über der heiligen Tischgesellschaft saß eine große Frau mit starrem Blick, die eine kleinere Frau auf dem Schoß hatte, die wiederum einen ernsten Säugling vor sich hinhielt, und links davon war ein Engel mit einer Waage zu sehen. In jeder Waagschale saß ein nackter Mensch. Die eine hing tief unten, die andere schwebte hoch oben, obwohl sich in diese Schale auch noch ein Teufelchen gesetzt hatte. Daß der leichte Mensch der böse war, konnte ich mit dem Wort von der »Last der Sünden« nicht vereinen, obwohl mir einleuchtete, daß der kleine Teufel nicht viel wog. Judas war wohl auf dem Weg zur Waagschale. Obgleich er schwer genug war, sich durch sein eigenes Gewicht das Genick zu brechen, würde er dort die Schale nach oben schnellen lassen vor lauter Leichtigkeit. Schwere Sünden, leichte Sünden – das blieben mir beständig unauflösliche Rätsel.

Am Sonntag gingen wir nicht nur in die Kirche, sondern auch in den Wald. Wir liefen in der Kälte ein bißchen herum und atmeten die frische Luft. Der Wald war einförmig, überall wuchsen halbhohe Tannenbäume. Dann und wann traten die Bäume zurück und boten einen Blick auf einen anderen Wald, der jenseits des Tales lag. Im Wald stand ein Wirtshaus, bei dem wir haltmachten und Kuchen aßen. Die Eltern saßen dann noch eine Weile am Tisch und sprachen über den Kaffee. Ich ging schon hinaus, denn im Vorraum der Gaststube gab es einen Gegenstand, den ich liebte und immer wieder betrachten mußte. In einem großen Glaskasten saßen sieben ausgestopfte Eichhörnchen zusammen an einem sorgfältig gedeckten Tisch mit deutlich gefalteter Tischdecke. Um ihre Hälse waren gestickte Servietten gebunden, in den kleinen Pfoten hielten sie Messerchen und Gäbelchen. Auf dem Tisch stand eine Wasserkaraffe und eine Menage mit Essig und Öl, Pfeffer und Salz. Die Gruppe mochte das Werk eines längst gestorbenen Forstgehilfen sein, geschaffen an langen Winterabenden in der Waldeinsamkeit. Gewiß, bei diesem Mahl nahmen nur sieben Gäste teil, es gab auch kein Lamm, sondern kleine Spiegeleier auf den Tellern, keines der Eichhörnchen war an der Brust seines Nachbarn eingeschlafen, alle waren hellwach und blickten sich konzentriert aus ihren hart funkelnden Glasaugen an, so daß es wohl keinem gelungen wäre, sein Portemonnaie zu ergreifen und sich heimlich davonzumachen. Aber die Verwandtschaft, die zwischen der Eichhörnchengesellschaft und den das Abendmahl haltenden Jüngern bestand, war doch groß. Ich sah eine Reihe von Personen um einen Tisch versammelt, und es kam mir vor, daß es zwischen den Aposteln und den Eichhörnchen mehr Verbindendes als Trennendes geben mußte, nachdem sich die sonst so verschiedenen Wesen erst einmal zu Tisch gesetzt hatten.

Ich war ein Tagträumer, und wenn ich erst einmal eine unbestimmte Empfindung hatte, und ich war ungestört, so ergänzte ich mir in flüchtigen Bildern, was mir zur Erklärung meiner Empfindung fehlte. Nachdem ich die speisenden Eichhörnchen schon in die Gesellschaft der Apostel versetzt hatte, wuchs ihnen eine Heimat, eine Stadt, eine Lebensgeschichte wie von selbst zu, während die Eltern sich noch in der Gaststube unterhielten und wärmten.

Diese sieben Eichhörnchen stammten nämlich aus der schönen Stadt Ephesus und waren die Enkel eines alten Schuhflickers, der dort in einem Häuschen am Rande der Stadtmauer gelebt hatte. In dieses Häuschen waren nach seinem Tode die sieben Eichhörnchen eingezogen und führten sich gegenseitig den Haushalt. Das war eine schlimme Wirtschaft, denn die sieben Eichhörnchen waren alle miteinander schlechte Menschen. Das erste war groß und stark, herrisch und grausam, und die anderen fürchteten sich vor ihm wegen seines jähen Zorns. Das zweite war mager und wendig, dabei ein selbstsüchtiger Vielfraß, das alle anderen wegen der kleinsten Haselnuß verfolgte mit bohrendem Neid. Das dritte hatte den schönsten Schnurrbart, aber einen ewig ruhelosen Blick, eine aufdringliche Schmeichlergebärde, es war bar jeder Scham, ein berüchtigter Wollüstling. Das vierte war fein und elegant, von verwundendem Spott, von glänzendem, aber unfruchtbarem Geist, es schmähte den Himmel Tag und Nacht und glaubte an gar nichts. Das fünfte war ein Finsterling, hohläugig und fluchend, voll nachtschwarzer Lästerungen, es stank aus dem Maul und übergoß die anderen mit seiner Verzweiflung. Das sechste hatte eine spitze Nase, es konnte aus schwarz weiß machen, aus gerade krumm, aus Unrecht Recht, es hatte die hurtigste Art zu lügen und war ungerecht auch dann, wenn es ihm nichts nützte. Das siebente platzte fast aus seinem Fell, es würgte noch in sich hinein, wenn es schon fast erstickte, nichts war vor ihm sicher, was nicht angebunden war, sein gieriges Herz war so verwundet, wenn es etwas hergeben sollte, daß es am liebsten auch noch seinen Dreck gefressen hätte.

Solcher Art waren die sieben Eichhörnchen von Ephesus. Ihr Leben in dem kleinen Haus ihres Großvaters am Rande der Stadtmauer sah aber so aus: Zu jeder Stunde des Tages drang Geschrei, Gestöhn und Gezeter aus dem Häuschen. Die Fensterläden klapperten vor dem Ansturm der leidenschaftlichen Flüche, die sich die sieben bei jeder Gelegenheit ins Gesicht schrien. Da sie das Häuschen niemals verließen, mußten sie sich alle Bosheiten gegenseitig antun, und so stark ihre Hauptlaster auch entwickelt waren, hatte doch jedes noch andere, schwächere Laster, die es für die Tücken seiner Brüder empfindlich machten. So war das zornige auch blind, das wollüstige auch dumm, das gierige war auch schläfrig, das verzweifelte war unvorsichtig, das neidische konnte nicht rechnen, das ungläubige war verrückt und das ungerechte hatte ein schlechtes Gedächtnis. Die Epheser verspotteten diesen Haushalt und rühmten ihre Klugheit, die sie darauf achten ließ, in jeder Wohnung nur einen einzigen schlechten Menschen wohnen zu lassen, oder, wenn dieser Mensch verheiratet sein wollte, allenfalls zwei, und wenn der alten, verwitweten Großmutter der Undank nicht gleichgültig gewesen wäre und sie nicht jeden Tag ein Körbchen mit Spatzeneiern vor dem Haus am Rand der Stadtmauer abgestellt hätte, dann wären die sieben Eichhörnchen bald elend Hungers gestorben.

Eines Tages, als sie wieder zankend beieinander saßen, kam die Großmutter zur Tür herein und sagte mit ernster Stimme: »All eure Bosheit kann euch nicht nützen, wenn ihr so wie bisher in diesem Häuschen zusammen bleibt. Geht hinaus in die Welt und guckt euch nicht um; Beutel zu schneiden, Kopfnüsse zu setzen und Vogeleier zu trinken gibt es überall auf Erden, und der schlechte Mensch ist am stärksten allein.« Da sahen die sieben Eichhörnchen sich an, hielten im Streit inne, und das erste sagte: »Die Alte ist kein Dummkopf.« Darauf das dritte: »Sie ist schlauer als wir.« Das sechste: »Das sollten wir niemandem erlauben.« Das zweite: »Dann heißt es gepackt und abgereist.« Das fünfte: »Aber vorher dem verfluchten Häuschen die Scheiben eingeschlagen.« Das siebente: »Über das Glück, nicht mehr in eure Fratzen sehen zu müssen.« Das vierte aber sagte: »Hört mich an. Wenn wir uns nun trennen, dann laßt es uns auch so wirksam tun, daß uns kein Zauber jemals wieder zusammenführt. Wir wollen unser letztes Mahl hier mit den Spatzeneiern der Großmutter halten und uns daran erinnern, daß sie allein an unserem langen Zusammenwohnen die Schuld trägt, weil sie es uns erlaubt hat, das Häuschen niemals zu verlassen.« Diese Worte weckten einen großen Zorn in den anderen sechs Eichhörnchen, und da half der Alten kein Zetern und kein Bitten, sie schlugen

sie tot und warfen sie in die Grube. Dann beschlossen sie in Einigkeit, wie das letzte Mahl vorzubereiten sei, und verfuhren dabei so: Das erste sollte die Eier in die Pfanne schlagen, das zweite sollte die Tellerchen auf den Tisch stellen, das dritte sollte Messerchen und Gäbelchen daneben legen, das vierte sollte die Gläser nicht vergessen, das fünfte sollte die Fenster verrammeln, damit kein Sonnenstrahl auf den Tisch fiel, das sechste sollte servieren, das siebente sollte ihnen das Essen segnen. Als alle ihre Arbeit getan hatten und sich um den Tisch im dunklen Zimmer versammelt hatten, stand also das siebente auf und sprach: »Ihr könnt euch denken, wie weh es mir tut, auf jedem eurer Teller ein Spiegelei zu sehen, das eigentlich mir zugekommen wäre und das euch im Halse stecken bleiben möge. Wer von euch das Ei weich liebt, dem möge ein hartes Ei auf dem Teller sein, wer von euch sich aber auf ein hartes gefreut hat, der soll sich vor einem zerlaufenen ekeln. Wem vor Eiern übel wird, dem soll sein Nachbar noch eines antragen, und wer sich nach einem weiteren verzehrt, der soll glotzend auf seinem Speichel herumkauen. Wem sein Ei nicht schmeckt, den verachte ich, wem es aber schmeckt, den will ich mit meinem Haß verfolgen.«
Als die anderen Eichhörnchen das hörten, platzten sie fast vor Ärger und Entzücken, denn so sehr die Verwünschungen ihres Bruders die Kraft besaßen, die Wirklichkeit zu verwandeln und ihre Spiegeleier ungenießbar zu machen, so sehr bereitete es ihnen Freude, das siebente in solchem Grimm zu erleben. »Sooft ich ein Spiegelei esse, will ich mich an deine bittere Galle erinnern«, rief das erste. »Sooft ich ein Spiegelei esse, will ich mich freuen, daß ich euch nie wiedersehe«, rief das zweite. »Sooft ich ein solches esse, will ich die tote Großmutter hassen und euch, daß wir sie so spät umgebracht haben«, rief das dritte. »Sooft ich ein Spiegelei esse, sollt ihr anderen keines haben und hungern und dursten«, rief das vierte. »Sooft ich ein Spiegelei esse, will ich mir euren Tod vorstellen, bis daß er eintritt«, rief das fünfte. »Sooft ich eines esse, will ich lachen und Sachen machen, von denen ihr hören sollt«, rief das sechste. Das siebente rief: »Sooft ich ein Spiegelei essen werde, will ich nicht aufhören, bis ich es

ganz und gar verschlungen habe, und wenn ich die ganze Welt retten könnte, so ich nur innehielte, ich würde doch nicht innehalten.« Als es das gesagt hatte, da wurde der Himmel schwarz. Die Wolken teilten sich, und ein Blitz sauste auf die Erde, schlug das Dach des Häuschens entzwei, fuhr mitten in das Zimmer, wo die sieben Eichhörnchen tafelten, zerstörte das ganze Haus und senkte die bösen Gesellen tief in die Erde, wo schon die tote Großmutter lag. Das Volk von Ephesus, dem die rauchgeschwärzten Trümmer des Häuschens an der Stadtmauer nicht geheuer waren, veranstaltete mit seinen Priestern Prozessionen an den bösen Ort, und welch ein Schrecken überkam die Bürger, als sich bei den ersten Tropfen geweihten Wassers, die auf den unheiligen Boden fielen, die Erde öffnete und in einer Höhle die sieben toten Eichhörnchen in den entsetzlichsten Verrenkungen, wie sie das strafende Feuer eben angetroffen hatte, allen Augen sichtbar wurden.

Möglicherweise waren sie damals schon ausgestopft worden. Obwohl ihr Anblick auch dem ahnungslosen Betrachter heilsame Schauder hervorrufen mußte, war es eine richtige Entscheidung gewesen, den Glaskasten zwar allsonntäglich zu zeigen, aber ihn doch nicht gleich in der Kirche aufzustellen, weil die große Anzahl der Bösewichter das rechte Gleichgewicht mit den Erlösten wohl gestört hätte.

Nicht jeder aber nutzte die Zeit, um Lehren aus dem Anblick der Eichhörnchen zu ziehen. Meine Mutter und mein Vater zum Beispiel kamen aus der Gaststube, wo sie Kuchen gegessen hatten, und betrachteten die sieben Tiere mit spöttischem Lächeln. Sie setzten sich dann völlig unbekümmert in ihr Auto, fragten mich, ob ich die Eichhörnchen recht schön gefunden hätte, setzten die großen Tüten voll gesammelter Pilze und Maronen neben sich auf den Boden und schüttelten ihre Arme, die leicht geworden waren von der Sünden Last.

Der Monsignore, bei dem meine Mutter beichtete, hatte ein köstlich gepflegtes langes Schnurrbarthaar, das durch das Gitter hindurch die Pönitenten in der Nase kitzelte, wenn er sie über die Eigenheiten ihrer Sünden ausforschte. Seine spitzen Ohren standen in die Höhe und waren zuweilen das einzige, was von ihm im Dunkel seines verhängten Gelasses zu erkennen war, wenn sich sein schwarzer Kopf langsam bewegte und ein fast bis zur Unsichtbarkeit gefilterter Lichtstrahl seinen Umriß mit einer fahl leuchtenden Aura umgab. Auch das weiße Tuch, auf das er seine Wange stützte, hatte eine kleine Leuchtkraft, ein mattes Phosphoreszieren, das den Hintergrund bildete zu der rosa Kralle, mit der er das Tuch festhielt. Meine Mutter schien in die Eigenheiten des Prälaten schon lange eingeweiht.

»Der Dichter!« rief der Bischof aus, als meine Mutter ihren Beichtvater erwähnte, »eine ungewöhnliche Begabung. Nun, jetzt ist er alt, den ›Hauskaplan Seiner Heiligkeit‹ kann ihm keiner nehmen, da werden wir ihm bald, ohne uns etwas vorzuwerfen, einen Ruhestand in Würde gönnen dürfen.«

Wenn aus diesen Worten eine vorsichtige Distanz herauszuhören war, dann vermochten sie dennoch nicht, bei meiner Mutter die Autorität ihres Beichtvaters zu beeinträchtigen.

Sie war seine Tochter, aber keine aufsässige, schlimme Tochter, sondern eine nachsichtige, eine Tochter, die sich ihre eigenen Gedanken macht, die aber niemals dabei den Respekt vor dem väterlichen Haupt vergißt, wenn sie es aus der Ferne betrachten darf. In dieser Gesinnung ließ sie die Einkaufspakete ohne Furcht vor den auf Warnungstafeln genannten Taschendieben in ihrer Kirchenbank, in der sie die Wartezeit vor dem Beichtstuhl verbracht hatte, indem sie in ihrem Gebetbuch blätterte, das, vollständig wie ein Photoalbum, die Bilder der bereits gestorbenen Verwandten enthielt. »Das sieht eigentlich trauriger aus, als es war«, dachte meine Mutter und klappte das Buch zu, nahm ihre kleine Handtasche und stand auf, um in den Beichtstuhl hinüberzugehen, denn das rote Birnchen über der linken Tür war erloschen und aus der Pendeltür war eine kleine Frau mit einem steilen grünen Hut getreten, der aussah wie der Kopfputz einer gotischen Büßerin, die sich in aller Öffentlichkeit der Hoffart bezichtigt. Meine Mutter öffnete die Tür in Gedanken an ihre Vorgängerin, die auffällig lange im Beichtstuhl geblieben war. Ein schneller Blick gab ihr die Vorstellung ein, daß diese Frau ganz anderes gebeichtet hatte als die Teufeleien, die sie beständig ausheckte. »Daß die sie ja nicht bestärken«, dachte meine Mutter, während sie niederkniete und Bernsteinlicht sie durch die gelben Glasscheiben der Türen umfloß, denn sie war der festen Überzeugung, daß ein alter Kirchenmann viel zu arglos sei, um den Selbstbetrug verstockter Sünder zu vereiteln, »und wem hilft das? Worauf muß sich die Reue denn schließlich beziehen?« Ihre Gedanken verloren sich, denn obwohl man ihr die Doktrin der Poenitenz vorgetragen hatte, stellte sie oft fest, daß sich die Fäden der Argumentation leicht verhedderten, wenn man sie auf eigene Faust wiederholen wollte.

Dann bemerkte sie, daß der Monsignore geradezu zappelig geworden war. Seine kleinen Augen blitzten im Dunkeln, er sah, was völlig unüblich war, meiner Mutter ins Gesicht: »Wollen Sie nicht beginnen?« flüsterte er gereizt.

»Ja, ja«, flüsterte meine Mutter also, »ich war in Gedanken. Ich bin bereit, wir können anfangen. Es wird auch nicht so lange dauern wie bei der Frau mit dem grünen Hut, die Sie eben dringehabt haben, ich habe nämlich diesmal nichts gemacht, überhaupt nichts.« Das heilige Eichhörnchen bewegte sich drohend und schweigend in seinem schwarzen Käfig und richtete die Ohren auf in mühsamer Beherrschung, meiner Mutter schien es, als wäre es vor Wut beinahe geplatzt. Dann flüsterte es: »Hab ich dir nicht gesagt, du sollst nicht lauschen? Hab ich dir nicht das letzte Mal schon verboten zu lauschen?« – »Ich hab überhaupt nicht gelauscht«, sagte meine Mutter. »Ich habe in meinem Gebetbuch die Photographien angesehen und sonst nichts. Es hat ja einfach so lang gedauert bei der Frau. Der Sonnenstrahl ist durch die Kirchenfenster von den sieben das Herz Mariens durchbohrenden Schwertern bis zur Mütze des Kaiphas gewandert. Ich hatte zum Schluß überhaupt kein Licht mehr.«

Der Priester hatte sich abgewandt, horchte in konzentrierter Haltung, die den Bekenntnissen meiner Mutter galt, und hörte statt dessen einstweilen nur das Schnappen des Brillenetuis. »Bitte«, flüsterte der Prälat. »Ich bin soweit.« – »Ich auch«, antwortete meine Mutter. »Ich bin fertig. Ich habe doch schon gesagt, ich habe diesmal nichts gemacht. Ich habe keine Sünden zum Aufzählen.« – »Das gibt es nicht«, sagte der Priester. »Doch«, sagte meine Mutter, »ich muß es ja wissen. Sind Sie es, der nicht gesündigt hat, oder bin ich es?« – »Welche Vermessenheit«, sagte der Monsignore, »welche religiöse Blindheit! Du weißt nichts vom Augustinus? Natürlich nicht. Man hat dich nicht unterwiesen, und du hast auch von selbst nichts gelesen, und du weißt nicht, daß jeder heilige Einsiedler, der allein in der Thebaïs sitzt, jeden schlimmen Tag, den Gott werden läßt, sieben Todsünden begeht.« Meine Mutter stutzte. Wieso sieben Sünden, wo der heilige Asket doch allein war? Nun gut, der brave Mann mochte seine Freude daran finden, jeden Tag irgendein Gelübde zu brechen, aber dann noch von einem heiligen Mann zu reden, schien ihr schönfärberisch. Bei einem Heiligen vermutete sie jedenfalls eine eher niedrige Anzahl der Rückfälle, die sie übrigens nicht nur der durchgeistigten Sittenstrenge der Eremiten – manche freilich waren Familientäuscher und Heiratsscheue – zuschrieb, sondern vor allem einem Gesetz der Gewohnheit, das für jeden Menschen galt, nur für sie selbst nicht. Sie begann jeden Tag mit einer neuen Bereitschaft, sich überraschen oder enttäuschen zu lassen. Der Schlaf löschte alle Erinnerung an den vorigen Tag einfach aus. Dennoch machte die Strenge des Beichtvaters mit seinen zornig zitternden Ohren sie nachdenklich.

Erschien es ihr immer noch sinnvoll und geboten, Genofefa Hauff aufgenommen und ihr insbesondere die Beaufsichtigung der Kinder anvertraut zu haben? »Kinder können noch am besten mit den Wahnsinnigen«, hatte sie meinem ratlosen Vater erklärt, der nach dem Einzug der Genofefa in unserer Etagenwohnung nur noch selten sein Zimmer verließ. Dabei war er es, der von dem Schicksalsschlag, der Genofefas Eltern getroffen hatte, derart bewegt sprach, daß meine Mutter kurzerhand in der Klinik, in der man das Mädchen mit Elektroschocks wieder zu Verstand zu bringen versuchte, anrief und sie für kurze Ferien zu uns einlud. Die Eltern des Mädchens, die auf dem Lande in einer kleinen, altmodischen, einem Gutshof nicht unähnlichen Fabrik

Pappkartons herstellten, hatten zu meiner Mutter ein ähnliches Vertrauen wie zu dem Professor, der ihr Kind seinen strapaziösen elektrischen Verfahren unterwarf, obwohl diese Kur während des Aufenthaltes der jungen Verrückten bei uns ausgesetzt werden mußte. Sie brauchten nur die resolute Stimme meiner Mutter am Telephon zu hören, um jenen professionell-heiteren Umgang mit ihrem höchstpersönlichen Kummer darin wiederzufinden, den sie auch bei den Ärzten kennengelernt hatten.

Auf Genofefa muß die Entschlossenheit, mit der meine Mutter sie aus der Anstalt abholte, eine ähnliche Wirkung gehabt haben wie auf ihre Eltern, nur daß der Wahnsinn ihr andere Kombinationen ermöglichte, als sie in dem Vorstellungsvermögen der braven Geschäftsleute vorgesehen waren. Genofefa erzählte meinem Bruder und mir, kaum daß sie nach ihrer Ankunft mit uns allein gelassen wurde, meine Mutter, die sie aus ihrer vergitterten Zelle geführt hatte, und der Oberarzt, der ihr die schönen Elektroschocks so regelmäßig zufügte, unterhielten »ein problematisches Liebesverhältnis«, das bereits einen umfangreichen Briefwechsel hervorgebracht habe, den sie uns mit leichter Mühe rekonstruieren könne. Meine Mutter und der Oberarzt lebten ihre Liebe, nach den eifrigen Worten Genofefas, auf zahllosen Reisen aus, immerfort waren die beiden unterwegs. In Bahnhofswartesälen, in den Eingangshallen verkommener Hotels und an den Fußgängerüberwegen der großen Straßenkreuzungen saßen sie auf ihren Koffern und schrieben ihre Briefe, die sie dann einander übergaben, mit kleinen Geschenken, die sie am Wegesrand aufgelesen hatten, einem alten Schuh, einer zerstörten Trompete oder einem Schnuller aus feinem Gummi. Eine solche Liaison meiner Mutter leuchtete mir und meinem Bruder sofort ein, obwohl wir sie tagaus, tagein sahen und all die Reisen, von denen Genofefa uns berichtete, gar nicht stattfinden konnten.

Wir fanden es vielmehr selbstverständlich, daß meine Mutter sich zu uns setzte, um mit uns zusammen zuzuhören, wenn Genofefa die von ihr selbst hergestellte Kopie eines Liebesbriefs meiner Mutter an den Oberarzt vorlas und die zum Verständnis erforderlichen Erklärungen, den Ort der Niederschrift und die Antwort des Oberarztes, je nach unseren Fragen, hinzufügte. Wir bewunderten Genofefas wildes großes Gesicht, wenn sie schrie und sang, und wir verstanden die Bemerkung meiner Mutter, Genofefa sei einmal ein schönes Mädchen gewesen, als sei die Schönheit des Menschen nur eine vorbereitende, vorübergehende Phase, die ihn zu Wildheit und Großheit führen sollte. Genofefa wuchs schon dadurch, daß sie sich mit weit auseinandergespreizten Beinen vor uns aufstellte und sich dabei die Kämme herausriß, die meine Mutter ihr unter beruhigendem Zureden ins Haar gesteckt hatte. Dann wankte sie von einem Bein auf das andere, legte den Kopf in den Nacken und schüttelte ihre großen Locken aus, während mein Bruder und ich auf kleinen Kissen aus unseren Gitterbetten vor ihr auf dem Boden saßen und sie ebenso aufmerksam betrachteten wie die als Nikolaus verkleidete Kinderärztin am St. Nikolaustag.

Und war sie nicht eine andere Art Nikolaus mit ihrer dunklen Stimme und mit dem Stampfen der Füße, als sei sie eine Schauspielerin in Hosenrolle, die recht bubenhaft wirken wolle? Genofefa ging über das exaltierte Betragen von Laienschauspielern weit hinaus. Ihr Gesang stieg aus den Tiefen ihres Bauches, bewegte ihren großen Busen, der ihm durch feinschwingende Vibration noch mehr Klangfülle gab, und stieg dann aus ihrem Mund zur Zimmerdecke auf. Den Kopf hatte sie so weit zurückgeworfen, daß ihr Körper wie ein Rohr war, eine fleischerne Flöte, über deren Öffnung der Wind bläst und sich seine Melodien spielt. Er war ein gelegentlich gurgelnder, dann wieder hallender Gesang von vollständiger Freiheit der Komposition, aber mit einem Text in gebundener Rede, der uns Zuhörern erlaubte, an einem roten Faden durch das Auf und Ab des befremdlichen Liedes zu finden.

Das Lied von Genofefa spielte auf allerälteste Umstände an, vor dem Beginn der blutigen Geschichte, im Garten Eden, wo die Menschen, wie wir wußten, nackt unter den Bäumen umhergelaufen waren und sich an den Händen gehalten hatten. Auf den Flügeln eines Altars im Dom waren die beiden abgebildet, wie sie in puppenhafter Blöße ein Wäldchen verließen, um sich auf einer kleinen Wiese zu zeigen. Ihre Körper waren glatt und rund und gleich. Adam war nur an seinem kurzen Haar, Eva an ihren lang auf die Schulter fallenden Locken zu erkennen, alles andere war noch in ihrem Körper unter der sie bekleidenden rosigen Haut verborgen. Eva hielt eine goldene Frucht in der Hand, und ganz offensichtlich stellte das Bild dar, was Genofefa besang, wenn sie sich vor uns aufstellte und den Mund aufmachte:

>Als der Adam den Apfel aß
>und die Eva den Stiel,
>als der Adam schon fertig war,
>hat die Eva noch viel.

Meine Mutter hörte dieses Lied ein einziges Mal, es war auch das letzte Mal, daß Genofefa es laut und aus vollem Herzen sang. Sie flüsterte es von da ab in unsere Ohren, wenn sie sich unbeobachtet glaubte, da es, wie sie sagte, laut gesungen den Oberarzt verletze, der in seinem letzten Brief, den er in einem öffentlichen Pissoir geschrieben hatte, während sich draußen meine Mutter mit der Klofrau schlug und biß, bereits angekündigt hatte, er werde mit den Elektroschocks wieder anfangen, wenn Genofefa dieses ihn verletzende und erregende Lied noch einmal anstimme. Genofefa bekam dann einen Webstuhl, es war davon schon die Rede gewesen. Ihre besorgten Eltern ließen ihn in ihrer Villa auf dem Fabrikgelände aufstellen und studierten mit Eifer die Bedienungsanleitung, um sie ihrem verwirrten Kind nahebringen zu können. Genofefa verließ unser Haus mit der Ankündigung, sie werde jetzt Schleier weben, hauchdünne, durchsichtige Schleier, mit Sternengold bestickt und unendlich lang, damit meine Mutter bei ihrer nächsten verliebten Zusammenkunft mit dem Oberarzt im Impfzimmer des Städtischen Schlachthofs gut gerüstet sei. Der Chauffeur ihrer Eltern, ein noch ländlich gebliebener Mensch, sagte »das arme Ding«, als er sie sah, und setzte sie behutsam in das Auto. Sie winkte fröhlich aus dem Wagenfenster mit den Kämmen in der Hand, die sie sich schon wieder aus dem Haar genommen hatte.

Aber erst nach Genofefas Abreise wurde deutlich, daß meine Mutter in Gedanken an das Mädchen ihre Unbefangenheit verloren hatte. »Wenn sie nur das Lied nicht gesungen hätte«, sagte sie zu meinem Vater. Den Briefroman von ihrer Beziehung zu dem Oberarzt, der weit ausführlicher vorgetragen worden war als das Schnadahüpferl, hielt sie für weniger gefährlich, denn sie vermutete, daß die Zusammenhänge für Kinderhirne zu verwickelt gewesen seien. Anders das einprägsame Lied, das mein Bruder und ich gerne sangen und von der ersten bis zur vierten und letzten Zeile auswendig konnten. Der Text dieses Liedes galt allgemein als heikel, wenngleich sein Inhalt nicht frei von Undeutlichkeit war, das Sujet war nun einmal verfänglich. Wer wußte, ob nicht in dem Apfel- und Stielessen Andeutungen verborgen waren, die nur für erwachsene und gereifte Menschen bestimmt waren. Meine Mutter blieb noch lange nachdenklich, wenn sie an Genofefa und ihr Lied erinnert wurde, und diese Grübeleien erhielten neue Nahrung, als sich ihre Kinder mit dem Heranwachsen immer besorgniserregender entwickelten: Als gläubige Rationalistin, die dem Kausalitätsprinzip, wie es ihr in der Devise »Nix kommt von nix« entgegentrat, große Ehrfurcht entgegenbrachte, war sie bei dem Versuch, die bedenklichen Angewohnheiten, die sie bei ihren halbwüchsigen Söhnen entdeckt hatte, zu erklären, auch auf die Begegnung mit der wahnsinnigen Genofefa in der frühesten Kindheit gestoßen. Und es gab bittere Momente, in denen sie sich anklagte, daß es ja schließlich ihre eigene Maßnahme gewesen sei, die die Augen und Ohren der noch unschuldigen Kinder auf diese Rasende und ihren Gesang gerichtet hatte.

Dennoch – war dies Sünde gewesen, sträfliche Leichtfertigkeit, die man sich im Beichtstuhl in tiefer Reue vorwerfen mußte? Für einen guten Vorsatz war es ohnehin zu spät. Genofefa war ja nun schon mehr als zwei Jahre aus dem Haus, was heißt zwei Jahre? Drei, nein fünf Jahre mußten das schon sein, wenn sie richtig rechnete. Es kam ihr bei dieser Zählung zu Hilfe, daß Genofefa seit ihrer Abreise große Geschicklichkeit im Umgang mit dem Webstuhl erworben hatte und Jahr für Jahr eine von ihr selbst entworfene und angefertigte Tischdecke, in die als Muster eine große Sonnenblume eingearbeitet war, meiner Mutter als Geburtstagsgeschenk schickte. Man kann sich vorstellen, wie nachdenklich die Beschenkte wurde, als sie in einem schönen Bildband mit einer Reproduktion von van Goghs Sonnenblumen las, daß auch dieser Meister verrückt gewesen sei. Fünf Decken stapelten sich nunmehr im Wäscheschrank meiner Mutter. – »Mein Gott, wie die Zeit vergeht«, sagte sie laut. Der Prälat sagte: »Bist du dir endlich darüber im klaren, wie hochmütig du gesprochen hast? Ist dir endlich eine von deinen Hauptsünden eingefallen, die du bereit sein könntest zu bereuen?«

Gerade die Erwähnung des Begriffs »Hauptsünde« festigte jedoch in meiner Mutter den Entschluß, die Berufung der Genofefa in unseren Haushalt nicht zu bekennen. Genofefa war nun einmal dagewesen, und man durfte nicht vergessen, daß die Äußerungen der Geisteskranken ihrem Willen entzogen waren, daß andere Mächte durch ihren Mund sprachen: »Sie war ein Sprachrohr!« sagte sich meine Mutter und fühlte das unausdeutbare Schicksal, das die Hauff zu uns geführt hatte.

Nicht, daß meine Mutter ein unbeschriebenes Blatt gewesen wäre. Ihr Sündenbewußtsein war geschärft, sie hatte allerhand auf dem Kerbholz und hatte sich stets darüber Rechenschaft abgegeben. Der Seifengeruch, der im Beichtstuhl herrschte und von dem man nicht wußte, ob er der Schmierseife entstammte, mit der die Kniebank gescheuert worden war, oder einem sehr schlichten Beichtkind, das der seelischen Reinigung die samstägliche körperliche Reinigung vorangeschickt hatte, oder ob er Zeugnis für die asketischen Formen der Körperpflege des Prälaten selbst ablegte, erinnerte sie an die Stätte einer der vernichtendsten Niederlagen ihrer Moral, der im Souterrain gelegenen Küche ihrer längst verstorbenen Eltern, wo sie etwas angestellt hatte, was sie zwar seitdem schon öfter in der Beichte gestanden hatte, das ihr aber immer noch als Inbegriff der Verfehlung vor dem Himmel wie vor den Menschen erscheinen wollte und sich deshalb zu reuigem Bekenntnis immer wieder neu eignete.

Die Jahrzehnte waren nun darüber hingegangen, das Elternhaus war von den Bombenflugzeugen zerstört, aber genauso, wie das Souterrain mit seiner Küche dem Volltreffer unversehrt standgehalten hatte, überdauerte auch die Tat in ihrer Frische die mehrfach über sie dahingegangenen Absolutionen. Da gab es also doch noch etwas zu beichten, selbst wenn bei rücksichtsloser Prüfung die letzten Jahre in fleckenloser Schuldfreiheit dalagen.

Es war Sonntagmorgen kurz nach Neujahr, und es war noch sehr früh. Auf den Apfelbäumen und auf der Zeder lag feiner Rauhreif. Im Haus war es kalt, noch in keinem Zimmer war geheizt, denn mein Großvater mißtraute den Dienstmädchen und verdächtigte sie, mit der Kohle, die schließlich nicht sie bezahlt hätten, allzu verschwenderisch umzugehen. Er bestand darauf, daß nur unter seiner Aufsicht die Öfen angemacht würden, und so kam es, daß seine grundsätzliche Erklärung, er denke nicht daran, die Straße zu heizen, in Wahrheit allzu oft bedeutete, daß er auch in seinem Haus kein Feuer machen ließ, da seine Liebhabereien ihm nur wenig Zeit gönnten, um die Aufsicht über die Kohleneimer schleppenden Mädchen in einem anderen Zimmer als seinem Schreibzimmer auszuüben. Dort herrschte eine angenehme Temperatur, die die Fingergelenke geschmeidig hielt für ihre diffizilen Aufgaben, das Führen einer großen Papierschere nämlich, mit der er die Ränder seiner gesammelten Kupferstiche beschnitt und damit die Blätter auf immer neue Formate brachte. Aus einem Rechteck wurde ein Quadrat, aus einem Quadrat wurde ein Achteck, aus einem Achteck ein Kreis, und wenn man, schnapp, schnapp, aus zwei schließlich kreisrund zusammengeschmolzenen Bildern noch je ein Segment herausschnitt, konnte man diese Kreise zu einer großen Acht zusammensetzen, die aussah, als wohne man der Zellteilung eines Kupferstichs bei. Leben sollte in all das vergilbte Papier fahren, wenn er es wie einen Rosenstock im Herbst stutzte, aber seine rabiaten Schnitte ließen keine Hoffnung auf eine neue Blüte zu. Seine Schwiegersöhne haßten sein Werk. In ihrer Phantasie wuchs das Ausmaß der Werte, die mein Großvater zerstörte, in immer größere Höhen, und zwar je kleiner der Bestand an unbearbeiteten Blättern wurde. Nach seinem Tod war schließlich von einer Sammlung von beinahe europäischer Bedeutung die Rede, die seinem Formwillen zum Opfer gefallen sei, Grundstücke, ja ganze Straßenzüge hätten nun angeblich von den auf Streichholzschachtelgröße reduzierten Ridingern einstmals erworben werden können, vor allem in der schlechten Zeit, in der so viele Menschen mit nichts angefangen hatten, mit einem alten Autoreifen ein Trümmergrundstück eingekauft werden konnte, für eine Zigarette ein Waggon voll Braunkohle. Nein, dafür sei er zu anständig gewesen, zu vornehm, aber zu Hause zu sitzen und mit der Papierschere das Erbe seiner Töchter zu zerstören, dazu sei er sich nicht zu fein gewesen. Für jedes Kind ein Haus auf der Baumschulallee – daraus war nun nichts geworden, trotz all der Sparsamkeit und der sorgfältigen Überwachung der gewissenlosen Dienstmädchen.

Diese Überwachungsgänge nahm er meist vor seiner Morgentoilette vor, da er glaubte, daß man seiner Kontrolle zu so früher Stunde noch nicht gewärtig sein werde. Er verzichtete auf die Rasur, weil er dazu um heißes Wasser bitten mußte, mit der Folge, daß der Herd vor der Inspektion geheizt worden wäre und durch das Klingeln zugleich die Dienstmädchen die Gelegenheit erhielten, das Erforderliche zu tun, um den wahren Stand der Vorräte zu verschleiern. Er steckte daher sein Nachthemd in seine langen Unterhosen, legte einen französischen Offiziersgürtel um seine Hüften, um die Hose vor dem Herabrutschen zu sichern, und setzte den Filzhut auf, den er auf seinen Bergwanderungen zu tragen pflegte. Geräuschlos tappte er durchs Haus, öffnete die Türen der Schlafzimmer seiner Töchter und sah hinein, wischte mit bösem Murmeln Staub in seinem Schreibzimmer und stieg schließlich mit knackenden Knien in die Küche hinab, die zu dieser frühen Stunde blank und leer dalag, die Töpfe gescheuert in den Regalen, die Tische mit weißen Holzplatten, der Herd sauber und kalt in der Mitte und im Hintergrund die Tür zur Vorratskammer. Nachdem er die Küche eine Weile betrachtet hatte, öffnete er diese Tür und atmete die kühle Luft, die ihm entgegenschlug: Dort standen die Stellagen mit Äpfeln und Kartoffeln, das Sauerkraut- und das Gurkenfaß, Marmeladengläser und ein großes Glas mit eingelegten Eiern, in der Ecke ein Faß Apfelwein. Das waren seine Soldaten, er rief sie stumm auf, daß sie sich meldeten, aber selbst, wenn er sicher war, daß alles da war, blieb ein Rest von Mißtrauen in ihm zurück. Dann suchte er aus seinem Schlüsselbund den Schlüssel zum Weinkeller heraus und schloß den hinter der Vorratskammer liegenden Keller auf. War er vorher in seiner Kaserne gewesen, so war er jetzt in seiner Schatzkammer. Er legte den staubigen, flötenschlanken braunen und grünen Flaschen zart die Hand auf und ging von einer zur anderen, gelegentlich eine aus dem Regal nehmend und ihr Etikett wie etwas völlig Neues und Überraschendes studierend. So glich er dem sterbenden Kardinal Mazarin, der zum letztenmal eine Cellini-Bronze betastet, und tatsächlich befiel ihn stets das tragische Gefühl des Abschieds, wenn er seine Unterhosen hochzog, den Keller verließ und wieder sorgfältig abschloß. Diesen Augenblick, in dem ihr Vater nach seiner Patrouille das Souterrain wieder verließ, soll meine Mutter abgewartet haben, um in aller Ruhe die geplante Tat auszuführen.

Nun war das Gedächtnis meiner Mutter lückenhaft, die Welt formte sich ihr nach ihren eigenwilligen Grundvorstellungen. Sie empfand als Kausalität, was sich in Wahrheit nur für sie allein verständlich aneinanderknüpfte. Ihr radikaler Regionalismus hatte in ihrer Vorstellung den engen Kreis ihrer Herkunft längst zum Zentrum der Erde gemacht. Wenn sie zum Beispiel das Faß Apfelwein erwähnte, das im Vorratsraum hinter der Küche stand und jedes Jahr von den Vettern an der Mosel in das Haus der Großeltern geschickt wurde, so gebrauchte sie stets das moselanische Wort, als müsse jeder den Dialekt ohne weiteres verstehen, und in ihrem Wörterbuch würde es stets heißen: »Apfelwein ist ein schwächeres, blasseres Wort für Fietz«, und nicht etwa: »Fietz heißt auf mosel-fränkisch Apfelwein.«

So war ihr, wenn sie an ihre Tat dachte, nur im Gedächtnis geblieben, daß sich in der Küche niemand aufgehalten hatte. Bei dem vor ihren Augen erscheinenden Bild der leeren Küche fielen ihr sofort die morgendlichen Gänge ihres Vaters ein, die sie behalten hatte, weil sie in der geschilderten Kostümierung stattfanden, die ihr als besonderer Ausdruck der Männlichkeit und zugleich der Lächerlichkeit vorkam. Nie hat sie von daher die Angewohnheit verloren, typisch männliche Verhaltensweisen mit Hohn zu bedenken. Die leere Küche war mit diesen Kontrollen derart verbunden, daß sie sich ein Eindringen in das Souterrain nur noch als Überlisten ihres wachsamen Vaters vorstellen konnte. Dabei ist es unwahrscheinlich, daß meine Mutter, die den Morgenschlaf damals wie heute liebte, sich vor Tau und Tag erhoben haben soll, um ihren sichernden Vater abzupassen.

Es gab auch andere Gelegenheiten, bei denen niemand in der Küche war, Sommernachmittage, an denen ein Gewitter aufzog, während die Dienstmädchen sich zu einer Dampferfahrt aufgemacht hatten, die älteren Schwestern aus dem Hause waren, die Großmutter bei ihrer Tante saß und der Großvater in schweren Stiefeln die Höhen des Siebengebirges abschritt. Nur an einem solchen sich unendlich dehnenden Nachmittag, an dem die Uhren tickten und die Bienen summten, konnte aus dem Überdruß am Alleinsein und aus einem aus der Langeweile gewachsenen kleinen Hunger in meiner Mutter der heiße Wunsch entstanden sein, sich umzusehen, langsam aufzustehen, das verabscheute Häkelknäuel in sein Körbchen zu legen, den Atem anzuhalten und zu lauschen.

Meine Mutter war längst fort. Sie stand in der dämmerigen Diele und blickte hinauf, wo ein bißchen Licht aus dem bunten Glasfenster des Treppenhauses auf die Stufen fiel und grüne Pflanzen standen. Die Türe zum Souterrain war ein schwarzes Loch. Meine Mutter tastete sich im Dunkeln voran. Unten ging es um eine Ecke, wo verschiedene Besen standen, und dann leuchtete ihr die Küche entgegen, deren Reinlichkeit ihre Helligkeit noch verstärkte. Obwohl die Küche halb unter der Erde lag, war sie heller als die Wohnzimmer, die große Fenster hatten und doch immer düster waren. In der Küche roch es nach Seife. Der Boden war geschrubbt, und auch die großen Tische waren blank gescheuert. Dies Reinigungswerk hatte etwas Endgültiges, als solle auf diesen Tischen nie wieder Gemüse geschnitten und

Fleisch gehackt, als sollten diese Töpfe verkauft und weggebracht werden, als sollte dieser Herd für immer kalt bleiben. Unter Anleitung meiner Großmutter verhielten sich die Dienstmädchen wie die klugen Jungfrauen aus dem Neuen Testament. Sie rüsteten die Küche, wenn sie sie verließen, als ob sie nie wieder dorthin zurückkehren würden, sei es, weil sie bei ihrer Ausflugsdampferfahrt ein sommerlicher Blitz erschlug, sei es, weil ihnen ihre Liebhaber bei Gelegenheit dieser Ausflugsfahrt ein Kind machten, was die fristlose Kündigung nach sich gezogen hätte.

Die Vorratskammer war offen. Meine Mutter wußte, was sie wollte. Sie öffnete einen großen Blechtopf, der im Regal stand und in den ein Muster aus goldenen Blättern und Früchten gestanzt war. Sie nahm den Topf in die Hände und neigte ihn. Am Rand blieb eine dünne Schicht kleben, und nun sah man, daß der Inhalt nicht schwarz, sondern in gehöriger Verdünnung braun war, zart goldbraun. Sie sah in den dunklen Spiegel, hob ihre Hand, steckte den Zeigefinger in die schwarze Masse, zog ihn heraus, betrachtete den großen gold-braunen Tropfen, der zarte Fäden zog, steckte ihn in den Mund und leckte den Finger sorgfältig ab. Die Masse war sehr süß und schmeckte ein wenig muffig. Daß sie an den Topf in der Vorratskammer gegangen war, wurde von niemandem bemerkt. Auch mit einer Briefwaage wäre die Menge des Entnommenen schwer festzustellen gewesen.

Meine Mutter schlug die Hände vors Gesicht. Es kostete sie Mühe zu sprechen. Schließlich flüsterte sie dem Prälaten zu: »Ich habe genascht. Ich habe, obwohl es streng verboten war, aus einem Topf mit rheinischem Apfelkraut genascht.«

Ob meine Mutter mit der Absolution, die sie nun ohne weiteres und ohne besonders drückende Bußauflagen empfing, recht zufrieden war, kann ich nicht sagen. Jedenfalls kehrte ihr aufsässiger Geist schnell wieder zurück, und obwohl ihr die Erleichterung ihres Herzens eigentlich gutgetan hatte und auch einem Bedürfnis nach gelegentlicher Reinigung ihrer Seele entsprach, führte sie in der Kirchenbank, in die sie zu ihren Seidenpäckchen zurückgekehrt war, murrende Selbstgespräche. Sie wisse sehr gut, was sie »ihrem Herrgott« schuldig sei, und bedürfe keiner Hilfestellung von einer Sorte von Priestern, deren Interesse an der Vergangenheit doch keinesfalls nur aus frommer Quelle komme. Eine vergangenheitskritische Stimmung hielt stets eine ganze Weile nach der Beichte noch an: Historiker mit ihren Veröffentlichungen zu den Hintergründen der Korea-Krise fielen ihr genauso anheim wie die Erinnerungen ihrer Schwester an die Studentenzeit. Sie verstieg sich in der Katerstimmung ihrer Beichterlebnisse gern zu einer geradezu schwärmenden Zukunftsgläubigkeit – der Blick nach vorn, das Zutrauen in die gewaltigen Neuerungen der Technik, die Erfindungen auf dem Gebiet der Zahnmedizin erfüllten ihre Reden, während alles, was an Kunst und Literatur erinnerte, mit Verachtung gestraft wurde, weil sie Kunst und Literatur vornehmlich in den Belehrungen ihres Mannes begegnete, der zur Kunst seines Jahrhunderts kein wirkliches Verhältnis gefunden hatte. Ihre Abneigung gegen die Griechen war nie so stark wie unmittelbar nach einer Beichte. Schon ein halbes Jahr nach einem Bußakt konnte sie Details aus dem Peloponnesischen Krieg mit freundlicher Gleichgültigkeit hinnehmen und die Suppe so ungerührt dabei ausgeben, als werde über die leichten Lasten des Alltags gesprochen.

Mein Vater hielt dies für langsam erwachendes Interesse an den Gegenständen seiner Unterhaltung und begann weiter auszuholen, Hintergründe darzustellen, Szenen zu entwerfen, die seine Thesen verständlicher machen sollten. Er ließ sich regelrecht von seinem Thema hinreißen, vor seinem inneren Auge erschienen die Bilder, die seine Wörter in ihm beschworen; und dann riß der Redestrom ab, und der Mund ging noch einige Male stumm auf und zu und gab nur ungeformte Laute von sich, die keinerlei Mitteilungswert besaßen. Er erschien in diesen Augenblicken meiner Mutter als das wahre Gesicht der Geisteswissenschaften: kindisch wirklichkeitsfern und zugleich vergreist. Dabei sprach ihre Aversion gegen die Bücherwelt meines Vaters nicht von ganz unsicherem Instinkt, denn so genau ihr mein Vater alles Gelesene, was er liebte, beim Essen vortrug und oft nur ein Stichwort genügte, um einen kenntnisreichen Vortrag hervorzulocken, so häufig hatte ich den Verdacht, daß er sie eigentlich gar nicht belehren, sondern ihr nur eindrucksvoll vorführen wollte, wie hoch die Mauer war, die sie von ihm trennte.

Ich glaubte diese Methode zum erstenmal festzustellen, als mein Vater während einer ernstlichen Verstimmung zwischen ihnen bei Tisch über die Naturphilosophie Goethes sprach und sie dabei aus den Augenwinkeln beobachtete. Er verwendete schwierige Wörter, die er, wenn sie ihn verständnislos ansah, nur andeutungsweise und wie nebenbei erklärte. Er beantwortete ihre Fragen mit Hinweisen, die sie noch mehr verwirren mußten. Und er aß mit betonter Munterkeit, als er feststellte, daß meine Mutter das Gespräch aufgegeben hatte und kopfschüttelnd und murmelnd den Löffel sinken ließ.

Überhaupt gab es immer Suppen bei diesen Unterhaltungen, die, obwohl meine Mutter immer die gleichen Suppen kochte, stets anders ausfielen, und zwar auf Grund von Versehen oder Unachtsamkeiten. Einmal waren sie sehr dünn, ein andermal sehr dick, dann hatten eigentlich geröstete Brotstückchen hineingehört, dann eine bestimmte Wurst, die im Eisschrank liegengeblieben war; ein Gemüse hatte es nicht gegeben, obwohl es angeblich gerade darauf angekommen wäre. Das Kochen war ein Mysterium, vom Menschen wohl nicht beherrschbar, sondern frei wie Wetter, Wind und Wolken. Mein Vater lobte die Suppe besonders dann, wenn er glaubte, daß meine Mutter ihn nicht verstanden habe. Als kleinem Kind waren mir die Suppen unerträglich, weil sie auch nach langer Zeit des Darinherumlöffelns nicht weniger wurden. Der Appetit meines Vaters war mir nicht geheuer, und ich fürchtete sein Lob, da es meine Mutter dazu verführen würde, bald wieder eine Suppe zu kochen.

Die Feststellung meiner Mutter, daß sie heute gebeichtet habe, hörte mein Vater mit Verlegenheit, da er nicht wußte, was er dazu sagen solle. Er hätte wissen müssen, daß ein Gespräch über religiöse Erlebnisse keinesfalls die Sache meiner Mutter war, da war nichts zu befürchten, denn sie stand unter dem Zwang, bei jeder Erwähnung der Religion eine skeptische oder amüsierte Äußerung folgen zu lassen, die den Gegenstand dem Gelächter preisgab, da blieb für Konfessionen kein Raum.

Tatsächlich begann sie auch gleich, über den Monsignore herzuziehen. Sie zog die Oberlippe bis zur Nase und schnüffelte mit gebleckten Vorderzähnen und gekrausten Augenbrauen herum, wie ich mir ein ungehaltenes, aber würdevolles Nagetier vorstellte. Mein Vater begrüßte die Vorstellung mit dankbarem Lächeln, mich selbst aber überzeugte sie derart, daß ich lange Zeit glaubte, meine Mutter habe bei einem wirklichen Eichhörnchen gebeichtet. Daran war für mich nichts Verwunderliches, denn ich hatte in den Metzgereien kleine Schweine aus Gips gesehen, die blau-weiße Metzgerblusen und schwachrot vom Blut ihrer Artgenossen gesprenkelte Metzgerschürzen trugen und Messer zum Säue-Abstechen in den Zehen hielten. Um ihre dicken Nacken lagen als Girlanden vielreihige Ketten aus kleinen Mettwürsten. Sie blinzelten sich zu und verbanden die äußerste Gefühlskälte mit einer gemütlich stimmenden Neigung zum Lebensgenuß. Warum sollten die Nagetiere nicht eben solche doppelten Anlagen besitzen? Wie ich wußte, waren sie zum Abscheulichsten fähig, was uns die sensible Lehrerin unseres bürgerlichen Stadtteils überhaupt zu schildern vermochte, nämlich zum Singvogelmord. Dazu wollte die geistliche Mahnung zu Besinnung und Einkehr zwar schlecht passen. Mehrere zueinander in Widerspruch stehende Eigenschaften kamen aber in der Tierwelt offenbar vor und mußten hingenommen werden. Die Menschen waren eindeutiger, sie waren gut oder böse, schön oder häßlich, groß oder klein, der Umgang mit ihnen war daher vorzuziehen.

Plötzlich fragte meine Mutter: »Hast du eigentlich Frau Oppenheimer wiedergesehen?« Sie fragte mich mit einem Unterton in der Stimme, aus dem mir deutlich wurde, daß sie damit eigentlich meinem Vater etwas sagen wollte. Es ging ihr nicht darum, ob ich diese Frau gesehen oder nicht gesehen hatte, sondern zunächst und hauptsächlich um ihren Namen, dem sie einen bedeutungsvollen Klang gab. Ich war nur ein Vorwand, aber ein gut gewählter, denn es war möglich, daß ich Frau Oppenheimer gesehen hatte. Ich kannte ihren Sohn aus der Schule, und es kam vor, daß der Junge an den Wochenenden von seinen Eltern mit dem Auto abgeholt wurde, da sie ein Landhaus besaßen und dort am Sonntag Tennis spielten. Ich wußte, daß meine Mutter gern über Frau Oppenheimer sprach, aber immer nur in Andeutungen, die für meinen Vater bestimmt waren und nicht für Kinderohren.

Ob meine Mutter meine Unschuld schützen wollte oder ob sie glaubte, daß ich diese Unschuld schon verloren hatte, aber dennoch nicht auf schlechte Gedanken gebracht werden sollte, weiß ich nicht. Selbst wenn sie nicht mehr an meine Unschuld glaubte, so wußte sie doch wahrscheinlich nicht, wie früh ich sie schon verloren hatte. Bereits bevor ich fehlerlos sprechen konnte, war ich der mächtigen Verführung eines kraftvollen und wilden Geschöpfes erlegen, mit dem ich in meinem Bett Nacht für Nacht engumschlungen lag und mich des Schutzes seiner gelb behaarten Arme dankbar erfreute. Mein Teddybär, der, als ich ihn geschenkt bekam, größer war als ich, war ein fürstlicher Freund und Liebhaber, seine Küsse waren kühl, aber seine körperliche Gegenwart war fordernd und erregend. An seiner Seite erlebte ich die erschreckendsten Abenteuer. Und wenn sie bestanden waren, ertrug ich seine Zärtlichkeiten in der Haltung eines Leibeigenen, der in Wohl und Wehe von seinem Herrn abhängt. Der Weg, den wir nachts zusammen zurücklegten, war weit und gefährlich, und ich brauchte seine Nähe und sein mutiges Brummen, um aufzubrechen, sobald das Licht in meinem Schlafzimmer ausgemacht worden war. Zuerst befahl er mir, mein kleines Nachthemd auszuziehen, dann legte er seinen roten Mantel an und bedeckte auch mich damit, so daß die große Zahl der gehörnten und gepanzerten Scharen, die nahe der Tür aufgestellt waren und uns beobachteten, mich nicht mehr sehen konnten. Auch ich sah sie nicht mehr und weiß daher nicht, wie wir an ihnen vorbeikamen, ob er sie totbiß oder ob sie ihn lauernd, aber tatenlos an sich vorbeiließen, weil sie wußten, daß ich ihnen später und früh genug anheimfallen würde, wenn er einmal nicht da wäre, um mich zu schützen.

Wir waren bald auf der Straße und sahen die Fassaden im weißen Mondlicht, überall üppig blühende Bäume, deren Blütenblätter langsam auf den Boden sanken und das Pflaster mit einem Teppich bedeckten, der sich in feuchten Schmutz überall da verwandelte, wo wir hintreten wollten. Dabei mußten wir weiter, wir durften nicht verweilen, denn jeden Augenblick konnte die eigentliche Todesgefahr aus einem der Hauseingänge herauskommen und den Schicksalskampf erzwingen. Das Schneien der Blütenblätter hielt uns dennoch fest, und der Bär erklärte mir die Häuser und ihre Bewohner, die er teilweise schon getötet hatte, teilweise noch töten würde, wenn sie erwachen sollten und aus dem Fenster nach ihm Ausschau hielten.

Es ist falsch zu sagen, daß die Gefahr dann plötzlich eintrat, denn daß sie jeden Augenblick eintreten konnte, war uns bewußt. Wir erwarteten sie geradezu und hielten uns eigentlich nur deshalb so lange bei den Häusern auf, um ihr Gelegenheit zu geben, endlich zu erscheinen. Dennoch war es wie ein grauenvoller Paukenschlag, als sich in die stille weiße Welt der Schatten eines Fahrrades schob, das niemand anderem gehörte als ihr – Madame Ines Wafelaerts, und schon stand sie selber da zwischen den Mülltonnen ihres Hauseingangs, aber sie sah uns nicht. Es gab zwei Kostüme, in denen sie auftreten konnte: Das eine war eine weitfallende zinnoberrote Jacke und schwarze Keilhosen, ein schwarzer Turban und vor den alterslosen Augen eine schmetterlingsgeformte schwarze Brille, denn sie war früher eine berühmte Rennfahrerin gewesen und hatte mit einem Kongoneger am Kilimandscharo gezeltet; das andere war eine strenge Rotekreuzschwesterntracht mit einer weißen Haube, auf deren Zelluloidstreifen das Rote Kreuz blutig strahlte, dann war sie noch schrecklicher, denn dann trug sie am Fahrradlenker eine Reitpeitsche, die sie für den Kampf gegen mich mit sich führte.

Meistens wechselte sie die Kostüme während des Kampfes. Sie gaben ihr eine Kraft, die sie unverwundbar machte und erschreckend war gegen meine waffenlose Blöße.

Wir standen lange und taten, als ob wir uns unterhielten, um Madame Wafelaerts zu zeigen, daß wir in eine andere Richtung gehen wollten als sie, denn sie hörte uns zu, obwohl sie ihrerseits tat, als füttere sie eine Kohlmeise, von der sie einmal behauptet hatte, daß sie ihr gehöre, um sie wieder einzufangen. Aber dies Idyll war trügerisch, denn bei der geringsten falschen Bewegung würde sie das Fahrrad herumschwenken, mich ins Visier fassen und angreifen.

Nicht immer kam es zum Kampf. Wenn ich viele Stunden unbeteiligt mit dem Bären sprach, dann konnte es sein, daß meine Angst mir ihren Zorn ersparte. Ich war dann zu Tode erschöpft und nicht eigentlich befreit, aber ich war nicht immer gleichermaßen wild auf ihr Blut und mußte deshalb warten. Manchmal aber geschah es, daß der Bär, obwohl ich ihn inständig bat, sich ruhig zu verhalten, eine falsche Bewegung machte, und dann riß sie das Fahrrad herum und fuhr auf uns los, die Augen verborgen hinter den Gläsern und die Reitpeitsche schwingend, um meinen nackten Rücken damit zu treffen. Die todesmutigen Bisse des Bären kosteten sie immer wieder einen Arm oder ein Bein, die aber im Nu wieder nachwuchsen oder, besser, an den Körper zurückflogen und ihre Kampfkraft wiederherstellten. Trotzdem gelang es ihr, die Peitsche ganz frei zu bewegen. Auch der Bär verhinderte das nicht, er biß sie an Stellen, die weit von der Peitsche entfernt lagen, und sie wehrte sich nicht dagegen, sondern ließ es sich gefallen, denn ihr Interesse war meine Züchtigung, gegen die nichts auszurichten war. Als sie sich schließlich aufs Fahrrad setzte, um wieder zurück in ihre Garage zu fahren, lief zwar eine kleine Blutspur hinter ihr her, es war jedoch kein Klagelaut zu hören. Ich aber war todesmatt und reglos in den rot gefärbten Blütenblättern und empfand es nur noch von fern, daß der Bär mich auf seine Arme nahm und seine ernste Aufgabe nun ausführte. Er trug meinen kleinen schwachen Körper auf das Dach des höchsten Hauses, das, als wir uns ihm näherten, zu brennen begann, und sagte mir ein paar höchst rührende Abschiedsworte ins Ohr, die von seiner Liebe zeugten und von seiner kraftvollen Sanftheit. Dann hob er mich hoch und warf mich weit hinein in das Feuer, wo ich liegenblieb, um zu verbrennen, und jenseits der Flammen stand der Bär und winkte mir zu; er nickte ernst mit dem Kopf und verließ mich wieder. Später konnte ich aus dem Feuer noch sehen, daß er sich unten auf der Straße ganz ruhig mit Madame Wafelaerts unterhielt. Sie war nicht mehr gefährlich und fragte überhaupt nicht nach mir, was mich nicht wunderte. Sie hatte durchaus auch nette Seiten und hatte zu meinem Vater sogar einmal, kurz nachdem sie mir einen vergifteten Blick zugeworfen hatte, gesagt, indem sie auf mich zeigte: »O selig, ein Kind noch zu sein.« Mein Vater war gerührt und erfuhr dann noch manches über den Rennsport in den zwanziger Jahren, sie war redselig und freundlich. »Sie ist eine arme alte Frau«, sagte meine Mutter, aber der Hausmeister, der sowohl unsere als auch ihre Heizung versorgte, wußte Besseres: daß sie nämlich einen Glasschrank besitze, der von oben bis unten mit den herrlichsten Preisen gefüllt sei, aus Gold, Silber und Bronze, Vasen, Pokale und Medaillen, eine königliche Pracht. »Sie ist eine Belgierin«, sagte er, um meine Mutter auf diese vorsichtige und taktvolle Weise Lügen zu strafen.

Madame Wafelaerts war ebenso plötzlich aus unserer Straße wieder verschwunden, wie sie vor meinen Augen aufgetaucht war. Wahrscheinlich hatte der Tod sie geholt und sie von ihrem Fahrrad gestoßen, als sie zu neuen Schandtaten ausfuhr. Sie konnte sehr schnell Fahrrad fahren, die rote Jacke wehte im Wind hinter ihr her, und ihre Brille wurde ihr ins Gesicht gepreßt. Auch mein Bär war auf einmal fort. Als er noch einmal wiederkam, trug er um den Hals einen hellblau gehäkelten Kragen, der seinen Kopf, den ich ihm abgerissen hatte, festhielt. Ich wandte mich von ihm ab, seine Verwundung hatte ihn für meine Zwecke unbrauchbar gemacht. Er verschwand dann endgültig und wurde einem lauten, unsauberen Kind geschenkt, das kleiner war als ich. Als ich in späteren Jahren jedoch begann, die Menschen in meiner Umgebung mit anderen Augen anzusehen, stellte ich mit Verwunderung fest, daß die Phantasien und Wünsche, die ich in bezug auf andere zu entfalten begann, eine Wurzel hatten, die ich längst kannte, weil aus ihr auch die Empfindungen gewachsen waren, die mich bei den Erlebnissen mit meinem Bären erfüllt hatten.

Wenn meine Mutter Bratäpfel machte, waren die wirklich kalten Tage schon vorbei. Der Schweiß trat einem auf die Oberlippe, wenn man sie aß, man brauchte frische Luft, ein offenes Fenster, vor dem die Vögel zwitscherten und die ersten grünen Blättchen sich bewegten. Die Aufmerksamkeit meiner Mutter war von Frau Oppenheimer abgekommen, sie nötigte uns, noch etwas zu nehmen, und beschrieb jedem am Tisch, der keinen Bratapfel mehr essen wollte, wie sehr ihre Schwestern in ihrer Jugend gerade solche Bratäpfel geliebt hätten.

Eine der Tanten war Witwe, eine Kriegerwitwe, wie man mir sagte, so daß ich zunächst glaubte, die friedfertige Frau mit den Pudellöckchen über den Ohren sei mit dem Kriegerdenkmal des Dorfes verheiratet, in dem wir über lange Jahre unsere Erdbeeren gekauft hatten. Dort stand zwischen dem Pfarrhaus und der Kreissparkasse ein eiserner Soldat, den die Hoffnungslosigkeit seines kriegerischen Unterfangens düster und wild gemacht hatte, von den Augen war gar nichts unter dem Helmrand zu sehen, er stürmte nach vorn, aber seine übergroßen Stiefel steckten fast bis zu den Knöcheln in matschiger Bronze, die ihm das Vorwärtskommen erschwerte.

Seine Kleider hatten nichts Uniformähnliches mehr, sie schlodderten ihm um den Leib, der aus purer Willenskraft bestand und der in das Zimmer der Tante strebte. Dort würde der Krieger ihr in die Augen sehen, und es stand fest, daß dieser Blick genügte, um auch die Tante in dunkelgrün angelaufene Bronze zu verwandeln. Daß sie den ihr von meiner Mutter so dringend angebotenen Bratapfel ablehnen mußte, war mir klar. Sie stand unter der strengsten Aufsicht und hütete sich, ihren Gemahl durch kleine Disziplinlosigkeiten zu reizen, selbst wenn sie an die Tage dachte, an denen sie für einen Bratapfel allerlei gegeben hätte.

Warum auch die jüngere Schwester meiner Mutter, die angeblich noch viel lieber diese Nachspeise aß, vor allem in ihrer Studentenzeit, sich weigerte zuzugreifen, als ihr die duftende Schüssel geboten wurde, ist mir hingegen nicht gleich klargeworden. Sie wehrte sich übrigens nur schwach.

Ich weiß nicht, ob sie überhaupt etwas sagte oder ob ihre Weigerung nur in einem einverständlichen Blickwechsel mit meiner

Mutter bestand. Aber es ist sicher, daß sie mit meiner Mutter im Einverständnis gewesen sein muß, denn es wäre sonst unmöglich gewesen, einfach vom Angebotenen nichts zu nehmen, ohne damit eine wortreiche Beschwörung, doch wenigstens eine Kleinigkeit zu versuchen, auszulösen. Diese Beschwörungen wandte meine Mutter mit System an, und erst wenn sie am Ende dieses Systems angekommen und der Verweigerer der Speise immer noch hart geblieben war, ließ sie mit leichter Verstimmung von ihren Anstrengungen ab. Zunächst glaubte sie, im Gast die Vorstellung bekämpfen zu müssen, man sei auf seinen Besuch nicht eingerichtet, es herrsche Mangel in unserer Küche, schon die Familie allein finde nicht genügend zu essen in den Töpfen. Sie gab ihm dann zu erkennen, daß sie schon ahne, was er vermute, und bewies ihm, daß er sich im Irrtum befinde, daß viel gekocht und vorbereitet worden sei, daß in den Schüsseln noch die appetitlichsten Portionen lägen und überdies, wie sie sagte, noch jede wünschbare Menge draußen sei. Ihr nächster Verdacht richtete sich auf die Annahme, dem Gast sei das Essen zuwider, er suche nur einen Vorwand, um endlich nicht weiteressen zu müssen. Es war bemerkenswert, wie sie dieser Vermutung zunächst kämpferisch begegnete. Es drückte sich keine ängstliche Sorge aus in ihren Worten; sie pries ihre Gemüse, ihre Suppen, ihre Nachspeisen mit den gleichen Worten, mit denen ihr die Händler der Kleinmarkthalle Stunden zuvor ihre Produkte empfohlen hatten, ohne sich darüber zu wundern, daß ihr der Gast auf ihre Bemerkung, es handle sich bei dem vor ihm stehenden Gemüse wirklich um den allerfrischsten, ersten, frühsten und aromatischsten Rosenkohl, vorbehaltlos zustimmte und dennoch nicht bereit war, noch einen Löffel davon zu nehmen. Als letztes blieb ihr noch, die mögliche Sorge des Gastes zu widerlegen, der Rosenkohl könne seiner Gesundheit schaden, er könne die Funktionstüchtigkeit der inneren Organe ins Wanken bringen, er könne ihn gefährlich entstellen, unmäßig anschwellen lassen, er könne giftig sein. Sie wußte, wenn sie soweit gekommen war, alles über die heilende Kraft des Rosenkohls vorzubringen. Sie tadelte an ihrem Gast die Farbe seines Gesichts, bemerkte sein kränkliches Aussehen, seine bedenkliche Magerkeit, der gerade durch eine leicht erhöhte Gabe Rosenkohls wieder abgeholfen werden könne. Der eben noch so würzige und kräftig schmeckende Rosenkohl verwandelte sich in ein pharmazeutisches Kraut, in ein Arkanum von alter, oft erprobter Kraft. Wer selbst auf diese Gründe nicht hören wollte, war eigensinnig und kindisch, er mußte eine kleine Strafe bekommen, und die Unmöglichkeit, einen älteren, der Familie nicht besonders vertrauten Gast auf seine hartnäckige Weigerung hin einfach sofort ins Bett schicken zu können, bereitete meiner Mutter ein solches Unbehagen, daß sie eine Weile verstummte, um die Wellen der üblen Laune, die in ihr hochstiegen, zu bekämpfen und nicht Wort werden zu lassen, was sich auf ihrem Gesicht schon allzu deutlich zeigte.

II.

Stephan Korn nahm, die Wünsche meiner Mutter wohl kennend, schon auf die erste, noch moderate Aufforderung seinen zweiten Bratapfel, als er überraschend an unserem Mittagstisch erschien, und ich vermute, daß es seine Folgsamkeit war, die meine jüngere Tante zu ihrer Ablehnung eines weiteren Apfels brachte, als sich die Schüssel ihr näherte, eine Ablehnung, die ungestraft und sogar unbesprochen blieb, und zwar, wie ich jetzt begriff, weil nur noch ein einziger Apfel in der Schüssel lag, der für meinen Vater bestimmt war, wie meine jüngere Tante wohl wußte. Stephan Korn, der dagegen nicht wissen konnte, daß der letzte Apfel bereits vergeben war, ahnte nicht, daß er, als er weit übersättigt an seinem zweiten Apfel nagte, damit die Nachspeise meiner Tante verzehrte, was ihm, dem immer Beflissenen, großen Kummer bereitet hätte. Aber meine Mutter erkannte das schnell entschlossene Opfer ihrer Schwester hoch an und warf ihr belohnende und ermutigende Blicke zu. Beide Frauen genossen diesen Augenblick, in dem sie durch kluge Verzichtleistungen bei Stephan Korn den Eindruck der Fülle unserer Tafel erzeugten, und meine jüngere Tante hätte als Steigerung nur empfunden, wenn er dieses Opfer plötzlich entdeckte, innehielte, den Löffel und die Gabel sinken ließe, den Kopf höbe und ihre Augen suchte. Aber sie wußte, daß es töricht war, solche Wünsche zu hegen, denn gerade in der Verborgenheit lag der Sinn ihrer Tat, und es wäre sehr schlecht gewesen, wenn Stephan Korn gemerkt hätte, daß er ihren Apfel aß.

Die Männer waren entrückte Wesen für meine jüngere Tante,

mit seltsamen, exklusiven Beschäftigungen und Interessen, an denen eine Frau keinen Anteil hatte. Männer sprachen in den kurzen Augenblicken des Tages, an denen man sie sah, unverständliches Zeug, anstatt in Ruhe zu essen und sich die ausführlichen Dialoge anzuhören, die meine Mutter mit dem Hausmeister von Madame Wafelaerts geführt hatte, oder sich endlich ein Bild über Frau Oppenheimers Lebensführung zu machen. Dann begehrten sie Kaffee und zogen sich in ihr Schreibzimmer zurück, wo sie telephonierten, mit der Papierschere Unsinn machten und lasen.

So war ihr Vater gewesen, und so erlebte sie nun auch den Mann ihrer Schwester, meinen Vater, der sich allerdings freundlicher zu ihr verhielt, als es der Großvater getan hatte. Vor allem, nachdem ihm der Kehlkopfkrebs seine knarrende Stimme geraubt hatte, war für seine jüngste Tochter nur noch ein tonloses Krächzen übriggeblieben, einsilbig dazu, wenn man Laute, die keinen Vokal mehr enthalten, als Silben gelten lassen will.

Der Mann ihrer älteren Schwester nun war zu all diesen Eigenschaften auch noch Krieger geworden – also überhaupt nie da – und, wenn er sichtbar wurde, abweisend und voll Wichtigkeit.

Wie anders war Stephan Korn. Nicht daß es ihm an den äußeren Zeichen der Männlichkeit gemangelt hätte. Auch er war im Krieg gewesen, freilich auf der anderen Seite, dazu noch in Frankreich stationiert, vielleicht auch in Spanien? Das war nicht ganz deutlich geworden.

Niemals hätte sich meine Tante allerdings Stephan Korn als Kriegerdenkmal vorstellen können: An ihm war nichts Schlammiges, Ölverschmiertes, Düsteres. Seine Melancholie war zart und stammte ganz sicher nicht daher, daß er wochenlang anhaltenden Geschützdonner hatte ertragen müssen, in einem Schützengraben womöglich und beim Schein einer Karbidfunzel. War er nicht überhaupt als Flieger damals in Frankreich? Wenn das zutraf, und es war gelegentlich, auch in Stephans Gegenwart, die Rede davon, dann jedenfalls sicher nicht als Kampfflieger, umwoben von der ritterlichen und zugleich tragischen Aura der Luftkämpfe, sondern etwas Leichteres, Unfaßbares, etwas halb

Ziviles, ein Nachrichtenflieger etwa oder ein Post- und Kurierflieger mit geheimem Auftrag, der seinen sportlichen Doppeldecker auf wie von Boucher gemalten französischen Waldlichtungen landete, um seine Sendung einem andern Mitglied der geheimen Organisation zu übergeben – einem beleibten Landpfarrer, der mit seinem Fahrrad plötzlich wieder verschwunden war, oder einem seine Sense schleifenden Bauern, der in einem der dekorativen Heuhaufen seine Maschinenpistole versteckt hielt.

Für meine Tante hatte Stephan, wenn sie an seine Tätigkeit im Krieg dachte, Züge des Grafen Saint-Exupéry, den sie mit ihren Schülerinnen zusammen in jenem Teil des St.-Ursula-Gymnasiums las, der von den Bomben verschont geblieben war. Sie sah ihn vor sich, seine wenigen schwarzen Haare unter einer ledernen Fliegerkappe verborgen, das schmale Gesicht rechts und links von den offen getragenen Lederriemen umflattert, die an die barbarisch anmutenden seitlichen Gehänge der Stephanskrone erinnerten. Und sie wußte, daß er in seiner engen Kabine zwischen den blinkenden Metallteilen des Fußbodens stets einen Platz gefunden hatte, um dort eine Flasche alten Bordeaux zu lagern, die, wenn er sie öffnete, von der Hitze der laufenden Motoren angewärmt war. Dann hatte er sicher gelächelt, nach dem ersten Schluck möglicherweise noch einen zweiten und dritten genommen, und hatte die Flasche mit einer meine Tante überraschenden und zugleich tief treffenden Methode wieder verkorkt, indem er den Korken ganz leicht oben auf den Flaschenhals setzte, um ihn dann mühelos mit kleinen Schlägen der flachen, gespreizten Hand in die Flasche zu treiben; das war nicht eigentlich männlich in den Augen meiner Tante, sondern irgendwie charmanter – jungenhaft war das passende Wort –, aus dem sich ihr folgerichtig auch die Überzeugung nährte, daß Stephan viel essen müsse, wenn es darum ging, wer den vorletzten Bratapfel nahm.

Daß Stephan schon damals so selten lächelte wie heute, war meiner Tante angesichts seines Schicksals zur Gewißheit geworden, und sie hielt es für ganz ausgeschlossen, daß es der Wahrheit entsprechen könne, wenn mein Vater behauptete, Stephan

Korn sei zu seiner Zeit »ein lustiger Vogel« gewesen. Einen Hauch von Wirklichkeitsfremdheit bekamen solche Äußerungen schon dadurch, daß mein Vater und Stephan Korn gleichaltrig waren, mein Vater aber erheblich älter als sein Freund wirkte, denn wenngleich Stephan die meisten seiner Haare verloren hatte, so waren die verbliebenen doch wenigstens noch dunkel, während mein Vater schon längst im Silberschein seines weiß gewordenen Haares lebte.

Stephans Zeit schien meiner Tante erheblich weniger abgelaufen als die meines Vaters, zumal Stephan noch allein war und sich auch in New York, der Stadt, in der er die Zeit nach den Jahren in Frankreich bei seiner Mutter zubrachte, noch nicht an eine Frau gebunden hatte.

Nun war es gewiß klug von ihm, sich keine New Yorkerin auszusuchen, denn selbst wenn seine Mutter aus New York stammte, konnte man Amerika bei aller Weltläufigkeit der Korns doch nicht als ihre Heimat ansehen. New York war der Rückhalt ihrer Existenz, ein sicherer Hort für Vermögenswerte und dann auch für das höchste Gut der alten Korns, nämlich ihr Leben. Aber die Heimat lag für Vater und Sohn trotzdem in Europa, und zwar in Frankfurt, wo auch ich geboren bin und wohin Stephan damals zu uns kam.

Nach den Vermutungen meiner Tante mußten mögliche Verbindungen zu Frauen aus den Tagen, in denen Stephan noch in seiner Vaterstadt wohnte, längst abgebrochen sein. Immerhin war der Aufbruch damals ein tiefer Einschnitt im Leben der Korns gewesen. Sie hatten ihn deshalb so lange wie möglich hinausgezögert, obwohl sie ihn seit langer Zeit für unausweichlich gehalten hatten. Denn als sie schließlich Deutschland verließen, geschah das nur scheinbar in letzter Minute. Der Vater Korn hatte längst für amerikanische Pässe gesorgt.

Stephan in Frankreich – das war dann doch ein anderes Kapitel, denn bei dem Raffinement der französischen Frauen war es eigentlich ausgeschlossen, daß Stephan, der geheime Kurier, ohne Abenteuer geblieben sein sollte.

Meine Tante kannte aus den Lichtbildervorträgen des Französischen Instituts die Schlösser der Loire und Burgunds: diese festgefügten weißen Kästen mit den genießerischen runden Donjons rechts und links und den Hauben aus blauem Schiefer. Auch sie standen auf Waldwiesen, von bunten Herbstbäumen umgeben und manchmal nur durch kleine Landstraßen erreichbar, die unsichtbar hinter einer verfilzten Reihe alter Brombeerbüsche lagen. Sie sah Stephan, der seinen beschädigten Doppeldecker verlassen hatte, um in einem solchen Schloß ein Werkzeug zu erbitten, irgendeinen Hammer oder einen strahlend vernickelten Engländer, um damit an dem bei der Landung auf der Waldwiese verbogenen Propeller herumklopfen zu können.

Im Krieg war ja kaum Personal in diesen Häusern, nur eine mürrische und mißtrauische alte Köchin und natürlich die Hausfrau, gerade aus der Badewanne gestiegen und in einem einfachen, ländlichen Leinenkleid, die gleich mit Feuer dabei war, Stephan zu helfen, und auch nicht davor zurückschreckte, ihre sanft gepolsterten und gepflegten Hände schmutzig zu machen, als sie alle zusammen den Doppeldecker in einer Scheune versteckten, weil man auf einen Mechaniker der Résistance warten mußte. Stephan konnte seit langem wieder einmal bequem in einem Bett schlafen, im Gästezimmer natürlich. Und doch, der Blick, mit dem die junge Hausfrau am anderen Morgen von der rosenüberwucherten Terrasse den blauen Himmel nach dem schnell kleiner werdenden Doppeldecker absuchte, er war eigentümlich verschleiert, und meine Tante ahnte, daß in dem nächtlichen Zeitraum, den sie sich nicht vorstellen wollte, Dinge vorgefallen sein mochten, die einen Grund für die verschleierten Augen der Schloßherrin enthielten. So irritierend solche Vorstellungen indes auf sie wirkten, so sehr bemühte sie sich, Stephan gerecht zu werden. Im Leben eines abenteuergewohnten Mannes gab es eben Erlebnisse, die sie vielleicht nur ungern mit ihrer in diesen Dingen sehr genauen Mutter besprochen hätte.

Ich weiß übrigens nicht, welche Wirkung es auf meine Tante hatte, daß Stephan frankfurterisch sprach, ein Idiom, in dem es unmöglich ist, elegant oder gar tragisch zu wirken, und das in der

Ausprägung der gehobenen Bourgeoisie, was die untragische Wirkung dieser Sprache nur noch steigerte. Zwar war auch die Aussprache meiner Tante nicht ganz frei von den Dialektfarben ihrer Heimat, aber sie gehörte zu den Menschen, die nicht mehr imstande sind, ihren eigenen Dialekt wahrzunehmen, die vielmehr von sich selbst mit bescheidenem Stolz behaupten, ein vollkommen gereinigtes Hochdeutsch zu sprechen, und deren Amüsiertheit über ihnen unvertraute Dialektspuren in den Reden anderer Menschen niemals abnimmt. Aber Stephan wich in so vielen anderen Beziehungen von dem, was ihr normalerweise begegnete, ab, daß sein feines Frankfurterisch im Zusammenhang mit seiner exotischen Persönlichkeit nur noch ein weiteres extravagantes Detail für sie war.

Beispielsweise lag auf der Hand, daß Stephan Korn im Unterschied zu fast allen Menschen, die meine Tante kannte, nicht zur Beichte gehen mußte. Meine Tante war außerordentlich erregt, als sie dieses Faktum von meiner Mutter erfuhr, und ihre Verwirrung stieg, als sie den ironischen Kommentar meiner Mutter zu dem Fehlen dieser Pflicht hörte: »Die brauchen das nicht, bei denen muß man nicht beichten, das sind nämlich bessere Menschen als wir, die sündigen nicht.«

Meine Tante, die unfähig war, Zweideutigkeiten oder ironische Bemerkungen von ernst Gemeintem zu unterscheiden, betrachtete Stephan von diesem Tag an mit noch größerer Neugier. In ihrer Phantasie rückten die Kurierflieger und die Erzengel in innigere Nähe.

Es war sicher ein Glück für meine Tante, daß sie Stephan Korn niemals in Gesellschaft seiner Mutter gesehen hat. Auch für meine Eltern war ihr Auftauchen fast ein Schock, weil sie mit Nachdruck Rechenschaft über das Treiben ihres Sohnes in Deutschland forderte und sehr verstimmt war, als sie ihn nicht in dem Hotelappartement auffinden konnte, das er ihr als Adresse in Long Island zurückgelassen hatte, sondern erfahren mußte, wo sie ihren Sohn zu suchen hatte. Sie war völlig unsentimental und hatte zu alten Dienstboten nicht im entferntesten die Beziehung der Leute, die ihrem ehemaligen Kindermädchen zu Weihnachten ein Pfund Kaffee ins Altersheim schicken und zugleich beständig versichern: »Wir lieben unsere alte Detta heiß und innig!«

Florence Korn, geborene Gutmann, war eine Frau, deren Auftreten niemals ohne Wirkung blieb. Stephans Chauffeur, der von seinem melancholischen Herrn gewöhnt war, schon gleich am Morgen, wenn er ihn nach kurzer Fahrt abgesetzt hatte, wieder nach Hause geschickt zu werden, mußte sich auf lange Wartestunden in dem großen schwarzen Auto einrichten, das die kleinen Jungen bestaunten, denn in den ramponierten Straßen unseres Viertels war etwas derart Kostbares und Neues schon lange nicht mehr gesehen worden.

Wo aber war Stephan geblieben, der von seiner Mutter Urlaub nur erhalten hatte, um sich um den Wiederaufbau und den Gang der Geschäfte der in der Nähe der Stadt gelegenen Kornschen Autoreifenfabrik zu kümmern?

Florence Korn hatte gegen Frankfurt im Grunde wenig einzuwenden. Natürlich war sie ihrem Mann nicht mit besonders guter Laune aus New York, wo jeder sie kannte, nach Deutschland gefolgt. Aber ihr strenges Prinzip, eine Frau habe ihrem Mann überallhin bis in das letzte Nest zu folgen, welches sie ebenso hochhielt wie ihr zweites Prinzip, der Mann habe in allen übrigen Fragen der Frau untertan zu sein, ließ bei der ersten Bewährungsprobe der jung Vermählten keine Ausnahme zu. Außerdem verlor sie New York nicht aus den Augen. Einmal im Jahr, zum Geburtstag ihres Vaters, war sie ohnehin ein paar Wochen in Amerika und erzählte von den Absonderlichkeiten der deutschen Provinz, wenn sie im Salon ihres Elternhauses saß, der mit abgelaugten Louis-quinze-Sesseln und Ansichten der »Kirschblüte in der Normandie« ausgestattet war. Je mehr erst das politische Chaos und dann der Terror in Deutschland wuchsen, desto mehr bezog sie Distanz zum Land und zur Stadt. Sie war wie die Passagierin eines Luxusdampfers im Hafen von Kalkutta, die in ihrer eisigen Gepflegtheit durch die schmutzstarrenden Straßen geht und auch, wenn sie Angst hat, immer weiß, daß in sicherer Nähe das große Schiff mit seinen leuchtenden Sälen auf sie wartet, um sie wieder in seinen Schutz aufzunehmen. Sie fand es allenfalls überflüssig, die Abfahrt nach New York so lange hinauszuzögern, wie ihr Mann es tat, der fürchtete, im Vaterland seiner Frau vollends unter die Fuchtel zu geraten.

Als Florence nun in dem schwarzen Auto ihres Sohnes durch die von Bomben schwer getroffene Stadt ihrer ersten Ehejahre fuhr, sah sie teilnahmslos durch die getönten Scheiben und schüttelte nur einmal ernst den Kopf, als an der Stelle, an der die hübsche Villa ihrer einzigen Freundin gestanden hatte, nun ein großer Backsteinhaufen lag, vor dem eine Würstchenbude aufgebaut worden war. Selbstverständlich galt dieses Kopfschütteln nur der Erinnerung an einige angenehme Augenblicke, die sie in diesem Haus verbracht hatte. Sie konnte sich einfach nicht vorstellen, daß mit der Zerstörung des Hauses vielleicht auch ein Vermögensverfall ihrer Freundin eingetreten war, der es der alten Frau verbieten würde, ihr Haus wieder aufzubauen. Für Florence war der Krieg wie eine Erdbebenkatastrophe, aus der alle Überlebenden ebenso hervorgehen, wie sie hineingeraten sind: die Mittellosen arm, die Leute in soliden Verhältnissen eben reich.

»Hoffentlich hat sie vorher alles photographieren lassen«, dachte Florence und beschloß sofort, diese Maßnahme in ihrem Haus in Long Island zu veranlassen. Sie dachte an den Fall einer Sturmflut oder wenn die Japsen doch noch kommen sollten.

Ob sie damit wohl Stephan betrauen konnte? Er war ja technisch eigentlich nicht ungeschickt, obwohl es bei ihm nie zum Flugschein gelangt hatte; und selbst dann, wenn es mißlang, war das besser für ihn, als sich mit der alten Agnes herumzutreiben und auf kein Telex aus New York zu antworten.

Agnes war vor dem Krieg das Kindermädchen der Korns. Obwohl sie dem Dialekt nach Frankfurterin war, war sie katholisch getauft, wohl von ihrem aus dem Westerwald gekommenen Großvater mütterlicherseits her. Sie hatte sogar einmal eine Stelle als Pfarrköchin, bei dem eichhörnchenhaften Monsignore nämlich, und zwar zu dessen hoffnungsvollsten Zeiten: Er war damals im Gespräch, Weihbischof zu werden, was er aus Gründen, die meine Mutter kannte, dann jedoch nicht geworden war.

Als sein Stern sank, verließ ihn auch Agnes, die auf äußerste Reputation ihrer Dienstherren sah. Sie achtete auf den wirtschaftlichen und gesellschaftlichen Status der Häuser, in denen sie arbeitete, wie ein Seismograph, und sie hatte eine ganze Woche, bevor endgültig feststand, daß Rechtsanwalt Oppenheimer in der Inflationszeit sein gesamtes Vermögen verloren hatte, ihren Koffer gepackt und die Familie Oppenheimer mit mageren Gründen und einem beleidigten Mund verlassen, um zu Korns überzusiedeln, die gerade ihr zweites Kind, nämlich Stephan, erwarteten.

Die Verbindung, die Agnes und Stephan in den folgenden Jahren eingingen, war spätestens von der Zeit an, in der Stephan, übrigens zögernd, zu sprechen begann, die eines alten Ehepaares: ebenso wenig herzlich und ebenso unauflöslich. Dabei verhielt sich Agnes scheinbar wie alle andern Ammen und Bonnen auf der Welt: Sie stellte ihrem vor sich hin blubbernden Pflegling die immer gleichen Fragen, von denen im vorhinein feststeht, daß er sie nicht beantworten, geschweige denn auch nur verstehen kann. Der Unterschied bestand bei Agnes darin, daß sie das: »Ei, was machst du denn da?«, »Ei, willst du denn nicht Ham-Ham machen?«, »Ei, was bist du denn für einer?« nicht in jenem eintönigen Singsang vorbrachte, der auf keine Antwort rechnet und die Sprechende wie betäubt oder doch mindestens geistesabwesend erscheinen läßt, sondern in einer naiven Ernsthaftigkeit, der sie stets eine kleine Pause folgen ließ, wie um die Antwort Stephans abzuwarten, deren Ausbleiben sie entgegennahm, wie sie das Schweigen eines Ehemanns hinter der ausgebreiteten Zeitung hingenommen hätte, keinesfalls also als Zeichen des Unvermögens zu sprechen, sondern als Unwilligkeit, sich jetzt mit ihr zu unterhalten.

Auch als Stephan dann endlich fließend sprechen konnte, blieb der Charakter ihrer Gespräche der gleiche. Einsilbiges vor sich hinmurmelnd, zogen die beiden Hand in Hand durch die weitläufigen Parks der Stadt. Dann und wann bückte sich Stephan, um ein Stöckchen, einen Zigarrenstummel oder ein Stückchen Hundedreck anzufassen. Dann erwachte Agnes aus ihrem Gleichmut, denn Furcht um sein blaues Samtmäntelchen erfüllte sie, und sie sagte mit einer greinenden Stimme, die den Ekel vor dem unsauberen Gegenstand schauspielerisch darstellen sollte: »Net! Net! Laß des. Des is bä bä!« Stephan hielt inne und sah sie an: »Warum?« Agnes antwortete: »Des is nix, hörste, nix is des.« Stephan blickte sie nachdenklich an und sagte: »Du bist ganz schön blöd.« »Sagt der, ich bin blöd«, sagte Agnes.

Die beiden Menschen standen eine Weile stumm da und musterten sich so lange, bis in ihnen die Erregung wieder auf den Boden der Seele gesunken war und der schneckenlangsamen Fortsetzung des Spazierganges nichts mehr im Wege stand. Dann wandten sie sich voneinander ab, nahmen beide wieder den Horizont ins Visier und setzten die Füße voreinander, bis ein neuer, am Boden liegender Gegenstand Stephans Aufmerksamkeit in Anspruch nahm oder bis sie die von Florence vorgeschriebene Anzahl von Schritten in der frischen Luft erfüllt hatten.

Als Stephan sechzehn Jahre alt wurde, wies Florence Agnes an, ihn von jetzt an zu siezen und »Herr Stephan« anzureden.

Agnes erfüllte nur den zweiten Teil der Vorschrift. Sie sagte zu Stephan »Herr Stephan«, ohne daß er oder sie das geringste dabei fanden, aber sie blieb beim »Du«, das zusammen mit der formellen Anrede aber nicht eigentlich vertraulich wirkte, sondern altertümlich, wie aus einem Ritterstück von Grillparzer. Sie fuhr mit dem »Du« übrigens nicht fort, weil sie Florence, die ihr gleichgültig war, hätte ärgern wollen, sondern weil das »Sie« in ihrer eigenen Sphäre nicht üblich war. Man sagte »ihr« oder auch »du« selbst dann, wenn man nicht befreundet war und bei uneingeschränkter Benutzung der bürgerlichen Anrede, so daß Agnes beispielsweise zu der Metzgerin zu sagen pflegte: »Frau Waibel, gebst du mir ein Stück Fleischwurst«, obwohl sie die Frau Waibel, die es zu achtunggebietendem Wohlstand gebracht hatte, nicht näher kannte.

»Herr Stephan, was wünschst du dir denn zum Christkind?« fragte sie also, ohne eine Antwort zu erwarten, während sie bügelte und er in einem Buch über die erregenden Fortschritte der Luftfahrt las.

An Weihnachten, das auch in der Familie Korn mit Lichterbaum und Bescherung gefeiert wurde, schenkte sie ihm dann etwas Gestricktes, das Stephan nie und unter keinen Umständen getragen hätte, das er aber in einer besonderen Kommodenschublade seines großen Schlafzimmers sorgfältig aufhob. Er hingegen schenkte ihr ein von seinem großzügig bemessenen Taschengeld gekauftes Schmuckstück bescheidener Art, das sie niemals anstecken würde, aber ebenso sorgfältig in einem Lederkästchen, einem Geschenk Stephans von seiner Florenzreise, verwahrte. Beim Austausch der Geschenke, das heißt, wenn sie sich ihre Päckchen entgegenstreckten, während Florence das Menuett von Boccherini auf dem Flügel spielte, sagten sie beide: »Da!« Dann, nachdem sie es ausgepackt hatten, sagte jeweils der Schenkende zum Beschenkten: »Kannstes gebrauchen?« Der Beschenkte antwortete: »Och Gott, ja.«

Dann setzte man sich zur Gans ins Eßzimmer, wo im Kronleuchter die elektrischen Kerzen brannten.

Die Jahrhunderte der Literatur, die von der Liebe handelt, haben unsern Blick auf die stürmischsten und die sanftesten Formen der Liebe gelenkt, auf ihre Verkehrtheiten und auf ihre Verwandtschaft mit dem Haß. Möglicherweise sind wir für die Liebe, die zwischen Agnes und Stephan bestand, blind, weil sie unausgesprochen, undramatisch und unbewußt war, vergleichbar den Gefühlen, die der Efeu der Eiche gegenüber empfindet, die er umrankt, oder denen der kleinen Vögel am Nil für die Krokodile, denen sie die Zähne putzen.

Diese geradezu prähistorische Art der Liebe, die Stephan und Agnes mit unsichtbaren, symbiotischen Fäden verband und die niemand je entdeckt hätte, wenn nicht Florence, als die Korns Deutschland verließen, versehentlich einen der großen Koffer Stephans geöffnet und dort, statt Stephans seidenen Morgenröcken und Kaschmirpullovern, ein Sammelsurium der abscheulichsten hellgrauen Wollartikel – Puls- und Nierenwärmer, Unterhosen, dicke kratzige Socken und Ohrenschützer – gefunden hätte, diese Liebe, die kein Wort des Abschieds brauchte, keine Tränen, keine Briefe, ist die Erklärung für die Richtung, die Stephan Korn sofort einschlug, nachdem er zur Reorganisation der Autoreifenfabrik zurück nach Frankfurt gekommen war.

Ob es ihm schon in New York klargeworden war, daß der Zustand seines Gemütes kritisch wurde, oder ob ihn der Instinkt zum Ausbruch der Krankheit rechtzeitig an einen sicheren Ort führte, wie er die Vögel vor hereinbrechenden Wetterstürzen warnt und sie veranlaßt, kleine Höhlen und Wurzelspalten aufzusuchen, ist nicht mehr festzustellen.

Stephan Korn war schon vor dem Krieg ein Mensch mit gedämpften Stimmungen. Auch bei seinen komischsten Geschichten lächelte er nur sanft und beinahe verborgen, mit der abgeklärten Resignation eines alten Priesters, der eine frivole Geschichte in der Beichte erfährt. Obwohl er nie viel sprach, war sein Schweigen in den letzten Jahren nach dem Krieg auch Florence aufgefallen. Es hatte sich gleichsam vertieft. Auch sein Schlafbedürfnis war enorm gewachsen: Nach einem Diner, das ihn gegen seine Gewohnheit zwang, nach elf Uhr abends ins Bett zu gehen, mußte er ausschlafen, um zu irgend etwas in der Lage zu sein.

Stephans Vater war das recht. Er konnte ihn ohnehin nicht so recht in der Firma gebrauchen und hielt ihn für einen Luftikus, weil er sich in Frankreich herumgetrieben hatte. Wenn jemand eine solche Eigenschaft bei dem schläfrigen, schweigsamen und verlegenen Stephan für ein wenig unwahrscheinlich hielt, dann winkte der Vater Korn wissend mit der offenen Hand und gebrauchte Spruchweisheiten, in denen Zwangsläufigkeiten behauptet, aber nicht begründet wurden, wie die von den stillen Wassern, die angeblich immer tief gründen, als gebe es keine flachen Pfützen.

»Der Stephan weiß net, wie man das Geld verdient, aber er weiß, wie man es ausgibt«, fügte der Vater Korn dann noch hinzu und stellte damit eine weitere Behauptung auf, die jedenfalls aus seiner Sicht verwunderte, denn wenn Stephans erhebliche private Ausgaben auch ausschließlich seinen anspruchsvollen Gewohnheiten dienten, war doch unter diesen Gewohnheiten nicht eine, die nicht in denen des Vaters Korn ihre Entsprechung gefunden hätte. Im übrigen waren diese Urteile nicht tadelnd gemeint: Der Vater Korn bewunderte Stephans müden Charme, der ihn in den Kreisen der amerikanischen Verwandten und Freunde viel selbstverständlicher erscheinen ließ als den noch in wilhelminischen Idealen erzogenen Willy. Stephan hatte eine Art und Weise, sich mit den Händen in den Hosentaschen auf den weißen Piqué-Sofas seiner Mutter herumzulümmeln, die in des Vaters Augen unerhört amerikanisch war – elegant, frei, jung, und er wäre erstaunt gewesen, wenn er erfahren hätte, daß Stephan lediglich seine abgenagten Fingernägel verbergen wollte.

Obwohl Stephan ohne eine Auszeichnung aus Frankreich zurückgekommen war, galt er in seiner Familie als Held. Sogar Florence war ihm entgegengekommen und hatte die sie geradezu anwidernden hellgrauen Wollsachen zu seiner Heimkehr an einer unauffälligen, beim zweiten Hinsehen aber leicht sichtbaren Stelle in seinem Schlafzimmer ausgelegt.

Damals war schon einmal eine Art von Schlafkrankheit ausgebrochen. Stephan war tagelang nicht aus seinem Zimmer gekommen. Nun, das hielt man noch für natürlich, der Junge hatte gerade den Zweiten Weltkrieg gewonnen und mußte sich ausschlafen. Nur von Zeit zu Zeit wurden hochgetürmte Tabletts mit Sandwiches und Weinflaschen in das verdunkelte Zimmer getragen, in das kein Sonnenstrahl fallen durfte, während draußen die Rasensprenger unablässig jedes der zentimeterkurzen Grashälmchen mit kleinen Tautropfen benetzten. Die Erholungszeit dauerte dann doch ziemlich lange, und vor allem Stephans Liebe zur Dunkelheit stimmte Florence in dem Maß bedenklich, in dem nach menschlichem Ermessen Stephan als nun wirklich rundherum ausgeschlafen gelten mußte.

Wie immer, wenn ihr etwas nicht paßte, nahm sie die Sache in die Hand. Nachdem sie Stephan mehrfach aufgefordert hatte, sein Zimmer wenigstens zu den Mahlzeiten zu verlassen, und ein andermal, sie zu Einkäufen in Midtown Manhattan zu begleiten, und immer nur kaum wahrnehmbare Grummellaute aus dem Dunkel als Antwort erhielt, knipste sie eines Tages das Licht an, wünschte aber im selben Augenblick, das lieber nicht getan zu haben: Sie erschrak vor Stephans Gesicht, das ihr maulwurfshaft entgegenblinzelte und seit Tagen unrasiert war. Das war ein Anblick für Leute, die dafür bezahlt wurden, für Ärzte beispielsweise oder für den netten Dr. Tiroler in der Nachbarvilla, der bei ihrer endgültigen Übersiedlung nach Amerika auch Stephans Intelligenzquotienten festgestellt hatte.

Sie knipste deshalb das Licht sofort wieder aus und veranlaßte das Notwendige. Dr. Tiroler kam herüber und machte sie in ihrem Salon bei einer Tasse Tee mit seiner Schock-Theorie vertraut, und sie spürte angesichts seiner ernsten Redeweise eine tiefe Beruhigung, die sie auch daran hinderte, Dr. Tiroler zu widersprechen, denn sie konnte sich eigentlich nicht vorstellen, wann Stephan einen Schock erlitten haben könnte. Dr. Tiroler ging hinauf in Stephans Schlafzimmer, und siehe da, es dauerte nicht lange, und Stephan erschien, sehr blaß, aber tadellos rasiert, mit einem ungestärkten Seidentaschentuch in der Brusttasche wie eine welke Gardenie und nahm von nun an teil an den Mahlzeiten, fuhr sogar manchmal morgens mit dem Vater ins Geschäft und verabredete sich dann mit seiner Mutter zum Mittagessen in der Stadt. Trotzdem konnte man nicht sagen, daß er wieder in Schwung gekommen war. Er blieb ein rohes Ei und lag viele Stunden wortlos im Liegestuhl, in der Richtung auf das graue Meer mit seinen tausend kleinen Wellen, deren ständigen Wechsel man viele Stunden betrachten kann, den er aber nicht betrachtete, weil seine Augen auf einen Putto aus Kunststein, zwei Schritte von ihm entfernt, gerichtet waren, um sich dessen törichtes Grinsen und die zusammengebackenen Weintrauben, die er in den Händen hielt, einzuprägen.

Der Zielgerichtetheit dieses Blicks entsprach dann, wenige Jahre später, die Anweisung, die Stephan Korn, kaum daß er in Frankfurt wieder angekommen war, nach einigen geschickten Telephonaten im Hotel, seinem Chauffeur gab, ohne darüber nachzudenken, was er eigentlich wolle und wie es an der Adresse, die er angegeben hatte, eigentlich weitergehen solle.

Das Auto hielt vor einem Siedlungshäuschen in einer abgelegenen Vorstadtgegend, welches sich trotz seiner winzigen Proportionen drei Parteien teilten. Stephan klingelte und stieg, ohne einen Gedanken an den durchdringenden Kohlgeruch zu wenden, der das enge Treppenhaus erfüllte, die leiterartig steile Treppe hinauf, klopfte an eine Tür, die mit vergilbter Farbe lackiert war, machte sie auf und ging in das Zimmer hinein.

Von ihrem Stuhl, der eine braune Linoleumsitzplatte hatte, erhob sich Agnes, die Kartoffeln schälte. »Ei, Herr Stephan«, sagte sie und legte das Messer hin. Stephan blieb stumm und sah sich teilnahmslos um. »Biste wieder da?« fragte Agnes und half ihm aus dem schwarzen Mantel mit dem Persianerkragen. Stephan setzte sich und griff unsicher nach einer Zeitung, die auf dem Tisch lag. Er hätte gern ein bißchen darin gelesen, aber er fühlte, daß er ein noch wichtigeres Bedürfnis hatte, dessen Befriedigung an erster Stelle stand. »Und?« fragte Agnes, die sich ebenfalls wieder gesetzt hatte. Stephan wußte, was das hieß, es war die Frage, die Agnes ihm gestellt hatte, wenn er als Kind mit Fieber im Bett lag und heiße Milch mit Honig und Rotwein, Ei und Zucker geschlagen aus einer Tasse zu trinken bekam. Es war die Frage nach seinem Gesundheitszustand, die er damals auch dann resignierend beantwortete, wenn es ihm eigentlich schon etwas besser ging. Er fühlte dann besonders die Sinnlosigkeit der Gesundung, denn wofür war sie gut? Die Welt veränderte sich nicht, wenn man weniger Temperatur hatte als siebenunddreißigeins.

Stephan sagte nach einer kleinen Pause: »Net so gut.« »Eieiei«, sagte Agnes und guckte aus dem Fenster. »Willste dich ein bißchen hinlegen?« – »Es wär, glaub ich, besser«, antwortete Stephan und begann seine Jacke auszuziehen, seine Krawatte aufzuknoten und die Schuhe abzulegen. Agnes ging an ihren Kleiderschrank, ein altes Wehrmachtsspind mit Luftlöchern in den Türen, und sagte: »Ich hab noch einen von deinen Schlafanzügen hier.« Stephan war nicht verwundert und nahm die Sachen zufrieden entgegen. Agnes drehte sich nicht um, als er sich auszog, sondern schälte weiter an ihren Kartoffeln oder ging zum Ausguß, und auch Stephan machte keine Umstände.

Als er im Bett lag und sich fest zugedeckt hatte, schickte er Agnes mit einem ganzen Bündel von Aufträgen hinunter zu dem vor dem Häuschen wartenden Chauffeur und blieb so lange hochaufgerichtet im Bett sitzen, bis sie zurückgekommen war.

Nach einer weiteren Stunde war der Chauffeur wieder da, Agnes ging wieder nach unten, Stephan richtete sich wieder auf, sie trug drei schwere vollgepackte Pappkartons mit Kaffee und Orangen, Rotwein, Schokolade, Butter und Sekt die Treppen hinauf, was sie allein besorgen mußte, weil Stephan nicht wollte, daß ihn der Mann in Agnes' Bett liegen sah. Dann war Agnes sehr beschäftigt mit dem Auspacken und Einräumen der guten Sachen, während Stephan sie fest zugedeckt vom Bett aus beobachtete.

Am Abend klingelte der Chauffeur erneut, nicht unerwartet, denn Stephan hatte ihn um diese Zeit bestellt, Stephan stand auf, zog sich wieder an und sagte zu Agnes: »Auf Wiedersehen.« Er ließ sich zurück in sein Hotel fahren und verbrachte eine ruhige Nacht mit tiefem festem Schlaf.

Meine jüngere Tante, die Stephan so bereitwillig ihren Apfel hingegeben hatte, sagte, es sei »einfach rührend«, wie Stephan sich um seine Agnes kümmere. Ich glaube allerdings, daß uns damals nicht recht klar war, was Stephan den ganzen Tag über eigentlich machte. Wir empfanden es als sehr aufmerksam von ihm, daß er gelegentlich zum Mittagessen zu uns kam und daß er die ständige Einladung, die meine Mutter bei seinem ersten Besuch ausgesprochen hatte, so wörtlich nahm, daß er auch – und am liebsten – unangemeldet erschien.

Noch bevor Florence ihm nachreiste und also auch noch bevor meine Tante wieder nach Hause fuhr, ließ Stephan die Agnes sogar einmal einen ganzen Tag lang im Stich, sicher ohne ihr auch nur ein Wort zu sagen, wie ein Pilz seinem Nachbarn, mit dem er durch einen unterirdischen Strang verbunden ist, ja auch nichts sagt, wenn er gepflückt wird. Es war tatsächlich eine Art Gepflücktwerden, die Stephan zustieß, denn selbst wenn er sich später für die Unternehmung, zu der ihn mein Vater angestiftet hatte, erwärmte, lag sie ihm doch am Anfang so fern, daß nur seine Müdigkeit ihn davon abgehalten hatte, meinen Eltern zu widersprechen.

Nachdem er die strapaziöse Ortsveränderung von New York nach Frankfurt, die ihm allerdings lebenswichtig erschienen sein muß, nun einmal vorgenommen hatte, achtete er genau darauf, daß nichts mehr den Rhythmus seines Tageslaufes störte, der allein ihn befähigte, die drei Telephongespräche zu führen, ohne die sein Deutschlandaufenthalt zu Hause Verdacht erregt hätte. Dabei kam ihm zunutze, daß seine Mutter sich grundsätzlich nicht in die Geschäfte ihres Mannes mischte. Hätte sie ein wenig mehr Einblick verlangt und diesen selbstverständlich auch erhalten, dann hätte sich Stephan wohl kaum in Deutschland auf eine markierende Tätigkeit beschränken können. Da sein Vater aber ohnehin nicht allzuviel von der Unternehmungslust seines Sohnes erwartete, und zwar nach einem ausführlichen Gespräch mit Dr. Tiroler, dessen Erklärungen er mit nervösem Stirnrunzeln aufgenommen hatte, war er glücklich, daß Stephans »Zustände« sich nun in einer gewissen Entfernung abspielten, von der man zudem hoffen durfte, daß sie ihm guttue. Ihm genügten die schwachen Aktivitäten, von denen eine entsprechend noch schwächere Kunde nach New York drang, um gelegentlich Rapporte an Florence zu rechtfertigen, des Inhalts etwa: »Der Junge macht sich sehr gut da drüben, er geht seine Sache richtig an. Wenn er will, dann kann er auch ein tüchtiger Kaufmann sein«, und andere wohlwollende Nachrichten mehr. Florence war diese Berichte so lange zufrieden, wie sie selbst nach Stephans Abreise erholungsbedürftig war und gleich einer chinesischen Kaiserin nur gute Nachrichten an ihr Ohr kommen ließ.

Lange Zeit betrachtete sie das Ausbleiben von Stephans früher bei Abwesenheiten täglichen Anrufen als »gutes Zeichen«. Erst allmählich ging sie dazu über, wie ein Kind an ihren langen dunkelroten Fingernägeln die Stunden abzuzählen und die mitteleuropäische Zeit auszurechnen, um Stephan vielleicht mittags zu erwischen oder den Lunch zu unterbrechen, um ihn zur Abendessenszeit im Hotel zu erreichen. Auch daß ihr das so gut wie nie gelang, beunruhigte sie noch nicht so bald, bis sie an einem regnerischen Sonntag, ohne sich von ihrem Zustand wirklich Rechenschaft abzulegen und ohne auch nur eine Minute die besänftigenden Reden ihres Mannes anzuhören, alle halbe Stunde im Hotel anrief und nach Stephan verlangte.

Ausgerechnet an diesem Sonntag waren wir mit Stephan unterwegs, gerade an diesem Tag unterbrach er zum erstenmal seine Gewohnheiten, und gerade dieser Tag war ironischerweise dazu bestimmt, das Mißtrauen in Florence zu wecken, die, wie es häufig bei Personen von sicherem Instinkt der Fall ist, aus falschen Indizien die richtigen Schlüsse ziehen konnte.

Auch Stephan mag auf sein Gefühl stolz gewesen sein, das ihn vor einem Ausflug warnte, der seine Mutter veranlaßte, ihn in seinem Nest aufzustöbern.

Als mein Vater ihn, noch bevor wir zur Nachspeise gekommen waren, fragte, ob er eigentlich schon einmal in Franken gewesen sei, die Dörfer am Main sähen zum Teil noch aus, als habe es in Deutschland nie einen Krieg gegeben, und auch das berühmte Fresko des Tiepolo in Würzburg sei unversehrt aus den Bombennächten hervorgegangen, lächelte Stephan lahm und erzählte eine Geschichte vom Lehrer Rebbert mit den zu kurzen Hosenbeinen, dessen Klassenausflügen nach Würzburg er stets mit Glück und Geschick entkommen sei. »Mit dem Auto nach Würzburg«, rief meine Tante entzückt und etwas voreilig, denn Stephan war noch keineswegs von diesem Plan überzeugt.

Er hatte schließlich bisher sein kostbares Vorhaben so häufig wie möglich verfolgt, nämlich im Bett der Agnes zu liegen, und es gab bisweilen dringendere Angelegenheiten als einen Ausflug nach Franken, die er absagte oder auf die lange Bank schob, um das Bett der Agnes nicht unnötig leer stehen zu lassen. Dies Bett war längst zu einem Lebewesen für ihn geworden. Die stramm aufgeschütteten Kopfkissenzipfel streckten ihm ihre Spitzen wie die Arme einer dicken Amme entgegen und sehnten sich danach, ihn kühl zu umschließen.

Obwohl Agnes, seitdem sie wußte, daß Stephan ihr Bett täglich benutzen würde, mit der Bettwäsche einen größeren Aufwand trieb, als sie es für sich selbst gewohnt war, entstieg den Polstern stets ein zart muffiger Geruch, der Stephan anzog, wie es sonst nur der Duft eines geliebten Menschen vermocht hätte.

Agnes war für Stephan zur Kupplerin ihres Bettes geworden. Sie hütete diesen Schatz, wie es Frauen tun, die sich darauf spezialisiert haben, männliche Kunden bei der Befriedigung ihrer erotischen Wunschträume zu unterstützen, indem sie ihnen junge Mädchen zuführen, und in deren Umgebung die Welt umgekehrt zu sein scheint: Die abstrusesten Wünsche werden aufmerksam entgegengenommen wie etwas, das billigerweise jedermann öffentlich fordern und gestehen dürfte. Bürgerlicher Anstand und Sitte sind keineswegs aufgehoben, Vertrauen und Diskretion haben ihren Wert nicht verloren, sondern zählen eher noch höher als draußen, und zugleich ist für die Kunden und Besucher alles das selbstverständliche Wirklichkeit, wofür sie draußen mit dem Verlust ihrer bürgerlichen Reputation bezahlen müßten. Das ist die Wirklichkeit des Traumes, die gerade dadurch beglückend oder quälend wird, weil sich in ihr das alltägliche Leben unlösbar vermischt mit den verführerischen oder bedrohlichen Ausgeburten unserer Phantasie. Weil sie nicht unverbindliche Geschichten sind, sondern uns selbst zustoßen, behaupten die Traumbilder in unserem Leben ihre Macht.

Stephan allerdings träumte nicht im Bett der Agnes, denn er schlief nicht, sondern er hielt die Augen geöffnet und richtete während der langen Stunden seine Sinne auf die Beobachtung der Gegenstände in dem kleinen Zimmer. Selten beschäftigte er sich mit seinen Akten, und ebenso selten sprach er mit Agnes, die an seiner Schweigsamkeit keinen Anstoß nahm. Sie selbst wandte sich nur an ihn, wenn ihr beim Lösen der Kreuzworträtsel, dem sie sich ebenso rastlos widmete, wie die Parzen in ihrer Höhle im Erdinnern das Spinnen betreiben, ein Wort fehlte, und Stephan, der auf ihre kurzen Fragen brav »Rio« oder »Volt« antwortete, hatte tatsächlich immer, wenn sie ein Kreuzworträtsel ganz ausgefüllt hatte, das unbehagliche Gefühl, das Schicksal eines Menschen sei besiegelt worden. Solche Empfindungen trübten indessen nicht das Wohlgefühl, welches das Liegen in Agnes' Bett seinem Körper schenkte. Es erfüllte nach einigen Stunden auch seine Seele, und er begriff, daß er zwar einen gesunden Körper besaß, das Bedürfnis, in diesem Bett zu liegen, sich seiner Seele aber derart massiv eingeprägt hatte, daß man eigentlich schon von einem physischen Bedürfnis sprechen mußte, wie auch der Einsiedlerkrebs nach den Gesetzen der Natur dazu verpflichtet ist, seinen nur teilweise gepanzerten Leib in einer leeren Muschel zu verbergen.

Erst wenn sich Stephan nach dem Abendessen ein wenig wundgelegen hatte und keine Stellung des Körpers mehr das alte Behagen erneuern konnte, begann das Liegen in Agnes' Bett an Reiz zu verlieren, zumal um diese Zeit auch eine lästige Hitze unter der Decke entstand, und zwar selbst dann, wenn Agnes, die er ja nicht im Kalten sitzen lassen konnte, kurz lüftete und der naßkalte Wind des Dezembers eine ungemütliche Stimmung im Zimmerchen verbreitete. Agnes stand auf und seifte einen Waschlappen ein. Dann wischte sie Stephans Gesicht und auch den kahlen Teil des Schädels mit energischen, einreibenden Bewegungen ab. Stephan hielt dabei die Augen geschlossen und bewegte den Kopf, wie Agnes es verlangte, um ihre erfrischende Reinigung zu vollenden. Das war die Stunde des Abschieds. Sie fiel ihm nicht schwer, weil der Genuß für diesen Tag ausgeschöpft war.

Nichts war für Stephan in den Augenblicken des morgendlichen Wiederkommens spannungsvoller und erregender als das lockend zurechtgemachte Bett. Konnte ein Liebhaber, seine schon völlig nackte Freundin vor Augen, sich zielbewußter ausziehen als Stephan, der das Bett bei keiner Bewegung aus den Augen ließ und sich doch eine berechnende Langsamkeit und Sorgfalt auferlegte?

Hinter ihm stand die still mit dem Entgegennehmen und Weghängen der Kleider beschäftigte Agnes, die ihm erst die Jacke, dann die Hose eines frischen Pyjamas reichte.

Das Eintauchen in die große weiße Tasche war von einem Glücksgefühl begleitet, dessen Ausmaß er fast bedauerte, weil es seine Sinne überforderte, die doch alles wahrnehmen sollten, was dieses Glück in der Erinnerung dauerhaft machte. Während er sich wehrlos dem Bett preisgab, beugte sich Agnes über ihn, stopfte das Plumeau rings um ihn fest und schob ihm noch ein zweites flaches Kissen unter den Kopf. Stephan zog Agnes' Plumeau in seiner wolkenhaften Unfaßbarkeit seiner weinroten Seidensteppdecke in New York weit vor. Das einzige, wozu diese Steppdecke taugte, war, sie zu betrachten, wenn der Schein der Nachttischlampe mit ihren Farben spielte und alle Töne, die in einem Bordeaux-Glas leuchteten, über die glitzernde Bettdecke liefen, vom frischen Herzblutrot bis zum samtigen Schwarz des feinen Bodensatzes. Aber das Feststecken, das aus dem in ihr gefesselten Körper eine Mumie machte, war mit einer Steppdecke nur für ärgerlich kurze Zeit möglich, und Stephan erinnerte sich an die peinigenden Minuten des Wartens, in denen er stocksteif dalag und doch wußte, daß sich die festgestopfte Decke nun bald wieder lösen würde, weil sie so rutschig war, daß selbst leichte Atemzüge, die den Brustkorb hoben und senkten, sie wieder in ihre ewige Bewegung versetzten.

Agnes' Plumeau, das aufgeblasen war wie ein Luftballon, wurde hingegen von ihrer geschickten Hand zurechtgeschüttelt und -gebeutelt. Die Federlasten in ihm waren schließlich so verteilt, daß sie das Plumeau für Stunden fest um seinen Leib hielten, ohne daß er sich ein besonderes Stillhalten auferlegen mußte.

In dieser äußeren Ruhe entfaltete sich sein Geist zu den vergnügtesten Spielen, und alles, was zu seinen Volten und Sprüngen sonst noch erforderlich war, bezog er aus den die Stille nicht unterbrechenden, sondern noch vertiefenden kleinen Geräuschen, die Agnes machte: ihr Herumtappen, Niedersitzen, Füßescharren und das leise kratzende Geräusch ihres Stiftes in den Kreuzworträtselheften.

Stephan befand sich derweil im Inneren der Pyramide und spielte mit den Pharaonen Zankpatience, oder er war auf die wohligste Weise vom Schnee verschüttet und rührte sich nicht, damit ihn die draußen herumschnüffelnden Bernhardiner nicht fänden. Am schönsten war, wenn sich das Bett schließlich von der Stelle bewegte, durch das kleine Zimmer fuhr und zum Fenster hinausflog wie ein Segelflugzeug, geräuschlos und frei.

Unter ihm lag das Meer, dann wieder große Städte, Frankfurt

war zwar zu erkennen, aber ob vor dem Krieg oder danach, konnte er aus dieser Höhe nicht ausmachen. Die Häuser von New York waren spielzeugklein, und vom Haus seiner Eltern war überhaupt nur der türkisfarbene Swimmingpool zu sehen, vielleicht war es auch der vom Nebenhaus. Über Frankreich erreichte er besondere Höhe, er sah das ganze Land wie die Photographie eines Wettersatelliten unter sich, wie auf der Landkarte, und konnte überhaupt nur noch ahnen, wo Narbonne gelegen hatte und wo Nizza lag, er mußte sein geographisches Wissen zusammensammeln, um wenigstens ungefähr auszumachen, wo er im Krieg gewesen war, und selbst als er hoffen konnte, sicher zu sein, war an der von ihm vermuteten Stelle keine Stadt zu sehen, in der Menschen lebten, in der Menschen Angst hatten und starben, und das war aus dieser Höhe auch nicht verwunderlich.

Der Ausruf meiner Tante gab trotzdem den Ausschlag bei dem schwankenden, an das Bett der Agnes denkenden Stephan, meine Familie zu einer Reise – allerdings von nur einem Tag – nach Würzburg aufzufordern, obwohl meine Tante nichts weniger damit beabsichtigt hatte. Es war ihr gar nicht in den Sinn gekommen, daß irgendein Mensch daran denken könnte, sie zu einer derart aufregenden Sache mitzunehmen, in einem großen Auto über die Landstraßen zu brausen, wo die mageren Apfelbäume standen, durch die Dörfer, wo die Frauen, die auf Kissen gestützt aus den Fenstern lehnten, dem teuren Wagen noch nachgucken würden, wenn er schon längst hinter dem Friedhof verschwunden war, irgendwo auf freiem Feld anzuhalten und den Picknickkorb zu öffnen, nach der Rast sich einer fremden großen Stadt zu nähern und all die Gebäude anzusehen, deren Bilder in den Blauen Büchern abgedruckt waren, in dem ›Heiteren Barock‹ und dem ›Jubelnden Rokoko‹. Ihre Phantasie war schon wieder größer als ihre Schüchternheit geworden. Sie sah vor sich die schöne Unternehmung, zu der Stephan überredet werden sollte, und sie war glücklich, daß Stephan etwas tun wollte, was zu niemandem so gut paßte wie zu ihm. Stephan hingegen hatte ihren Ausruf als eine flehende Bitte verstanden, doch ja nicht einer solchen Unternehmung im Wege zu stehen. Er fürchtete den flehenden Ton bei Frauen, denn er bildete sich ein, er könne jeden Augenblick in ein nervöses Weinen umschlagen; sein ganzes Leben lang hatte er vor diesem Flehen kapituliert, um Schlimmeres zu verhüten. Es war nicht Mitleid, was er beim Anblick einer weinenden Frau empfand. Weibliche Tränen waren nicht ein Appell an eine instinktive Neigung seiner Seele, die sich im Beschützen der scheinbar Schwächeren gefällt und die wir männlich zu nennen uns gewöhnt haben, sondern es war die Panik, von der die Alten glaubten, daß der Anblick der Meduse sie auslöse.

Das Gesicht einer Frau, die sich weinend ihrer Nervosität, ihrem Schmerz, ihrer Wut oder ihrer Erschöpfung hingibt, mag ihn an die unbesiegbare Obermacht des weiblichen Gefühls gegenüber dem männlichen erinnert haben, und wenn seine ahnungsvolle Überzeugung, daß in jeder weinenden Frau etwas von dem antiken Ungeheuer stecke, zutraf, dann tat Stephan recht daran, wenn er sich in Sicherheit brachte, denn er mußte sich sehr schonen.

Meine Eltern bemerkten, daß Stephan von meiner Tante umgestimmt worden war, und wechselten Blicke, weil sie Stephans Sinneswandel vollständig anders deuteten. Meine Mutter erwog bereits in Gedanken, meiner Tante die Mitfahrt auszureden. Sie war nicht eigentlich dagegen, daß ihre Schwester sich ein wenig vergnügte und Bekanntschaften machte, aber sie glaubte, daß älterer weiblicher Verwandtschaft grundsätzlich die Aufgabe des Ausredens und Verhinderns allzu lustiger Liaisons zukäme, und sie wäre sich pflichtvergessen vorgekommen, wenn sie nicht versucht hätte, meiner Tante zarte Träume zu vergällen.

Mein Vater sprach einstweilen über Tiepolos Treppenhausfresko in der Residenz und erzählte, daß darauf die vier Weltteile abgebildet seien: Europa, Afrika, Asien und Amerika. »Es gibt doch fünf Erdteile«, sagte meine Tante und sah Stephan an. Stephan lächelte verlegen und sagte: »Ei, der konnte eben keine Känguruhs malen.« – »Die haben es sich damals auch leicht gemacht«, sagte meine Mutter, die Vorstellung des Unvermögens vergangener Zeiten begrüßend. Auch meine Tante war über das Ausmaß der Unwissenheit und der Ahnungslosigkeit der alten Tage erschüttert. Mein Vater, der listig über Stephans Antwort gelacht hatte, sagte dann zu ihm: »Im Grunde ist Australien ja auch gar kein Erdteil. Ein Erdteil ist schließlich eine geistige Größe und nicht ein Stück von Neuzugezogenen bewohnte Wüste im Pazifik.« Das verstand Stephan nun wieder nicht, der als einziger von uns in Australien gewesen war und das Land lobte, nicht sehr enthusiastisch freilich, denn er fügte hinzu, daß er die längere Zeit seines Aufenthalts habe im Bett zubringen müssen, unsereiner vertrage die Hitze nicht, er könne nur abraten.

So brachen wir denn einige Tage später auf, aus Rücksicht auf Stephans Pflichten in seiner Fabrik an einem Sonntagmorgen, an dem uns Stephan mit seinem Auto zu Hause abholte. Mein Bruder blieb zurück, wohlbewacht und neugierig unsern Auszug betrachtend, den er erst laut zu beklagen begann, als die Tür sich hinter uns geschlossen hatte und er darangehen mußte, seine Wächterin zur Räson zu bringen.

Die angeregte Stimmung, in der wir uns befunden hatten, als wir losgefahren waren, war verflogen, als wir nach einigen Stunden Fahrt in Würzburg eintrafen. Durch die Enge im Wagen gelähmt und betäubt, war ich bald nach der Abfahrt eingeschlafen und erwachte erst, als wir auf einem großen, uneben gepflasterten Platz hielten, Stephans Chauffeur meiner Mutter die Tür öffnete und Bewegung in die zusammengedrückte Gesellschaft kam. Meine Tante beugte den Kopf sehr tief, als sie ausstieg, um ihren Hut nicht herunterzustoßen.

In den Tagen vor dem Ausflug war zwischen meiner Mutter und meiner Tante wiederholt von diesem Hut die Rede gewesen, den sich meine Tante zur Hochzeit meiner Mutter gekauft hatte und der auffallend klein im Vergleich zu den übrigen Hüten der Hochzeitsgesellschaft war. Dieser Hut war kaum mehr als ein Haarreif, der weniger aufgesetzt als aufgesteckt wurde, er war eine Brücke aus Hunderten von kleinen schwarzen Federn, die ein geschwollenes Brüstchen bildeten, wie bei einem jungen Raben, und die geschützt und gehalten wurden durch ein feines durchsichtiges Netz, das sich über diesen diademhaften Hut zog. Die Hutmacherin hatte dazu geraten, außer diesem Hut auch noch ein Haarnetz über die Locken zu legen, um den Eindruck lückenloser Verpacktheit des Kopfes entstehen zu lassen. Meine Tante aber trug kein Haarnetz, ihr Haar war noch mädchenhaft, wirkte aber nicht ungezügelt und wild, sondern eher etwas unordentlich, als sei es ihr nicht geglückt, sich so zu frisieren, wie sie es sich vorgenommen hatte. In Frankreich hätte man meine Tante dem Grad ihrer Bildung nach, bei ihrer Schüchternheit, ihren Skrupeln, ihren hoffnungslosen Kleidern als typisches Mitglied der Jeunesse Catholique eingestuft. In Deutschland kennt man die Erscheinung der katholischen Intellektuellen nicht; meine Tante führte ihr nonnenhaftes Leben unerkannt und daher auch ungetröstet.

Was den Hut anging, hatte meine Mutter sie grausam im Stich gelassen. Auf die mit Selbstüberwindung gestellte Frage meiner Tante, ob sie bei der Autofahrt nicht passenderweise diesen Hut aufsetzen solle, antwortete meine Mutter vage und mit gespielter Gleichgültigkeit, wenn sie meine, sie müsse es wissen, als ob mit der Frage des Hutes zugleich auch viel weiterreichende und schwerer wiegende Fragen mitentschieden würden, die meine Mutter einem erwachsenen Menschen freilich nicht abnehmen könne. Mit diesem Verhalten hatte meine Mutter nun endgültig die Unbefangenheit ihrer Schwester zerstört. Daß sie den Hut dann doch noch aufsetzte, war Zeugnis dafür, daß sie einen regelrechten Entschluß gefaßt hatte. Sie wollte sich der Gefahr stellen, die sie mit ihrem herausfordernd geschmückten Kopf weckte – und dann? Wie sollte sie das wissen, da ihr Leben bis dahin nur in den andern Menschen unsichtbaren Kämpfen und Niederlagen im Innersten der Seele bestanden hatte.

Daß der Aufbruch mir noch in den leuchtendsten Farben vor Augen steht, ist wahrscheinlich die Folge des Liedes, das mein Vater sang, als wir durch die Straßen der östlichen Vorstädte fuhren, um auf die Landstraße nach Würzburg zu kommen. Stephan und sein Chauffeur kannten den Refrain und sangen mit. Es war das erste Mal, daß ich Stephan singen hörte, und auch mein Vater stockte in seinem Gesang und sah Stephan erstaunt an. »Woher kennen Sie denn dieses Lied?« fragte er, als sie zu Ende gesungen hatten. »No, nebbich, von der Hitlerjugend«, sagte Stephan, den meine Tante daraufhin entgeistert betrachtete und dann zwischen meinem lachenden Vater und Stephan hilflos hin und her sah. Das Lied handelte von der schönen Sommerszeit, von frischer und reiner Luft, in der man nicht rasten darf, weil man sonst rostet, von dem Wein, den man kosten will, und von dem Vorhaben, in das Land der Franken zu fahren.

Es war ein regnerischer und ungemütlicher Wintertag, aber die Hoffnung auf das paradiesische Frankenland des Liedes vergoldete ihn und ließ seine Sprödigkeit reizvoll erscheinen. Würzburgs blinkende Kuppeln und Türme, seine vielbogige Brücke über den alten Main, sein Bischofsglanz lagen in greifbarer Ferne. Sicher würde das Leben sich ändern, wenn wir durch seine Straßen gegangen waren und festgestellt hatten, daß eine bestimmte, in der Phantasie beheimatete Seligkeit an manchen Plätzen der Welt handgreifliche Wirklichkeit ist.

Ich begriff daher zunächst nicht gleich, als ich aufwachend den vorsichtig wie unter ein Joch geneigten Kopf meiner Tante und die geöffneten Autotüren sah, daß wir tatsächlich Würzburg schon erreicht hatten. Der Himmel war hier ebenso grau wie zu Hause, über den menschenleeren Platz pfiff ein kalter Wind, und an seinem Ende stand, groß wie eine zerstörte biblische Stadt, die ausgebrannte Residenz der Fürstbischöfe und Herzöge von Franken.

Nur zögernd verließen wir das Auto. Der Horror vacui des Platzes saugte uns dann in verschiedene Richtungen, als ob der Platz die Gelegenheit ergreifen wolle, uns möglichst so auf ihm zu verteilen, daß er belebt aussähe, auch wenn eine so eingefrorene und geisterhafte Belebung dabei herauskommen würde wie auf den Bildern Carpaccios: traumverlorene Einzelwesen, die auf den weiten Marmorflächen atelierhafte Stellungen einstudieren.

Meine Mutter ging einige Schritte mit ihrer Schwester, mein Vater ging allein in die andere Richtung, Stephan und ich strebten vorsichtig dem Portal zu, der Chauffeur blieb rauchend beim Auto, dessen Türen offenstanden, um uns, wenn wir fliehen müßten, schnell aufnehmen zu können. Dann änderte sich die Konstellation: Plötzlich war ich bei meinem Vater, meine Tante bei Stephan, und meine Mutter stand bei dem Chauffeur, um sich dann kurz entschlossen ins Auto zu setzen. Mein Vater begann, mir die Architektur des Palastes zu erklären: Er wies auf den Corps de logis, auf die Seitenpavillons, er nannte die Risalite und die Kartuschen auf dem Dach, und er zeigte mir die Stelle, wo vor vielen Jahren einmal das prächtige eiserne Gitter die Schloßfreiheit abgeschlossen hatte. Er war nicht irritiert durch das Ausmaß der Zerstörung, durch die Bretter, mit denen die hohen Fenster zugenagelt waren, durch die schwarzen Steine, die Zeugen des großen Brandes, durch die Schäden an den Steinmetzarbeiten, die zerbrochenen Kapitelle, die verstümmelten Masken, durch die trostlos verrammelten Türen, sondern er zeigte mir die Anlage, als sei sie nur auf einem großen Plan aufgezeichnet, besser noch, als sei ihr Plan als Einfall eines großen Künstlers unvergänglich, wichtiger als der augenblickliche Zustand des nach ihm errichteten Baues. Ob der Bau glänzend dastand oder ob er sich dann als Ruine präsentierte, war gleichviel vor der höheren Vollendung des Planes.

In der Mitte des Schlosses hinderten uns Holzzäune weiterzugehen, hier, so erklärte mir mein Vater, verberge sich das schöne Fresko, das die Bomben glücklicherweise nicht getroffen hätten, wie er gelesen habe; um alles andere sei es nicht so schade. Er wirkte zufrieden bei seinen Worten, wie der Gläubige, der weiß, daß das Allerheiligste im Altar eingeschlossen ist, nicht mehr den Wunsch hat, es zu sehen.

Wir drehten uns um. Weit von uns entfernt lag die Häuserzelle, die ebenfalls schwer beschädigt den Platz abschloß. Der Kopf meiner Mutter war im Fond des Autos sichtbar, dessen Türen jetzt geschlossen waren. Auch der Chauffeur saß wieder drin und sprach sicherlich mit ihr.

In der Nähe der Schloßkapelle standen Stephan und meine Tante. Sie hatten offenbar einen kleinen Disput, denn Stephan hatte seinen Mantel ausgezogen und versuchte, ihn meiner Tante um die Schultern zu hängen. Meine Tante wehrte ihn ab, wahrscheinlich hatte sie sich vorher über die Kälte beklagt, bekam aber nun einen Heidenschreck vor Stephans selbstverständlicher chevaleresker Geste. Stephan ging rechts um sie herum, dann links, sie hob die Hände, um sich vor ihm zu schützen, sie zog den Kopf ein, stieß ungeschickt mit der Hand an ihren Hut, der herunterfiel und von dem Wind getragen über den Platz davonrollte. Wie die Schulkinder liefen die beiden hinter ihm her, der durch seine schnellen Drehungen und Bewegungen in der Luft aussah wie ein sich beständig in Größe und Form veränderndes Tier. Der Wind war das Leben, das diesem Gebilde von der Hand einer Putzmacherin, dessen Entstehung mehrere Vögel hatten geopfert werden müssen, wieder eingehaucht worden war. Meine Tante war dem Wind gewiß dankbar, weil er den Hut forttrug und man ihm sofort nachlaufen mußte, und ihre ungraziöse Ungeschicklichkeit, mit der sie ihn sich selbst vom Kopf gestoßen hatte, bei Stephan, der ihr jetzt half, den Hut wiedereinzufangen, in Vergessenheit geriet. Im Laufen stießen sie gegeneinander, Stephan rief: »Hilfe, der Deckel kriegt Beine«, und meine Tante, die sicher anfänglich sehr verwirrt war, lachte im Laufen und fiel beinahe über einen hervorstehenden Pflasterstein.

Ich wollte mich auch auf die Jagd nach dem Hut begeben, aber mein Vater hielt mich zurück und sagte, wir sollten noch einmal versuchen, in die Schloßkapelle hineinzusehen. Stephan und meine Tante waren fast auf der Mitte des Platzes angelangt, wo sich der Hut in den Gittern des großen Brunnens gefangen hatte. Sie bückten sich, um ihn vorsichtig zu befreien, und waren dann, vor der sitzenden Statue Walthers von der Vogelweide stehend, bemüht, den Hut meiner Tante wieder richtig auf den Kopf zu setzen.

Der Brunnen, der in seiner Unversehrtheit vor der Ruine des Schlosses wirkte, als sei er das mit Frakturschrift bedruckte Pfändungssiegel, das ein himmlischer Gerichtsvollzieher dem Platz aufgedrückt hatte, nahm Stephan und meine Tante unter seine

Figuren auf, und als ich einen Augenblick nicht hinsah, waren die beiden tatsächlich verschwunden; dabei waren sie einfach nur um den Brunnen herumgegangen.

Wie nicht anders zu erwarten, war die Schloßkapelle abgeschlossen, aber sie war wenigstens nicht wie das Parterre des Corps de logis hinter einer Bretterverschalung verborgen. Man konnte vielmehr herantreten und vor der verschlossenen Tür stehen, die ein großes Schlüsselloch hatte. Der Kirchenraum war dämmrig, die hoch oben gelegenen Fenster ließen an diesem dunklen Tag wenig Licht hereinfallen. Es herrschte Unordnung, Bretter lagen umher, Bauschutt bedeckte den Boden, und weit hinten, auf dem Hochaltar, stand ein Blecheimer neben der aufgerissenen Tabernakeltür, die ein geheimnisloses kahles Schrankinneres nicht mehr verbarg. Der süßliche Trümmergeruch, der aus dem hohen Raum durch das Schlüsselloch nach außen drang, zeigte an, daß sich auch dieser Teil des Schlosses, den das Feuer offenbar nicht mit seiner ganzen Gewalt erreicht hatte, in Verwesung befand, und tatsächlich bedarf es viel weniger, um geweihte Räume zu zerstören als profane. Denn wenn auch die Ehrfurcht der Menschen, die sich in den geweihten Räumen aufhalten und mit den geweihten Gegenständen umgehen, diese Räume und Gegenstände immer wieder neu weiht, so fügt ihnen die Ehrfurchtslosigkeit doch um so tieferen Schaden zu. Ich erlebte, daß die Heiligkeit eines Raumes empfindlich war wie der Staub des Schmetterlingsflügels, und ich vermutete, jetzt den Grund dafür erfahren zu haben, daß der Tempel zu Jerusalem nie wieder aufgebaut werden konnte.

Als wir uns umdrehten, sahen wir, daß das Auto langsam auf uns zufuhr. Stephan und meine Tante saßen darin. Als wir einstiegen, sagte Stephan, der sich die Hände rieb: »Kalt is«, und ich bemerkte, daß meine Tante ihre sicher ebenso kalten Hände halb geöffnet in ihrem Schoß liegen hatte und vor sich hinstarrte. »Na endlich habt ihr genug«, sagte meine Mutter, »bei fünf Grad unter Null hört bei mir der Kunstgenuß auf.«

Es muß die häufige Wiederholung des Wortes »Bischof« aus dem Munde meines Vaters gewesen sein, als er mir die Anlage der Residenz erklärte, die mir in dem halbwachen Zustand, in den ich verfiel, sowie wir wieder alle im Auto saßen, den Bischof unserer Diözese und die phantastischen Bischöfe des Barock, die einmal in dieser Ruine gelebt hatten, ineinander verschmelzen ließ. Vom Bischof Ludwig Melzer wurde bei uns immer wieder gesprochen. Meine Mutter sah ihn gelegentlich und erfreute sich seines Vertrauens in den Angelegenheiten des schwierigen, eichhörnchenhaften Monsignore. Ihn mit der Würzburger Residenz in Zusammenhang zu bringen war allerdings nur einem Kind möglich, das durch den Gleichklang seines Titels mit dem der priesterlichen Grandseigneurs der alten Tage auch zu einer persönlichen Gleichsetzung verführt wurde. Dabei befand sich dieses Kind eigentlich in Übereinstimmung mit der Kirche, die ihre Lehre von der Natur des Bischofsamtes nicht revidiert hatte und der die alten feudalen Würzburger Bischöfe genausoviel galten wie der moderne Bischof Ludwig Melzer. Und dennoch: Niemandem gelingt es, mehr zu sein, als er selbst zu sein glaubt. Und wenn die alten Würzburger Bischöfe von sich in erster Linie annahmen, daß sie Fürsten seien, teilte Bischof Ludwig diese Überzeugung für seine Person sicher nicht. Aber ob er die kirchliche Überzeugung teilte, daß er Nachfolger der Apostel sei, ist nicht ebenso sicher. Daß er an seinen fürstlichen Qualitäten zweifelte, entsprang der Klugheit. Meine Mutter bezeichnete ihn gern als den Sohn eines Besenbinders oder Häuslers. Mit diesen romantischen Benennungen, die schon in der Jugend meiner Mutter kaum mehr mit Realität zu füllen gewesen waren, drückte sie die in meinen Ohren bereits ebenso romantische Tatsache aus, daß er der Sohn eines Lokomotivführers war. Sein beträchtlicher Stolz bezog sich denn auch vor allem auf seinen Aufstieg: Er blickte gleichsam von den Türmen seines Domes hinab auf den Parkplatz, und er verfiel dabei möglicherweise der Sinnestäuschung, die jeden Menschen auf einem Turm befällt, nämlich daß die Distanzen von oben nach unten gesehen größer erscheinen als von unten nach oben. Dennoch galt dieser Stolz eben nur dem hohen Standort, er fühlte sich nicht als Bischof, sondern als auf dem Platz eines Bischofs, und sein Gefühl der Illegitimität war dabei nicht größer, als es der Unterschied zwischen diesen beiden Empfindungsnuancen ist.

Das gleichmäßige Motorengeräusch, die Wärme, mein Halbschlaf an der Schulter meiner Mutter, die eigentümliche Spannung, in der sich Stephan und meine Tante befunden hatten, als wir wieder ins Auto stiegen, die Eindrücke, die ich in Würzburg empfunden hatte, ließen mich nicht zu einem Eintauchen in das Reich der Träume kommen.

Dennoch wußte ich nicht genau, ob die Tatsache, daß meine Mutter mit einem kleinen Koffer in der Hand und der Bischof Ludwig in der verwüsteten Würzburger Schloßkapelle zusammengetroffen sind, Ergebnis meiner unwillentlichen Vorstellung war oder ob sich im Dämmerzustand nicht Erinnerungsfetzen zu einem neuen, chimärisch ergänzten Bild zusammengefügt hatten.

Meine Mutter setzte sich sehr bald auf eine umgestürzte Kirchenbank und stellte den kleinen Koffer neben sich in den Staub. Der Bischof ging in langsamen Schritten, unter denen der Schutt knirschte, vor ihr auf und ab und rieb sich die an der Brust liegenden Hände. Die beiden waren allein, ein ungemütlicher Lichtstrahl fiel von der Decke auf sie herab und hob sie aus dem Dunkel des Raumes hervor.

Der Bischof hatte einen Brief in seinem Ärmelaufschlag stecken, über den er sprach; es handelte sich offenbar um eine Nachricht, die ihm meine Mutter hatte zukommen lassen.

»Ich verstehe nicht, wie Sie es haben dazu kommen lassen können«, sagte der Bischof und hielt in seinem Auf- und Abgehen inne, sein Gesicht sah aus, als ob es nur aus Hängebacken und randlosen Brillengläsern bestünde, seine Stupsnase und sein schmallippiger Mund waren vor Ärger fast verschwunden.

Meine Mutter war in ähnlich gereizter Stimmung.

»Jetzt hören Sie schon auf zu schimpfen, deswegen bin ich nicht zu Ihnen gekommen.« – »Ich bitte Sie, zur Kenntnis zu nehmen, daß ich nicht schimpfe, wie Sie sich auszudrücken belieben«, sagte der Bischof. »Was tun Sie denn?« sagte meine Mutter. »Ich tadle«, antwortete der Bischof und nahm dann schweigend seinen wenige Schritte messenden Weg wieder auf.

Nach einer Weile sagte meine Mutter: »Ich habe übrigens die Hochzeitsphotos mitgebracht.« Der Bischof hielt inne und zog die Augenbrauen hoch. »Wenn Sie erlauben«, sagte er und setzte sich neben meine Mutter, nachdem er einen Moment den Staub auf der Bank betrachtet und über die Folgen für seine violette Robe nachgedacht hatte, »wollen wir sie gleich ansehen.«

Meine Mutter nahm den kleinen Koffer und ließ die Schlösser aufspringen. Im Koffer lag ein dicker Packen ungeordneter, gelblicher Photographien, die sie nach und nach dem Bischof reichte. Der musterte sie mit zusammengekniffenen Augen und gab sie dann zurück. »Sie haben ja ein schwarzes Kleid an«, sagte er, mit Entrüstung in der Stimme. »Wo?« fragte meine Mutter und ließ sich die Photographie geben: Darauf war sie selbst zu sehen, in einem schwarzen Kostüm und mit einem schwarzen kappenartigen Hut, der seitlich mit einem fächerförmig gepreßten Stück Filz fast ihr linkes Ohr bedeckte. Sie ging am Arm meines mit einem Myrtensträußchen geschmückten Vaters, rechts und links von dem Paar die gotischen Pfeiler eines Domes. »Das bin ich, sehen Sie das nicht?« fragte meine Mutter den Bischof und gab ihm das Bild zurück. »Ja, gewiß, deswegen erlaubte ich mir die Frage, meine Liebe. Sie tragen Schwarz. Sie wollten mir doch Ihre Hochzeitsbilder zeigen.« Das schlaue Lächeln meiner Mutter beunruhigte den Bischof mehr und mehr. »Eben. Ich trug Schwarz«, sagte sie dann in jenem besinnlichen Tonfall, in dem sie auch zu sagen pflegte: »Das muß ich allein mit meinem Herrgott abmachen.«

Der geheime Wunsch des Bischofs, wenigstens einmal statt des eichhörnchenhaften Monsignore der Beichtvater meiner Mutter zu sein, ließ ihn zusammenzucken, als meine Mutter noch hinzufügte: »Sie können ja mal das Eichhörnchen fragen.«

Um sie abzulenken, vertiefte sich der Bischof wieder in die Bilder, und seine Konzentration wurde belohnt, als er auf einem Bild, das den Hochzeitszug zeigte, meine Tante mit ihrem schwarzen Federhut entdeckte, die erschrocken am Arm ihrer alten Mutter, die den Blick auf den Boden gerichtet hatte, während meine Tante in die Kamera blickte, aus der Kirche kam.

»Da haben wir sie ja wieder«, sagte der Bischof, »und sogar noch mit demselben Hut. Jetzt können Sie mir vielleicht erklären, was Sie sich dabei gedacht haben.«

Meine Mutter war durch das Photo betroffen. Es wirkte auf sie wie das Beweisstück für ein Verbrechen. »Ich habe versucht, sie davon abzuhalten«, murmelte sie, »aber sie wollte ihn partout wieder aufsetzen, sie war nicht davon abzubringen. Schließlich ist sie erwachsen, und ich konnte ihr den Hut doch nicht einfach wieder abnehmen. Sie hat ihn sich selbst gekauft.«

Die Brillengläser des Bischofs funkelten. Sie sah seine Augen nicht mehr, aber sie hörte seine eisige Stimme: »Ich habe alles genau gesehen. Aus meinem Fenster kann ich alle Seiten des Brunnens auf einmal überblicken, mir bleibt hier nichts verborgen. Der Versuch ihres Schutzengels, ihr den Hut einfach zu entreißen, ist bei dieser gefährdeten Person natürlich gescheitert. Sie hat sich richtig an die Brunnengitter gepreßt, um dem Wind zu entgehen, dem heilsamen Wind, und ihr Fleisch ist durch die Schmiedeeisenmuster gequollen, das alles war furchtbar mitanzusehen, ich mußte aufhören zu schreiben, und dabei hatte ich einen wichtigen Brief an seine Mutter vorzubereiten – wußten Sie übrigens, daß Florence Korn uns nahesteht?«

»Ich hatte den Verdacht«, antwortete meine Mutter, die die Hochzeitsphotos eingesammelt hatte und versuchte, daraus ein ordentliches Päckchen zu machen. Da dies Päckchen aber viel zu dick für den schmalen Koffer war, mußte sie die Bilder dann doch wieder verteilen, und schließlich herrschte dieselbe Unordnung unter ihnen wie anfangs.

Der Bischof war unterdessen aufgestanden und zum Altar gegangen. Er betrachtete mißmutig den Schmutz, der die Altarplatte bedeckte, und blies in den Staub hinein, so daß ihn alsbald eine dichte Staubwolke umgab, in der er völlig verschwand.

Meine Mutter richtete ihre Augen zur Decke, wo sich die Bischofsmitra mit einem goldenen Krummstab kreuzte, sie vermutete, daß sich der Bischof wohl in der Nähe seiner Insignien aufhielt.

Im selben Augenblick hielt Stephans Mercedes vor der Kirche, sie ging mit ihrem Koffer hinaus und stieg in das Auto. Stephan saß allein darin, er war sehr blaß. »Wo ist sie?« fragte meine Mutter.

»Ich habe sie in den Kofferraum getan«, antwortete Stephan. Dann fuhr das Auto davon über den leeren Platz, der keine Grenzen hatte und sich über das ganze Frankenland erstreckte.

Wenige Tage nach unserem Ausflug hatte Stephan meinem Bruder und mir ein prunkvoll ausgestattetes Lebkuchenhaus mitgebracht, das in Zellophan eingepackt war und einer gipsernen Hexe mit ihrem Kater zur Behausung diente. Wir bewunderten dies Lebkuchenhaus, das meiner Sehnsucht nach der Wirklichkeit der Märchenwelt weit mehr gerecht wurde als die Ruine des Würzburger Schlosses, und meine Eltern und die Tante fügten von sich aus bei der Überreichung des Hauses demonstrativ noch zusätzliche Bewunderungen hinzu, die uns erziehungshalber in das Erwachsenenritual, das den Schenkungsakt begleitete, einweihen sollten: das maßlose Bestaunen der mitgebrachten Niaiserie, der nachdrückliche Tadel an den Schenkenden, der mit seinem Geschenk offenbar etwas Verbotenes unternommen hatte, der den Tadel allmählich besiegende Dank, der sich bald zu seiner ganzen Größe entfaltete, und das geschäftige Wegstellen des Geschenks an eine Stelle, wo es nicht mehr zu sehen war und auch nie mehr gesehen werden würde.

Meine und meines Bruders Begeisterung über das Haus war hingegen sprachlos, weil sie mit der Sorge gemischt war, man könnte uns das Haus sofort wieder wegnehmen, um es uns erst an Weihnachten wiederzugeben. Stephan kam dem erstaunlicherweise mit der Erklärung zuvor, das Haus sei ein Adventshaus. Meine Mutter mußte das Haus wieder hinstellen, und meine Tante fragte verwirrt: »Gibt es das wirklich?«

Am selben Tag, nachdem Stephan schon längst gegangen war, sah ich meine Tante bedrückt und ziellos durch die Zimmer gehen. Sie suchte meine Mutter, blieb aber stumm, und als sie vor ihr stand, tat sie, als gebe es nichts zu besprechen.

Ein kurzes Schlucken in ihrer Stimme zeigte dann, daß die Frage, die sie schließlich stellte, alles andere als beiläufig war.

Meine Mutter verstand erst gar nicht, was sie wollte, als meine Tante plötzlich sagte: »Ist Stephan ein Mister?« – »Wie meinst du denn das?« fragte meine Mutter, als ob sie baren Unsinn gefragt worden sei. Meine Tante nahm allen ihren Mut zusammen und fragte noch einmal: »Sagt man zu ihm Mister, wird Stephan mit Mister angeredet?« – »Ach Gott, das kommt darauf an«, sagte meine Mutter, immer noch sonderbar berührt, »in Amerika ist er halt Mr. Korn. Aber dort ist jeder Mann Mister, das ist doch selbstverständlich. Und hier ist er natürlich nicht Mister, er stammt ja von hier, er ist ein Frankfurter Bub.« – »Also hier nicht Mister«, wiederholte meine Tante.

Plötzlich erwachte das Mißtrauen in meiner Mutter: »Wie kommst du denn auf so seltsame Fragen, wozu willst du das denn wissen?« Sie erhielt keine Antwort, meine Tante verließ das Zimmer und tat, als sei ihre Frage nur eine Laune gewesen. Mir aber war klar, warum meine Tante Stephans Anrede wissen wollte, denn ich hatte in ihre Briefmappe gesehen und entdeckt, daß sie dabei war, an Stephan einen Brief zu schreiben.

Ich weiß nicht, was sie dazu gebracht hat, an Stephan einen Brief richten zu wollen. Sie hatte in diesen Tagen immer wieder Gelegenheit, ihn zu sehen, weil er seit der Würzburger Unternehmung häufiger kam. Er fragte sogar meine Mutter, ob er nicht Agnes einmal mitbringen könne, genaugenommen zum Nikolaustag, zu dem ihn meine Eltern um einen kleinen Dienst gebeten hatten: Er sollte einen furchtbaren Lärm an der Tür machen und dann einen Sack mit Geschenken ins Zimmer werfen. Wenn sich das Erstaunen der Kinder gelegt hatte, sollte er erscheinen und mit uns zu Abend essen.

Meine Tante wurde nachdenklich, als Stephan darum bat, Agnes dabei zu haben, aber sie beruhigte sich sofort, als sie das ehemalige Kindermädchen sah und feststellte, daß sie eine alte Frau war, die kein anderes Interesse hatte, als mit meiner Mutter über die alten Zeiten zu sprechen, vornehmlich natürlich über den eichhörnchenhaften Monsignore, den sie zwar verlassen, aber niemals aus den Augen verloren hatte. Ich schließe aus der Tatsache, daß meine Tante am andern Morgen allein zu Stephans Hotel ging, um seinen Schal, den er bei uns vergessen hatte, in der Rezeption abzugeben, daß sie bei dieser Gelegenheit auch den Brief für ihn abgegeben hat.

Die fremde Handschrift auf dem Umschlag – meine Tante schrieb ihm zum erstenmal – wird ihn beunruhigt haben. Er mag sich plötzlich wieder in ihn ängstlich bewegende Zeiten zurückversetzt gefühlt haben, in denen im Hotel abgegebene Briefe Abschiedsbriefe sein konnten, obwohl ihm jetzt beim besten Willen niemand einfiel, der ihm den Abschied geben könnte. Es war vielleicht Stephans Angst vor großen Gesten, die ihn Briefe nur mit Schaudern aus der Hand eines Boten entgegennehmen ließ. Allein der Anblick eines uniformierten Menschen, der einen Brief übergibt, war ihm schon peinlich. Ein solcher Vorgang hatte für ihn etwas Zitathaftes. Er mußte an das Theater denken, wo überreichte Briefe zur rechten Zeit die Peripetie einleiteten oder zu Verwechslungen führten. Stephans beflissene Höflichkeit, sein bescheidenes Verhalten, sein Grauen vor den äußeren Zeichen der Leidenschaft dürfen nicht darüber hinwegtäuschen, daß er sich mit niemals ruhender Sorge stets prüfte, ob die Situation, in der er sich befand, sich mit seinem Bild von sich selbst vertrug. Daß es sich bei dem Brief meiner Tante um den Brief einer Frau handelte, war an ihrer zierlichen, runden Schrift mühelos zu erkennen. Sie hatte im übrigen doch nicht unterlassen können, den Brief an »Mr. Stephan Korn« zu adressieren. Stephan mit »Herrn S. Korn« zu titulieren hätte ihn in ihren Augen eines Teils seines Zaubers beraubt. So dringt der Exotismus auch in die stillsten und demütigsten Herzen, wenn er Gelegenheit erhält, in Gemeinschaft mit etwas Demoralisierendem aufzutreten, wie mit der Liebe zum Beispiel.

Seine Nervosität sollte Stephan nicht betrügen, allerdings nicht hinsichtlich des Briefes meiner Tante, die hinter einem so hohen Wall von Naivität lebte, daß sie vor vielen bösen Dingen bewahrt blieb und auch den andern Menschen nichts antun konnte. Was sich anbahnte, war durch die Ungeschicklichkeit meiner Tante unfreiwillig und bloß atmosphärisch angekündigt, wie denn für den Melancholiker leicht unwillkommene

Zwischenfälle Vorbedeutungen kommenden Unglücks enthalten, auch und gerade dann, wenn zwischen den Ereignissen nicht der mindeste Zusammenhang besteht.

Stephan dachte an Frankreich, an die verborgenen Tage, in denen er eine Freiheit gespürt hatte, die er auch noch genießen konnte, als sie in Wahrheit eine Vogelfreiheit war, und er dachte daran, daß seine Mutter niemals herausbekommen würde, wie er wirklich in Frankreich gelebt hatte. Und er dachte an sein gegenwärtiges Leben, sein tägliches Ruhen in Agnes' Bett und wie sorgfältig er auch dies vor seiner Mutter verbergen mußte, sorgfältiger vielleicht noch als die ohnehin nicht mehr zu rekonstruierenden Ereignisse in Frankreich.

Als er soweit gekommen war, stand er schon in seinem Hotelzimmer und hatte den Mantel über einen Sessel geworfen. Draußen klopfte es, und der Etagenkellner übergab ein Telegramm: Es enthielt die Ankunftszeit seiner Mutter auf dem Frankfurter Flughafen und die Aufforderung, sie zu dieser Stunde abzuholen.

Bei dieser Nachricht bestätigte sich eine weitere Eigenschaft des Melancholikers. Neben dem Schrecken, den das Telegramm in Stephans Brust verbreitete, entwickelte sich auch eine tiefe Befriedigung darüber, daß ihn die vorher noch ziellose Erwartung kommenden Unheils nicht getrogen hatte.

III.

Als Florence in ihrem kämpferischen Geist aufgebrochen war, um bei ihrem Sohn in Frankfurt nach dem Rechten zu sehen, war sie bereit, es mit jeder Person, in deren Fänge er geraten sein mochte, aufzunehmen und zugleich alle Dämonen und Gespenster, die ihn verdüstert haben könnten, zurück in ihre Flasche zu zwingen. Sie ertrug den Zustand der Ungewißheit schwerer als den der Niederlage. Wann immer sie in eine schwebende und spannungsreiche Situation geriet, wollte sie mit allen Kräften schnell eine Entscheidung herbeiführen, die sie selbstverständlich zu ihren Gunsten zu beeinflussen versuchte.

Aber auch, wenn ihr Glück noch hin und her schwankte, wenn das Schicksal sich noch in einem prekären Gleichgewicht hielt, wenn Klugheit und Vorsicht dazu rieten, nicht durch eine unvorsichtige Bewegung den glücklichen Ausgang zu gefährden, mußte Florence, obwohl ihre Intelligenz ihr solche Einsichten nicht verschloß, handeln. Das Handeln war ihr Lebensgesetz, es war ihr nicht möglich, anders als handelnd am Leben teilzunehmen. Und wenn ihr als einzige Handlung gestattet worden wäre, ihr Leben zu beenden, hätte sie dies untätigem Weiterleben vorgezogen. Dabei waren ihre Aktionen nicht von blindem Eifer erfüllt. Sie war nicht unfähig zu taktischen Manövern, zu trügerischen Ruhepausen und scheinbarem Vergessen. Aber der nüchterne Plan vermochte ihre Husarengesinnung nur zu regulieren, und selbst als Regulativ war er nur einflußreich, wenn er im großen und ganzen gesehen ihren Schwung nicht hemmte.

Einige Monate nach Stephans Abreise, als Florence immer

noch nichts von ihm gehört hatte, fand sie sich einmal in seinem Schlafzimmer wieder, aber weniger in der gedanken- und erinnerungsseligen Stimmung, in der sich Liebende einer Locke oder einem vergessenen Kleidungsstück widmen, oder in der Wehmut, in der andere Mütter die unbewohnten Zimmer ihrer ausgeflogenen Kinder betrachten, sondern eher wie ein Detektiv, der sich ganz auf den gejagten und sich immer wieder geschickt entziehenden Feind einstellen will und der sich in dessen Dunstkreis begibt, weil er vermutet, dort den Faden zu finden, an dessen Ende das zitternde Stück Wild angebunden ist.

Die Jalousien waren heruntergelassen, Florence hatte kein Licht angemacht und saß ruhig in Stephans Schaukelstuhl aus gelbem Bambus, geräuschlos auf dem dicken Velours hin- und herschaukelnd. Sie atmete die Luft des verlassenen Zimmers durch die weißgeschminkten Nasenflügel ein und studierte ihre Zusammensetzung aus einer parfumhaltigen Schlafzimmerstickigkeit und einer anonymen Kühle. Dann erhob sie sich und öffnete eine Kommodenschublade, die Hemden und Unterwäsche enthielt, dann eine, in der Schlafanzüge und Sweater lagen, die dritte, deren Inhalt sie nachdenklich betrachtete: eine Sammlung von hellgrauen Wollsachen, Strümpfen, Schals und Nierenwärmern.

Selbst wenn sie nun manchmal davon überzeugt war, daß Stephans Schweigen mit der alten Agnes zusammenhing, wäre sie dabei jedoch nie so weit gegangen, Agnes als ihren eigentlichen und ernsthaften Gegenspieler anzusehen. Das Wort »Agnes« war für sie im Hinblick auf Stephans Verhaltensweisen nicht der Name eines Menschen, sondern der eines Syndroms. »Agnes« war das ganze Bündel der Ursachen und Erscheinungsformen von Stephans Zuständen. Sie benützte in ihren geheimen Überlegungen diesen alten Namen immer dann, wenn sie bei Stephan etwas beobachtet hatte, was sie nach Dr. Tirolers peinlich konkreten Erläuterungen nicht mehr mit unbefangenen Augen betrachten konnte. Die Person der Agnes war für sie viel zu stumpf und töricht, als daß von ihr selbständige Gefahren ausgehen konnten. Denn obwohl sie bereit war, der ihr von Dr. Tiroler eindrucksvoll dargestellten psychoanalytischen Theorie in den Grundzügen denselben Glauben zu schenken wie der wöchentlichen Analyse der Weltwirtschaftslage im ›Wallstreet Journal‹, traute sie seelischen Kräften, die nicht zugleich mit Intelligenz gepaart waren, nur eine geringe Effizienz zu. Wie jeder Mensch, ging auch Florence in der Beurteilung anderer von dem Bild aus, das sie sich von sich selbst gemacht hatte. Und da sie von ihrer außergewöhnlichen Energie ebensowenig wußte, wie ein gesunder Baum, der alle andern Wipfel überragt, nichts von der Lebenskraft weiß, die ihn so hoch getrieben hat, hatte sie sich daran gewöhnt, jeden ihrer Erfolge allein ihrer Klugheit zuzuschreiben, die auch ihre Feinde niemals bestritten hätten. Die Ausstrahlung der Scharfsinnigkeit und Wissenschaftlichkeit überzeugte sie aber auch dann, wenn ihr einzelne Abschnitte eines brillanten Systems, wie das im Vortrag des Dr. Tiroler der Fall war, dubios oder schlichtweg unrichtig vorkamen. Ihre Loyalität für die Partei der Vernunft war so entschlossen, daß sie alles begrüßte, was unter ihrer Flagge segelte.

Natürlich war sie ganz sicher, daß Stephan weder in seiner frühen Jugend noch später sie oder ihren Mann jemals nackt gesehen hatte. Auch eine zufällige Beobachtung erotischer Handlungen der Eltern war zu jedem Zeitpunkt seiner Jugend ausgeschlossen, da die Eltern Korn ihre Schlafzimmer auf einer anderen Etage als die Kinder hatten und außerdem nach Stephans Geburt nicht mehr miteinander schliefen. Florence konnte schwören, daß Stephan niemals mit Kastration bedroht worden war, noch daß ihm irgend jemand die verheerenden Folgen der Selbstbefriedigung ausgemalt hatte, da sie der Ansicht war, daß diese Dinge nicht zum Gesprächsthema zwischen Eltern und Kindern werden sollten. Sie fragte sich, wie wohl die Milieus beschaffen waren, in denen solche Ereignisse so regelmäßig die Tagesordnung bestimmten, daß eine Allgemeingültigkeit beanspruchende Theorie darauf gegründet werden konnte wie die, die Dr. Tiroler ihr vortrug. Sie hütete sich aber davor, diese Frage laut zu stellen, sondern folgte Dr. Tiroler Schritt für Schritt widerspruchslos durch das imponierende Gebäude seiner Gedanken, das trotz aller haarsträubenden Details insgesamt so hygienisch wirkte, daß selbst Florence das Gefühl hatte, sich damit identifizieren zu können, ohne sich dabei zu beschmutzen.

Leider hatte Stephan im Umgang mit Dr. Tiroler eine gewisse Widerspenstigkeit gezeigt, so daß die klärenden Gespräche, die die beiden miteinander geführt hatten, bei weitem nicht so harmonisch abgelaufen waren wie die Unterhaltungen, die der Arzt mit Florence pflegte.

Dr. Tiroler weckte im allgemeinen die Neugier seiner Patienten, indem er ihnen sein analytisch-therapeutisches System einfacher, als es war, schilderte. Normalerweise gelang es ihm, seine Zuhörer ganz für sich einzunehmen, wenn unter seinen eindringlichen Reden die Erfolge und Mißerfolge, die Ängste, die unsympathischen Charaktereigenschaften und das Liebesleben nicht anwesender Personen unter das eiserne Gesetz wissenschaftlich bewiesener Zwangsläufigkeiten gerieten. Natürlich war Dr. Tiroler nicht indiskret. Er verfügte lediglich über ein wirkungsvoll auf den Laiengebrauch eingestelltes Instrumentarium seiner Theorie, das jedem seiner atemlos lauschenden Zuhörer binnen kurzem zu Gebot stand, um sich damit an die Erforschung der Seele seines Nachbarn zu machen. Die Überlegenheit, deren Empfindung Dr. Tirolers Vortrag seinen Neophyten also verschaffte, sollte in der Folge seinem Behandlungskonzept dienen: Seine Patienten, die sich bereits als erfolgreiche Analytiker fühlten, würden sich, wenn es dann an die Analyse ihrer eigenen Motive ginge, bereitwillig mit ihm, dem Arzt, identifizieren, sie würden die Zergliederung ihrer eigenen Seele mit wissenschaftlichem Interesse betreiben und wären auf diese Weise vor den häufig als demütigend empfundenen Phasen der Abhängigkeit, der krisenhaften Niedergeschlagenheit und des Selbstekels bewahrt. Dr. Tiroler hatte dieses Konzept, dem er später einmal den viel beachteten Titel: ›Analyse ohne Ego-Kränkung‹ geben sollte, allerdings nicht ohne Not entwickelt. Er hatte festgestellt, daß unter seinen Nachbarn in Long Island sein Gewerbe mit wenig Sympathie betrachtet wurde, er spürte, daß seinen Freunden die Beschäftigung mit depressiven und verwirrten Menschen als eine wenig optimistische Tätigkeit erschien, und er fühlte, daß man einer Methode in seinen Kreisen nur Achtung entgegenbringen würde, wenn sie auch sichtbare Erfolge zeitigte, und das war leider bei einem großen Teil der Menschen, die ihn in seiner Villa besuchten, nicht in der wünschenswerten Geschwindigkeit der Fall. Dr. Tiroler war eines Morgens mit dem festen Entschluß erwacht, seine Praxis von allen zähen Neurotikern zu befreien und künftig nur noch kerngesunde Patienten der Psychoanalyse zu unterziehen, und wenn dieses radikale Programm auch nicht vom einen auf den andern Tag zu verwirklichen war, begann er doch alsbald damit, bei seinen schweren Fällen die Analyse nur noch andeutungsweise fortzuführen, statt dessen Beruhigungsmittel zu verschreiben und zugleich überall in Wort und Schrift für die von ihm entwickelte Form der Seelenhygiene zu werben.

Florence bewunderte seine Eloquenz und die angenehme Heiterkeit, mit der er problematische Details aus Stephans Leben entgegennahm. Es war Dr. Tiroler gelungen, Florence als ein Mann der Tat zu erscheinen, der auf schwierigem Territorium ihr selbst die Pflicht zum Handeln abnehmen konnte, ohne daß sie sich Vorwürfe zu machen brauchte. Was er ihr über Stephan und über die Regungen des Unterbewußten sagen konnte, war für Florence daher weniger eine Information über ihren Sohn als ein Teil der Zeremonie, in der sie dem Arzt wenigstens zeitweise den Marschallstab übergab: Er hatte seine Waffen gezeigt, er mochte sie ausprobieren.

Dr. Tiroler bedauerte später, daß Stephan kein Freund zündender Diskussionen war. Er stellte fest, daß es schwierig ist, einen Menschen zu überzeugen, der seinen Zweifel zwar deutlich zeigt, der sich aber weigert oder auch einfach nicht imstande ist, seinen Widerspruch zu artikulieren. Stephan hatte eine Art, schweigend den Kopf ein wenig wegzudrehen und »tz, tz« zu machen, die die gute Laune Dr. Tirolers auf eine schwere Probe stellte. Tiroler ahnte nicht, wie früh schon Stephans Mißtrauen gegen ihn erwacht war. Damals hatte Stephan gerade erst seinen Intelligenztest, der in sachlicher Atmosphäre stattgefunden hatte und erfreulich ausgefallen war, bei ihm gemacht und lag nun im Liegestuhl im Garten, während Florence und Dr. Tiroler im Salon in der Nähe der geöffneten Fenstertüren Tee tranken und über Verdrängungen und die Funktion der Phantasie als ungehemmter Wunscherfüllerin sprachen. »Der Wunschtraum ist nichts anderes als eine Ersatzbefriedigung«, sagte Dr. Tiroler mit erhobener Stimme, so daß Stephan draußen jedes Wort verstehen konnte.

Stephan war nicht daran gewöhnt, theoretisch zu argumentieren, und er gab sich auch keine Mühe, den Widerstand, den er gegen diesen Satz empfand, zu ergründen. Er fragte nicht danach, was mit »Ersatzbefriedigung« eigentlich gemeint war, er empfand nur die pejorative Bedeutung des Wortes, die ja auch in anderen ähnlichen Wortverbindungen zum Ausdruck kam: Kaffee-Ersatz war eben nicht so gut wie Kaffee. Auf der andern Seite wußte er, daß er sich, wenn er im Bett lag, mit der Vorstellung, in einem Flugzeug zu sitzen und es vielleicht auch zu lenken, sehr viel Vergnügen machen konnte. Solche Bilder änderten seine Laune alsbald zum Besseren und waren das sicherste Mittel gegen die Langeweile. Er hatte wirklich keinen Grund, auf die Träume herabzusehen, vor allem, wenn er sich ins Gedächtnis rief, welche Qualen er immer auf dem Sportflugplatz gelitten hatte bei der sinnlosen Warterei in der Halle, der anstrengenden Kameradschaftlichkeit der Flugschüler, bei dem Benzin- und Ölgestank, und welche Ängste ihn befallen hatten, wenn er sich im Cockpit so ungeschickt anstellte, daß das Flugzeug hin- und herwackelte, so daß er glaubte, es würde abstürzen, und den Steuerknüppel zitternd dem grinsenden Fluglehrer abtrat, der die Maschine dann wieder auf den Boden brachte. Wenn die Träume ihm also über die fehlerhafte Wirklichkeit hinweghalfen, dann hielt Stephan jedenfalls den Ausdruck »Ersatz« für sie für verfehlt, denn sie gewährten ein vollkommeneres Vergnügen, als selbst eine weniger leidvolle Realität hätte bieten können. Stephan dachte nicht weiter an diesen Punkt, da es ihm nicht darum ging, Dr. Tiroler grundsätzlich zu widerlegen. Er hätte ihm natürlich sagen können, daß die Vorstellung, die sich Dr. Tiroler von der Natur der Gedanken machte, unvollständig war, wenn sie die Geburten des Geistes immer nur in der Rolle von Antworten auf die mit Händen zu greifenden Vorgänge des Lebens sah. Auch Stephan fühlte, daß es Phantasien gab, die sich nicht als eine Vorstufe, als ein ausmalendes Planen für die Umsetzung in ein weltveränderndes Handeln betrachteten, sondern die sich selbst genügten, die schon fertig waren und die der Erde nicht bedurften, um wirklich zu sein. Wer aus Blütenträumen um jeden Preis irdische Äpfel gewinnen wollte, der tat in Wahrheit den Träumen Gewalt an und wunderte sich womöglich noch, wenn dabei uninteressante, geschmacklose und gewöhnlich wirkende Früchte herauskamen.

Warum ärgerte er sich über die Ausdauer, mit der der gelehrte Gast den Salon seiner Mutter besetzt hielt? Stephan begann, die unmerkliche Voreingenommenheit gegen Dr. Tiroler zu empfinden, die ein Hausherr hat, der feststellt, daß ein mitgebrachter Gast nicht der eigenen Gesellschaftsklasse angehört, nur daß sich bei Stephan das Mißtrauen nicht an den asymmetrisch gemusterten Krawatten des Arztes entzündete, sondern an seinen Wörtern, die Stephan nicht nur häßlich fand, sondern in denen er auch einen geheimen Angriff auf die Konstitution seines eigenen Innenlebens vermutete.

Monate später erst saß Stephan Korn in einem riesigen, mit englischem Blumenstoff bezogenen Sessel in Dr. Tirolers Arbeitszimmer und wartete auf den Arzt, während aus dem Obergeschoß der Villa das blutrünstige Gebell von Tirolers prachtvollem Dobermann herunterdrang. Stephan fürchtete dieses Tier so sehr, daß es ihm schwerfiel, an der Tür zu klingeln, weil er sich vorstellte, daß der Hund drinnen auf- und ablief, bereit, sich auf ihn zu stürzen und ihm die Kehle durchzubeißen. Stephan konnte aber sicher sein, daß der Dobermann zu dieser vormittäglichen Stunde eingeschlossen war, weil der Briefträger sich nach einem lebensgefährlichen Angriff des Hundes weigerte, die Villa Tiroler weiter mit Post zu versorgen, wenn die Bestie frei herumlief.

Die morgendliche Frühlingssonne beleuchtete das Zimmer, dessen Bibliothekswände männlichen Forscherernst bewiesen und dessen einziger Schmuck in Tirolers gerahmten Diplomen, den Schwarzweißphotographien seiner Lehrer und einer Rötelzeichnung bestand, einem Jugendbildnis seiner Frau aus einer Zeit, als sie noch nichts von der fragmentarischen Ehe ahnte, die sie mit Tiroler führen sollte, und auch noch nichts von den glänzenden Tagen, die nach seinem Tod auf sie als Kuratorin der Henry Tiroler Foundation warteten. »Ach ja, die tausend Bücher«, sagte Dr. Tiroler in scherzhaftem Ton, da es sich um eine Untertreibung handelte, indem er auf Stephan zutrat und ihm die Hand gab. »Bei unsereinem gehört das Lesen eben zum Beruf. Sie haben sich umgesehen? Nein, hier gibt es keine persönlichen Gegenstände, bis auf meine kleinen Lieblinge hier vielleicht.« Er zeigte dabei auf eine Reihe von Tanagrafiguren auf seinem Schreibtisch und nahm dann die größte zwischen zwei Finger: »Und auch bei ihnen bin ich eigentlich gleich mittendrin in meinem Beruf, sehen Sie hier nur diese guterhaltene ›Diana von Ephesus‹ mit ihren vielen strotzenden Brüsten – ich brauche Ihnen doch nicht zu sagen, was das eigentlich bedeutet?«

Stephan zuckte verständnislos mit den Schultern, aber Tiroler bekam von dieser resignierenden Geste, die seiner Frage ihren bloß rhetorisch gemeinten Charakter raubte, nichts mit, da er Mühe hatte, die große Diana ganz genau wieder an ihren Platz zu stellen. Er rückte das Figürchen hin und her und lief dann um den Schreibtisch herum, um von dort aus noch einmal die wiederhergestellte Ordnung zu begutachten. »Nehmen Sie Platz«, sagte er dann und setzte sich selbst vor das Fenster, um Stephan, vom einfallenden Licht beschienen, genauer betrachten zu können.

Der Dobermann bellte immer noch. »Das ist ein stolzes, ungebärdiges Tier«, sagte Dr. Tiroler, »ein großartiger Beschützer. Haha! Der ist besser als eine Alarmanlage. Wissen Sie nicht, daß man neuerdings auf Ausstellungen mit kostbaren Sachen – Sie verstehen, Gemälde oder Schmuck – auf herkömmliche Bewachung fast ganz verzichtet und einfach einen Dobermann im Ausstellungsraum einschließt? Der geht ohne Vorwarnung auf jeden Einbrecher los und beißt ihn einfach tot.«

Dr. Tiroler lachte so sehr, daß ihm entging, wie sich Stephans Gesicht bei diesen Worten veränderte. Wenn er empört war, blies er verlegen die Backen auf und sah aus wie ein Säugling, der vor Ekel gleich anfangen wird zu weinen. Ein Schauder überlief ihn, wenn er sich vorstellte, wie der alleingelassene Köter seinen Haufen unter einen Dürer machte oder wie er einen elegant schwarz vermummten Einbrecher mit Turnschuhen in der Mitte des Saales unter der wehrlosen und stummen Zeugenschaft der Bilder zerfleischte.

Stephan hatte sich niemals ernsthaft mit Malerei befaßt. Dennoch gab es Bilder, die ihm gefielen, wobei die heitere Malerei, die in den Salons seiner Eltern hing, seit dem Krieg nicht mehr dazu gehörte. Sein Aufenthalt in Frankreich hatte ihn gelehrt, daß die malerisch unordentlichen Frühstückstische, auf denen die Sonnenflecken sich bewegten, die altmodischen Fenstergitter und die weißen Musselingardinen, die Waschschüsseln und die Gartenbänke keine Erfindung einer dekorativen Phantasie waren, sondern dort gelegentlich wirklich vorkamen. Diese Motive glichen ihm seitdem ein wenig zu sehr der Natur. Aber was gefiel ihm an dem einen Bild, und wovor grauste ihm bei dem andern? Er wußte es nicht, selbst wenn er sagen konnte, daß ihm hier die Haut zu rosa und das Haar zu gelb war oder dort die Berge in so schönem Licht lagen und die Bäume so gut gezeichnet waren.

Auch für Dr. Tiroler war die Beschäftigung mit der Malerei und insbesondere mit der ihn zunächst sehr bewegenden surrealistischen Strömung nicht frei von Enttäuschungen geblieben. Es sah zunächst so aus, als ob sich die Bilder des Surrealismus, die Tiroler in New York kennenlernte, geradezu danach sehnten, von ihm einer ärztlichen Interpretation unterzogen zu werden; fast schien es ihm, als müßten die Werke und seine Deutung unzertrennliche Zwillinge sein, die einander notwendig ergänzten, und er begann, Artikel zu schreiben und Vorträge zu halten, die von dankbarem Schwung erfüllt waren, weil sich die neue Kunst so entschieden seinem Fach zugewandt hatte. Es dauerte eine Weile, bis ihm der Spaß am Surrealismus durch die Entdeckung verdorben wurde, daß es nicht besonders viel Ruhm brachte, auf Bildern Phallussymbole zu entdecken, wenn sie von den Malern wissentlich dort angebracht waren.

Dennoch war sein Interesse an der Kunst, die ihn früher wenig beschäftigt hatte, nach diesem Flirt mit einer modernen Bewegung geweckt. Er machte allerdings nicht noch einmal den Fehler, sich mit Meistern der Ölmalerei zu befassen, deren Œuvre sich einer allgemeinen Aufmerksamkeit erfreute und bei denen es schwierig war, ein überraschendes Urteil abzugeben. Nicht ohne einen rankünehaften Seitenhieb auf die Surrealisten erklärte er nun in einer weithin beachteten wissenschaftlichen Publikation, daß das, was dem Publikum üblicherweise als vollendetes Werk vorgestellt werde, in Wahrheit nichts anderes sei als der Sieg eines kollektiven Über-Ichs über die sogenannte spontane, jedenfalls unterbewußte Geste.

»Ist Vollendung Lüge?« fragte Tiroler, und es war nur folgerichtig, daß diese Frage schließlich zustimmend beantwortet wurde. Statt dessen rühmte er die Skizze, in der sich, wie er schrieb, ohne zu bedenken, was er sonst über das Unterbewußte sagte, »das unbewußte Wesen des Menschen in rührender Jungfräulichkeit« zeige. Er vertrat deshalb die These, daß nur derjenige Künstler überhaupt zu beurteilen sei, der geheimgehaltene Skizzenbücher, in Wahrheit Sudelbücher, hinterlassen habe.

Stephan stellte für ihn keinen ganz einfachen Fall dar. Dabei war Tiroler sich nach einer Kurzdiagnose, die er üblicherweise gleich bei der ersten Begegnung mit dem Patienten zu stellen pflegte, schon klargeworden, daß Stephan strenggenommen nicht zu seinen Patienten gehören dürfte. Ein Unheilbarer, dachte Tiroler, als er ihn zum erstenmal sah, und das war diesmal ausnahmsweise nicht in seinem Sprechzimmer, sondern bei Florence zur Teestunde in ihrem sonnigen Salon.

Das erschreckende Urteil war übrigens auch nach Tirolers eigenen Überzeugungen nicht absolut zu nehmen. Der Ausdruck stammte in diesem Fall aus seiner geheimen Privatterminologie und bedeutete nichts anderes, als daß Tiroler befürchtete, bei Stephan mit seinem System zwar nicht zu scheitern, aber auch keine Lorbeeren verdienen zu können.

Stephan war ihm freilich wortkarg entgegengetreten, Dr. Tiroler hatte weiterhin unangenehm berührt Stephans Körpergröße zur Kenntnis genommen und das verwöhnte Desinteresse, mit dem er sich zwischen Florence' Herrlichkeiten bewegte. »Ich muß künftig vermeiden, Patienten in ihren Wohnungen kennenzulernen«, sagte sich Tiroler und mußte kurz darauf erneut das peinigende Gefühl der Ungewißheit bekämpfen, als Stephan nach einiger Zeit völlig umgezogen wieder ins Zimmer kam, eine Tatsache, die Tiroler gewöhnlich aufatmend als ersten Hinweis auf eine zwangsneurotische Symptomatik vermerkt hätte, die hier aber auch als Ausdruck der Umgangsformen in Stephans gesellschaftlicher Sphäre gewertet werden konnte.

Tiroler hatte bei der Begrüßung festgestellt, daß Florence etwas größer war als er. Bei ihrem Anblick dachte er, daß sie wohl das eleganteste Kleid trage, das er je gesehen habe, bis ihm plötzlich klar wurde, daß dies überhaupt das erste Frauenkleid war, das er wirklich wahrnahm.

Aber lief Anni Tiroler nicht auch oft genug in einem engen schwarzen Kleid herum? Es fiel ihm nicht einmal ein, was an Annis Kleidern so reizlos gewesen sein könnte. Oder profitierte ein Kleid von Florence von dem schönen Körper, den es verhüllte? Auch diesen Gedanken schloß Tiroler aus. Florence Gutmann ist eine alte Frau, dachte er diagnostisch kühl, und er war froh, wieder auf eine Gelegenheit gestoßen zu sein, seine ureigene Terminologie anzuwenden, denn er nannte niemals wirkliche Greisinnen »alte Frauen«, sondern die Frauen, die zwischen vierzig und fünfzig waren und anfingen, sich mit dem Altwerden zu beschäftigen.

Mit dieser Beschäftigung trat eine Fülle von Problemen auf, die in seiner Praxis eine Rolle spielten. Als ihm eingefallen war, welcher Kategorie Florence angehörte, spürte er zum erstenmal, seit er mit ihr zusammen war, festen Boden unter den Füßen, und er war sich so sicher, daß sie ihm in kürzester Zeit die altgewohnten Stichwörter ihres Leidens geben würde, daß er glaubte, auf ihr Eintreffen nicht einmal hoffen zu müssen.

Florence tat aber nichts dergleichen. Die Unterhaltung blieb höflich und allgemein und wurde nur unterbrochen, wenn sie sich vorbeugte, mit ihrer schmalen Hand die Teekanne nahm, die so schwer war, daß ihre Fingerknöchel weiß wurden, und dennoch Tirolers Tasse wieder vollschenkte, ohne daß ihre Hand unter dem Gewicht zitterte.

Tiroler begann sich beim Klang ihrer Stimme wohlzufühlen. Er sprach nur, um sie zum Weitersprechen zu bewegen, damit er endlich herausbekam, wie ihr Brustkorb dies eigentümliche Summen erzeugte und welche Wirkung diese tonlose Schwingung der Atemluft in ihm genau hervorrief. Er widersprach Florence zu seinem eigenen Erstaunen nicht ein einziges Mal, obwohl er das Gefühl hatte, daß sie einen Widerspruch aus dem Mund eines berühmten Gelehrten durchaus hätte hinnehmen wollen, ja, als ob er durch seine akademischen Grade in ihren Augen im wesentlichen die Erlaubnis erworben hätte, ihr in erträglichen Formen zu widersprechen. Statt dessen quälte er seinen Geist nach Formulierungen, die ihm helfen sollten, alles, was Florence ihm sagte, neu und interessant zu wiederholen, so daß Florence daran Gefallen fand und zugleich durch sein wortreiches Einverständnis noch ein Weg für sie offenblieb, weiterzusprechen: Er trieb auf einmal die Selbstverleugnung so weit, daß er kleine Mißverständnisse erfand, um ihr die Aufklärung derselben zu ermöglichen, die ihm dann so hurtig einleuchtete, daß die kleine Verzögerung den Ruf seines Verstandes bei ihr nicht beeinträchtigte. »Ich weiß nicht, ob Sie ahnen, warum uns – Willy und mir – Ihre Nachbarschaft so besonders angenehm ist?« fragte Florence schließlich.

Da sie die Antwort auf diese Frage nun schon seit einer Stunde vorbereitet hatte, geriet Tiroler in Verlegenheit – wenn er jetzt noch »nein« sagte, erschien er wirklich sehr begriffsstutzig, wenn er »ja« sagte, dann wäre wahrscheinlich endlich die Aufgabe an ihn gefallen, ein längeres Referat zu halten. Plötzlich kam es ihm vor, als ob jede Sekunde, in der er nicht dieses sonore Summen, das ihre Stimme begleitete, hörte, von seinem Leben abgezogen würde. Und da er seit kurzem wußte, daß er nicht mehr lange leben werde, überkam ihn bei dieser

Vorstellung große Angst. Er antwortete überhaupt nicht und starrte sie nur hilfesuchend an, als müsse sie selbst merken, daß sie weiterzusprechen habe, wenn er gerettet werden solle. Und es erstaunte ihn, daß sie seine Erstarrung gar nicht wahrnahm, sondern ihn mit dem Ausdruck des höflichen Lauschens ansah, bis er plötzlich merkte, daß er offenbar schon eine ganze Weile sprach, und aus seiner Lähmung erwachte.

Was er sich sagen hörte, schloß an Sätze an, die er nicht mehr rekonstruieren konnte, die aber wohl nichts Ungewöhnliches enthalten hatten, denn Florence' Augenbrauen, der beweglichste Teil ihres Gesichts und sorgfältige Anzeiger ihrer Gefühlsbewegungen, hatten sich bei keinem seiner Worte vom Fleck gerührt, sondern verharrten als exakt geschwungene Mondsicheln über ihren braunen Augen. Wenn er also bisher zwar nichts Anstößiges, aber auch noch nichts Wichtiges gesagt hatte, dann mußte er es jetzt tun, und zwar unmittelbar an sein geistesabwesendes Geschwätz anschließend, und so hörte Tiroler sich denn sagen: »Und im übrigen versichere ich Ihnen, daß Sie sich Ihres prachtvollen Sohnes wegen keine Sorgen machen müssen, manch einer steckt in einer schwierigeren Lage als er. Sehen Sie, verehrte Mrs. Korn, ich bin ja nicht nur Ihr Nachbar, ich bin auch Ihr Freund, und ich verspreche Ihnen, daß ich mir den jungen Mann so lange vornehmen werde, bis er diese unerfreuliche Phase überwunden hat. Ich stelle eine gute Prognose – und vor allem bitte ich Sie, verlassen Sie mich.«

Jetzt schossen Florence' Augenbrauen allerdings sofort in die Höhe, so daß er sich mit gezwungenem Lachen an den Kopf schlug, daß es klatschte, und fortfuhr: »Was sagte ich denn da. Verlassen Sie sich auf mich – das wollte ich natürlich sagen.« Florence stimmte liebenswürdig in sein Lachen ein, und er vergaß beinahe, während er ihr lächelndes Gesicht betrachtete, wie unwohl ihm bei seinen letzten Sätzen geworden war. Er kannte sich nicht wieder. Er wußte, daß die Audienz bei Florence nun abgeschlossen war, aber er fürchtete sich aufzustehen, weil er glaubte, unweigerlich an einem der Teppiche hängenzubleiben und vor ihr lang auf den Boden zu fliegen.

Stephans Vater kam herein. Er war nicht angenehm berührt, daß der Arzt immer noch da war. Er wußte natürlich, daß heute ein erstes Gespräch stattfinden würde, aber er hatte dankbar empfunden, daß Florence ihn davon dispensiert hatte. Das unheimliche Projekt war damit zu ihrer Sache geworden, und deshalb war es besonders unnötig, daß er jetzt am Ende doch noch gezwungen sein könnte, sich zu den anstehenden Entscheidungen zu äußern.

Weil das Telephon klingelte, ließ Florence sie allein, und beiden kam es vor, als entziehe sie ihnen mit diesem Weggehen ihren Schutz. Den möchte ich sehen, der es in ihrer Gegenwart wagt, sich danebenzubenehmen, dachte Tiroler und schaute auf Willy Korn, ohne zu bemerken, daß der sich genauso verlassen vorkam.

»Das ist eine eindrucksvolle Sammlung«, sagte Tiroler schließlich und zeigte auf die tiefhängenden, elektrisch gesicherten Gemälde an der Kaminwand des Salons. »Wunderbare Stücke«, sagte Willy Korn, als sei er selbst am tiefsten von seinen Sachen beeindruckt. »Jetzt raten Sie mal, was mein Lieblingsbild ist«, fuhr er fort, zufrieden über das Fahrwasser, in das er geraten war, denn er fühlte darin ein wenig von der Überlegenheit seiner Position zurückkommen, die ihm angesichts der Stellung, in der Stephan sich neuerdings zu Tiroler befand, gefährdet zu sein schien. Willy dachte bei allem, was ein einzelnes Familienmitglied anging, immer zuerst an die Folgen für die ganze Familie. Tiroler zeigte unentschlossen auf ein Bild, das über und über mit dicker rosa und weißer Farbe getupft war. Im Hintergrund ragte eine kirchturmartige Fläche aus den Tupfen, die mit blaßgelber Farbe wie ein Butterbrot bestrichen war.

Er hoffte, daß seine Geste von Willy Korns Standpunkt aus ebensogut auf das Bild daneben oder sogar auf das übernächste Bild bezogen werden konnte, und war sehr erstaunt, als Willy ihn ansah wie ein Lehrer, der beim besten Willen den Respekt vor seinem Primus nicht verbergen kann, und sagte: »Hervorragender Geschmack. Ich könnte Ihnen auch sagen, was das Bild gekostet hat, aber das würden Sie mir gar nicht glauben.

›Obstgarten in Châteaudun-le-Duc sur Marne‹ – kennen Sie das? Waren Sie nie in der Ile-de-France? Das Licht von Châteaudun-le-Duc! Wenn Sie das nicht gesehen haben, dann werden Sie diese Malerei niemals richtig verstehen.

Übrigens, Stephan kennt das natürlich alles. Ich hab' manchmal gedacht, er kommt mir gar nicht mehr zurück, der Schlawiner! Ein ganz großer Herumtreiber, der versteht das Leben, das ist ein Genießer, Dr. Tiroler, da können Sie und ich uns verstecken. Ein großartiger Bursche.« Er hielt inne, weil ihm einfiel, warum Dr. Tiroler überhaupt da war. Er fürchtete auf einmal, daß seine Sätze sonderbar auf den Arzt wirken könnten. Dr. Tiroler verabschiedete sich kurz darauf.

Die eigenartige Situation, daß weder Tiroler sich Stephan als Patienten wünschte, noch Stephan sich bei dem Gedanken wohl fühlte, mit Tiroler das von seiner Mutter gewünschte Gespräch zu führen, mußte, ohne daß der eine das Unbehagen des andern bemerkte, eine Spannung entstehen lassen, die einzige Ursache für die Richtung, die das Gespräch nun nahm.

Tiroler entdeckte plötzlich den Ausdruck des kindlichen Abscheus auf Stephans Gesicht, der während des Lobes auf den Dobermann dort entstanden war und der nicht verschwand, als ihm der Arzt voll ins Gesicht sah. Hätte Stephan dem Lob widersprochen, so wäre die Wirkung niemals so ausgefallen wie das, was sich nun ereignete. Dr. Tiroler hätte vielmehr das sich im Widerspruch anbahnende Gespräch dankbar aufgegriffen, um in die Risse und Spalten dieser Sätze seine Haken schlagen zu können und schließlich ganz anderes zu behandeln als die Sympathie für eine bestimmte Hunderasse.

Ein bloßer Gesichtsausdruck war zwar schwieriger als Entgegnung zu verwerten, bot einem erfahrenen Analytiker aber noch genügend Stoff für neue Erkenntnisse. Das erstaunlichste war nun, daß Tiroler, der normalerweise auf eine ablehnende Miene mit einer vorsichtigen, stets gleichmütigen Frage einging, von dieser Regel hier Abstand nahm und nicht nur nicht fragte, sondern sich überhaupt nicht mit den ausgeformten Sätzen, die ihm tausendfach zu Gebot standen, äußerte. Als Stephan nämlich keine Anstalten machte, etwas zu sagen, sprang der kleine Tiroler aus seinem Sessel auf und sprach mit wachsender Erregung: »Ach was? Ach so! Den Dobermann – den mögen Sie wohl nicht? Haha! Das kann ich mir – das kann ich mir vorstellen! Was mögen Sie denn? Na, was mag denn so einer wie Sie? Sie mögen doch sicher Pekinesen.« Er drückte sich die Nase mit dem Zeigefinger platt, versuchte Glotzaugen zu machen und begann schrill zu bellen. »Oder nein, nein, so einer wie Sie, der liebt doch sicher Möpse, der hat doch sicher sogar Möpse, haben Sie einen Mops?«

Er sprach sofort weiter, die Beantwortung der Frage nicht abwartend. Stephan hatte sich aus Nervosität, um seine Hände zu beschäftigen, eine Sonnenbrille aufgesetzt und sah nur noch wenig. Tiroler war völlig verschwunden und nur noch zu hören mit seiner Imitation eines asthmatischen Mopses, der beim Versuch, einen Sessel zu erklettern, beinahe einen Kreislaufkollaps bekommt. »Ach was!« rief Dr. Tiroler, »Sie lieben Zwergpinscher, bei so einem, wie Sie es sind, darf doch das Tier nicht größer als ein Golfloch sein.« Die letzten Worte klangen aus Tirolers Mund wie eine unerhörte Beschuldigung. »Nein!« rief er dann mit veränderter Stimme. Er hatte nämlich eine Erleuchtung empfangen, die alle seine Vermutungen wegfegte wie tote Blätter, und obschon diese visionäre Eingebung den Ausblick auf den schwersten Vorwurf öffnete, den Tiroler einem Menschen gegenüber erheben konnte, war der Lichtzauber der Wahrheit stärker als seine moralische Entrüstung, und Ergriffenheit lag auf seinem Gesicht, als er sagte: »Ich weiß es jetzt. Sie lieben Spitze.«

Stephan, der einstweilen die Sonnenbrille abgenommen hatte, setzte sie sofort wieder auf und ließ sich, wehrlos im Sessel hingestreckt, von der Vorstellung gefangennehmen, daß Tiroler im Dunkeln größer wurde als im Hellen, ein Eindruck, der entstand, weil sich der Arzt in kurzem Abstand vor Stephan aufgestellt hatte und mit seinem breiten Körper das Fenster verdeckte.

»Der Spitz«, fuhr Tiroler fort, legte die Hände auf den Rücken und ging fasziniert von seinem Gegenstand auf und ab wie ein

Kirchenvater, der im Angesicht einer unerwarteten Versuchung die Macht des Satans staunend erkennt.

»Dieser Schmutzhund, dieser geile Zungenleckhund, dieser quietschende Kothund«, murmelte er, immer noch kirchenväterlich in neuen Epitheta das Wesen des bösen Feindes tiefer zu ergründen versuchend. »Was reizt uns am Spitz?« fragte Tiroler und schob die herabgerutschte Brille die Nase wieder hinauf. »Am Spitz reizt uns das Halbe, das Feuchte, das Kleine. Spitze können sich sehr leicht in unser Herz hereindrängen, ohne daß wir es bemerken. Haben Sie schon beobachtet, wie ein Spitz sich putzt? Natürlich haben Sie es, Sie lieben ja Spitze – oder sollte das ein Irrtum sein? Manchmal können die Spitze uns täuschen, sie putzen sich dann heimlich, sie bekommen sofort heraus, in welchen Häusern sie sich verbergen müssen, um ihre Herrschaft nicht zu gefährden. Nun denn: Ein Spitz setzt sich zum Putzen auf seine hinteren Schenkel und stützt den Vorderkörper auf die beiden Vorderpfoten. Dann senkt er den Kopf, um sich die Brust abzulecken, und leckt in dieser Stellung mit seinem sehr wendigen Kopf so lange, bis er alles, was er erreichen kann, mit seiner Zunge berührt hat. Sodann hebt er den linken hinteren Schenkel, auf dem er bis eben noch gesessen hat, und hebt ihn hoch bis hinter sein Ohr – ohne dabei umzufallen. Fällt Ihnen immer noch nichts auf? Jetzt kann er schon an ganz andere Partien mit der Zunge herankommen, und da gibt er sich auch alle Mühe. Was jetzt noch nicht sauber ist, das kommt dran, wenn er zum Schluß auch noch das rechte Hinterbein hebt – eine Geschicklichkeit, die doch zu denken geben muß! Und dann der Anblick des Milch trinkenden Spitzes: wie die Zunge immer wieder aus dem spitzen Maul herausschlappt und die Milch sozusagen in einer Zungentasche in das Maul hineingelöffelt wird – ein widerlicher Vorgang, sicherlich –, aber woran erinnert er Sie? Und dann, weiter, ein Spitz vor einem Mauseloch. Ein richtiger gesunder Hund wird versuchen, auf Befehl seines Herrn die Maus auszugraben, das Mäuselabyrinth freizulegen und die den Rasen zerstörende Maus totzubeißen und dem Herrn zu apportieren. Die ist dann tot, die Maus. Aber was tut ein Spitz? Ein Spitz kann bis zu fünf Stunden bewegungslos vor einem Mauseloch sitzen und warten – was ist das? Da hilft kein Befehl, Sie schreien ›Such!‹ oder ›Faß!‹ oder ›Grab!‹ – aber der Spitz wird Sie nicht einmal ansehen, er bewegt nur seine Rute, und das soll heißen, daß Sie den Mund halten sollen.«

Da Tiroler die Kommandos so laut gerufen hatte, daß sie der eingeschlossene Dobermann durch Portieren, Eichentüren und Zimmerdecken hindurch hatte hören können, geriet das Tier in Raserei. Kaum hatte Tiroler die Stimme gesenkt, da antwortete ihm ein derart wütendes Gebell, daß man glauben mußte, das verzweifelte Tier würde in seinem Furor noch die eigene Zunge herunterkauen. Der Hund gab Töne von sich, die an die Kleistsche Erzählung denken ließen, in der eine todesbereite Mutter einem tollen Hund in den Rachen greift, um ihm die Speiseröhre herauszureißen. Da gleichzeitig auf den Marmorfliesen der Halle der ruhige Schritt von Stöckelschuhen zu vernehmen war, wuchs in Stephan eine solche Angst, daß er die Empfindung für seinen Körper verlor. Er sah auf der mit grünen Läufern bedeckten Treppe, die hinter den schweren Türen der Bibliothek verborgen war, eine würdevolle weißhaarige Dame in zerfetztem Chanelkostüm mit dem Tode ringen, zu ihren Füßen ein halbaufgefressenes schwarzes Hausmädchen, die Haustür offen, von der Bestie selber aufgeklinkt, die hinaus in die Welt gezogen war und hinter jedem geparkten Auto und jeder Hecke lauern konnte.

»Sie merken immer noch nichts«, schrie Tiroler. »Haben Sie denn niemals einen Spitz gesehen, der bellt? Der aus seiner ehrlichen Hundeseele heraus klangvoll und sonor das Bellen nicht unterdrückt? Ah, das Gebell aus einer ordentlich breiten Hundebrust, hinter der die Muskeln zittern, mit einem Fell, das glänzt wie blauer Stahl – kein Gramm Fett am Leib –, das läßt Ihnen doch die Freudenschauer den Rücken herunterlaufen. So einem strotzenden Tier nur mit der Hundepeitsche in der Hand entgegengetreten und seinen Blick auffangen, den bedingungslos ergebenen Blick eines hünenhaften Sklaven...«

Tiroler verlor sich in Gedanken, das Gebell im ersten Stock

wurde schwächer. Auf einmal fuhr er auf dem Absatz herum und machte: »Miau, miau, miau!« Dann lachte er sich ins Fäustchen und sagte: »So bellt ein Spitz, Stephan, ist das wahr oder nicht? Am I right or am I wrong? Und jetzt bin ich soweit, Ihnen alles zu sagen: Spitze sind in Wahrheit nichts anderes als Katzen.« Zugleich knipste er seine Schreibtischlampe an, deren heller Schein das zarte Dämmern des Zimmers vertrieb, als ob die Wahrheit endlich in das Halbdunkel des Aberglaubens hineinleuchtete.

Stephan nahm verstört die Sonnenbrille ab und blinzelte Dr. Tiroler an. »Das sind Katzen«, wiederholte der Arzt im Triumph, »nichts als Katzen.« Dann trat Schweigen ein, und erst als die Spannung unerträglich wurde im Zimmer, sagte der tapfere Stephan: »Ei, warum denn net?« und tat die Sonnenbrille schnell von der rechten in die linke Hand, von der linken wieder in die rechte und wieder zurück. »Warum nicht?« rief Tiroler. »Aber ich hasse Katzen!« Dann ließ er sich erschöpft in einen Sessel fallen.

Stephan war längst gegangen, und Tiroler hatte sich außerstande gezeigt, seinem jungen Patienten irgendein Wort der Erklärung über den Lauf des Vormittags auf den Weg zu geben. Er folgte ihm mit den Augen, wie er über den Kiesweg ging, und sein Gang erschien dem Arzt von erzwungener Ruhe. Tiroler schwankte eine Weile, ob er Florence anrufen und ihr irgend etwas erzählen solle, etwa, daß »Stephan mitarbeite«, aber ein wenig phantastisch veranlagt sei, daß er sich gewundert habe, welche Traumwelten zu Stephans Realität gehörten, er scheine nicht ganz sicher in der Trennung dieser Sphären zu sein, das sei nicht bedenklich, aber auch nicht ganz unproblematisch.

Er starrte das Telephon an, hob aber den Hörer nicht ab. Als das Telephon plötzlich klingelte, schrak er zusammen und griff voller Angst zum Hörer. Mrs. Meyrish war am Apparat und sagte ihren Termin ab. Er dankte ihr mit leiser Stimme, als ob er vermeiden wolle, daß man im weitentfernten Nachbarhaus seine Stimme höre. Dann ging er eine Weile unruhig auf und ab. Er fühlte, wie er die Herrschaft über seine Gedanken verlor. Allerhand unsinniges Zeug tauchte vor ihm auf und ging wieder unter. Er ertappte sich bei einem Selbstgespräch. Dann klopfte es. Tiroler sah auf und glaubte zu sterben. Er fürchtete auf einmal, Florence könne in der Tür stehen. Es war nur Anni, die ihm sagte, daß auf der Terrasse der Teetisch gedeckt sei. Er drückte auf den Knopf seines Diktaphons und sagte gereizt zu Anni, daß er soeben diktiert habe. Anni schloß die Tür wieder. Tiroler knipste die Lampe aus. Auf dem Boden machte die Sonne rotgoldene Streifen, die langsam von rechts nach links wanderten.

Ein Satz setzte sich in Tirolers Gehirn fest, den er immer wiederholte: »Sie würde es nur unter gewissen Umständen tun.« Er sagte diesen Satz etwa zwölfmal vor sich hin, diktierte ihn dann auf das Tonband, ließ ihn sich vorspielen und löschte das Band. Er schrieb ihn auf einen Rezeptblock, sah ihn an und verbrannte das Blatt im Aschenbecher. Mit gebeugtem Kopf und schleppendem Schritt verließ er das Arbeitszimmer. Florence, dachte er, Florence, nie würdest du das tun. Du bist glänzend verheiratet mit diesem Flachkopf, diesem Barbesitzer, du hast Söhne, gräßlich elegante Söhne, groß und blasiert, und du läufst in diesen engen schwarzen Kleidern herum und bist dir selbst genug. Nie wärst du bereit, mich zu lieben, für dich bin ich nur ein Handwerker, den man ruft, wenn die seelische Waschmaschine Kalkablagerungen aus hartem, verstopfendem Seelendreck hat. »Nein«, sagte er laut, »keinen Tee für mich, ein Glas Wasser bitte«, und er begann seine Taschen auszuleeren und etwa ein Dutzend unterschiedlich großer Tabletten zu schlucken.

Von dieser Sitzung ihres Sohnes bei dem großen Analytiker berichtete Florence beim Tee ihrer Freundin Ines Wafelaerts so gut wie nichts, denn sie hatte über ihren Verlauf wenig Nennenswertes aus ihrem Sohn herausbekommen, und sie war viel zu sehr an Stephans Art gewöhnt, alle Ereignisse in verzerrenden Verkürzungen wiederzugeben, um sich etwas dabei zu denken, als er ihr vorschlug, Tiroler einen Spitz zu schenken: Damit könne man sich bei ihm beliebt machen.

Ihr Vertrauen zu Tiroler war gewachsen, und sie hätte ihrer

Freundin über die Gespräche, die sie mit ihm führte, viel mehr erzählen können als über das, was er mit Stephan anstellte. Aber selbstverständlich war Stephan zunächst einmal ihr dringlichstes Thema, und sie war froh, ihrer Sorge und ihrem Ärger irgendwo Ausdruck verleihen zu können. Aus einem andern Grund hätte sie die alte Madame Wafelaerts auch nicht so unmittelbar nach ihrer Ankunft in Frankfurt aufgesucht.

Es war schwierig genug, sie überhaupt zu finden, denn ihr altes Haus, in dem sie bis zum Krieg gewohnt hatte, war ja zerstört, aber Florence hatte Zeit zu suchen, denn sie mußte sich um niemanden kümmern, und um sie kümmerte sich auch niemand.

Stephan hatte sie nicht vom Flugplatz abgeholt. Nachdem sie sich fast die Augen ausgeguckt hatte, war sie schließlich am Informationsstand an seinen Chauffeur geraten, mit dem sie Deutsch sprechen mußte und von dem sie erfuhr, daß Stephan eine dringende Verabredung habe und sie bitte, einstweilen in ihr Hotel zu fahren. Stephan wollte nicht, daß sie in seinem Hotel wohne, das war ein weiterer Anlaß für sie, sich aufzuregen, denn die Erklärung, es sei in Stephans Hotel kein Platz mehr gewesen, kam ihr von vornherein unwahrscheinlich vor. Sie hatte in ihrem ganzen Leben noch nie die Erfahrung gemacht, daß ein Hotel, und sei es bis auf das letzte Bett belegt, für sie nicht sofort und ohne große Vorbestellung eine Suite zur Verfügung hielt. Auch der Portier in Stephans Hotel lernte, daß es schwierig war, sich Florence zu widersetzen. Er händigte ihr nach kurzem, scharfem Wortwechsel den Schlüssel zu Stephans Zimmer aus und blickte zum Himmel, als ob er hoffe, daß sein mannhafter Protest dort oben zu seiner Entlastung zu Protokoll genommen werde.

Bald darauf war Florence bei Ines. Sie war so in Gedanken versunken, als sie dort ankam, daß sie vergessen hatte, den Brief meiner Tante, den sie im Zimmer ihres Sohnes gefunden hatte, in ihre Handtasche zu tun, sondern ihn noch in der Hand hielt, als sei dies der sicherste Gewahrsam für solch ein gewichtiges Dokument. Daran wäre die Begrüßung der Freundinnen beinahe gescheitert, da Ines Wafelaerts Florence weder die Hand geben noch sie umarmen und auf die Wangen küssen konnte, denn sie hielt ihre kleine Handtasche und den Brief wie ein Kind auf die Brust gedrückt.

Ines hatte Florence noch nie in solcher Stimmung erlebt, aber die Umstände, unter denen sie nach der Bombardierung ihrer Villa lebte, waren nicht dazu angetan, Florence mit der Kraft einer altvertrauten, gepflegten Umgebung zu beruhigen.

Der Flur war dunkel und eng, an den Wänden standen beschädigte, billige Koffer und zum Platzen gefüllte Pappkartons, und als Ines ihre Freundin endlich an all diesen hinderlich in den Weg ragenden Gegenständen in das Zimmer geführt hatte, in dem sie nun wohnte und schlief, erschrak Florence vor dem trostlosen und häßlichen Durcheinander, das im Zimmer herrschte, und vor dem durch das Alter und die Krankheit veränderten Gesicht ihrer Freundin, die in ihrer halblangen, ziegelroten Jacke und ihrem schwarzen Turban aussah wie der verzweifelte Abdias in seiner geplünderten Höhle.

Florence war gewöhnt, ihr Herz auf der Zunge zu tragen, und so war es denn nicht weiter erstaunlich, daß sie, nachdem sie sich in diesem Zimmer umgesehen hatte, ihr eigenes Leid vergaß und ausrief: »Aber Ines-Darling, das ist ja entsetzlich!« Madame Wafelaerts war solche Ausbrüche bei Florence gewöhnt und nahm an ihrer Spontaneität keinen Anstoß mehr. Sie murmelte resigniert vor sich hin und räumte einen Packen Wäsche von einem Ledersessel, dessen Rückenpolster im Keller von einem Bombensplitter aufgeschnitten worden war und den Florence als Einrichtungsgegenstand von Ines' altem Wintergarten wiedererkannte.

Während Ines mit dem Tauchsieder Wasser heißmachte, sah Florence sich so vorsichtig um, als könne jedes der ekelerregenden Insekten, die sie in dieser Behausung vermutete, sich in dem Augenblick auf sie stürzen, in dem sie es entdeckte. Sie war im Kern ihrer Seele davon überzeugt, daß es nur gebe, was man sehen könne. Sie glaubte sogar, daß der wahrnehmende Blick die vorher nicht vorhandenen Gegenstände erst erschaffe.

Neben dem ramponierten, übereinandergetürmten Hausrat,

den sie Stück für Stück identifizieren konnte und der damit allmählich den Charakter anonymen Mülls für sie verlor, weil mit dem Wiedererkennen auch die schönen Zimmer der Villa vor ihrem geistigen Auge entstanden, die diese Sachen einstmals beherbergt hatten, entdeckte Florence auch Neues, was sie noch nicht kannte, vor allem große Schwarzweißphotographien von Tieren, einem Eisvogel auf einem Ast oder einem Fohlen auf der Weide.

Als sie darauf zeigte, antwortete Ines ihr erstaunt: »Ach, kennst du denn Henry nicht mehr? Das sind doch Henrys Aufnahmen, der war doch so ein hochbegabter Photograph. Mein Gott, war das ein Mann! Er hatte die schrecklichsten Angewohnheiten, aber er war eben ein Mann – Florence, tu nicht so, als ob du dich nicht erinnerst. Mit Henry bin ich doch auch in den Kongo gefahren, zu all diesen phantastisch gewachsenen, netten Negern – meinst du, Henry hätte dafür Verständnis gehabt? Die Hüften dieser Neger waren *so*«, sie zeigte mit großen, weißen Händen eine unbestimmte Distanz und sah Florence dabei vorwurfsvoll an. »Ich rate dir eins, mein Kind, reise nie mit einem White Hunter, das sind Tiere, die nicht anerkennen können, daß eine Frau auch Rechte hat. Immerfort wurde nur photographiert und Kaffee gekocht, eine schöne Expedition.«

Florence war in Gedanken versunken. Sie hatte ein paarmal etwas sagen wollen, aber Ines sprach immer weiter, und schließlich gab sie es auf, ihre Frage zu stellen. Sie erinnerte sich wohl auch ohne weitere Hilfe an Henry. Sie raffte sich zusammen, stellte fest, daß sie immer noch den Brief meiner Tante in der Hand hielt, und tat ihn in ihre Handtasche.

Ines sagte düster, eine Teetasse ohne Unterteller vor sich: »Diese kleinen Neger waren einfach ein ›must‹.« Aber Florence hörte nicht mehr zu und fragte dann, als ob sie aus einer durch die Flut der Erinnerung erzeugten Starre aufwachte: »Wo sind denn die Preise? Sind die auch alle weg?« – »Nur die silbernen«, antwortete Ines, »die andern hab ich noch.«

Sie kroch unter das Bett und zog einen Karton hervor, in dem kupferne, vernickelte und auch noch ein paar versilberte Pokale schepperten. Ines nahm einen hohen Kelch in die Hand, der einen Siegerkranz aus Messing trug, gab ihn Florence und sagte: »Der ist noch aus Wafelaerts Zeiten.« Florence las die Jahreszahl und sagte dann: »Aber da gab es doch Henry schon?« – »Bei wem?« fragte Ines giftig. »Ich war damals noch viel treuer, als Wafelaerts es verdiente – du weißt ja, daß er immer gegen meine Rennen war. In dem Jahr habt du und Henry mich vor dem Start in der Box besucht. Henry hat auch ein Bild von mir gemacht, weißt du, das Bild, das er dann, ohne daß du es gemerkt hast, zum Anbandeln mit mir benutzt hat – nein, er wollte es mir nicht schicken, er wollte es nur persönlich übergeben. Das hat er dann auch getan, übrigens in seinem Hotelzimmer. Er war ein großartiger Mann, ein Erlebnis, aber für dich war er nicht der richtige, du warst ihm zu kühl.«

Florence betrachtete die Photographien mit neuer Aufmerksamkeit. Ines redete weiter: »Hier wurde es dann mal sehr schwierig mit den Männern, alle waren auf einmal aus andern Gründen verschwunden. Bitte, kein Mann ist unersetzbar, aber der Abschied von Oppenheimer ist mir schwergefallen. Er ging nach Südfrankreich, hat übrigens alles überlebt und eine junge Russin geheiratet, das alte Schwein.

Was ich dich fragen wollte: Ihr müßt es doch da drüben ganz toll haben mit all den phantastischen Sportlern, oh, ich habe mir immer vorgestellt, daß du dir da so ein ganzes blondes Pfadfinderlager hältst.«

Florence zog die Augenbrauen hoch, nicht aus moralischer Entrüstung, sondern weil sie das Irreale an der Vermutung ihrer Freundin abstieß. Sie empfand einen Abscheu vor allem Ausgedachten, und obwohl sie in der Kunst der Phantasie nicht unbedingt ablehnend gegenüberstand, weil sie gelernt hatte, daß auch Phantasien einer Realität der Seele entsprechen, mit der man rechnen mußte, konnte sie Achtung überhaupt nur einer Erfindung erweisen, die im Boden der Wirklichkeit verankert war und in ihrer Krone bereits wieder die Wirklichkeit berührte. Sie kannte die Erotomanie ihrer Freundin und hatte deren Früchte immer mit Interesse angeschaut. Auch für die Erfahrungen der in diesen Dingen zum äußersten entschlossenen Ines hatte sie jederzeit ein offenes Ohr gehabt, und sie empfand daher den Gegensatz zwischen den erschreckenden Zeichen des Verfalls, die Ines und ihre Lebensumstände trugen, und ihren Konversationsthemen nicht als ernüchternd, sondern als geradezu beruhigendes Zeichen der Kontinuität mitten im allgemeinen Untergang. Dennoch wunderte sie sich, wie unbedenklich Ines, die ihre Florence doch ebenfalls genau kannte, einfach voraussetzte, daß die amerikanische Freundin sich in der Liebe genauso verhielt wie sie selbst. Sie widersprach zwar Ines' Unterstellungen nie, aber sie hoffte doch zugleich, Ines werde selbst wissen, daß Florence ihre Gewohnheiten nicht teilte und sie nur deshalb immer einbezog, um eine freiere Stimmung für all die erregenden Geständnisse aufkommen zu lassen. Florence spürte wohl, daß sie sich nicht zum Beichtvater eignete und daß die Atmosphäre gemeinsamer Ruchlosigkeit hergestellt werden mußte, um Ines das Gefühl zu geben, keine Bekenntnisse abzulegen, sondern mit ihrer Freundin in Erinnerungen zu schwelgen.

»Sag mir einmal«, fragte sie dann nach einem Augenblick des Schweigens, während Ines den schwarzen Turban absetzte und sich die Rotkreuzschwesternhaube in die grauen Haare steckte, »was hieltest du davon, wenn ein Psychoanalytiker dir vorschlügen, mit ihm zusammen zu einer C.G.-Jung-Tagung in die Schweiz zu reisen?« – »Was für eine komische Frage«, sagte Ines. »Zugreifen, würde ich dir raten, du bist ja auch nicht mehr die Jüngste – hat dir denn ein Analytiker diesen Antrag wirklich gemacht?«

Florence war auf einmal beleidigt. Am meisten ärgerte sie sich über die eigene, törichte Frage. Daran war Ines schuld, die niemals ein ruhiges Gespräch aufkommen ließ, in dem man Gedanken und Informationen vorsichtig vorbereitete und ganz unversehens auf einmal da ankam, wo man von Anfang an hinwollte. Die Eindeutigkeit, die ihre Frage in Ines' Ohr haben mußte, entsprach zudem auch gar nicht der Wahrheit. Wer wußte, ob Tiroler die nächsten Monate überlebte. Seine Einladung, mit ihm in die Schweiz zu kommen, erschien ihr jetzt, nachdem sie die Frage gestellt hatte, als das Wünschenswerteste, aber zugleich Ungewisseste von der Welt.

»Aber erlaube«, antwortete Florence, »ich habe bisher für jede Stunde bezahlt, wie kannst du nur alles so mißverstehen?«

»Ich habe auch schon bezahlt«, sagte Ines, »da ist doch nichts dabei. Es ist gut, wenn man sich früh daran gewöhnt. Man glaubt, man ist noch jung, aber die Männer sind wie die Sklavenhändler, denen entgeht nichts.«

»Er schreibt richtige Rechnungen«, sagte Florence mit dem unsicheren Versuch, endlich alles zu erklären, weil sie fürchtete, Ines könne sich über sie lustig machen, und es nichts gab, was sie mehr verabscheut hätte, denn sie durfte sich mit Recht sagen, daß ihre Intelligenz, die allen andern überlegen war, sie vor vermeidbaren Mißverständnissen und Fehlleistungen bewahrte, und was an unvermeidbaren Irrtümern witzig sein sollte, hatte ihr niemals eingeleuchtet.

»Nein, Rechnungen hat mir noch keiner geschrieben. Ich habe halt immer einen angemessenen Betrag in die Rocktasche gesteckt und niemals Klagen gehört.« Ines sprach mit einem Nachdruck, der für Florence immer unausstehlicher wurde.

»Nun hör endlich auf«, antwortete sie scharf, »Dr. Tiroler ist ein seriöser Arzt und außerdem klein und häßlich. Ich wollte nur wissen...«

»Du wolltest nur wissen, wie der Schweizer Franken steht, nicht wahr?« sagte Ines. »Liebste, ich weiß von der Psychoanalyse nur, daß Wafelaerts danach nichts mehr von mir wissen wollte. Das mußt du selbst entscheiden, ob du das alles in der Schweiz lernen willst. Ich glaube, es kommt da auch sehr auf den Lehrer an. Hast du Vertrauen zu ihm?«

Florence sah sie besänftigt an. »Ich habe das größte Vertrauen. Er ist ein einfühlsamer Mensch. Er ist nebenbei berühmt. Er beschäftigt sich mit allem. Er ist nicht borniert. Er liebt die Kunst. Leider mag Stephan ihn nicht, aber meinst du, er nimmt das übel? Er ist so objektiv. Neulich hat er mir sogar gestanden, daß er Stephan wie seinen Sohn betrachte. Das habe ich noch nie erlebt. Er ist ein Mensch, bei dem das Gefühl aus dem tiefen

Erkennen heraus entsteht.« Vor dem Fenster wiegte sich bei ihren Worten ein Magnolienbaum, an dem kein einziges grünes Blatt zu sehen war, weil er über und über mit Blüten bedeckt war.

Kurz vor Florence' Ankunft in Frankfurt war die Temperatur gestiegen. Der vorher kalte, blaue Himmel hatte sich bedeckt und zeigte von morgens bis abends blau-schwarze Wolken. Feuchtigkeit hing in der Luft, und man wunderte sich allgemein, bei wie geringer Wärme es schon schwül werden konnte. Eine verschwenderische Baumblüte war ausgebrochen. Sie hatte die Bäume der Vorgärten geradezu befallen wie eine phantastische Krankheit. Niemand bekam mit, wie das winterlich tote Holz sich auf solch eine unvernünftige Fülle vorbereitete. In den Straßen des ehemaligen Villenviertels, in dem auch unsere Wohnung lag, waren zur Zeit der Erbauung der jetzt von mehreren Parteien bewohnten Häuser besonders viele Blütenbüsche und veredelte Obstbäume gepflanzt worden. Als Zeichen eines Luxus, der längst gründlich vergangen war, erinnerten sie alljährlich daran, daß man hinter den beschädigten Fassaden einstmals behäbig und anspruchsvoll lebte, daß die Frauen, die in diesen Häusern gewohnt hatten, sich für ihre Kleider gern die rosa und weißen Kirschblüten zum Vorbild nahmen und daß die Männer ihre Wohlhabenheit mit Schönheitssinn schmücken wollten.

Die Blüten hatten immer noch die Macht, die Straßen weniger elend erscheinen zu lassen, und dennoch betrachtete Florence diese verrückte Lebensbekundung der Natur mit geheimem Grauen. Anders als die meisten Frauen ihres Milieus war sie keine Gartenfreundin. Ein Garten erfüllte sie nicht mit dem Wunsch, unablässig darin herumzuwerkeln, wie es die Frauen der Nachbarschaft taten, die man tagsüber mit ihren erdigen Gummihandschuhen und Rosenscheren und in leicht über Pflanzen gebeugter Haltung von der Straße aus beobachten konnte.

Auf der Fahrt vom Flugplatz hatte für ihren Geschmack die Obstbaumblüte geradezu gefährliche Ausmaße angenommen. Der Himmel war dunkel, und unter ihm lag ein weißes Meer, das die Wellenformation der Landschaft lind mitvollzog und der Betrachterin entgegenzuströmen drohte. Florence dachte an den Tod im Angesicht dieser hypertrophen Blumenwelt, die ihre unheimliche Kraft vielleicht nur daraus zog, daß sie auf Leichenbergen wuchs.

Da sie in den Beschreibungen der Atomexplosionen gelesen hatte, ihnen folge in den weiter entfernten Gebieten die geisterhafte und tödliche Erscheinung warmen Schnees, erschrak sie, als ihr klar wurde, wie sehr die verletzlichen weißen Blüten, die ohne den beruhigenden Kontrast grüner Blätter austraten, solchem warmen Schnee glichen.

Florence erlebte an sich, wie sehr wir in unserer Wahrnehmung das Opfer unserer Stimmungen sind, denn ihre Gleichgültigkeit gegenüber der Gartenpflege allein konnte diese düstere Vision nicht hervorgerufen haben. Wie fremd wurde ihr die Welt. Sie wußte genau, daß die Obstbaumblüte von den meisten Menschen, die sie früher gekannt hatte, herbeigesehnt worden war. Man machte Ausflüge, um sich dieses Bild anzusehen, die Maler malten es, die Dichter schrieben in ihren Gedichten darüber und schilderten den Zauber, den die tausend Blüten für sie besaßen, in Versen, die den Leser glauben machten, seine eigenen Empfindungen beim Anblick eines blühenden Apfelbaums würden ausgedrückt, und sie wußte auch, daß sie sich früher noch manchmal von der allgemeinen Begeisterung hatte wegtragen lassen, und mußte sich jetzt sagen, daß sie ebenso weit davon entfernt war, diese wilde Blüte zu feiern, wie sie bereit gewesen wäre, das kraftvolle Wachstum der Krebsgeschwulst in Dr. Tirolers Körper zu bewundern.

Später erzählte Florence ihrer Freundin, von der sie hoffte, daß sie ihr nun zuhören würde, warum sie nach Frankfurt gekommen sei und wo sie Stephan vermute. »Oh, bei dem alten Satansweib«, sagte Ines, die Agnes aus der Zeit kannte, in der sie die Köchin des Monsignore gewesen war. Ines pflegte die Überzeugung, daß Agnes den Priester in Limburg denunziert hatte – wer sonst als Agnes und sie selbst wußte schon, was sich gegen Kriegsende zugetragen hatte.

Florence sah Ines verständnislos an. Sie rechnete diesen Ausruf unter die Übertreibungen ihrer Freundin, in denen nicht immer ein wahrer Kern steckte und an denen in Hinsicht auf Agnes schon gar nichts sein konnte, denn Agnes war für sie ein analphabetischer Trampel, an dem ebenso viel Dämonisches war wie an einem Putzeimer. Sie erinnerte sich nicht an eine einzige Unterhaltung mit Agnes und sah immer nur ihren erloschenen Blick vor sich, der nichts wahrzunehmen schien. Agnes war wie eine Kartoffel, und wenn sie ein Gefühlsleben besitzen sollte, dann mußte es ähnlich rudimentär entwickelt sein wie jenes, das, den neuesten Behauptungen der Botaniker zufolge, die Pflanzen besaßen.

Wie hätte auf Florence die Geschichte gewirkt, die Agnes ihrem Schützling Stephan, als er ihr beim Bügeln zusah, in der für sie bezeichnenden undramatischen Art erzählt hat? Stephan hörte anfangs so wenig zu wie jedesmal, wenn die Agnes zu ihm sprach, aber dann geschah es doch, daß er sein Buch sinken ließ und Agnes mit wachsendem Erstaunen ansah, als sie ihr letztes Wort gesprochen hatte, sogar mit Ehrfurcht und Schrecken.

Damit eine Erzählung nicht nur unterhält, sondern darüber hinaus betroffen macht und unsere Sicherheit erschüttert, muß sie Elemente enthalten, die sie unmittelbar mit unserem alltäglichen Gedankenleben verbindet, so weit sie die Hörer sonst auch in die entrücktesten Regionen des Fiktiven entführen mag. Wie geschickte Lügner darauf achten, daß in ihrem erlogenen Gebäude immer wieder winzige Details auftauchen, die der Belogene kennt oder doch mühelos nachprüfen kann, um ihn durch die Handgreiflichkeit dieser Splitter zu verführen, die Empfindung der Wahrhaftigkeit auf das Ganze auszudehnen, muß auch der Erzähler, der sein Publikum rühren will, dafür sorgen, daß die Hörer in der Geschichte etwas entdecken können, das sie darüber täuscht, wie fern die Geburten der Phantasie oder die Ereignisse einer untergegangenen Zeit ihrem Leben in Wirklichkeit stehen. Agnes hatte freilich niemals die Absicht, mit ihren Erzählungen bei Stephan Effekt zu machen, und doch erzählte sie diesmal effektvoll, und zwar weil sie eine Redensart in der Geschichte gebrauchte, die Stephan schon hundertmal aus ihrem

Mund gehört hatte, ohne sie richtig zu verstehen, und die nun, wie in einem etymologischen oder idiomatischen Lexikon, auf ihren Ursprung zurückgeführt wurde, wo sie ihre Redensartlichkeit verlor, um ein grausiges Leben zu gewinnen.

»Dem würde ich einen Pfannkuchen backen«, sagte Agnes, wenn von einem notorischen Bösewicht die Rede war, vom Rasputin oder dem schwedischen Streichholzkönig, aber auch von dem Eisenbahnangestellten, der in der Nähe der Korns wohnte und bei ihr unter dem Verdacht der Bigamie stand. Es half dem Mann nichts, daß er den Hut tief zog, wenn er der Agnes ansichtig wurde, und ein schallendes »Grüß Gott« und »Empfehlung an die gnädige Frau!« über die Straße rief, um dem Ruf seiner österreichischen Herkunft durch laute Demonstrationen der Liebenswürdigkeit gerecht zu werden. Agnes sah stets durch ihn hindurch, lächelte aber besinnlich vor sich hin und sagte leise: »Den Deubel werd' ich tun.« Stephan verstand zwar, daß sie einen Mann nicht grüßte, dem derart schwere Vorwürfe gemacht wurden, aber es war ihm nie klar, warum der Bigamist mit einem köstlichen Pfannkuchen belohnt werden sollte. Noch unklarer war das im Fall des sagenhaften Rasputin, obwohl Stephan im Dunstkreis dieses dämonischen Namens bereits Zweifel an der Gutartigkeit von Agnes' Gaben erwuchsen. Was sich aber tatsächlich hinter der anheimelnden Redensart verbarg und wie wohl sich Agnes darin fühlte, hatte er nie zu erforschen versucht. Agnes hatte viele Redensarten. Alle bezogen sich auf die Welt der Küche oder des Ackers; sprachliche Antiquitäten aus Zeiten, die es vielleicht nie gegeben hatte.

Agnes stammte aus der Stadt. Ihr Leben hatte sich genaugenommen nur in einem einzigen Stadtteil, unserm Westend, abgespielt, und erst der Krieg und die Zerstörungen, verbunden mit dem Verschwinden ihrer Dienstherren, hatten sie aus der angestammten Gegend entfernt, wo sie jedes Haus, jede Straße, jeden Baum und jeden Menschen gekannt hatte. Ihr Lebensraum war auch im Westend damals begrenzt. Die breiten Straßen, die den südlichen Teil dieses Quartiers umgaben, waren für sie wie reißende Ströme, natürliche Hindernisse, die nicht dazu einluden, sie zu überwinden, sondern den heimatlichen Straßenzügen treu zu bleiben.

In diesen Jahren, bevor die Weltgeschichte sie zwang, auf ihre alten Tage noch einmal in anderer Luft zu atmen, konnte sie an den Fingern abzählen, wie oft sie den Main gesehen hatte, und auch außerhalb der Stadt bewegte sie sich so ungern, daß sie das Dorf Dillenhausen, aus dem ihr Großvater stammte und das den einzigen Maßstab ihrer Vorstellungswelt bildete, dennoch nur dreimal als Kind besuchte. Wer sie hörte, gewann den Eindruck, daß dies Dillenhausen nicht nur das Zentrum der Erde sei, sondern eigentlich die Erde schlechthin, aus der alles Leben gemacht ist und zu der alles Leben wieder werden muß. Von Dillenhausen waren die Menschen einstmals ausgezogen, zu den Zeiten Adams und Evas, hatten es aber ständig im Blick behalten und sich dort, wenn sie klug waren, ein Pied-à-terre bewahrt.

Inzwischen waren die großen Städte entstanden, mit Straßenbahnen und Hausmeisterwohnungen und Laternenanzündern. Das Angesicht der Erde bevölkerte sich mit diesen Siedlungen, und es gab Augenblicke, in denen man durch die gepflegten, mandelbäumchengesäumten Vorstadtstraßen ging und dabei völlig vergaß, daß es Dillenhausen gab und daß alles, was außerhalb seiner Grenzen lag, später, schwächer und ein bißchen kindisch war. Auch ihr Großvater hatte im Gefolge Adams eines Tages zu Fuß Dillenhausen verlassen und war vier Tage später in Frankfurt angekommen, wo er dank einer Adresse, die er von seinem Nachbarn erhalten hatte, der Frankfurt schon kannte und mit einem schweren Bruch nach Hause zurückgekehrt war, eine Anstellung als Hilfsarbeiter auf einer der vielen Baustellen fand. Daß die Erinnerung an das alte Dorf in ihm so kräftig blieb, daß er sie seiner Enkelin noch übergeben konnte, als sei die Familie eben erst aus dem Westerwald davongezogen, lag sicher auch daran, daß die Welt, die ihn in Frankfurt empfing, ihm genauso fremd war, als sei er nach Amerika ausgewandert. Und wirklich hatten die katholischen Handwerker- und Arbeitervereine, die er manchmal besuchte, den Geist der landsmannschaftlichen Gesellschaften jenseits des Ozeans, denn die meisten ihrer Mitglieder waren wie er im Westerwald geboren und hatten nach Frankfurt nichts als ihre Religion mitgebracht.

Ein weiterer Grund für die Einprägsamkeit des von seinen Söhnen verlassenen Dorfes muß seine Häßlichkeit gewesen sein. In diesen Partien des Westerwalds besaß die Armut keine pittoresken Züge. Seine Häuser waren trist verputzt, die meisten verfallen, die Kirche sah aus wie ein Spritzenhaus, es gab keinen Winkel, in dem ein städtischer Naturfreund ein Stück bukolischer Harmonie hätte erkennen wollen. Das Haar der Menschen von Dillenhausen war spülwasserfarben, ihre Haut grau, ihr Kinn spitz, das gab ihnen einen verschlagenen Ausdruck. Sie hatten dicke Köpfe mit wulstigen Stirnplatten und einen schweren athletischen Knochenbau. Bei ihrer erbärmlichen Nahrung konnte es nicht anders sein, als daß sie diese Kraft aus den Steinen saugten, die aus ihren Wiesen und Feldern guckten, und tatsächlich sahen ihre Brote grau wie die Steine aus, so daß man hätte denken können, sie seien nicht gebacken, sondern bei stechender Sonne draußen auf dem Acker ausgegraben worden. Es gab wenig dörfliches Leben in Dillenhausen. Die Leute hielten sich für sich und ließen ihre Nachbarn nicht gern in ihre Häuser sehen, obwohl alle miteinander verwandt waren und längst wußten, was sich zu verbergen gelohnt hätte.

Eine kleine Eigentümlichkeit unterschied dennoch das Dorf der Agnes von den Dörfern der Umgebung. In den wenigen Gesten, die sich bei der bemerkenswerten Sittenkargheit ausgebildet hatten, entfalteten die Frauen des Dorfes eine Zeremonialität, wie man sie in Deutschland fast nie, dafür aber im slawischen und italienischen Süden wiederfindet. Ein so knappes Begrüßungsritual wie das Handgeben bekam in Dillenhausen eine auffällig feste Form, die in formentwöhnter Zeit geradezu höfischen Charakter annahm. Zwei Frauen, die mit ihren Kopftüchern, ihren breiten Becken und ihren schweren kurzen Beinen auf dem Kirchhof standen, nahmen sich zunächst aus den Augenwinkeln wahr, drehten sich dann mit einer sparsam kalkulierten Bewegung der Füße aufeinander zu, machten einen kleinen Schritt und legten ihre Hände ineinander, indem die eine ihre geöffnete

Hand der anderen wie um eine Gabe bittend entgegenstreckte, die andere diese Bitte erfüllte, indem sie mit ihrer Hand, den Handrücken nach oben, die fremde bedeckte. Dabei, und dies war das Entscheidende, löste keine der beiden Frauen ihren Oberarm vom Oberkörper, die Verbindung der beiden Hände ereignete sich tief unten und artete niemals in ein Schütteln aus. Für die Dauer einer Sekunde blieben die Frauen unbeweglich und wandten sich dann gemessen voneinander ab, indem sie ihre Becken in eine andere Richtung stellten. Und diese Becken erzeugten den Eindruck, daß die Frauen keine garstig bedruckten Kittelschürzen, sondern maria-theresianische schwarze Reifröcke trügen, unter denen die schwachen Füße mit ihren Ödemen und Krampfadern längst durch geräuschlos gleitende kleine Rollen ersetzt worden sind.

Stephan hat Agnes niemals in der geschilderten Art die Hand geben sehen, denn wie jede große Form war auch diese auf die Mitwirkung anderer angewiesen, die es in Frankfurt natürlich nicht gab. Man hätte Agnes einer Dillenhäuserin gegenüberstellen müssen, um alsbald bemerken zu können, daß auch in ihr das Erbe des Dorfes noch lebendig war, wie eine Tonscherbe den Sinn ihrer Wölbung erst verrät, wenn man sie wieder an die Stelle am Bauch des zerbrochenen Kruges setzt, an die sie hingehört hat. Vielleicht wäre auch Agnes selbst dann deutlich geworden, daß ihr Charakter in Dillenhausen verwurzelt war, obwohl sie doch auch Frankfurter Großeltern hatte. Dabei war es nicht leicht zu sagen, worin dieser Charakter eigentlich bestand. Er war einfach von älterer Art, von höherem spezifischem Gewicht, aber in einzelnen Zügen kaum festzumachen; er war wie die Steine im Wasser, eigentlich also prähistorisch: kühl und glatt und jedenfalls vor Erfindung der Moral entstanden.

Dazu paßte durchaus, daß Agnes, als sie Stephan vom Schicksal ihrer Tante erzählte, an keiner Stelle die Stimme bedauernd klingen ließ, und zwar weder, um Mitleid für die arme Frau zu erwecken, deren Leben so früh in einer Sackgasse geendet hatte, noch um, was dann geschah, die Rache nämlich, zu motivieren und zu rechtfertigen. Aus Agnes' Mund klang alles, als sei jeder selbst schuld, der sich entschließe, am Leben teilzunehmen, eine Gefahr, in die sie selbst schon deswegen niemals geraten konnte, weil sie nicht mehr in Dillenhausen lebte, sondern in einem hermetischen Exil, in dem sie sich vor selbst dort noch gelegentlich auftretenden Gefahren des Lebens jederzeit in ihr Souterrain zurückziehen konnte.

Die Vorgänge des Lebens waren in ihrem Kopf den Begriffen »gut und böse« entrückt. Die Rache sollte nicht etwa atavistisch das verletzte Recht wiederherstellen, sie glich vielmehr dem Befehl des erzürnten Königs Xerxes, der das Meer auspeitschen ließ, als es ihm nicht zu Willen war und seine Schiffsbrücke zerstört hatte: Das war das Rasen einer Gewalt gegen eine gleichberechtigte andere.

Agnes war die letzte, die sich bereitgefunden hätte, an der Berechtigung der Rache herumzugrübeln, und wenn in einer rächenden Tat Spuren eines Rituals erkennbar wurden, dann war sie in ihren Augen endgültig der Diskussion enthoben.

Der Wandel der Zeiten hatte der Geschichte den Rückblick zu ihren Ursprüngen immer mehr erschwert. Wer die Vergangenheit nicht in der Form ausgewählter Mosaikstückchen betrachtete, dem war sie unendlich fremd, und es erschien unwahrscheinlich, daß die mythischen Prinzessinnen, die unnachahmlich schön die Stufen ihres Palastes hinaufschritten, den sie mit ebenso schönen Gebärden und dem frischen Blut ihrer Kinder auf den Lippen kurze Zeit danach wieder verließen, um ihre Zuflucht in einem von geflügelten Tieren bewohnten Firmament zu nehmen, ebensolche Menschen gewesen sein sollten wie die heute Lebenden.

Ein anthropologischer Archäologe hätte sich vielleicht zu der Behauptung verstiegen, Agnes sei eine Schwester dieser sagenhaften Frauen, weil sie aus einem Land stammte, in dem man erschöpft und traumlos schlief, in dem Erscheinungen aber nicht ausgeschlossen waren. Agnes' Mutter war dabei eine überzeugte Städterin geworden, die für das elende Dillenhausen nur Verachtung übrig hatte. Bei Agnes war das Dorf nun wieder da, obwohl sie sich ihr ganzes Leben in den geräumigen Herrschaftsküchen im Souterrain stattlicher Villen aufgehalten hatte, zwischen modernen, blitzenden Wasserhähnen und Eisschränken und künstlerisch gestalteten Kachelwänden. Es war, als sei sie selbst die Tante, von der sie erzählte, weil sie ihre Quellen nicht nannte, so daß ihr Bericht wie aus erster Hand wirkte, was das Erschrecken Stephans erklären könnte.

Die Tante der Agnes war siebzehn Jahre alt. Sie hieß wie ihre Nichte, und sie lebte mit ihren Eltern in einem Schäferkarren am Rande des Dorfes. Sie war ein großes Mädchen, mit langen strohfarbenen Zöpfen und grauen Augen. Sie hatte kleine Brüste und ein breites Becken, lange Beine und kräftige Füße. Sie hatte sich selbst noch niemals nackt gesehen. Ihre Arbeit war schwer, weil sie die Arbeitskraft ihrer Mutter ersetzen mußte. Diese früher starke Frau hustete seit einiger Zeit und hatte solche Schmerzen in der Brust, wenn sie etwas Schweres tragen mußte, daß der Schäfer ihr erlaubte, bei schlechtem Wetter im Karren zu bleiben und sich zu schonen.

Agnes galt im Dorf als schönes Mädchen, obwohl sie dort selten zu sehen war. An den Tanzfesten nahm sie schon gar nicht teil, und zur Kirche kam sie als letzte und ging als erste, damit sie mit niemandem sprechen mußte. Der Kaplan sagte, sie sei ein schlimmes, freches Ding, drückte sich aber in der Zeit des Heumachens oft in der Nähe des Schäferkarrens herum. Dort lagen die Wiesen einer Witwe, die ganz allein in der Welt stand, seit auch ihr einziger Sohn im Krieg gefallen war, und der der Kaplan deshalb beim Heumachen half. Die Witwe gab ihm ein Butterbrot dafür. Auch Agnes ging in dieser Zeit oft zu der Witwe, um im Heu zu helfen, bis die Witwe sie nicht mehr mochte und sie wegschickte, denn als sie die Agnes einmal versonnen angesehen und gesagt hatte: »Du wärst ein Mädchen für meinen Ludwig gewesen«, antwortete Agnes: »Aber der Ludwig wär nix für mich gewesen«, was sie ehrlich meinte, denn der Ludwig war klein und verschwitzt und galt als Frömmler.

Als sie dem Kaplan die Heufäden von der Soutane bürstete, sagte der zu ihr: »Und weißt du auch, welche Ehre es ist, mein geistliches Gewand zu reinigen?« Darauf sagte Agnes gar nichts, sah den Kaplan aber aus so bösen Augen an, daß klar war, daß sie nicht wußte, welche Ehre es war. Sie hatte lange die Vorstellung, sie werde viel Geld für ihre Zöpfe bekommen, weil sie gehört hatte, das Haar sei der wertvollste Schmuck der Frau. Sie wachte über dessen Wachstum und flocht die Zöpfe täglich neu, obwohl sie dafür eine Stunde früher aufstehen mußte. Ihre Fingernägel waren durch die schwere Arbeit immer abgebrochen oder eingerissen, vielleicht hatte sie auch zuwenig Kalk im Körper, oder es wurde alles von ihrem Haar gefressen. Sie hatte weiße Haut, obwohl sie immer draußen war, die roten Backen kamen beim näheren Hinsehen von kleinen geplatzten Äderchen, einem Erbteil ihrer Mutter. Sie wußte von ihren Eltern, daß sie in Dillenhausen keinen Mann zu erwarten hatte, denn sie war selbst für diese Verhältnisse zu arm.

Dieses Wissen bewahrte sie lange vor den Versprechungen der jungen Männer, denn sie wußte, was davon zu halten war. Auch Konrad, dem Sohn des reichsten Bauern, der ihr zu folgen begann, glaubte sie kein Wort. Ein verächtliches Lächeln war alles, was der redselige Konrad auf ihrem Gesicht hervorrufen konnte. An einem Abend trat er im Wald hinter einem Baumstamm hervor. Er hatte auf sie gewartet und packte sie am Arm. Agnes stieß ihn weg, hatte aber doch einen Schreck bekommen, zugleich war der feste Griff seiner warmen Hand ein seltsames Gefühl auf ihrer Haut. Konrad drängte sie an einen Baum und sagte ganz nah an ihrem Ohr: »Wenn du stillhältst, dann heirate ich dich, du mußt nur einmal vorher stillhalten.« Warum sie diese Ankündigung zu verwirren imstande war, nachdem sie soviel vorher Gehörtes einfach abgetan hatte, ist ungeklärt. Zu vermuten ist jedoch, daß das Geld Konrads – seine Eltern ernährten außer sich und ihm noch einen hungrigen Knecht – seine Glaubwürdigkeit steigerte, weil es wünschenswerter war, daß sich seine Versprechung erfüllte als die der andern. Wir sind die Opfer unserer Hoffnungen.

Agnes gelang es schließlich, sich loszumachen und wegzulaufen. Da sie ihrer hustenden Mutter wenig zutraute, ist es erstaunlich, daß sie sie in das Angebot Konrads einweihte. Die Mutter überlegte hin und her und riet zum Mißtrauen. Auch sie war jedoch von der Hoffnung ihrer Tochter angesteckt und überlegte seitdem, wie man es anstellen könne, Konrad in die Zange zu nehmen und ihn zur Erfüllung seines Versprechens zu zwingen. Schließlich kam sie mit ihrer Tochter überein, daß Konrad noch hingehalten werden solle, bis ihnen etwas einfiele. Niemand beschreibt daher Konrads Verwunderung, als ihm bei ihrer nächsten Begegnung Agnes trocken sagte: »Ich denk darüber nach«, denn sie wurde allgemein ein schlaues Ding genannt, und wenn er auch von seinem Vater wußte, daß alle Frauen schwachsinnig seien, so hätte er die Agnes doch für klüger gehalten.

Die Mutter überlegte sich unterdessen, daß Konrad sein Eheversprechen unter Zeugen abgeben müßte, damit man ihm später wenigstens mit einem Kranzgeld drohen konnte. Konrads Vater würde sparen wollen und lieber in den sauren Apfel einer Ehe seines Sohnes mit der Schäferstochter beißen.

Schließlich rief sie Agnes zu sich und sagte, sie solle den Konrad in einen bestimmten Heuschober bestellen und ihn fragen, wie er über ihre Heirat denke. Dann solle sie ihn dazu bringen, es laut und deutlich zu versprechen. Danach solle sie stillhalten, wie er es verlangte. Die Mutter wollte unterdessen, auf zwei Brettern, die durch eine Leiter zu erreichen waren, liegen und alles mitanhören.

Als Agnes an dem vereinbarten Tag in den Heuschober kam, sah sie, daß ihre Mutter schon da war, denn die Leiter war etwas verrückt, und zwischen den Brettern über ihr leuchtete ein schmaler Streifen blauer Stoff. Bald darauf kam Konrad und grinste sie an. Er begann, sie an allen möglichen Stellen anzufassen, und bemerkte vergnügt, daß sie sich nicht wehrte, ohne deshalb durch seine Berührungen besonders munter zu werden. Dann fragte sie: »Stimmt es, daß du mich heiratest, wenn ich tue, was du willst?« Konrad glaubte, auch ohne eine Wiederholung seines Versprechens ans Ziel zu kommen, weil sie sich vor seinen Händen nicht zurückgezogen hatte. Er machte Ausflüchte, sagte, sie solle sich nicht anstellen, sie hätten nicht viel Zeit. Agnes hielt das Stück blauer Schürze über sich fest im Auge und sagte: »Nein, so wird es nichts«, schob ihren Rock wieder herunter und machte sich steif. Konrad aber wollte sein Versprechen nicht wiederholen, denn einmal war keinmal. »Dann überleg dir's noch mal«, sagte Agnes und lief weg.

Am nächsten Morgen fing die Mutter zu schimpfen an, wie ungeschickt die Agnes sich angestellt habe, leicht hätte sie den Konrad dazu bringen können, ihr Himmel und Hölle zu versprechen. Agnes verachtete die Ungerechtigkeit ihrer Mutter. War die Sache mit dem Konrad nicht erledigt? Er wollte sie nicht heiraten. Wieso ihn dann zu irgend etwas bringen? Trotzdem gehorchte sie ihrer Mutter, die ihr Ratschläge gab, und bestellte Konrad noch einmal in den Heuschober. Konrad kam schon mit roten Ohren zur Tür herein und traute seinen Augen nicht, als er die Agnes lang im Heu liegen sah. Wie beim erstenmal machte sie keine Schwierigkeiten, als er sie anfaßte, aber wie erstaunt war Konrad, als auch sie ihn anzufassen begann, zielbewußt und sicher, mit ihren Augen den Heuboden nach dem blauen Schürzenzipfel absuchend. Konrad glaubte, der Erfüllung seiner Wünsche nah zu sein, als dicht neben seinem Ohr die Agnes mit leiser Stimme fragte: »Und was ist mit dem Heiraten?«

»Ja, sicher«, rief Konrad, als er auf ihr lag und ihren Körper festhielt, »später wird geheiratet, du wirst es selber sehen.« Darauf gab Agnes ihren Widerstand auf und ließ sich von Konrad einen langen Kuß geben, wobei er feststellte, daß sie einen faulen Zahn haben mußte. Er war aber mittlerweile in einem Zustand, in dem er nicht mehr entscheiden wollte, ob ihn das störte oder nicht.

Am nächsten Tag waren Agnes und Konrad wieder im Heuschober verabredet. Agnes bemerkte, daß Konrad die Sachen, die er mit ihr machte, genoß, daß er sie aber seltener küßte. Beim Gehen stellte sie gehorsam die Frage nach der Heirat, während sie sich die Heufäden aus dem Kleid strich. »Wie kommst du denn darauf?« fragte Konrad mit der Grobheit des schlechten Gewissens.

»Das hast du mir zweimal versprochen, im Wald und hier«, sagte Agnes.

»Im Wald ja, einmal ist keinmal und ist verfallen«, sagte Konrad. »Und was hab ich hier gesagt? Daß später geheiratet wird. Aber doch nicht dich, du dummes Huhn!«

Agnes hatte sich, während er sprach, immer weiter von ihm entfernt. Sie glaubte, sich Konrad sofort entziehen zu müssen, aber auch ihrer Mutter. Sie wollte wieder bei sich sein können, wie in den früheren Tagen der ungestörten Gleichförmigkeit. Sie wollte vor allem nie wieder die Pläne der Mutter anhören, an die sie jetzt mit Widerwillen dachte. Zur Mutter sagte sie einfach: »Ja«, als die sie fragte, ob der Konrad sie immer noch heiraten wolle. Aber sie ging zur Verabredung am nächsten Abend nicht mehr hin. Einmal sah sie ihn mit anderen Buben auf der Straße stehen. Als sie vorbeiging, rief er: »He, Agnes, komm doch mal her«, und alle lachten, als sie, ohne sich umzusehen, weiterlief.

Es war ihr recht, daß die Mutter sagte: »So, bis zur Hochzeit gibt's jetzt nix mehr«, und ihr weitere Treffen verbot. Da brauchte sie sich abends nicht mehr so lange zu verstecken, bis sie nach Hause kommen konnte.

Als feststand, daß Agnes schwanger war, machte sich die Mutter daran, den Vater einzuweihen. In seiner Wut begann der Schäfer seine Frau und seine Tochter abwechselnd durchzuprügeln. Am andern Tag aber ging er zu Konrads Vater und sagte, sein Sohn habe die Agnes geschwängert und er müsse sie jetzt heiraten. Konrads Vater rief seinen Sohn und fragte ihn, ob das wahr sei. Konrad antwortete, nein, die mannstolle Agnes habe ihn zwar in einen Heuschober gelockt, aber es sei nichts passiert.

Agnes verlor ihr Kind, bevor ihr Bauch dick zu werden begann. Aber die Schande war da, denn Konrad hatte die Brautwerbung des Schäfers nicht verschwiegen. Agnes lief Spießruten durch das Dorf. Daß man sie nicht dick werden sah, schwächte die Gerüchte langsam wieder ab, es verbreitete sich sogar allmählich die Überzeugung, der Konrad habe der Agnes tatsächlich die Ehe fest versprochen. Der Vater und die Mutter bemerkten mit einem Mal wieder ein gewisses Wohlwollen bei den Leuten des Dorfes. Nachdem der Angriff auf das Geld Konrads abgeschlagen worden war, konnte sich der allgemeine Neid in das Schicksal der Agnes und ihrer Eltern wieder hineindenken.

Der Vater sprach mit vielen im Dorf darüber, die auch fanden, es müsse alles wieder in Ordnung kommen. Es war an ihm zu handeln, erklärte er seinen Frauen, die ihn dabei fromm ansahen. Es werde schon darauf gewartet. Wenn wieder einmal für das ganze Dorf gebacken würde, dann sei es an der Zeit. Und dann kam die große Beerdigung eines alten Mannes, der mit dem ganzen Dorf verschwistert und verschwägert war. Alle Dillenhäuser versammelten sich auf seinem Hof und aßen von riesigen Blechen den Pflaumenkuchen, den die Frauen am Tag zuvor gebacken hatten. Agnes' Mutter stand vor den Backblechen und schnitt den Kuchen. Agnes lief mit den Tellern auf und ab und verteilte sie.

»Das ist für den Konrad«, sagte die Mutter schließlich und gab ihr ein großes Stück Pflaumenkuchen. Agnes zögerte, die Mutter sagte: »Los, du hast keinen Grund.« Als Agnes den Teller vor Konrad auf den Tisch stellte, fühlte sie, daß alle Augen der Trauergesellschaft auf sie gerichtet waren.

»Das hat die Mutter gerade für dich geschnitten«, sagte Agnes laut und klar. Sie sah seine Verlegenheit und fand plötzlich, daß er ein wenig hübscher als die andern Buben war. Sie drehte sich um und ging weg, nachdem sie gesehen hatte, daß Konrad in seiner Ratlosigkeit zu essen angefangen hatte.

Nachts wachten Konrads Eltern und der hungrige Knecht vom Schreien ihres Sohnes auf, der sich mit grünem Gesicht in seinem Bett wälzte und sagte, daß ihm der Bauch zerplatze. Damals gab es noch keinen Arzt in Dillenhausen, und als der Arzt des Nachbardorfes nach drei Stunden schließlich eintraf, war Konrad tot.

Schon wenige Tage später fanden sich die Dorfbewohner also wieder zu Kaffee und Kuchen zusammen. Wer diesmal den Pflaumenkuchen aufschnitt, erzählte Agnes nicht mehr.

Es gab nichts im Leben der Korns, was Stephan für die heimlichen Schrecken einer Blut-und-Boden-Romantik hätte empfänglich machen können. Jede Erinnerung an ein früheres

Landleben war in der Familie restlos ausgelöscht. Korns waren städtisch. Alle ihre Lebensgewohnheiten hingen mit Umständen zusammen, die sich nur in einer Stadt ergeben und die das soziale Gefüge einer Stadt zur Voraussetzung haben. Willy Korn fragte sich nie, welche Jahreszeiten welche Sorten von Gemüsen hervorbrachten. Eine Schale mit Walderdbeeren erinnerte ihn nicht an die Lichtung zwischen hohen Buchenstämmen an einem warmen Junitag. Vielmehr dachte er dabei an die Abendessen, bei denen es diese Erfrischung gab, als ob nicht der Kreislauf der Natur für das Vorhandensein von Walderdbeeren verantwortlich sei, sondern als ob sie zu ihrem Gedeihen den Nährboden eines sächsischen Porzellantellers und die parfum- und raucherfüllte Luft eines Eßzimmers nötig hätten.

Indessen liebte er die Eselsbrücke, mit der er sich die Monate für den Genuß von Schalentieren merken konnte. Bis er zum erstenmal nach Amerika kam, verging kein September, ohne daß er genießerisch, wie es sich für eine solche Bemerkung gehörte, mitteilte: »Jetzt haben wir ja wieder die Monate mit dem ›r‹.« Später war auch diese letzte schwache Verbindung mit den Eigentümlichkeiten des Jahreskreises endgültig vergessen.

Das war um so bemerkenswerter, als Willy Korn auf dem Lande geboren war. Das oberhessische Dorf, in dem er aufwuchs und in dem sein Vater mit Häuten handelte, hatte keine gepflasterten Straßen. Auf den Bächen schwammen in langer Reihe die Gänse von der Weide nach Hause, und an den Schlachttagen schrie in vielen Höfen ein Schwein um sein Leben. Dennoch war es, als sei Willy Korn erst mit seinem Umzug in die Stadt aus einem tiefen Schlaf erwacht, als sei er auf dem Land in einem Exil gewesen. Als er schließlich nach New York kam, wurde klar, daß Frankfurt auch nur eine Vorstufe zu seiner Vollendung als Städter gewesen war, die sich allerdings nicht ebenso mühelos abschütteln ließ wie das oberhessische Calden. Wie ein Künstler, dessen Genius sich von dem Einfluß seines Lehrers vollständig befreit hat, an kleinen Merkmalen der Handschrift immer noch seine Schule verrät, blieb Willy Korn besonders für seine Frau und seinen Sohn auch nach seiner bedingungslosen Adaptation des New Yorker Stils ein unverwechselbarer Frankfurter. Niemals gelang es ihm, den Frankfurter Akzent, den Stephan selbstverständlich nur, und dann mit Absicht, benutzte, wenn er deutsch sprach, abzulegen, ja, ihn auch nur mit Bewußtsein wahrzunehmen. Aber im großen und ganzen wurden die Wunder New Yorks in einer Geschwindigkeit zu den natürlichen Konstanten in Willy Korns seelischer Ausstattung, die keinen Zweifel erlaubte, daß seine Übersiedlung nur mit der Freilassung eines im Zoo geborenen Raubtiers in die Savanne vergleichbar war. Selbst Florence staunte, wie wohl sich ihr Mann in der neuen Heimat fühlte und wie eifrig er danach trachtete, alle europäischen Federchen zu verlieren.

Keine Brücke führte also von den Gesinnungen der Korns zu der Lebensform ihrer langjährigen Hausgenossin Agnes, weil die alte Kinderfrau nicht nur in ihrem Stand und ihrer Bildung, sondern vor allem durch Hunderte von Jahren von ihren Dienstherren geschieden war, und selbst Stephan fand seinen Weg zu ihr nicht, weil er sie verstehen konnte, sondern weil er jede ihrer Lebensregungen in ihrer Fremdartigkeit genoß. Das schönste Geschenk, das Agnes dem kleinen Stephan machte und wofür er sie liebte, war, daß sie ihn niemals nach seiner Meinung fragte, ja, daß sie auf ihre Fragen niemals eine Antwort verlangte. Wenn sie ihm in der Weihnachtszeit einen kleinen Teller mit noch ofenwarmen Zimtsternen und Vanillekipferln hinstellte und ihn fragte, wie ihm die Plätzchen schmeckten, geschah es häufig genug, daß er, ohne ein Wort zu sagen, die Plätzchen nicht einmal anrührte, sondern ruhig in seinem Buch über die Entwicklung der Luftfahrt weiterlas. Völlig gleichgültig, ob Stephans Zurückhaltung darauf beruhte, daß er satt war oder nichts Süßes essen wollte oder ihm die Plätzchen mißraten aussahen, nahm sie nach einer Weile den Teller wieder weg, wie ein Chemiker, der feststellt, daß eine ihm fremde Substanz auf eine andere, mit der sie probeweise zusammengebracht wird, nicht reagiert, und der daraufhin den Versuch beendet.

In den schönsten Jahren seines Lebens, als die meisten der natürlichen Körperfunktionen nicht ohne Agnes' handgreifliche Hilfe abliefen, war zwischen den beiden eine Übereinkunft entstanden, durch die jeder ohne Vereinbarung und Absprache seinen Part übernahm. Daß Agnes dem kleinen Stephan im Park die Hosen aufknöpfte und mit einer Hand hineingriff, während sie die wärmende andere Hand auf den kleinen Oberkörper legte und ihn so hielt, bis er seinen Bach gemacht hatte, dieses Zusammenwirken zweier Menschen zum Zweck eines gemeinsamen Erfolges hatte Stephan eine tiefe Empfindung davon gegeben, was es heißt, wenn die Last eines Lebens auf mehrere Schultern verteilt wird. Daß sein eigenes Herz Tag und Nacht schlagen mußte, um ihn am Leben zu erhalten, erfüllte ihn, wenn er in späteren Jahren daran dachte, mit solchem Grauen, daß er sich immer auf der Stelle zwang, an etwas anderes zu denken. Vielleicht hätte er Agnes sonst bittere Vorwürfe gemacht, daß sie sein Herz nicht wenigstens zwölf Stunden am Tag von dieser sisyphushaften Tätigkeit entlastete und seinen Kreislauf in dieser Zeit durch ihre Kraft am Leben hielt.

Weil seine Einstellung zu Agnes nun einmal im Vegetativen ihre Wurzeln hatte, ist es nicht verwunderlich, daß Stephan allen Erinnerungen seiner Amme überhaupt nur insoweit folgte, als sie das Verhältnis zueinander berührten. Das Leben in Dillenhausen, das Agnes' Vorfahren dort geführt haben mochten, war selbstverständlich ohne das geringste Interesse für Stephan, dem schon die eigenen Großeltern aus Calden in den nordhessischen Nebelfeldern versunken waren und Florence' Vorfahren eigentümlich objektiv, wie Personen der Zeitgeschichte, die man von Archivphotographien her kennt, aber nicht als eigenes Fleisch und Blut vorkamen. Stephan hörte die gleichmäßige Stimme, die sich mit dem Rauschen der gestärkten Hemden vermischte, wenn Agnes mit dem Bügeleisen in die eingesprengten Stoffberge hineinfuhr, und diese Geräusche waren nichts anderes für ihn als das ewige Rieseln eines kleinen Baches, in das sich der Wind, der die silbernen Blätter der Weiden bewegt, hineinmischt. Er wurde Agnes mit dieser Empfindung sogar auf eine höhere Weise gerecht, denn sie erzählte keine Geschichten, die einem Höhepunkt oder einer Auflösung zustrebten, sondern unterwarf sich ganz dem Prinzip der Reihung in sich gleichwertiger Ereignisse, wie es die Kinder tun, die sich weigern, das Ende eines Märchens hinzunehmen, und auch dann, wenn die Prinzessin erlöst und verheiratet ist, auf eine Fortsetzung der Erzählung drängen, weil sie nicht eine mehr oder weniger geschickt komponierte Handlung bewundern, sondern sich in eine andere Welt tragen lassen wollen, die so lange um sie herum besteht, wie sie die Stimme des Erzählers hören. Bei den Geschichten, die Agnes beim Bügeln erzählte, genügte es, irgendwo einen Augenblick zuzuhören, um über die Natur des stundenlangen Berichts im ganzen aufgeklärt zu sein. Folgerichtig beendete sie diese Geschichten auch nicht, wenn sie an ihr Ende gelangt waren, sondern wenn sie fertig gebügelt hatte und das Zimmer mit hohen Stapeln frischer Wäsche verließ, um sie auf die verschiedenen Kommoden in den Ankleidezimmern des Hauses zu verteilen.

Diesmal hatte Stephan aufgehört zu lesen, weil ihn eine Stelle der Erzählung unwillkürlich gepackt hatte, und zwar nicht durch ihren Stoff, sondern weil sie in ihm ein altes Bild auftauchen ließ. Stephans Nicht-Zuhören war vielmehr ein Sofort-wieder-Vergessen. Er sperrte sich nicht im mindesten gegen Agnes' Stimme, sondern er empfand mit Behagen, daß sie wie ein warmer Wasserfall an ihm ablief. Dabei geschah es dennoch hin und wieder, daß die Geschichten der Agnes Spuren in seinem Gedächtnis hinterließen, denn er war nur imstande, die Waffen seiner Gleichgültigkeit gegen die Kraft der Erzählerin ins Feld zu führen, und besaß keine Mittel gegen die Gewalt einzelner Wörter, die sich aus dem Zusammenhang der vergessenen Erzählung herauslösen konnten, um ein geheimes Leben in seinem Herzen zu beginnen.

Der Bazillus, der von Stephans müßigem Ohr aufgefangen und in den Mittelpunkt seiner erinnernden Phantasie getragen wurde, war der blaue Schürzenzipfel, der zwischen zwei Brettern hervorleuchtete. Ohne Agnes zu unterbrechen, hob Stephan den Kopf und sah sie staunend an. Zipfel war zwischen ihnen ein Wort aus der Kleinkinderzeit, das den Teil an Stephans Körper bezeichnete, den Agnes freilegte, wenn sie ihm im Park oder im Haus die kleinen Hosen aufknöpfte. Daß Stephan das Wort, als

Agnes es aussprach, in diesem alten Sinn verstand, lag nicht an dem Zusammenhang der Erzählung, der diesen Bezug freilich hätte befördern können, sondern an der Vorstellung, die Agnes' Beschreibung in Stephan beschwor: ein Stückchen sich bauschenden Stoffes, der sich durch einen Spalt drängt. Was Stephan beunruhigte, war die Tatsache, daß ihm plötzlich das Wort Zipfel aus Agnes' Mund in seinem Klang verändert erschien. Während er es als ein besonders nüchternes, geradezu technisches Wort in Erinnerung hatte, kam es ihm auf einmal vor, als habe sie dies Kinderwort seiner sicheren Eindeutigkeit beraubt. Er spürte ein Frösteln und bemerkte, daß er nicht mehr gesammelt genug war, um weiterzulesen.

So kam es, daß Stephan sich den zweiten Teil der Geschichte ausnahmsweise einmal bewußt anhörte. Zunächst lauschte er mit unbestimmter Unruhe, dann jedoch mit klopfendem Herzen. Die Schäferstunde im Heu ließ ihn kalt, überhaupt das Schicksal der Schäferin, ihre Qualen und Demütigungen. Er hatte das Gefühl, daß sie nicht wirklich litt, denn sie stand ja vor ihm und bügelte und war unverwundet und stark. Anders erging es ihm mit Konrad, der schon mitten im Verderben stand, als er im Schuppen die Agnes liebte, während der blaue Zipfel über seinem Kopf zu sehen war. Am meisten aber klopfte sein Herz, als sich die Stimmung im Dorf langsam gegen Konrad wandte. Und als er darüber nachdachte, wie Konrad zumute gewesen sein mußte, als auch er herausbekommen hatte, daß das Dorf nicht mehr Agnes, sondern ihn als Ausgestoßenen behandelte, fiel ihm plötzlich ein Satz ein, der eine große Angst in ihm aufkommen ließ.

Stephan dachte auf einmal: »Alle wußten es.« Und es war, als ob seine Angst schon vorher dagewesen sei und nur auf dieses Zeichen gewartet habe, um richtig auszubrechen. Während Stephan dachte: »Alle wußten es«, vergaß er Konrad und das düstere Dillenhausen und verlor sich in seinem Satz, als sei er wie ein Menetekel mit unbarmherzigem Finger an den Himmel geschrieben worden. Wie dies Wort über der Welt hing, gewann es zahllose Bedeutungen. Es traf auf jeden zu, der es erkannte, und

Stephan hatte es erkannt und wußte, daß er betroffen war. Vor der Gewalt dieser Einsicht war die Frage bedeutungslos, was es denn Schreckliches war, was alle wußten, und Stephan stellte sie sich auch nicht. Seine Welt war so klein. Außer seinen Eltern, ein paar Schulkameraden, Ines Wafelaerts und wenigen Verwandten gab es nur wenige Menschen, die zu seinem täglichen Leben gehörten. Es ist deshalb erstaunlich, daß der Begriff »Alle«, der seinen Erfahrungen zufolge höchstens zwanzig Menschen umfaßte, in seiner Vorstellung den Blick aus tausend Augen beschwor, aber nicht von unbeteiligten Wesen, sondern von einem vielköpfigen Kollegium aus Richtern und Schöffen, die einst das Urteil sprechen würden.

Als Agnes schwieg, versuchte Stephan seine Beklemmung zu überspielen, indem er noch etwas fragte, obwohl er den Schluß genau verstanden hatte. »Na, was wohl?« antwortete Agnes und legte ein frisch gebügeltes Hemd zusammen. »Die haben ihm halt einen Pfannekuchen gebacken. So macht man das bei uns.« Stephan sah plötzlich die Welt der Agnes mit anderen Augen. Alles Enge, Dürftige, Unentwickelte verschwand aus ihr, dafür ahnte er nun erbarmungslose Kräfte, die unbestechlich und unsteuerbar waren, vor denen die Feinde sich hüten mußten und die andrerseits bis zum Tage der Ungnade ein sicherer Schutz sein konnten für den, der sich auf Gedeih und Verderb in ihre Macht begab.

Agnes war mehr als eine Zauberin, sie hielt die Gewalt über Leben und Tod in ihren Händen, die sie mittlerweile spielerischer ausübte als in den alten Zeiten. Jetzt wurde nicht mehr jeder Übeltäter von ihr mit dem Tode bestraft. Viele liefen noch lange in ahnungsloser Freiheit umher. Konnte es etwa auch Unschuldige ereilen, nur deshalb, weil sie ihr mißfallen hatten?

Zu einer Zeit, in der sich der vergeßliche Stephan schon lange nicht mehr an die Erzählung der Agnes erinnerte, war dieser Eindruck noch völlig lebendig. Ungestört und unkorrigiert durch die Erfahrungen des Erwachsenwerdens prägte er sich Stephans Seele ein und beherrschte schließlich jeden Winkel seines Herzens.

IV.

Florence kannte ihren Sohn nicht. Stephan war ihr Fleisch und Blut. Die Vorstellung, daß sie etwas von ihm unterscheiden sollte, schien ihr absurd. Ohne sich fortwährend mit ihm zu beschäftigen, erkannte sie sich in tausend kleinen Gesten wieder, wenn sie ihn beobachtete. Gewiß, Tirolers Autorität wuchs bei ihr nach jedem Besuch des gelehrten Mannes, und sie konnte sich auch nicht satt daran hören, wenn er ihr den Seelenzustand ihres Sohnes auseinanderlegte. Die Faszination, die sie bei diesen Teeunterhaltungen empfand, rührte jedoch immer mehr von der geschmeidigen Stimme ihres Gastes und seinen hinter den dicken Brillengläsern immer menschlicher blickenden Augen her als von dem Gefühl, er treffe die Wahrheit auf den Kopf. Ihr Verstand widersprach niemals den Analysen Dr. Tirolers. Sie hatte ihre Freude an ihnen und machte sie sich zu eigen, wenn sie mit ihren Freundinnen sprach oder wenn sie Willy das seltene Vergnügen einer Unterhaltung am abendlichen Kaminfeuer zuteil werden ließ. Aber in tiefster Seele erreichten sie die ärztlichen Thesen nicht, weil sich alles in ihr dagegen wehrte, sich von ihrem Sohn trennen zu lassen. Mit dem Familiensinn der Pharaonen, die niemanden auf der Welt ebenbürtig fanden als ihre eigenen Schwestern, hatte sie sein Dasein mit dem ihren verschmolzen. Stephan war mit ihr selbst identisch geworden. Ihr Kind war ebenso stark, ebenso einzig und ebenso gesund wie sie. Seine Launen waren Ausdruck seines Übermutes und würden sich wandeln, wenn er nur abgelenkt wurde.

Die lächerliche Anhänglichkeit an Agnes hatte in Wahrheit

doch niemals das Gewicht, das Dr. Tiroler ihr in vorsichtigen Worten gab. Stephan brauchte wahrscheinlich nur einen ganz leichten Anstoß, um in eine andere Richtung zu rollen. Florence ließ die Frauen, denen sie zutraute, daß sie Stephan fesseln könnten, an ihrem inneren Auge vorbeiziehen.

Ines Wafelaerts hätte ihn aufwecken können, dachte Florence, bevor sie zu einer solchen Ruine wurde. Aber es war nicht nur ihr körperlicher Verfall, der Florence erschütterte. Ines war durch ihr Unglück offenbar wunderlich geworden. Was sollte denn vor allem diese Rotkreuzschwesternhaube? »Sie kann eben immer noch nicht aufhören«, dachte Florence und stellte sich vor, wie die greise Ines im Befehlston von jungen Blutspendern das Entblößen ihrer Arme forderte, wie sie die kräftigen Muskeln abband und in der Betrachtung dieses Stückes Fleisch nachdenklich verharrte.

Wäre Ines fünfundzwanzig Jahre jünger gewesen, sie hätte Stephan in ihr Cabriolet geladen und ihn im Rheingau bei ein paar Flaschen Johannisberger auf Gedanken gebracht, von denen Agnes bald in den Hintergrund gedrängt worden wäre.

Ines war damals immer in den Rheingau gefahren, das war ihr bevorzugtes Ziel, und jeder Ort, der da an der Landstraße aufgereiht lag, hatte in ihrem Mund den Klang eines frivolen Andenkens.

Auch Florence schätzte die Rheinstädtchen, die von Frankfurt aus mühelos zu erreichen waren und die ihrer Vorstellung von Deutschland als einer in Fachwerk gehaltenen Miniaturwelt am angenehmsten gerecht wurden, weil es im Unterschied zu anderen romantischen Ausflugszielen dort Restaurants gab, die nicht nur Hausmacher Wurst auf der Speisekarte hatten.

Stephan wurde es meistens schlecht auf den Ausflugsfahrten, die die Familie dorthin unternahm. Willy Korn tat sich auf seine Weinkenntnisse etwas zugute. Er studierte die Weinkarte lange und wog die Jahrgänge und die Preise des Angebots gegeneinander ab, bis Florence ungeduldig wurde. Was er mit dem Wein anstellte, wenn dann schließlich die Flasche auf dem Tisch stand, fand Florence so widerlich, daß sie ihn ansah wie einen völlig

Fremden: ablehnend und ohne Neugier. Willy Korn rollte unterdessen den Wein auf der Zunge, ließ ihn gurgelnd in seinen Backentaschen verschwinden, zischend durch die Zähne ziehen und machte ein Gesicht, das einen humorvolleren Menschen als Florence wegen seines kindlichen Ernstes gerührt hätte. »Feiner Ton«, sagte er dann, wenn er die angewärmte Flüssigkeit heruntergeschluckt hatte. »Edler Körper. Volles Bukett. Ein nobler Wein.« Und dabei sah er Stephan auffordernd an. Stephan aber trank lieber ein Glas Champagner oder, wenn es den nicht gab, einen Traubensaft, wie seine Mutter. Willy betrachtete diese Sonderwünsche mit Wohlgefallen, versäumte aber nicht hervorzuheben, daß der Bub noch ans Weintrinken kommen werde, das gehöre nun mal zur feineren Lebensart.

Florence vermied es stets, sich mit ihrem Ehemann in einen Wortwechsel einzulassen, der ihm seine Unterlegenheit allzu deutlich gemacht hätte, denn das entsprach nicht ihren diplomatischen Prinzipien. Heimlich aber amüsierte sie sich über die Vorstellungen, die ihr Mann von einer »feineren Lebensart« hatte, ohne zu bemerken, daß die einzigen Lebewesen in seiner Nähe, die diese Eigenschaft besaßen, sie und Stephan waren.

Tatsächlich begann Stephan das Weintrinken erst, als er fern von Florence in Südfrankreich lebte, in den glücklichen Tagen, die ihm allein des Andenkens wert erschienen. Das war nun freilich ein anderer Wein als der, den sein Vater mit so viel Mühen schlückchenweise zu sich nahm. Auch die Reize des Rheingaus blieben ihm verschlossen. Er suchte eine andere Art von Natur. Diese Landschaft war ihm zu überschaubar, wie ein angelegter Park. Und obwohl er gar keine Vorlieben hatte für wilde, geheimnisvolle Schluchten und jähe Bergwände, erschien ihm eine Gegend, deren Topographie dermaßen säuberlich gegliedert war, so reizlos wie die mit grünen Sägespänen bestreuten Attrappen seiner elektrischen Eisenbahn.

Auf mich übte der Rheingau gerade wegen seiner Übersichtlichkeit und Bewohntheit seine große Wirkung aus. Daß man von günstig gelegenen Punkten die meisten Einzelheiten dieser Landschaft deutlich nebeneinander aufgereiht erkennen konnte, ließ sie mir in meiner Phantasie als ein eigenes, abgegrenztes Reich vorkommen. Der Rhein war die breite Grenze dieses Reiches, die andere Grenze lag, wo die Hügelketten, die parallel verliefen, mit dem Himmel zusammenstießen. Die kleinen Städte, die sich am Ufer des Flusses hinzogen, bildeten die Stationen eines gotischen Kreuzweges. Jede dieser Städte hatte ein ganz eigenes Wesen, verwies aber zugleich auf die anderen. Sie waren wie Tyrus und Sidon oder Sodom und Gomorrha nicht als einzelne, voneinander zu trennende Stadtgebilde vorstellbar. Auf den Hügeln, wo Schlösser und Kirchen lagen, die gleichsam in zweiter Reihe dem Rhein folgten, zogen sich die unendlichen Linien der Weinstöcke entlang, die im Winter der Landschaft durch ihre Struktur das Aussehen eines Kupferstiches gaben und im Sommer wie von Le Nôtre entworfene Gartenanlagen aussahen. Von der Terrasse des einstigen Klosters Johannisberg aus erkannte man von weitem noch Kloster Eibingen und die Rochuskapelle als die äußerste Vorbotin des Gebietes, dessen nördliche Grenze ich nie überschritten hatte und auch nicht überschreiten wollte, weil dahinter gewiß wieder die banale Zufälligkeit begann, wie ich sie aus Frankfurt nur zu gut kannte. So wie die Alten, wenn sie sich die Landkarten ihrer Welt betrachteten, genau angeben konnten, wo das Ende dieser Welt lag, wo die Löwen ihre Höhlen hatten, wo Scylla und Charybdis lauerten, welche Insel der Kirke gehörte und wo Kalypso immer noch das Meer ansah, konnte ich von dieser hohen Terrasse das ganze Land wiedererkennen und beleben. Der Rheingau vermittelte mir, was Inseln haben können, die sich von einem Hügel überblicken lassen: Es war das Erlebnis des Besitzergreifens, weil es mir hier gelang, den ersehnten Gegenstand beim Namen zu rufen.

Florence erlaubte sich nicht lange, ihren Träumen nachzuhängen. Sie hatte wichtigere Aufgaben. Sie fühlte, daß Stephan ihr entglitt.

Lohnte der Brief meiner Tante eigentlich jenen Akt der Indiskretion, den Florence unter anderen Umständen als unmoralisch abgelehnt hätte? Sie war einfach in Stephans Zimmer eingedrungen, hatte es durchsucht, beinahe jeden Gegenstand als

Indiz für ihre Schlüsse betrachtet und schließlich den Brief gefunden. Er lag unter dem Telegramm, das ihre Ankunft ankündigte, auf einem hotelsilbernen Tablett. Anders als sonst, wenn sie über Stephan nachdachte, fragte sie sich, nachdem sie den Brief gelesen hatte, keinen Augenblick, was er für Stephan und sein Leben in Frankfurt bedeutete. Sie griff einfach zu, weil sie sah, daß eine Frau ihn geschrieben hatte, von der sie nicht wußte, ob sie gefährlich war oder ob sie nur eine zufällige Rolle in Stephans Leben spielte. Ohne sich darüber klar zu sein, daß sie damit zu einer Zauberei ihre Zuflucht nahm, die sich nur graduell von den Zeremonien der Hexen unterschied, die an Wegkreuzungen Nadeln in die Wachsebenbilder ihrer Feinde senkten, steckte sie den Brief in ihre Handtasche und empfand dabei sofort eine Erleichterung, als habe sie die fremde Frau, gleichgültig, was diese gegen Stephan im Schilde führte, gelähmt und entwaffnet, solange der Brief in ihren Händen sei. Der Fetisch zeigte sich als dasjenige Erbstück der Religion, das sich bei Menschen, die wie Florence niemals ein religiöses Leben geführt hatten, am zähesten behauptete. Zugleich wurde Stephan durch die Handlungsweise seiner Mutter klar, was meine Tante mit keinem Wort gewagt hatte, durchblicken zu lassen, daß es sich nämlich bei dem an der Hotelrezeption abgegebenen Brief um einen Liebesbrief handelte.

Florence glaubte sich in Handschriften auszukennen, und so genügte ihr ein Blick, um zu dem Urteil zu gelangen, daß die Schreiberin der Zeilen jünger als Stephan sein mußte. Das Blatt trug die Schrift einer Lehrerin, die sich in ihrer naiven, gut lesbaren Deutlichkeit der Jugendlichkeit der Schülerinnen angepaßt hatte. Mit Sicherheit würde meine Tante diese Schrift bis in ihr Greisenalter nicht verlieren, und dennoch hatte Florence recht: Meine Tante war jünger als Stephan, obschon nur unbedeutend, und sie wirkte sogar sehr viel jünger, ein Ergebnis der Unvergleichbarkeit der gesellschaftlichen Genres, denn meine Tante hatte verspätet den Stil der Jugendbewegung adaptiert, und Stephan gab sich alterslos und weltläufig, jedenfalls aber erwachsener als meine Tante.

Florence war nicht grundsätzlich gegen eine Liaison ihres Sohnes mit einer jüngeren Frau. Sie hätte Ines oder Dr. Tiroler gegenüber sogar immer auf der Ansicht bestanden, das einzige, was Stephan im Grunde nötig habe, sei ein einfaches, gutes, junges Mädchen, als sei ihr Sohn der »Fliegende Holländer«.

Sie erkannte nicht, daß ihre Vorstellung, welche Art von Menschen heilsam auf ihren Sohn wirken könnten, mit ihren eigentlichen Empfindungen für Stephan nur wenig zu tun hatte. Sie begriff nicht, daß sie sich an seinen Charakter längst viel zu sehr gewöhnt hatte, um etwas Absonderliches an ihm zu finden. Die Darstellung, die sie ihrem Mann, Ines oder Tiroler von Stephan gab, war selbstverständlich nur auf diese Menschen berechnet, und sie bediente sich deshalb auch einer Sprache, die von ihnen verstanden werden konnte. Sie fühlte, daß sie zu anderen über Stephan nur sprechen konnte, wenn sie seinen Zustand als schwierig schilderte, und deshalb glaubte sie selbst allmählich, über ihn beunruhigt zu sein. In Wahrheit aber geriet sie erst aus der Fassung, als sie in Stephans Umkreis entdeckte, was sie ihm angeblich schon so lange wünschte – eine junge Frau.

Ein Aphoristiker würde sagen, daß sie nicht unter der Krankheit ihres Sohnes litt, sondern unter seiner Genesung – und damit hätte er, um der schlagenden Formulierung willen, in jedem Wort eine Unwahrheit gesprochen.

Litt Florence jemals wirklich unter Stephans Zuständen? Wäre sie durch eine Veränderung in seinem Leben glücklicher geworden? War Stephan krank, waren seine Passivität, sein sorgfältig inszenierter Winterschlaf, seine Verschlossenheit auffällig, unnatürlich und diagnostisch eindeutig? War die Tatsache schließlich, daß er sich einer jüngeren Frau zuwandte, ein Zeichen seiner Gesundung?

Florence wußte wenig über das Liebesleben ihres Sohnes, und sie war ihm für diesen Umstand aus Prinzip dankbar, obwohl sie andererseits Intelligenz und Geschick aufwandte, um sich an Hand der geringen Spuren, die er ihr zu finden übrigließ, ein im großen und ganzen vollständiges Bild über Art und Umfang seiner Affären zu machen. Stephans Phlegma ließ ihn kein raffinierteres Täuschungsmittel gegenüber seiner Mutter anwenden als das Verschweigen gewisser Vorfälle, Verabredungen, Aufenthaltsorte. Erfuhr sie zufällig etwas von dem, was Stephan ihr hatte verbergen wollen, so konnte sie sich, von der Erfahrung ausgehend, daß niemand grundlos etwas verschweigt, sicher sein, daß er gerade wieder einmal mit einer ihrer Freundinnen aus dem Bridge-Club in ein näheres Einverständnis geraten war. Sie besprach diese Neuigkeit in Stephans Leben mit Tiroler, der ihr die Gründe dafür haarklein auseinandersetzte. Obwohl diese Erklärungen in manchem ein unbarmherziges Licht auf ihre eigene Person warfen, erfüllten sie Florence mit großer Zufriedenheit, denn sie schienen eine Garantie dafür zu sein, daß sich an Stephans Verhalten nichts änderte.

Stephan selbst hatte nicht die Gewohnheit, über seine Vorlieben und Eigenschaften lange herumzuräsonieren. Dennoch hatte er sich eine Art Philosophie über die Qualitäten älterer Frauen zurechtgemacht. Stephan hatte keinen Freund und bewegte sich überhaupt niemals vertraulich in der Gesellschaft von Männern, was der Formulierung seiner Standpunkte in bezug auf die Frauen an sich nicht entgegenkam, denn auch Stephan gehörte zu den Menschen, die ihre Gedanken am ehesten sortieren können, wenn sie sie in der anheimelnden Atmosphäre des Geständnisses vortragen, einer Atmosphäre, die so sehr nach Mitteilung verlangt, daß viele sich bei einem Mangel an Mitteilenswertem zur Erfindung bewegender Nachrichten entschließen.

Daher ersetzte Stephan einen Freund durch sein Ebenbild im Rasierspiegel, und er hatte längst mit Vergnügen festgestellt, was für eine großartige Entdeckung er mit diesem Gegenüber gemacht hatte, denn dieser Freund war von hoher, aber weltfremder Intelligenz, klug genug, um die Geisteskraft Stephans zu erkennen, und naiv genug, um sie originell zu finden. Er war ein idealer Gefährte, denn er paßte sich in allen seinen Eigenschaften den gerade an ihn gestellten Erwartungen an. Er sagte nichts, und er war tief betroffen, als er Stephans Bekenntnis über seine Erfahrung mit den Frauen zu hören bekam.

Der Mensch, der Stephan morgens aus dem Spiegel entgegensah, war nie derselbe, denn der Schlaf war ein unheimlicher Zustand, der die Menschen anders entließ, als er sie gefangen hatte. In seiner Kelter machte man Erfahrungen, die jeder sofort wieder vergaß, die aber die Gesichter zeichneten und sie dem Betrachter im Spiegel fremd werden ließen.

Stephans Gegenüber hob zu Beginn der Unterhaltung erstaunt die Augenbrauen und streckte dadurch das ganze Gesicht in die Länge. Es zeigte ein hochmütiges, manieristisches Pferdegesicht. Dann bleckte es die Zähne und grinste mit gefräßigem Charme, es sah ihn fragend an und bot ihm so viele Nuancen des Halbprofils, bis er eine entdeckte, die edel aussah. Und schließlich hielt es seinen verwundbaren langen Hals der haarscharfen Klinge entgegen.

»Die Frauen«, sagte Stephan, »ich gebe zu, ein weites Feld. Wozu soll ich raten? Ich rate zu den alten.«

Nach einer Weile fuhr er fort: »Ich kenne die Einwände. Die unerreichten Reize der ganz jungen Mädchen, nicht wahr? Die Pfirsichhaut, das dichte Haar, das rührende romantische Getue, der Spaß, Lehrmeister zu spielen bei so einem unerfahrenen Geschöpfchen?« Stephan schüttelte den Rasierapparat im heißen Wasser hin und her, eine ungeduldige Geste, die nicht nur den Apparat reinigen sollte, sondern auch die geschilderten unschuldigen Ansichten wegwischte.

»Ich meine doch keine Greisinnen«, sagte Stephan voll Nachsicht, indem er neuen Schaum für die zweite Phase der Rasur schlug. »Sagen wir zwischen dreißig und vierzig, sagen wir besser zwischen fünfunddreißig und fünfundvierzig – das sind die Richtigen, wenn man mit Frauen zu tun haben will, ohne dabei Kopf und Kragen zu verlieren.« Wenn man die Aufrichtigkeit eines Ratschlags daran messen will, ob sich der Ratgeber selbst an seine Lehren hält und mit dem Rat auch eigene Erfahrungen verbinden kann, dann war Stephans Empfehlung aufrichtig. Er sprach mit seinem Spiegelbild über eine Materie, die ihm bekannt war, obwohl er vielleicht nicht hätte sagen können, ob die Tatsache, daß die Frauen, die er kannte, immer um die vierzig waren, seinen Plänen entsprach oder Gründe hatte, die seinem Willen entzogen waren. Stephan sagte die Wahrheit, aber er sagte sie in einem Ton, der sonst gar nicht sein Stil war. Er hatte eine vage Vorstellung vom französischen Esprit und von Bonmots, die Aristokraten auf den Stufen des Schafotts aussprachen, und er erlaubte sich in dieser morgendlich intimen Atmosphäre eine Attitüde, wie er sie bei den Marquis der Ufa-Filme beobachtet hatte.

Mancher, der eine gereizte Abneigung gegen jeden falschen und sentimentalen Theaterton zur Schau trägt, hat eine geheime Liebe zur Schmiere. Auch Stephan hatte eine Ader für alle verborgenen Attraktionen der Geschmacklosigkeit, denen er sich hemmungslos jedoch nur überließ, wenn er morgens im Badezimmer mit sich allein war.

Beginnen wir bei der Leidenschaftlichkeit dieser Frauen! dachte Stephan und erinnerte sich an die Maxime La Rochefoucaulds, die er in einem Digest unter der Kurzbiographie der Schwester Florence Nightingale gelesen hatte: »Diese Liebe zur Liebe – das ist unbezahlbar. Es gibt da eine gewisse – wie sage ich es – Hemmungslosigkeit, Obsessionen, l'amour fou...« Stephans Haut war nun glattrasiert, brannte aber empfindlich, weil er sich mit der allzu neuen Klinge malträtiert hatte. Eine heiße Kompresse sollte helfen, und deshalb befeuchtete Stephan ein kleines, frisches Handtuch mit fast kochendem Wasser aus der Leitung. Während er sich die Kompressen um die Wangen legte und ihm die Tränen vor Hitze in die Augen sprangen, fügte er ein Schlußwort für sein Gegenüber an, das mit geröteten Augen aus dem Spiegel heraussah. »Das alles ist jedoch nicht das Entscheidende«, sagte Stephan, »aber was ist das Entscheidende? Eine hübsche Frau über dreißig ist entweder verheiratet, oder sie hat einen Beruf. Und was bedeutet das? Sie hat keine Zeit. Ihre wichtigste Eigenschaft ist, daß sie keine Zeit hat. Hüte dich im Leben vor einer einzigen Sache, wenn du nicht unglücklich werden willst: Fang niemals etwas mit einer Frau an, die Zeit hat. Sonst bist du verloren.«

Obwohl bei der morgendlichen Rasur nicht nur jedesmal ein

Tour d'horizon abgehalten wurde, sondern auch Einzelfälle zur Sprache kamen, dachte Stephan dabei niemals an meine Tante. Sie war wohl kein Rätsel für ihn und außerdem viel zu unkokett. Sie verbarg sich nicht genügend, als daß ihre Entschleierung zu den souveränen Vergnügungen dieser Spiegelfechtereien hätte gehören können. Der einzige Mensch, dem sie sich je verborgen hatte, war sie selbst, und sie ahnte noch nichts von den Qualen, die ihr bevorstanden, wenn man ihr die Augen öffnen und sie zwingen würde, sich anzusehen und dabei zu erfahren, daß sie nun etwas sah, das jedem außer ihr längst bekannt war. Was hatte sie Stephan eigentlich geschrieben in dem Brief, der ihn so ärgerlich machte und der seiner Mutter so aufschlußreich erschien, daß sie ihn mitnahm, um mit Ines Wafelaerts in Ruhe darüber sprechen zu können?

Für jeden, der nicht in der Haut der Schreiberin, des Empfängers und der heimlichen Leserin steckte, wäre dieser Brief eine Enttäuschung gewesen, ein Schriftstück, dem nichts zu entnehmen war. Meine Tante sagte zu Stephan sogar noch »Sie« in den wenigen Zeilen einer unschuldigen Anknüpfung an die beiläufige Begegnung des vergangenen Tages. Ihr Dank, daß sie mit nach Würzburg hatte fahren dürfen, wäre allenfalls einem Mitglied meiner Familie als überschwenglich aufgefallen, denn in unserer Verwandtschaft achtete man auf seine Worte und hütete sich, allzuviel Herzlichkeit in sie zu legen oder sie wenigstens sogleich wieder zu entschärfen.

Für Außenstehende war dieser Dank Zeugnis dafür, daß meine Tante den Ausflug nach Würzburg als großes Erlebnis betrachtet hatte, daran war nichts Verfängliches. Es folgte die Annahme des Vorschlags, für ihre Heimreise Gebrauch von Stephans Wagen zu machen. Auch der Hinweis, sie habe sich nicht gleich getraut, solch ein Angebot anzunehmen, verbunden mit der Entschuldigung für ihr Zögern, hatte nichts Auffälliges, außer daß sprachlich nicht ganz klar war, ob man diese Reise zusammen antreten oder ob meine Tante allein mit dem Chauffeur fahren werde. Zum Schluß kamen Sätze, die in einer anderen Handschrift geschrieben waren als die vorher in einem Guß flüssig geschriebenen Zeilen. Man merkte, daß die Schreiberin die Feder lange abgesetzt hatte. Es sah aus, als habe sie erst Stunden später weitergeschrieben. Die Schrift stand in einem anderen Winkel, und die einzelnen Wörter hatten keinen rechten Zusammenhang, weil offensichtlich immer wieder kleine Pausen dazwischengelegt worden waren: Die Schreibende hatte sich auf einmal auf dem Papier bewegt wie ein Mensch, der auf einem zugefrorenen Teich immer vorsichtigere Schritte macht, seit er spürt, wie dünn das Eis ist, auf dem er sich bewegt. Er bleibt oft stehen und horcht furchtsam auf das Knistern der Eisfläche, die ihn jetzt noch trägt, sich aber beim nächsten Schritt schon öffnen kann, um ihn dem schwarzen Wasser auszuliefern.

»Sind Sie noch böse, daß ich so ungeschickt war?« hatte meine Tante schließlich geschrieben und damit wohl auf irgend etwas angespielt, das sich unseren Augen entzogen hatte, als sie mit Stephan zusammen den Schloßplatz besichtigte.

Der demütige Ton, der in diesen wenigen Worten lag, rief in Florence ein Unbehagen hervor, das zugleich ihr Interesse für die Schreiberin weckte. Da es für sie nichts Fremderes und Ferneres gab als die Demut, fürchtete sie deren Erscheinung, wenn sie nur am Rande ihres Gesichtsfeldes auftauchte. Sie fühlte sich wehrlos der Demut gegenüber und hoffte zugleich, daß sie weniger rätselhaft sein würde, wenn man ihre Motive enthüllte, wie man einen Zaubertrick entlarvt, der die Gesetze der Schwerkraft aufzuheben scheint, dessen Gelingen in Wahrheit aber von eben dieser Schwerkraft abhängig ist – vielleicht würde bei der Demut nach scharfer Durchleuchtung doch wieder der alte Egoismus tröstlich herauskommen? Sie glaubte sofort, daß sie sich vor meiner Tante hüten müsse, obwohl sie sie noch gar nicht kannte. Wer wußte genau, welche Mittel diese Frau besaß? An Florence gemessen, konnten diese Mittel nur bescheiden sein. Und doch – kam es darauf überhaupt an? Ihre Klugheit hatte sie gelehrt, daß die Menschen, und sie nahm Stephan nicht aus, niemals ungerechter und planloser waren als bei ihren Sympathien und Abneigungen. Jeder war bereit, außerordentliche Eigenschaften eines anderen gering zu achten oder gar nicht erst wahrzunehmen und dafür das Fehlen einer Dutzendeigenschaft laut zu monieren. Bei aller Eigenliebe ging sie daher davon aus, daß ihre bemerkenswerten Fähigkeiten ihr keinen Menschen zurückbringen konnten, den sie durch einen moralisch verzeihlichen und ästhetisch unbedeutenden Charakterfehler verloren hatte. Nicht anders verhielt es sich umgekehrt mit der Eroberung eines Menschen: Hier fiel eine reizende Stupsnase erheblich mehr ins Gewicht als Intelligenz, Anstand oder Großherzigkeit. Florence hatte sich die Maxime zu eigen gemacht, daß es in der Liebe keine ungefährlichen Feinde gebe, ein Satz, den sie übrigens ganz ohne empirische Forschung gefunden hatte und der offenbar doch anwendbar war. Mit Verwunderung stellte sie fest, daß meine Tante schon zu ihrer Feindin geworden war, und sie fragte sich mit einem verlorenen Lächeln, was Dr. Tiroler wohl zu ihrer Gefühlsaufwallung sagen würde, wenn sie ihn anriefe, um sich mit ihm zu beraten.

Ines hatte das Briefchen inzwischen ebenfalls gelesen. Sie hatte es mit großer Neugier und anzüglichem Schmunzeln entgegengenommen, dann aber voller Enttäuschung wieder weggelegt, weil sie nicht wußte, was sie Besonderes daran finden sollte. Florence genierte sich jetzt vor ihrer Freundin und versuchte, ihr zu erklären, was sie daran so erregte: »Du ahnst nicht, wie gefährlich so etwas für Stephan werden kann«, sagte sie in apologetischem Eifer, der ihre Scham verdecken sollte. »Stephan ist in einer depressiven Krise! Wenn er jetzt in die Hände einer anlehnungsbedürftigen, dummen Pute fällt, die ihn als den großen Mann anstaunt, ist er verloren.«

»Da ist doch noch gar nichts vorgefallen offenbar«, antwortete Ines, die die Erregung ihrer Freundin spürte und gern noch etwas Öl in das Feuer gießen wollte, denn sie hatte sich maßlos darüber geärgert, daß Florence ihren Teelöffel, nachdem sie mit einem kurzen Blick festgestellt hatte, daß er nicht sorgfältig gespült war, wieder hinlegte und darauf verzichtete, den bereits gezuckerten Tee damit umzurühren.

Florence geriet wieder auf vertrauten Boden. Sie erzählte Ines alles, was sie über die Folie à deux gelesen hatte, über die Gefahren, die dem Neurotiker erwachsen, wenn andere, weibliche Neurotiker seine neurotischen Erfahrungsmodelle übernehmen, über die Erhöhung der Labilität, die die krisenhafte Disposition der Seele zum Umkippen treiben kann, und sie schloß mit den Worten: »Weißt du, mir ist es völlig gleichgültig, wie oft und mit wem Stephan seine Abenteuer hat, er ist ein erwachsener Mensch und muß selbst wissen, was er tut. Aber deswegen darf ich doch nicht die Augen davor verschließen, was geschehen könnte, wenn er in seiner Willensbetätigung noch mehr als gewöhnlich eingeschränkt wird – dann muß eben etwas passieren.«

»Nun laß die beiden doch erst mal ins Bett, dann kann man doch weitersehen«, sagte Ines, die sich durch den Vortrag nicht im mindesten beeindruckt zeigte. Sie schätzte nur Ausweglosigkeiten, die aus exzessivem Beischlaf entstanden und auch durch einen solchen bekämpft werden konnten. Keinesfalls wollte sie von Konstellationen hören, die den Beischlaf verhinderten.

Florence ärgerte sich über Ines und schämte sich zugleich dieser Empfindung. Gewiß war Ines zu naiv, um sie zu überführen, und dennoch, Florence kam sich auf einmal bloßgestellt und verspottet vor.

Sie stand auf, sagte zu Ines liebenswürdig »Auf Wiedersehen«, fragte sie aber nicht, ob sie ihr mit etwas Geld die trostlose Lage erleichtern könne, in der die alte Freundin nun lebte. Diese Frage hatte sie zwar gleich nach ihrer Ankunft zu stellen vorgehabt, wollte das aber indirekt und taktvoll tun, um Ines nicht zu kränken. Zu solchen rhetorischen und moralischen Anstrengungen fühlte sie sich nun nicht mehr kräftig genug. Das dicke Dollarbündel in ihrer Handtasche blieb deshalb unangetastet, obwohl sich Ines mit einem einzigen Schein davon die Medikamente, die sie dringend brauchte, zwei Wochen lang hätte kaufen können.

Daß Florence beim Anblick des Briefes den Eindruck von Unschuld empfing, der sich, als sie einige Tage später bei meinen Eltern meine Tante zum erstenmal sah, noch verstärken sollte, hätte meine Tante niemals verstanden. Sie war von skrupulöser

Empfindlichkeit gegen sich selbst und hätte das Wort »Unschuld« nie in Verbindung mit ihrer Person gebracht. Seit langem fühlte sie eine Art Hoffnungslosigkeit, die sich wie ein Schleier über ihre Gedanken und Eindrücke legte und sie trübte. Ihr Hut, den sie sich zur Hochzeit meiner Mutter gekauft hatte, die Aktentasche, mit der sie morgens zur Straßenbahn ging, die Sammlung Blauer Bücher, das Album mit den Photographien der Bergwanderungen, all diese kleinen Sachen, die sie liebte, konnten ihr in den Tagen der Melancholie erscheinen wie die Gebrauchsgegenstände in der Zelle eines Gefangenen.

Ihr Leben spielte sich zwischen ihrer kleinen Wohnung und dem katholischen St.-Ursula-Gymnasium ab. Dort stand sie allmorgendlich mit dem Rücken zur Wand und sah sich den taxierenden Blicken einer Gruppe pubertierender Mädchen gegenüber, die ihre Schwächen, die sie nicht verbergen konnte, denn auch vom ersten Tage an herausbekommen hatten und ihr fortwährend zweideutige Fragen stellten.

Meine Tante verstand keine dieser Fragen auf Anhieb, sondern errötete erst, wenn die Klasse ihr triumphierendes Gelächter anstimmte. Ganz fern davon, andern auch nur die geringste moralische Vorhaltung machen zu können, tadelte sie solche Frivolitäten nie. Sie geriet dann in solche Verwirrung, daß der Unterricht stockte, sie sich weit weg wünschte und hoffte, zu sterben, und sich dennoch nicht traute, ein Stoßgebet zum Himmel zu schicken, das sie ein wenig zu entlasten vermocht hätte.

Wenn aber meine Mutter wagte, über die Schule ein abfälliges Wort zu sagen oder gar zu fordern, sie müsse nun endlich da heraus, sie verkümmere bei den Nonnen und lasse sich von ihnen schikanieren, dann stellte sie sich taub und wollte nicht wahrhaben, daß sie versucht hatte, sich über das Leben in dieser Schule schüchtern zu beklagen. Sie sprach dann davon, welche Freude es mache, immer wieder junge Menschen heranwachsen zu sehen und ihre Entwicklung zu leiten. Sie erwähnte die schönen gebastelten Jahrgangsgeschenke, die Karten mit den vielen Unterschriften und die gemeinsamen Ausflüge auf Berge, auf denen in hölzernen Tempelchen Fernrohre standen. Daß das Leben keiner ihrer Schülerinnen auch nur im geringsten von der Schule berührt oder gar beeinflußt wurde, von der Belästigung abgesehen, die sich aus der Pflicht ergab, allmorgendlich im Gymnasium zu erscheinen, war ihr entgangen. Sie hing immer noch Idealvorstellungen von fesselnd gestalteten Unterrichtsstunden nach, und der Verlust dieses Ideals wurde ihr vor allem deshalb erspart, weil es ihr selbst niemals gelang, die Schülerinnen auch nur annähernd ruhig zu halten. Die Infantilität, in der die Institution Schüler und Lehrer gleichermaßen hielt, mit ihrem stumpfsinnigen Rhythmus der Klassenarbeiten und Prüfungen, die allen Ernstes vorgaben, wichtige Stationen des Lebenswegs zu sein, hatte in der Tat für meine Tante nur gute Seiten. Sie ermöglichte ihr die Vorstellung, trotz ihrer Unwürdigkeit zu einem ernsten Dienst berufen zu sein, dem sie nur deshalb nicht mit voller Kraft nachkommen konnte, weil sie sich wie einst der Gralskönig Amfortas durch die Sünde der Stärke beraubt hatte. Obwohl ihr ihre Verlorenheit dort besonders ins Auge springen mußte, hielt sie sich gern in Nonnenklöstern oder Ordenshäusern auf. Sie hatte auch Freundinnen dort, die sie einluden, ihre Ferien bei ihnen zu verbringen, und so war sie zu einem stillen Anhängsel des Klosters Eibingen geworden, ohne jemals in Betracht zu ziehen, dort etwa eintreten zu dürfen.

Ich erinnere mich, daß wir meine Tante einmal im Kloster abholten, als wir einen sonntäglichen Ausflug bis an die Grenzen des Rheingaus ausdehnten.

Das Kloster hatte ich damals schon oft von weitem liegen sehen, seinen langgestreckten Wohntrakt mit den vielen Fenstern und der Kirche an der Nordseite. Über den Gebäuden hing immer ein leichter Dunst, der die Details verbarg und nur Umrisse heraushob. Das Kloster lag auf halber Höhe inmitten der Weinberge, und ich stellte mir vor, daß eben jetzt, wo wir es betrachteten, meine Tante an einem der Fenster stand und zu uns herübersah. Von nahem erkannte man, daß die Gebäude nicht alt waren, ein neuromanischer Bau war auf den Grundmauern eines alten Klosters errichtet worden.

Meine Eltern amüsierten sich über diesen Stil und zeigten

sich erheiternde Einzelheiten. Ich war bewegt von der Fülle der Muster, der Wandbilder, der Statuen, die allesamt einen Spinnwebton hatten, der sie rätselhaft alt erscheinen ließ, als sei beim Malen feiner Staub in die frische Farbe gemischt worden.

An der Klosterpforte empfing uns eine fröhliche, große Ordensfrau, die uns erwartete und durch kahle, weiße Korridore in das Besuchszimmer führte. Meine Mutter zeigte mir unterwegs immer wieder die kleinen Topfpflanzen, die auf bunten Deckchen auf den Fensterbrettern standen. »Siehst du, das müssen die Nönnchen haben. Diese Pflanzen gibt es überall, wo Nönnchen am Werk sind«, flüsterte sie mir zu, und ich prägte mir die schmalblättrigen Rispen genau ein, um sie später wiedererkennen zu können, wenn es einmal darum gehen sollte, Nonnen noch vor ihrem Erscheinen rechtzeitig zu erahnen.

Das Besuchszimmer war wie in einem Gefängnis durch ein Gitter geteilt. Auf der anderen Seite der Stäbe öffnete sich plötzlich die Tür, und zwei Nonnen kamen herein. Die eine trug ein großes Buch, die andere war an Ring und Kreuz als Äbtissin zu erkennen. Die Äbtissin hielt ihre Hand durch das Gitter hindurch, damit wir den Ring küssen konnten, dann zog sie ihn ab und gab ihn mir zum Ansehen. Das große Buch wurde aufgeschlagen, und die Äbtissin wendete mit spitzen Fingern langsam die dicken Pergamentseiten, die reich bemalt und beschrieben waren. Dies Buch enthielt alle Geheimnisse der Welt, es hieß ›Wisse die Wege‹ und wurde seit langem von den Nonnen von Eibingen bewacht. Ich dachte mir, daß jeder, der vor einer schwierigen Entscheidung stand, hierher fuhr und sich das Buch ansah, um Rat zu holen. Dieses Buch las man nicht. Um daraus zu schöpfen, genügte es, wenn es von der schwarz verhüllten Wächterin geöffnet und aufgeblättert wurde.

Auch mein Vater las es nicht, sondern betrachtete die Seiten schweigend, und sogar meine Mutter verstummte allmählich und sprach nicht mehr über das, was sie sah, denn sie bemerkte, daß ihr die Äbtissin nicht antwortete, sondern unerbittlich den Ritus fortsetzte, indem sie jede Seite einen genau gleichen Zeitraum lang aufgeschlagen hielt, ohne Rücksicht darauf, ob auf ihr viel oder wenig zu sehen war. Wir beugten unsere Köpfe vor dem Buch, sie überragte uns und blickte aus dicken Brillengläsern auf uns herab, hinter denen ihre Augen nicht zu erkennen waren. Ich fürchtete, daß sie auch unheilvolle Erfahrungen mit dem Buch gemacht hatte, über die sie jedoch nicht mit uns sprach, denn es ging offenbar jeder ein wenig verändert aus dem Anblick des Buches hervor. Und als sie es schließlich zuschlug, kam mir das Gitter, hinter dem sie sich mit dem Buch befand, nicht mehr zwecklos vor: Es hatte dieselbe Funktion wie die Käfige im Zirkus, in denen ein todesmutiger Dompteur ein reißendes Tier vorführt, dessen Gehorsam trügerisch ist. Ich schrak bei dem Zuklappen des Buchdeckels zusammen, weil im selben Augenblick meine Tante eine Tür hinter uns geöffnet hatte und ins Zimmer trat.

Es war naheliegend, daß ich ihr Erscheinen mit ›Wisse die Wege‹ in Verbindung brachte, als ob das Buch nach seiner vollständigen Betrachtung ihr Erscheinen erzwungen habe. Ich dachte mir, daß meine Tante in diesem Haus in einer geheimnisvollen, halb freiwilligen Gefangenschaft gehalten würde, wie sie bei Parsifal und seinen Rittern vorkam, und ich lag mit meiner kindlichen Vermutung von der Wahrheit nicht weit entfernt, denn meine Tante sehnte sich nach einem Gefängnis, in dessen steinerner Zelle sie Ruhe finden konnte, und fühlte sich in Eibingen mit diesem Wunsch fast am Ziel.

›Wisse die Wege‹ wurde nun fortgetragen. Die Äbtissin reichte wieder ihre Hand durch das Gitter und verabschiedete uns freundlich. Zu meiner Tante war sie spürbar strenger. Ihre Worte klangen wie das letzte Kapitel eines peinlich-eindringlichen Vortrags. Als wir das Kloster verließen, stellte sich heraus, daß meiner Tante, trotz ihres wochenlangen Aufenthaltes in der Klausur, ›Wisse die Wege‹ nicht gezeigt worden war.

Als Florence meine Tante am Tag nach ihrer Ankunft zum erstenmal sah und begriff, daß es sich um die Briefschreiberin handelte, verbarg sie ihre Überraschung nicht. Sie hatte sich zwar keine genaue optische Vorstellung von ihr gemacht, weil sie zu sehr mit der Exegese des Briefes beschäftigt war, aber sie hatte ein derart festes Bild von Stephans Geschmack, daß sie glaubte, vor einem unerwarteten Typus geschützt zu sein. Sie wußte allerdings, daß Stephan in gesellschaftlicher Hinsicht arglos war und sich auf lästige Weise indifferent benahm, wenn sie gesellschaftliche Fragen mit ihm erörtern wollte, und es machte sie nervös, wenn er nicht anerkannte, daß zwischen einem gesunden Klassenbewußtsein und einem närrischen Snobismus immer noch eine breite Skala akzeptabler Verhaltensformen lag. Letzten Endes enttäuschte er sie doch nie. Sein Name wurde nur im Zusammenhang mit den elegantesten Frauen genannt. Florence stellte sich vor, daß bei Stephan dann eben doch der richtige gesellschaftliche Instinkt über die sozialromantischen Überzeugungen siegen würde.

Von einem solchen Sieg konnte allerdings bei Stephan nicht die Rede sein, denn er war viel zu phlegmatisch, um seinen ihm angeborenen gesellschaftlichen Kreis zu verlassen, und mußte wohl oder übel, wenn er überhaupt eine Affäre haben wollte, mit einer der Frauen vorliebnehmen, die er in seiner Umgebung traf. Florence hätte wahrscheinlich die Überraschung mit meiner Tante nicht erlebt, wenn sie sich klargemacht hätte, daß für ihren Sohn der einzige Kuppler der Zufall war: Er hatte ihm in New York eben nur Gesellschaftsdamen zugeführt, ihn in Frankfurt aber zur Gemüsesuppe neben meine wie stets in Auflösung begriffene Tante gesetzt.

Florence erschien übrigens allein bei uns, was sich sowohl aus ihren als auch aus Stephans Wünschen erklärte. Daß Stephan in seiner Neurasthenie schon von der Vorstellung gepeinigt war, mit seiner Mutter bei Leuten zu essen, die er nicht über sie kennengelernt hatte, so daß für ihn die Aufgabe der Integration beider Parteien entstehen konnte, liegt auf der Hand. Es verstrichen denn auch noch mehrere Tage, genaugenommen die ganze Woche kurz bevor meine Tante uns wieder verließ, bis er sich entschließen konnte, zusammen mit seiner Mutter bei uns zu erscheinen.

Den größten Teil der harten, körperlichen Anstrengung, mit der die Gefühlsbewegungen der Liebe immer verbunden sind, hatte Florence schon hinter sich, als sie nach ihrer Ankunft in Frankfurt auf Stephan in seinem Hotelzimmer wartete. Das rasende Herzklopfen, die Atemnot, die verzehrende Unruhe, die leichte Übelkeit, die all die Vermutungen, die ihr Warten begleiteten, auslösten, waren bereits vergangen, als sich die Klinke der Hotelzimmertür senkte. Statt dessen war ein Schuldbewußtsein entstanden, daß sie in sein Zimmer eingedrungen war, die Angst, er könne feststellen, daß sie es durchsucht hatte, und die Sorge, die die Liebenden kennen, daß sie ihm nämlich aufdringlich und lästig erscheinen könne, und die ihr quälender war als seine Lieblosigkeit.

Tatsächlich machte sie Stephan nicht den geringsten Vorwurf, als er vor ihr stand und sich entschuldigte, daß er sie leider nicht habe vom Flugplatz abholen können, weil er »zu tun« gehabt habe, sondern log sehr gelassen, sie habe ihn auch gar nicht erwartet, sie habe sich den ganzen Tag »fabelhaft amüsiert« und auch Ines Wafelaerts schon gesehen, die sehr traurig sei, daß er sie noch nicht besucht habe.

»Dr. Tiroler hat mich übrigens sehr unterstützt, hierherzukommen. Er sagt, er fürchtet, daß du dich vielleicht allzu sehr in die Arbeit stürzt, und freut sich, dich bald wiederzusehen.«

Sie sprach den letzten Satz aus, als bestünde nicht der mindeste Zweifel, daß Stephans Frankfurter Stage demnächst abgeschlossen sei, und betrachtete Stephan nur kurz aus den Augenwinkeln, während sie sich mit den Beuteln ihres Kamillentees beschäftigte. Mit steifem Rücken beugte sie sich vor und kam mit ihren ausgestreckten Armen von oben auf die Teekanne zu, als ob sie über ein hohes Hindernis hinweg greifen müsse. Stephan begleitete den Vorgang des Abtropfens der Teebeutel mit keinem Wort, betrachtete ihn aber gesammelt, als sei er von ungewöhnlicher Wichtigkeit, wobei diese Wichtigkeit im wesentlichen darin bestand, daß beide nicht weitersprechen zu müssen glaubten, bis die Prozedur abgeschlossen war.

»Wenn du nicht einmal zu Ines gekommen bist, dann hast du sicher auch nicht bei der alten Agnes hereingesehen, und das ist mir fast noch unangenehmer«, fuhr Florence fort und ließ ihre

Worte dadurch beiläufig erscheinen, daß sie ihre ganze Aufmerksamkeit darauf verwandte, möglichst kleine Schlucke aus der heißen Teetasse zu nehmen. »Ines ist sicher nicht interessant für dich, aber nach altem Hauspersonal sollte man immer noch einmal schauen. Doch jetzt bin ich ja da, und im Grunde ist es ja auch Weiberkram.« Dabei versuchte Florence, Stephans Blick zu erhaschen, denn sie hatte die berechtigte Vermutung, ein Reizwort fallengelassen zu haben, auf das er sich nun endlich rühren mußte.

Auch Stephan wollte unauffällig feststellen, mit welchem Ausdruck sie diese ihn höchst beunruhigenden Worte gesprochen hatte, und so kam es, daß Mutter und Sohn, die die Köpfe fast parallel zueinander gehalten hatten, sie vorsichtig ein wenig drehten und sich zu ihrem peinlichen Schrecken plötzlich in die Augen sahen. Die Situation war von diesem Augenblick an derart verfahren, daß Florence für heute die Waffen streckte. Sie dachte an Dr. Tirolers Rat, den Patienten nicht in eine Sackgasse zu treiben, da er aus der »Defensivposition« nur schwer wieder herauskomme. Florence befolgte diesen Rat, weil es der erste Abend mit Stephan war, obwohl er ihrer Grundüberzeugung, daß es noch niemandem geschadet habe, sich ihr gegenüber in einer Defensivposition zu befinden, widersprach. Aber Tiroler hatte auch noch andere Töne in seinem letzten Gespräch mit ihr anklingen lassen, als er sie bat, ihre Kräfte nicht nur um Stephans willen zu schonen. »Lassen Sie mir auch noch etwas von Ihrer Kraft übrig«, hatte Tiroler am Schluß gesagt, und er hatte damit Florence' Gedanken während des Fluges hin und wieder auch auf sich gelenkt.

Meine Eltern waren voller Erwartung, als sie Florence am Telephon hörten und diese Mischung aus nuancierten Deutschkenntnissen und einem ausgeprägten amerikanischen Akzent vernahmen. Meine Mutter hatte sich natürlich schon längst ein Bild von der Mutter unseres Gastes aus den Anhaltspunkten, die der häufige Umgang mit Stephan lieferte, zurechtgelegt. Für sie war Stephans feines Frankfurterisch von viel größerer Bedeutung als für meine Tante, die das gar nicht richtig wahrnahm, weil Stephans Flair sie verwirrte, oder für meinen Vater, der die Kornsche Impressionistensammlung kannte und der hinter Stephans Dialekt ein raffiniertes Camouflagemanöver vermutete. Das Frankfurterische war in den Ohren meiner Mutter ein Indiz für Provinzialität, Naivität und einfache Verhältnisse, und diese Gewißheit war so groß, daß Stephans kostbare Anzüge, seine unauffälligen Manieren und sein Geld sie nicht einfach korrigieren konnten. Er war ein lieber, nicht sehr lebhafter Frankfurter Bub für sie. Fortwährend entdeckte sie Frankfurter Eigenschaften an ihm und spielte ihn gern meinem Vater gegenüber als Prototyp der kleinen Leute mit ihrem gesunden Menschenverstand und ihrem herzlichen Gefühl aus. Nachdem sie auch noch die amerikanische Stimme seiner Mutter gehört hatte, übrigens ohne zu bemerken, welch geschliffener Redewendungen Florence sich bediente, war die Vorstellung, die sie vom Milieu der Korns hatte, perfekt. Sie erwartete zum Mittagessen eine rosa und hellblau geschminkte Amerikanerin mit einem Photoapparat, die Coca-Cola verlangte und der man weismachen konnte, auch das Heidelberger Schloß sei von den Amerikanern zerstört worden. Während sie mit meiner Tante die Vorbereitungen besprach, konnte sie sich nicht enthalten, ein Essen zu beschließen, das einen gewissen Triumph über das amorphe Amerika enthielt, auch wenn Florence das vermutlich nicht bemerken würde. Meine Mutter wollte eine Frankfurter Grüne Sauce machen, und sie fühlte sich, wenn sie sich Florence dabei vorstellte, beinahe wie eine Frankfurter Patrizierin. »Petersilie, Schnittlauch, Borretsch, Pimpernell, Kerbel und Sauerampfer«, erklärte meine Mutter meiner Tante mit strengerer Miene, als diese jemals ihren renitenten Schülerinnen die Anwendungsfälle des Subjonctif aufgezählt hatte. »Und noch ein siebtes Kraut.« »Dill vielleicht?« fragte meine Tante. »Aber woher denn Dill«, sagte meine Mutter, »Dill ist streng verboten. Du bist eine richtige Junggesellin, die nur Butterbrot ißt; Dill schmeckt doch vor.«

Dann machte sie sich an das Kleinhacken der Kräuter und ließ meine Tante allein über das siebte Kraut nachdenken, denn meine Mutter kaufte die Grüne Sauce stets fertig zusammengestellt beim Gemüsehändler und hatte sich noch nie darum gekümmert, was in diese Sauce klassischerweise eigentlich alles hineingehöre.

Sie hatte ein gespaltenes Verhältnis zur feinen Küche. Meine Mutter ließ sich keinen Augenblick entgehen, in dem sie davon erzählen konnte, daß meine Großmutter als junges Mädchen eigens nach Belgien geschickt worden sei, um sich in einem Institut über die Organisation der französischen Küche zu instruieren. Sie habe ihr Wissen selbstverständlich an ihre Töchter weitergegeben, die alle schon immer gewußt hätten, was gutes Essen sei. Eigentümlicherweise hatten diese Regeln ihre Gültigkeit in den Wechselfällen der neueren Geschichte verloren. Sie war wie die Handwerker, die Schreiner und Schneider, Anstreicher und Schuster, bei denen man eine Arbeit reklamiert und die den Weltfremden daraufhin nachsichtig angrinsen und sagen: »Ja, früher hat man so was noch so gemacht; des macht man ja heut all net mehr.«

Niemals hätte sie sich bereit gefunden, irgendeine Speise in der Art ihrer Mutter zu bereiten. Die zahlreichen alten handgeschriebenen Zettel, die in ihren Kochbüchern steckten, waren unnützer als der Bronzeknabe aus dem elterlichen Salon, der schließlich auf den Müll gefahren worden war. In den Zeiten, in denen sie dann doch ein schlechtes Gewissen wegen ihres Kochens überkam, erklärte sie meinen Vater zum Schuldigen für den Verfall unserer Küche: Er esse am liebsten grobe und fette Speisen, er schlinge in sich hinein, ohne wahrzunehmen, was eigentlich auf dem Tisch stehe, sie koche in zwei Stunden, was er dann in fünf Minuten in sich hineingestopft habe, da mache das Kochen nun einmal keinen Spaß, kurzum, sie verwandelte meinen Vater, dessen kleine Hände in seinem ganzen Leben niemals etwas Schwereres als ein Buch gehalten hatten, in einen stumpfen Kannibalen, nur um sich zu erklären, warum sie die Nachfolge ihrer Mutter in der Kochkunst nicht angetreten habe. Wenn sie übrigens bei anderen Leuten aß, erwachte ihre kulinarische Erbmasse zu einem nicht ganz ungefährlichen Leben. Ihr Urteil war dann von unbarmherziger Strenge, und die

Schilderungen eines auswärtigen Essens waren eine reiche Verbindung von schauspielerisch vorgetragenen Ekelbekundungen und den tiefernsten Prophezeiungen der verheerenden Folgen eines solchen Essens für die Gesundheit. Mein Vater knüpfte an derartige Erzählungen stets ein Lob ihrer eigenen Kochkunst, was sie geschmeichelt und widerspruchslos entgegennahm, um sich wohlig eine Weile in dem Gedanken zu bewegen, daß sie ihn verwöhne.

Meine Mutter liebte es nicht, sich auf ihre Widersprüche hinweisen zu lassen, und zwar nicht, weil sie sich nicht von einem Pedanten überführen lassen wollte, sondern weil dieser Hinweis der Wirklichkeit nicht entsprochen hätte. Sie war in der Lage, ihre Überzeugungen für eine gewisse Zeit außer Kraft zu setzen: Sie hatte das Glück, daß sie sich gar nicht widersprechen konnte.

Mein Vater war an der Legende seiner Gefräßigkeit allerdings nicht unschuldig. Auf bemerkenswerte Weise nahm bei ihm äußerste Askese die Gestalt der Völlerei an. Wenn er allein aß und kein Gespräch seine Versenkung störte, konnte man ihn betrachten, wie er nachdenklich ein fingerdickes Stück Preßkopf abschnitt, wie sich sein Blick verlor, seine Züge sich aufheiterten, wie wenn ihm die bunten Sphären der Himmelsgewölbe vor Augen getreten seien, und wie er langsam die Preßkopfscheibe hochhob, den Mund zunächst verfehlte, erst beim zweiten Versuch traf und erst dann feststellte, wie riesig das Stück war, wenn es ihm nicht gelang, es ganz in den Mund zu stecken, wenn er ungeschickt und vergeblich mit dem Stück kämpfte, um es zum Schluß wieder auf den Teller zu legen. Er hatte auf eine grundsätzliche Weise auf alle Nahrungsaufnahme verzichtet, und er erlebte die störrische Materialität der Nahrungsmittel in der amüsierten Verzweiflung eines Mönchs, der nach Jahren der Klostereinsamkeit vergessen hat, wie man Straßenbahn fährt.

Die Überraschung, die meine Mutter erlebte, als Florence eintrat, war so groß, daß sie zunächst glaubte, es handle sich bei der schlanken, in Schwarz gekleideten Dame keineswegs um den erwarteten Gast. Florence trat würdevoll wie das ältere Mitglied einer königlichen Familie auf, und obwohl sie für ein kleines Mittagessen im Familienkreis entschieden zu reichen Schmuck trug, war ihre Brosche zu alt und zu schön, als daß es meiner Mutter gelungen wäre, ihre Erscheinung beruhigt mit der Kategorie »aufgetakelte alte Jüdin« abzutun.

»Ist das nicht gräßlich für Sie, ein Überfall nach dem anderen von dieser entsetzlich problematischen Familie Korn«, sagte Florence zu meiner Mutter in ausdrucksvollem Tonfall und mit der schon angedeuteten Bereitschaft, über die eigene witzige Übertreibung mitlachen zu wollen. Sie ließ schon jetzt erkennen, daß sie einem Kreis angehörte, der keinen eventuell eintretenden Unglücksfall schwerer nehmen würde als eine verlorene Bridgepartie. Immer gut gelaunte Menschen bildeten ihren Umgang, nie konnte man mit ihnen in eine Situation geraten, die nicht so leicht zu bewältigen gewesen wäre wie die Tischordnung eines Diners.

»Ich bin, fürchte ich, natürlich unmöglich und viel zu spät, das liebt man, nicht wahr, wenn man Gäste hat, die zu dumm sind, sich in der fremden Stadt zurechtzufinden, und man wartet und wartet, weil einem das Soufflé zusammenfällt.«

Diese Worte galten in schwesterlichem Mitgefühl meiner Mutter, die auf sie kühler reagierte, als es im Kanon der von Florence benutzten Begrüßungsformeln vorgesehen war, denn es sollte einerseits durchaus kein Soufflé zur Nachspeise geben, sondern einen Quarkpudding, und andererseits war Florence nicht nur nicht zu spät, sondern auf die Minute pünktlich vorgefahren und hatte sich davon auch überzeugt, wie meine Mutter durch das Fenster des vorderen Wohnzimmers festgestellt hatte. Sie war ausgestiegen, hatte auf ihre kleine Armbanduhr gesehen und war noch genau eine Minute auf- und abgegangen, bevor sie klingelte. »Gar nicht, gar nicht«, rief mein Vater mit forcierter guter Laune, in generellen Verneinungen alles zurückweisend, was Florence an formalisierten Selbstanklagen noch vorzubringen gedacht haben könnte. Da meine Mutter meine Tante mit dem Vornamen vorstellte, war Florence augenblicklich klar, mit wem sie es zu tun hatte. Meine Tante schwankte, als sie die makellos polierte Mutter Stephans sah, die ihr unnahbar wie ein Wesen aus der Zeitung vorkam, ob sie einen Knicks machen sollte. Sie zögerte und verhunzte auch diese für ihr Alter denn doch nicht mehr ganz angemessene Form der Begrüßung, indem sie nur noch eine Bewegung machte, als habe sie sich soeben den Fuß verstaucht, und dabei Mrs. Korn mit zusammengebissenen Lippen anblickte. Florence sah sich um: Hier also war ihr Sohn regelmäßig zu Gast. Ich folgte ihrem schnellen Blick, mit dem sie meine Eltern, meine Tante und mich unauffällig musterte und unter dem meine Eltern für mich plötzlich zu wildfremden Leuten wurden, die Wohnung, die ich bisher jeder ästhetischen Klassifizierung enthoben glaubte, dürftig und ungemütlich wirkte, meine Tante eine verblühende alte Jungfer war und ich selbst mich schlecht gewachsen und gekleidet fühlte.

Natürlich dauerte dieser Augenblick nicht lange, nicht länger jedenfalls, als wir sonst zu Tisch gebetet hätten, was wir heute, um Schwierigkeiten zu vermeiden, unterließen, da mein Vater die Auffassung vertrat, die Frömmigkeit dürfe keinen demonstrativen Charakter haben, und meine Mutter sicher vermutete, daß Florence beim Anblick des Kreuzzeichens erbleicht wäre. Dieser kurze Augenblick des Schweigens, in dem Florence von ihrer neuen Umgebung Kenntnis nahm, wurde durch das Hinsetzen abgeschlossen, während alle auf einmal zu reden begannen. Sogar meine Tante mußte nun sprechen und richtete zu diesem Zweck das Wort an mich. Da ich ihre Not fühlte, verzieh ich ihr zum erstenmal ihre Art, mich durch ihre Fragen als kopfloses Kleinkind zu behandeln.

Florence ließ eine kleine Bemerkung fallen, die meine Mutter endgültig ratlos machte, indem sie einfließen ließ, daß sie den Vormittag bei Ines Wafelaerts zugebracht habe. Sie rechnete damit, daß der Name ihrer Freundin noch den abenteuerlichen Klang der Vorkriegszeit habe. Meine Mutter verstand nun gar nichts mehr: Was konnte denn dies Urbild der furchteinflößenden Millionärin, das Stephans Mutter nunmehr für sie darstellte, bei dieser halbverrückten, geschmacklosen alten Vettel wollen? Am Erstaunen meiner Mutter zeigte sich, wie sinnlos und verkehrt sich eine abgeschlossene Welt, die von außen betrachtet wird, für den Beobachter darstellt, der nicht in der Lage ist, alle ihre Phänomene zu erfassen, sondern der sich an dem zu orientieren versucht, was ihm bekannt vorkommt, und das übrige überhaupt nicht wahrnehmen kann. Meine Mutter sah, daß Florence reich, streng, von befremdlicher Liebenswürdigkeit, von einschüchternder Selbstverständlichkeit war, und sie vermutete, daß sie die Sittenstrenge einer viktorianischen Romanfigur hatte. Ines Wafelaerts hingegen war arm, war angezogen wie die klimakterische Zigeunerin an einer Zirkuskasse, war Abenteurerin und zu ihrer Zeit wahrscheinlich eine hemmungslose Nymphomanin gewesen, wenn den Berichten über die Reden, die sie im Roten Kreuz zu führen pflegte, Glauben zu schenken war. Was meine Mutter nicht sehen konnte, auch wenn sie die beiden einmal zusammen erlebt hätte, war die Verwandtschaft, die in der Sprache beider Frauen lag, ihre eigentümliche Forschheit, die bei Florence kühlere Züge hatte, bei Ines jedoch gröber ausfiel und deren Wurzel keineswegs in einem verwandten Charakter lag, sondern in einem gemeinsamen gesellschaftlichen Ideal, das aus den Umkleideräumen angelsächsischer Colleges stammte und den romanisch-katholischen Takt nach und nach aus dem nördlichen Europa vertrieben hatte.

Die Art, wie Florence und Ines sich küßten, indem sie die Köpfe vorstreckten und dabei innig »Mhm!« machten, zugleich aber peinlich vermieden, sich mit den Lippen zu berühren, war ein ebensolches Symptom, das meiner Mutter entgangen wäre, und die Schamlosigkeit bei der Schilderung der erotischen Erlebnisse, die mit einer hochsensiblen Diskretion einherging, wenn das Thema Geld hätte berührt werden können, wäre meiner Mutter endgültig ein Rätsel gewesen. So entging ihr, daß sich die beiden Frauen nur in den unwichtigsten, nämlich den individuellen Eigenschaften unterschieden, nicht hingegen in den Abzeichen ihrer Gruppe, die haltbarer schon allein deswegen sind, weil sie den Tod des einzelnen Menschen überleben.

»Willy liebt das«, sagte Florence, als ihr die Schüssel angeboten wurde, und gab einen Löffel voll Grüner Soße auf den linken

Tellerrand. »Ach, das kennen Sie schon?« fragte meine Mutter mit einer leichten Enttäuschung, obwohl sie doch genau wußte, daß Florence wer weiß wie lange in Frankfurt gelebt hatte. Aus irgendeiner phantastischen Vorstellung heraus hatte sie jedoch geglaubt, daß sich die wahren Attraktionen eines Ortes auch lang ansässigen Fremden stets verborgen halten. Trotz ihres zweideutigen Kompliments hatte Florence übrigens nichts gegen die Grüne Sauce einzuwenden. Sie glaubte lediglich, sie unter all den französischen und italienischen Kräutersaucen, die sie kannte, wegen ihres hohen Fettgehaltes am schlechtesten zu vertragen.

»Ich bin Ihnen allen so dankbar, daß Stephan durch Sie ein bißchen herauskommt«, sagte Florence nach einer Weile absichtsvoll undeutlich, denn sie wollte herausfinden, was wir über Stephan erfahren hatten, und sie wollte auf jeden Fall vermeiden, sich durch das Aufrechterhalten einer Façon de parler in einem Kreis lächerlich zu machen, der vielleicht alles viel besser und seit eh und je wußte. Daß sie, wenn sie sprach, durch mich hindurchsah, als säße ich gar nicht am Tisch, war mir angenehm, ihr erster Blick war mir noch in Erinnerung. Daß sie jedoch auch vermied, meine Tante anzusehen, war schon auffälliger, denn meine Tante saß neben mir, und so entstand ein großes Stück Fläche, das Florence aussparen mußte, wenn sie nicht in unsere Augen sehen wollte.

Um so überraschender war es, als sie plötzlich mit überschäumender Liebenswürdigkeit meine Tante ansah und sagte: »Es war herrlich in Würzburg, nicht wahr?« Meine Tante ließ ihre Gabel sinken und wurde blutrot. Florence verzichtete darauf, den Erfolg ihrer Worte zu besichtigen, ja, auch nur eine Antwort abzuwarten, und wandte sich mit steifem Oberkörper meinem Vater zu, der ihr von Würzburg zu erzählen begann und sie damit für sich einnahm, denn obwohl ihr das Barock, der Zustand einer deutschen Stadt und der fränkische Wein herzlich gleichgültig waren, entdeckte sie in seiner Schilderung Spuren einer Beredsamkeit und einer Erlebnisweise, die sie zum erstenmal bei Dr. Tiroler kennengelernt hatte. Es gab weiß Gott viele intelligente und gebildete Männer in der Welt, aber doch nur wenige, die einen mit ihrer Bildung nicht vergrätzten, und bei Tiroler und auch bei meinem Vater schätzte sie, daß sie ihr Wissen in einer antithetisch gegliederten Rhetorik zum besten gaben, die es ihr ermöglichte, sich ihnen, wenn schon nicht an Bildung, so doch an geistiger Brillanz gleichzufühlen.

Um meiner Tante das Essen zu verderben, wäre freilich weniger nötig gewesen als die spitzen Bemerkungen des amerikanischen Gastes. Seit langem schon betrachtete sie das, was auf ihrem Teller lag, teilnahmslos. Es dauerte oft nicht lange, bis sie ein Gedanke befiel, der ihr die Kehle zuschnürte, und dann waren ihre kleinen Mahlzeiten bald beendet. Ihr waren sogar die romantischen Aspekte des Essens fremd geworden, die meine Mutter bei all ihrer Gleichgültigkeit in bezug auf die Küche noch pflegte. So spielte es für meine Mutter, anders als für Florence und Willy, eine große Rolle, daß sie die Gemüse der Jahreszeiten aß, als ob sie noch in einer Welt lebte, die vom planvollen Wandel der Natur bestimmt wurde. Es war für meine Mutter wichtig, die ersten neuen Kartoffeln abzuwarten, den Spargel nach und nach aus den Gegenden, die die Stadt umgaben, zu beziehen, in denen er gerade jetzt am besten war – wir aßen hintereinander Schwetzinger, Mörfelder und Ingelheimer Spargel –, zur Erdbeerzeit nach Eschborn hinauszufahren, wo Händler, die mehr Gärtner als Bauern waren, die verschiedenen Sorten am Straßenrand anboten. Meine Mutter wartete dann auf das Obst, um den Rumtopf anzusetzen, und begleitete auch dessen verschiedene Phasen mit gewichtigen Reden. Dieser Rumtopf war von doppelter Bedeutung, weil er nicht nur zu einer bestimmten Jahreszeit angesetzt werden mußte, sondern auch zu einer anderen bestimmten Jahreszeit wieder geöffnet wurde, zur Zeit der Treibjagden, die die Wildhandlungen mit frisch geschossenem Wild versorgten. Die Plätzchen, das Quittenbrot und die Gans, der Karpfen und der Grünkohl, die Apfelsinen und die Nüsse waren für sie die Attribute des Winters, die sie eben weniger ihrer Qualität als ihres in dieser Jahreszeit zwangsläufigen Auftretens halber schätzte. Wer weiß, ob dies Festhalten an den Eßgewohnheiten der Jahrhunderte vor unserer Zeit nicht auch noch einen tieferen Grund hatte als den kleinen Kult des Kennertums, den meine Mutter mit ihren Gemüsen trieb. Sie gehörte zu den Menschen, bei denen man es für möglich halten konnte, daß ihr unbewußtes Gedächtnis bis tief in die numinosen Zeiten des Heidentums hinein reichte, in ein Zeitalter, in dem die Völker die Primeurs ihrer Ernten und Jagden den Göttern opferten, um sich hernach an den festlichen Verzehr der geweihten Speise zu machen, denn es gibt Feste, die das Volk selbst dann nicht vergißt, wenn ihr Namen längst untergegangen ist: Das sind die Feste, die niemand eingesetzt hat, weil sie aus der Notwendigkeit der Natur selbst geboren worden sind.

Jedenfalls aber war die Lust, die Jahreszeit an ihren mitgebrachten Abzeichen zu erkennen, mit der Lust am Leben verwandt, dessen Wesen in der Wiederkehr besteht, und es war plausibel, daß derjenige die Wiederkehr nicht mehr recht genießen konnte, der die Lust am Leben verloren hatte.

Meine Tante erinnerte sich beim Anblick ihrer Grünen Sauce an die Grüne Sauce, die sie vor einem Jahr bei meiner Mutter gegessen hatte, an die, die es vor zwei Jahren gab, an die vor fünf oder sechs Jahren, und es war ihr dabei nicht anders als dem Häftling, der beim Gesang der ersten Amsel nur an die vergebliche Qual seiner letzten und zukünftigen Jahre denkt.

Erstaunlicherweise fanden meine Mutter und Florence doch noch ein gemeinsames Thema, nachdem mein Vater lange genug gesprochen hatte, indem er das seltene Vergnügen genoß, daß eine Frau ihm beim Mittagessen zuhörte. Florence bemühte sich dabei, die minimale Menge, die auf ihrem Teller lag, in noch kleinere Häppchen zu zerteilen, die sie dann kunstvoll auf ihre umgekehrte Gabel schob, so daß jeder Bissen, den sie zum Munde führte, aussah wie eine kleine Praline, die aus verschiedenen Schichten besteht: dem Hellgelb der neuen Kartoffel, dem fast pistazienhaften Hellgrün der Grünen Sauce und dem Graubraun bestäubter Schokolade des gekochten Rindfleisches.

»Stephan ißt sehr viel, wenn er hier ist, Gott sei Dank«, sagte meine Mutter, und allein Stephans Name alarmierte so, daß sie den verhohlenen Angriff, der in der Bemerkung meiner Mutter lag, völlig überhörte. »Ach, ja?« sagte sie sehr eifrig. »Er ißt gut? Ich kann immer feststellen, wie es ihm geht, wenn ich ihn beim Essen betrachte. Wenn er viel ißt, ist das allerdings nicht immer ein gutes Zeichen. Wenn er wenig ißt oder sogar gar nichts ißt, ist es immer ein sehr schlechtes Zeichen. Wenn er nichts ißt, spricht er auch nicht, da kann ich machen, was ich will. Wenn er viel ißt, kommt es darauf an: Er spricht dann im allgemeinen mehr, während er ißt, aber am Tag nach dem Essen dafür dann oft gar nichts mehr. Das hat selbst Willy festgestellt.« Sie hielt inne, denn sie fürchtete, mit dieser Bemerkung nicht diskret gewesen zu sein. »Er sieht ihn natürlich viel seltener als ich. Wir haben eigentlich bemerkt, daß sein Zustand am stabilsten ist, wenn er normal ißt, ein normales dreigängiges Essen, ohne zum zweitenmal zu nehmen, dann spricht er auch eine normale Menge, das heißt, er antwortet auf Fragen und lacht, wenn Willy einen Witz macht.«

Wer die Verhältnisse der Korns kannte, hätte diesen letzten Satz mit besonderer Beachtung beschenkt, denn Florence haßte Willys Witze; das wußte natürlich niemand bei uns am Tisch. »Wenn er etwa zehn Tage lang normal viel gegessen hat, dann steht eine Änderung bevor. Es ist unterschiedlich, wie sie sich ankündigt: Entweder er hört zuerst auf zu sprechen, oder er hört auf zu essen, oder er ißt die doppelte Portion. Dann wissen wir Bescheid. Wir sind sehr gut beraten, zum Glück, durch einen vorzüglichen Spezialisten, der zu Stephan wie ein väterlicher Freund ist. Er sagt immer, nur ein Freund kann helfen in schwierigen Fällen, denn nur ein Freund bringt das Verständnis auf, das der bloße Professional natürlich nicht haben kann. Das ist eine große menschliche Erfahrung für uns.« Dann schwieg sie, verwundert über sich selbst, und begann, auf ihrem längst leeren Teller die letzten spärlichen Saucenspuren zusammenzuschieben und leere Gabeln zum Mund zu führen.

Florence hatte Glück, daß ihr diese Entgleisung an unserem und nicht einem anderen Mittagstisch unterlaufen war. Überall sonst hätte man Florence danach mitleidig angesehen und der

Vermutung Ausdruck verliehen, auch ein starker Mensch werde unter der übergroßen psychischen Herausforderung schließlich schwach. Bittere Leiden hätten Florence erwartet, denn ihre Sensorien waren darauf ausgerichtet, auch das mindeste Zeichen der Geringschätzung ihrer Person aufzunehmen, und Mitleid war in ihren Augen das Allerärgste und Demütigendste, was man ihr hätte antun können.

Gerade das hatte sie bei uns aber nicht zu befürchten. Wann immer mein Vater etwas Seltsames erlebte, glaubte er, es lediglich nicht recht verstanden zu haben. Er wußte, wie zerstreut er war, und vermutete, daß ihm schon wieder irgend etwas entgangen sein mußte. Seine Lebenserfahrung gab ihm recht in dieser Annahme, die dazu führte, daß er sich niemals über etwas wunderte, weil er fühlte, daß es wenige Dinge auf der Welt gab, die noch erstaunlich waren, wenn man ihre Hintergründe kannte. Außerdem war er schwerhörig und hatte nicht alles, was Florence vorbrachte, akustisch verstanden, und schließlich wollte er sich nicht den Spaß an einer Frau verderben lassen, die ihm so schön zugehört hatte.

Meine Mutter hatte hingegen sofort ein Auge für die Unfreiwilligkeit, mit der Florence gesprochen hatte. Wann immer sie ein Indiz dafür erhielt, daß eine Handlung unter innerem Zwang geschah, erwachte ihr Interesse an psychiatrischen Fällen, das von einem Amüsement begleitet war, wie es nur der Sammler kennt, wenn er auf ein seltenes, ihm seit langem fehlendes Stück gestoßen ist. Sie liebte die Geisteskranken, und sie verhielt sich ihnen gegenüber instinktiv richtig, wie manche Menschen sich Tieren gegenüber sofort richtig verhalten, ohne ihnen besonders aufmerksam oder zärtlich entgegenzukommen. Jede menschliche Handlung setzt sich aus tausend Abläufen zusammen, und die Tiere und die Geisteskranken berühren sich auch darin, daß sie häufig nicht verstehen, was um sie herum geschieht, daß sie aber spüren können, aus welchem Stoff eine Handlung gemacht ist, eben weil sie diese sonst verborgenen, winzigen Abläufe mit ihren geschärften Sinnen wahrnehmen können. So fühlen sie, wer ihnen feindlich gesinnt ist und wer sie nicht angreifen würde, weil er aus derselben Welt wie sie kommt und sich nicht über sie wundert.

Natürlich gehörte Florence nicht in die Kategorie solcher Lebewesen, aber sie profitierte doch schon von der freundlichen Ruhe, die ihre Worte in meiner Mutter erzeugt hatten und die es ihr leicht machten, den anderen Teilnehmern des Essens wieder in die Augen zu sehen.

Ganz anders als meine Eltern hatte sich aber meine Tante verhalten. Mit ungläubigem Entsetzen hörte sie Florence zu. Sie war über ihre Worte erschüttert und begriff nicht, wie man das Thema einfach wieder fallenlassen konnte, in dem es um nichts anderes ging, als sich endlich einmal klarzumachen, in welch entsetzlicher Gefahr Stephan nun schon seit langem schwebte, der Ritter ihrer Gedanken, der glänzende, sanfte Held aus den Ländern jenseits des Ozeans. Sie fühlte ein unendliches Mitleid mit Stephan, eine Trauer darüber, daß das Schönste und Feinste, das die Erde hervorbringt, auch am bittersten zu leiden habe. Gemessen an der Furchtbarkeit der Nachricht, daß Stephan am Kornschen Familientisch einmal mehr, einmal weniger esse und rede und daß es ihm mal gut- und mal schlechtgehe, was immer das heißen mochte, erschien ihr das eigene Unglück harmlos. Stephan war unglücklich, und die erbarmungslose Zeugin seines Unglücks saß ihr gegenüber und las ihr die Leviten, ihr, die sie nun schon so viele Male neben Stephan an diesem Eßtisch gesessen und nichts geahnt und nichts gespürt hatte, obwohl sie ihn nicht genau genug betrachten konnte. Was waren ihre Empfindungen für ihn eigentlich wert, wenn sie dadurch nicht hellhöriger, hellsichtiger, sensibler auf ihn reagierte als die guten, aber eben mit sich selbst beschäftigten Menschen, die ihn umgaben? Ihre Sanftmut war auf die härteste Probe gestellt, als ihre Schwester und ihr Schwager, die sie beide liebte, mit Florence zusammen in Gelächter ausbrachen, und zwar über einen Witz meines Vaters, der ihm auf ein Stichwort von Florence eingefallen war. Trotzdem fühlte sie, daß sie die letzte war, die irgendeinem von ihnen hätte einen Vorwurf machen dürfen, denn sie war es ja, die Stephan liebte und deswegen auch nicht mehr gemerkt hatte als ihre Schwester, die glücklich verheiratet war und deshalb natürlich fremde Männer gar nicht mehr so genau unter die Lupe nahm.

Der Witz meines Vaters war übrigens ein jüdischer Witz, der in New York spielte und die unvermeidlichen Sprachschwierigkeiten des Blau und des Gelb aus Polen zum Gegenstand hatte. Meine Mutter, die grundsätzlich aufhörte zuzuhören, wenn jemand einen Witz erzählte, weil ihr die Reize, die in solchen Geschichten liegen mochten, zu unverbindlich waren, lachte zwar mit, warf meinem Vater aber nachher vor, es sei eine Taktlosigkeit gewesen, Florence diesen Witz zu erzählen. Die Verteidigung meines Vaters, der Witz sei nicht gegen die Juden gewesen, er habe an diese Stelle genau gepaßt und Florence habe sehr gelacht, traf am Ziel vorbei; denn meine Mutter hatte in Wahrheit nicht sein fehlendes Taktgefühl, sondern sein Witzeerzählen tadeln wollen, indem sie ihm einen Schrecken einjagte.

Florence kannte das Bändchen, aus dem der Witz genommen war, genoß ihn aber aus ganz anderen Gründen, als meine Mutter genannt hatte, weniger, als mein Vater annahm. Die Sammlung enthielt einige Hundert gute und schlechte Witze, an denen sie sich vor allem dann erfreute, wenn die Geschichten einen aphoristischen Charakter oder einen geistreichen Winkelzug aufwiesen, weniger, wenn sie sich mit sprachlichen und landsmannschaftlichen Eigenheiten befaßten. Was sie an dem Band störte, war der Anspruch, mit dem diese Sammlung verbunden war. Die Geschichten waren von Kennern der Judaistik unter dem Gesichtspunkt zusammengetragen worden, sie seien allesamt Ausfluß der spezifischen Weisheit und Erfahrung des jüdischen Volkes, welches sich in solchen Geschichten ein Denkmal gesetzt habe, und Florence spürte in diesen Worten eine Tendenz zur Vereinnahmung und Umarmung ihrer selbst, der sie schon aus gesellschaftlichen Gründen ausweichen wollte, denn sie hielt es für ihr gutes Recht, sich von niemandem auf irgend etwas festlegen zu lassen.

Im großen und ganzen war sie meinem Vater dennoch dankbar für die Wendung, die er der Unterhaltung gegeben hatte, denn sie fühlte sich erleichtert, die Gesellschaft abgelenkt zu finden, und legte meinem Vater mit freundlichem Lächeln die Hand auf den Unterarm, um ihm zu zeigen, daß er ihr gefallen habe.

Beim Abschied fragte Florence meine Tante, ob sie sie nicht noch in ein Wäschegeschäft begleiten wolle, sie sei so ungern allein in einer fremden Stadt.

Dieser offenkundige Vorwand verwunderte niemanden von uns, und meine Tante errötete nur deshalb, weil sie glaubte, die ihr zugedachte Aufgabe nicht gut genug ausführen zu können, und nicht, weil sie fürchtete, in eine von Florence bereitete Falle zu gehen. Sie kam erst nach Stunden von dem kleinen Einkaufsausflug zurück. Sie war bei dieser Gelegenheit auch auf dem Bahnhof gewesen und hatte sich die Abfahrtszeiten nach Hause notiert. Zu ihrem Glück hatte meine Mutter am Schreibtisch zu tun und blickte kaum auf, als meine Tante ins Zimmer kam. Auf die Frage, wie es gewesen sei, antwortete meine Tante nur undeutlich. Sie hatte auch schon die Schwelle ihres Zimmers erreicht und konnte die rettende Tür, gleich, nachdem sie merkte, daß meine Mutter sich mit der Antwort zufriedengab, hinter sich schließen. An diesem Abend verwünschte sie zum erstenmal, Gast bei meinen Eltern zu sein, was sonst zu ihren begehrtesten Freuden gehörte, denn die Möglichkeiten, sich zurückzuziehen, waren gering, und es war völlig ausgeschlossen, sich etwa zum Abendessen abzumelden. Dabei, so fühlte sie, waren Ruhe und Alleinsein das einzige, was sie noch retten konnte, nicht weil es ihren Zustand verbessert hätte, sondern weil ihre Nerven so angespannt waren, daß sie glaubte, schreien zu müssen, wenn irgend jemand eine Frage an sie richtete. Ihre Kräfte, durch die ständige Anspannung aufgerieben, waren dem Nachmittag mit Florence nicht gewachsen gewesen.

Sie hatte nicht sofort bemerkt, in welcher Lage sie sich befand, als die schwere Autotür hinter ihr zuschlug und sie auf demselben Platz wie bei dem Würzburger Ausflug saß, der dennoch ein anderer war. Diesmal umgab sie nicht heiß und eng meine gesprächige Familie, sondern sie lehnte frei und unbehindert in den Polstern und stellte sich vor, daß es so auch sein würde, wenn sie zurück nach Hause führe, nur daß dann, vielleicht, nicht die kühle Dame neben ihr saß, sondern Stephan.

Als Florence klar und sicher dem Chauffeur die Adresse eines Wäschegeschäfts nannte, fiel meiner Tante immer noch nicht auf, daß ihre Gesellschaft zu dem angeführten Zweck ganz unnötig war, denn Florence' Entschiedenheit ließ ihr keine Zeit zum Nachdenken. Jeder, der Florence hörte, glaubte, alles müsse so sein, wie sie es sagte, und es war klar, daß sie meiner Tante nicht um einer kleinen Finte willen die Wahl des Wäschegeschäfts überlassen hätte. Auf der Fahrt sprachen beide kein Wort. Sie hielten ihre Profile nebeneinander und sahen aus, als ob sie Modell für eine Medaille säßen, auf der zwei vergessene Spielarten der Weiblichkeit abgebildet werden sollten: die Herrscherin und die Ekstatikerin.

Vor dem Wäschegeschäft ordnete Florence an, daß meine Tante im Wagen zu warten habe, es dauere nicht lange. Florence war bald wieder da, zur Erleichterung meiner Tante, die darunter litt, von den Passanten neugierig hinter der getönten Scheibe betrachtet zu werden. Ihre Hände lagen nach oben geöffnet auf ihren Knien und gaben ihr das Aussehen rührender Duldsamkeit. Ihr Körper, der diese Stellung ohne Absicht gewählt hatte, wußte schon, was meine Tante erst ahnte, daß sie nämlich nach den Erledigungen im Wäschegeschäft nicht entlassen sein werde, sondern daß dann erst der entscheidende Teil der Audienz gekommen sei. Florence hielt keine weiteren Erklärungen für nötig, ihre Frage: »Sie haben noch Zeit?« war eigentlich nur eine Feststellung.

Der Wagen verließ die Stadt nach Westen zu und fuhr über Eschborn, wo wir damals noch unsere Erdbeeren kauften, und dann über Niederhöchstadt, von wo wir seit vielen Jahren den Apfelwein bezogen, nach Kronberg am Rand des Taunus.

Das Städtchen hatte Fachwerkhäuser, aber auch große Parks. Der Wagen bog bald in eine ruhige Allee ein, das kleinstädtische Gemeinwesen verschwand hinter blühenden Kastanien, keine Leute waren auf der Straße. Florence wollte Tee trinken und ließ sich deshalb zu der im Tudorstil erbauten, ehemalig kaiserlichen Villa fahren, die jetzt als Hotel geführt wurde. Sie wußte, daß die weiten Rasenflächen und die alten Bäume ihr eine Umgebung bieten würden, die so allgemein war, daß sie zwischen Südafrika und Stockholm an jedem Ort gelegen sein konnte, in dem es regelmäßig regnete. Florence liebte allzu spezifische Aufenthaltsorte nicht. Für ihr Wohlbefinden war es erforderlich, daß Spuren der Individualität oder eines auffallenden Stils in den Räumen, in denen sie lebte, ausgelöscht waren. Für ihre eigene Wohnung war ihr dies Konzept beinahe gelungen, wenn nur nicht die beträchtliche Anzahl von Willy Korns Bildern gewesen wäre, die zwar zum größten Teil in jedem Hotel hätten hängen können, unter denen es allerdings auch einige weniger leicht zu ignorierende Exemplare gab. Nun, Willy Korn würde nicht ewig leben.

Auch meiner Tante kam der Park der Kaiservilla wie eine Insel vor, wie das Reich der Frau, in deren Gewalt sie sich begeben hatte. Sie stieg auf dem Kiesplatz, der vor dem dunklen Haus lag, aus und sah sich schweigend um, nicht mit Bewunderung oder Staunen, sondern mit dem ahnungsvollen Blick der Verschleppten, die an ein Ziel gebracht worden ist, von wo es kein Entrinnen gibt. Florence ging auf dem Kiesweg auf und ab und gab dem Chauffeur leise Anweisungen. Er ging zum Kofferraum, holte einen leichten Seidenmantel heraus und verstaute statt dessen einen weiten Wollmantel, der große rosa Karos hatte. Meiner Tante kam es vor, als reise sie schon seit vielen Jahren mit Florence. Sie machte plötzlich einen Schritt auf sie zu, der mutig aussah. Florence ging um den Wagen herum, legte ihr die Hand auf den Arm und sagte: »Kommen Sie, mein Kind!«

Der Tee wurde auf der Terrasse getrunken, Florence bestellte dazu hellgelbe, türkise und rosa Petits fours. »Ich kann Sie verstehen, mein Kind«, begann sie, »und Sie müssen mir verzeihen, daß ich so geradezu bin, aber ich habe keine Zeit, ich kann nicht lange hier bleiben und muß bis zu meiner Abreise alles ordnen. Es wird nicht nur meine Abreise sein. Und es gibt bis dahin nicht nur Ihr Problem; Sie haben sich in eine schwierige Lage begeben, ich weiß.«

Drei Kellner kamen mit großen Silbertabletts, winzigen Teekannen, vielen weißen, gestärkten Servietten, Zitronenscheiben, Löffelchen und Tellerchen, reichten sich alles gegenseitig zu und deckten den Teetisch in einer ausgewogenen Choreographie. Florence hielt sich sehr gerade und lächelte zeremoniell, meine Tante verharrte regungslos, sie überlegte, was sie Florence anbieten könne, damit sie ihr das Leben schenkte, und ertappte sich dabei, daß sie nachrechnete, wieviel Geld sie auf dem Sparbuch habe.

»Oh, ich weiß«, sagte Florence voller Güte, »Stephan mag Ihnen als interessanter, faszinierender Mann erscheinen, etwas anderes vielleicht, als Sie sonst zu sehen bekommen, und Sie haben recht, Stephan ist ein ungewöhnlicher Mann, ein glänzend aussehender Mann, ein Mann von unerhörtem Geist, haben Sie das schon herausgekriegt? Oder hat er sich Ihnen von seiner anderen Seite gezeigt? Nicht so geistvoll, das gebe ich zu, aber dafür möglicherweise etwas«, Florence hielt inne und faßte meine Tante scharf ins Auge, die keine Miene veränderte, sondern geradeaus vor sich hin sah. Florence wußte nicht, wie nahe meine Tante jetzt schon einem Verlust ihrer nur noch mühsam bewahrten Haltung war, und glaubte, schärfere Geschütze auffahren zu müssen. »Möglicherweise etwas – zärtlicher?« sagte sie also und bereute sofort, über das Ziel hinausgeschossen zu haben, denn meine Tante verbarg das Gesicht in ihren Händen.

»Aber, aber«, sagte Florence und legte ihr wieder die Hand auf den Arm, »wir sind doch hier unter uns Frauen, nicht wahr? Wir tun uns doch nicht weh, wir beide, wir sind doch einfach offen zueinander? Ach, glauben Sie mir, Sie sind nicht die erste, mit der ich meinen Kummer teilen muß. Sie können sich denken, daß ein Mann wie Stephan an jedem Finger seiner Hand ein Mädchen hat, das ich Ärmste dann trösten darf, denn dafür sind sich die Herren zu schade, sie genießen und verschwinden, sie nehmen sich das Recht heraus, zu sein wie die Jahreszeiten.« Florence fühlte sich bei ihrem Monolog immer wohler und sah mit Vergnügen, wie gut ihr die Reproduktion einer Filmpassage gelang, die ihr im Gedächtnis geblieben war, als sie den Namen des Films schon längst vergessen hatte.

Freilich entwickelte dieser Monolog auch Eigengesetzlichkeiten, er war eben nicht von ihr und nicht für diese Situation geschrieben worden. Wie leicht hätte ihn meine Tante auch abwehren können, wie mühelos hätte sie sich hinter eine berechtigte Verständnislosigkeit zurückziehen und Florence in eine peinliche Situation bringen können. Was war denn eigentlich zwischen Stephan und meiner Tante passiert? Natürlich wäre es einfältig, diese Frage einfach nur nach den Tatsachen zu beurteilen. Es gibt Augenblicke des Einverständnisses, die mehr zählen als greifbare Fakten, aber hatte es sie überhaupt gegeben? Und wenn es sie gab, waren sie dann von der Art, die Florence hätte fürchten müssen? Ob meine Tante die Pläne, die Florence mit Stephan hatte, störte, stand gar nicht fest. Sicher war nur, daß es in Frankfurt eine andere Gefahr gab, und das war Agnes. Florence kannte meine Tante doch gar nicht und begab sich dennoch auf ein Terrain mit ihr, dessen Fallgruben sie nicht übersah, und das nur, weil sie nicht hatte abwarten können, ob sich ihr Verdacht bestätigte.

Meine Tante indessen spielte nur allzu gut mit in dem Spiel, das Florence gerade erfunden hatte. Sie war präpariert in ihre Hände gefallen. Das Mittagessen hatte ihrer Seelenruhe den Rest gegeben, sie fühlte sich tief verstrickt in Beziehungen, die sie sich bis zu diesem Essen zwar nicht erhofft, vor denen sie sich aber auch nicht gehütet hatte. Nun sah sie Stephan in Gefahr und fühlte, daß der Mensch, der ihm am nächsten stand, nämlich seine Mutter, mit ihr Verbindung aufnehmen wollte, daß Florence sie in diesen Park geführt hatte, der ihr fremdartig war, wie Stephan eben deutsch und fremdartig zugleich war, wenn er sie anlachte und ihr den Arm um die Schulter legte. Meiner Tante fiel gar nicht ein, Florence, die offenbar davon ausging, daß zwischen ihr und Stephan schon eine richtige Affäre im Gange war, zu korrigieren. Sie hätte als Lüge empfunden, das in Abrede zu stellen, wie denn die Liebenden niemals widersprechen, wenn man unter ihren Verstecken die Liebe entdeckt, und wie sie sich auch niemals vorstellen können, daß diese Liebe nicht erwidert werde. Meine Tante erschrak bei dem Gedanken, daß sie an Stephan einen Liebesbrief geschrieben hatte, bevor sie sich selbst ihre Liebe eingestehen wollte. Diese Entdeckung, die ihrer Liebe etwas Öffentliches gab, erfüllte sie, die dem eigenen Herzen so wenig traute, zugleich mit Stolz.

»Ich möchte mit Ihnen einen Vertrag schließen«, sagte Florence, die die Verwirrung meiner Tante erleichtert als Bestätigung ihres Verdachts ansah. »Zunächst möchte ich Sie bitten, mir zu versprechen, niemals etwas zu tun, was Stephan schaden könnte.« Meine Tante schüttelte heftig den Kopf, wie ein kleines Mädchen, dem dabei die Zöpfe fliegen. »Wenn wir uns darüber einig sind, mein Kind«, fuhr Florence fort, »dann machen wir nichts falsch. Was ich jetzt sage, ist sicher nicht leicht für Sie, aber es ist auch nicht leicht für mich, und doch müssen Sie es wissen: Stephan ist ein kranker Mann.«

Weil Florence im richtigen Fahrwasser war und weil ihr nicht verborgen blieb, wie sehr sich ihr meine Tante unterwarf, verlor sie auf einmal ihr Kalkül und betrachtete meine Tante mit milderen Blicken. Sie war keine Feindin mehr, und sie spürte Lust, die verstörte junge Frau zu trösten und ihr über ein Unglück hinwegzuhelfen, das sie ihr bereitet hatte. Der Wind ging durch die hohen Bäume, der Tee wurde kalt in den silbernen Kannen, und die Petits fours blieben unberührt. Florence sprach mit flüsternder Stimme. Sie erzählte meiner Tante von Stephans Leben und hielt dabei ihre Hand wie die Großmutter, die dem atemlosen Enkelkind ein Märchen erzählt. Meine Tante sah sie nicht an und duckte demütig ihren Nacken herunter, als ob sie in ihre Hinrichtung einwillige.

Es war schon spät, als sie aufbrachen. Die übrigen Tische wurden bereits für das Abendessen gedeckt, und die ersten Gäste erschienen auf der Terrasse, um einen Aperitif zu trinken. Florence stand auf und sagte: »Also, mein Kind, Sie wissen nun: keine Reise mit Stephan, nicht jetzt und nicht später. Und kein Wiedersehen bis zu seiner Abreise nach Amerika nächste Woche. Ich verlasse mich auf Sie, weil ich fühle, daß Sie mich verstehen.«

Meine Tante nickte langsam. Eine unerhörte Last hatte sich

auf ihr Herz gesenkt, die sie am Atmen hinderte. Sie stand langsam auf und hielt sich leicht vorgebeugt, wie ein Mensch, dem plötzlich übel geworden ist. Florence schob ihren Arm unter den meiner Tante und führte sie mit geradem Rücken über die Terrasse, und es war trotz des Altersunterschiedes der beiden Frauen für jeden klar, wer hier wen führte. Meine Tante zählte ihre Schritte, als hoffe sie, daß in dem Maß, in dem sie dem Gehen Wichtigkeit zuschreibe, andere Dinge auf der Welt die Bedeutung verlieren könnten.

Im Auto sprachen sie kein Wort mehr. Aber als sich einmal wie zufällig ihre Hände berührten, sah meine Tante scheu zu Florence hinüber und versuchte zu lächeln. »Ich habe Ihr Wort?« flüsterte Florence, als sie meine Tante vor unserm Haus absetzte. »Ja, ich verspreche Ihnen alles«, sagte meine Tante. »Sie sind ein gutes Kind«, antwortete Florence und gab ihrem Chauffeur das Zeichen, abzufahren.

Als meine Tante endlich allein in ihrem Zimmer war, mochte sie gehofft haben, daß sich dort ihre Beklemmung lösen würde. Vielleicht würde sie sogar weinen können. Aber ihre Augen blieben trocken. Und das harmlose Tapetenmuster begann noch dazu, sich zu verschieben, zu verschwimmen und das Zimmer immer enger zu machen. Als ich eine halbe Stunde später neugierig die Tür öffnete, sah ich meine Tante bewegungslos auf dem Bettrand sitzen, und sie bemerkte mich nicht einmal. Das Schlagen ihres Herzens ließ in ihr das Gefühl körperlicher Verzweiflung wachsen, während ihre Gedanken sich von dieser Erregung lösten und in ihrem Kopf kreisten, bis sie als fixe Idee haften blieben. Stephan ist krank, dachte sie, was für eine Krankheit mag das sein? Sie ist sehr schwer, ohne Zweifel, sie ist so schwer, daß ich eine Gefahr für ihn bin. Ich bin gefährlich für einen Kranken. Wenn er mich liebte, müßte er sterben, ohne Zweifel ist es so. Liebe gibt einem Kranken den Rest. Ich muß verschwinden, damit er leben kann, krank zwar, aber immerhin lebendig.

Sie verlor sich in ziellosem Grübeln darüber, ob sie zur Verringerung von Stephans Leiden beitragen könne, wenn sie verschwände, oder ob dann vielleicht gar nichts besser würde, als habe es sie nie gegeben. »Als ob es mich nicht gäbe«, sagte sie wie eine Gebetsformel vor sich hin.

Meine Tante war mit einem Schlag wie berauscht. Sie fühlte Leichtigkeit, beinahe Heiterkeit. Vielleicht war es möglich, wirklich ganz zu verschwinden, nicht nur aus Stephans Leben, sondern auch aus dem Leben aller andern Menschen, vor allem aus der eigenen Vorstellung. Sie hoffte auf einmal, sich auflösen zu können, sich zu Schaum und Luft zu verflüchtigen und nicht mit der Beständigkeit einer Seele rechnen zu müssen, die ihr Leid mit in die Ewigkeit nähme, wenn sie sich vom Körper trennte. Sie betastete ihr Gesicht, das in ihren Händen lag, sie fühlte seine Wärme und die leichte Feuchtigkeit, die sich zwischen Gesicht und Händen gebildet hatte, und sie fühlte die Festigkeit der lebenden Substanz, die sich da einfach folgenlos verflüchtigen sollte. Dieses Erlebnis hatte einen weiteren Gedanken zur Folge. Wenn das Fleisch so schwer, wenn die Seele so vollgesogen mit Unglück war, dann wäre ihr Verlöschen vielleicht gar nicht wünschenswert. Das Gefühl für ihren Wert begann wieder in ihr zu wachsen, und es sprach für ihre Nüchternheit, daß sie dem ersten Impuls, sich zu verschwenden, wie es die Kaufmannssöhne aus Tausendundeiner Nacht mit ihrem Geld taten, nun widerstand und überlegte, was für ihren Körper und ihre schmerzerfüllte Seele wohl zu haben sei, wenn sie sie auf dem richtigen Markt zum Verkauf anbieten würde. »Das ist ein Wert, das ist eigentlich ein ganz schöner Wert«, sagte sie laut und strich mit den Händen über ihren Körper, als wolle sie feststellen, ob er noch da sei, und sich gleichzeitig an ihm erfreuen.

Als sie zum Waschbecken ging, um sich das Gesicht zu kühlen, stand ihr Entschluß fest. Sie hatte sich an die Gebetsübungen der Mystikerinnen erinnert, von denen sie im klösterlichen Speisesaal während des Essens hatte vorlesen hören, und sie beschloß, diese Übung um eine neue Variante zu erweitern. Sie würde von jetzt ab in äußerster Eindringlichkeit im Gebet darum bitten zu sterben, um Stephan durch dieses Opfer von seiner Krankheit zu erlösen.

Zweiter Teil

STEPHAN

I.

Wer daran gewöhnt ist, die Menschen in bestimmte Kategorien einzuteilen, hätte wohl schwer eine solche gefunden, die meine Tante und Ines Wafelaerts gemeinsam erfaßt hätte, wenn man von der wichtigen Tatsache absieht, daß sie beide Frauen waren. Allzu fremde Welten stießen in diesen Charakteren aufeinander. Wo soll man mit der Aufzählung der trennenden Merkmale beginnen? Schon ihre Herkunft war unvergleichbar – die geduckte Provinzialität des Elternhauses meiner Tante und das internationale Industriellenmilieu, in dem Ines aufgewachsen war. Meine Tante hatte möglicherweise noch nie einen Mann geliebt, während für Ines ihre Ehemänner den weitaus kleinsten Teil ihrer Affären darstellten. Als Ines Wafelaerts durch den Krieg ihr Geld verlor, verschlampte sie und zog den Lebensstil einer alten Landstreicherin der verschämten Armut vor. Als meine Tante ihr erstes Lehrerinnengehalt bezog, das im Vergleich zu ihrem Taschengeld vorher fürstlich zu nennen war, änderte sich an der pedantischen Dürftigkeit ihres Schlafzimmers nichts. Bei Ines sah die Rotkreuzschwesternhaube aus wie der herausfordernde Kopfputz einer Marketenderin, die Baskenmütze meiner Tante hingegen ließ sie wie einen Menschen wirken, der gewohnt ist, sich auf der Straße ausschließlich unter der Aufsicht geistlicher Erzieher zu bewegen. Ines dachte in ihrer Einsamkeit an die Männer, die sie am Wickel gehabt hatte, und was für klägliche Schwächlinge sie gewesen seien. Meine Tante dachte wehmütig an den Erlöser der Welt und wie wenig sie seiner Erlösungstat würdig war. Ines erinnerte sich daran, daß sie noch vor ein paar Jahren jeden Mann haben konnte, meine Tante glaubte, daß niemals irgend jemand sie würde besitzen wollen. Ines war alt und krank, meine Tante jung und gesund. Dennoch merkte man Ines noch immer die frühere Sportlerin an, eine Straffheit der Haltung, eine trainierte Spannung des Körpers. Meine Tante dagegen konnte sich überhaupt nicht richtig bewegen, ihre Gesten waren vorsichtig und ungeschickt zugleich, man spürte, wie wenig sie mit ihrem Körper vertraut war. Ines war vom Leben enttäuscht, meine Tante war ohne Hoffnung von Anfang an. Für Ines war die Welt ein Chaos, ein unübersehbarer Dschungel, in dem man sich durchbeißen mußte, solange man Zähne hatte. Für meine Tante war die Welt eine glasklare Ordnung, in der sie in ihrer Unvollkommenheit an letzter Stelle rangierte. Ines hätte wahrscheinlich verschmäht, mit meiner Tante zu sprechen, aber meine Tante hätte niemals gewagt, an Ines das Wort zu richten, wenn sie ihr begegnet wäre. Worüber hätten sich die beiden auch unterhalten sollen? Und doch gab es etwas, was den beiden gemeinsam war, der Glaube an eine Lehre, die übrigens mit der geistlichen Übung zusammenhing, der meine Tante sich nach dem Gespräch mit Florence unterziehen wollte.

Ich hatte gerade erst verstanden, daß der Glaube an die Wirksamkeit des Gebets nicht von jedermann geteilt wurde, als ich, vom Ministrantenunterricht nach Hause gekommen, meinem Vater erklärte, die Messe müsse lateinisch gesprochen werden, damit sich die Wirkung der Wandlung entfalte, und dabei bemerkte, daß er, ohne meinem Eifer zu widersprechen, ein Lächeln nicht unterdrücken konnte. Sowohl meine fromme Tante als auch gerade Ines, die niemals betete, standen nicht auf der Seite meines Vaters. Beide waren unerschütterlich wie ich davon überzeugt, daß ein Gebet imstande sei, die Wirklichkeit der Welt zu ändern.

Woher kam diese Überzeugung? Bezog sie sich auf Erfahrungen, auf geheime Wünsche, auf eine Erkenntnis, oder war sie in Wahrheit eine Charaktereigenschaft, die durch Beweise weder zu erzwingen noch zu erschüttern war und die man wie die Farbe des Haares und der Augen besaß?

Die Haltung des Monsignore zu solchen Fragen, über die er gelegentlich mit Ines Wafelaerts sprach, blieb im Dunkel. Er öffnete sich in dieser Hinsicht aus böser Erfahrung nur selten und zog es vor zu schweigen, während er uns Kinder in allen offenen Fragen ganz einfach auf den Katechismus verwies.

Kurz vor meiner ersten Kommunion wurde unser Pfarrer krank. Er ließ sich von dem privatisierenden Monsignore vertreten, den meine Mutter immer das Eichhörnchen nannte. Als ich ihn sah, war ich verwirrt und enttäuscht. Ich hatte mich in meine kleine Bank in der Erwartung gesetzt, jeden Augenblick werde die Tür sich öffnen und der Küster einen Eichhörnchenkäfig auf das Pult des Pfarrers stellen. Ein Käfig für den Monsignore hätte groß ausfallen müssen, denn dieser Priester war viel größer und dicker als unser Pfarrer, der auch schon ein kräftiger Mann war. Sein Schädel war rund und glatt, er hatte eine orientalische Nase und wasserblaue Augen, und wenn man ihn unbedingt mit einem Tier vergleichen wollte, dann hätte ein aufgeplusterter, kampfbereiter Vogel nähergelegen als ein Eichhörnchen. Seine Stimme war hell und hatte ein Vibrato, das unversehens scharf werden konnte. Der Monsignore hatte niemals in seinem Leben mit Kindern zu tun gehabt. Wir saßen uns in dieser ersten Stunde steif und verlegen gegenüber, und unser neuer Lehrer bekam nicht viel über das heraus, was wir schon durchgenommen hatten.

Wenige Tage nachdem meine Eltern wußten, daß mich neuerdings der Monsignore auf die Kommunion vorbereitete, nahm mich meine Mutter an einem Sonntagnachmittag mit in die Stadt ins »Insel-Hotel«. »Wenn du den Monsignore jetzt als Lehrer hast, dann sollst du ihn auch mal richtig erleben«, sagte meine Mutter mittags mit einem Blick auf meinen Vater, der auf den Suppenteller hinuntersah und nicht zeigen wollte, daß er über das, was meine Mutter plante, lächeln mußte. Dies Lächeln verwies mich ins Kinderzimmer, es entsprach seiner Methode, geheime Vorbehalte zu zeigen, ohne sie auszusprechen, und enthielt die Aufforderung an meine Mutter, Komplizin einer Ansicht zu werden, die sie nicht einmal kennenlernen durfte. »Das wird eine Dichterlesung«, sagte mein Vater und lächelte noch immer, »setz dich mit dem Kind bitte nicht in die erste Reihe, sonst wird es bestimmt nicht zur Kommunion zugelassen.«

Er begleitete meine Mutter niemals zu Menschen, die, wie er sagte, in ihr Ressort fielen. Dazu zählten nicht nur ihre Freundinnen oder die Frauen, die einmal in unserem Haushalt gearbeitet hatten, sondern auch alle seine eigenen Bekannten, die den Fehler begangen hatten, Gedichte zu veröffentlichen, und natürlich die Priester. »So wird er deinen Vater niemals zu Gesicht bekommen, und wenn er sich auf den Kopf stellt«, sagte meine Mutter und zeigte mir den gerade erschienenen Lyrikband ihres priesterlichen Freundes, ein dünnes Heftchen mit einem terrakottafarbenen Umschlag aus Büttenpapier, das den Titel ›Du Mond‹ trug. Weit eindrucksvoller als dieser Titel war für mich, daß ich nun zum erstenmal den Namen des Geistlichen erfuhr, der bisher von meinen Eltern nur »der Monsignore« genannt worden war, weil wir keinen anderen Prälaten kannten. Die Entdeckung dieses Namens war mit einer nachhaltigen Enttäuschung verbunden. Als ich las, daß der Monsignore Erich Eichhorn hieß, wurde mir blitzschnell klar, daß das Eichhörnchen, das in meiner Phantasie eine so beherrschende Rolle gespielt hatte, nichts war als ein banales Wortspiel.

Meine Versuche, das Wort Eichhörnchen mit der massigen Erscheinung des Monsignore in Übereinstimmung zu bringen, waren nämlich nicht erfolglos gewesen. Weil ich wußte, daß er ein Eichhörnchen war, hatte ich Spuren einer nagetierhaften Tücke, einer verborgenen Schnelligkeit und einer mörderischen Gier nach Singvogeleiern auch unter seiner Fülle zu entdecken gesucht, und ich war, je länger ich ihn betrachtete, auch zu befriedigenden Ergebnissen gelangt. Ich unterschied mich also in meinem Vorgehen nicht von den Gelehrten, die ihre Untersuchungen ebenfalls in dem Bestreben anstellen, eine geliebte Hypothese zu stützen, und die dabei manchmal erstaunliche Funde machen. Gerade weil eine Ähnlichkeit zwischen dem Monsignore und einem Eichhörnchen von vornherein nicht auf der Hand lag, war ich von der Genauigkeit meiner Beobachtungsgabe überwältigt, die hinter dem Priester das Nagetier entdeckt hatte. Aus diesem Grund blieb ich auch später bei meiner Überzeugung, daß »Eichhörnchen« gerade aufgrund der Eigenschaften des Monsignore kein schlechter Name für ihn sei. Daß er tatsächlich so hieß, wollte ich in Zukunft als einen seltsamen Zufall betrachten. Im übrigen berührte mich eigentümlich, daß Erich Eichhorn sich auf dem Buchdeckel nicht als Priester zu erkennen gab. Dies bestätigte meine Vermutung von der proteushaften Verwandlungsfähigkeit der Eichhörnchen, die eben noch wie gezähmte Hamster vor uns sitzen und sich plötzlich mit einem Sprung ins Nichts in Luft auflösen.

So war es denn kein Wunder, daß der Monsignore auch in dem »Insel-Hotel«, in das er zu seiner Lesung eingeladen hatte, nicht in sein geistliches Habit gekleidet war. Er trug einen hellgrauen Anzug und einen dünnen grauen Pullover, dessen Kragen sein Doppelkinn mit einer hohen Bandage umgab. Er war mit zwei älteren Frauen in ein Gespräch vertieft und bemerkte uns nicht, als wir die Hotelhalle betraten. Meine Mutter wehrte sich dagegen, ihn schon hier zu begrüßen, und hielt mich mit den Worten zurück: »Die Hauptsache ist, daß er uns nachher sieht.« Ich fragte sie, wer die Frauen seien, mit denen der Dichter sprach, und zum Glück öffnete sich in diesem Moment die Aufzugtür, und Eichhorn ging mit den beiden Frauen in den hell erleuchteten Kasten, denn meine Mutter antwortete mir viel zu laut: »Oh, das sind seine lieben, seine sehr, sehr lieben Freundinnen.« Es blieb offen, ob die Verachtung oder die Heiterkeit meiner Mutter größer war. Auf jeden Fall waren ihre Gefühle bezüglich der Freunde des Monsignore Eichhorn gemischt. Den Grund dafür zu erfahren war aussichtslos, denn sie war gewöhnt, zu jedem Thema nur Stimmungen zu äußern, weil sie überzeugt war, jedermann habe alle Schritte, die zu diesen Empfindungen führen mußten, bereits mitvollzogen. Daß sie den Monsignore nicht begrüßte, entsprach der Absicht, in den Augen der anderen nicht zu seiner Gemeinde gehören zu wollen. Und ich spürte diese Absicht mit Bedauern, weil ich mich meinem Lehrer gern unter Umständen genähert hätte, die sich so vollständig von denen des Pfarrsaales in St. Aposteln unterschieden. Ich wollte die Gleichgesetztheit mit diesem bedeutenden Mann genießen und erhoffte mir davon Vorteile, denn jeder Dichter gibt sich, wenn er vorliest, seinem Publikum preis und setzt als Richter Menschen über sich, die vielleicht nicht imstande sind, das Leben auch nur einer einzigen Zeile seiner Poesie in Worte zu fassen.

Die hochmütige Absonderung, die meine Mutter gegenüber der Zuhörerschar des Monsignore demonstrierte, erschien mir sinnlos. Lag unser Vorteil nicht viel eher darin, daß wir den andern Gästen vorführten, wie vertraut und freundschaftlich wir mit dem lesenden Dichter standen? Wir saßen schon im Salon B, natürlich in der letzten Reihe, als etwas eintrat, das wohl auch meiner Mutter diese Frage nicht mehr ganz so unsinnig erscheinen ließ, denn sie war sichtbar beunruhigt und verlor plötzlich das Lächeln, mit dem sie ihre Distanz zu dieser literarischen Unternehmung bekundet hatte. Alles wartete auf den Beginn der Lesung. Das Publikum, das in der Mehrzahl aus älteren Frauen bestand, saß auf seinen Stühlen. Die meisten hielten ein Exemplar des terrakottaroten Lyrikbändchens in der Hand, das man am Eingang bei einer weißhaarigen Dame kaufen konnte. Monsignore Eichhorn sprach mit einem der wenigen Männer, die seiner Einladung gefolgt waren und der sich auf die Zehenspitzen stellte, um dem großen Dichter etwas Wichtiges ins Ohr zu sagen, wozu dieser ernst und langsam nickte. Plötzlich öffnete sich die Tür noch einmal, und herein kamen zwei Frauen, die meine Mutter noch eher erkannte als ich, weil ich diese Frauen nie und nimmer hier erwartet hätte. Ich brauchte Zeit, um mir klarzumachen, daß die Frau im schwarzen Turban und mit der roten langen Jacke, deren Augen vor dem Schein der Lampen mit schwarzen Gläsern geschützt waren, Ines Wafelaerts war, die ohne ihr Fahrrad unsicher auf den Beinen wirkte. Sie wurde von einer Frau, die erheblich jünger als meine Mutter war und einen Nerzmantel trug, gestützt und auf den Platz in der ersten Reihe geführt, der durch ein Pappkärtchen reserviert war. Die Aufmerksamkeit meiner Mutter gehörte übrigens nicht der gefährlichen Wafelaerts, sondern der schönen blonden

Frau, die ich jetzt als die Mutter meines Mitschülers wiedererkannte.

»Das ist ja sehr sonderbar«, flüsterte meine Mutter vor sich hin, »was will die Oppenheimer denn beim Eichhörnchen? Und natürlich gleich in die erste Reihe. Wenn mir das nicht so gleichgültig wäre, könnte da allenfalls ich sitzen. Aber ich brauche schließlich keine öffentliche Bestätigung.«

Der Monsignore hatte offenbar nur noch auf das Eintreffen der beiden Damen gewartet. Als er sie bemerkte, verneigte er sich leicht in ihre Richtung, sah streng ins Publikum und sagte: »Ich lese neue Gedichte.«

Ich hörte zum erstenmal Gedichte, die als Kunstwerke verstanden werden wollten. Meine Kindheit war von einer Fülle von Gedichten begleitet, gereimte Gebete, Lieder und Geschichten in Versen, aber die Gedichte, die Monsignore Eichhorn vorlas, waren ganz anders, denn man hätte niemals damit ermitteln können, wer beim Versteckspielen suchen mußte. Dennoch waren sie Mitteilungen, allerdings von verschwommener, manchmal zerrissener Art, denn sie richteten sich sämtlich an ein »Du«, ein Wesen, dem sich der Sprecher auf eine vertrackte Weise zu nähern versuchte, indem er ihm fortwährend sagte, wie fern er sich von ihm fühle und wie vergeblich diese Annäherung in Wahrheit sei. Dies »Du« war offensichtlich ein ebenso begehrenswertes wie widerspenstiges Geschöpf, denn Monsignore Eichhorn gab seinen Versen, deren tastende Worte sich jedes eindeutigen Vorwurfs enthielten, eine klagende, zuweilen bittere Stimme, die deutlicher als seine Poesie von seiner Enttäuschung sprach. Das verstand selbst ich, dem seine kunstvollen Gedichte noch ungewohnt waren: »Denn du bist schön«, begann das erste Gedicht, zu dem der Monsignore mit seinen wasserblauen Augen in sein Publikum hineinsah, durch alle Reihen hindurch bis in die letzte, wo meine Mutter und ich saßen. Während er auswendig sprach und das Bändchen nur zu dekorativen Zwecken aufgeschlagen hielt, bemerkte ich in seinem schmerzerstarrten Gesicht die Kälte seines Blicks, die ich seiner unterdrückten Erregung zuschrieb. Trotz des günstigen Anfangs war dies Gedicht eine besonders vernichtende Botschaft an »Du«, dessen Schönheit nur noch wie zum Hohn gefeiert wurde.

Schon im nächsten Gedicht schien sich der Monsignore seiner Schärfe zu schämen, die Stimme verlor ihr Zittern und fand zu weicheren Tönen, verhaltenem Seufzen. Aber der Blick des Sprechers änderte sich nicht. Er fixierte mich und würde mich nicht loslassen, bis ich deutlich die Distanz, die meine Mutter zu der Lesung hielt, mißbilligte und mich nicht mehr gegen den berückenden Zauber seiner Wortfluten sperrte. Vielleicht war es die Gegenwart von Ines Wafelaerts in ihrem mir so schrecklich vertrauten Kostüm, bei dem nur die Reitpeitsche fehlte, die meine Verwirrung verstärkte, so daß ich mich später an kaum eins der erregenden, mit der Liebe hadernden Gedichte des heiligen Mannes erinnern konnte.

»Ich folge deinem Schatten durch das Tor«, las der Monsignore mit hoher Stimme. Aber er wirkte dabei nicht, als ob er aus schierer Gewohnheit wieder in den Ton verfallen sei, den er beim Zelebrieren der Messe annahm. Er mußte diese Wirkung vielmehr angestrebt haben, denn je länger er in der Lesung fortfuhr, desto mutiger veränderte er seine Stimme zu dem sakralen Gesang, der ihm für seine Gedichte offenbar angemessen schien. Meine Mutter schüttelte den Kopf und sah vorsichtig zu mir herüber. Ich hatte mich so weit von ihr entfernt, wie das auf zwei nebeneinander stehenden Stühlen möglich war. Sie befürchtete wohl, daß ich längst schon mit meiner Fassung rang und daß sie, wenn sie mich dabei bemerkte, selbst in die Gefahr geriete, einen Lachanfall zu bekommen. Ich war weit davon entfernt zu lachen, denn diese ungewohnte Veranstaltung nahm mich gefangen, und nur eine Frage lenkte mich ab. Wenn der Monsignore in seinen Versen »Du« sagte, dann mußte er damit doch irgendeinen bestimmten Menschen meinen, der wahrscheinlich sogar anwesend war. Meine Mutter hatte mich schon zu Beginn auf die »lieben Freundinnen« des Dichters hingewiesen, was lag näher, als daß eine von ihnen die Adressatin der betrübten Gedichte war, oder vielleicht auch mehrere von ihnen, denn möglicherweise galt jedes Gedicht einer anderen Frau.

»Wer ist ›Du‹?« flüsterte ich meiner Mutter zu, die auf diese Frage nur gewartet hatte, um ihre Beherrschung endgültig zu verlieren. Sie hielt sich den Mund zu und beugte sich hinter den breiten Rücken ihres Vordermannes.

Ich glaubte zunächst, daß sie weine, weil ihre Schultern wie unter einem unhörbaren Schluchzen zuckten, und erschrak, weil ich ihre Tränen fürchtete. Tatsächlich waren ihre Augen feucht, aber sie wagte mir nicht zu antworten, weil sie ihre Stimme nicht in der Gewalt hatte und fürchtete, zu laut zu sprechen, wenn sie nur den Mund aufmachte. Plötzlich war mir klar, daß meine Mutter ein Lachen unterdrückte – gerade rezitierte der Monsignore: »Du bist wie eine Feder leicht« –, aber ich sah nun vor mir, in welcher Lage und zu welcher Person er diesen Vers zum erstenmal gesprochen hatte.

Zunächst war er selbst der Leichte, der Federleichte, trotz seines massigen Körpers, den er auf einem kleinen, schwarzen Fahrrad balancierte, das ihn geräuschlos die Straße entlangtrug. Ich sah ihn mit den Augen der Wartenden aus einem Fenster, dessen Läden verschlossen waren, ohne die Wartende selbst zu sehen, ich war zunächst noch mit ihr identisch, bis sich die Tür öffnete, der Monsignore hereinkommen würde und sie ihm antworten mußte.

Das Zimmer, in dem die Wartende und ich standen, hatte nur wenige Möbel, eine gestreifte Tapete, aber von welcher Farbe? Durch das Dunkel, das in dem Zimmer im Gegensatz zu der brennenden Mittagssonne draußen auf der Straße herrschte, war alles, was ich sah, nur durch die Intensität der Grautöne unterschieden. Der Schatten der Frau, in der ich mich verbarg, zeigte ihre schlanke Figur, ihren eng um die Hüften sitzenden Rock und ihre Frisur aus kurzen Löckchen. Der Schattenleib reichte bis zur Tür, und sein Kopf mußte der erste Fleck im Zimmer sein, auf den der Monsignore trat, wenn er zur Tür hereinkam. Gemäß seiner Leichtigkeit, die er schon auf dem kleinen Fahrrad bewiesen hatte, machte der Priester auch auf der Treppe keinerlei Geräusch, so daß wir nicht wußten, wann er uns erscheinen würde, und deshalb war ich über die Selbstverständlichkeit erstaunt, mit der ich mich im gleichen Augenblick, als sich die Tür öffnete und der Monsignore seinen schwarzen Stiefel auf den Schattenkopf setzte, aus der Wartenden löste und quer durch das Zimmer hinter den eisernen Ofenschirm flog, ohne daß der Eingetretene es bemerkte. Erst hinter dem Ofenschirm sah ich, wer die Frau war, aus deren Augen ich bis dahin geschaut hatte und die sich nun, von meiner Last befreit, mit dem Monsignore treffen sollte. Frau Oppenheimer blickte aus ihren blauen Augen dem Monsignore furchtlos ins Gesicht. Die Tür war auf einmal wieder zu. Der Monsignore ging zu dem Eisenbett mitten im Zimmer, setzte sich und schwieg. Schließlich begann Frau Oppenheimer leise zu sprechen: »Es war schwierig für mich zu kommen, überall werde ich beobachtet, keiner kann mich in Frieden lassen. Ich mußte erst meinen kleinen Sohn aus der Schule abholen, wir fahren heute noch aufs Land, dort muß ich Tennis spielen, bis das Wochenende zu Ende ist. Ich frage mich nur eins, warum muß es heute sein und warum muß es hier sein? Halten Sie dies Zimmer für sicher? Ich konnte durch die Ritzen in den Fensterläden die ganze Straße übersehen, aber man kann auch von der Straße aus dies Hotel beobachten. Es gibt keinen zweiten Ausgang.«

Ihr Gesicht wurde dunkler, der Monsignore hob seinen Kopf, ich konnte sein Gesicht nicht sehen, er begann mit fast flüsterndem Falsett zu singen: »Dies Zimmer ist sicher. Du spielst mit den Bällen. Ich frage warum. Das Fenster, die Straße, der Blick, das Tor. Denn du bist da.« Frau Oppenheimer war mit dieser Antwort zufrieden und bewegte sich nicht, sondern blieb als Silhouette vor dem Fenster stehen. Dann sagte sie: »Glauben Sie, daß ich die einzige bin, die Sie auf dem Fahrrad gesehen hat, und die einzige, die weiß, daß Sie nun hier sind?« Wußte sie nicht, daß ich hinter dem Ofenschirm stand und vorher noch aus ihren Augen gesehen hatte? Oder sprach sie von einer anderen Person, deren Nachstellungen sie und der Priester fürchteten? Dem Monsignore gefiel es, auf diese Fragen wieder wahllos aus seinen Gedichten zu zitieren: »Du bist die einzige«, sang er wie eben, »denn du hast mich gehört. Du bist einzig, denn du hast mich nicht gesehen. Dich glaub ich federleicht!«

In diesem Augenblick überstürzten sich die Ereignisse. Wie stets in diesem Haus, geräuschlos nämlich, sprang die Tür des dämmrigen Zimmers auf. Zugleich trugen mich unwiderstehliche Gewalten, die mit denen, die die Tür geöffnet hatten, in Beziehung standen, hinter meinem Ofenschirm hervor und zurück an meinen alten Platz hinter die Augen von Frau Oppenheimer, der schönen Mutter meines Mitschülers. In der Tür aber stand, die Reitpeitsche in der Hand, mit schwarzem Turban und feurig glühender Jacke, Ines Wafelaerts und übersah die Situation im Zimmer mit einem einzigen Blick durch ihre undurchsichtigen Brillengläser.

Ich fühlte bereits quer über meiner Stirn den Schlag, den sie Frau Oppenheimer sogleich versetzen würde, und tastete unwillkürlich mit meiner Hand über meine Augenbrauen entlang, als sich meine Mutter zu mir herunterbeugte und mir mit äußerster Selbstbeherrschung zuflüsterte: »Weißt du, wer ›Du‹ ist? Das ist die alte Wafelaerts, mit der will er gern barfuß auf Delos Tänze aufführen, immer schon!«

Als meine Mutter das letzte Wort gesprochen hatte, konnte ich auf ihrem Gesicht ganz deutlich sehen, wie dieses Bild seine volle Gewalt entfaltete. Sie war nun einem schmerzhaften Lachen preisgegeben, und das in einem Augenblick, in dem der Monsignore zwischen zwei Gedichten eine stimmungsvolle Atempause einlegte. Es half ihr nichts, daß sie ihr Taschentuch vor den Mund preßte, denn dieses Tuch hatte sie während der Lesung so klein geknüllt, daß man darin keinen Laut mehr ersticken konnte, und schon gar nicht die Geräusche, die meine Mutter jetzt von sich gab.

Die anderen im Saal aber hörten wahrscheinlich dann doch nicht mehr als ein tiefes Seufzen, und diejenigen, die sich daraufhin umdrehten, zu denen übrigens weder Ines Wafelaerts noch Frau Oppenheimer gehörten, sahen nur eine Frau, die in ihren Schoß blickte, als sei sie durch die Lesung in meditative Ruhe versetzt worden. Ich versuchte verzweifelt auszusehen, als ob ich nichts gehört hätte, aber die Schamröte in meinem Gesicht konnte ich einfach nicht besiegen. Darum war ich wie erlöst und vergaß ganz meinen Wunsch, mich dem Monsignore zu zeigen, als meine Mutter nach dem letzten Wort fluchtartig den Saal mit mir verließ. Sie genierte sich offenbar nicht im mindesten. Draußen tat sie, als sei der Lachanfall ihr gutes Recht gewesen, und wies meine Vorwürfe weit von sich.

Unserem grußlosen Abschied vom Monsignore gab meine Mutter einen anderen Grund. Noch während das Publikum ergriffen applaudierte, hatten sich Ines Wafelaerts und Frau Oppenheimer erhoben und waren auf den geistlichen Dichter, der sich völlig verausgabt hatte, zugegangen, um ihm die Hände zu schütteln. Meine Mutter empfand diesen Glückwunsch als Demonstration und sagte zu mir im Aufzug: »Wenn seine lieben, lieben Freundinnen da sind, dann muß ich nicht da sein. Darauf kann ich gut verzichten.«

II.

In der Zeit, als Stephan Frau Oppenheimer kennenlernte, trug sie noch einen andern Namen. Er wußte gar nicht, daß sie nun verheiratet in Frankfurt lebte, und er sollte es auch erst kurz vor seiner Rückreise nach New York erfahren.

Sie hieß Aimée von Leven, als sie im Baltikum auf die Welt kam, auf dem kleinen Besitz, der ihren Eltern nach den Enteignungen der Revolution geblieben war. Eine aus diesen Tagen gerettete Photographie zeigt die ganze Familie Leven vor dem niedrigen, efeubewachsenen hölzernen Gutshaus stehend: Die Mutter trägt einen städtischen Hut, der Vater hat einen grauen Straßenanzug an, Aimée, im einfachen weißen Kleid, ist achtzehn, daneben ihr Bruder und ihre kleine Schwester. Keine der Personen macht einen ländlichen Eindruck. Sie wirken wie Reisende, die soeben angekommen sind und bald wieder weiterreisen müssen. Nichts läßt erkennen, daß diese Menschen vor ihrem eigenen, ihnen seit vielen Generationen gehörenden Haus stehen. Das Bild stammt aus dem Jahre 1937, wie mit Bleistift auf der Rückseite geschrieben steht. Es ist ein eigentümliches, beinahe prophetisches Dokument, denn tatsächlich stand der bisher überaus seßhaften Familie Leven eine jahrelange Reise bevor, besser eine Wanderschaft ohne Ziel, nämlich die Vertreibung von ihrem Boden, die sie, wenn man als Nachgeborener diese Photographie betrachtete, bereits akzeptiert zu haben schienen, und zwar ohne Trauer und Tränen, einfach so, wie wenn man aus seinem Ferienhotel durch ein Telegramm nach Hause gerufen wird, weil eine lästige, aber im Grunde unproblematische juristische Angelegenheit die vorzeitige Abreise erforderlich macht. Auch später standen die Levens dem Verlust ihrer Habe, vor allem aber des Landes, in das sie hineingeboren waren, mit einer Haltung gegenüber, die nichts mit der Selbstbeherrschung anderer Flüchtlinge, die ebenfalls aus ihrer Heimat vertrieben wurden, gemein hatte.

Obwohl der Lebensstil der Levens an Schlichtheit schwer zu überbieten war – in Ubbia, ihrem letzten Besitz, gab es vor allem streng biedermeierliche Kirschbaummöbel, Scherenschnitte und Flickenteppiche –, pflegten sie einen auf Absonderung bedachten Eigensinn, der erst, wenn man sie lange kannte, spürbar wurde und der ihnen verbot, ihr Schicksal mit dem vieler anderer zu vereinen. Sie gehörten niemals zu denen, die etwas verloren, das wäre von vornherein eine trübe und klägliche, nicht vorzeigbare Kompanie gewesen. Wenn die Levens zur Zeit des Königs Nebukadnezar Juden gewesen wären, die an den Euphrat verschleppt worden waren, hätte man sie schwerlich mit den andern Kindern Israels an den Wassern Babylons weinend finden können. Es wäre ihnen, kaum daß sie das Zweistromland erreicht hatten, sofort darauf angekommen zu behaupten, sie hätten schon immer unter dem Klima von Jerusalem gelitten und liebten die Babylonier überhaupt.

So verblüffend diese Haltung für alle war, die sich schon darauf eingestellt hatten, einem stundenlangen Flüchtlingsgejammer die sorgenvolle Dackelstirn des Mitleids entgegenhalten zu müssen, so unheimlich wurde den Verwandten und Freunden im Westen die Überlegenheit der abenteuerlich Geretteten. Man empfand, daß die Levens eigentlich gar nicht derart unbekümmert und distanziert tun dürften. Man war beleidigt, daß sie es sich nicht nehmen ließen, immerfort auf der Höhe der Zeit zu schwimmen und mit ihrer Strömung auch noch im herrlichsten Einverständnis zu sein, und hinter dieser spießbürgerlichen Ranküne von Menschen, die den Nächsten am liebsten in einer gedrückten Lage sehen, die aber nicht miserabel genug ist, daß sie zur Hilfe verpflichtete, steckte bei all ihren kleinlichen Vorbehalten doch eine Ahnung, deren Grauen ernstgenommen zu werden verdiente. Vielleicht war die Unabhängigkeit der Levens von ihren jeweiligen Lebensumständen doch auch mit einem moralischen Mangel erkauft, mit einer Kälte des Gefühls, oder besser mit einer Illoyalität den Gegenständen gegenüber, die Treue von uns fordern dürfen, weil sie unsere Sinne, unseren Geist und unsere Seele gehegt und entwickelt haben.

Die Levens verhielten sich wie ein erfahrener Liebhaber, der weiß, daß in jedem Beginn einer Affäre schon ihr Ende beschlossen liegt, und der deshalb, um die Verwirrungen des Gefühls zu vermeiden, von vornherein darauf achtet, sich nicht zu sehr zu verlieben. Er verhindert damit zwar die Möglichkeit, sich einmal, zum erstenmal, wirklich fesseln zu lassen, aber er schätzt diese Chance zu gering, um dafür das Risiko eines leidenden Herzens einzugehen. Er hat sich zu sehr an die Atmosphäre von Kälte und Einsamkeit, in der er in Wahrheit lebt, gewöhnt, um sie als beklagenswert zu empfinden. Er glaubt vielmehr, es ganz gut auf die Dauer so aushalten zu können. Nur sehr selten ereignet es sich, daß er sich schließlich revidieren muß, denn vertane Gelegenheiten haben keine Beweiskraft.

In Aimée war diese Fähigkeit, sich vom Schicksal nicht überwältigen zu lassen, eine Fähigkeit, die in ihrer Familie erblich war, obwohl sie jahrhundertelang nicht benötigt wurde, besonders ausgeprägt. Den Abstand, den sie zu allem, was sie umgab, einhielt, bezog sie auch auf ihre Eltern und auf ihre Geschwister, auf ihre Schönheit, auf ihre Sprache und auf ihren Gott. Im Grunde war alles, was anderen von Bedeutung war, für sie eine Quantité négligeable, aber nicht aus einer Schlaffheit des Geistes heraus, sondern als Ergebnis einer ständig geübten Disziplin. Wenn sie nicht ein einziges Mal versuchte, ihre Eltern, die auf schwierigen Wegen aus dem Stalin in die Hände gefallenen Estland nach London gelangt waren, aus Paris, wo sie selbst durch die Hilfe einer sozialistischen Jugendorganisation vorläufig wohnte, ein Zeichen zu geben, daß sie noch lebe und es ihr gutgehe, dann war das nicht Gedankenlosigkeit oder Grausamkeit, sondern ein Training für die sicher noch bevorstehenden Zeiten, in denen es unmöglich sein würde, ihnen zu schreiben, und in denen sie über die Trennung keinen Schmerz empfinden wollte.

Sie wollte überhaupt niemals Schmerz empfinden, und sie war ihr in ihrem zwanzig Jahre währenden Leben bisher ohne nennenswerte Leiden davongekommen. Sie richtete ihre Aufmerksamkeit darauf, allem Unangenehmen aus dem Weg zu gehen und das Schmerzhafte, das nicht vollständig zu vermeiden war, zu betäuben, zu überschwemmen oder zu übersehen. In ihrer familiären Umgebung fiel nicht auf, daß sie selten lachte, weil es niemand auf Ubbia für geschmackvoll und erforderlich hielt, Scherze zu machen. Sie besaß keinen Humor und wenig Sinn für unfreiwillige Situationskomik. Aber es zeigte sich doch mit der Zeit, daß ihr Lächeln, wenn sie es einmal zuließ, im wahrhaften Sinn des Wortes bezaubernd war. Das sollte es aber auch sein, denn Aimée wußte, was von einer Frau erwartet wurde, und sie hatte sich in den Kopf gesetzt, mehr als alle anderen Frauen zusammen diesen Erwartungen gerecht zu werden. Was sie dann mit den verrückt gemachten Anbetern anfangen würde, überließ sie der Laune des Augenblicks oder dem Gebot der Opportunität, den beiden einzigen Gebietern, die sie in ihrem Leben anerkennen wollte.

»Du mußt immer etwas Gerafftes anhaben«, sagte Aimée zu Ines Wafelaerts und gab ihr einen flüchtigen Kuß, als sie die alte Freundin ihrer Eltern bald nach ihrer Ankunft in Paris in deren Hotel abholte. Ines war, wie in jedem Jahr, aus Frankfurt gekommen, um sich Kleider zu kaufen, das letzte Mal übrigens vor dem Ausbruch des Krieges, dessen Folgen für den Rest ihres Lebens mit dieser anmutigen Gewohnheit Schluß machten. Obwohl Aimée sie vorher nur selten gesehen hatte, weil das platte Land des Baltikums Ines weniger lockte als afrikanische Ziele, war ihre Beobachtung präzis: Tatsächlich bevorzugte Ines Wafelaerts Kleider, deren Stoffbahnen asymmetrisch um den Körper gerafft waren und seine Formen betonten. Diese kunstvollen Raffungen, die Ines einzig und allein einem aus Armenien stammenden, schnurrbärtigen Couturier auf dem linken Seineufer zutraute, vermittelten etwas von dem Effekt, der entsteht, wenn eine nackte Frau, die beim Baden überrascht wird, versucht, sich mit einem kleinen Handtuch zu bedecken, oder einer schweren Männerhand, die Fluten von Atlas zerdrückt, um die darunter liegende Taille zu umfassen. Als Ines sich ihren Kleiderluxus nicht mehr leisten konnte, drückte sich ihre Liebe zu gerafftem Stoff nur noch in ihrem gefälteten schwarzen Turban aus, den ich kannte und fürchtete und der ihr wichtig war, weil er sie als letztes an ihre modischen Träume erinnerte und ihre geliebten, von Künstlerhand mit tausend Nadeln um ihren Körper gesteckten und schließlich in Frankfurt verbrannten Kleider ersetzen mußte.

Ines trug an jenem Tag, als Aimée sie in ihrem Pariser Hotel zum Mittagessen abholte, ein Kleid, das nur schwach an ihrer rechten Schulter gerafft war. Die Falten, die sich in dem zarten schwarz-roten Crêpe de Chine durch diesen Kunstgriff ergaben, fielen so lose herab, daß dieses Kleid einem Menschen, der Ines' Geschmack nicht kannte, niemals als die sanftmütige Schwester der dramatischen Gewänder, die Ines sonst vorzog, erschienen wäre. Ines bewunderte daher Aimées Scharfblick, hielt es aber dennoch für richtig, dem Mädchen nicht recht zu geben, und behauptete aus Ärger, sich auf einen derart einfachen Nenner gebracht zu sehen, in ihrem ganzen Leben noch nicht ein einziges gerafftes Kleid getragen zu haben. Es fiel ihr nicht ein, sich mit einer solchen Behauptung lächerlich vorzukommen, da sie gar nicht die Absicht hatte, Aimée zu überzeugen. Solch ein Dialog hatte ganz andere Funktionen in ihren Sprechgewohnheiten. Ohne anderen Frauen ernsthaft böse sein zu können, weil sie sie in einer Mischung aus Haremsgesinnung und Kameraderie als Mitbewerberinnen um die herrlichen Männer ansah, biß sie sich doch recht gern mit ihnen herum, um ihnen kurz darauf, wenn es darum ging, einen Mann zu erobern, auf das schwesterlichste beizustehen.

Aimée sprach hingegen meist nur zu sich selbst, und ihre Worte richteten sich auch, wenn es anders klang, in Wahrheit niemals an ein Gegenüber. Ines' Worte hörte sie sich erst gar nicht richtig an. Sie trat unruhig von einem Bein auf das andere, denn sie war sehr hungrig wie immer, seit sie denken konnte, und hatte erst neulich in ihr Journal geschrieben: »Wenn ich keinen Hunger mehr habe, bin ich erwachsen.«

Wie alle Menschen, die die Angewohnheit annehmen, regelmäßig nach Paris zu fahren, ohne dort im strengeren Sinne etwas zu suchen zu haben, tat sich Ines auf ihre Kennerschaft der an der Seine obwaltenden Verhältnisse etwas zugute. Viele Männer, von denen sie Henri Wafelaerts nur fragmentarisch berichtete, hatten sich in dieser Hinsicht um sie verdient gemacht, und sie war so glücklich, daß nicht eine einzige Niete unter diesen Männern war, keiner, der ihr nicht ein verstecktes Restaurant, einen Trödler, der eine Schatzhöhle hütete, oder einen Hutmacher hinterlassen hätte, an die sie sich noch erinnerte, wenn das Gesicht des findigen Ratgebers schon längst zur Unkenntlichkeit verblaßt war.

Aimée war seit langem nur noch an Pot au feu gewöhnt, das sie in dem tristen Bistro, das neben ihrem Hotel lag, bekam. Dieser Eintopf enthielt hauptsächlich Kartoffeln; die paar Karotten, der Farbe halber dazugegeben, hatten einen fad süßlichen Geschmack, den sie verabscheut hätte, wenn nicht das einzige, worauf es ihr beim Essen ankam, die Menge gewesen wäre, die ihr den Magen füllte, damit sie an etwas anderes denken konnte. Sie war keineswegs stumpf für feinere Genüsse, ihre Urteilsfähigkeit setzte nicht aus, wenn es um ein zivilisiertes Essen ging, aber es kam nicht infrage, auf einem Gebiet finanzielle Opfer zu bringen, das lediglich dem eigenen Wohlbefinden diente und nicht dazu beitrug, ihr Glanz zu verleihen: Nach dem Verzehr einer warmen Gänseleber sah man nicht reicher, nicht mächtiger und nicht schöner aus als vorher – es hätte halt gut geschmeckt, und darauf konnte sie ohne Überwindung verzichten. Deshalb war auch die Sorgfalt, mit der Ines das Restaurant nun auswählte, bei Aimée verlorene Liebesmüh. Aimée wollte satt werden. Wenn Ines ihr sonst noch etwas bieten wollte, dann sollte sie ihr helfen, in Paris Fuß zu fassen.

Aimée war eine kleine Soldatin, die allem, was die Legitimität der Stärke besaß, aus tiefster Überzeugung Respekt erwies. Alles, was Bestand hatte, alles, was sich in der Welt durchsetzen konnte, erkannte sie vorbehaltlos an, aber nicht aus Schwäche oder Unterwerfung, sondern um die Autonomie ihrer eigenen Person in dieser Bewunderung fremder Kraft zu begründen und zu behaupten. Es wäre für sie das Eingeständnis der Kapitulation gewesen, wenn sie die Zustände der Welt und das Unrecht, das ihrer Familie widerfahren war, beklagt hätte. Die Zustände, die sie vorfand, waren das Maß aller Dinge. Und wenn sie schlimm waren, dann lag es an ihr, aus eigener Kraft die Harmonie wiederherzustellen. So glich denn ihre Haltung oftmals täuschend dem Opportunismus und hatte mit ihm tatsächlich dessen Härte und Rücksichtslosigkeit gemeinsam, nur berechnend und feige wollte Aimée niemals sein.

Arm und verbindungslos wie sie war, hätte Aimée die seltene Chance einer Einladung also lieber dazu benutzt, in einem weltberühmten Restaurant den Brotkorb leer zu essen, dafür dort aber unschätzbare Erfahrungen zu sammeln, als in jenem verborgenen »Martial«, in das Ines sie führte, ein stundenlanges Menü einzunehmen, das sie am Abend vergessen haben würde. Daß Ines mit ihr zu »Martial« ging, nahm sie mit derselben kalten Verständnislosigkeit auf, wie sie den Vorschlag eines Ortskundigen, ihr in Rom zuerst die eingesunkene, bezaubernde Basilika S. Giorgio in Velabro zu zeigen, dafür den Petersdom aber links liegenzulassen, quittiert hätte. Für jene Welt, mit der man fertig werden mußte, zählten die drei Sterne im ›Baedeker‹, denn angesichts des Glanzes dieser drei Sterne wurde die Tatsache, daß S. Giorgio in Velabro vielleicht rührender, edler und authentischer als der Petersdom war, zu weltfremder Sentimentalität.

Der Petersdom unter den Pariser Restaurants, den Ines ihr hätte aufschließen müssen, um ihr eine Freude zu machen, war »Fouquet's« auf den Champs-Élysées. Unter all den berühmten alten Instituten, die ihr Vater ihr genannt hatte und die sie sich unauffällig von außen betrachtete – ängstlich vermied sie den Eindruck des staunenden Kinderauges, das andachtsvoll durch die Fensterscheiben der schönen Welt beim Tafeln zusieht –, entsprach »Fouquet's« am meisten dem, was sie sich als Umgebung für sich wünschte. Sie sah selber, daß es Restaurants gab, die kostbarer ausgestattet waren und die vermutlich eine bessere Küche als »Fouquet's« hatten, aber das konnte für sie dem Platz ihrer Wahl den Zauber nicht rauben.

Unsicherheit und Stolz verhinderten eine Zeitlang, daß sie »Fouquet's« betrat, denn sie fürchtete, dort wieder hinausgewiesen zu werden. Aber eines Tages faßte sie sich doch ein Herz und öffnete die Pendeltür des Restaurants mit zurückgelegtem Kopf, dessen halblanges blondes Haar ganz unmodisch, wie eine Löwenmähne, ihr Gesicht umgab. Die gläserne Terrasse, die wie die Kammern, die bei Unterseebooten den Luftdruck ausgleichen, dem eigentlichen Restaurant vorgelagert war, um dem Besucher den Schock eines allzu plötzlichen Stimmungswechsels zu ersparen, und die zugleich verhinderte, daß durch das Öffnen der Pendeltür ein zu starker Verlust an der frischen, parfum- und wäscheduftenden Luft, wie sie in diesem Restaurant gezüchtet wurde, eintrat, war dicht bevölkert mit Gästen, die nur zu einem Tee oder einem Drink hereingekommen waren oder die auf Freunde warteten, mit denen sie sich alsbald in das goldene Innere des Hauses begeben würden. Aimée ging durch die Stuhlreihen und schaute sich um, als suche sie irgend jemanden, immer wieder stockte ihr Schritt, denn es herrschte ein heiteres Gedränge, das dennoch niemals bedrückend wirkte oder gar chaotisch, sondern vielmehr wie die kunstvolle Unordnung eines Festes auf der Opernbühne. Die Gäste, die dies Restaurant besuchten, waren sich auf eine geheimnisvolle Weise einig, obwohl sie in Alter und Nationalität bunt gemischt waren. Fast nichts unterschied diese Terrasse von wer weiß wie vielen anderen Terrassen, erst der zweite Blick zeigte, daß das polierte Holz der Türen edler war als anderswo, daß das Messing an der Bar schwerer und blanker erschien und daß das Licht eine warme Färbung hatte, die jeden Gast auf das vorteilhafteste aussehen ließ. Aimée wandte sich mit langsamen, aber bestimmten Schritten zur Treppe, die zu dem oberen Speisesaal führte. Der Speisesaal war noch beinahe leer um diese Zeit, auf der Straße war es noch hell, erst wenige dachten ans Abendessen. Aimée bewegte sich in diesem Saal, als ob sie vergessen hätte, daß sie nicht einmal wagen durfte, sich zu setzen, ohne daß ein Kellner kam und sie nach ihren Wünschen fragte.

Die Panneaux waren mit rosenholzfarbener Seide bespannt, überall auf den Tischen blitzte frischgeputztes Silber im gelben Lampenschein, und aus den hohen schmalen Fenstern strömte das hellblaue Licht des Sommerabends, das zeigte, daß die Sonne untergegangen war und nicht mehr die Kraft besaß, die Farben an der Entfaltung ihrer glühenden Fülle zu hindern. Aimée glaubte in diesem blauen Licht die Nähe des Wassers zu spüren. Plötzlich fühlte sie sich wie im Speisesaal eines großen Ozeandampfers, dessen Luxus und Perfektion inmitten der unabsehbaren Wasserwüste doppelt eindrucksvoll auf die Besucher wirkt, deren Blick sich den ganzen Tag über in der Richtung eines ewig gleichförmigen Horizontes verloren hat und die nun in der Begrenzung, die sich diesem Blick in der harmlosen Gestalt einer Kristallkaraffe oder dem kleinen, geschnitzten Rosenkorb einer Stuhllehne bietet, eine ihrem Bewußtsein vielleicht unbemerkte, aber um so wirkungsvollere Erholung finden.

Dies war das Niemandsland des Reichtums, wie Aimée ihn sich vorstellte, weil sie sich wünschte, daß der Überfluß die Menschen reinigte und sie von den Schlacken aller Determination, sei es der Nationalität, der Klasse und von den Fesseln einer niederen Bedürftigkeit befreite. Sie stellte sich vor, daß es nur den Reichen gegeben sei, einen wirklich unabhängigen Geschmack zu entwickeln, weil nur für sie der Preis einer Speise, eines Kleides oder eines Bildes nicht die geringste Rolle spiele. Wenn ein Reicher ein Glas Wasser trank, dann deshalb, weil er in diesem Augenblick eben Wasser begehrte; es war niemals nur ein Ersatz für eine noch größere Köstlichkeit, die ja sofort zur Stelle gewesen wäre. Aimée verstieg sich in ihren Träumen zu der Vermutung, nicht einmal ein Verdurstender könne ein Glas Wasser schätzen wie ein Milliardär, der sich angesichts übervoller Weinkeller dafür entscheidet, eine Erfrischung zu wählen, die selbst bei den Armen als wertlos galt. Es schien ihr unmöglich, daß ein großer Geldhaufen den Charakter seiner Besitzer nicht auf das herrlichste verändern sollte. Die Reichen mußten die wahren

Ritter, die letzten Heroen der Einsamkeit und der Schönheit sein, geruchlos wie die Kamelien, kühl wie der Marmor, frei wie die Asketen auf hochaufragender Säule.

Als sie in ihrem späteren Leben nur noch mit reichen Leuten umging und unter ihnen niemanden traf, dessen Moral und Geschmack nicht den Prinzipien des bürgerlichen Mittelstandes entsprachen, und zwar ganz einfach deshalb, weil die politischen und religiösen Predigten, die sie sich anhörten, von Angehörigen eben dieses Mittelstandes gehalten wurden und weil die Filme, die Bücher und die Zeitschriften, aus denen sie ihre ästhetischen Grundsätze bezogen, ebenfalls Erzeugnisse des Mittelstandes waren, verlor Aimée ihre Ideale dennoch nicht. Sie vermutete nun, daß ihr eben noch keine wirklich reichen Leute begegnet seien, und hielt auf diese Weise an ihren Idealen in dem Maße fest, wie diese durch die Wirklichkeit Lügen gestraft wurden.

Auch während sie durch den leeren, aber für den Empfang vieler Gäste bereits festlich gerüsteten Speisesaal von »Fouquet's« ging, blieb ihr die Ernüchterung durch den Anblick von Leuten, die nicht in die Traumwelt gepaßt hätten, erspart. Das schöne Mädchen, das sich die alte Kostümjacke aus Herrenstoff mit einer ungeduldigen Geste um den Körper zog, als fröre es, blieb bei seinem langsamen Erkundungsgang unbehelligt, im Gegenteil, die Kellner, die leise hin und her liefen, um letzte Hand an die Tische zu legen, schienen sie nicht bemerken zu wollen und hielten die Augen diskret niedergeschlagen, wann immer sie Aimées Weg kreuzten, die das Ende des Saales erreicht hatte und sich nun wieder auf den Weg zur Treppe machte. Auf dem Rückweg betrachtete sie aus den Augenwinkeln ihre eigene Gestalt in dem großen Spiegel, der über dem Treppenabsatz hing. Die Unscheinbarkeit ihrer Garderobe versuchte sie bei dieser Gelegenheit durch eine noch stolzere Haltung auszugleichen, und es gelang ihr, wie sie es über die Bienen gelesen hatte, denen Farben und Formen nicht wichtig seien, nur noch ihre ausdrucksvollen Bewegungen wahrzunehmen. So war sie mit dem Bild, das sich im Spiegel bot, zufrieden.

Ein zweiter Körper schob sich in den Rahmen. Plötzlich sah sie sich selbst unbeweglich neben einem großen jungen Mann mit spärlichem schwarzem Haar stehen.

Auch er verweilte einen Lidschlag lang neben ihr und setzte sich dann zugleich mit ihr wieder in Bewegung, allerdings in die entgegengesetzte Richtung.

Erst viel später sollte Aimée darüber nachgrübeln, ob dieser junge Mann Stephan Korn gewesen sein könnte, der ihr, als sie ihn dann kennenlernte, in Bewegung und Größe Ähnlichkeit mit dem jungen Mann zu besitzen schien, den sie bei »Fouquet's« auf der Treppe gesehen hatte. Obgleich es ihr niemals gelang, dies mit Sicherheit festzustellen, und obgleich es ihr, je mehr sie sich bemühte, der Wahrheit auf den Grund zu kommen, immer unwahrscheinlicher vorkam, daß dieser junge Mann wirklich Stephan Korn gewesen sein sollte, wurde ihr allein der Umstand, daß sie sich ohne ein zufriedenstellendes Ergebnis immerfort mit dieser Frage beschäftigte, bedeutungsvoll. Für Aimée waren Schönheit und Ordnung nur zwei Seiten ein und derselben Medaille, sie litt unter dem Chaos der Eindrücke, aus denen das Leben nun einmal besteht. Aber auch weniger unempfindliche Menschen als Aimée können der Versuchung nicht widerstehen, ein System hinter den Zufällen des Lebens aufspüren zu wollen. Was ihnen zustößt, möchten sie sich zwangsläufig denken. Die Gestaltlosigkeit der Zukunft, die droht, bald freundlich, bald grausam in gleichgültiger Willkür mit dem Leben des einzelnen zu verfahren, erhält eine erträgliche Maske für den, der sich daran gewöhnt hat, in allem, was ihm geschieht, Hinweise auf spätere Ereignisse zu erblicken, als ob alle Vorfälle des Lebens wie die Details auf dem Theater dazu bestimmt seien, den dramatischen Höhepunkt kunstvoll und symbolisch vorzubereiten.

So führte Aimées Nachdenken darüber, ob sie Stephan Korn, zwei Jahre bevor sie ihn kennenlernte, schon einmal auf der Treppe des Restaurants im Spiegel neben sich gesehen habe, dazu, daß sie der Begegnung mit ihm ein erheblich größeres Gewicht beimaß, als sie das getan hätte, wenn er ihr ohne Vorzeichen entgegengetreten wäre.

Einstweilen jedoch vergaß sie die schemenhafte Erscheinung im Spiegel. Haften blieben zunächst nur die kostbaren Dinge in dem von ihr eigentlich nur flüchtig besichtigten Restaurant, so daß jeder, der sie beiläufig von »Fouquet's« sprechen hörte, glauben mußte, sie habe die Angewohnheit, dort regelmäßig am frühen Abend, wenn es noch angenehm leer sei, mit Freunden zu Abend zu essen.

Ines bemerkte nicht, daß Aimée offenbar Vorbehalte gegen ihr Lieblingsrestaurant hatte, denn sie genoß die Zusammenstellung des Menüs beinahe noch mehr als das Essen selbst. Dann wandte sich ihr Redefluß Aimée zu. Sie stellte eine Frage nach der anderen und wartete die Antwort gar nicht ab, so daß Aimée schließlich auch nicht mehr versuchte zu erzählen, warum ihre Eltern nach der Vertreibung nicht nach Deutschland gezogen waren und warum sie ihnen nicht hatte nach London folgen wollen, wo ihr Vater bei einer Nachrichtenagentur untergekommen war. Dabei hatte Ines offenbar ein gesteigertes Interesse an diesen Entscheidungen. Sie wollte nur zunächst einmal alles, was sie sich selbst dazu überlegt hatte, vortragen und faßte die Fragen, die sie stellte, lediglich als rhetorische Einleitung für ihr lebhaftes Referat auf, bei dem sie sich durch Aimées Einwürfe nicht stören lassen wollte. Im ganzen bekundete sie Verständnis für den Abstand, den die Levens zu Deutschland hielten, obwohl ihnen im Land ihrer Herkunft nicht nur keine Gefahren drohten, sondern sie sogar Ersatz für den in Estland verlorenen Besitz erwartet hätte, eine Entschädigung freilich, die der Vater Aimées als kompromittierend empfinden mußte, denn es handelte sich um einen Hof, von dem der polnische Eigentümer erst hätte vertrieben werden müssen, um den Levens Platz zu machen.

Obwohl Ines in politischer Hinsicht gleichgültig war, fürchtete sie den Krieg. Sie stammte aus dem Grenzland, das nach dem Ersten Weltkrieg zwischen Deutschland und Belgien den Besitzer gewechselt hatte, aber ihr war jeder nationale Eifer fremd. Sie empfand nur die Vorteile, die sich aus der Konstellation ihrer Geburt ergaben, weil sie ihr erlaubten, sich im westlichen Europa zu Hause zu fühlen. Sie genoß es, unangefochtenes Mitglied der Frankfurter Gesellschaft und zugleich von einer Aura der Ausländerin umgeben zu sein, die sie in aller Gutmütigkeit pflegte, um den Frankfurter Freunden zu gewähren, was sie von ihr erwarteten. Es wäre ein entsetzliches Unglück, wenn ein Krieg nun alles wieder stören würde, es mit dem Reisen aus sein sollte und wenn dann eines Tages vielleicht doch wieder dieser gereizte, vergiftete Ton in die Salons eindringen und die Unterhaltung zwischen Menschen verderben würde, die nach Ines' Anschauung dazu geschaffen waren, sich gegenseitig Vergnügen zu bereiten, bis sie früh genug grau und häßlich wurden und ins Grab sanken. Ines' hartnäckige Versuche, alles zu ignorieren, was feindselig und bedrohlich aussah, scheiterten in der letzten Zeit immer häufiger, und es gelang auch ihr nicht, ihrer Freundin Florence auszureden, was diese ihr kühl und sachlich an den zehn Fingern aufzählte, als sie ihr eines Tages erklärte, daß nunmehr für die Korns der Zeitpunkt erreicht sei, Deutschland zu verlassen.

Die Abreise der Korns mit Sack und Pack, nachdem sie das Haus verkauft und eine juristische Lösung gefunden hatten, die faktisch ihren vollkommenen Rückzug aus dem Geschäft bedeutete, ließ keine Täuschung mehr darüber zu, daß dieser Aufbruch endgültig war. Die Korns zerschnitten jedes Band, das sie an Deutschland fesselte, und ließen Ines in der Ungewißheit zurück, ob es moralisch verwerflich oder vielleicht besonders töricht sei, ihnen nicht nach Amerika zu folgen, sondern in Frankfurt zu bleiben.

Als sie mit Aimée sprach, versuchte sie hingegen, sich von solchen Konflikten nichts anmerken zu lassen, aber ihr blieb doch der Mund offen stehen, als Aimée plötzlich sagte: »Der einzige Punkt, weswegen ich nicht in Deutschland leben will, ist, daß dort jeder deutsch spricht.« – »Ja, was sollen die Deutschen denn sonst sprechen?« fragte Ines verblüfft.

»Sie sollen sprechen, was sie wollen. Aber nicht mit mir! Mit dir will ich deutsch sprechen, mit Mama, mit Papa, mit Nikolaus und Dorothea, auch mit Tante Spatz, aber doch nicht mit jedem

Postbeamten, jedem Eisenbahnschaffner, dem Bürgermeister und dem Schuster! Solche Leute sprechen in Deutschland deutsch. Ich denke gar nicht daran, mich an das Deutschsprechen mit jedem dreisten Kerl zu gewöhnen.«

Ines genoß diese Bekundung des Hochmuts, der ihr selbst völlig fremd war, den sie an anderen aber als historische Trouvaille bewunderte: »Mein Gott, wie seid ihr Balten fein«, sagte sie schließlich. »Nein, das habt ihr allen anderen voraus, ihr seid noch eine richtige Herrenrasse!«

»Ich bin nicht fein«, sagte Aimée scharf. »Ich bin normal. Ich sage nur, was ich empfinde.«

»Du möchtest doch sicher noch etwas essen?« fragte Ines beinahe scheu und winkte einem Kellner, der die Silberplatte vom Rechaud nahm und Aimée eine zweite Seezunge auf den Teller legte, während sie mit einem raschen Blick feststellen konnte, daß noch eine weitere Seezunge auf der Platte lag.

Ines fragte sich indessen, wie Aimée auf Florence gewirkt hätte, und erwog, ob die Tochter ihres einstigen Freundes es gewagt hätte, auch zu Florence so streng zu sein. Sie bewunderte Florence und war zugleich in ständiger Furcht vor ihr. Deren Flucht aus Deutschland war deshalb für Ines ein ambivalentes Ereignis: Einerseits bedauerte sie natürlich, den täglichen lehrreichen Umgang mit ihrer besten Freundin für vielleicht alle zukünftigen Zeiten hin vermissen zu müssen, andererseits machte es ihr eine Florence, die nun nicht mehr in Frankfurt lebte, erheblich leichter, der fernen Freundin liebevoll zu gedenken. Denn es kam doch allzu oft vor, daß deren Vollkommenheit auf Ines einschüchternd wirkte oder daß Florence die muntere Ines eine gewisse Mißbilligung oder auch eine kaum spürbare Geringschätzung ahnen ließ, deren Berechtigung Ines angesichts der unbestreitbaren Überlegenheit ihrer amerikanischen Freundin zwar anerkannte, sich aber doch ganz einfach wohler in ihrer Haut fühlte, wenn ihr die eigene Inferiorität nicht beständig unter die Nase gehalten wurde. So wurde es ihr auch möglich, sich dankbar an Florence' Erhabenheit zu erinnern; allein die ideelle Existenz solcher Vorzüge straften die schroffen Manieren der kleinen Aimée und nahmen der verträglichen Ines die unangenehme Aufgabe ab, an ihrem Gast herumzuerziehen.

Daß Florence jetzt nicht da war, hatte aber noch einen weiteren Vorteil, den Ines sich wohl verbot, zu bedenken, denn schon der Gedanke daran hätte ihr die Stimmung verdorben. Was wäre denn gewesen, wenn Aimée sich Florence gegenüber höchst wohlerzogen betragen hätte, aber nicht, weil sie sich vor der Älteren fürchtete, sondern weil sie sich mit ihr besonders einig fühlte und diese Verwandtschaft sofort in ein Bündnis gegen Ines gekehrt worden wäre? Ines empfand sekundenlang eine kleine Erleichterung darüber, daß zwischen dieser Frage und ihrer Beantwortung der Ozean lag und daß die Politik, so sehr sie alles natürliche Leben und Weben verhinderte, in ihrem Schlepptau für den einzelnen mitunter auch Entlastungen mit sich führte. Ihre Ahnung, der sie nicht gestattete, eine regelrechte Vermutung zu werden, trog sie wahrscheinlich nicht, denn wenn sich auch Frauen wie Florence oder Aimée meist in der Gesellschaft ebenso starker und intelligenter Frauen langweilen, hätte hier der Abstand der Jahre die Entstehung von Sympathie und gegenseitiger Bewunderung vielleicht günstig beeinflußt, denn Aimée hätte Florence' Vorbild nicht belastet, da nichts als die Zeit sie von ebensolcher Vollkommenheit trennte, und Florence hätte bei der gerührten Betrachtung der Jugend Aimées ihrer eigenen Mädchenjahre gedenken können, ohne befürchten zu müssen, in ihrer Sphäre durch die Jüngere gestört zu werden. An Souveränität, an Energie, auch an Verstand waren sich die beiden Frauen gleich. Ihre Bereitschaft, den eigenen Vorteil zu erkennen und zu nutzen, ihre Verachtung der Sentimentalität und ihre nervöse Sorge um jede Beeinträchtigung ihrer Selbständigkeit machten sie beinahe zu Schwestern, und dazu kam noch, daß nicht nur die physische Ähnlichkeit in den Augen der andern eine Verbindung zwischen zwei Menschen begründet, denn auch die in allem genau entgegengesetzte Erscheinung kann dazu verführen, sich die antagonistischen Wesen als Paar zu denken.

Es wäre dabei ein leichtes für jeden, der die beiden Frauen

kannte, eine Fülle unterschiedlicher Eigenschaften und Verhaltensweisen aufzufinden. Aimée und Florence waren nicht nur in einem verschiedenen Alter, sondern sie stammten auch aus verschiedenen Milieus, und daraus ergab sich, daß sie sich in bestimmten Verhältnissen ganz anders verhielten.

Florence und Willy pflegten zum Beispiel kaum gesellschaftlichen Umgang, weil Florence sich mit den meisten Frankfurtern tödlich langweilte und Willy in dieser Haltung seiner Frau die gute Seite erblickte, viel Geld sparen zu können, das sonst sinnlos mit Gästen aufgegessen worden wäre. Dennoch gaben die Korns einmal im Jahr ein großes, aufwendiges Diner, das sowohl die Aufgabe hatte, als Aufwasch aller gesellschaftlichen Verpflichtungen zu dienen, als auch den Gästen zu zeigen, daß Korns, sofern sie sich überhaupt dazu herbeiließen, Gäste bei sich zu sehen, an Luxus und Geschmack alles in Frankfurt sonst Mögliche übertrafen. Willy staunte am meisten, was Florence bei solchen Anlässen zuwege brachte. Die Ehrfurcht vor ihrer Leistung wurde allerdings nachhaltig durch den Umstand gestützt, daß er allein wußte, was das alles wieder kosten würde. Schon wenn er die ersten Gäste im kerzenerleuchteten Vestibül empfing, trug er auf seinem Gesicht den Ausdruck von Stolz und Behagen, der in seiner Vaterstadt das pantomimische Äquivalent für die Redensart »Gell, da guckste!« darstellte, ein Ausdruck, den er im übrigen augenblicklich wieder verlor, wenn Florence in seine Nähe kam, und den er dann, wie meist in ihrer Gegenwart, eilig durch die Miene schuldbewußter Verlegenheit ersetzte. Zu einer dieser Einladungen hatte Ines, die an diesen Abenden Florence noch mehr als sonst bewunderte, in einem kleinen Brief zugesagt, der auch eine Bitte enthielt.

»Liebste Flo!« begann dieser Brief. »Tausend Dank für die wirklich todschicke Einladung! Komme wie ein Licht! Verzeih mein spätes Schreiben, ich hatte keine Sekunde Zeit bisher, denn Trixi ist mit einer gemeinsamen Freundin aus Paris angekommen, nur auf der Durchreise! Aber sehr gemütlich! Habe schon stundenlang amüsante Junggesellen zusammengetrommelt, um sie zu unterhalten. Kommt Trixi auch auf Dein Fest?

Wäre es nicht gemütlich, sie wiederzusehen? Freue mich schon riesig und will ausgeschlafen und schön sein.

Habe allerdings ein kleines Problem, da ich schrecklich gern einen englischen Freund, in Afrika kennengelernt, Du weißt schon, mitbringen würde. Ich wäre Dir äußerst verknüpfelt, wenn das ginge! Tausend Dank im voraus für alles! Grüße ALLE! Liebe Umarmung von Deiner Ines.«

Ines erinnerte sich noch genau, wie Florence, ihre beste Freundin, auf diesen Brief geantwortet hatte, und sie fühlte den Ärger wie am ersten Tag so frisch in sich aufwallen, wenn sie daran dachte, daß Florence sie einfach nicht hatte verstehen wollen. Nun gut, Ines war zu dieser Zeit bereits verheiratet, und Henri Wafelaerts war verreist, aber, und darin war Ines sich sicher, auch Florence lebte doch nicht wie eine Nonne, und es war das mindeste, was sich Frauen untereinander schuldeten, daß sie sich halfen, ihr Privatleben reibungslos über die Bühne zu bringen. Florence hingegen sprach zunächst überhaupt nicht über die Bitte, die den Grund des gutgelaunten kleinen Briefs darstellte, und Ines zweifelte deshalb eine Weile daran, ob sie den Brief überhaupt erhalten habe. Als sie es schließlich nicht mehr aushielt, weil sie ihre Dispositionen treffen mußte, ihren White Hunter nicht länger ohne Nachricht lassen konnte und Florence darauf ansprach, sagte die große Gastgeberin: »Aber natürlich habe ich deinen Brief bekommen, und ich hätte auch schon längst mit dir darüber gesprochen, wenn ich nicht geglaubt hätte, daß du selbst alles längst eingesehen hast.«

»Was eingesehen?« fragte Ines, Böses ahnend, aber immer noch in dem Wahn, die Affäre werde gut für sie ausgehen.

»Aber Ines, Liebes, eingesehen, daß das natürlich nicht geht, selbst wenn ich wollte und selbst wenn Willy, auf den wir auch immer noch ein wenig Rücksicht nehmen wollen, nichts dagegen hätte. Sieh einmal, ich *kenne* deinen Freund doch gar nicht, da kann ich ihn doch nicht einladen. Wenn ich ihn wenigstens *kennen* würde! Es wäre dann immer noch schwierig, weil Willy und Wafelaerts so gute Freunde sind« – eine Bemerkung, die in einem Maße an der Wahrheit vorbeiging, daß Ines sich zu schwach fühlte, sie zu korrigieren. »Und wir wollen doch taktvoll sein«, fuhr Florence fort. »Aber weißt du, das sind alles ganz überflüssige Überlegungen, denn ich *kenne* ihn nun einmal nicht, und da kann man nun einmal nichts machen. Aber du wenigstens wirst bei mir sein zu unserm Essen, das ist doch für uns beide auch sehr schön. Nicht wahr!«

Florence hatte das Wort »kennen« ganz besonders betont. Der Ausdruck der Sätze lag allein auf diesem Verb, was ihnen ein flexibles, eher stählernes Schwingen gab, und das »Nicht wahr« zum Schluß betonte sie nicht, wie üblich, als Frage, sondern machte daraus eine kleine Fanfare aus einer blitzenden Trompete, die eine munter schwätzende Hofgesellschaft augenblicklich zum Verstummen bringt, weil sie das Nahen des Fürsten ankündigt. Auch Ines verstummte. Die Entschlossenheit von Florence hatte ihr das Gefühl gegeben, diese Argumente besäßen unwiderstehliche logische Kraft, der Versuch, dagegen anzurennen, sei daher schon allein aus Gründen der Vernunft aussichtslos. Erst als Florence gegangen war, wurde Ines wütend, weil jetzt die Wunde der Demütigung, die sie erlitten hatte, zu schmerzen begann, wie auch die Unglücklichen, denen die Hände erfroren sind, vor Schmerzen erst zu weinen beginnen, wenn man sie aus der tödlichen Kälte an einen warmen Ofen gebracht hat.

Eine solche Zurechtweisung hätte sie von Aimée niemals befürchten müssen. Aimée war selten tückisch. Sie zeigte ihre Verachtung offen, und sie hätte sich niemals hinter vermeintlich bindenden Regeln versteckt, um sich zu rechtfertigen. Sie wußte, daß es diese Regeln gab, und sie hatte grundsätzlich auch nichts dagegen einzuwenden, aber sie empfand, daß sie außer Kraft gesetzt waren, nachdem ihre Familie Estland verlassen mußte, oder doch jedenfalls bei der Batterie silberner Teekannen, die in Ubbia blieben, zurückgelassen worden waren. Die Vertreibung hatte aus Aimée wieder eine Wilde gemacht. In ihr wachten Eigenschaften auf, die fünfhundert Jahre lang geschlafen hatten und die ihren Vorfahren nützlich gewesen waren, als sie als abenteuernde Kolonisatoren in die estnisch-heidnische Wüstenei zogen, um dort zu siedeln.

Florence hingegen verbrachte ihr Leben in einer bürgerlichen Welt von Wohlstand und Sicherheit, die noch unangreifbarer zu sein schien, je mehr das gesamte übrige Gefüge des alten Europa ins Wanken geriet. Florence strahlte geradezu den Anspruch aus, von den Erschütterungen der Weltordnung, mit den Menschen, die zu ihr gehörten, unberührt zu bleiben. Wie eine Porzellanfigur, der sie auch physisch glich, war sie hart und zerbrechlich zugleich. Sie erfuhr dazu aber noch die schicksalhafte Gunst, daß man auf ihre Zerbrechlichkeit Rücksicht nahm, und sie brauchte sich dafür bei niemandem zu bedanken, denn sie hatte nicht das Gefühl, daß die Vorsicht, mit der das Leben mit ihr verfuhr, sie glücklicher machte.

Ob dieser an sich rein äußerliche Unterschied zwischen Aimée und Florence, der vielleicht doch nicht nur äußerlich war, weil die Lebensformen, die der einzelne durch eine Kette von Zufällen annimmt, gelegentlich zum Bestandteil des Charakters werden, die Beziehung der beiden zu stören vermocht hätte, muß nicht geklärt werden, denn Aimée und Florence lernten sich niemals kennen. Florence erfuhr nicht einmal, daß sie eines Tages der Jüngeren etwas zu verdanken haben würde, ebensowenig wie Aimée wußte, daß sich ihr Weg mit dem der Älteren gekreuzt hatte. Beide blieben unberührt davon, daß Ines in einem ihrer Selbstachtung gefährlichen Augenblick in ihrer Vorstellung eine Konjunktion zwischen ihnen hergestellt hatte. Und wenn auch der Glaube an die Kraft der Gedanken von da an zwischen den beiden Frauen ein geheimes geistiges Band erkennen würde, sollte es dabei auch bleiben, ebenso wie die Vorliebe, sowohl von Florence als auch von Aimée, in der heißen Badewanne zu liegen – ein Glück, das Florence sich häufig zweimal am Tag bereitete –, nichts daran änderte, daß Aimée in ihrem unsauberen Hotel auf die Erfüllung solcher Wünsche ganz verzichten mußte.

Aimée stand jeden Morgen nackt auf einem kleinen Handtuch, das sie auf den schmutzigen roten Teppich legte, und versuchte, mit dem wenigen Wasser in der Waschschüssel eine Reinigung ihres Körpers zu erreichen, die ihrer Selbstachtung eben gerade genügte. Niemals gelang es ihr, die Schwierigkeit zu lösen, sich mit dem zur Verfügung stehenden Wasser einzuseifen, um sich danach damit auch wieder von der Seife zu befreien, denn wenn sie den Waschlappen in der Schüssel ausgewrungen hatte, war das Wasser so seifig, daß es illusorisch war, damit noch Seife entfernen zu wollen. Sie kannte die Folgen der nicht vollständig abgewaschenen Seife genau: Die Haut spannte und juckte den ganzen Tag, und so versuchte sie denn, im Krug Wasser aufzusparen, das sie über den Waschlappen goß, das aber niemals ausreichte, um ihn wirklich sauber zu machen, weil das Wasser in Paris nicht hart genug war. Während sie mit angeekeltem Gesicht mit dem Lappen, der glitschigen Seife, dem Wasserkrug und der Schüssel hantierte, liefen die milchigen Wassertropfen an ihrem Körper herunter und verursachten ein kleines Kitzeln, wie es entsteht, wenn Fliegen auf der Haut hin und her laufen.

Aus Ubbia war sie zwar auch keinen modernen Badeluxus gewöhnt. Das Badezimmer dort war ein hoher Raum mit großen Fenstern, der neben der Küche lag, so daß man von dort die Eimer mit heißem Wasser herübertragen konnte, und sie erinnerte sich mit Sehnsucht der Badetage – dem einzigen Heimatlichen, dem sie zärtlich anhing –, an denen der Tisch, der sonst über der Badewanne stand, weggerückt wurde und eine dicke Frau aus der Küche ihr das heiße Wasser Eimer für Eimer über den Rücken goß. Auf einem Stuhl an der Seite lag ein Stoß dünner, frisch gestärkter weißer Handtücher, die die Wassertropfen vom Körper tranken wie die feingewirkten Schweißtücher der Antike. Aus der Küche drang der Duft eines soeben aus dem Ofen gekommenen Kuchens, und schließlich kam noch ein großer, halb blinder, alter Jagdhund hereingetappt, legte seinen weißbärtigen Kopf auf den Wannenrand und sah sie an.

»Was für ein vulgärer Unsinn ist das Waschen«, dachte Aimée, wenn sie sich allzu lange bei den Behaglichkeiten ihres Elternhauses aufgehalten hatte, »nur Schweine müssen sich waschen. Herrschaften stinken nicht«, eine Feststellung, die, so maßlos sie klang, jedenfalls auf sie selbst zutraf. Sie war nach der tagelangen Fahrt unter den erbärmlichsten Bedingungen aus Estland in Paris mit dem Duft eines frisch gebadeten Säuglings aus dem Zug gestiegen. Der zart brünette Ton ihrer Haut ließ sie gesund erscheinen. Auch nach Jahren in der großen Stadt sah Aimée noch aus, als sei sie gerade von einem Pferd gestiegen, das sie ohne Sattel zugeritten hatte.

Ob Florence mehr für ihr makelloses Äußeres tun mußte als Aimée, wissen wir nicht, denn sie hatte niemals in ihrem Leben versuchen müssen, ohne ihren zeitraubenden kosmetischen Kult auszukommen, und hatte deshalb auch nicht feststellen können, ob er für die Erhaltung ihrer Haut und den Glanz ihres Haares erforderlich war oder ob seine Funktion in dem Genuß bestand, den ihr die Pflege ihres Körpers bereitete. Das Badezimmer jedenfalls war für sie der wichtigste Raum des Hauses. In der Villa im Frankfurter Westend mußte sie deshalb bedeutende Umbauten veranlassen, denn in dem sonst großzügigen Haus war gerade das Badezimmer eher kläglich ausgefallen, wie häufig in Frankfurter Herrschaftshäusern, an denen eigentlich immer irgend etwas nicht stimmte: Entweder gab es kein repräsentatives Portal, sondern nur einen verlegen in den Hinterhof gesetzten Eingang, es fehlte die Lieferantentreppe, es war nicht für genügend Wirtschaftsräume gesorgt, oder es gab eben allenfalls ein handtuchschmales und noch dazu fensterloses Badezimmer.

Florence ließ für sich ein großes, helles Zimmer, das als Ankleidezimmer gedacht war und neben ihrem Schlafzimmer lag, als Badezimmer einrichten. Über den rot und grau geäderten Platten aus Lahnmarmor, die die Wände halbhoch verkleideten, zog sich ein grünes Mäanderband, die Badewanne stand in einer Nische, das Zimmer konnte mit muschelförmigen Lampen aus weißem Milchglas mild und doch beinahe taghell beleuchtet werden. Kein sanft rieselnder Forellenbach in einem sonnendurchfluteten Wiesental hätte für Florence ein Geräusch erzeugen können, das von der Köstlichkeit des einlaufenden Badewassers war, dessen Rauschen frühmorgens an ihre Ohren drang, wenn sie gerade erwacht war und ihren Kopf in der kurzen Verwirrung, die das Erwachen aus dem Schlaf stets mit sich bringt, aus dem Kissen erhob, einem Kissenberg, der sich pyramidenförmig aus einem sehr breiten, flachen, leinenbezogenen Kissen zu einem kleinen Batistkissen verjüngte. Florence schlief immer erst in den frühen Morgenstunden ein. Sie fürchtete sich allabendlich vor dem Augenblick, an dem sie sich zur Ruhe legte, denn sie wußte, daß dies der Beginn eines langen aussichtslosen Kampfes mit der Schlaflosigkeit war. Sie lag dann in ihrem Schlafzimmer, in dem die dicken Teppiche, die schwergefütterten Fenstervorhänge und die Doppeltüren dem einzigen Zweck dienten, jedes Geräusch, das den Schlaf stören konnte, fernzuhalten, und sie fühlte schmerzlich, wie sinnlos dieser Aufwand war, denn er half ihr nicht, auch nur eine halbe Stunde länger zu schlafen, als es die stählerne, immer gespannte Feder in ihrem Innern erlaubte. Florence erlebte in ihren Nächten das Phänomen des vollkommen wachen, fähigen und zugleich untätigen Geistes. Es gab nichts, worüber sie nachdenken konnte. Sie kannte keine Fragen, die sie ruhelos sein ließen: Wenn ein Problem in ihrer Umgebung auftrat, löste sie es; wenn es ungelöst bleiben mußte, wandte sie sich auf der Stelle wieder davon ab. Sie trug nichts in ihrem Kopf mit sich herum. Ihr Gehirn war aufgeräumt und arbeitsbereit, so wie eine nagelneue hochkomplizierte Maschine, die mit unverbrauchter Kraft die schwierigsten Aufgaben erfüllen wird, wenn man sie zum erstenmal anschaltet, und die, bevor das geschieht, in der Totenruhe der reinen Materie vor uns steht. Sie war mit allem einverstanden, was sie umgab, so daß sie nicht einmal Langeweile empfinden konnte in den endlosen Stunden des Wartens auf den Schlaf, den sie weniger herbeiwünschte um der Wohltat willen, die er gewährte, sondern den sie aus medizinischen Gründen für ihre Gesundheit und Leistungsfähigkeit für notwendig hielt, aber genauso, wie sie das auch bei einem wildfremden Menschen oder einer erkrankten Hausangestellten getan hätte, und ihre Qual bestand darin, daß die Natur sich ihrem Willen widersetzte und sich weigerte, etwas zu tun, was Florence für vernünftig befunden hatte.

Worum sonst sollte sie sich sorgen? Sie war wohlhabend geboren, und sie hatte wohlhabend geheiratet. Willy Korn war ein vorzüglicher Kaufmann. Ihre Brüder, die vernünftigerweise auf ihrem Vermögen die schützende Hand behalten hatten, versicherten ihr, daß er vom Geld etwas verstehe und daß sie sich an seiner Seite um nichts zu bekümmern brauche. Sie hatte einen Sohn, Stephan, dessen Intelligenz sie als der eigenen ebenbürtig empfand. Unter der Tatsache, daß Bernie, ihr zweiter Sohn, das Pulver nicht erfunden hatte, litt sie nicht, weil sie es für gerecht hielt, daß bei einem von zwei Söhnen durchaus auch die Erbmasse des Vaters zum Ausdruck kommen dürfe.

Stephan entwickelte sich zwar etwas sonderbar, es schien ihm an Vitalität zu fehlen, aber auch das beunruhigte sie nicht, da für ihn gesorgt war. Er würde sich nirgends durchsetzen müssen. Und sie selbst war zufrieden mit sich und dem Leben, das sie führte. Ja, sie sagte manchmal mit hochmütigem Lächeln: »Ich führe eigentlich überhaupt kein Leben, und das ist auch gut so. Ein Schicksal haben, das ist doch furchtbar altmodisch. Ich schaue lieber zu und achte im übrigen darauf, daß ich mich gesund ernähre.«

Willy wußte, was dieser Satz bedeutete. Er war niemals in Florence wirklich verliebt gewesen, aber er war doch stolz, eine Frau mit nach Frankfurt zu bringen, deren Glanz man in seiner Heimat gar nicht in seiner ganzen Fülle ermessen konnte, der ihm aber aufgegangen war, als er ihr zum erstenmal auf ihrem pompösen Coming-out-dance begegnete. Deshalb waren es nicht die Schmerzen enttäuschter Liebe, die ihn durchfuhren, als Florence bald nach der Hochzeit auf getrennten Schlafzimmern bestand und sich dann nach einiger Zeit ihre Zimmertür für immer vor ihm verschloß. Aber seine männliche Gekränktheit wäre noch erheblich gesteigert worden, wenn er geahnt hätte, was Florence empfunden hatte, wann immer er sich schnaufend auf ihrem weißen Leib bewegte, und welche Gedanken in ihr aufgekommen waren, wenn sich die Erfüllung seiner Liebesmühe in einem seligen Lächeln des Stolzes und der Befriedigung auf seinen Zügen malte. Florence wurde es unheimlich bei der Heftigkeit ihrer Verachtung, die ihr deutlich machte, daß die Greueltaten, wie sie in proletarischen Familien vorkamen und von denen in der Zeitung unter den »Vermischten Nachrichten« berichtet wurde, Ursachen hatten, die ihr selbst auf ihrem Logenplatz im Leben nicht unbekannt blieben. Sie trauerte dem Glück der Liebe, das ihr vorenthalten war, allerdings nicht lange nach. Ihre Erhabenheit hinderte nicht, daß ihre Freundinnen ihr Geständnisse über deren Affären ablegten und sie das sogar gern taten, denn Florence verschonte sie mit Ratschlägen, konnte oft genug ein Erstaunen über die wilden Vorkommnisse nicht verbergen und zierte sich zwar zunächst ein wenig, indem sie desinteressiert tat, war aber dann eine unermüdliche Zuhörerin. Sie hörte die Geschichten von der Liebe an, wie die Leser der vergangenen Jahrhunderte den Reiseberichten aus fernen unerforschten Ländern auf dem afrikanischen und asiatischen Kontinent folgten. Je aberwitziger diese Reiseschilderungen waren, desto williger schenkte das Publikum ihnen Glauben. Warum sollte es in Regionen, in denen es Elefanten, Tiger und Krokodile gab, in denen die Mohren unter Palmenbäumen ihre entsetzlichen Tänze aufführten, nicht auch Wesen mit zwei Köpfen, Kopffüßler, augenlose Ungeheuer und fliegendes Gewürm geben? Es war naiv, aber deswegen noch lange nicht unintelligent, wenn man sich sagte, daß man dort, wo kein vertrautes Gesetz galt, alles für möglich halten müsse, und auch Florence folgte diesem Gedanken, wenn über den großen weißen Flecken auf der Landkarte ihrer Gefühle, die Liebe nämlich, gesprochen wurde. Jede Schilderung der Exaltation, die diese Empfindung offenbar mit sich brachte, fand bei ihr willige Aufnahme: Sie wurde immer vertrauter mit den zahllosen Demütigungen, der Hoffnungslosigkeit, dem zerstörerischen Schmerz der Eifersucht, der trügerischen Süße des allzu kurzen Beginns einer Affäre, der Sklaverei, deren Ende nicht die Freiheit, sondern der Stumpfsinn war. Aber Florence geriet durch diese Kenntnisse nicht in die Stimmung des Verzichts als Leidenschaft wie die Princesse de Clèves, sie war sogar weit davon entfernt, sich einer Haltung edler Resignation zu rühmen. Sie bewahrte sich die kindliche Neugier diesem Gegenstand gegenüber, wie die Leser der erwähnten Reisechroniken, in denen Wahrheit und Phantasie unentwirrbar gemischt waren, in die angeregteste Stimmung versetzt wurden und selbst das Grauen noch behaglich empfanden, weil sie wußten, daß alles, was sie lasen, mit dem eigenen Leben nicht in der schwächsten Verbindung stand und daß alle Gnome, Monster und Giftschlangen Äthiopiens nichts daran änderten, daß in Frankfurt am Main Brötchen gebacken, Steuern gezahlt und Weihnachten gefeiert wurden.

So kam es, daß Florence in der Liebe eine seltene Unschuld bewahrte. Sie war arglos, und sie schützte sich nicht vor ihren Gefahren, denn sie behielt aus den Beichten ihrer aufgekratzten Freundinnen nur die exotischen Aspekte im Gedächtnis, und sie vergaß darüber, daß nicht nur der Biß der Viper giftig sein kann, sondern auch ein Stück verdorbene Fleischwurst.

Nein, es gab keine Sehnsucht und keinen Kummer, der ihren Schlaf störte. Ein Nachtlämpchen mit einem gelbseidenen Schirm verbreitete Rembrandtsches Goldlicht in ihrem Zimmer, denn sie liebte es nicht, ins Dunkle zu starren. Wenn ihre Augen schon geöffnet waren, sollten sie auch etwas sehen. Sie schlief gegen vier Uhr morgens beim Schein dieses Lämpchens ein, der auch den leichten Schlaf, der dann schließlich bei ihr einkehrte, nicht störte und der sich, wenn sie erwachte, in dem kühlen Tageslicht, das durch eine Vorhangspalte ins Zimmer drang, verdünnte und verlor, wie wenn man einen Tropfen bernsteinfarbenen Kräuterextraktes in ein großes Wasserglas fallen läßt.

Agnes kam zu dieser frühen Stunde in ihrem Morgenrock herunter und ließ im Badezimmer, das auch vom Korridor aus betreten werden konnte, das Wasser in die Badewanne einlaufen. Florence war dann bereits wieder in ihrem Ur- und Naturzustand, nämlich in dem der Geistesgegenwart, die freilich am Tag, wo tausend Pflichten auf sie warteten, harmloser und selbstverständlicher wirkte als in ihren schlaflosen Nächten, wenn in unheimlicher Wachheit ihr Kopf wie eine Schmuckkassette, die statt einer Krone ein menschliches Gehirn umschloß, auf einem köstlichen Kissen lag als Monument eines ewig präsenten, sich selbst genügenden Geistes.

Während in Aimées früher Jugend in Ubbia ein festgestampfter Lehmboden, der erst später mit Dielen bedeckt wurde, zur Ausstattung der Badestube gehörte, lag bei Florence ein blumendurchwirkter Teppich auf den Marmorfliesen, die in Frankfurt einheitlich grau, in New York schwarzweiß im Schachbrettstil angeordnet waren. Dennoch betrat sie ihr Badezimmer nicht barfuß, sondern in seidenen Pantoffeln. Überhaupt hatte sie sich für den kurzen Weg richtig angezogen. Ihre Negligés dienten ausschließlich dem Zweck, sie auf dem Weg zwischen Bett und Bad zu bekleiden, auf dem sie von niemandem gesehen wurde. Es versteht sich, daß es keinen Menschen gab, der sich hätte rühmen können, Florence im Negligé gesehen zu haben, denn sie trat der Welt nur fertig gerüstet vor Augen.

Agnes hatte die Tür längst hinter sich geschlossen, und nur ihre im Badezimmer sichtbaren Vorbereitungen zeigten, daß sie sich darin aufgehalten hatte. Die Badewanne war beinahe vollgelaufen. Das Wasser verwandelte sich im Becken in eine feine weiße Milch, denn Agnes hatte reichlich aus einer der Kristallflaschen auf dem Glasbord in die Badewanne eine duftende Flüssigkeit gegossen, die so konzentriert war, daß sie die große Wassermenge verwandeln und veredeln konnte.

Florence zog ihr Negligé aus, tat auch das Nachthemd fort und sah sich nackt im großen Spiegel an. Diese Musterung war streng und fand jeden Morgen statt, obwohl es ihr niemals gelang, eine Veränderung an ihrem Körper festzustellen, entweder weil er seine Fasson auf geradezu unwahrscheinliche Weise gegen das Älterwerden konservierte, oder aber weil er sich so allmählich veränderte, daß selbst Florence es nicht wahrnahm. Sie tat nun etwas Eigenartiges, was sich übrigens auch Aimée eine Zeitlang angewöhnt hatte. Sie legte ihre Hände auf die Brust oberhalb des kleinen Busens, sie führte sie zusammen, ließ sie dann wie eine spitze Phalanx zwischen den beiden Brüsten nach unten gleiten, unterhalb der Brüste teilten sich die Hände wieder und strichen über die Haut des Brustkorbs, bis sie den Körper rechts und links festhielten, so daß die Arme aussahen wie hoch angesetzte Henkel an einer tönernen kretischen Gottheit, die zugleich einen Krug bildet. Dann trennte sich Florence von ihrem Anblick und prüfte mit dem Fuß die Wassertemperatur, die immer fünfunddreißig Grad Celsius warm war, bevor sie sich in das Wasser sinken ließ. Florence machte sich über das kleine Ritual keine Gedanken. Hätte man sie gezwungen, sich dazu zu äußern, wären ihr nur kosmetische Gründe eingefallen, und sie hätte die Hoffnung geäußert, daß diese milde Massage ihre Haut straff halte.

Aimée war entweder bewußter oder ihre Phantasie war spielerischer. Sie nannte dies Streicheln über die bettwarme Haut, das sie besonders genoß, »das Formen«, und tatsächlich hatten die zarten, aber entschieden zupackenden Hände etwas von denen eines Bildhauers an sich, der ein noch grob entworfenes Tonmodell glatt streicht und aus dem formlosen Klumpen mit knetendem Druck ein organisch erscheinendes Gebilde entstehen läßt.

Das »Formen« hätte auch Florence dieses Spiel nennen können, in dem sie wohlig die festen Grenzen ihres puppenhaft kleinen Körpers spürte. Ganz ähnlich mußten die lustvollen Empfindungen beschaffen gewesen sein, die Pallas Athene erlebte, als sie, noch im Haupt ihres Vaters Zeus geborgen, doch schon wußte, daß sie schön entwickelt und vollständig geformt war und daß nichts sie hinderte, die Stirnplatte des Vaters zu sprengen und die Welt in Besitz zu nehmen. Die Welt war heller geworden, als Athene diesen Sprung tat. Und auch heute noch war es, als ob die Blumen in den Vasen frischer leuchteten, als ob der Toast kräftiger duftete und die Kaffeekanne stärker funkelte, wenn Florence nach Abschluß ihrer Badeprozedur mit raschem Schritt das Eßzimmer betrat, wo Willy sich vom Stuhl erhob, eilfertig die Zeitung schloß und ihr die raschelnden Blätter mit der Geste eines Buben hinhielt, der gegen ausdrückliches Verbot ein Spielzeug aus dem Schrank genommen hat, das er erst am Nikolausabend erhalten sollte. Florence war gnädig und ließ ihm die Zeitung, die er ohnehin in ihrer Gegenwart nicht weiterzulesen wagte und in die sie selbst in Ruhe schaute, wenn er im Büro war. Auf Willys Frage, wie sie geschlafen habe, antwortete sie stets: »Ausgezeichnet.« Und dabei log sie nicht einmal sehr, denn wenn der Tag so weit fortgeschritten war, daß sie am Frühstückstisch erschien, dann ging es ihr in der Regel gut, die Nacht war vergessen.

Auch Aimée war gnädiger gestimmt, als sie ihre vierte Seezunge gegessen hatte, und brachte Ines sogar zum Lachen, die nicht nachtragend sein wollte und sich dankbar auf die bessere Laune ihres jungen Gastes einstellte. Ines fühlte sich wieder in ihrem Element und genoß es, sich in einer jüngeren Freundin zu spiegeln. Sie begann, Pläne zu machen und zu überlegen, wie man die wenigen Tage bis zu ihrer Abreise möglichst heiter verbringen könnte. Sie traute Aimées Diskretion, denn sie hielt sie zu Recht nicht für eine der kleinbürgerlichen Rachegöttinnen, von denen es in Frankfurt leider eine ganze Anzahl gab, die sich für die ihnen aus Feigheit und Häßlichkeit entgangenen Vergnügungen entschädigten, indem sie den Menschen, die etwas von der Organisation ihres Vergnügens verstanden, das Leben schwermachten. Im Grunde glaubte sie deshalb riskieren zu dürfen, daß Aimée Alphonse kennenlernte, der sich gerade recht erfinderisch um sie bemühte und dem sie in ihrer zielbewußten Art seine Anstrengungen auch schon gelohnt hatte. Dennoch wäre es natürlich besser gewesen, wenn es noch einen jungen Mann gäbe, der ausschließlich Aimées Kavalier wäre, denn wenn Ines sich auch entschlossen hatte, Aimée nichts zu verheimlichen, mochte sie den liebenswürdigen Alphonse doch nicht einschätzen, wenn er Aimée erblickte und zugleich erfuhr, daß sie im Gegensatz zu Ines nicht in wenigen Tagen das Feld räumte, sondern allein in Paris zurückblieb. Ines hatte plötzlich die für ihre Natur besonders auffällige und überraschende Vorstellung, Aimée schützen zu müssen.

Leider kannte sie keine Junggesellen in Paris, besser, sie kannte eine ganze Reihe, aber sie empfand es als aussichtslos und auch nicht recht passend, auf alte Verehrer zu rekurrieren. Außerdem war Paris eine kleine Stadt, und sie wünschte nicht, daß es ihrem jeweiligen Freund gelang, Querverbindungen herzustellen, die ihren Marktwert schmälerten.

»Eine Frau muß auf entsetzlich viel achten, wenn sie es ein bißchen lustig haben will. Die Männer, mußt du wissen, dürfen machen, was sie wollen, aber wir müssen aufpassen und ein wenig zusammenhalten, um auch einmal etwas haben zu können«, sagte sie plötzlich klagend zu Aimée, die sie verwundert ansah und ihr dann ins Gesicht lachte.

»Die Männer sind alle Schweine, das ist doch bekannt«, sagte sie schließlich mit Behagen und tupfte sich dabei mit einem Zipfel die Mundwinkel ab, während sie mit der anderen Hand die Serviette am andern Ende straff nach unten gespannt hielt.

»Oh, so kann man das nicht sagen! Es gibt auch sehr nette«, widersprach ihr Ines, bemüht, Fairneß walten zu lassen gegenüber dem einzigen Gegenstand, der imstande war, ihre Phantasie nachhaltig zu beschäftigen.

»Dein Vater ist zum Beispiel ein fabelhafter Mann, anständig, charmant, alles was man will!«

»Oh, Papa...« antwortete Aimée und machte eine lässige Handbewegung. »Weißt du, Papa ist... ach lassen wir das. Väter sind nie Männer.« Diese Bemerkung, die Ines niemals verstanden hätte, entging ihr glücklicherweise. Sie war mit etwas anderem beschäftigt, ihr war eine Erleuchtung gekommen, wie man vielleicht doch noch ein vierblättriges Kleeblatt arrangieren könnte.

»Es gibt hier einen entzückenden jungen Mann neuerdings, Sohn meiner besten Freundin aus Frankfurt. Sie sind emigriert, und er arbeitet irgend etwas – ich bitte dich, frag mich nicht was – an der Amerikanischen Botschaft, Übersetzungen oder so ähnlich, die Familie ist ohne ihn nach New York gegangen. Ich muß euch unbedingt zusammenbringen, das ist eine hübsche Konjunktion, ich glaube, damit tue ich euch beiden ein gutes Werk.«

Aimée sah sie achselzuckend an, als wolle sie sagen: Nur zu, probier dein Glück, und wandte sich dann wieder ihrem Dessert zu.

»Du scheinst ja nicht besonders angetan zu sein«, sagte Ines und lächelte. »Aber wir müssen das trotzdem versuchen, ich würde mich ewig ärgern, wenn wir das nicht versucht hätten.« Tatsächlich machte ihr die Anbahnung einer fremden Beziehung beinahe ebenso viel Spaß wie der Beginn eines eigenen

Flirts. Sie war aus dem Stamm der spätantiken Fruchtbarkeitspriesterinnen, die nicht allein Wert darauf legen, selbst ihre gottgefälligen Übungen und Opferungen auszuführen, sondern die es sich auch zur Pflicht machten, Proselyten zu gewinnen, und erst glücklich waren, wenn der ganze heilige Hain schließlich unter dem Treiben zahlloser Kultteilnehmer erbebte. Auf einmal jedoch fiel Ines etwas ein: »Oder hast du vielleicht auch etwas gegen Juden?« fragte sie mit besorgter Stimme, in der schon die Enttäuschung darüber mitklang, daß an einem unwichtigen Detail der ganze schöne Plan platzen könnte. »Das weiß ich nicht«, antwortete Aimée. »Ich habe noch nie einen Juden gesehen. Bei uns in Ubbia gab es keine, glaube ich.«

Ines atmete auf. Was die Politiker als die Judenfrage bezeichneten, hatte sie sich lange erklären lassen müssen. Im Gegensatz zu Aimée kannte sie in Frankfurt natürlich eine Menge Juden. Wenn sie ehrlich war, mußte sie sich eingestehen, daß die schwerwiegenden Argumente, die man seit einiger Zeit auch in ihren Kreisen gegen die Juden vorbrachte, sie nicht ganz unbeeindruckt gelassen hatten. Es waren genaugenommen weniger die Argumente als deren Folgen: Ines fühlte sich nicht zum Heldentum berufen und sah nicht ein, wieso sie irgendwelche Leute, mit denen sie außerdem gar nicht enger befreundet war, bei anderen Leuten, die ihr viel näherstanden, durchsetzen sollte. Und doch bedauerte sie die entstandenen Komplikationen, die das Leben so schwermachten, und sie war stolz, eine geniale Formel entdeckt zu haben, die jedenfalls die Korns zunächst noch vom allgemeinen gesellschaftlichen Verdikt befreiten. Sie betonte einfach immer häufiger, daß die Korns ja im Grunde Amerikaner seien, und die Dankbarkeit, mit der diese Version überall aufgenommen wurde, bewies, daß es noch mehr Leute gab, denen es ähnlich ging wie ihr. Diese Sprachregelung machte es Ines auch leichter, die Emigration der Familie harmlos zu nehmen, die an sich ja das Ende jedes gutgemeinten Täuschungsmanövers bedeutete: Nichts war natürlicher, als daß Amerikaner in Amerika lebten; das konnte für freundschaftliche Bindungen schmerzlich sein, war aber kein politisches Alarmsignal.

Ines Wafelaerts, die sich früher niemals besondere Gedanken über die Juden gemacht hatte, war in den letzten Jahren übrigens nicht nur von der nationalsozialistischen Rassenpropaganda auf diesen Gegenstand aufmerksam gemacht worden. Ebenso wie meine Mutter stand sie in näherer Beziehung zu Monsignore Eichhorn, den sie nicht nur um geistlichen Rat anging, sondern von dem sie sich auch in anderen, ihr unlösbaren Fragen beraten ließ.

Meiner Mutter wäre es allerdings nicht eingefallen, mit dem Monsignore oder irgendeinem anderen Geistlichen alltägliche Sorgen zu besprechen. Sie stammte aus Köln, ihre Jugend war im Rhythmus des katholischen Kirchenjahres verlaufen. In ihrer Schulzeit war für sie die tägliche Frühmesse eine Selbstverständlichkeit wie das Frühstück. Das Schmücken der Altäre, bei dem die kleinen Mädchen halfen, war nicht geheimnisvoller als das Tischdecken zu Hause, die sommerlichen Prozessionen ähnelten für sie einem festlichen Schulausflug, die Rosenkranzandachten im Mai, bei denen abwechselnd die Leute in der linken und der rechten Seite der Kirche beteten, hatten etwas von den Abzählreimen für Versteckspiel und Nachlaufen an sich, und die Heiligen wurden auf den Wallfahrten zur Muttergottes von Kevelaer oder zur Zahnreliquie der heiligen Apollonia in Bonn besucht, wie wenn man an Fest- und Jubiläumstagen die in Trier wohnende Verwandtschaft mit der ganzen Familie besuchte. Vergangenheit und Zukunft wurden meßbar und für menschliche Gehirne übersehbar, wenn man, indem man am Portiunkula-Tag die Ablässe erwarb, genau erfuhr, wie viele Jahre man durch sein Gebet den armen Seelen im Fegefeuer schon wieder erspart hatte. Geistliches und profanes Leben hatten sich untrennbar ineinander verschränkt. Der Glaube meiner Mutter ruhte auf einem Fundament, das von felsenfester Sicherheit war und das ihr ersparte, zeit ihres Lebens noch einen einzigen Gedanken auf ihn zu verwenden. Andererseits war es ihr aber nicht mehr möglich, einen Geistlichen noch als heiligen Mann zu behandeln. Sie wußte zu genau, wie ein Geistlicher roch, wenn er frisch gewaschen war oder wenn er nach der Fronleichnamsprozession oder auch nach der Weihnachtsgans bei ihren Eltern schwitzte, sie wußte, wie er aß, welche Tabletten er brauchte und welche sprachlichen Marotten er hatte. Sie war noch nicht in dem Schlafzimmer eines geistlichen Herrn gewesen, aber sie hätte schwören können, daß sie wußte, aus welchen Ingredienzien sich eine Atmosphäre zusammensetzte, die sich aus der Verbindung von Askese und schlechtem Geschmack ergab.

Mit sanftem Spott betrachtete sie das priesterliche Gewand – nicht die liturgischen Gewänder übrigens: Ich sehe sie noch in der Sakristei unserer neugotischen Pfarrkirche stehen, wo ihr der Küster den Reichtum dieser Kirche an Paramenten zeigte. Dieser ungewöhnlich kostbare Besitz rührte daher, daß die erst in den letzten Jahrzehnten des vorigen Jahrhunderts gebaute St.-Aposteln-Kirche das Erbe eines in der Säkularisation verwüsteten Dominikanerklosters angetreten hatte. So waren in die Schränke der Sakristei einer modernen Gemeindekirche Meßgewänder von sinnverwirrender Pracht geraten, und in den tiefen flachen Schubladen stapelten sich Chorhemden und Altardecken aus edelster Spitze.

Es war ein stiller Nachmittag, als meine Mutter die Sakristei besichtigte, niemand wollte die Caritas-Sammlung abrechnen, kein Meßdiener sollte unterwiesen werden, der Küster hatte Zeit und freute sich, etwas von den verborgenen Schätzen vorzuführen, die sonst niemals aus den Schränken genommen wurden und wohl eines Tages in einem Museumsmagazin landeten. Der Küster hatte die schnellen und beherrschten Bewegungen, dazu den geschmeidigen, unhörbaren Schritt, den meine Mutter an allen guten Küstern seit ihrer Jugend kannte, dazu die aufgeräumte Ironie, die niemals die Grenzen des Respekts verläßt, und war in diesen Eigenschaften weit mehr als sein Pfarrer der letzte Erbe einer Zeit, in der man noch wußte, daß kirchliches und höfisches Zeremoniell aus derselben Wurzel wuchsen. Es sind die kleinen Leute, die die Sitten der Mächtigen getreu bewahren: Noch Jahrhunderte später, wenn die launische Lebewelt längst schon zwanzigmal ihre Manieren gewechselt hat, findet man bei ihnen in Täschchen und Etuis, in Handbewegungen und Formeln liebevoll konservierte Bräuche, die immer noch Leben besitzen, weil die Kette, die sie mit den alten Tagen verbindet, bisher nicht zerrissen ist.

Meine Mutter war unfähig, in dem geschmeidigen Küster den byzantinischen Kämmerer zu erblicken, wenn er, im Chorhemd, während der feierlichen Levitenämter ordnende Aufgaben versah, dabei niemals versäumte, vor dem Tabernakel niederzuknien, und es doch so marginal tat wie ein solcher Hofbeamter, der es wagen konnte, dem Kaiser den Rücken zuzuwenden, weil durch seine unfeierliche Geschäftigkeit der Fortgang der strahlenden Zeremonie erst möglich wurde. Wenn meine Mutter ihn seines Amtes walten, wenn sie ihn sich federnd aus Kniebeugen erheben sah und bemerkte, wie er sich blitzartig nach dieser Ehrfurchtbekundung seinen Pflichten zuwandte, faßte sie ihr Unbehagen an seiner Erscheinung in die Behauptung zusammen, der Küster Siebeck sei »päpstlicher als der Papst«, ein Wort, das von ihr auf jeden Menschen angewandt wurde, der sich in der Kirche allzu wohl fühlte.

Nie hätte sie sich vorstellen können, daß sie jemals beglückt innerhalb der Kirchenmauern in die Hände klatschen würde, wie jetzt, als der Küster ihr die hohen Schränke öffnete, indem er einen dicken Schlüsselbund aus seinem schwarzen Kittel holte, auf eine hölzerne Trittleiter stieg und die Türen aufschloß. Schon der erste Anblick verhieß eine Welt der Wunder: Eng aneinandergepreßt schimmerten die liturgischen Farben, das Kardinalsrot des Blutes und der Feuerflammen, das tiefe bischöfliche Violett als Zeichen für Buße und Umkehr, das päpstliche Weiß für die triumphalen Feste der Geburt und der Auferstehung, das helle Grün der endlos erscheinenden Sonntage nach Pfingsten, das Totenschwarz, das verspielte Hellblau.

»Sogar Hellblau ist dabei, was ist denn das?« rief meine Mutter außer sich vor Entzücken. »Dann holen wir das als erstes heraus«, sagte der Küster, beugte sich weit vor und ergriff ein barockes Meßgewand. »Das gibt es hier an sich nicht. Hellblau ist in Spanien die Farbe für Marienfeste. Wie das jetzt hierhergekommen ist? Hier sind doch gar keine Spanier? Oder daß hier vielleicht mal eine Spanierin hingeheiratet hat oder sonstwie...?« Der Küster stand auf der Leiter und dachte nach. Meine Mutter hörte ihm nicht mehr zu. Vor ihr lag das hellblaue Meßgewand, dessen Vorderteil wie ein Cello geschnitten war. Sie streichelte mit der Hand darüber und hielt den Atem an. Der Stoff war fest, dicht gewebt und matt glänzend, in sein Himmelsblau waren kleine Vögel gestickt, Buchfinken vornehmlich, die nach Kirschen pickten oder Pfirsiche schon angeknabbert hatten, sie aber, weil sie zu schwer waren, um sie fortzutragen, am Stiel lassen mußten. Die Broderie war erhaben in der Art eines Reliefs und fast unbeschädigt. Es war dennoch erstaunlich, daß der Stoff, in den meine Mutter nun mit beiden Händen hineingriff, nicht zerbrach, vielleicht, weil ihre Hände bei aller Festigkeit freundlich mit ihm umgingen. Meine Mutter bemerkte nun auch die Rückseite der Kasel, auf der die Stickerei der Vorderseite womöglich noch übertroffen wurde. Die Motive hatten Europa verlassen. Statt heimischer Vögel sah man hier Papageien und ziegelrote kleine Kakadus, allerdings war der Rips an der rechten Schulter bereits ein wenig ausgebleicht.

»Das war schon«, sagte der Küster und nahm das Gewand zurück. Wie der Verkäufer in einem Kleidergeschäft zog er einzelne Gewänder, auf die meine Mutter zeigte, aus dem Schrank, ohne sie vom Bügel zu nehmen, und meine Mutter, die immer wieder abwinkte, tat dies nicht, weil ihr die gezeigten Stücke nicht verlockend erschienen, sondern weil sie sie von den wahren Köstlichkeiten, für die vielleicht keine Zeit bliebe, wenn sie alle Paramente durchsähe, abhalten könnten. Jedes Gewand schien ihr nach dem Zipfel, den sie zu sehen bekam, verlockender zu sein, die Stoffe wurden seltener, es zeigte sich, daß das hellblaue, das durch seinen exotischen Zauber gewirkt hatte, mit den späteren nicht Schritt halten konnte.

Plötzlich machte der Küster eine Kunstpause. Er sah meine Mutter mit einem Lächeln auf seinen dünnen Lippen an wie ein Zauberkünstler, der seinen Trick schon unzählige Male vorgeführt hat und nun in ein Publikum schaut, das er noch niemals gesehen hat und von dem er dennoch weiß, daß es sich genauso verhalten wird wie alle anderen Zuschauer zuvor. Dann griff er in die Falten der enggedrängten Stoffe und holte einen Stoff hervor, von dem meine Mutter zunächst nur ein Rosa erblickte. Ohne ihre Wünsche abzuwarten, holte er den Rauchmantel, zu dem der Zipfel gehörte, heraus. Und tatsächlich war er die Krönung der Sammlung, und es war verständlich, daß meine Mutter die Hände danach ausstreckte und statt Worten der Bewunderung nur zeigte, daß sie dies einzigartige Material berühren müsse. Nie hatte sie einen Stoff gesehen, der zugleich wie dünn gewalztes Metall und wie menschliche Haut aussah. Der Küster auf seiner Leiter tat einen Schritt hinunter zu meiner Mutter. Er hielt das schwere Gewand, über das meine Mutter mit gespreizten flachen Händen in sprachlosem Staunen hin und her fuhr, seinen reichen, in Goldspitze gefaßten Saum aufnehmend und zärtlich sein Gewicht prüfend. Streublumen schmückten das Rosa, weiße Margeriten, himmelblaue Kornblumen und dunkelrote Beeren, die in kleine, zufällig wirkende Sträuße gebunden waren. Feldwege und Vogelbeerhecken wurden auf diesem kunstvollen Gespinst beschworen. »Wußten Sie nicht, daß die großen Damen früher ihre Kleider für Meßgewänder gestiftet haben?« fragte der Küster meine Mutter. »Das hier ist früher einmal ein Ballkleid gewesen.« Meine Mutter war nicht überrascht. »Das muß wundervoll fallen«, murmelte sie. Sie war abwesend, als sei sie in ein anderes Jahrhundert versetzt. »Wie das fällt, können Sie gleich sehen«, sagte der Küster immer noch lächelnd. Er stieg die Leiter herunter und legte meiner Mutter den schweren Rauchmantel um die Schultern. Sie sah ihn lächelnd an, als er hinter ihr hervorkam, aber sie wehrte sich nicht, sondern hielt sich unter dem großen Gewicht des Mantels kerzengerade. Die Sonne schien schräg durch die gelbgefärbten Scheiben der Sakristei, in ihrem Strahl stand meine Mutter mit ihrer leicht bombierten Stirn, ihren rotgemalten Lippen und dem königliche Würden verheißenden Mantel. Sie drehte sich langsam, um den schönen Fall der Seide ganz auszukosten, und ihr Gesicht, das zunächst spöttisch ausgesehen hatte über den Einfall des Küsters, zeigte so sehr, welche Lust ihr das Gewicht dieser märchenhaften Seide bereitete, eine Lust, die jedes Bedenken angesichts der Situation gar nicht erst aufkommen ließ, daß es mehr und mehr dem Kopf eines alten Gnadenbildes glich, dessen Körper zum Patronatstag der Wallfahrtskirche mit einem barocken Ornat geschmückt wird.

Sympathie war es, was meine Mutter den Gewändern gegenüber empfand, die die Priester aus Anlaß der geistlichen Zeremonien anlegten, sie standen ihr nahe, sie fühlte sich ihnen verwandt. Anders als mit den Meßgewändern ging es meiner Mutter mit den Soutanen und den hochgeknöpften schwarzen Westen, die die Priester am Werktag trugen, wenn sie für meine Mutter jeglicher Würde und Autorität entkleidet waren. Plötzlich erschien ihr die Tatsache, daß ein Mann einen bodenlangen Talar trug, als Ausbund der Lächerlichkeit. Aber deshalb kamen die Priester, die sich zu einem unauffälligen schwarzen Anzug mit normalen Hosen entschlossen hatten, nicht besser weg. Sie munkelte, ohne ihre Vorbehalte eigentlich zu präzisieren, von den Eindrücken, die den frommen Büglerinnen geschenkt wurden, wenn sie sich mit den ehrwürdigen Beinkleidern befaßten. Die Priester waren ihr zu nahe gekommen, als daß sie noch Ehrfurcht vor ihrer Person hätte empfinden können. Sie wollte sie nicht sehen, nicht hören und nicht riechen. Als bei der Neuweihung des Mainzer Doms ein päpstlicher Prälat mit allem offiziellen Gepränge an ihr vorüberzog, war sie voll Achtung und spürte sogar einen gewissen Stolz, ein Schäfchen dieser Herde zu sein. Aber ein intimes Gespräch, in dem sie sich ratsuchend an einen Geistlichen wie etwa den Monsignore hätte wenden müssen, war ihr zutiefst suspekt.

Gerade ein solches intimes geistliches Gespräch, natürlich außerhalb des Beichtstuhls, war das ganze Vergnügen von Ines Wafelaerts. Ines liebte es, für alle Angelegenheiten einen Spezialisten zu haben, der sich sehen lassen konnte. Sie war fasziniert, wenn der Professor, der sie mit einem Handkuß in sein Ordinationszimmer gebeten hatte, ernst blickte, wenn sie ihm die Symptome ihres kleinen Katarrhs schilderte, wenn er dann, während entzückte Schauer ihren Rücken hinunterliefen, ihren zarten Kopf in seine Hände nahm und ganz sachte mit dem Fingerknöchel auf die Stirn klopfte, um am Echo aus dem verwinkelten Schädelinnern feststellen zu können, ob Ines eine verstopfte Nebenhöhle zu beklagen hatte. Sie verstand nie, wie ein Mann, der eben noch ihren zur Lust geborenen Körper im Ganzen betrachtet hatte, sich mit einem Schlag während der Untersuchung eines bestimmten Teils, der weh tat, dermaßen seriös verhalten konnte. Auf einmal war sie nicht mehr als eine anonyme Kranke, die zu Demonstrationszwecken auf einem Wagen in den Hörsaal gerollt wird. Glücklicherweise dauerten die Untersuchungen nicht lange, weil Ines niemals schwer krank war, und schon während sich der Ordinarius seine sensiblen Hände wusch, begann ein Gespräch zwischen ihm und seiner Patientin. Ines hatte zu diesem Zeitpunkt schon so viel Aufregendes erlebt, daß sie mit Munterkeit und Geist glänzen konnte. Es fiel ihren Ärzten immer schwer, sie wieder loszuwerden, denn dies Gespräch nach der schonungslosen Rekognoszierung ihres Körpers war für sie der wichtigste Bestandteil ihres Besuchs beim Spezialisten. Auch Florence hatte einmal zu den Spezialisten gehört, oder besser Willy Korn, bevor Ines eine über dieses Spezialistentum hinausgehende Freundschaft mit der Familie schloß. Willy beriet sie damals in allen Angelegenheiten, die die Pneus ihres Rennwagens betrafen, und stattete sogar einmal den ganzen Wagen kostenlos aus, freilich mit Produkten aus dem eigenen Werk, die Ines' Monteur aus Geheimgründen, deren Schlüssel vermutlich unter der Todeskurve der Rennbahn von Monte Carlo vergraben war, als für den internationalen Rennsport völlig ungeeignet erklärte.

In allen Fragen des Seelenkummers, soweit es sich jedenfalls um einen solchen handelte, der sich ins Philosophische ziehen ließ, hielt sie sich an den Monsignore, denn sie schätzte eine Art der Erörterung, die profunder als ihre eigenen geistigen Möglichkeiten war und die sich zugleich auf atemberaubenden Höhen bewegte, so daß für ihre eigene alltägliche Situation wenig dabei abfiel. Ein Mensch wie Ines, der gewohnt ist, ganz aus seinen Instinkten zu leben, wird durch fremden Rat, wie gewichtig er auch sein mag, nur behindert, weil ihn dieser Rat von den eigenen Quellen der Kraft fortlockt und statt neuer, fremder Kraft nur papierene Lebensweisheit anbietet. Ines, die fortwährend bedeutende Menschen um ihren persönlichen Rat anging, fühlte dies Gesetz und dachte gar nicht daran, auch nur einen einzigen davon zu befolgen. Rat einzuholen war für sie eine Prozedur, die dem Besuch einer Festspielaufführung glich: Glücklich empfand sie, daß alle ihre Angelegenheiten von Wichtigkeit seien, danach genoß sie, daß sie genügend wichtige Leute kannte, die ihr helfen konnten. Es gab ein aufregendes Hin und Her wegen der Termine, ein Telegraphieren und Briefeschreiben – schon allein das lohnte den Aufwand, denn da Ines selten ganze Sätze schrieb, waren die Andeutungen, die sie aufs Papier warf, meist bedeutungsvoller als das, worum es tatsächlich ging. Dann war der Tag der Verabredung gekommen, Ines rüstete sich bräutlich und war aufgeregter als zu einem Rendezvous, wenn sie ihren kleinen Hut aufsetzte und ihr Gesicht im Spiegel betrachtete, das sie delikaterweise ungeschminkt ließ, wenn sie den Monsignore besuchte. Einen Rosenkranz um die behandschuhte linke Hand zu winden, versagte sie sich mit Bedauern, weil ihr Rosenkranz mit seinen Achat- und Granatkugeln sehr dekorativ war, sie andererseits aber beim Monsignore als moderne und aufgeklärte Frau auftrat. »Jedenfalls nicht als Betschwester«, sagte Ines leise vor sich hin und gab ihrem Hut den entscheidenden Stoß, so daß die einzelne mephistophelische Reiherfeder in sich zitterte.

Schon wenn sie dann die Wohnung des Monsignore betrat, wurden ihre unbestimmten Erwartungen auf Abenteuer im grauen Einerlei zum äußersten getrieben. Die Kahlheit des Korridors unterschied sich von allem, was sie sonst an kunstvollen Inneneinrichtungen erlebte. Sie selbst ging in ihren Ansprüchen vielen ihrer Freunde voran und schwärmte von haifischhautbezogenen Schminktischen und pergamentbespannten Speisezimmern, und was sie hier sah, war weiß Gott ein anderes Genre. In diesem grauen Korridor leuchteten dennoch Farben auf, scharf wie die Blutstropfen, die Parzival im Schnee sieht und die den Helden in Trance versetzen: Es war der hellrote Seidenpompon auf dem Birett des Geistlichen, der ein Stück römischen Kirchenpomps in die muffige Junggesellenwohnung brachte und der auf der Hutablage neben der Baskenmütze leuchtete. Ines war mit diesen Umständen schon im vorhinein solidarisch, sie war bereit, alles, was ihr auf ihren Ausflügen in die Welt des Geistes begegnete, vorbehaltlos zu bewundern, und sie hatte bereits eine feine Sensibilität entwickelt, daß sie an der falschen Adresse war, wenn es in der Wohnung eines Gelehrten etwas gab, das sie an ihre eigene Welt erinnerte, weil man es hätte elegant nennen können.

Wenn sie kurz vor der Tür des Arbeitszimmers stand, wurde sie meist von innen aufgerissen. Die große Gestalt des Geistlichen füllte die Tür aus. Er schickte mit einer Handbewegung die schlampige Haushälterin weg, ergriff Ines' Hand mit beiden Händen, als ob er sie daran hindern wolle, die seine zu küssen, und er verband diese Begrüßung mit einem Hineinziehen des Gastes in sein Zimmer. Er ließ Ines erst wieder los, als sie schon vor dem schwarzen Rauchtischchen stand und unweigerlich über den Wachstuchsessel gestolpert wäre, wenn er weiter an ihrer Hand gezogen hätte. Bücher bedeckten die Wände, Bücher stapelten sich auch auf dem klobigen, schweren Schreibtisch, weitere lagen auf dem Boden und den Sesseln, und diese unruhige Arbeitslandschaft wurde von einer braungeäderten Glasschale, die an drei Schnüren von der Decke hing, mit einem gleichmäßigen, düsteren Licht übergossen. An die religiöse Bestimmung des Hausherrn erinnerte ein einziges Kunstwerk, oder jedenfalls eine Photographie davon: Die ›Kreuzabnahme von Avignon‹ hing über der Heizung an der einzigen Stelle, an der man kein Bücherregal aufstellen konnte.

Ines war glücklich über die Disziplin, mit der der geistliche Dichter die Grenze zwischen ihnen aufrechterhielt. Er hatte ihr bei ihren Besuchen niemals auch nur ein Glas Wasser angeboten und war doch, wann immer er die Villa Wafelaerts betrat, reich bewirtet worden. Er trank sicher eine Kanne Kaffee allein. Die letzte Tasse, in der sich noch ein Rest mit Milch vermischtem

Kaffee befand, hielt er ihr mit beiläufigem Ernst hin, ohne ein Wort zu sagen, und sie beeilte sich, sie mit Kaffee so weit aufzufüllen, bis er mit Handzeichen befahl, es sei genug. Er hatte dann eine ganz bestimmte Handbewegung, den alten, milchigen mit dem frischen schwarzen Kaffee schwenkend zu mischen, daß Ines sich diese Bewegungen schon längst eingeprägt hatte und doch nicht erklären konnte, woher sie stammten, denn sie schenkte bei ihren seltenen Besuchen der Sonntagsmesse den liturgischen Vorgängen nicht die geringste Aufmerksamkeit, sondern blätterte während der ganzen Zeit in einem köstlichen alten Meßbuch mit vielen bunt leuchtenden, seidenen Lesezeichen, einem Erbstück ihrer belgischen Großmutter, ohne Aussicht, die Messe des betreffenden Sonntags zu finden. Deshalb hatte sie nie gesehen, wie der Monsignore sich nach der Communio zur Reinigung des Kelches, in dem noch Blut Christi zurückgeblieben war, etwas Wasser und Wein von den Ministranten nachschenken ließ, mit einem Zeichen schweigend Halt gebot, dann den neuen Wein schwenkend mit dem Blut vermischte und die Mischung in einem Schluck austrank. Vielleicht hätte es sie auch gestört, daß bei ihrem priesterlichen Freund die ekklesiastischen Eierschalen bis in seine Tischmanieren hinein hängengeblieben waren. Sie suchte in ihm den Dichter, den Weltweisen, und sie hatte die Grenzen dessen, was sie ohne zu erröten mit ihm besprechen konnte, zu ihrem eigenen Erstaunen schon weit hinausgetrieben, und er war ihr auch immer wieder entgegengekommen, wenn sie glaubte, zu weit gegangen zu sein. Es kam oft vor, daß der schwere Mann, während sie sprachen, ihre Hand, die er nach der Begrüßung hatte fahrenlassen, wieder ergriff und ihr dann in die Augen sah, wobei ihr ganz aufgeregt zumute wurde. Sie wußte, daß es vollkommen deplaziert war und keinesfalls in den Intentionen ihres Freundes lag, daß sie ihn in einer solchen Situation auf den Mund küßte. Aber sie fühlte sich nicht wohl in ihrer Haut, weil ihr das einzige Mittel, mit dem sie sich bei einem anderen Mann in solcher Lage aus der Affäre gezogen hätte, in diesem Fall verboten war. Auch Ines versuchte in ihrer Verzweiflung, wild und intensiv auszusehen. Sie war von dieser Anstrengung nach jedem Besuch gezeichnet, wie von dem Aufenthalt in einem irisch-römischen Dampfbad: Es erschöpfte sie über die Maßen, aber nachdem sie sich ein Weilchen hingelegt hatte, tat es ihr besonders gut.

»Ach, ich bin ja gar kein Dichter«, empfing sie der Monsignore, kurz bevor Korns ihre Koffer packten übrigens. Es war die unbestimmte Sorge um die Freunde, die Ines diesmal zu ihm geführt hatte. Wieder fand das Hineinziehen in sein Zimmer statt, für Ines längst vertraut und geschätzt, aber diesmal ließ er ihre Hand nicht los und begann sofort, nachdem sie sich gesetzt hatten, wo das Rauchtischchen ihnen als einzigen Komfort einen sinnlosen Aschenbecher bot, weiterzusprechen: »Ich habe es jetzt erfahren, ich bin kein Dichter, die Worte hassen mich, sie verspotten mich, sie führen höhnische, verwirrte Tänze auf, um mich zu demütigen, weil ich mich an ihnen vergriffen habe!« Er ließ sein gewaltiges Haupt auf ihre beiden ineinander verschlungenen Hände sinken. Ines war auch von seiner Seite Geständnisse gewöhnt, sie war erschüttert, vermochte aber dennoch, die Klage des Freundes richtig einzustufen.

Die Liebe des Monsignore zur Literatur hatte tragische Züge. Das hieß nicht, daß sie ohne Erfolge blieb. Der Monsignore schrieb Gedichtband um Gedichtband und brauchte sich seines Werkes nicht zu schämen, denn eine kleine, aber erlesene Schar nahm jedes Jahr beglückt ein solches Bändchen aus seinen Händen entgegen. Ines konzentrierte sich vor allem auf seine Lesungen, denn sie behauptete: »Seine Gedichte muß man *hören*, sie sind die reine Musik. Glauben Sie mir, ich habe alle seine Bände zu Hause, aber ich schlage niemals einen auf. Ich lese sie nicht. Ich muß sie *hören*.« Der Monsignore, der diese Ansicht selbstverständlich nicht teilte, stand jedoch allen Spezialerleuchtungen, die Mitgliedern seines Zirkels gewährt wurden, gnädig gegenüber. Er hatte selbst erfahren, wie sehr die Einblicke in das Reich der Poesie Gnadengeschenke waren, die gerade ihm verzweifelt selten gewährt wurden. Wenn er sich dann schließlich ganz verdurstet und von allen poetischen Gaben für immer ausgeschlossen fühlte, kam es vor, daß er Ines sein Herz öffnete und Klagegesänge anstimmte, die von großer Hoffnungslosigkeit erfüllt zu sein schienen, Ines dabei dennoch sehr schön vorkamen. »Es ist die Halbheit, für die ich Buße tun muß«, seufzte der Monsignore mit einer Stimme, die nicht mehr seine eigene war, weil die Laute, die aus seinem Mund drangen, sich erst durch die verschränkten Hände auf dem Rauchtischchen hindurcharbeiten mußten, bis sie, frei im Raum schwebend, auch Ines' Ohr erreichten.

Als sich der Monsignore aufrichtete, war er sein eigener Richter geworden. »Gewogen und zu leicht befunden«, sagte der Geistliche mit einer Sachlichkeit, hinter der sich ein nihilistischer Triumph nur mühsam verbarg. Nach diesem Satz schien es ihm ein wenig besserzugehen.

Er ließ Ines' Hand los, stand auf und räumte ein paar Blätter, die auf dem Schreibtisch lagen, mit dem Gleichmut eines Beamten zusammen, der auch bei einer schwierigen Aufgabe weiß, daß die Arbeit ihm nicht wegläuft, und deshalb zu jedem beliebigen Zeitpunkt unterbrochen werden kann. Ines kannte diese raschen Stimmungsumschwünge. Sie hoffte, daß ihre Gegenwart ein wenig dazu beitrug, und ließ ihre Hoffnung in Gesprächen mit anderen eifersüchtigen Mitgliedern des Zirkels sogar zur Gewißheit werden, indem sie oft sagte: »Er ist halt furchtbar einsam, der arme Mann. Da tut es ihm gut, wenn er sich manchmal mit mir ausspricht.«

Ines hielt überhaupt gern die Legende aufrecht, daß sie von Zeit zu Zeit für den Monsignore sorge, so vor allem in der Zeit, als Agnes ihn verließ, die mit penibler, allerdings auch feindseliger Sorgfalt seinen Haushalt versehen hatte. Sie verfolgte ein Prinzip, unter dem ihr Dienstherr besonders litt, Bücher nämlich nach der Größe, nicht aber nach inhaltlichen Gesichtspunkten, die ihr sämtlich beliebig erschienen, zu ordnen. Ihr Grundsatz war deshalb gerade nicht beliebig, weil bei einer Ordnung nach der Größe sich das routinemäßige Abstauben müheloser gestaltete: Die Bücher bildeten jeweils etwa gleich hohe Ebenen und sie mußte mit dem Staubtuch nur darüberfahren, um gleich dreißig auf einmal zu erwischen. Sie empfand niemals besondere Sympathien für den Priester, der seinerseits viel spirituelle Energie entwickeln mußte, um sie nicht zu hassen. Es gab Tage, und das waren vornehmlich diejenigen, an denen sich Agnes einer gründlichen Reinigung des Arbeitszimmers gewidmet hatte, da sich das Gelöbnis in seinem täglichen Vaterunser, unsern Schuldigern ihre Schuld vergeben zu wollen, einzig auf Agnes bezog, so sehr eroberten sich ihre Eingriffe in sein Leben den Vorrang vor den zahllosen Intrigen, die in Limburg am bischöflichen Stuhl gegen ihn gesponnen wurden.

Als Agnes ging, gab ihm ihr kühler Abschied dennoch einen Stich. Er fühlte, daß sie ihn verachtete, und hörte voller Dankbarkeit Ines zu, die ihm erklärte, wenn Agnes nicht von selbst gegangen wäre, dann hätte sie höchstpersönlich für ihr Verschwinden gesorgt, weil er nun einmal im Umgang mit solchen Leuten zu gutmütig sei.

Mit ihrem ruhiger gewordenen Freund begann Ines sehr geschickt über lauter kleine, praktische Fragen zu sprechen, die seinen neuen Band betrafen. Der Monsignore überlegte, ob er sich von seinem Verlag, einem kleinen Unternehmen, das sich »Die Aussaat« nannte, trennen sollte, weil die Ausstattung dort immer dürftiger werde, und Ines war sofort dabei, ihn in dem Gedanken zu unterstützen, die Gedichte künftig im Selbstverlag herauszugeben, nur noch den Freunden des Priesters erreichbar. »Das ist sowieso jetzt besser«, sagte der Monsignore, beließ es aber bei dieser Andeutung, als Ines vermied, darauf näher einzugehen.

Die beiden hatten ein festgelegtes Ritual entwickelt, sich den Fragen, die den Grund des Besuchs bildeten, zu nähern. Es wäre im Zirkel des Monsignore ohnehin unmöglich gewesen, das wesentliche Thema sofort anzusteuern. Er pflegte einen geradezu orientalischen Stil der Vorbereitung und bewußten Ablenkung von der Hauptsache und wurde beinahe giftig, wenn meine Mutter, die für derlei Brimborium nicht den geringsten Sinn hatte, in gespielter Einfachheit sich zu ihm verhielt wie ein schlichtes Gemüt zu seinem Dorfpfarrer. Wenn es ihm nicht gelang, ihr gegenüber einen scharfen Ton zu unterdrücken, kam sie von der Begegnung mit ihm in der beschwingtesten Stimmung zurück:

»Ja, ja, die Kaltwasserheilanstalt St. Ulrich in Kleve«, sagte sie dann zu meinem Vater, »die hat er wohl mal wieder nötig.«

Erst später erfuhr ich, daß von der besagten Anstalt vermutet wurde, sie diene der schonenden Beobachtung sich auffällig betragender Priester. Der Monsignore hatte dort jedenfalls einige Male seine Sommerferien verbracht und war gekräftigt zurückgekehrt. »Da sollen ihn seine lieben, lieben Freunde mal besuchen«, sagte meine Mutter, die immer glaubte, daß die Treffen beim Monsignore auch einen orgiastischen Aspekt hätten, und die von der Strenge und Reinheit, der selbst Ines sich in seinen Räumen unterwarf, enttäuscht gewesen wäre.

Plötzlich, aber nur scheinbar plötzlich, denn sie fühlte, daß der Zeitpunkt erreicht war, fragte Ines: »Wie ist das eigentlich mit den Juden? Man hört soviel jetzt... So viel Schlechtes... Manches stimmt sicher, aber meine Freundin, Sie kennen doch Florence Korn, ist so etwas von soigniert. Sind die Juden wirklich so anders?« Der Priester hatte das Gesicht tief in die Hände vergraben. Weil die Fragen stockten, wußte er nicht, ob Ines fertig war, und blieb noch eine Weile in dieser Stellung, bis er bemerkte, daß sie tatsächlich am Ende angekommen war. Dann hob er den Kopf, der rot war, und blinzelte ins Licht. Schließlich sagte er mit erschöpfter Stimme: »Ja! Man wehrt sich zwar immer noch, das zu sehen, aber man wird es nicht mehr lange können, wenn man ehrlich weiter Wissenschaft betreiben will. Ja, sie sind anders, die Juden sind ganz anders als die anderen Völker der Erde, sie sind unvergleichbar mit allem, was sonst unter der Sonne lebt.«

»Das dachte ich mir schon«, sagte Ines, aber der Monsignore hörte nicht zu, er stand auf und suchte aus den verschiedenen Haufen mehrere Bücher zusammen, die in schwarzes Packpapier eingeschlagen waren. »Sehen Sie, es fängt damit an, daß sich die Autoren der Evangelien im Grunde gar nicht mehr an die Juden richten, sondern an die Heiden, die apostolischen Briefe des Paulus ohnehin, und die Visionen des Johannes sind eh griechisch-gnostisch inspiriert.« Ines war gewohnt, daß die Erklärungen des Monsignore mit Erörterungen begannen, an denen ihr die Teilnahme versagt war. Um so ehrenvoller empfand sie, daß der Monsignore dies nicht zu bemerken schien, und sie erlaubte sich deshalb ein zustimmendes Nicken, als ob ihr der Kampf zwischen Judenchristen und Heidenchristen von früh auf ein täglich Brot gewesen sei. »Das hat auch einen Grund«, fuhr der Monsignore fort, »diese Abstinenz, Paulus sagt es selbst: ›Ganz Israel wird erlöst werden.‹ Es hilft nichts, an diesem Satz herumzudeuteln und sogar zu behaupten, mit dem Namen Israel seien symbolisch alle Gläubigen oder alle Gerechten oder was der Teufel auch immer gemeint. Israel heißt hier Israel und sonst nichts. Die Juden, alle Juden, werden erlöst werden, die Geschichte ihres Heils und die Heilsgeschichte der restlichen Menschheit laufen grundsätzlich verschiedene Bahnen. Ganz grob gesagt: Durch göttlichen Gnadenakt bedürfen die Juden des Erlösungswerks im Grunde nicht. Sie sind von Anbeginn so weit, wie es die andern erst nach der Taufe sein können.«

Diesen Satz verstand Ines Wafelaerts. Sie straffte vor Erstaunen ihren Oberkörper und öffnete ihren Mund, als ob sie – ungewöhnlich genug – Widerspruch leisten wolle, was sie natürlich keineswegs getan hätte. Wäre irgendein Laut über ihre Lippen gekommen, hätte es sich nur um einen Entzückensruf handeln können, daß der Monsignore sie niemals enttäuschte, wenn es darum ging, Thesen zu hören, die nirgendwo sonst angeboten wurden.

»Sie können das übrigens auch vom Mariologischen her entwickeln«, fügte der Monsignore hinzu. »Die Vorbereitungen zur Verkündung des Dogmas der Unbefleckten Empfängnis haben die Lehrgedanken ja sehr schön zusammengefaßt. Ich werde Sie jetzt damit nicht langweilen, das ist Ihnen vermutlich weitgehend bekannt. Nur, wenn Maria frei von Erbsünde sein mußte, ohne getauft werden zu können, um das Vas Domini zu werden, dann liegt es nahe, daß das Volk, dem sie entstammte und das bis dahin ohnehin vor allen Völkern durch den Alten Bund eine heilsgeschichtlich privilegierte Position einnahm, imstande war, in einer noch nicht definierten Weise zum Empfang präsakramentaler Heiligungen irgendwie prädestiniert zu sein – die Analogie des Verhältnisses Jesu zu Maria und Marias zum Volk Israel liegt doch auf der Hand. In anderer Hinsicht hat die Kirche übrigens Maria ständig in Analogien verwickelt, warum nicht auch hier.«

Ines verließ ihn staunend. Da sie sich aber niemals darum bemüht hatte, was sie hier höheren Ortes vernahm, mit den Realitäten ihres Lebens in Verbindung zu bringen, vermied sie auch diesmal, ihre Freundin Florence mit dem vom Monsignore beim Namen gerufenen Volk Israel in Beziehung zu setzen, eine Inkonsequenz, die Florence im übrigen nicht schadete, denn Ines brachte ihr ohnehin schrankenlose Bewunderung entgegen und wäre nur verwirrt gewesen, wenn sie Florence dazu noch in größerer Intimität zur Jungfrau Maria hätte erblicken müssen, als sie ihr selbst jemals zu erreichen möglich gewesen wäre.

Die Unterhaltung hatte dennoch einen starken Eindruck in ihr hinterlassen, und als sie Aimée jetzt fragte, ob sie Juden leiden könne, gingen ihr Fetzen der Argumentation des Meisters durch den Kopf. »Ja bitte«, sagte Aimée, »bitte stell mir einen Juden vor. Hoffentlich ist er schön, schön und gemein, wie auf einem Porträt von Sargent.«

»Du hast aber Wünsche«, antwortete Ines und ließ die Gabel in die Walderdbeerenmousse sinken. Daß ein Kerl, mit dem sie im Bett gelegen hatte, Züge des Unvornehmen trug, oder sagen wir es genauer, ein rasierter besserer Gassenjunge gewesen war, gestand sie sich stets erst am Ende der Affäre ein, auch wenn eine exakte Gewissenserforschung ihr schon zu Beginn verraten hätte, daß es gerade diese Züge waren, die ihr Interesse geweckt hatten. Sie kam sich beschämend harmlos vor mit dem Plan, Stephan und Aimée zusammenzubringen. Vielleicht war Stephan für dieses wilde Ding doch ein bißchen zu bürgerlich? Ines haßte den Zweifel, denn sie hatte gelernt, daß sie in einer Situation, in der sie ihre Sicherheit verloren hatte, stets das Falsche tat. Sie überlegte noch, als sie schon aufgestanden waren und an der Kasse standen. Ines bezahlte, Aimée betrachtete sie mit gesenktem Kopf und hielt ihre Kostümjacke dabei fest um sich gerafft. Als Ines sich ihr wieder zuwandte, küßte Aimée sie plötzlich auf die fein gepuderte Nase und sagte: »Merci, ma tante«, und obwohl Ines fühlte, daß dies zärtlich gemeint war, fiel ihr dabei das Bild von kleinen, schmutzigen Zigeunerbuben ein, die hinter einem Zaun liegen und die Vorübergehenden mit verkrüppelten Äpfelchen beschmeißen. Der Kuß, mit dem sie den Aimées erwiderte, war makellos und hätte selbst Florence' Urteil standgehalten.

Der Tag verlief im weiteren für Ines turbulent. Im Hotel lagen Telegramme und Zettel, auf denen Anrufe notiert waren. Von der Amerikanischen Botschaft, die sie, um Stephan zu erreichen, anrief, kam der ganz ernste Rat, sofort die Koffer zu packen und abzureisen, es könne sonst sehr ungemütlich für die Besitzerin eines deutschen Passes in Paris werden. Und so verließ Ines Paris, wie sie am liebsten einem Liebhaber den Abschied gab: übereilt, ohne große Worte, ohne Sentimentalitäten, die Gedanken nach vorn gerichtet und mit dem entscheidenden, für Ines' öffentliche Auftritte typischen Akzent von Slapstick-Komik: Vor dem überfüllten Zug, den Ines atemlos erreichte, platzte einer ihrer prallgefüllten Koffer auf, Fluten von Kleidern und Wäsche in Pastellfarben flossen über den grauen Bahnhofsboden, und im Nu war eine Schar aufmerksamer Herren versammelt, um Ines in ihrem Unglück zu helfen. Die Debatten waren so lustig, und die Hilfsbereiten hatten ihre Hände wirklich überall, daß Ines den Zug beinahe verpaßt hätte. Dann zogen noch die gewaltigen und traurigen Bezirke der Vorstädte am Fenster vorbei, denen Ines freilich keinen Blick mehr schenkte, obwohl sie das letzte waren, was sie in ihrem Leben von Paris noch zu Gesicht bekommen sollte.

III.

Aus der Erinnerung ist es mir nicht möglich zu sagen, wann der kleine Schaden an der Schreibmaschine meiner Tante eintrat – vor der Würzburgreise oder erst, nachdem meine Familie sich vom Ausmaß der Zerstörung dortselbst durch den Augenschein hatte überzeugen können. Es spricht manches dafür, daß die kleine Klammer, die das schwarze Seidenband gehorsam zwischen Buchstabe und Papier hob, erst nach unserer Rückkunft aus Würzburg versagte, aber es ist nicht gewiß. Wie weit war der Frühling fortgeschritten? Als Florence auf dem Frankfurter Flughafen ankam, blühten die Obstbäume bereits mit Macht. Ihre Blüte war so überwältigend, daß sie auch Florence' unromantisches, durch die Umstände allerdings sensibilisiertes Gemüt beunruhigt hatte.

Um meine Tante zu beunruhigen, bedurfte es weit weniger als eines unabsehbaren Blütenmeeres. Wenn die Natur außer Rand und Band geriet wie zur Zeit der Apfelblüte, kehrte bei ihr eine gewisse Entspannung der Seele ein, die durch unauffälligere Ereignisse, die der massenhaften Apfelblüte vorausgegangen waren, ganz und gar aus dem Gleichgewicht gebracht werden konnte.

In unserem Viertel waren die Kastanien und die Magnolien diejenigen Pflanzen, die zuerst aus dem winterlichen Tod erwachten, jedenfalls soweit man das beobachten konnte. Wenn die anderen Bäume noch mit verhungerten Armen in den Himmel stachen und an der allgemeinen Erwärmung der Luft nicht den geringsten Anteil nahmen, begann in den Knospen der Magnolien und Kastanien ein Leben, von dem meine Tante nicht wußte, ob ihr das der Magnolie oder das der Kastanie unangenehmer sein sollte. Bei sich zu Hause blieb sie von den Phänomenen des Frühlings weitgehend verschont, bei uns aber war es, dank der hochentwickelten Vorgartenkultur der Kaiser-Wilhelm-Zeit, fast unmöglich, den Frühling zu ignorieren, und besonders meine Mutter hatte eine Art, von den »ersten Kätzchen« mit einer Stimme zu sprechen, die sie sonst für kleine Tiere und Kinder, die kurz vor dem Hinscheiden stehen, aufsparte. Krokus und Schneeglöckchen standen asymmetrisch über den schilfbraunen Rasen verteilt. In ihrer Unnatürlichkeit waren sie für meine Tante keine echten Frühlingsboten, jedenfalls nicht mehr als die grünen und roten Pappdekorationen, die die Bäckereien und die Schreibwarengeschäfte zur Osterzeit zwischen ihren Auslagen verteilten. Aber ein Magnolienbaum, der in unserem Nachbargarten stand und dort genau vor dem Fenster meiner Tante seine alljährliche Arbeit begann, konnte ihr die Ruhe derart rauben, daß sie in den schlimmsten Tagen die Vorhänge unter dem Vorwand, Kopfschmerzen zu haben, nicht öffnete, nur um sich den Anblick der Entwicklung seiner Blüten zu ersparen.

Sie wußte längst, wann es soweit sein würde, weil sie bemerkt hatte, daß die fein bräunlich behaarten Kapseln, die das junge Blütenfleisch umschlossen, sich unter dem inneren Ansturm dehnten, Schwellungen bekamen und gelegentlich auch schon haarfeine Risse, die die Empfindlichkeit dieser Häute ahnen ließen, so daß der Augenblick des Aufplatzens und des Sich-nach-außen-hin-Entladens unmittelbar bevorstehen mußte. Eines Tages schob sich dann auch ein fester, weißer Blütenzapfen durch die Kapselhaut, die seines Drängens nicht mehr Herr geworden war und sich mit einem seufzenden Geräusch, viel leiser als das, welches entsteht, wenn sich zwei geschlossene Lippen voneinander trennen, resignierend öffnete. Seit meine Tante einmal bei einem solchen Vorgang dabeigewesen war, schauderte sie vor seiner Wiederholung zurück und wußte doch nicht, ob der Beginn der Kastanienblüte nicht noch schwerer zu ertragen war.

Hier lag freilich der Schreckensaugenblick später als bei der Magnolie. Bei der Kastanie war die Phase des Öffnens der Knospe weniger spektakulär, weil ihre Blüte in diesem Stadium noch nicht so entwickelt war. Zunächst kam nur kleiner, fester, grüner Blumenkohl aus der Kastanienknospe herausgekrochen, geradezu appetitanregend, man konnte sich vorstellen, dies erste Grün mit einer Vinaigrette aufzuessen. Erst in der zweiten Phase geschah dann, wovor meine Tante erschrak, wenn sich nämlich der Knospeninhalt zu entfalten begann, sich ausstreckte und seine wahre Gestalt offenbarte. Gelbgrüne Körperchen hingen plötzlich an den Enden der Äste, die Köpfe nach unten, mit zarten, vermutlich noch weichen Knochen, knorpelhaften Gelenken und zugewachsenen Augen. Anders als bei den Magnolien konnte dieser Zustand tagelang andauern, und es war in Anbetracht der Erlebnisweise meiner Tante, die die Kastanie wie einen Weihnachtsbaum, nur nicht mit Sternen und Kugeln, sondern mit Embryonen bestückt, sah, schon ein außergewöhnlich ungünstiges Zusammentreffen, daß neben der schon genannten Magnolie auch noch eine mittelhohe Kastanie vor ihrem Fenster stehen mußte. Kein Baum war ausgelassen, der zur Frühlingsfeier seinen Teil beitragen konnte.

Als ob meine Tante also die Anspannung ihres Inneren, unter der sie beim Anschauen dieser prahlerischen Fekundität stand, an den komplizierten Mechanismus ihrer Schreibmaschine weitergegeben hätte, zerbrach daraufhin ein winziges Federchen, womit sich die unbelebte Maschine der Verantwortung als Stellvertretung würdig erwies, denn es war besser, daß ein Federchen zerbrach als das Herz meiner Tante, das Belastungsproben nicht mehr gewachsen war.

Sie hatte übrigens nicht nur zum Spaß auf ihrer Reiseschreibmaschine herumgetippt, sondern regelrecht gearbeitet. Morgens ging sie in die Bibliothek und kehrte mit schwarz-fettigen Büchern zurück, denn sie war auch in ihren Ferien immer von der Sehnsucht getrieben, vielleicht doch einmal eine packende Unterrichtsstunde, von der sie heimlich träumte, halten zu können. In dem Frühling, in dem wir Stephan Korn bei uns sahen, befaßte sie sich wieder mit dem ›Kleinen Prinzen‹ des Postfliegers Saint-Exupéry. Immerfort exzerpierte sie aus der reichlichen Sekundär- und Erinnerungsliteratur und suchte die Schlüssel zum tieferen Verständnis des Werkes, von dem es in den von ihr bezogenen ›Philologischen Blättern‹ hieß, es sei in einzigartiger Weise geeignet, »dem jungen Menschen die Prinzipien der Humanität und der menschlichen Solidarität angesichts einer sinnlos gewordenen Realität nahezubringen«. Sie fürchtete, während sie ungeschickt klappernd hinter ihrer Schreibmaschine saß, daß sie nichts von all dem Schönen aus der Welt des ›Kleinen Prinzen‹ verstanden habe, und vergrub sich immer tiefer in das begleitende Schrifttum, denn es lag ihr glücklicherweise die Erkenntnis fern genug, daß demjenigen, dem das Leben das Hoffnungslicht ausgeblasen hat, dieses Licht auch durch die geschmeidigste Literatur nicht wieder angezündet werden kann.

Es war deshalb eigentlich eine Wohltat für meine Tante, daß unter dem lautlosen Platzen der Knospen vor ihrem Fenster auch das Federchen brach und das ruhelose Klappern erst einmal ein Ende hatte. Meine Tante erschien mit schwarzen Fingern am Mittagstisch, denn sie hatte versucht, den Schaden selbst zu ergründen, und dabei immer heftiger am Farbband herumgezogen. Niemals schenkte sie den neuen Kartoffeln auf ihrem Teller weniger Beachtung, denn die Sorgen, die sich auf diesen kleinen Unfall bezogen, quälten sie. Sie machte alles falsch, verwechselte Messer und Gabel, ließ ihren Löffel fallen, verspritzte etwas Suppe und wischte mit der Serviette ähnlich kraftlos über die Gemüsesuppenflecken auf dem Tischtuch, wie es die Hände des Sterbenden auf der Bettdecke tun.

Mein Gott, was mußte nun alles in die Wege geleitet werden: Eine Reparaturwerkstatt mußte gefunden und dem Monsignore abtelephoniert werden, dem sie das Manuskript ihrer Ausarbeitung zeigen wollte, da er ihr seit Erscheinen seines Lyrikbandes ›Du Mond‹ für Bewegungen im Weltall zuständig schien. Das alles war eine furchtbare Belastung, sie war zu gar nichts gut. Meine Eltern bemerkten ihre Verwirrung kaum, aber Stephan nahm sie zur

Kenntnis und betrachtete meine mit der Serviette beschäftigte Tante mit einem stillen Seitenblick. Es fiel ihm vielleicht schon jetzt ein Gegenmittel für den Gram meiner Tante ein, aber er hielt es wohl für klüger, es erst anzuwenden, wenn er dabei nicht durch meine Eltern und mich gestört werden konnte.

Es kam dann auch ein anderes Thema auf. Mein Vater erklärte mit einem Nachdruck, der andeutete, daß er zu diesem Gegenstand einiges weitere auszuführen wünschte, daß er nun doch den neuen Gedichtband des Monsignore durchgeblättert habe.

»Bitte«, sagte er, »durchgeblättert! Ich habe das Zeug natürlich nicht alles lesen können. Es ist wirklich zu – zu sonderbar.« Dabei sah er uns an, um zu zeigen, daß er noch nicht zu Ende sei. Meine Mutter vermutete, daß sich in dieser Vorbereitung weiterer Ausführungen ein Angriff gegen sie verbergen könne, und antwortete ihm gereizt: »Das ist doch nichts Neues, daß er sonderbare Sachen schreibt, meinst du, ich besuche seine Lesungen, weil mir das Spaß macht? Ich besuche diese Lesungen, weil du dich weigerst, dorthin zu gehen, und weil einer von uns da sein muß.«

Mein Vater machte eine theatralische Geste der Begütigung, eine altmodisch-affektierte kleine Verneigung in Richtung meiner Mutter, die nicht dazu bestimmt war, sie zu besänftigen, sondern deren Wirkung auf die übrige Tischgesellschaft berechnet war, wie in volkstümlichen Theaterstücken der von seinem Eheweib tyrannisierte Familienvater seine Verzweiflung durch komische Resignationsgesten dem Publikum vorspielt. Anschließend sagte mein Vater, absichtlich zu leise: »Meine Bemerkung sollte keinen Vorwurf gegen dich enthalten, meine Liebe. Ich wollte nur andeuten, daß mir bis jetzt noch nicht recht klargeworden war, welch narzißtischer Ton diese Verse beherrscht.« In seinem Bestreben, meine aufgebrachte Mutter durch wissenschaftliche Akkuratesse einzuschüchtern, sprach er das Wort »narzißtisch« überdeutlich aus, im Tonfall eines erfundenen Bühnendeutschs, das zwecks besserer Hörbarkeit die Vokale färbt und umknetet. Mir war, als ob er eigentlich »narzüßtüsch« gesagt habe, obwohl er nicht aus Berlin stammte und eigentlich nur meine Mutter hatte ärgern wollen.

Normalerweise verstummte tatsächlich ihr Widerspruch. Sie zuckte ärgerlich mit den Achseln, wenn er sich so oder ähnlich benahm. Aber diesmal wollte sie den Vorwurf, den mein Vater gegen den dichtenden Monsignore erhoben hatte, nicht auf ihm sitzenlassen. Voller Entrüstung nahm sie ihn in Schutz und ließ nicht die geringste Konzession zu. Das könne man nun wirklich nicht sagen, die Gedichte seien schlecht, und sie selbst habe das schon immer, übrigens früher als mein Vater, gewußt, aber sonst habe sich der Monsignore gerade in der von meinem Vater inkriminierten Hinsicht völlig integer verhalten. Deswegen sei er ja schließlich kein Bischof geworden, deswegen habe er ja schließlich die verbotenen Kontakte angeknüpft, deswegen habe er ja auch den Mann von Ines Wafelaerts versteckt, deswegen sei er zweimal zur Gestapo bestellt worden. Erst jetzt stellte sich heraus, daß meine Mutter verstanden hatte, mein Vater wolle dem Monsignore einen nazistischen Ton in seinen Gedichten nachsagen. Stephan lachte zum erstenmal seit Tagen und erklärte, daß er in diese Narzißtenpartei auch gern eintreten wolle. Mein Vater floß über von der Liebenswürdigkeit des Siegers und nahm sich eine Tasse Kaffee in sein Arbeitszimmer mit.

An das Westend schließt sich der Stadtteil Bockenheim an, nur durch eine der breiten Straßen, die Agnes aus Grundsatz niemals überquert hatte, von ihm getrennt. Dabei hätte sich Agnes in Bockenheim wohlgefühlt, denn seine Straßen hatten einen friedlichen, kleinstädtischen Charakter. Es gab viele kleine Geschäfte mit Wohnungen darüber, deren Abtritte auf der halben Treppe lagen, und stillen Hinterhäusern, wo die Wäsche tropfte und genau kontrolliert wurde, an welchen Tagen das Teppichklopfen gestattet war.

Aber Agnes ahnte nur Undeutliches von den Reizen Bockenheims, weil sie sie von der anderen Straßenseite der Allee nicht sehen konnte. Die beiden Stadtteile waren noch nicht richtig zusammengewachsen, und so blickte Agnes denn, auf dem Trottoir wie auf einem Quai stehend, auf einen breiten Gürtel von kleinen Gärten mit ihren Gartenhüttchen, hinter dem sich schemenhaft die ersten Häuser Bockenheims erhoben, ausgerechnet in sehr schlechtem Zustand und die Verheißung des anderen Ufers nicht steigernd. In Bockenheim sollte das eine oder andere Gemüse billiger zu haben sein, natürlich nicht immer, aber wenn man sich auskannte. Und das war es eben: Als nur gelegentlicher Kunde, als Glücksritter auf der Jagd nach günstigen Angeboten in den Bockenheimer Geschäften aufzutreten, das konnte nicht ratsam sein. Die steckten doch wahrscheinlich hinter den Schrebergärten alle unter einer Decke und würden sich noch eine Ehre daraus machen, den neugierigen Fremdling nach Strich und Faden übers Ohr zu hauen. Darüber hinaus war bekannt, daß die Bockenheimer keine Frankfurter waren, sondern in Wahrheit Kurhessen, und Agnes mißtraute ihnen deshalb mehr als den Franzosen. Dieses Mißtrauen setzte sie in den glücklichen Stand, Nachrichten über günstigen Spargel aus Bockenheim neidlos anzuhören, obwohl sie immer, wenn eine solche Botschaft an ihr Ohr gedrungen war, ihre Spaziergänge mit dem kleinen Stephan in die Richtung der trennenden Allee lenkte, wo sie beide eine Zeitlang innehielten und an günstigen Tagen, über die Schrebergärten hinaus, über den Dächern der vernachlässigten Häuser die sanfte Linie der hellblauen Taunusberge sahen. Bockenheim wurde dann unwirklicher denn je, Agnes beruhigte sich und ging gern und unbelastet mit Stephan nach Hause, wo sie ihn im Kinderzimmer abgab, um selbst wieder in ihre unterirdische Welt zu steigen.

Die Mühelosigkeit, die durch nichts zu übertreffende Unbekümmertheit, mit der Stephan, der an seinem rechten Arm meine Tante führte und in seiner linken Hand das Lederköfferchen mit der Reiseschreibmaschine trug, nun eben diese Allee überquerte, hatte doch eigentlich etwas von einem kleinen Verrat an Agnes. Nicht, daß sich Stephan für sein ganzes Leben in ihrer Bannmeile hätte halten müssen, um ihr seine Treue zu beweisen, davon konnte auch nach einem bewegten Reiseleben wie dem seinen nicht mehr ernsthaft die Rede sein. Aber er empfand nicht einmal einen Augenblick lang, daß er eine Grenze überschritt, die zwar nicht ihm galt, die aber für ein ihm nahestehendes Wesen unüberwindbar gewesen war. Natürlich war für beide Bockenheim ebenso fremd wie für Agnes, aber doch in anderer Weise. Was für Agnes wie ein anderes Land war, das stellte sich für Stephan einfach als banale Vorstadt dar, die er nur deshalb niemals aufgesucht hatte, weil es keinen Grund für ihn gab, sich in kleinbürgerlichen Wohnquartieren aufzuhalten. Meine Tante hingegen hätte niemals gewagt, soziale Kategorien für die Qualifikation einer Gegend ins Spiel zu bringen, das war nicht demütig, das Soziale hatte keine Rolle zu spielen. Statt dessen teilte sie die Bezirke einer Stadt in »ordentliche« und »ungepflegte« oder, noch deutlicher, in »gefährliche« und »ungefährliche« ein, Differenzierungen, die sich in ihrer Sachlichkeit erstaunlicherweise mit denen der sozialen Klassifikation im Ergebnis meistens deckten. Bockenheim jedoch war zwar ein wenig schmuddelig, aber freundlich, von heiterem Handelsgeist erfüllt, von den Gerüchen ofenbeheizter, von zahlreichen Personen bewohnter kleiner Wohnungen überlagert, mit Straßen, in denen die Schäden des Krieges weniger verletzend wirkten als in der traurigen Villengegend des Westend, aus der sie beide aufgebrochen waren. Dort war jedes Trümmergrundstück ein Memento des Todes und des Untergangs einer Epoche, die Fensterhöhlen blieben jahrelang tot, der Bewuchs der Ruine mit kleinen Pflanzen hatte nicht die Tröstlichkeit eines sicheren Sieges der Natur über alle menschliche Verirrung, sondern etwas von dem pietätlosen Anblick einer auf offener Straße verwesenden Leiche. In Bockenheim gab es ebenfalls eine Reihe empfindlicher Lücken in den Straßenzeilen, aber hier waren sie einfach wieder zugewachsen. Hütten und Schuppen waren entstanden, in denen sich Gemüsegeschäfte und Schuhmacher niederließen. Wer den Blick nicht nach oben richtete, bemerkte gar nicht, daß die Bomben nicht nur im wohlhabenden Westend, sondern auch im einfältigen und behäbigen Bockenheim gewütet hatten. Die dicken Suppen, die Eintöpfe, die Leberwurstbrote von Bockenheim! Meine Tante und Stephan konnten davon nichts ahnen, denn all diese Gerichte wurden in Küchen gekocht und bereitet, die sie nie betreten würden. Und dennoch will ich es, wenn auch nur zum kleinen Teil, der simplen Vitalität der Geschäftsstraßen von Bockenheim zuschreiben, die ihre Wirkung auf die beiden Menschen nicht verfehlte und ihre Herzen, je tiefer sie in dieses Quartier eindrangen, schneller schlagen ließen.

Das Herz meiner Tante klopfte noch aus einem anderen Grund. Es gibt Bemerkungen, die uns in ihrer Knappheit tiefer treffen können als ausführliche Reden, die dasselbe Thema von allen Seiten beleuchten. Gegen wortreiche Angriffe können wir uns wehren, weil es für jede rhetorische Figur auch eine Gegenfigur gibt, aber ein Mot juste hat eine so kleine Oberfläche, daß es wie ein Nagel ins Herz getrieben werden kann und mit einem Schlag zu töten vermag. Meist sind es die verborgenen Seiten unseres Charakters, die mit solchen Angriffen rechnen müssen, denn selten gelingt es unsern Feinden, uns so genau zu erkennen, daß sie uns mit Präzision bewußt verwunden. Stephan wollte nichts weniger, als meine Tante beunruhigen oder gar aufregen, und doch hatte er es getan, mit dem arglosesten Gemüt der Welt, und meine Tante, die ohnehin nicht mehr sicher auf den Beinen war, seit sie wußte, daß Stephan sich des Schicksals ihrer Schreibmaschine annahm, lebte seit seinen tröstenden Worten in dem Zustand eines Grundbesitzers, der täglich den Enteignungsbescheid des sozialistischen Diktators erwartet.

Wir haben uns daran gewöhnt, dem Schmerz eine Stufenleiter der Dignität zuzusprechen. Wer um die verlorene Geliebte trauert, rangiert in dieser Skala höher als der, den der Verlust der Brieftasche betrübt. Es gibt nichts Ungerechteres als diese Bewertung. Sie stammt aus den Tagen, als jedermann mit dem Begriff »das höchste Gut« unbedenklich umging, weil alle darunter dasselbe verstanden, aber sie war schon damals nicht barmherzig. Ein Schmerz muß danach beurteilt werden, wie stark er ist, und nicht danach, was ihn ausgelöst hat, denn was dem einen sein Nadelstich, ist dem andern sein Hammerschlag, und es gibt Eigenschaften, die schon bei leiser Kränkung einen heftigen Schmerz fühlen lassen, obwohl wir ihnen keinen hohen moralischen Rang einräumen.

Zu diesen Eigenschaften gehört der Geiz. Wer von ihm befallen ist, muß sich auf ein Leben einrichten, das einer Via dolorosa gleicht. Jede nicht immer vermeidbare Geldausgabe stellt für ihn eine Bedrohung dar. Der Geizige erlebt die Angst des Kaufmanns von Venedig an jedem Tag, den er ertragen muß, nur mit dem Unterschied, daß ihm der vertragsgewandte Shylock nicht ein Pfund Fleisch ein einziges Mal aus dem Körper schneiden will, sondern daß ihm diese Tortur täglich droht, manchmal in winzigen Dosen, immer aber mit Blutverlust verbunden.

Als Stephan sich die Schreibmaschine, ein Vorkriegsmodell, betrachtete, um den Schaden einzuschätzen, sagte er zu meiner Tante, daß er sich nicht vorstellen könne, daß die Reparatur allzu umfangreich ausfallen werde.

»Und andernfalls können Sie ja auch eine neue kaufen«, eine Bemerkung, die meine Tante sorglos stimmen sollte, ihr aber statt dessen erst recht Sorgen bereitete.

War meine Tante geizig? Genügte es, für diesen Vorwurf den unbestreitbaren Umstand zugrunde zu legen, daß ihre Sparsamkeit mit einer Radikalität einherging, die wirklich nichts mehr mit Ökonomie zu tun hatte? Wahrer Geiz ist ohne Absicht, er hofft nicht, er ist geduldig, er steckt voller Selbstverleugnung, er nimmt jede Entbehrung auf sich, wie es der Apostel Paulus über die Liebe sagt. Wer für ein hohes Ziel den Nächsten neben sich verhungern läßt, der ist kalt, er muß jedoch nicht geizig sein. Nein, wo auch noch der geringste Plan sich mit dem Ansammeln der Schätze verbindet, der über ihre bloße Anhäufung hinausgeht, kann von reinem Geiz nicht die Rede sein. Und selbst die Anhäufung des Schatzes darf nicht genossen, sondern muß vom Geizigen mit dem Wissen betrachtet werden, daß Rost und Motten in unserer Zeit die geringsten Gefahren des Besitzes darstellen.

Im nachhinein ist es schwer, in die Seele meiner Tante einzudringen, um mit Sicherheit festzustellen, ob nicht doch ein geheimes Ziel vor ihren Augen schwebte, wenn sie Vorräte von Gummiringen anlegte, wenn sie ihre Kostümjacke wenden ließ oder wenn sie sich auf Reisen ausschließlich mit Broten ernährte, deren Belag in der Hitze geschmolzen war und einen ranzigen Geruch verbreitete. Sie war im selben Haus wie meine Mutter aufgewachsen, unter der Herrschaft desselben Vaters, der für seine frühmorgendlichen Kontrollgänge gefürchtet war und für seine eiserne Zucht bei der Verteilung der Kohlen für die Öfen des Hauses. Dennoch hatte sie ein ganz anderes Verhältnis zu ihrem Vater gehabt als meine Mutter. Sie war die jüngste Tochter und genoß eine gewisse Zärtlichkeit von ihren Eltern, im Gegensatz zu den übrigen Kindern, die sich aus dem Hause stahlen. Sie behielt ihre Sonderstellung, weil sie sich auch nach dem Ende ihres Studiums nicht verheiratete und deshalb die geborene Pflegerin ihrer alten Eltern war, die sich noch die eine und andere Reise erlaubten und sich dabei von ihrer Tochter begleiten ließen.

Ich sehe noch die Photographie vor mir, die meine Tante und meinen Großvater auf der Terrasse eines Cafés in Montreux zeigt. Meine Tante steht neben dem Gartenstuhl, auf dem ihr Vater Platz genommen hat. Er ist das Urbild dessen, was man in seiner Jugend einen »rüstigen Greis« genannt hätte. Er sitzt da mit weißer Bürstenfrisur und asketischem, aber keinesfalls eingefallenem dickem Kopf, der vom Stehkragen gehalten wird, mit dunkler, weißgepunkteter Krawatte, schmalen Lippen, kleinen, schwarzen Augen. Neben ihm meine Tante in einem formlos herunterhängenden Mantel, der von zwei untertassengroßen Knöpfen geschlossen ist, die Baskenmütze auf dem Kopf, mit Augen, schwarz wie die ihres Vaters, aber viel größer, ausdruckslos und feucht. Die beiden sehen nicht wie Vater und Tochter aus. Man sieht die Wohlerhaltenheit und Kälte meines Großvaters, die Nachdenklichkeit und Willenlosigkeit meiner Tante, und man denkt dabei an die Geschichten von alten Familientyrannen, die schließlich, um ihre mittlerweile erwachsenen Kinder endgültig ins Unglück zu stürzen, gesund wie nie vom Totenbett aufstehen, um ihre Krankenschwester zu heiraten und einen Leibeserben zu zeugen, der die Hoffnungen der Erstgeborenen zunichte macht. Vor meinem Großvater steht auf dem Tisch ein kleines Tablett mit einer Kaffeetasse und einem Glas Wasser, das ich erwähne, weil davon viel die Rede war, es hatte auf die Reisenden einen unauslöschlichen Eindruck gemacht. Als meine Tante und mein Großvater nämlich aus Montreux zurückkehrten, wo sie sich in einer Pension aufgehalten hatten, deren Schlichtheit noch gerade eben mit den zurückhaltendsten bürgerlichen Ansprüchen zu vereinen war, sangen beide ein Loblied auf die Gastronomie der Stadt, insbesondere aber auf die der Café-Terrasse, auf der sie photographiert worden waren. Es war kaum zu glauben, wie sinnvoll in diesem Unternehmen an alles gedacht wurde und wie zweckmäßig die Einrichtungen beschaffen waren. Wenn sich der Großvater eine Tasse Kaffee bestellte, dann wurde diese Tasse stets mit einem Glas Wasser gebracht, das im Preis enthalten war. Mein Großvater, der erklärte, nicht allzuviel Flüssigkeit zu sich nehmen zu wollen, verzichtete gewöhnlich auf dieses, an sich ihm zustehende Glas zugunsten seiner Tochter, der ohnehin der Kaffee nicht bekam, die sich aus süßer Limonade nichts machte und die mit einem Glas Wasser zufrieden war, zumal sie damit einer eigenen Bestellung aus dem Wege ging.

Meine Tante suchte die Gemeinsamkeit mit ihrem Vater in dieser gemeinsamen Bewunderung. Sie bemühte sich, in jeder Hinsicht mit ihm am selben Strang zu ziehen, und sie wurde dafür belohnt: Der Patriarch, der sich zu seiner eigenen Überraschung von einem Familienmitglied verstanden sah, wandte sich ihr mehr zu als jemals seiner Frau und verbrachte viel Zeit mit ihr. Seine Kupferstiche waren zu diesem späten Zeitpunkt seines Lebens fast restlos zerstört, und auch die Finger schmerzten, wenn er sie in die Scherenlöcher stecken wollte, um etwas zurechtzuschneiden. So saß er denn und blickte mit Wohlgefallen auf seine gehorsame und fromme Tochter, die in die Bresche gesprungen war und an seiner Stelle zur Teestunde die Schere bediente – nicht mehr zur Kupierung der Stiche freilich, die er einem törichten Kind wohl auch jetzt noch nicht überlassen hätte, sondern zu einem ebenso sinnvollen, aber weniger Kenntnis und Geschmack erfordernden Zweck, nämlich dem Zerschneiden der Zeitung in kleine Rechtecke, die gelocht und gebündelt an einem Nagel im Häusel aufgehängt wurden. Sie behielt diesen Brauch auch nach dem Tode ihres Vaters bei, wenn sie dafür allerdings nun nicht mehr Zeitungspapier, sondern hübsch bedrucktes, aber benutztes und nicht wieder zu verwendendes Geschenkpapier verwandte.

Meine Tante war eine Schülerin ihres Vaters. Ist es deshalb nicht möglich, daß sie, wenn sie seine unsinnigen Sparmaßnahmen weiter in Ehren hielt, damit eigentlich eine Gedächtnisfeier begründen wollte? Ich will vermuten, daß sie die Vestalin eines fremden Geizes geworden war und damit nach außen hin selber als geizig erschien, ohne es vielleicht in Wirklichkeit jemals gewesen zu sein.

In der Reparaturwerkstatt legte sich die Unruhe meiner Tante, weil ihre Befürchtungen, die von Stephan geweckt worden waren, keine Nahrung erhielten. Der Schaden war wirklich klein, und obwohl der Meister sich Zeit nahm, die Maschine gründlich zu untersuchen, fand er nichts, was er sonst noch hätte in Ordnung bringen können. Einen Augenblick lang nur setzte ihr Herzschlag noch einmal aus, als der Mann die Bodenplatte abschraubte und ein kleines Stück Metall herausfiel. Es glitzerte in seiner von Öl und Tinte schwarz gefärbten Hand und rollte dort hin und her. »Ich weiß beim besten Willen nicht, wo das hingehört«, murmelte der Meister. »Vielleicht ist das ja auch von außen in die Maschine gefallen«, eine Version, deren Wahrscheinlichkeit meiner Tante sofort einleuchtete und die sie deshalb mit ausdrucksvollem Kopfnicken kindlich begrüßte.

Stephan befaßte sich nicht mit diesen mechanischen Details. Er ging in der dunklen Werkstatt auf und ab und hob gelegentlich eine der auf dem Boden herumstehenden Schreibmaschinen mit der Hand ein wenig an, als genüge dies, um ihren Zustand festzustellen. Dann ließ er sie wieder fallen, machte: »Tz, tz, tz« und wandte sich einer neuen Maschine zu, um sie in der gleichen Weise zu prüfen.

Sein Aufenthalt in dieser Reparaturwerkstatt war seit langer Zeit der erste an einem Ort, wo ein Mensch durch geregelte Arbeit sein Brot verdiente, wenn man von Restaurants, Schneiderateliers und dem Ordinationszimmer von Dr. Tiroler einmal absah. Er atmete tief ein und fand den Geruch der Luft anregend und würzig, denn er enthielt die zarten Dämpfe, die aus den geöffneten Benzin-, Spiritus- und Terpentinflaschen aufstiegen und die sich mit dem scharfen Schwefelton, der vom immer noch geheizten Kanonenofen herzog, glücklich vermischten. Stephan betrachtete den Meister, der eine feine Brille trug und auch ein Uhrmacher oder Apotheker sein konnte, wie er still an der Schreibmaschine meiner Tante herumklopfte. Er las den Meisterbrief an der Wand, aus dem hervorging, daß der Meister aus Jüterborg stammte, und eine heimelige Empfindung wandelte ihn an. So müßte man leben, dachte er. Eine nie gekannte Unternehmungslust bildete sich in seiner Brust, die sich zunächst in sinnlosen Satzfetzen, die ihm durchs Bewußtsein flogen, äußerte. Stephan dachte ungefähr: Der Mann hat seinen Laden, er geht in seinen Laden, er arbeitet hier in seinem Laden, abends macht er seinen Laden einfach zu, sonntags auch, da ist der Laden zu, da macht er den Laden erst gar nicht auf – fabelhaft! Ein fabelhaftes Leben! Er fühlte, daß er auch etwas unternehmen müsse, etwas, das diesen angenehm reinlichen Arbeitsgeruch ausstrahlte.

Er sah ganz anders aus auf einmal, entschlossen, als ob er die Reparaturwerkstatt vom Fleck weg kaufen wolle. Sein Kopf legte sich in den Nacken, und jeder Verputzschaden, jedes schwarzverstaubte Spinnengewebe, das er an der Decke sah, gefiel ihm als erfreulicher Bestandteil dieser fabelhaften Existenz, in die er da unverhofft Einblick nahm. Was für ein glänzender Einfall von der Schreibmaschine, kaputtzugehen! Man mußte wirklich nur einmal dazu gebracht werden, das Haus zu verlassen, und schon erwarteten einen die bedeutendsten Eindrücke. Leider konnte er nicht wissen, daß in der Fabrik seines Vaters in der Nähe von Hanau, die er längst hätte besuchen müssen, sehr ähnliche Geruchserlebnisse auf ihn warteten, weil auch dort mit reinigenden Essenzen gearbeitet wurde. Und er dachte in seiner Unternehmungslust nicht einen Augenblick an seine ererbten Pflichten, die ihm allerhand Möglichkeiten geboten hätten, darunter auch die, am Sonntag der Fabrik fernzubleiben. Sein Blick war nicht in die Gegenwart gerichtet, er nahm sie nicht einmal zur Kenntnis, denn sie war da, ob man sich mit ihr beschäftigte oder nicht, und das war keine Eigenschaft, die seine Phantasie anregte.

Stephan schrak aus seinen Gedanken auf, als meine Tante ihn am Ärmel berührte. Er hatte nicht bemerkt, daß sie schon fertig war, freute sich aber, daß sie lächelte. Sie lächelte aus Erleichterung, denn der Betrag des Kostenvoranschlags war klein, nicht höher als eine absolvierende Buße. Ganz selbstverständlich nahm sie auf der Straße Stephans Arm und fühlte zum erstenmal, daß dieser Arm keine symbolische Stütze war, denn als sie gedankenverloren bereits nach wenigen Schritten stolperte, bewahrte sie Stephans sicherer Halt vor dem Sturz.

Der Laden lag in einer stillen Straße. Die wuselnde Betriebsamkeit der Hauptgeschäftsgegend Bockenheims war hier schon nicht mehr zu spüren, aber wie die Bockenheimer wirklich lebten, war dafür deutlicher zu erfahren als auf der überfüllten Leipziger Straße. Vor den Haustüren standen Frauen in Kittelschürzen, mit Emailleeimern in den Händen, und sprachen. Ein alter Mann mit Schirmmütze und blauer, baumwollener Arbeitsjacke fuhr auf einem schwarzen Fahrrad. Auf einem kleinen Platz standen dünne Bäume und zeigten Knospen, die den Rentnern zum Gesprächsstoff dienten, ebenso wie die Frage, ob man sich draußen schon auf die Bank setzen solle, denn es sei schon ganz schön warm, oder ob man sich von der Bodenkälte noch etwas wegholen könne.

Stephan und meine Tante gingen nun langsamer. Sie hatten ihre wichtige Angelegenheit erledigt und schienen damit ein Ziel verloren zu haben, obwohl es nicht mehr lange zum Mittagessen war, zu dem sie sich bei meinen Eltern angesagt hatten. Sie sprachen nicht viel, beglückwünschten sich zu dem günstigen Ergebnis in der Werkstatt, aber die Unterhaltung kam nicht in Schwung. Plötzlich blieb Stephan stehen und blickte erstaunt auf ein großes Tor zwischen zwei einfachen alten Wohnhäusern. Es schwang sich hoch hinauf und trug an seiner gemeißelten Wölbung eine freistehende Büste Wolfgang Amadeus Mozarts.

Meine Tante erkannte ihn vor Stephan, weil die Büste eine jener zahllosen Repliken war, die mit einem realistischen Mozartporträt nicht das geringste zu tun hatten und sich im ausgehenden neunzehnten Jahrhundert großer Beliebtheit erfreuten. Wie Mozart danach angeblich ausgesehen hatte, sah in Wahrheit überhaupt niemand aus. Die Idealisierung der Züge war nicht die furchterregende des »Wagenlenkers«, sondern die der Friseurpuppe, die ein – freilich mitleiderregendes – Leben erst auf dem Müllhaufen bekommt. Immerhin kam eine Mozartbüste hier unerwartet. Meine Tante und Stephan waren in ihrem ziellosen Gang nur zu bereit, ihr Auftauchen als Zeichen zu begrüßen. Ohne sich hierüber zu verständigen, gingen sie durch das Tor, um zu schauen, was sich dahinter verbarg.

Zunächst erwartete sie eine kleine Enttäuschung. Der Hinterhof unterschied sich in nichts von allen anderen Hinterhöfen dieses Stadtteils, die sie durch geöffnete Haustore hindurch auf ihrem Weg schon wahrgenommen hatten. Auch hier tropfte die Wäsche, standen Fahrräder herum und waren Pfeile gemalt, die den Flüchtenden den Weg zum Luftschutzkeller wiesen. Dann fiel ihnen etwas auf, das sie sich nicht recht erklären konnten: ein düsterer langgestreckter Schuppen aus schwärzlichem Backstein, an dessen Längsseite mehrere Flügeltüren in gleichem Abstand, etwa wie bei einer Garage, Stephan dachte auch an die unseligen Flugzeugschuppen, in die Mauern eingelassen waren. Stephan ging voraus und drückte eine der Türklinken. Die Tür öffnete sich, meine Tante und Stephan sahen sich an und betraten dann die Halle. Es war dunkel darin, Licht fiel nur durch die Tür, durch die sie eben hineingekommen waren, aber allmählich erkannten sie, wo sie sich befanden.

Sie standen in einem alten Kinosaal, einem geschlossenen Vorstadtkino, das wohl schon vor dem Ersten Weltkrieg die Bevölkerung der Umgebung mit flackernden Filmchen und einem unermüdlichen Tappeur unterhalten hatte, das dann die Welt der Wochenschauen und Ufa-Operetten präsentierte und vielleicht erst vor kurzem aufgegeben worden war, denn es lag zwar überall dicker Staub, aber die Klappstuhlreihen waren fast ohne

Lücken, die rotschwarze Wandbespannung, die von goldenen Knöpfen an der Wand festgehalten wurde, war nur an einigen Stellen mürbe geworden und gerissen, der Vorhang vor der Leinwand fiel dicht, und man durfte glauben, daß gar nicht viel Vorbereitung dazu gehörte, hier wieder eine Eröffnungsvorstellung stattfinden zu lassen. Sogar die Luft roch noch nach Menschen, nach Zigaretten und süßem Puder, wie man glauben konnte, weil der Stoff der Klappstühle und der Wandbespannung diesen Geruch getreu aufbewahrt hatte.

Meine Tante strich mit den Fingern über eine Stuhllehne und blies den Staub in einen Sonnenstrahl. Stephan setzte sich einfach in eine der Stuhlreihen. Meine Tante ging ein paar Schritte auf und ab, dann setzte sie sich neben ihn. Er sah sie nicht an, als ob sie etwas Selbstverständliches getan hätte, weil gleich der Film anfing. Sie saßen schweigend nebeneinander, wie ein Paar, das die schlecht besuchte Nachmittagsvorstellung eines Kinos zum unbeobachteten Rendezvous nutzt. Gleich mußten die Schritte der Verkäuferin von Bonbons und Schokolade zu hören sein, die ihnen mit der Taschenlampe ins Gesicht leuchten würde. Stephan nahm sich vor, nach Salzmandeln zu fragen, weil er wußte, daß meine Tante sie Süßigkeiten vorzog. Wie häufig, wenn es zwischen zwei Menschen etwas Wichtiges zu besprechen gibt, hatten sie sich bei den seltenen Gelegenheiten ihres Alleinseins ausschließlich mit Nichtigkeiten aufgehalten.

Stephan fühlte sich so wohl wie noch nie in einem Kino. Gewöhnlich sah er sich gar keine Filme an. Wenn es sich trotzdem nicht umgehen ließ, verfolgte er die geläufigen Dialoge, die griffig aufbereiteten Stoffe, die raffinierten Schnitte mit der verbitterten Miene des Magenkranken, der gegen besseres Wissen einen Diätfehler gemacht hat und nun auf das Eintreten der schrecklichen Folgen wartet. Eine wohlplazierte Pointe war wie ein Tiefschlag für ihn. Er weigerte sich im übrigen, der Handlung zu folgen, und begann die Frau, die ihn zu dem Kinobesuch gezwungen hatte, meist kurz bevor sie sich trennten, fortwährend mit gereiztem Flüstern über die Zusammenhänge zu befragen. Dabei ließ er sich nicht abweisen, etwa mit der Bemerkung: »Ich erklär es dir später. Sei bitte jetzt ruhig und laß mich den Film ansehen.« Er hob dann vielmehr seine Stimme und bohrte weiter nach, bis die Umsitzenden empört protestierten und er für zehn langweilige Minuten verstummen mußte. Stephan hatte seinen Widerwillen gegen Filme möglicherweise von Florence geerbt, die ebenfalls das Kino verachtete, sich aber während einer Vorführung weniger gereizt als ihr Sohn benahm, sondern nur die Verständnislosigkeit zeigte, die sie auch annahm, wenn die italienische Putzfrau sie mit ihrem Kauderwelsch überschüttete und dabei mit einem Fragebogen vom Immigration Office in der Luft herumfuchtelte.

Deshalb war es bemerkenswert, daß gerade sie Stephan zu seinem letzten Kinobesuch vor seiner Abreise nach Deutschland veranlaßt hatte, eine Unternehmung, die Stephan und allen Beteiligten in äußerst unangenehmer Erinnerung geblieben war, und das nicht wegen der beinahe tödlichen Heiterkeit des Films, zu dem die kleine Gesellschaft aufgebrochen war, als der Abend sich über das Villenareal senkte und den strengen Kolonialstil seiner Häuser rosa verzuckerte. Nein, allein sollte Stephan nicht ins Kino gehen, auch nicht, um nur seine Mutter zu begleiten, er war vielmehr ausersehen, das dritte Rad eines eigentlich zweirädrigen Wagens zu bilden, denn die Anregung, einen Film anzuschauen, war im Kern nicht von seiner Mutter, sondern von Dr. Henry Tiroler ausgegangen.

Tiroler nahm jetzt regelmäßig die Gastfreundschaft seiner Nachbarin Florence zur Teezeit in Anspruch, wenn mit Willys Erscheinen erfahrungsgemäß noch nicht zu rechnen war und Florence andernfalls allein dagesessen hätte. Der Gesprächsstoff der beiden hatte sich systematisch erweitert. Von Stephan ausgehend, zu dem sie auch immer wieder zurückkehrten, gab Tiroler Florence immer mehr von seinen Erfahrungen und Überzeugungen preis, und eines Abends, als er ihr bis zur Erschöpfung sein gesamtes Material für einen Vortrag über die Rolle der Frau als Mutter und Hetäre ausgebreitet hatte, bis zu seiner eigenen Erschöpfung wohlgemerkt, denn Florence kannte das Phänomen der psychischen und physischen Ermüdung des Menschen nicht, kündigte er beim Hinausgehen in einigen Sätzen das Thema an, das er demnächst mit ihr zu behandeln wünschte, nämlich die Photographie.

Tiroler war ein glühender Verehrer aller Entwicklungen der Nachrichtentechnik, insbesondere aber der Photographie, die seiner Ansicht nach die Mentalität des Menschen vollkommen verändert hatte. Trotzdem war er nicht so plump, Florence mit seinen Thesen überfahren zu wollen. Er bevorzugte die Methode, den Appetit des Zuhörers mit einem poetischen Aperçu zu reizen, und so drehte er sich denn noch einmal um und sagte, indem er Florence' Unterarm leicht berührte: »Wissen Sie eigentlich, daß die Photographie das vollkommenste Medium der Melancholie ist? Warum gehen wir beide nicht einfach einmal ins Kino? Ich weiß, Sie lieben es nicht, aber Sie sollten Ihre Erfahrungsskala nicht künstlich verkleinern wollen. Florence, Sie Mutige, Sie Neugierige, lassen Sie mich nicht im Stich.« Bei den letzten Worten hatte er ihr schon den Rücken gekehrt. Florence sah dem kleinen Mann hinterher und empfand, während sie sein Kopfwackeln und seinen tapsenden Gang beobachtete, eine Art Weichheit in ihrer Brust, die viel zu neu und viel zu ungewohnt war, um sie schon mit der festgelegten Bedeutung des Wortes Rührung zu bezeichnen. Tirolers Anregung war ein Novum in ihrer Beziehung, und sie wußte noch nicht genau, wie sie sich verhalten sollte, wobei allerdings bereits feststand, daß sie ihr auf jeden Fall nachkommen werde.

Schließlich stand sie in Stephans Begleitung vor dem Tirolerschen Gartentor, während der Arzt sein großes, rotes Coupé aus der Garage holte. In beiden Häusern brannte Licht und verriet, daß Anni Tiroler und Willy Korn jeder für sich allein auf die Ausflügler warten würden. »Hallo, Stephan, das ist fein, daß du uns begleiten willst! Hast du auch keine Angst?« fragte Tiroler mit forcierter Heiterkeit. »Du halber Franzose! Heute abend werden wir sehen, wo dich in Paris der Schuh gedrückt hat! ›Ein Amerikaner in Paris‹ – haha! – ›Das Schauspiel sei die Schlinge...‹«

Tiroler sah Florence, die das Zitat nicht kannte, bedeutungsvoll an. »Ach, wenn das immer so einfach wäre«, seufzte er und tätschelte seinen Bluthund, der ihm aus dem Gartentor gefolgt war und lammfromm wirkte, als hätte er noch niemals in seinem verwöhnten Leben einen Dackel durchgebissen, während Stephan, der die Hände in den Hosentaschen verborgen hielt, bei seinem Anblick glaubte, daß ihm Blei in die Adern gegossen würde.

Dr. Tirolers Ausgelassenheit steigerte sich während der Fahrt in die Stadt beständig. Er genoß es, zwischen Mutter und Sohn und zwei verschiedenen Sorten von Vertraulichkeiten hin und her zu schweifen. Er sprach allein, aber er litt nicht darunter, daß Florence ihm Antworten verweigerte und seltsam gedrückt erschien, denn er schrieb ihre Schweigsamkeit einer verständlichen Zurückhaltung ihrem Sohn gegenüber zu. Tiroler fuhr unkonzentriert und mußte mehrfach scharf bremsen. Seine Gedanken waren nicht auf der Straße, aber auch nicht bei seinen Worten. Er führte Florence ins Kino, er hatte zugleich denjenigen dabei und unter Aufsicht, der ihn mit Florence verband. Oh, sagte sich Tiroler in Hochstimmung, da sind natürlich mittlerweile auch noch andere, von dem jungen Mann ganz unabhängige Verbindungen entstanden, aber immerhin, immerhin! Er konnte von seinem bequemen weißen Ledersitz nur mit Mühe über das Lenkrad blicken. Die Lichter sausten an ihnen vorbei, und manche Autos hupten, weil ihnen Tiroler unvorhersehbar in die Quere gekommen war. Florence hielt sich krampfhaft an ihrer Handtasche fest. Aber sie ließ kein Wort der Klage über ihre Lippen. Willy hätte es wagen sollen, unkontrolliert Auto zu fahren, sie hätte ihm eine unvergeßliche Szene gemacht.

Bei Tiroler dachte sie hingegen nur darüber nach, wie wunderbar es sich gefügt haben mußte, daß dieser Mann bei seiner Fahrweise immer noch am Leben war und Stephan helfen konnte, der teilnahmslos im Fond lehnte und nur gelegentlich, wenn ihm ein Auffahrunfall unvermeidlich erschien, ein »Ei-eiei« von sich gab.

Tiroler eilte ins Kino, Mutter und Sohn voraus, er war perfekt und überreichte seinen Gästen mit den Eintrittskarten auch noch eine riesige Tüte Popcorn. »Kein Kino ohne Popcorn«, sagte er mit gespielter Strenge, als Florence den Versuch machte, ihr Paket abzulehnen. Wie eine Sportmannschaft, die zu einem neuartigen Spiel gerüstet ist, betraten die drei mit ihren Popcornpaketen in den Händen den Kinosaal und setzten sich auf ihre guten Plätze. Tiroler begann augenblicklich, mit seinen ungeschickten Fingern an der Tüte herumzureißen. Die Plastikhülle war zusammengeschweißt und wehrte sich nach Kräften. Erst als Tiroler in die Tüte hineinbiß, gab sie nach, der Inhalt quoll ihm mit trockenem Knistern entgegen, so daß Tiroler ihn nur mit Mühe aufhalten konnte. In seiner Not, wo er die eingefangenen Flocken hinstecken sollte, nahm er zunächst davon so viel wie möglich in den Mund, den Rest steckte er in die Jackentasche. Die Augen fest auf die Leinwand gerichtet, mahlten sich seine Kiefer durch das wie Herbstlaub raschelnde Popcorn, das seinen Mund ganz füllte, dessen er aber mit Konzentration Herr zu werden begann. Sowie sich Raum für neues Popcorn bot, formte er seine Finger zu einer pflückenden Haltung und senkte sie in seine Tüte. Wenn ihn die Vorgänge des Films gefangenhielten, erstarrte er für eine kleine Weile und öffnete den Mund, ohne weiter zu kauen. Die Hand aber, die schon neue Körner gepickt hatte, blieb während dessen in Pfötchenstellung vor seiner Brust auf halbem Wege zwischen Tüte und Mund hängen.

Der Film wurde von einer Musik beherrscht, die seinen Protagonisten bisweilen in die Beine fuhr und sie zu einem klappernden Tanz wie auf einer heißen Herdplatte zwang. Stephan hielt vor Entsetzen den Atem an, als eine Sirene sich aus der Tiefe erhob, um eine längere symphonische Passage einzuleiten. Sie bestand im wesentlichen aus dem neckischen Zwiegespräch, das ein Saxophon mit hundert schweren Konzertflügeln führte. Der Rhythmus des Stücks entfaltete sich nur allmählich, er wurde künstlich zurückgehalten, aber in einer Weise, die auch dem musikalisch Ahnungslosen sagte, alles in dieser Musik steuere auf einen Tonsalat von unentwirrbarem Furioso zu, wie ein ortsunkundiger Schlauchbootfahrer, der noch kilometerweit von den Niagarafällen entfernt die wachsende Geschwindigkeit seines

Gefährts sorgenvoll betrachten wird. Tiroler gab sich dieser Entwicklung entzückt hin. Er bewegte stellenweise sogar den Kopf im Takt und pausierte häufiger mit dem Popcorn, dem er sich erst wieder zuwandte, als die Musik auf ihrem donnernden Höhepunkt angekommen war. Er war ein Kenner, interessierte sich nur für Entwicklungen, nicht für Ergebnisse, und sagte ungeniert in Florence' Ohr: »Das macht er gut, nicht wahr?«

Florence bezog diesen Kommentar auf die Dekorationen, die ihr in dieser Szene zum erstenmal zu gefallen begannen: der Tänzer, der einen durch die harte Trainingsarbeit etwas zu entwickelten Unterkörper hatte, bewegte sich durch eine pastellfarben hingetuschte Papierwelt mit stilisierten Pariser Motiven. Florence erinnerte diese Ausstattung an ein Restaurant in der Nähe der Park Avenue, in dem sie einmal nach Eröffnung der Dali-Ausstellung mit Tiroler und Willy gegessen hatte. Tiroler hatte wundervoll auf der Ausstellung gesprochen, die Leute waren beeindruckt und summten wie ein Bienenstock: Schade, daß er sich von der Malerei abgewandt hatte, das war solch eine stilvolle Szene.

Tiroler war eben immer im Aufbruch, immer auf der Suche nach neuen Ufern, das kostete nun einmal auch Opfer, denn wer im richtigen Augenblick glänzen wollte, der mußte zum Beispiel vorher fleißig ins Kino gegangen sein und andere lästige, interessante Dinge getan haben. Die scharfsichtige, durch den Film nicht vollständig gefesselte Florence empfand die Hingabe, die Tiroler seiner Popcorntüte widmete, nicht als störend. Das Rascheln und Zappeln und Malmen der Zähne, die sich durch das spröde, luftgefüllte Material gruben, erweckten bei ihr eher den Eindruck von tätiger Teilnahme am Geschehen des Films, die Ungeduld des Connaisseurs war darin zu sehen. Es entstand Arbeitsatmosphäre, sie waren schließlich nicht zu ihrem Vergnügen hier.

Die Musik schwoll an, die Bemühungen des Tänzers verdoppelten sich, er nahm unsichtbare Hindernisse, er streckte wie ein Eisläufer den Hintern heraus und breitete die Arme aus in der gemischten Absicht, die Welt zu umarmen und zugleich die Balance zu halten. Sein sieghaftes Strahlen verbreitete sich unter den schier unwahrscheinlichen Bemühungen seiner Step-Schritte zu immer haltloserer Verführungsbereitschaft. Die Kamera konterkarierte die letzten Versuche des Zuschauers, noch festzustellen, wo unten und oben war. Dr. Tiroler griff mit der ganzen Hand in die Popcorntüte, die immer noch nicht leer war, zog die Hand zur Faust geballt heraus, einzelne Popcorns rieselten nach rechts und links, er hob sie zum weit geöffneten Mund, der Tänzer sprang ins Nichts, in die blaue Nacht, in der tausend Sterne synkopisch zur Musik funkelten, und Tiroler sackte nach vorn und schlug hart mit seiner Stirn an die Kante des Sessels in der Reihe vor ihm. Sein Arm fiel herunter, seine Brille fiel auf den Boden und zersprang. Florence bemerkte diesen Vorgang eine Sekunde später. Sie begriff nicht gleich, was vor sich gegangen war, und rüttelte an seinem Arm. Als er sich aber nicht bewegte, schrie sie auf, nicht hysterisch übrigens, sondern scharf und klar, befehlsgewohnt: »Hilfe! Sofort einen Arzt!« Unter den Schritten der Helfer, die Tiroler hinaustrugen, knirschte das zu Boden gefallene Popcorn.

Die Vorstellung wurde unterbrochen, die Leute blinzelten sich erschrocken an. Florence war schon bei Tiroler im Krankenwagen, als Stephan noch in der Stuhlreihe stand und nach Tirolers Brille suchte. Er hob sie auf, bemerkte, daß alle Blicke auf ihn gerichtet waren, und zuckte verlegen mit der Schulter. Dann wurde es wieder dunkel, und der Film lief weiter.

Auch im Bockenheimer »Titania-Palast« wurde die Ruhe jäh unterbrochen. Die schmalen Lehnen der Kinosessel erlaubten nicht, daß zwei Nachbarn zugleich ihre Arme darauf legten, es sei denn, diese Nachbarn standen sich auch sonst im Leben so nahe, daß sie keinen Anlaß hatten, im Kino körperliche Berührung zu vermeiden. Stephan hatte sich zuerst gesetzt und auch gleich seinen Arm auf die Sessellehne gelegt. Meine Tante aber, die sich erst später setzte, hatte dies nicht bemerkt und legte gleichfalls ihren Arm auf die Lehne. Sie zog ihn nicht zurück, als sie Stephan berührte, und auch Stephan machte keine Anstalten, die Lehne für sie zu räumen. So saßen sie, sekundenlang, minutenlang, vielleicht sogar eine Viertelstunde lang.

Auf einmal drehte sich Stephans schlaff nach unten hängende Hand herum und ergriff vorsichtig die ebenso kraftlos hängende Hand meiner Tante, die nicht ganz trocken war, obwohl es im Kino kühler zu sein schien als draußen und allgemein noch die Frische des ersten Frühlings herrschte. In diesem Augenblick sagte eine scharfe Stimme hinter ihnen:

»Is da wer? Ei, was machen Sie denn da?« Stephan und meine Tante fuhren auseinander und drehten sich um. In der halb geöffneten Tür stand eine Frau, die, wie offenbar alle Frauen dieses Viertels, als Insignium ihrer matriarchalischen Machtvollkommenheit einen Eimer in der Hand hatte und sich mit der andern auf einen Schrubber stützte. Sie war mißtrauisch geworden, weil die Tür aufgestanden hatte, und wollte verhindern, daß in dem leeren Kino Unsinn getrieben wurde. Stephan beruhigte sie schnell, allein durch seine Erscheinung, und auch meine Tante sah gewiß nicht gefährlich aus. In der kleinen Unterhaltung mit der Hüterin des Kinos, die sich dann als die Besitzerin vorstellte, erfuhren die beiden, daß das Kino tatsächlich noch nicht lange geschlossen war.

»Es ging einfach nicht mehr«, sagte die Frau. »War kein Interesse mehr?« fragte meine Tante. Die Frau lachte und sagte in einem verachtungsvollen Ton: »Haha, Interesse schon, die sind ja alle gelaufen gekommen. Wenn das nach denen gegangen wäre, tät ich noch jeden Tag hinter der Kasse sitzen. Aber es war Schluß.«

»Ei und warum?« fragte Stephan.

»Ei, wegen dem Krach«, sagte die Frau.

»Hat der die Nachbarn gestört?« fragte Stephan. Die Frau wurde immer besserer Laune, aber ihr Hohn stieg mit ihrer Stimmung. »Nein, nein, woher denn, die hat das nicht gestört, die doch nicht, die Vögel.«

Stephan fragte: »Ei, wen hat denn der Krach gestört?«

»Ei, mich«, sagte die Frau, nahm ihren Eimer und ihren Schrubber und drehte sich um. »Ich laß Sie vorn raus«, sagte sie, ohne Stephan und meine Tante anzusehen, die ihr durch den dunklen Gang folgten, der sich in das Foyer des Kinos öffnete.

Die Schaukästen waren leer, aber der Boden war geputzt, und eine Tafel mit Glasmalerei verhieß eine beständig aktuelle Wochenschau: »Das Auge der Welt.«

»Einmal ist Schluß«, sagte die Kinobesitzerin und öffnete ihnen die Tür nach draußen. Stephan und meine Tante atmeten auf, als habe es im Vermögen der Frau gestanden, sie beide so lange im Garderobenraum einzuschließen, bis Personen erschienen, die sich als berechtigt auswiesen, sie auszulösen. Hinter ihnen schlossen sich rasselnd die Tore des Feenreiches, aus dem die Bockenheimer nun verbannt waren.

Währenddessen warteten meine Eltern mit dem Mittagessen. Meine Mutter hatte für heute Spinatpfannkuchen vorgesehen, die auf das einfachste bereitet werden konnten und auf dem Tisch dann einen erstaunlich kunstvollen Eindruck machten. Sie schichtete die Pfannkuchen, die ihr allerdings niemals so dünn gerieten, wie das vorgeschrieben war, und den gekochten Spinat in mehreren Lagen übereinander und zerteilte diesen großen Kuchen dann in Tortenstücke, die die Schichtung zwischen Teig und Gemüse noch deutlich erkennen ließen. Die Stücke, die meiner Tante und Stephan zugedacht waren, wurden langsam kalt, und das Erstaunen über das Ausbleiben der Gäste nahm in gleicher Weise zu. Daß sie sich nicht abgemeldet hatten, war für meine Eltern keine Tragödie, wie das von anderen Gastgebern leicht empfunden würde. Meinen Eltern fehlte das Empfinden, das aus Florence' Augen sprach, wenn sie die Formel »bei jemandem zum Mittagessen eingeladen sein« benutzte, eine Formel, bei der aus ihrem Munde klar war, daß sie nichts mit der Nahrungsaufnahme zu tun habe. Das unentschuldigte Fernbleiben von einem solchen Mittagessen zählte für Florence zu den Sünden, die nicht vergeben werden, nämlich zu den Social crimes, deshalb ohne Hoffnung auf Pardon, weil sie weder durch die Amnestie des Staatspräsidenten noch durch Gottes Gnadenstrahl erreicht werden, und Florence selbst fühlte sich für die Absolution unzuständig. Meiner Mutter hingegen hätte es schlecht angestanden, sich bezüglich der Nachlässigkeiten ihrer Gäste unnachsichtig zu zeigen. Sie wußte oft selbst nicht mehr, wen sie zu welchem Anlaß eingeladen hatte, und zeigte ihr Erstaunen, wenn der Eingeladene pünktlich vor der Tür stand, ungeniert und ohne den Versuch zu machen, die Verlegenheit, die sich des Gastes bemächtigte, zu lösen. »Ja, ja«, sagte sie etwa zu Stephan, »Sie sagten wohl, daß Sie kommen würden...«, und ließ den Satz unvollendet, so daß sich jeder sein Ende denken konnte, entweder: »... aber ich habe es vergessen«, oder vielleicht auch: »... aber Sie waren ja gar nicht eingeladen«. Es war ihr deshalb auch ein leichtes, ihre Mahlzeiten immer als Improvisation darzustellen und zu beteuern, wenn sie gewußt hätte, daß Gäste kämen, ganz anders gekocht zu haben.

Die Toleranz meiner Eltern blieb denn auch heute ungebrochen. Sie verzichteten darauf, dem Paar zu grollen, aber sie teilten sich, mein Vater zu einem kleineren, meine Mutter zum größeren Teil, in die Neugier, was es wohl sei, das unsere Gäste, an deren feste Zusage sich meine Mutter auf einmal erinnern konnte, von unseren Spinatpfannkuchen fernhielt. Nur meine Gegenwart hinderte sie an der ausführlichen Erörterung dieser Frage, aber ihre Augen bestätigten sich gegenseitig ihre Vermutungen. Mein Vater lächelte dabei und nötigte meiner Mutter damit die Pantomime ab, sich erst gegen sein Lächeln zu wehren und sich dann nach und nach in ein Einverständnis hineinziehen zu lassen.

Es war gut, daß meine Eltern nicht ängstlich warteten, sondern anfingen zu essen, denn Stephan und meine Tante verspürten keinen Hunger und hatten die Zeit vergessen. Sie saßen in einer Konditorei, die einige Häuser weiter vom »Titania-Palast« lag, tranken Kaffee und hatten eine vorsichtige Unterhaltung aufgenommen.

Stephan war weit über seine Verhältnisse hinaus animiert. Seine Lakonie war verschwunden. Er war geradezu redselig geworden. Meine Tante schwieg, aber nicht mehr schüchtern, sondern andächtig. Jetzt sah sie Stephan, wie er wirklich war, und wer hatte diese Wandlung, oder besser, diese Entpuppung bewirkt?

Wenn wir lieben, wollen wir alle Gemütsregungen, jede Stimmungsschwankung und jeden Wechsel der Laune, die wir beim anderen feststellen, auf uns selbst zurückführen. Wenn die Geliebte lacht, natürlich über uns, wenn sie weint, sind wir der Grund dazu, wenn sie sich langweilt, liegt es daran, daß wir sie nicht mehr zu unterhalten vermögen, wenn sie Schmerzen hat, erfindet sie sie wahrscheinlich, weil sie möchte, daß wir sie verlassen, wenn das Telephon besetzt ist, hat sie es blockiert, damit wir sie nicht erreichen können, wenn sie am Ende stirbt, hat sie es ebenfalls uns zum Trotz getan. Es ist nicht leicht, sich vorzustellen, daß die weiße Seele meiner Tante ebenfalls dieser Physik der Gefühle anheimgefallen sein sollte, und doch wäre sie wahrscheinlich enttäuscht gewesen, daß nicht sie allein es war, die Stephan den Mund öffnete. Sie hatte gewiß ihren Anteil daran, profitierte zugleich aber von der Stimmung, in die ihn der Weg durch Bockenheim versetzt hatte. Er fragte sich, was ihn an Bockenheim fesselte, und er mußte sich eingestehen, daß es die muntere Kleinbürgerlichkeit und die farblosen Häuserzeilen allein nicht sein konnten. Allmählich siegte schließlich die sichere Empfindung, hier schon einmal gewesen zu sein, diese Gerüche schon einmal gerochen, irgendwann schon einmal auf solch einem graphitfarbenen Basaltpflaster gestanden zu haben.

Die Konditorei, in die er meine Tante geführt hatte, war ein trauriger Aufenthaltsort. Sie war menschenleer, weil die Bockenheimer um die Mittagszeit nicht in Konditoreien zu sitzen pflegten, und wirkte in ihrer Leere noch trister, als sie es zum trüben Lampenschein in den Zigarettenrauchwolken der alten Frauen am späten Nachmittag tun würde. Die Mittel, mit denen man diesem Raum etwas von dem boudoirhaften Luxus einer Pralinenschachtel hatte geben wollen, standen bei Tageslicht in ihrer ganzen Dürftigkeit vor den Augen der beiden Gäste. Die Plastikwandbespannung war von einer stumpfen Schicht aus Staub und Nikotin überzogen, und in der Glaskuchentheke, die noch nicht für die Nachmittagsgäste gefüllt war, standen die drehbaren Aluminiumtortenständer bereit, als sollten sie versteigert werden. Niemand konnte glauben, daß sich in den schräg ins

Regal gestellten Schachteln mit Industriepralinen ein einziger eßbarer Gegenstand befinde. Diese Konditorei hatte etwas von einer alternden Frau, die nach stundenlangem Kampf vor dem Spiegel resigniert die Schultern fallen läßt und sich geschlagen gibt: Sie kann sich in diesem Augenblick nicht vorstellen, was kurze Zeit später eintreten mag, daß ihr nämlich ein starker Cocktail, warmes Lampenlicht und ihr erstes ungeplantes Gelächter ein paar verlorene Jahre zurückgeben werden.

Meine Tante bemerkte die Schäbigkeit der Konditorei nicht. Sie hatte keine Vergleichsmöglichkeiten, denn sie besuchte niemals eine. Sie hätte gar nicht gewußt, wann und aus welchem Anlaß sie das hätte tun sollen. Im Grunde war eine Konditorei für sie ein überflüssiger Aufenthaltsort. Mit Stephan hingegen hätte sie sich an noch viel dubiosere Orte begeben, ohne zu zögern und ohne darüber nachzudenken. Sie war nun sogar schon mit ihm im Kino gewesen, obwohl sie das fast wieder vergessen hatte, so wenig war ihr die Umgebung im »Titania-Palast« nahegegangen. Sie hatte Schokolade bestellt, Stephan verlangte, daß sie dazu Schlagsahne nahm, und sie willigte ein, indem sie ihn mit einem Blick bedachte, der die Einwilligung selbst in den Schwedentrunk vorbehaltlos einschloß. Stephan probierte seinen Kaffee, der sich als angenehm stark herausstellte, und auch meine Tante kostete mit vögelchenhaftem Nippen von ihrer Schokolade. Sie sah Stephan dabei an und versuchte, beim Schlucken zu lächeln, um ihm zu zeigen, daß sie nicht nur gehorsam sei, sondern daß ihr die Ausführung seiner Wünsche sogar noch Spaß mache. Währenddessen war Stephan weit von ihr entfernt. Sein Grübeln über Bockenheim war fündig geworden, und das erhöhte seine gute Laune und seine Unternehmungslust.

Es war ihm jetzt klar, daß es das helle Grau der Häusermauern war, das ihn angezogen hatte. Diese Mauern waren alle verputzt, nur die Fenster und Türeinfassungen ragten aus dem Putz heraus und bestanden aus roten, vom rußhaltigen Regen mit Streifen versehenen Backsteinen. Der Putz war ursprünglich weiß gewesen, sofern seine feine Porosität, in der sich Millionen winziger

Schattenteilchen fingen, überhaupt je einen monochromen Farbeindruck zuließ. Weil alle Häuser der Straßen, durch die sie gegangen waren, aus denselben Jahrzehnten stammten, in denen sich Bockenheim aus einem kurhessischen Dorf in eine Arbeitervorstadt Frankfurts verwandelte, waren sie auch alle in einem ähnlichen Zustand: Sie waren gealtert, ohne ständig gepflegt und neu angestrichen zu sein, denn die Kriegszeiten hatten den Eigentümern nicht erlaubt, überflüssige Kosmetik an ihren Häusern zu treiben. Zugleich waren diese Häuser jung genug, daß ihnen die mangelnde Pflege in der Substanz nicht geschadet hatte. Sie standen noch kräftig und gesund da, der gute Backstein, der gelegentlich sogar verwandte rote Sandstein bröckelte nicht, sondern bewies seine Solidität besonders plastisch gerade angesichts des Prozesses des Alterns. Nur der Putz war strapaziert. Er hatte, wenn man ihn aus der Nähe betrachtete, ein dichtes Craquelé wie eine feine chinesische Vase, das aber auch von großen Sprüngen durchzogen und in Felder eingeteilt wurde. Nach ein paar weiteren feuchten Wintern würde der Putz eines Tages auf die Straße fallen.

Noch bot der Putz aber einen geglätteten, festen Anblick. Man sah, daß er einmal eine Creme gewesen war, die mit einer Kelle, ähnlich der Kuchenschaufel der Konditorin, mit der sie ein Stück Kirschtorte auf den Teller meiner Tante legte, an die Wand geklatscht worden war, um dann mit einer kundigen Bewegung nach rechts und links in halben Kreisen glattgestrichen zu werden. Gerade weil der Putz nicht papierdünn war, sondern an den Rissen seine Dicke erkennen ließ, hatte die hellgraue Färbung seiner Oberfläche, die aus Partikeln aller Farben bis hin zum mineralischen Funkeln des Kohlenstaubes bestand, eine Körperlichkeit, die ein Träumer gar mit einer organischen hätte verwechseln können: Ihm wäre das Hellgrau des Putzes zur Epidermis geworden, die das Fleisch des Hauses bedeckte. Was die an der Schönheit der Häuser Bockenheims nur peripher beteiligten Architekten gar nicht beabsichtigt hatten, war nun durch die ungestört wirkende Zeit geschaffen worden: Die Häuser hatten jenen Zauber erhalten, der entsteht, wenn unbelebte Substanz beginnt, sich in belebte zu verwandeln, ein Vorgang, den Aristoteles bei der Behandlung des Phänomens der Entstehung der Ungeziefer aus dem Dreck treffend beschreibt.

Als Stephan sich in das Hellgrau der Bockenheimer Straßen verliebt hatte, versuchte er zunächst nicht, den Grund seines Entzückens in Worte zu fassen. Plötzlich fiel ihm die Landstraße ein, die von Saarbrücken nach Paris führte und die ihm damals erschienen war, als ob sie durch verwunschenes Land führte, so gleich waren sich die Felder rechts und links der Straße, so verwechselbar waren die hohen Bäume, in deren reichen Kronen die Misteln wie große Tiere saßen. Meaux hieß ein Ort, den man passierte; Montmirail fiel ihm auch noch ein. In Châlons-sur-Marne hatte er eine Werkstatt aufsuchen müssen, während der Reparatur mit seinem Chauffeur ein Glas Weißwein nach dem andern getrunken und dazu hartgekochte Eier aus dem Ständer der Buffettheke gegessen. Diese Orte galten unter Kennern Frankreichs nicht viel. Sie hatten eher einen schlechten Ruf. Sie seien öde, häßlich, provinziell, voller hoffnungsloser Traurigkeit, jedenfalls nichtssagend und grau. Ja, grau waren sie tatsächlich, daran konnte sich Stephan genau erinnern, der sie im übrigen nicht wirklich betrachtet hatte, denn er tat nie etwas Exzentrisches, und sich in Montmirail umzusehen wäre exzentrisch gewesen. Das hieß aber nicht, daß die abweisenden Häuser, die die Straßen säumten, nicht doch ein Bild in ihm hinterlassen hätten. Dabei bemühten sie sich um Anonymität, ihre Fensterläden waren geschlossen, alle waren sie gleich mit ihren schmalen, hohen Fenstern, den eisernen Gittern davor, einem Dach, das von unten nicht richtig zu erkennen war und deshalb wie ein Flachdach wirkte, selten höher als zwei Stockwerke. Aber das Grau der Häuser war ein Fest, das nicht wie in Bockenheim durch gemauerte Tür- und Fenstereinfassungen unterbrochen wurde, sondern das sich über das ganze Haus ausgebreitet hatte wie ein Ölfleck und ihm eine Substanz gab, die subtiler als Stein, komplizierter als Holz, kostbarer als Zement war. Stephan dachte nur an diese Farbe, als er sich an die Häuser der französischen Städtchen erinnerte. Das Rätsel ihres grauen Wesens entfaltete sich ungestört von jeder kunstvollen Architektur. Es trat beinahe rein vor die Augen des Betrachters, der schließlich glauben konnte, Frankreich habe seine Zivilisation aus seinem Boden empfangen, als wüchsen diese grauen Häuser dort wie grüner Spargel in sandigen Gegenden auf den Feldern, nahrhaftes Grau, zusammen mit perlenfarbenen Austern, basaltfarbenen Forellen und aus sandsteinfarbenem Mehl gebackenem Brot.

Was Stephan in seine angeregte Stimmung versetzt hatte, erfuhr meine Tante nicht. Gleichwohl war sie die Nutznießerin seiner guten Laune, denn während Stephan über die mürben Reize der Farbwelt von Bockenheim und Montmirail nachgrübelte, ruhten seine Augen auf dem Gesicht meiner Tante, das ihm noch nie so frisch vorgekommen war wie jetzt, da er den Spinnweben des Verfalls genießerisch nachhing. Es war ihm auf einmal, als sehe er meine Tante zum erstenmal richtig und als erkenne er etwas, was ihm bisher völlig entgangen sei. Und nicht nur das Bild, das er sich am Tisch meiner Eltern von ihr gemacht hatte, geriet in Gefahr, nein, auch was er mit ihr vorhatte, war plötzlich überholt. Er erkannte seinen Irrtum, und er wußte, daß er von einer Lieblingsvorstellung Abschied nehmen mußte.

Stephan hatte meine Tante, als er sie kennenlernte, mit derselben Nachsicht betrachtet, die ihr jeder Mensch, der nicht ganz aus Stein war, entgegenbrachte. Sie flößte Rührung und Mitleid ein, wo sie ging und stand. Die einzige Ausnahme bildete meine Mutter, deren Vorbehalte bei aller Geschwisterliebe allein aus der Zugehörigkeit meiner Tante zu ihrer Familie entstanden. Wann immer sich jemand, der meine Tante kannte, bei meiner Mutter nach ihr erkundigte und dabei die Stimme schon mit vorsorglichem Mitleid färbte, antwortete sie, wie man über das Ergehen eines mit reicher Beute erfolgreich getürmten Wechselfälschers Auskunft gibt: »Oh, der wird es schon gutgehen. Warum sollte es ihr auch schlechtgehen? Die ist – sorgenfrei. Wissen Sie, die hat ausgesorgt. Ja, da liegt mittlerweile ein ganz nettes Guthaben. Sie tut immer klitzeklein und bescheiden, aber das ist ihre Geschicklichkeit. Meine Schwester ist eine reiche Frau.« Sie vermutete, daß meine Tante vor dem Tode ihres Vaters noch mit Geschenken bedacht worden war, die der Erbmasse entzogen wurden. Daß dieser Verdacht keinen besonderen Groll in meiner Mutter aufkommen ließ, lag nur daran, daß sie ihn gegen alle ihre Geschwister hegte und diese mit ihr nicht anders verfuhren. Es handelte sich einfach um eine Idiosynkrasie, die den Nachkommen meines Großvaters anstelle eines Vermögens hinterlassen worden war und die nur selten zu Bitterkeit führte, die aber Mitleid für die Schwester vor Dritten nicht gestattete. Anspielungen auf die finanziellen Ressourcen meiner Tante, mit denen meine Mutter übrigens auch Stephan gegenüber nicht gespart und dabei ein Gesicht aufgesetzt hatte, als ob sie über Ines Wafelaerts oder Frau Oppenheimer gesprochen hätte, mußten Stephan freilich als provinzielle Verrücktheit vorkommen. Meine Tante roch nun einmal nicht nach Geld. Sie besaß nicht die überlegene Aura, die finanziell unabhängige Leute auch dann umgibt, wenn sie glanzlos und blaß daherleben. Sie war wie eine Nonne, die in einem schönen Kloster lebt und dort nicht einmal einen Strumpf ihr eigen nennen kann – das war es, sie sah nicht aus wie jemand, der die Verfügungsgewalt über irgend etwas besitzt, mochte sie im übrigen so wohlhabend sein, wie meine Mutter es wollte.

Stephan war jedenfalls anderes gewöhnt. Es gab Tage, an denen er nachdenklich gestimmt war und die ihn zu kleinen Gedächtnisfeiern inspirierten. Er öffnete dann seine Kommodenschublade und die Fächer seines unbenutzten Schreibtischs und holte allerlei Gegenstände heraus, die er in einer Reihe anordnete: mehrere kostbare Feuerzeuge in Gold, Silber, Platin und Schildpatt, drei Paar Manschettenknöpfe, eins in der Art goldener Kaffeebohnen, ein weiteres mit Rubincabochons geschmückt, das dritte mit dem gravierten Bild eines davonflatternden Rebhuhns. Dies Geschenk war Ergebnis eines Mißverständnisses, denn Stephan jagte nicht. Außerdem entnahm er schnappenden Lederetuis zwei Krawattennadeln: ein mit Smaragdsplittern besetztes goldenes Hufeisen, das er kopfschüttelnd betrachtete, und eine ziemlich schamlos quellende Orientperle, die als phantastisches Stück Obst aufgefaßt war und die zwei grün emaillierte

Blätter umgaben. Daneben legte er ein goldenes Zigarettenetui, er klappte es auf und las innen den weiblichen Schriftzug »Almost«. Während sich seine Gedanken über der Anstrengung verloren, was wohl »beinahe« hätte eintreten können, suchten seine Hände noch weiter in der Schublade und fanden schließlich einen silbernen Flakon, mit Datum vom 12. Mai 1949 graviert, und einen aus Kristall mit silbernem Schraubverschluß. Stephan legte die Stirn in seine Hände und stierte auf die ausgebreiteten Sachen. Dann erhob er sich und ging zum Kleiderschrank, an dessen Innentüren seine zahlreichen Krawatten hingen. Er griff in die bunte Seide und ließ sie wieder zurückfallen. Die eine oder andere Krawatte hielt er länger fest und schüttelte wieder den Kopf. Die Erinnerung ergänzte, was bei der Parade, die er auf dem Schreibtisch abhielt, fehlte, weil es verbraucht worden war, zum Beispiel die Kistchen mit Havannazigarren, die Flaschen mit Rasierwasser, die Kaviarbüchsen. Auch das, was ihn als Antwort auf die erhaltenen Tributleistungen verlassen hatte – die Opernbilletts, die Schachteln mit weißen Rosen, die Champagnerflaschen, das Parfum und die Wochenenden in entlegenen Hotels am Meer –, alles war wieder da.

Er fühlte, wie sich sein Zimmer mit Waren aller Art anfüllte, die einmal in der Absicht ausgetauscht worden waren, daß sie die sich Beschenkenden in der tröstlichen Sicherheit wiegten, für kurze Zeit nicht allein auf der Welt zu sein. Waren seine Affären etwa nicht von allen Umständen begleitet, die klassischerweise dazugehörten?

Diese Gegenstände waren ihm lieber als Photographien, die selten betrachtet in dem äußersten Winkel der Schreibtischschublade ein Schattendasein führten, weil er sich häufig nicht mehr sicher war, wer sie ihm eigentlich geschenkt hatte. Gelegentlich sorgte er dafür, daß er beim Anziehen die Geschenke mischte. Er verließ dann das Haus in dem Bewußtsein, daß er mit Pullover, Krawatte, Manschettenknöpfen und Feuerzeug vier von verschiedenen Frauen stammende Geschenke bei sich trug. Diese Geschenke waren Waffen, er fühlte sich gerüstet, aber zu welchem Kampf? Sie waren untrügliche Beweise, aber wofür genau? Stephan ging allein durch die frühlingshafte Vorstadtstraße und fühlte sich von vier Schemen umflattert und umschwebt, ein Aggregatzustand der Schenkerinnen, den er im nachhinein ihrer realen Körperlichkeit vorzuziehen gelernt hatte.

Von meiner Tante war nun kein goldener Füllfederhalter zu erwarten, auch wenn sie ihn ohne weiteres hätte bezahlen können. Es wäre ihr nicht eingefallen, der Ausstattung Stephans, selbst unter den bedrohlichsten Anfällen von Verliebtheit, von sich aus etwas hinzufügen zu wollen. Sie konnte sich ohnehin nur schwer vorstellen, daß überhaupt irgendwann irgendwer einmal allen Ernstes einen solchen Wertgegenstand gekauft hatte, obwohl ihr Familien bekannt waren, in denen es so etwas gab. Aber dort mußten Gold und Silber eben eines Tages vom Himmel gefallen sein; nun waren sie an einem Platz angelangt, an dem sie sich wohl fühlten, und wenn nicht ein Krieg oder böse Diebe kamen, dann würden sie bis zum Ende der Welt dort bleiben.

Stephan hatte meine Tante an jenem Tag, als er sie kennenlernte, kaum beachtet. Meine Tante jedoch hing vom ersten Augenblick an seinen Lippen, und es war die Verwirrung, die sie nicht mehr verbergen konnte und die zu kleinen Malheurs am Tisch führte, die Stephan schließlich auf sie aufmerksam machten. Es war ein sonderbares Bild, die beiden nebeneinander sitzen zu sehen. Schon von ihrem Äußeren her hatten sie wenig miteinander gemein. Stephans Kragen war von einer goldenen Nadel, einem Geschenk von Florence, das niemals an der Geschenkparade teilnahm, eng um seinen Hals gehalten, was seinem Habitus zu allem anderen noch den Anschein von Disziplin und Strenge gab. Meine Tante hingegen befand sich in voller Auflösung, ihr Haar stand nach den verschiedensten Richtungen vom Kopf, ihr reizloser Pullover hatte schon Suppenflecken, auf ihren Wangen zeigten sich bereits die Partien, auf denen bald die roten Flecken leuchten würden. Stephan zerteilte das Brot mit einer ruhigen, in ihrer geschickten Entschiedenheit hübschen Bewegung. Um den Teller meiner Tante aber lagen die Brotkrümel als Zeugen ihres unbeholfenen Zerpflückens in einer Menge, als wolle sie dort Spatzen füttern. Je mehr sie Stephans Augen auf sich fühlte, desto erfolgloser wurden ihre Bemühungen, ihre Bewegungen zu koordinieren. Die mit dieser Aufgabe betrauten Regionen des menschlichen Hirns erwiesen sich bei ihr als unmittelbar mit dem Herzen verbunden. Sie wollte einen Schluck trinken, nahm die Serviette, um sich den Mund abzuwischen, mit der Hand, in der sie, was ihr entgangen war, noch einen vollen Löffel hielt, bemerkte auf dem Körper die wohlige Wärme der niederträufelnden Suppe, warf alles auf einmal hin, fegte ihr verwüstetes Brotstück auf den Boden und schlug schließlich, als sie sich bückte, um es wieder aufzuheben, so hart mit dem Hinterkopf an die Tischkante, daß der Tisch erzitterte und die Suppe in allen Tellern gefährlich schwappte.

Dies und der folgende Augenblick, als nämlich meiner Tante die Tränen in die Augen schossen und allgemeine Sorge um die Beule auf ihrem Hinterkopf die Tischgesellschaft beherrschte, war der erste, in dem Stephan meine Tante als Frau anzusehen begann. Er selbst hätte sich über diese Tatsache am meisten wundern müssen: eine ungraziöse alternde Jungfer, ein Mauerblümchen, eine hoffnungslose Provinzlerin würde sich in der Reihe der Frauen, für die Stephan sich bisher maßvoll interessiert hatte, sonderbar ausnehmen. Stephan hatte jedoch keine Zeit, sich zu wundern, denn es begann ihn eine Vorstellung zu beschäftigen, die ihm bisher unbekannt geblieben war, die ihm gleichwohl schon bei ihren ersten Regungen so ungeheuer gut gefiel, daß er bei ihr verharrte und schließlich so zufrieden mit ihr war, daß ihm sein ungewohnter Entschluß selbstverständlich vorkam. Es wäre möglicherweise nicht zu einer solchen Vorstellung gekommen, wenn Stephan nicht vorher bemerkt hätte, daß er die Verwirrung meiner Tante hervorgerufen hatte, und wenn ihm der Grund dieser Verwirrung nicht wenigstens flüchtig klar gewesen wäre. Wie bei vielen Menschen war auch bei Stephan die Ökonomie der Gefühle derart entwickelt, daß ihm eine Gefühlsinvestition ins Blaue hinein nicht unterlief. Seine Affekte begannen erst zu blühen, wenn sichergestellt war, daß auf der anderen Seite der Boden dafür bereitet war. Es wäre sinnlos, Stephan deshalb tadeln zu wollen. Diese Ökonomie stand in Verbindung mit seinen geringen Kräften. Seine Natur, die ihre Begrenzungen in ihre Planung einbezog, sorgte dafür, daß er sich so selten wie möglich verausgabte.

Stephan also sah meine Tante in ihrer ganzen unbeholfenen Verzweiflung, er sah ihre schüchterne Neigung, ihr graues Leben, und er lächelte ein bißchen. Niemals fühlte er sich so sehr im Vollbesitz seiner Kräfte wie jetzt, da er meiner Tante eine kalte Messerklinge auf den Hinterkopf preßte und sie mit harmlosen kleinen Witzen zu trösten suchte. Er spürte ihre Wärme, ihre feinen Knochen, ihre sanft abfallenden Schultern, die sich jetzt im Weinen auf und ab bewegten, und er empfand dabei eine überwältigende Sympathie für sie. Es kam ihm plötzlich der Gedanke, daß er dazu berufen sein könne, in diese armselige Existenz ein wenig Glanz zu bringen, über dieser karstigen Küste seine Sonne aufgehen zu lassen und sie mit einem Überfluß an Wärme zu bestrahlen. Er, dem sich weiß Gott andere Abenteuer anboten, würde nun dieser kleinen Person ihren ihr bestimmten Zipfel Glück bringen. Stephans Gestalt straffte sich unter dieser Vorstellung, er strahlte, als meine Tante, deren Schmerz nachließ, den Kopf hob und ihm ihr verheultes Gesicht entgegenhielt. Die Sonnenstrahlen zeigten eine erste Wirkung, ihr Gesicht regte sich, und auch sie lächelte ein wenig. Stephan entschied, daß dieser Erfolg fürs erste genügen müsse, denn er fürchtete, meine bescheidene Tante zu blenden. Er gedachte, in kleinen Schritten vorzugehen, und ermutigte sie mit unauffälligen Gesten, wann immer er sie sah. Als die Schreibmaschine meiner Tante kaputtging, war die Spannung zwischen ihnen schon angestiegen.

Meine Tante trank bereits ihre zweite Tasse Schokolade. Wie immer hielt sie sich dabei nicht gerade, und doch war ihre Haltung verändert. Sonst sprach ihr krummer Rücken von der Angst, für hochmütig zu gelten, wenn man hochaufgerichtet durch die Welt gehe und den Kopf auftrumpfend in den Nacken lege, als zückte nicht über jedem Hals das Schwert des Gerichtes und der Verdammnis. Ihre übliche Haltung war, bei hochgezogenen Schulterblättern die Ellenbogen an den Körper zu drücken, den Kopf bewegte sie wie ein kleines Tier, das im Wald aus seinem Astloch in die feindliche Welt guckt und jederzeit eines Angriffs gewärtig sein muß. So sehe ich sie noch an der Straßenbahnhaltestelle im Nieselregen stehen: Sie war der einzige Mensch, der es nicht wagte, sich über das Wetter zu beschweren, es vielmehr hinnahm, wie ein folgsames Familienmitglied die üble Laune des Haustyrannen als dessen gutes Recht ansieht. Ihre Baskenmütze war voll Wasser gesogen, weil sie den Mechanismus ihres zusammensteckbaren kleinen Schirms durch ihr hastiges Vorgehen verbogen hatte und ihn deshalb nicht aufspannen konnte.

Jetzt sah diese Mütze auf einmal anders aus. Die Locken kamen wie das wilde Haar eines Pagen darunter hervor, und die Mütze selbst hatte etwas Verwöhntes, sie war wie ein Barett und hätte Federn tragen können. Meine Tante saß schlaff auf dem Sesselchen der Konditorei, eine Hand lag ruhig auf dem kühlen Tischchen, ihr Gesicht war zwar wie stets von unten her Stephan zugeneigt, hatte aber seine Gespanntheit verloren. Es wäre zuviel gewesen, wenn man ihre Haltung gelöst genannt hätte, weil in diesem Wort eine heitere Gelassenheit mitschwingt, die meine Tante auch in ihren glücklichsten Stunden niemals kennenlernen sollte. Aber ihre Haltung hatte eine Passivität gewonnen, eine kraftlose Lähmung, die Stephan noch niemals an ihr gesehen hatte, weil er die Photographie nicht kannte, die sie zusammen mit ihrem Vater in Montreux zeigte. Ihre großen braunen Augen waren ausdruckslos und zeigten, daß sie keinem Angriff mehr Widerstand leisten wollte. Meine Tante sah auf einmal wieder wie der weibliche Besitz eines Paschas aus, wie eine Frau, die ihr tötend langweiliges Leben in einem Harem führt, jederzeit bereit, sich von ihrem Herrn in jeder erdenklichen Weise benutzen zu lassen. Seit dem Augenblick, als Stephan eingefallen war, im Titania-Palast ihre Hand zu berühren, war eine Mauer in ihr weniger zusammengefallen als vielmehr einfach zerstäubt. Was hinter dieser Mauer lag, wußte sie nicht, jedenfalls hatte es keinen einfachen Namen, es hieß nicht »Sehnsucht« oder »Begierde«, es hieß auch nicht »Lust« oder »Glück«, es war etwas großes Blasses, das da plötzlich auftauchte, die Bereitwilligkeit, in allem und jedem, was sie nur erahnen konnte und worin sie bisher nur den Anweisungen ihrer Eltern, ihrer Direktorin und dem strengsten Herrn, den sie kannte, ihrem Gewissen nämlich, gefolgt war, von jetzt an Stephan zu folgen. Was Stephan befahl, sollte gut für sie sein, es sollte keiner Überprüfung mehr bedürfen, es trat an die Stelle aller früheren Prinzipien ihres Lebens.

Stephan erkannte nicht die Radikalität ihres Stimmungsumschwungs, aber er sah, wie sie sich verändert hatte. Meiner Tante war klar, daß sich in ihr etwas Unheimliches und Unabsehbares ereignete, etwas, worüber sie keinesfalls froh sein konnte, weil es mit dem Zusammenbruch von so viel Gutem und Altem erkauft war. Ohne in die Zukunft zu sehen, ohne an Konsequenzen zu denken und ohne auch nur ausdrücken zu können, was geschah, wurde sie Zeuge ihrer Demoralisation: ein einschneidender Vorgang, der trotzdem bemerkenswert undramatisch vor sich ging, wie sie selbst mit Staunen feststellte, denn sie hatte sich den in ihren ›Philologischen Arbeitsblättern‹ gelegentlich angesprochenen »Verlust der Mitte« irgendwie geräuschvoller vorgestellt. Stephan jedenfalls verstand, daß meine Tante nicht mehr die Frau war, der er als Erzengel einen verklärenden Goldtupfer in den grauen Alltag setzen konnte. Während er die Hingegebenheit in der Haltung meiner Tante aufnahm, während er die hypnotische Stumpfheit ihres Blickes aushielt, kam sie ihm überhaupt wie ausgewechselt vor. Stephan bemerkte zum erstenmal, daß meine Tante eine hübsche junge Frau war. Warum war ihm so lange verborgen geblieben, daß sie eine kleine gerade Nase hatte und daß ihre Lippen weich und voll waren? Was hatte ihn gehindert zu sehen, daß meine Tante die schönste, perlenhafteste Haut hatte, auf der Stirn hell, auf den Wangen rosig, auf den Lippen von einer Farbe, die die feinste Fleischsubstanz verriet. Stephan verweilte bei der Betrachtung ihres Mundes: Er stellte fest, daß ihre Mundwinkel nach innen gezogen waren, und er stellte sich vor, daß er, wenn er meine Tante küssen würde, erleben werde, wie sich eine ganze polypenhaft köstliche Innenwelt aus diesem

Mund herausstülpte, die in einer zart salzigen Flüssigkeit ihre Glätte und Gefügigkeit bewahrte. Er kam sich, wenn er an seine neue Lieblingsvorstellung dachte, nämlich meiner Tante großmütig die ihr zustehende einmalige Ration an Glück zuzuteilen, auf einmal lächerlich vor, aber er wußte auch, wenn er meiner Tante in die Augen sah, daß eine Liaison mit ihr nichts von den Erlebnissen haben werde, die er bisher mit Frauen gehabt hatte.

Stephan war über den Freundeskreis seiner Mutter mit kurzlebigen Affären in befriedigendem Umfang versorgt worden. Er liebte es, sich von einer umsichtigen Dame, die unverbindliche Abwechslung suchte, entdecken und pflücken zu lassen. Sein herausforderndes Abwarten war von Anfang an für die Gestaltung seiner ehebrecherischen Divertimenti von Vorteil. Sie belastete den Anfang der Beziehung nicht mit allzuviel Investitionen an Einfällen, falschem Feuer und rhetorischen Kraftakten, und sie erlaubte in der Zeit der Routine, zu deren Beginn die Beziehung an sich hätte abgebrochen werden müssen, ungehemmte Launen, über die die Dame sich noch nicht einmal beschweren durfte. Wo andere Liebhaber sich Sorgen machen mußten, wie sie den Übergang von der leidenschaftlichen Anfangsphase zu der Periode der Langeweile und des Überdrusses am glaubwürdigsten inszenierten, blieb Stephan sorgenfrei. Seinen Verehrerinnen war bald klar, daß er die Vorteile der mühelosen Verführbarkeit mit den Nachteilen der Unbeständigkeit und Rücksichtslosigkeit des Kindes in sich verband. Mit seinen schwarzen Federchen an den Schläfen hielten sie ihn für eine Elster, und tatsächlich gelang es ihnen manchmal, ihn durch ein glitzerndes Geschenk für eine kurze Zeit aus dem Gleichgewicht zu bringen, bis er es lächelnd in die Rocktasche steckte und der Zauber des glänzenden Gegenstandes die Elster nicht mehr blendete.

Diese Knabenhaftigkeit, die er trotzig für sich beanspruchte, mit der er aber auch kokettierte, war für sein Verhalten in Liebesangelegenheiten das Hauptmerkmal, es war für ihn auch die Quelle des wichtigsten Genusses in diesen Dingen, nämlich des Vergnügens an einer Tyrannei, die nur ausüben kann, wer sich benutzen läßt. Zudem war diese Haltung kräftesparend, weil sie es sich leisten konnte, mit winzigen Gesten auszukommen. Stephans Verehrerinnen benutzten, wenn sie ihm erst einmal freiwillig und vergnügungssüchtig, wie sie sich in ihrem Alter und bei ihren Erfahrungen verhalten wollten, auf den Leim gegangen waren, ein seelisches Vergrößerungsglas, unter dem sich bereits die zögernde Bewegung von Stephans kleinem Finger als gewichtige Beifalls- oder Zornesbekundung darstellte. Ihre Selbstachtung schrieb ihnen vor, von der einen oder anderen tränenreichen Entgleisung abgesehen, an ihrer Rolle als überlegener, abgebrühter Liebhaberin mit dem überraschend großmütigen und zugleich zärtlichen Herzen festzuhalten. Es gab kaum eine unter ihnen, die Stephan nicht irgendwann einmal am Telephon zuraunte, sie habe ihn heute morgen auf Zehenspitzen verlassen und bewußt vermieden, ihn aufzuwecken, er habe so entzückend kindlich geschlafen. Stephan steckte ihnen dann am Telephon die Zunge heraus und krauste seine Nase, sagte aber brav und ebenso sonor, wie es für den ihm zukommenden Part erwartet wurde: »Du bist ein Schatz«, bevor er auflegte und seine Augen anklagend zur Zimmerdecke wandte, ein Blick, der ein Erbstück seines Vaters war und früher einmal das vertraute Gespräch seiner Vorfahren mit dem Herrn des Alten Bundes begleitet hatte.

Stephan nahm nachdenklich Abschied von der Rolle des Mignon. Er wollte keiner mehr sein, weil meine Tante, wie er sie jetzt sah, damit wohl noch weniger hätte anfangen können als mit einem himmlischen Beglücker und Tröster. Überhaupt, so fühlte er, hatte das Spiel, zu dem ihn der Anblick meiner Tante unwiderstehlich verlockte, einen anderen Namen als die, die er bisher ausprobiert hatte. Er vermutete zugleich, daß wohl auch andere Mittel angewandt werden mußten, um meine Tante aus ihrer erwartungsvollen Trance aufzuwecken. Stephan begann Dinge zu denken, denen er bisher peinlich verboten hatte, auch nur in seinen verborgensten Träumen aufzutauchen.

Er hatte seine Träume im allgemeinen unter Kontrolle. Sie waren ihm zu Diensten, sie hatten sich daran gewöhnt, ihm zu seiner Bequemlichkeit zur Verfügung zu stehen. Im Bett der Agnes brauchte er nicht einmal mehr die Augen zu schließen, um das Erscheinen der Träume zu erzwingen. Tiroler hatte eine weitere seiner zahlreichen Enttäuschungen, die ihm Stephan bescherte, erlebt, als er die mageren Notizen las, die ihm vorlagen, als er Stephans Wunschträume studierte. Was da kam, war flach und ausdrucksarm, jedenfalls für einen, der von seinen traumwilligen Patienten starken Tobak gewohnt war. Im wesentlichen herrschte in diesen Träumen der Wunsch vor, fliegen zu können, und wenn auch ein erfahrener Mann wie Henry Tiroler daraus zunächst viel Honig saugen konnte, wäre es doch schön gewesen, wenn dies Fliegenkönnen noch durch weitere, weniger angenehme Traumbilder ergänzt worden wäre, ja, wenn wenigstens das Wohlgefühl des Fliegens sich bisweilen in irgendeine Angst, etwa die vor dem Absturz, verwandelt hätte. Nichts dergleichen stellte sich jedoch in Stephans Träumen ein. Dabei bemühte sich Stephan um Ehrlichkeit gegenüber dem Therapeuten. Vielleicht hätte er ihm sogar einen Traum erzählt, wie ich ihn als kleiner Junge von meinem Teddybären und Madame Wafelaerts geträumt hatte, sicherlich ein nahrhaftes Futter für die exegetische Phantasie des Dr. Tiroler. Aber Stephan konnte sich an solche Träume nicht erinnern. Er wußte nur noch, wie er, wenn er nachts erwachte, durch den schweren Atem der nebenan schlafenden Agnes alsbald wieder in den festesten Schlummer zurückgeführt wurde. Nun zeigte sich jedoch, daß ihm dadurch, daß er als Kind blutige Kämpfe mit seinem Bären nächtens nicht geführt hatte, die mit solchen Traumphantasien verbundenen Gefühlsregungen nicht erspart werden sollten. Er begann sich zu fragen, was er wohl tun müsse, um meine Tante in ihrer Haremsträgheit zu erschüttern. Er sah ihre weiße, kleine Hand auf der Tischplatte liegen, neben den wehrhaften Gabelzinken, das weiche Fleisch neben dem spitzen Stahl. Stephan erlebte mit Schrecken, daß sich plötzlich ein anderes Gesicht vor das meiner Tante schob. Es hatte einen entsetzten Ausdruck, Angst stand in seinen Zügen, und aus dem rechten Winkel des schönen Mundes sickerte ein wundervoll gefärbter Streifen Blut. Stephan schloß die Augen und wischte das Bild mit Entschlossenheit weg. Er konzentrierte sich wieder darauf, was er sagte, denn er sprach schon lange, ohne darin von meiner Tante unterbrochen zu werden. Seine Erzählung lenkte ihn schließlich ab. Zur Unterstützung dieser Wirkung schob er die Gabel von der Hand meiner Tante weg, die ohnehin nicht mehr aß, ihr Körper war jetzt unfähig, sich mit irdischer Nahrung zu nähren.

Stephans Erregung wuchs wieder, nachdem er die unheilvollen Assoziationen zurückgedrängt hatte, er sah meine Tante an. Sie hatte die Augen niedergeschlagen, denn ihre Empfindung für Stephan war noch zu jung, als daß ihr der Ausdruck der Gier, die auf einmal in seinem Blick lag, schon hätte Gefallen einflößen können. Und während dieser Empfindungen und Entwicklungen der Gefühle auf beiden Seiten hatte Stephan immer weiter gesprochen. Er erzählte meiner Tante und sprach so ungehemmt, wie er es schon lange nicht mehr getan hatte, über seine Erlebnisse in Paris, genaugenommen über ein ganz bestimmtes Erlebnis, das ihm bei diesem Spaziergang durch Bockenheim wieder vor Augen getreten war. Seine Erinnerung, die durch die Art der Häuser und Straßen Bockenheims angeregt worden war, hatte in dem alten Kino eine Tür geöffnet, die lange verschlossen war.

»Wie diesen ›Titania-Palast‹ zwischen den Wohnhäusern kannte ich in Paris ein kleines Theater, in dem ich manchmal gewesen bin. Da wurden die komischsten Stücke gespielt. Da muß mich irgendein dummer Zufall hingeführt haben. Das Theater war nicht größer als das Kino eben. Aber es gab natürlich Logen, doch dadurch wurde es auch nicht größer«, sagte Stephan. In der Konditorei begann er erneut von seinem Theater zu sprechen, und das gab ihm den Schwung, von dem meine Tante glaubte, daß sie ihn hervorgerufen habe. Sie veränderte ihre Haltung und ihren Ausdruck, halb unfreiwillig, wie wir wissen, und diese Änderung sollte ihre nachhaltige Wirkung auf Stephan nicht verfehlen. Daß er immer weiter von fernliegenden Dingen, nämlich seinem Theater sprach, bekam seiner Geschichte nicht gut. Er verlor manchmal den Faden und das

Gefühl für die Folgerichtigkeit. Aber meine Tante war keine strenge Zuhörerin, jetzt erst recht nicht. Sie hing an seinen Augen und an seinen Lippen und hätte auch hingenommen, wenn wie bei einem Tonausfall im Kino kein Laut an ihr Ohr gedrungen wäre, während sein Mund ihr das kostbare Schauspiel beständiger Bewegung bot.

IV.

Meine Tante hegte eine verborgene Liebe zu allem, was mit dem Theater zusammenhing. Verborgen war diese Liebe einesteils, weil sie sich überhaupt keine Präferenzen ihres Geschmacks erlauben zu dürfen glaubte. Irgendeinen Gegenstand vor einem anderen herauszuheben erschien ihr als Anmaßung. Zum anderen versetzte sie das Theater in einen Zustand der Erregung, von der sie nicht wußte, ob sie nicht Anlaß hatte, sich ihrer zu schämen. Dabei war sie eine Intellektuelle. Das einstige Vorurteil der Kirche gegen das Theater war ihr bekannt, und sie teilte mit ihren Kollegen die Erleichterung darüber, daß diese Einstellung einer versunkenen Epoche angehörte. Kopfschüttelnd las sie über die sittlichen Vorsichtsmaßnahmen, die dazu führten, daß Frauen von den Bühnen des Kirchenstaates verbannt waren und junge Männer die weiblichen Rollen übernehmen mußten, was zu nichts anderem als neuer Verderbnis führte. Sie bewunderte den Geist der Kirchenführer, die es verstanden hatten, sich den Fortschritt und die neuen Errungenschaften der menschlichen Vernunft zunutze zu machen und die Kirche vor Versteinerung zu bewahren. Nein, es waren keine geistlichen Bedenken, die meine Tante veranlaßten, ihre Theaterliebe im Zaum zu halten und sich theatralischen Darbietungen nur auszusetzen, wenn es galt, ihre Schülerinnen einmal im Jahr in eine Klassikeraufführung zu begleiten oder gar selbst mit ihnen ein kleines Theaterstück einzustudieren: mit der energischen Unterstützung der Mère Bénédicte war noch im vorigen Jahr eine szenische Bearbeitung des ›Kleinen Prinzen‹ von dem vom ganzen Lehrkörper heiß verehrten Postflieger Saint-Exupéry aufgeführt worden. Meine Tante war heiter und glücklich, als sie erzählte, wie wunderbar komisch Mère Maria Caritas gespielt hatte, die wegen ihrer tiefen Stimme die Rolle des »Trinkers« verkörperte. In solchen Augenblicken wagte sie es, sich selbst ihre Liebe zum Theater zu bekennen, die bei anderen Gelegenheiten ein heimlich schwärendes Dasein führte.

Wenn eine Schauspielerin mit einem satt klingenden Timbre auf der Bühne stand, ihren Oberkörper vorbeugte, so daß ihre Brüste auf ihren nach vorn gestreckten Unterarmen lagen, das dunkelrote Haar in wüsten Wirbeln rechts und links das weiße Gesicht umschäumte und sie aus Leibeskräften schrie – dann geriet meine Tante in eine Verwirrung, die ihr häufig nicht einmal mehr gestattete, am Schluß der Vorstellung die Ausgangstür und die Garderobe zu finden, wo ihre Baskenmütze auch dann noch einsam hing, wenn alle anderen Mäntel und Regenschirme längst abgeholt waren. Mit verstörtem Blick irrte sie durch die Gänge des Theaters im Bürgersaal. Sie nahm nichts wahr, weil der Aufruhr ihres Innern die Richtung ihrer Sinne umgekehrt hatte, so daß ihre Augen nur noch mit der Betrachtung von dunkelroten Locken und ihre Ohren mit dem Vernehmen jenes einzigartigen Schreies befaßt waren, ungeachtet des Umstandes, daß dieser Schrei vor Stunden bereits im dunklen Theatersaal verklungen war und daß die ungebärdige Lockenpracht längst wieder mit Nadeln angeheftet auf einem Perückenkopf ruhte. Meine Tante hatte gelernt, daß das Theater, für das sie wie kaum eine andere empfänglich war, für ihre Seelenruhe einen zu starken sinnlichen Reiz enthielt. Demütig nahm sie in Kauf, von ihren Kolleginnen, die alle Abonnements besaßen, als unmusisch bezeichnet zu werden, und leistete Verzicht auf etwas, zu dessen Genuß gerade sie geboren war. Wann immer sie jedoch einen Zipfel der Theaterwelt zu fassen bekam, hinderte sie ihr loyales Herz nicht daran, für den Gegenstand seiner Träume schneller zu schlagen, und die kleinen Erregungen erinnerten sie daran, daß ihre große Leidenschaft auch durch die härteste Entbehrung nicht auszuhungern war.

Die losen Reden, mit denen meine Mutter das Pathos der alten Schauspieler ebenso verspottete wie den neuen Stil künstlicher Nüchternheit bei den jungen, verstörten meine Tante, die meiner Mutter ihre Leichtfertigkeiten natürlich nicht zu verweisen wagte. Nur einmal erlaubte sie sich, gegen meine Mutter Partei zu ergreifen, die den kleinen Aufstand im übrigen nicht bemerkte und ihn auch keineswegs übelgenommen hätte: meine Mutter, die von der Theaterbegeisterung meiner Tante nichts ahnte, hätte sogar alles darangesetzt, ihre Schwester unablässig ins Theater zu treiben, wie sie dafür sorgte, daß meine Tante während ihres Aufenthaltes in Frankfurt mindestens eine Omnibus-Tour mit den berufstätigen Frauen der Gemeinde unternahm, und daß sie keineswegs unterließ, die staubigen Dinosaurier des Senckenbergmuseums zum wiederholten Mal einer Besichtigung zu unterziehen und dabei die überraschende Verwandtschaft der Reptilienskelette mit dem Skelett des Menschen vermittels eines anatomischen Handatlanten akribisch so lange zu untersuchen, bis zu Hause das Mittagessen auf den Tisch gestellt wurde.

Meine Tante stand gerade vor dem Aufbruch in das Museum, wo sie ihre Forschungen, seitdem sie an der Auseinandersetzung um die Lehren des Paters Teilhard de Chardin teilnahm, mit wachsender Unruhe betrieb. Sie hatte, auf unserem Balkon sitzend, ihre letzte Tasse Tee noch nicht ausgetrunken, als ein neues Radioprogramm, das durch die geöffnete Balkontür zu hören war, sie noch einmal festhielt und sie veranlaßte, die Familie zu bitten, das Programm nicht zu wechseln, wie es sonst immer geschah, wenn die Musik aufhörte und die gepflegten Stimmen der Sprecher sich vernehmen ließen. Niemand widersprach ihr, denn wir alle hatten ohnehin der Musik nicht wirklich lauschen können; mehrere Wespen umflogen uns, die die Aufmerksamkeit meiner Eltern und auch die meine vollauf gefangennahmen. Wir wedelten mit den Händen, riefen Warnungen und verrenkten die Hälse, um den bösen Insekten zu entkommen.

Mein Interesse galt vor allem einer Falle, die wir den Wespen gestellt hatten: ein Glas, dessen Boden mit Honigwasser bedeckt war, stand auf der Fensterbank aus Buntsandstein, etwas abseits vom Frühstückstisch mit seinen Johannisbeer- und Stachelbeergeleegläsern, aber doch nah genug, um Wespen, die ihre Jagd- und Sammelwut zu den Geleegläsern lockte, noch zu verführen, auch einmal festzustellen, wie der Inhalt dieses Glases wohl beschaffen sei. Immer wieder faßte eine der Wespen den Entschluß, aus dem kleinen Schwarm herauszufliegen, um an dem vermeintlich leichter zugänglichen Platz eine sattere Beute zu finden. Die Unstetheit ihres Fluges, der sich tastend durch hindernisfreien Luftraum bewegte, weckte jedesmal in mir die Ungewißheit, ob die gierige Wespe das Honigwasserglas auch tatsächlich entdeckt hatte und dieser Entdeckung auch schon der Wille gefolgt war, es einmal abseits von den anderen mit dem Räubern zu versuchen. Alsbald jedoch offenbarten die Wege des Tieres die Zeichen der Zwangsläufigkeit. Es umtanzte die Beute, sicherte sich den Weg, von seinem begrenzten Instinkt dazu verurteilt, die Gefahr im Umkreis des Süßen, nicht aber im Süßen selbst suchen zu müssen. Mit großer Vorsicht ließ sich die Wespe schließlich in das Glas hinab und rief bei uns in der steten Langsamkeit ihres Sinkens beinahe den Eindruck hervor, als seile sie sich an einem durchsichtigen Faden ab. Diese hohe Geschicklichkeit ging aber nicht mit der Fähigkeit einher, die augenfälligen Zeichen der Warnung zu erblicken, die ein vernunftbegabtes Wesen augenblicklich in die Flucht geschlagen hätten. In der goldenen Honigmilch schwammen entsetzlich im Todeskampf verkrümmte Wespen, dicht an dicht, und zeigten die Aussichtslosigkeit des Schicksals, die jedem ihrer Artgenossen drohte, der mit seinen Beinchen die klebrige Ebene erst einmal berührt hatte. Aber anstatt sich durch die Leichen abschrecken zu lassen, wurden die Wespen offenbar gerade durch sie ermutigt, sich ganz und gar auf ihr Abenteuer einzulassen, denn die Leiber der Getöteten bildeten bereits eine Insel im Honigsee, weil sich die Körper wie die silbernen Mokkalöffel in einem Besteckkasten ineinanderschmiegten und der trügerische Eindruck einer festen Fläche entstand. Selten wurde der Verfall von Moral und Pietät dermaßen schnell bestraft wie in der kleinen Welt unseres Honigglases. Die Wespen, die es sich als Vorteil ausgerechnet hatten, auf dem Körper einer toten Wespe zu stehen, um von dort aus bequem Honig zu saugen, wurden grausam enttäuscht. Kaum hatten sie ihre Aufstellung genommen, als schon der schwimmende Körper unter ihrer Last wegtauchte und Brust und Beine der Wespe von Honigwasser benetzt und verklebt waren. Da bemerkte die Wespe, was geschehen war. Jetzt beherrschte sie nur noch der Gedanke an die Flucht. Ohne Kontrolle über die Richtung der Flugbahn schoß sie wie eine Billardkugel an den Glasrand und wurde von der Kraft des Aufpralls genau dahin zurückbefördert, von wo sie aufgebrochen war, diesmal aber berührten ihre libellenzarten Flügelhäutchen den Honig, und nun war alles, was ihr blieb, nur noch Agonie, motorisches Zappeln und Sich-Winden im Zucker ohne die Hoffnung auf Befreiung, denn selbst eine Rettungstat von außen, ein der kämpfenden Wespe hingehaltenes Streichholz zum Beispiel, konnte ihr Todesurteil nicht mehr wenden. Zu sehr waren alle Kanäle und Ganglien bereits verklebt und verstopft, um ein anderes Ende zu erlauben als den qualvollen Erstickungstod.

Frau Hauff, Genofefas Mutter, nahm an unserem Frühstück teil, weil sie ihre Tochter bei uns besuchte. Sie stammte vom Lande und war deshalb durch die Wespen weit weniger gestört als meine Eltern und ich. Sofort bekam sie mit, wohin der Wechsel des Radioprogramms den folgsamen Hörer zu führen wünschte, und sie nickte meiner Tante, deren Aufmerksamkeit sie bemerkte, jovial zu, um ihr zu zeigen, daß auch sie erkannt hatte, worum es den Sprechern ging, und daß sie deshalb um so mehr auch das Interesse meiner Tante an dem verhandelten Gegenstand billigen müsse.

Frau Hauff war blond und füllig, sie hatte in jungen Jahren zur Klavierbegleitung sehr hübsch gesungen. Weil sie ohnehin die Kunst liebte, war sie durch den Besuch bei ihrer im Wahnsinn verstrickten Tochter, die nur deshalb nicht an unserem Frühstück teilnahm, weil ihr an diesem Vormittag ein erneuter Elektroschock beigebracht werden sollte, doppelt empfänglich für die Reize dramatischer Leistungen: Das Leid kann auch bei dem Boshaftesten eine gerührte Stimmung erzeugen, die sich manchmal sogar auf die Werke der Kunst erstreckt, wie sich der von allen Menschen grausam Verlassene wohl auch zu einem räudigen Köter hinunterbeugen mag, um das überraschte Tier dabei mit Sätzen etwa des Wortlauts: »Ja, ja, du verläßt mich nicht« zärtlich zu bedenken. Frau Hauffs Hinneigung zur Kunst entsprach der raunende Ton des Sprechers, der im Schulfunk Wissenswertes aus dem Themenkreis der ›Maria Stuart‹ verlas. Plötzlich war die Hauptsensation der Sendung da, eine weibliche Stimme begann eine bebende Rezitation, die selbst meine mit den Wespen beschäftigten Eltern aufhorchen ließ.

»Ist das die Dorsch oder die Gold?« fragte mein Vater, der der Ankündigung nicht gefolgt war.

»Ach was, das ist die Bergner«, sagte meine Mutter, »ich kenne die Stimme ganz genau, vor allem wenn sie kreischt.«

»Die Bergner kreischt nicht«, sagte mein Vater in mildem Bestreben, meine Mutter so schmerzlos wie möglich zu korrigieren. Die Stimme aus dem Radio verriet die Schulung des Burgtheaters, rollende Rs, die dennoch nicht unbedingt auf süddeutsche Herkunft schließen ließen, waren ihr Merkmal. Das Flehende in der Stimme, eine leicht nasale Schwingung, wurde durch die Technik hervorgerufen, die Stimme ganz im Vorderteil des Kopfes zu bilden. Stirnhöhlen und Wangenknochen übernahmen die Funktion des Resonanzkörpers, die sonst der Brust zukommt, mit dem Ergebnis, daß ein zarter Summton, hervorgerufen durch die Vibration dieser Teile, die Rezitation der Schauspielerin begleitete. Dieser Summton gab ihrer Rede einen uhrwerkshaften Beiklang, als sei die Sprecherin die zu vollendeten Fähigkeiten ausgebildete Puppe Olympia, bei deren flötenhaften Lyrismen dennoch ein begleitendes, gedämpftes Schnarren anzeigt, daß wir ein Wunderwerk der Mechanik und nicht eins der Poesie genießen.

»Das ist die Gold, und wenn es nicht die Gold ist, dann ist es die Dorsch«, sagte mein Vater. Frau Hauff nickte und gab ihm recht. Meiner Tante jedoch war die Welt versunken. Vor ihren Augen tauchten lange Korridore auf, die die Königin, die Hände auf den Busen gepreßt, das Haar unter einem wehenden Schleier offen herabfallend, durcheilte, eine Vorstellung, die der eigentümlich ziehende Vortragsrhythmus hervorbrachte, der die Wörter miteinander verband und vom Klang her ein edles Fliehen suggerierte. In äußerstem Affekt stieß die Stimme schließlich hervor: »Sie könnt' es wagen, mein gekröntes Haupt / Schmachvoll auf einen Henkerblock zu legen?«

Hier brach die Deklamation ab, denn den Redakteuren der Sendung war es im wesentlichen um dies Zitat zu tun gewesen. Bevor aber der raunende Kommentator wieder einsetzen konnte, in der Sekunde, die als Kunstpause dem Zuhörer erlauben sollte, den empfangenen Eindruck nachklingen zu lassen, sagte Frau Hauff: »Erschütternd«, und zwar mit einem Ausdruck, der Ergriffenheit mit tiefer Sicherheit verband. Sie erntete für ihr Urteil den dankbaren Blick meiner Tante, die auch etwas Zustimmendes sagen wollte, wenn ihr nicht der Rundfunksprecher und meine Mutter zugleich zuvorgekommen wären. Meine Mutter sagte: »Na, ich weiß nicht.« Mein Vater sagte: »Es war die Gold«, und meine Tante saß mit zum Sprechen geöffnetem Mund da, nahm dann all ihren Mut zusammen und sagte meiner Mutter mitten ins Gesicht: »Ich finde auch, daß das sehr schön war.«

Mir wurde bei diesem Anlaß zum erstenmal klar, daß das Theater auch mit Gesprochenem zu tun haben kann. Für mich war das Theater bis dahin vor allem eine Folge von Bildern, oder besser, ein Vorgang, der lange vor dem Öffnen des Vorhangs begann, nämlich bereits, wenn ich mit einem kleinen weißen Rüschenhemd und weißen Strümpfen bekleidet wurde, bittere Schokolade zu trinken bekam und unmittelbar nach ihrem Genuß aufgefordert wurde, noch einmal aufs Häusel zu gehen, damit ich später die Vorstellung nicht störte.

Wenn ich dann an der Hand meiner Mutter das düstere Opernhaus von Wiesbaden betrat, wäre ich sicher augenblicklich bereit gewesen, der Bemerkung Baudelaires zuzustimmen, das wichtigste am Theater sei der Lüster, wenn mir die Werke dieses Schriftstellers zu diesem Zeitpunkt bereits vertraut gewesen wären. Gleichgültig, welches Stück in Wiesbaden zur kindlichen Weihnachtsunterhaltung gegeben wurde, unabhängig davon, ob es im wilden Wald oder in einem märchenhaften Palast spielte, ob Rotkäppchens oder Dornröschens Schicksal geboten wurde, der Höhepunkt all dieser Werke war immer ähnlich und wurde von mir, der ich dem Fortgang der Handlung nur mit Mühe folgen konnte, ein Jahr im voraus schon sehnlichst erwartet. Es war das Schönste, was ich mir auf einer Bühne denken konnte, die eigentliche Erfüllung höchster theatralischer Pflicht.

Ein großes Ei schwebte vom goldenen Bühnenhimmel herab, oder auch ein mit menschengroßen rosa Schleifen geschmücktes Geschenkpaket, und sank sanft auf den Bühnenboden. Harfen und Violinen, die den Dämpfer aufgesetzt hatten, begleitet von Glockenspielen, ließen ein überirdisches Klingklang und Vogelgezwitscher ertönen. Eine beglückendere Wirkung als die Erscheinung dieses Eis oder auch des wohlverschnürten Geschenkpakets hätte selbst eine unerwartete Epiphanie des Erzengels Gabriel nicht hervorrufen können, zumal die Wirkung sich noch steigern sollte. Denn in das atemlose Entzücken hinein, das das Herabschweben und Landen der Himmelsgaben bei den Schauspielern, die größtenteils als sprechende Tiere kostümiert waren, und bei den Zuschauern hatte entstehen lassen, begann sich in dem Ei ein Sprung zu bilden, geräuschlos klappte es auf, und heraus hüpften zwölf kleine Tänzerinnen, die Osterglocken, Nachtfalter und gelbe Küken darstellten und sich sofort zu einem Ballett formierten, das weniger der Begrüßung des Publikums galt als der ihrer Herrin, die zum Schluß aus dem zerbrochenen Ei wie Venus aus dem Schaum aufstieg, ein besonders kleines Mädchen in silbernem Kostüm mit blitzendem Diadem, das mit den Ärmchen hoch über seinem Kopf ein großes O bildete. Dieser Anblick war der Gipfel des Stückes, und ich zweifelte lange daran, ob sich Bedeutenderes würde jemals auf einer Bühne verwirklichen lassen.

Selbstverständlich brachte ich den eben im Radio gehörten Monolog sofort mit diesen weihnachtlichen Theaterstücken in Verbindung, ein Gedanke, der vor allem wegen der Erwähnung des »gekrönten Hauptes« auf der Hand lag. Daß der kleinen Fee mitten auf der Bühne der Kopf abgeschlagen werden sollte, war zwar eine entsetzliche Vorstellung, enthielt aber wahrscheinlich die einzige denkbare Steigerung, die nach ihrer berückenden Apotheose noch zu konstruieren war. Mein Vater enttäuschte meine Hoffnungen: in dem Stück, das wir gehört hatten, werde niemand auf der Bühne geköpft. Es hatte vielmehr eine schwierige Handlung, die, wenn man seine hilflosen Erinnerungsversuche recht deutete, im wesentlichen aus endlosen Auseinandersetzungen bestand, quälenden Unterhaltungen, von gelegentlich nicht mehr verborgenem Angriffsgeist erfüllt, aus nichts anderem also als dem, was sich täglich auch bei uns abspielte, wenn wir uns zu Gemüsesuppen, Rindfleisch mit grüner Sauce und Bratäpfeln um den Mittagstisch versammelten.

Stephan also erzählte meiner Tante, während die beiden, ohne ein Wort der Entschuldigung, einer solchen Mittagsmahlzeit bei uns fernblieben, vom Theater. Er hatte unbedingt recht, wenn er das Erlebnis, von dem er berichtete, schilderte, als beschreibe er die Institution schlechthin, denn er hatte zwar gezwungenermaßen in Frankfurt und in New York die Opernhäuser besucht, aber ohne rechtes Vergnügen dabei zu empfinden. Vor allem war es ihm ein Alptraum, rechts und links im Gedränge Bekannte begrüßen zu müssen, so daß er einmal, als seine Mutter ihn zwang, sie in den ›Werther‹ zu begleiten, sagte: »Noch unangenehmer als die Leut', die ich nicht kenne, sind mir die Leut', die ich kenne«, ein Argument, das Florence nicht überzeugte und nur dazu führte, daß sie ihn in der Pause nicht weckte, sondern im portierengeschützten Dämmern der kleinen Loge weiterschlummern ließ. Freilich war Stephan ebenso wenig wie sonst ein Mensch zu absoluten Eindrücken fähig. Die Umstände, unter denen er etwas wahrnahm, waren für seine Urteilsbildung genauso wichtig wie der Gegenstand der Wahrnehmung selbst. Als er zu Beginn des Krieges in Paris lebte, los und ledig von allem, was ihn in Frankfurt, die alte Agnes bei aller Liebe mit eingeschlossen, bedrückt hatte, waren seine Sinne bereit, aufzusaugen, was sich ihnen bot. Niemals später in seinem Leben besaß das Reich der Farben und der Gerüche, der Klänge und der Berührungen eine solche Ausbreitung im Innern seiner Seele.

Seine Ankunft in Paris, nach den vielen Stunden auf der Nationalstraße Numéro trois, hatte ihn beinahe betäubt. Erst hier fühlte er die köstliche Sicherheit, endlich allein zu sein. Stephan erlebte, was ein Kurzsichtiger erlebt, der seine erste Brille aufsetzt und der zurücktaumelt vor der Fülle der Einzelheiten, die er nun zum erstenmal sieht und die er sich niemals vorzustellen gewagt hat. Stephans Auge war schon von der Autofahrt her an das Grau der Steine Frankreichs gewöhnt. Was er nun sah, als er auf einem großen Boulevard anhalten ließ, wo sich diese Straße auf einen weiten Platz hin öffnete, war eine Staffelung der Grautöne, nur vergleichbar mit den Gesetzen der Schwarzweißphotographie, die in ihren Abtönungen anstrebt, für jede existierende Farbe ein Äquivalent in Grau zu finden. Genauso enthielten die grauen Gebäudemassen von Paris eine überwältigende Farbigkeit, denn Stephans Auge begann unwillkürlich, sich die Abstufungen des Graus, wie es auf Dächern, Mauern und Gesimsen, im Himmel und auf der Oberfläche des Wassers lag, in entsprechende Farben zu übersetzen – wie ein feiner milchiger Hauch von Schimmel und Staub über einem mit bunten Steinen kostbar eingelegten Möbel verbarg und schützte zugleich die hellgraue Aura den schimmernden Leib dieser Stadt. Stephan trank mit seinem Chauffeur wie schon in Châlons-sur-Marne in einem einfachen Café ein paar Gläser von einem Weißwein, der eine bescheidene, blasse Säure hatte und beim Hinunterschlucken die Ahnung von Mandelbitterkeit im Gaumen entstehen ließ. Er kam ihm vor wie das dünne Blut aller Grauheit. Hier verließ ihn der Fahrer, um das Auto zurück nach Deutschland zu bringen, es war schon an den Nachfolger der Korns in der Autoreifenfabrik übertragen worden. Stephan blieb zurück. Das Netz aus Fürsorge, Bedienung, Maßregelung, Erziehung und Pflege war zerrissen.

»Stell dir vor«, sagte Stephan zu meiner Tante, »eine kleine enge Straße in der Nähe des Montmartre, die Rue Chaptal.« Wie diese Straße, die meine Tante, die noch nie in Paris gewesen war, sich vorstellen sollte, genau aussah, hätte auch Stephan nicht mehr sagen können. Das Übermaß an Eindrücken, die er in Paris empfangen hatte, eine sinnliche Spannung, die ihm gnadenhalber von oben geschenkt worden war und die ihm die Empfindung gab, er könne, was er mit Augen sehe, zugleich auch auf der Zunge schmecken, hatten ihn schließlich verwirrt. Stephan vermied in neuerer Zeit, an Paris zu denken, weil diese Erinnerungen ein Schwindelgefühl in ihm erzeugten, eine rasende Bilderflucht in seinem Gehirn. Mit zerstörender Leichtigkeit tauchten ungerufene Tableaux vor ihm auf und verschwanden, bevor er die Chance hatte, sie zu identifizieren, geschweige denn sie zu halten. In seinem Gedächtnis sah es aus, wie wenn man an einem Radio die Sender in größter Geschwindigkeit wechselt. Aus anfänglich noch wahrnehmbaren Musik- und Sprachfetzen entsteht schließlich nur noch ein auf- und abschwellendes Quietschen. Stephan schloß dann die Augen, schüttelte den Kopf und versuchte, etwas Starkes zu trinken zu finden. Er hätte nicht einmal mehr sagen können, wie er überhaupt in die Rue Chaptal gefunden hatte, die weit ablag von den Regionen, in denen er sonst seine Streifzüge machte, denn Stephan war bei seinen zahlreichen Fehlern gänzlich frei von jeder Form der Neugier, auch in ihrer sozialen Spielart, und hielt sich grundsätzlich nur auf, wo er nach eigenem und allgemeinem Urteil auch hingehörte.

Wann immer jemand, der uns ein außerordentliches Erlebnis erzählt, mit der Einleitung beginnt, er wisse eigentlich gar nicht, wie er habe in eine Gegend geraten können, wo ihm solches zugestoßen sei, ist Mißtrauen geboten. Die Menschen schweifen in den seltensten Fällen ahnungslos und ohne wirkliches Ziel durch die nächtlichen Städte; gerade auch der offenkundige Bruch mit der Gewohnheit bleibt erfahrungsgemäß sicher im Gedächtnis haften.

Auch Stephan hätte sich gewiß daran erinnert, wie er in die Gegend der Rue Chaptal gekommen war, wenn der Anlaß zu diesem Ausflug nicht aufgrund seiner männlichen Indolenz in Vergessenheit gedrängt worden wäre. Wer ihm die Ereignisse geradezu vorgehalten hätte, dem wäre es vielleicht gelungen, vor Stephan die runden Hüften in einem engen schwarzen Rock zu beschwören, die ihm vorangewackelt waren und denen er gefolgt war.

Die Frau hatte einen steilen, röhrenförmigen Hut auf ihrem kleinen Kopf und sehr rot gemalte Lippen. Sie sprach kein Wort mit Stephan auf dem Cocktail, auf dem er sie kennenlernte und der wahrscheinlich in der Wohnung des amerikanischen Handelsattachés stattfand. Aber ihre Stimme wurde etwas lauter, als es notwendig gewesen wäre, um sich mit ihrem Gegenüber zu verständigen, als sie beim Verabschieden ausrief: »Wir gehen jetzt alle noch in die Rue Chaptal«, eine Bemerkung, die Stephan sofort als auf sich allein gemünzt verstand.

Das Theater in der Rue Chaptal hatte nebenbei an diesem Tag seinen »Jour de relâche«, wie die kleine Gesellschaft aber erst vor den geschlossenen Türen feststellte, und dem wegweisenden Erlebnis wurde noch die letzte Leuchtkraft in der Erinnerung entzogen, als Stephan die Nacht im Bett der Frau mit dem röhrenförmigen Hut verbrachte. Wenn sie ihn zu guter Letzt hinausgeworfen hätte, wäre der Abend womöglich in seinem Gedächtnis haften geblieben.

Immerhin hatte ihn diese Bekanntschaft zu einem zweiten Abend in der Rue Chaptal verlockt, und dieses Mal war das Theater geöffnet. Drei Reihen vor ihm in dem winzigen Theatersaal, der mit tiefrotem Stoff bespannt war, saß die Frau mit dem röhrenförmigen Hut, deren Namen Stephan nicht richtig mitbekommen hatte. Ihr Hut war diesmal übrigens keine Röhre, sondern der präparierte kleine Flügel eines brasilianischen Vogels, der mit etwas kaum wahrnehmbarem Tüll verschleiert war. Der Flügel selbst glitzerte in den schwarz-violetten Tönen eines Kopierstiftes. Kaum daß sie Stephan sah, begann sie eine Unterhaltung mit dem Mann zu ihrer Rechten. Das war ein rosig aussehender Mensch mit feiner Goldbrille und einem feierlichen schwarzen Anzug, der sich häufig umdrehte und nach allen Seiten hin Ausschau hielt. Er kannte viele Besucher und zeigte seiner Nachbarin Neuankömmlinge, von denen einer, ein Mann mit wildem schwarzen Schnurrbart, neben Stephan saß. Die Frau mit dem Flügelhut wurde dadurch gezwungen, in Stephans Richtung zu sehen. Sie stand sogar auf und reichte über die Reihen hinweg dem Schnurrbärtigen die Hand. Stephan erhielt aus diesem Anlaß einen durchdringenden Blick, der ihn belehrte, daß er zu schweigen hatte. Der rosige Begleiter wurde von dem Schnurrbärtigen mit Wendungen angesprochen, aus denen hervorging, daß er der Autor des Stückes war, was seine Aufregung erklärte. »Der ißt gern gut, und außerdem macht er mit der Frau rum«, dachte Stephan.

»Monsieur de Lorde, Sie sind ein Sadist«, sagte der Schnurrbärtige. Der Angesprochene lächelte schwach und tupfte sich mit einem duftenden Taschentuch den Schweiß von der Oberlippe.

»Ich möchte nur, daß es gefällt«, antwortete er mit nervöser Demut. »Fishing, fishing!« rief die Frau aus ihrem roten Mund. Monsieur de Lorde zuckte zusammen wie ein Fisch, dem der Händler auf den Kopf haut, und sagte, indem er die schwimmenden Augen aufriß: »Chérie, Sie wissen doch, daß ich nicht Englisch spreche.«

Stephan spürte in seiner Brust ein seltsames Ziehen, wie immer, wenn er unversehens einen Einblick in eine geschlossene Welt tat. Dies Gefühl nannte er bei sich »die Spitze des Eisbergs berühren«. Am deutlichsten entwickelte sich diese Empfindung auf Eisenbahnfahrten. Bei der Einfahrt in den Bahnhof einer großen Stadt führten die Bahndämme oft nah an den Hinterfronten armseliger Miethäuser vorbei, und aus dem behaglichen Coupé Erster Klasse blickte der Reisende für Sekunden in die erleuchteten Zimmer dieser Häuser hinein. Ganz klar sah man die Bewohner sich bewegen: Ein Mann aß zu Abend und las dabei die Zeitung, eine Frau ging zum Spülstein, eine Gardine wurde zugezogen, plötzlich wurde in einem Zimmer das Licht aus-, in einem anderen angemacht, lauter Szenen, die ohne den Zusammenhang, in dem sie standen, beliebig und bedeutungslos wirkten.

Niemals fühlte Stephan so deutlich, daß er nicht allein auf der Welt lebe, wie bei diesen zufälligen Streifblicken in fremde Fenster hinein. Das Leben seiner Verwandten und Freunde war mit seinem eigenen auf das engste verschmolzen. Der Zufall, der fremde Schicksale mit dem seinen verbunden hatte, hauchte diesen Menschen erst die Seele ein, vor Stephan hatten sie überhaupt nicht existiert, und später lebten sie nur, solange sie an Stephan teilhatten. Erst die Bilder aus den abendlichen Mietskasernen zeigten ihm, daß es Milieus gab, die nichts mit ihm zu tun hatten, weil ihr Gedeih und Verderb in keiner Hinsicht mit seinem eigenen Glück und Unglück in Verbindung stand. Welche Träume mochten die Frau am Spülstein verfolgen, welche Qualen hatten ihr Leben zerstört, welches Glück erlebte sie in den Armen des Mannes, der im Unterhemd seine Suppe löffelte und seine Zeitung las? Nur eins stand fest, daß in keinem ihrer Gedanken auch nur der geringste Raum für Stephan war.

Eine tiefe Eifersucht auf die Menschen, in deren Leben er diesen flüchtigen Einblick getan hatte, überfiel ihn. Aus der Erkenntnis, daß in den Häusern am Bahndamm ebenso geliebt und gehofft wurde wie in den Wohnungen, die er kannte, wurde der beunruhigende Verdacht, daß gewisse entscheidende Dinge, von denen er wahrscheinlich nicht den Deut einer Ahnung hatte, überhaupt nur dort möglich waren. Plötzlich war er vollkommen sicher, daß die Frau am Spülstein, von der er augenblicklang nicht mehr als ihr verlorenes Profil gesehen hatte, dem Zeitungsleser eine Lust bereiten würde, und zwar sehr bald, nachdem dieser die Suppe gegessen hatte, von der ihm nicht einmal zu träumen erlaubt war, die vielmehr alles überstieg, was ihm selbst zu erleben bestimmt war, selbst wenn es ihm glücken sollte, die Liste des Don Giovanni um die doppelte Zahl zu überrunden. Jeder Genuß, an den er sich erinnern konnte, kam ihm auf einmal als ein ödes Surrogat für die wirklichen, ihm nicht zukommenden Genüsse vor. Er betrachtete seine Jugend und Gesundheit mit Entsetzen: Wie lang würde dies Leben noch dauern! Er fühlte sich zu schwach, um noch dreißig oder vierzig Jahre lang ohne die Erfahrung der eigentlichen, ihm vorenthaltenen Schönheiten der Erde weiterzuleben, und er fürchtete zugleich, daß er vergessen könnte, daß alles, was ihm zustieß, niemals das Große war, das in anderen, ihm unbekannten Leben geschah. Ängstlich malte er sich die Zeit aus, in der die ständige Entbehrung ihn seelisch dermaßen ausgehöhlt haben würde, daß er der süßen Versuchung zur Täuschung erlag und das, was sich in seinem eigenen Leben ereignete, in Zukunft für wahr und ganz hielt.

Dies Gefühl der Ausgeschlossenheit hatte ich schon früh kennengelernt. Ein kleines Tier hatte meine Träume erstickt, oder besser in Spekulationen ohne jede erlösende Poesie verwandelt. Die Vorstellungen, die ich mir nach der Lektüre von Gustav Schwabs Sagenerzählungen vom Leben der Götter und Helden in der Antike zurecht gemacht hatte und die mein heimliches Glück bildeten, zerrannen mir unter den Händen, als ich in einem für Kinder herausgegebenen naturwissenschaftlichen Almanach las, daß es die Purpurschnecke, das kleine Lebewesen, das in der Alten Welt den Grundstoff der königlichen Farbe bildete, schon lange nicht mehr gebe. Sie sei ausgestorben. Was die Phönizier und die Griechen Purpur genannt hatten, war nicht nur nicht mehr herstellbar, sondern unbekannt geworden. Gewiß, es stand fest, daß Purpur ein dunkles Rot war, aber welchen Charakter dieses Rot hatte, das konnte niemand mehr mit Bestimmtheit sagen. Mit diesem Hindernis rückte die Zuflucht meiner Phantasie in unerreichbare Ferne. Nie würde ich genau wissen, welcher Farbton meinen Helden Ehrfurcht und Entzücken eingeflößt hatte, niemals könnte ich mich in der Betrachtung dieser Farbe mit ihnen vereinigen und versuchen, ob auch mir das Herz vom Anblick des Purpurs höher schlug. Was war überhaupt ein König, wenn man nicht wußte, ob der rote Mantel der Krönungszeremonie wirklich Purpur war? Es gab Tage, an denen ich glaubte, aus dem Klangbild, das dem Gurren der Tauben verwandt war, den wahren Purpurton erschließen zu können. Ich war dann sicher, daß dies außergewöhnliche Wort in genauer Äquivalenz zu dem Farbton, den es bezeichnete, geschaffen worden war. Purpur, so schien mir dann, müßte entstehen, wenn sich frisches, hellrotes Herzblut, das in Stößen aus dem Körper spritzt, mit einer dicken anthrazitfarbenen Tinte mischte. Alsbald aber wurde mir klar, daß die Menschen der alten Zeit das Wort Purpur zwar in getreuer Nachahmung der Farbe geschaffen hatten, wahrscheinlich aber etwas ganz anderes dabei empfanden und hörten, als ich es tat, der ich, von den lateinischen Responsorien abgesehen, die ich als Ministrant zu flüstern gelernt hatte, nicht einmal ihre Sprache sprach. Mit einemmal war die Vergangenheit versiegelt, keine Brücke führte mehr in dies gelobte Land, von dem man nur wissen konnte, daß alles, was in ihm gelebt, gesagt und gesehen wurde, vollständig anders war als das, was wir uns darüber vorstellen konnten.

So sah auch Stephan, daß die gesichtslose Frau mit dem Flügelhut, die ihm als episodenhafte Erscheinung mit röhrenartigem Hut nicht weiterer Erinnerung wert erschienen war, ein Leben führte, das für andere Menschen keineswegs episodischen Charakter besaß. Für Monsieur de Lorde war sie wenigstens an diesem Abend der Bronzefelsen, der ihn vor dem seelischen Zusammenbruch schützte, denn er beruhigte sich unter ihrem Zureden zusehends. Der ist ja ganz newer der Kapp, dachte Stephan, als Monsieur de Lorde plötzlich noch einmal von seinem Platz aufsprang, den schnurrbärtigen Mann aufforderte, das gleiche zu tun, und ihm mit gedämpfter, aber bebender Stimme mitteilte: »Wissen Sie, daß Mademoiselle Maxa heute abend ein Wrack ist? Man weiß noch nicht, ob sie auftreten kann. Ich war bis eben in ihrer Garderobe.« Die Flügelhutträgerin zog den Erregten am Ärmel und sagte: »Chéri, Sie wissen doch, wenn die Maxa nicht vor dem Auftritt kotzt, ist sie nicht gut.« Monsieur de Lorde setzte sich. Er stimmte seiner Begleiterin nicht zu, sondern flüsterte ihr alle Fälle ins Ohr, bei denen diese Prognose nicht eingetroffen war. Über sein Gestikulieren verlosch langsam das Licht, ein Stock wurde dreimal auf den Bühnenboden gestoßen, das Plaudern verstummte, und der Vorhang ging in die Höhe.

»Das tollste an dem ganzen Stück war, zu sehen, wie der Sohn langsam wahnsinnig wurde«, erklärte Stephan meiner Tante, die ihn nicht fragte, wer der Sohn war, wessen Sohn es war und weshalb der Wahnsinn eintrat. Stephan erzählte, wie es die Schüler tun, die sich gegenseitig einen Kinofilm reportieren, den sie zusammen angesehen haben: Ihre nicht zu Ende geführten Sätze sollen nur die Bilder aufrufen, an die sich zu erinnern ihnen Lust bereitet. »Die saßen alle ganz normal am Tisch und haben zu

Abend gegessen. Das war sehr realistisch gemacht, mit Rotweinflasche und Brotkörbchen und einem großen Stück Braten – war da der Arzt schon dabei oder noch nicht? Eigentlich kann da der Arzt noch gar nicht dabei gewesen sein, denn den haben sie ja erst gerufen – oder kam er sowieso vorbei? Ich glaube, er hatte ein Verhältnis mit der einen Frau und wollte sie besuchen und war zufällig da, als der Sohn verrückt wurde – oder so ähnlich.« Stephan war unbekümmert, ob meine Tante, die das Stück nicht gesehen hatte, ihm auf diese Weise würde folgen können. Eigentlich war er kein schlechter Erzähler, wenn er sich einmal dazu bequemte, den Mund aufzumachen. Er hatte einen Sinn für trockene Pointen und auch für den Aufbau einer Geschichte. Aber jetzt wollte er in Wahrheit gar nicht erzählen, er wollte laut denken, und er fühlte, wie sehr er meine Tante schon in seine Gedanken hineingenommen hatte, und hatte dabei keineswegs unrecht, denn sie schmiegte sich an jedes seiner tastenden Wörter und wiegte sich in dem innigen Glauben, alles, was er sagte, irgendwo und irgendwie zu verstehen. Die Liebe hatte es vermocht, auch in diesem bescheidensten aller Geister den alten Egoismus aufblühen zu lassen, der in der Vermutung liegt, wir besäßen ganz allein aufgrund der Gier, einen anderen Körper zu besitzen, auch das goldene Schlüsselchen zu dessen Innerstem. So heiligte sich auch meine fromme Tante den ihr noch verhüllten Wunsch, in Stephans Armen zu liegen, mit der Illusion einer bereits erfolgten, restlosen Vereinigung ihrer beiden Seelen. Daß Stephan von einem Pariser Theater sprach, erleichterte ihr, sich einzugestehen, wie erregt sie war, weil dies Dekor wohltuend verschleierte, was genau ihre Erregung hervorrief; auch herrschten in anderen Ländern andere Sitten. Übrigens war meine Tante keineswegs so ahnungslos oder ungebildet, um nicht nach wenigen Worten Stephans zu vermuten, daß er wohl nicht dabei war, ihr einen in pädagogischen Kreisen »klassisch« genannten Theaterabend zu schildern, auch von Sartre oder Giraudoux war wohl nicht die Rede oder von ähnlichen philologischen Köstlichkeiten, wie sie sie vor ihren Schülerinnen auszubreiten liebte. Das Genre, das Stephan ihr in aller Arglosigkeit schilderte, gehörte wahrscheinlich überhaupt nicht in den Zusammenhang seriöser Literatur, obwohl das Stück von einem Herrn mit goldener Brille und schwarzem Anzug verfaßt worden war, und es steht zu befürchten, daß meine Tante, wenn sie aus einem anderen als aus Stephans Mund von dieser Gattung erfahren hätte, an harten Worten für ihre Klassifikation nicht gespart hätte. Aber war es möglich, daß ein Mensch wie Stephan Schund goutierte? Unversehens stellte meine Tante das ihr anerzogene System zur Beurteilung von Literatur um: Plötzlich war alles, was Stephans Gnade fand, Kunst, und wenngleich dies Kriterium sicherlich ebenso anfechtbar war wie diejenigen, die sie aus dem romanistischen Seminar bezogen hatte, besaß es doch vor diesen einen unschätzbaren Vorteil: Es bewirkte, daß meine Tante das Werk, das diesem Maßstab entsprach, liebevoll ansah, und dazu hatten sie die musterhaftesten akademischen Interpretationen bisher nicht bewegen können. Die Liebe behandelte die Konstruktion des Gefühlslebens meiner Tante wie eine kabbalistische Pyramide: Man bekam gar nicht mit, was in dem zarten Gebäude seelischer Werte eigentlich verrückt oder ausgetauscht worden war, aber die Pyramide stand geisterhaft auf einmal auf dem Kopf. In dieser Lage vernahm meine Tante die Wunder der Rue Chaptal, und was ihr in einer anderen Situation roh und geschmacklos erschienen wäre, war nun englische Musik in ihren Ohren.

»Zuerst saßen sie alle ganz friedlich zusammen am Eßtisch, die beiden Frauen und der Sohn«, sagte Stephan. »Das Ganze spielte in einem Landhaus, beinahe einem Schloß, an die Wände waren Quader gemalt und ein Wappen hing über dem Kamin.«

»Brannte der Kamin?« fragte meine Tante mit gesteigerter Neugier, ungeachtet ihres Referats, das sie neulich noch vor dem Lehrerbildungsverein über Brechts Verfremdungstheorie auf dem Theater gehalten hatte.

»Ach, das war toll gemacht«, rief Stephan und griff mit Begeisterung nach ihrer Hand. »Das hat so richtig aus dem Kamin herausgeflackert, ein rötlicher Feuerschein, sonst brannten nur ein paar Kerzen, und dann verschwanden die Gesichter auf einmal im Dunkeln, und dann waren sie plötzlich wieder beschienen – das war schon gleich zu Anfang eine unheimliche Atmosphäre. Wie die das nur gemacht haben?« Beide schüttelten vor Staunen den Kopf und hatten gar nicht erst die Hoffnung, solch ausgepichte Effekte aufzuklären.

»Elektrisch vielleicht?« sagte meinte Tante, weniger in durchschauender Absicht, als um die Bühnenerscheinung endgültig aus der Sphäre der Laienvermutung zu rücken. Stephan ließ das Thema fallen. Durch die Beschreibung des Feuerscheins war ihm alles wieder eingefallen, was seine Nerven im dunklen Saal gereizt hatte, vornehmlich aber die Wolke der Gerüche, die der Luft dort eine dichtere Substanz zu geben schienen. Gelegentlich erreichte ihn ein Hauch des Parfums, das die Begleiterin von Monsieur de Lorde trug, eine essenzschwere Mixtur aus Zimt und Nelkenölen, von dem Flügel ihres Hutes gleichsam zu ihm hin gefächelt. Auch Beizendes hing im Raum, überalterte Luft, die ihren abgestorbenen Charakter aber in der Erwärmung durch die vielen Menschen verloren hatte. Dem kalten Staub und Rauch waren süße Elemente beigemischt, und wenn es auch an Sauerstoff fehlte, war doch das leichte Ersticken, das die Lungen fühlten, nicht bedrohlich, sondern behinderte das freie Atmen nur wie ein seidenes Kissen, das in launischem Spiel dem Schlafenden aufs Gesicht gelegt wird. In diese Komposition hinein wehte, als sich der Vorhang hob, der Duft der Schminke, des Pappmachés, der Farben und Perücken, nicht anders als der Heilige Geist in das verschlossene Zimmer zu Jerusalem geweht war und alles verändert hatte. Auch im Theatersaal war durch den Bühnenduft die Welt eine andere geworden. Das Leben der Zuschauer setzte für eine Stunde aus. Es vereinigte sich zu einer Art von kollektivem Gesamtleben und fand für alle auf der Bühne statt, während die einzelnen im Dunkeln als leere Gefäße darauf warteten, mit neuem Leben angefüllt zu werden oder wenigstens ihr altes zurückzuerhalten.

»Man merkte sehr schnell, daß der Mann den Sohn der einen Frau darstellte«, sagte Stephan, obwohl er es damals eigentlich nicht besonders schnell herausbekommen hatte, weil sein Französisch noch nicht mühelos lief und weil der Schauspieler genauso alt aussah wie die Frau, die seine Mutter sein sollte und die infolgedessen in einem stummen Stück keinesfalls dafür durchgegangen wäre. Sie hätte dort eher wie die Frau gewirkt, mit der der Schauspieler seine eigene Ehe brach. Mutter und Sohn waren ungefähr fünfundvierzig Jahre alt, die Macht der Bühne aber setzte durch, daß dieser Eindruck bei den Zuschauern verblaßte, die, nachdem sie es von oben herab gehört hatten, dem Sohn zwanzig seiner Lebensjahre abzogen. Er schien ohnehin ein schwieriger, wahrscheinlich düsterer Charakter zu sein, gewiß war der für den modernen Menschen empfindlichste Makel, älter auszusehen, als er war, nur einer aus einer Reihe von ähnlich peinlichen Eigenschaften.

Im übrigen ließ sein Aussehen nichts zu wünschen übrig. Seine umschminkten Augen waren schwarz und stechend, sein dichtes und feines schwarzes Haar bildete eine dämonische Mütze, die auf dem Kopf ihr animalisches Eigenleben führte. Scharfe Falten um den schmallippigen Mund verrieten das cholerische Aufbegehren gegen eine ätzende Magenkrankheit, der Körper zeigte Spuren einer sportlichen Straffheit, die wohl nicht bei morgendlichen Ausritten im Bois de Boulogne, sondern am Punchingball einer muffigen Gymnastikhalle erworben worden war. Seine Hände wirkten überlebensgroß, grotesk, weißhäutig, von schwarzen Haaren bewachsen, die wie eine Schar Ameisen über den Handrücken in den Anzugsärmel krochen. In allem war er der vollendete körperliche Gegensatz zu der Frau, die seine Mutter spielte. Die Auspolsterungen, die ihre Schultern eckig erscheinen lassen sollten, waren nichts als die reinste Koketterie. Sie hüpften auf runden und abfallenden Schultern und betonten in komischem Gegensatz noch deren weibliche Form. Augen, Nase und der kleine Mund verteilten sich weit auseinanderstehend über das ganze Gesicht, hohe weiße Wangen gaben ihr ein papageienhaftes Aussehen. Ihre weißblonden Löckchen waren wie Stahlwolle, ihr Körper hatte die Nachgiebigkeit und Zähigkeit eines weichen Radiergummis. Obwohl sie keineswegs dünn war, konnte man sich nicht vorstellen, daß sie jemals etwas aß. Sie lebte gewiß von Bonbons und Zigarettenrauch. Ihre Finger erinnerten an weiße Krebsschwänze, ihre Fingernägel waren ein Restchen hellroter Krebspanzer. Mit diesen Panzern konnte sie zwacken, sie teilte mit ihnen ein Stück Weißbrot voller Kraft, obwohl die Hände selbst schwach wirkten.

Die dritte Schauspielerin war ihre Freundin. Stephan verstand nicht genau, wie weit die Freundschaft ging, er wollte auch niemandem, selbst auf dem Theater, etwas Böses nachsagen, und untermauerte seine Zweifel mit der Einsicht, daß er stellenweise fast nichts mitbekam.

Die Sprache verwandelte sich im Munde dieser Schauspieler, manchmal kam es Stephan vor, daß es gar kein Französisch sei, was auf der Bühne gesprochen wurde. Das rauhe Idiom eines arabischen Landes lag als Vermutung viel näher. Vor allem die dritte Schauspielerin, die Freundin der Mutter, hatte eine kehlige, wegwerfende Art, ihre Sätze auszusprechen, die Stephan bekannt erschien. Er sah die Karussells und Schiffsschaukeln seiner Jugendjahre wieder vor sich, und er lauschte dem wölfischen Gebell, mit dem sich die Schausteller und ihre verwahrlosten Gehilfen verständigten. Stephan täuschte sich im übrigen, als seine Assoziation die Stimmen der französischen Schauspieler mit dem heiseren Volapük der Schiffsschaukelbremser verband: Gewiß hatte vor allem die dritte Schauspielerin eine belegte Stimme, und dann herrschte im Dialog auch eine virtuose Geschwindigkeit, die die Belanglosigkeit der einzelnen Sätze verschwinden ließ und für Stephan überhaupt ganz unverständlich machte. Im übrigen sprachen die Schauspieler ein akzentfreies Französisch, das auch bei strengem Maßstab nichts zu wünschen übrigließ – nein, es war etwas anderes, was Stephans Gedanken zu der Welt des fahrenden Volkes und zu seinen Stimmen gelenkt hatte.

Als Kind hatten ihn die Körper dieser Gesellen geängstigt, wenn er ihre magere Sehnigkeit sah, dies abgestorbene, stumpfe Haar, die ungesunde Bräune, die schlechten Zähne und vor allem die Narben, die bewiesen, wie schonungslos die Umwelt mit diesen Körpern umgegangen war. Die Leiber der Schaukelbremser waren nur auf der Erde, um von Pferden getreten, von Gewichten zerquetscht, von Messern zerstochen, von Stacheldrähten zerfetzt und von Nadeln abscheulich tätowiert zu werden. An diesen Körpern sollte offenbar bewiesen werden, wie viel mit einem Menschen gemacht werden kann, bis ihn ein Schnupfen oder ein Schuß umbrachte. Eine neue Rasse entstand in dieser Presse. Wer ein solches Leben überstand, hatte die Wendigkeit der Affen, die Bedürfnislosigkeit der Maultiere, die Schläue der Schlangen. Stephan stand mit seinem Samtkrägelchen auf dem Weihnachtsmarkt, sah einem knurrenden Caliban zu, der in der Kälte mit nacktem Oberkörper an den Schrauben des Karussells drehte, und plötzlich zog den Kleinen die Grausamkeit an. Als Agnes ihn nach Hause führte, stellte sich Stephan vor, er hätte seine Hand aus dem Muff gezogen und dem wilden Mann auf die graue Haut seines Rückens gelegt, um die hervorstehenden Rippen zu fühlen.

Jetzt war es nicht das Elend der Schausteller, die er als kleiner Junge gesehen hatte, woran er dachte. Ohne daß er die Handlung ganz verstand, teilte sich ihm dennoch eine Stimmung mit, die er aus seinen Kinderbeobachtungen kannte: Das Gefühl der Rechtlosigkeit, der Ehrlosigkeit, der Hoffnungslosigkeit war wieder da, die sichere Empfindung, daß dem Schrecken hier keine Grenze der Moral oder der Barmherzigkeit gesetzt würde und daß die äußerste Pein zusätzlich noch den Hohn der Sinnlosigkeit ertragen müsse. Die Bürger stellen sich so die Hölle vor. Mit einer Begabung, die ihnen auch ermöglicht, sich einen irdischen Himmel zu denken, berücksichtigen sie nicht, daß die Empfindungen dazu neigen, bei dauerndem starkem Glück oder Unglück zu ermüden und abzustumpfen.

Immerhin vermochte die Kunst der Schauspieler in der Rue Chaptal den Eindruck solcher Düsternis von Anfang an zu erzeugen. Als auf der Bühne Gräßliches geschah, war die ängstliche Erregung des Publikums kaum größer als in der Anfangsszene, als der Mann und die beiden Frauen noch friedlich beim Feuerschein zu Abend aßen. Die Bühne war ausgestattet wie für eine Boulevardkomödie. Die Schauspieler trugen moderne Garderobe und benahmen sich wie moderne Menschen, und doch schwebte über jeder ihrer naturalistischen Gesten eine Puderwolke des Grauens, die den Zuschauern die Poren verstopfte.

»Die Dritte, die dann später auch das Schlimme gemacht hat, das war, glaube ich, die Maxa«, sagte Stephan zu meiner Tante, denn er erinnerte sich der Befürchtungen des Monsieur de Lorde über das Unwohlsein des Stars und meinte, bei der Dritten die Gaumentrockenheit eines beginnenden Schnupfens wahrgenommen zu haben. Weil das Stück in der Rue Chaptal zu den wenigen Stücken gehörte, die er jemals gesehen hatte, war es ihm zur Selbstverständlichkeit geworden, dessen Protagonisten in seinem treuen Gedächtnis wie »die Callas« oder »die Duse« zu bewahren. Beim weltläufigen Stephan offenbarte sich hier ein Stück vom Vater ererbter Naivität. Genau wie Willy vor Tiroler den Fanfarenstoß »Châteaudun-le-Duc sur Marne« erschallen ließ, prunkte Stephan jetzt mit »der Maxa«. Er war nicht in Gefahr bei meiner Tante, denn ihre Bewunderung gestattete ihr keine noch so arglose Querfrage, sondern verführte sie vielmehr dazu, die Erwähnung des Namens »Maxa« mit besonderem Staunen zu belohnen, als sei ihr aus der Fama der Name längst Legende, als erhalte sie aber jetzt zum erstenmal die ersehnte Gelegenheit, etwas Sicheres über die entrückte Gottheit zu erfahren.

»Ja, kein Zweifel, das war die Maxa«, sagte Stephan, den es ästhetisch gestört hätte, bei dieser Gelegenheit einen Raum für Vermutungen offenzulassen. »Obwohl sie nicht die Hauptrolle hatte; aber das hat man ja manchmal, daß die Beste gar nicht die Hauptrolle spielt«, fuhr Stephan fort, und meine Tante bestätigte ihm diese Erfahrung mit wildem Kopfnicken und aufgerissenen Augen. Sie hätte, so muß man fürchten, in diesem Augenblick noch ganz anderes bestätigt.

Die dritte Schauspielerin, die Stephan jetzt Maxa nannte, war eigentlich körperlich weit weniger sein Fall als die Blonde mit den Gummigliedern. Die schätzte er als launisch, zänkisch, dumm und triebhaft ein, damit wurde er fertig, denn was Launen waren, konnte selbst eine solche Frau noch bei ihm lernen. Die

Dritte hatte ein maskenhaftes Gesicht, schmale Tierohren, ihr Haar war ein schwarzemaillierter Pharaonenhelm. Durch die Augenschlitze funkelten ruhelose Beobachteraugen, die mit der Körperhülle nichts zu tun hatten. Daß die Lippen rot gemalt, daß die Wangen gefärbt und die Augenbrauen ausgezupft waren, diente nicht einem modischen Ideal, sondern der militärischen Ausrüstung dieser Kämpferin mit Sonderauftrag. In ihren Beinen waren Stahlfedern verborgen, die Lackschuhe enthielten geheime Waffen. Sie war die einzige, deren Schritte auf dem Bühnenboden hörbar wurden, nicht in Form eines dumpfen Halls, sondern als scharf akzentuierte kleine Explosion, als werfe sie bei jedem Schritt geschickt eine Knallerbse auf den Boden. Die Blonde trug ein Kleid aus gepunkteter, glitschiger Seide, das ihren Körper noch verlockender erscheinen ließ, die Schwarze hingegen übte sich in der Kunst der Tarnung, mit unbeholfenen Mitteln freilich, denn das hochgeknöpfte schwarze Kleid mit weißem Krägelchen sah an ihr geradezu lächerlich aus, wenn nicht ein Blick dieser Katze jede Erheiterung im Ansatz erstickt hätte. Stephan schenkte sich aber die genauere Charakterisierung der Schauspieler. Er war unsicher, ob meine Tante seine Beschreibung gern hören würde, und fürchtete vielleicht sogar noch einen Anfall postumer Eifersucht, wenn die Schilderung der beiden Frauen allzuviel Engagement verriet. Statt dessen versuchte er, ihr ein Bild dieses Stücks zu geben, oder von dem, was man als Höhepunkt des Stücks betrachten mußte, und was nach Stephans Einschätzung auf Erden seinesgleichen suchte.

Vorbereitung dazu war, daß der Sohn verrückt wurde, der zwar mit den beiden Frauen ganz offensichtlich ein entschieden seltsames Leben führte, aber bisher, nach dem Empfinden seiner Hüterinnen jedenfalls, noch niemals ein, wie es in der Sprache der Gerichtsmediziner heißt, »auffälliges Verhalten« an den Tag gelegt hatte. Das Leben schien einförmig, aber behaglich dahinzufließen in dem ländlichen Manoir, wenn man davon absieht, daß die beiden Damen in einer Verbindung standen, die Stephan während des ganzen Abends nicht eindeutig klären konnte. Fest stand nur, daß die Schwarze ihre Vorbehalte gegen die Blonde hatte, aber trotzdem nicht das Feld räumte – weil sie nicht konnte, weil sie nicht wollte, das war ungewiß. Im übrigen kamen Schärfen in den harmonischsten Familien vor. Stephan brauchte sich nur an einen bestimmten Sommer mit Florence und Bernie auf einer Farm in Massachusetts zu erinnern, damit es ihm kalt den Rücken hinunterlief.

Die Schwarze mußte zweimal vom Tisch aufstehen und holen, was noch fehlte, Personal gab es wohl keins, und die Blonde dachte gar nicht daran, auch einmal zu laufen, sie und ihr Goldjunge ließen sich bedienen, obwohl es nach Stephans Meinung hätte umgekehrt sein müssen. Die Blonde war aufgekratzt, sie hatte etwas Lustiges erlebt: In der Nähe war ein Auto mit Städtern gegen einen dicken Baum gerast und in die Luft geflogen; die Blonde hatte solche Angst vor Gewitter; als sie den Knall hörte, war sie schreiend aus dem Haus gelaufen, und als sie sah, daß sie sich keine Sorgen machen mußte, hatte sie sich vor lauter Erleichterung erst mal hinsetzen müssen. Die Schwarze zischte: »Hysterische Ziege«, und die Blonde antwortete beleidigt: »Salz fehlt.«

Es wurde auffällig viel getrunken für ein Familienabendessen. Man war noch nicht beim Hauptgang angelangt, den die Schwarze jetzt mit ihren knallenden Absätzen hereinbrachte: ein riesiges blutiges Roastbeef. Der Wind begann um das Haus zu pfeifen und trieb Rauch aus dem Schornstein ins Zimmer. Plötzlich war schwaches Donnergrollen zu vernehmen. Die Blonde ließ Messer und Gabel fallen, faltete die Hände über der Brust und rief: »Jetzt kommt's doch noch.«

Mit ihrem Ausruf ging ein Stöhnen durch den Theatersaal, dessen Ursache Stephan nicht kennen konnte, dessen Wirkung ihn dennoch ergriff. Die Habitués der Bühne waren mit den psychiatrischen Theorien der Autoren längst vertraut. Eine wichtige These von Monsieur de Lorde war, daß die gefährlichsten Geisteskrankheiten eines Anstoßes bedürften, um auszubrechen, und daß ein häufig beobachteter Anlaß ein aufziehendes Gewitter sei. Monsieur de Lorde gehörte der vorklassischen Schule der Psychiatrie an, die sich gelegentlich mit der Terminologie der klassischen Psychiatrie tarnte. Bei ihm hatte der Wahnsinn noch nichts von seiner einzigartigen Würde, von seinem priesterlichen Amt eingebüßt. Die Erscheinung des Wahnsinns rückte in den Augen von Monsieur de Lorde die aus den Fugen gegangene Welt wieder in das rechte Lot. Psychiater, oder besser Irrenärzte, wie es bei Monsieur de Lorde noch zünftig hieß, waren weniger zur Heilung des Wahnsinns berufen als zu seinem Heroldtum, Magier, die seinem Ausbruch niemals hinderlich im Wege standen. Für sie schrieb der große Routinier seine schönsten Rollen, denn er entdeckte in ihnen eine Sympathie für die unheilvolle Zerrüttung des menschlichen Geistes, die ihn selbst mit diesen Ärzten verband. Selbst wer nun gerade nicht das Stück, das Stephan kannte, gesehen hatte, hätte Stephans Gedächtnislücke, ob der Arzt schon während des Essens dabei gewesen sei oder nicht, mühelos schließen können: Die Psychiater bei Monsieur de Lorde kamen immer zu spät. Sie traten stets erst auf, wenn der Wahnsinn schon von seinem Opfer Besitz ergriffen hatte und schwerlich etwas zu retten war, und also konnte der Arzt gar nicht an dem Essen des Sohnes, der Mutter und der Dritten teilgenommen haben, denn zu Beginn des Mahles war der Sohn ja noch nicht verrückt. Er war still, aber das wunderte Stephan nicht, denn er glaubte, nach längerer Zeit in Einsamkeit mit der Blonden und der Schwarzen selbst schweigsam geworden zu sein. Die beiden Frauen sprachen nicht mit ihm, sie waren mit sich selbst beschäftigt. Wie er erst die Blonde, dann aber die Schwarze musterte, war zwar sonderbar, stand aber in Harmonie mit dem Inszenierungsstil, der die Schauspieler nötigte, alles mit etwas mehr Aplomb als im täglichen Leben auszuführen.

Meine Tante kannte die Angst vor dem Gewitter, obwohl sie sie nicht teilte. Meine Mutter trieb die ganze Familie durch die Wohnung, wenn die ersten Donner in weiter Ferne zu hören waren und der Sommerhimmel sich gelbschwarz verfärbte. Nicht nur die Polster der Balkonmöbel wollte sie schützen, nicht nur alle Fenster schließen, sie zog auch den Radiostecker aus der Wand und verbot, daß man in der sich allmählich verfinsternden

Wohnung elektrisches Licht machte. Aus rein physikalischen Erwägungen, die sie undeutlich vor sich hinmurmelte, verlangte sie, daß wir, obwohl wir in der Stadt und nicht in einem einsamen, strohgedeckten Haus an der Nordsee wohnten, den Ablauf des Gewitters bei Kerzenlicht erwarteten, und zu diesem Zweck brachte sie alsbald eine Kerze herbei, die sie anzündete und bei deren Licht man erkannte, daß es sich um eine schwarze Kerze handelte, wie sie in Wallfahrtsorten eigens für die Abwendung jedes Gewitterschadens verkauft wird. Erst beim Schein dieser Kerze begann sich meine Mutter zu beruhigen. Sie legte mir dann in beinahe leichtfertigem Ton dar, wie gering die Bedrohung durch den Blitzschlag in der Großstadt eingeschätzt werden dürfe, überall seien wir von höheren Häusern umgeben, die obendrein noch den Blitz mit Schornsteinen anzögen, die den Wolken erst recht näher standen als wir. Mit meinem Vater begannen wir, die Entfernung des Gewitters zu errechnen. Nach jedem Blitz, der unsere Zimmer erhellte, zählten wir die Sekunden bis zum folgenden Donnerschlag, worin wir freilich von meiner Mutter nicht ermutigt wurden, weil sie es als frivol empfand, angesichts elementarer Gefahr die Haltung experimentierender Distanz aufrechtzuerhalten, und das sie gleichwohl nicht verhinderte, weil ihr das wissenschaftliche Sekundenzählen einen Trost bescherte, der den halben Trost der schwarzen Kerze ein wenig ergänzte.

Meine Tante erklärte mir, ihre ältere Schwester habe als ganz kleines Kind noch das Bombardement der Festung Ehrenbreitstein erlebt, als brummende Doppeldecker aus Frankreich herübergekommen waren, um an diesem östlichsten Punkt ihrer Reichweite am hellichten Tag ihre Bombenlast abzuladen. Selbst wenn aber die verzweifelte Flucht in den Armen ihrer Mutter, die auf der menschenleeren Rheinbrücke von den fliegenden Ungeheuern überrascht worden war, sich so tief in das Gedächtnis des kleinen Mädchens eingegraben haben sollte, daß auch der erwachsenen Frau eine bleibende Angst vor Donner und Blitz geblieben war, war es doch bemerkenswert, wie meine Mutter dieser Angst Herr zu werden versuchte. Halbherzig bemühte sie die Mächte der Religion und der Wissenschaft, keine der beiden leugnend, aber auch keiner wirklich vertrauend, und erwies sich darin als Kind einer Epoche, die noch keinen wohltönenden Namen ihr eigen nennt, deren Beginn aber wohl dort zu vermuten ist, wo die Ära der »bürgerlichen Aufklärung« ihr Ende gefunden hat.

Meine Tante war meiner Mutter für ihr panisches Zeremoniell bei Gewittern im Grunde dankbar, obwohl sie Gewitter über alles liebte. Über die meisten ihrer Wünsche ging meine Familie achtlos hinweg; die Aufregung aber, die meine Mutter befiel, wenn die Blitze zuckten, gab meiner Tante die Möglichkeit, ihren Sturm, ihren Wolkenbruch und das himmlische Krachen mit ganzer Seele zu feiern. Die Ängstlichkeit ihrer älteren Schwester ließ sie so recht die eigene Furchtlosigkeit fühlen, die ihr die Sehnsucht schenkte, ihr wildes und verzweifeltes Herz im Furor der Elemente gesundzubaden. Im Nachbarhaus klappte ein offengelassenes Fenster immer wieder auf und zu, ein dürftiger Ersatz zweifellos für den Einsturz der Häuser, das Versinken ganzer Straßenzüge, Überflutungen und Flächenbrände, aber dies enervierende Klappen war doch ein Anfang, ein kleines Zeichen für den großen Tag, an dem an den freundlichen kleinen Villen und Mandelbäumchen ganz anders würde gerüttelt werden. Meine Tante wußte, daß meine Mutter, die beständig davon sprach, daß man die Nachbarn telephonisch von ihrem klappenden Fenster unterrichten müsse, schon nicht wagen würde, den Telephonhörer aufzuheben, aus Furcht, daß ihr ein Blitz aus der Hörmuschel entgegenschoß, nichts also imstande wäre, die kleine Apokalypse zu stören. Nach jedem dieser Sommerstürme, die sie mit uns zusammen erlebt hatte, erhob sie sich erfrischt aus dem Sessel, als habe sie ihr Gesicht und ihren Körper den Regenfluten entgegengestreckt und sei in ihnen neu geboren worden; ihre Stimmung verbesserte sich für Stunden, sie lächelte und summte eine Melodie und fühlte versonnen die heitere Rohheit derer, die im Chaos eine trübe Vergangenheit haben untergehen sehen und nun nur noch von blanker Gegenwart umgeben sind.

Der Gesellschaft am Abendessentisch im einsamen Manoir standen tröstliche Perspektiven nach den Verwirrungen des Gewitters allerdings nicht bevor. Während die Blonde noch fahrige Gesten machte, von denen eine, die Stirn und Brust in einer verhuschten Kreisbewegung berührte, wohl ein Kreuzzeichen sein sollte, hatte sich der Sohn erhoben, um patriarchalischen Pflichten zu genügen und das Fleisch zu schneiden. Der Ahnungsloseste konnte erkennen, wie vermessen es war, dies Geschäft einem Mann wie ihm beim Ausbruch des Gewitters zu überlassen. Selten gab es ein Roastbeef, das, sogar auf die weiteren Distanzen des Theatersaals berechnet, so sehr wie ein Stück lebenden Fleisches gewirkt hätte. Bei allem Verständnis für die Sitte, ein Roastbeef im Kern noch blutig zu lassen, war diese Zubereitungsart hier an ihre erträgliche Grenze geführt worden. Das Roastbeef troff von Blut und Saft, als der Sohn die zweizinkige Tranchiergabel hineinstieß, und spätestens hier hätten die beiden Frauen mißtrauisch werden müssen, denn der Ausdruck, mit dem er die langen Zinken betrachtete, indem er sie sich vor Augen führte, war furchterregend. Hier prüfte nicht jemand eine Waffe, hier entdeckte erst jemand in der eigentümlichen Beschaffenheit eines Gegenstandes seine einzigartige Eignung zur Waffe, ein geistiger Augenblick, der der Erleuchtung der Neandertaler nahekam, als sie auf einmal verstanden, daß man mit einem spitzen Stein dem Nachbarn die Hirnschale zertrümmern kann. Aber die Blonde und die Schwarze steckten bis über beide Ohren in ihrem närrischen Kleinkrieg: Die Blonde zeterte bei jedem Donnerschlag vor sich hin, die Schwarze fand ein sadistisches Vergnügen darin, sie in ihren Ängsten zu bestärken, indem sie plötzlich mit tonloser Stimme erklärte, sie erinnere sich mit Sicherheit, daß man vergessen habe, das Dach mit einem Blitzableiter auszurüsten. Das wollte die Blonde nicht wahrhaben. Sie beschuldigte ihre Freundin der Lüge, brach dann zusammen und warf ihr nunmehr vor, die Installation dieser Einrichtung tückisch verhindert zu haben, denn ihr könne es ja egal sein, sie besitze ja ohnehin nur das, was sie auf dem Leibe trage, was sie sich obendrein von ihr, der Blonden, auch noch habe schenken lassen, und da sehe man freilich ungerührt zu, wie ein großer Vermögenswert in Flammen aufgehe. Die Schwarze schwieg boshaft, sie ließ die Blonde auflaufen und gönnte ihr keinen kleinen Entlastungszank, sondern polierte sich, obwohl sie bei Tisch saß, die Fingernägel, was Stephan sehr erstaunte, weil er bereits eine geheime Bewunderung für die Schwarze hegte und ihr eine bessere Rasse als der Blonden zuschrieb. Für das Publikum hatte das läppische Betragen der Damen eine ähnlich nervenaufpeitschende Wirkung, wie sie das beginnende Gewitter in der labilen Blonden auslöste, denn während die Frauen sich miteinander beschäftigten, war in dem Sohn eine Veränderung vor sich gegangen, die dem Publikum den Atem stocken ließ. Keine Sekunde durften die Frauen mehr versäumen, wenn ihnen ihr Leben lieb war. Statt dessen war der Sohn für sie nicht mehr auf der Welt, sie hatten keine Augen für ihn und sollten dadurch wertvolle Zeit für die Flucht verlieren.

Meine Tante war übrigens keineswegs verblüfft, daß dem Unheil im einsamen Landhaus kein Hindernis in den Weg trat. Das Unheil hatte auf Erden das größere Lebensrecht als das Heil, das vor allem nie zu wirklichem und dauerndem Heil wurde, selbst wenn es sich banalerweise zunächst einmal durchsetzte. Stephan hingegen konnte sich über die törichte Ahnungslosigkeit der Frauen nicht genug erregen: Bis in die letzte Reihe sah jeder, was sich vorbereitete, nur die verstrittenen Weiber, die daneben saßen, hatten keine Zeit, sich mit dem Nächstliegenden zu befassen. Stephan fühlte noch das Entsetzen, als er begriffen hatte, daß der Sohn sich den langen Braten genau ansah, alsbald aber den schwellenden, blütenweißen Hals der Blonden zu studieren begann, gefesselt innehielt, dann wieder auf den Braten guckte, eine ähnliche Dicke wie die des Halses feststellte und spielerisch und nachdenklich zugleich das Fleisch auf der Platte hin- und herrollte, auch wohl, als wolle er es rasieren, auf dem Bratenstück mit dem langen Tranchiermesser entlangschabte.

Der Hals der Blonden war freilich ein unter vielerlei Gesichtspunkten herausforderndes Gebilde. Ein Anatom hätte beim Anblick dieses Halses gestutzt und ihn mit Begriffen belegt, die lateinisch umschreibend eine pathologische Verwandtschaft zum Kropf suggerierten. Nichts wäre aber weniger zutreffend gewesen. Ein Kropf ist ein geblähter und gestopfter Sack, auf dem das Kinn wie auf einem unförmigen Postament ruht. Die ungewöhnlichen Schwellungen des Halses der Blonden hingegen waren wie aus der kühnsten Künstlerphantasie entsprungen, ja, er war genaugenommen schöner als die verrücktesten Hälse der Kunstgeschichte zusammen: nicht so raupenartig wie bei Parmigianino, nicht so muskulös wie bei Michelangelo, nicht so marmorn wie bei Ingres. Der Hals der Blonden sah aus wie ein wohlgeformter, aber weiter nicht auffälliger Hals, wenn sie den Kopf geradhielt oder auf ihren Teller sah. Er offenbarte seine volle Gestalt erst, wenn sie ihren Kopf in den Nacken legte, wie ein zylindrischer Papierlampion, dem man an der einen Seite Boden und Deckel zusammenkneift, auf der anderen Seite einen schwellenden Bogen entfaltet. Die Blonde legte den Kopf häufig in den Nacken, vornehmlich wenn sie entrüstet war, denn sie beschimpfte ihre Gegnerin nicht ins Gesicht hinein, sondern verklagte sie gleichsam bei einer höheren Instanz. Der Hals trat dann beinahe an die Stelle des Gesichts. Man glaubte, niemals ein geformtes Stück Fleisch mit einer edleren Plastik gesehen zu haben. Kein Hintern, kein Bauch war so rätselhaft reines Fleisch wie dieser Hals, der sich aus den Zusammenhängen des Körpers löste und nicht nur voll, kühl und rund wie der Mond war, sondern auch den milchigen Schein des Mondes um sich verbreitete. Jedermann im Saal war von diesem körperlichen Wunder geblendet und durch den fesselnden Gegensatz vexiert, daß dieser Wölbung die kreischende Stimme des Pfaus entstieg und nicht der hypnotisierende Gesang eines Mezzosoprans. Es lag auf der Hand, daß der Sohn von diesem Anblick verzaubert sein mußte, auch wenn er ihn schon hundertmal hatte aushalten müssen. Und doch, heute war es ein neuer Gedanke, den der Hals seiner gleichaltrigen Mutter in ihm auslöste. Es war, als spüre er zum erstenmal, welche Empfindung ihm der Hals der Blonden wirklich bereitete.

Stephan machte das nach, oder besser, er versuchte, meiner

Tante einen Begriff von dem Prozeß zu geben, der sich auf dem Gesicht des Sohnes abgespielt hatte, indem er mit finsterer Miene seinen Blick zwischen der Schwarzwälder Kirschtorte und dem in einem hellgrünen Häkelschal verborgenen Hals meiner Tante schweifen ließ. Meine Tante war von seinen Bemühungen gerührt und sekundierte ihnen mit kleinen Ausrufen, die Stephan zeigen sollten, wie deutlich ihr alles vor Augen stehe. Sie hatte sich dabei längst in ihrer Phantasie ein Bild von der Szene gemacht, das der Wahrheit weit näherkam, denn natürlich hätte der Schauspieler nicht einen ganzen Saal voller Großstädter lähmen können, wenn er wie Stephan das Gesicht eines schmollenden Säuglings, dem man den Schnuller vorenthält, geschnitten hätte. Was wahrhaft überwältigend wirkte, das war die Epiphanie einer großen Idee auf einem Gesicht, das vorher stumpf und verdrossen dreingesehen hatte. Die Zuschauer erlebten, wie einem Menschen, der in jahrelanger Finsternis vegetiert hatte, buchstäblich und Stück für Stück die Schuppen von den Augen fielen. Es war nicht ein teuflischer Plan, der von dem kranken Hirn des Sohnes allmählich Besitz ergriff, es war die Klarheit, die Wahrheit, die Begeisterung der endlich doch noch erlangten Gewißheit. Jedermann im Saal vollzog den Gedankenschritt des Sohnes mit, jedem wurde die neue Kombination der Wirklichkeit zur zwingenden Vorstellung: Hier rollte der blutige Braten träge auf der Platte hin und her, hier blitzte das lange Tranchiermesser, die stabile, langzinkige Gabel, dort erhob sich die makellose Halsrundung der sich in ahnungslosen Klagen ergehenden blonden Frau. Nach kurzer beklemmender Pause nahm der Sohn seine Kraft zusammen und stieß die Gabel tief in den Braten hinein, der augenblicklich zu rollen aufhörte, als habe ihn sein Meister soeben erst erlegt. Ein Aufseufzen ging durch den Saal, die ersten Taschentücher wurden gezogen, um Stirnen zu betupfen, als ein neuer Vorgang jede eigenständige Handlung im Publikum wieder erstarren ließ.

Stephan sah einen Moment lang nicht, was geschah, denn Monsieur de Lorde hatte sich samt der Begleiterin mit dem Flügelhut erhoben und strebte geduckt, um niemanden zu stören, zum Ausgang. Stephan sah ihm voller Bewunderung nach. Da ist das Laienauge ganz zufrieden und findet alles perfekt, und da sieht das Künstlerauge immer noch etwas, das man besser machen könnte, und ist ewig unzufrieden und arbeitet weiter, und wo eben alles noch fertig aussah, da wird es auf einmal noch viel schöner, dachte Stephan, während er das nervöse Paar auf Zehenspitzen verschwinden sah, und es hätte Willy Korn gutgetan, wenn er diesen Reflexionen seines Sohnes gefolgt wäre, weil Stephan, der ihm oft fremd vorkam, sich eben gerade einmal eines seiner Lieblingsausdrücke bedient hatte: »das Laienauge« war für ihn ein Begriff von biologischer, ja medizinischer Aussagekraft. Stephan aber bereute seine zärtliche Nachdenklichkeit, denn sie war schuld, daß ihm etwas entgangen war. Ein markerschütternder Schrei aus zwei Frauenkehlen, ein Schrei, der das Blut in den Adern stocken ließ, weckte ihn aus seinen Überlegungen und bannte seinen Blick aufs neue auf die Bühne. Dort herrschte der Schrecken. Der Sohn hatte den blutigen Braten ins Feuer geschleudert, die frei gewordene Gabel in den Himmel gereckt und war drauf und dran, sie in den Hals der Blonden zu stoßen. Die Schwarze begann einen Ton auszustoßen, der rein und schrill wie der einer Ventilpfeife war, die Blonde stürzte mit dem Stuhl hintenüber, die Schwarze schlug eine Flasche Rotwein auf dem Kopf des Sohnes entzwei, alles schwamm alsbald im Rot, als gräßliches Vorzeichen für einen dickeren Saft. Der Sohn, durch den Schlag verletzt und abgelenkt, steckte der Mutter die Gabel zunächst einmal einfach in den Oberschenkel, gleichsam um sie loszuwerden, und wandte sich nun mit dem Messer der Schwarzen zu. Unter dem Schmerzgeheul der sich auf dem Boden windenden Blonden begann ein stummer Kampf zwischen der Schwarzen und der Bestie, ein Kampf, der bald beiden Kämpfern gleiche Chancen gewährte, denn der Sohn hatte sein Messer verloren, als ihm die Schwarze am Handgelenk die Pulsadern aufbiß, und was er an Massigkeit mitbrachte, das glich sie durch Zähigkeit und Wendigkeit aus. Dennoch schlug das Ende des Dramas beinahe vor der Zeit, als nämlich die Köpfe der einander umkrallt Haltenden sich dem Kaminfeuer näherten, und Stephan sah schon vielfältigen Untergang voraus, als die Tür aufsprang und zwei Männer, davon einer mit Chauffeursmütze, hereinstürzten, »Mein Gott, was sehe ich!« riefen und unter dem gellenden Geschrei der unverdrossen blutenden Blonden den Wahnsinnigen überwältigten.

Der Pausenvorhang verdeckte die unwirtlich gewordene Szene. Die Zuschauer blinzelten sich an und fanden nur schwer auf den Boden des täglichen Lebens zurück. Schließlich überwand man sich allgemein und klatschte in die Hände, manche begannen zu lachen, und dann schließlich löste sich der Zauber in einer haushoch anbrandenden Woge zahlreicher, durch das Grauen wohltuend beflügelter Gespräche.

»Das war ja erst der harmlose Akt«, sagte Stephan, »ob ich den andern Akt überhaupt erzählen kann, weiß ich gar nicht.« Meine Tante antwortete ihm mit keiner Silbe. Sie bat nicht um Fortsetzung, und sie zeigte auch keine Sorge vor möglicherweise noch kommenden Zumutungen. Ihre Unterhaltung lief längst auf zwei Gleisen: Zum einen erzählte Stephan sein Theatererlebnis, und meine Tante hörte willig zu, zum andern hatten sie sich gegenseitig in ihre Blicke versenkt, die von ganz anderem sprachen als von Vorgängen, die, so interessant sie sein mochten, doch nun schon mehr als zehn Jahre zurücklagen. Stephan wehrte sich nicht mehr gegen den Sog, der von den Augen meiner Tante ausging, aber er wußte noch nicht, was geschehen würde, wenn er aufhörte zu reden, und er fürchtete die Gewalt der Stille, die von ihnen beiden dann Handlungen verlangen würde. Stephan redete genaugenommen um sein Leben, und meine Tante, in Umkehrung der Rollen von Scheherazade und dem blutgierigen König, lauschte zwar der Erzählung, nahm die Furcht, die deren Fortgang förderte, aber ebenso wahr und genoß sie wahrscheinlich sogar. Wer weiß, ob nicht ganz tief verborgen, in einem Winkel der Seele, in dem niemals ein Lämpchen glüht, auch ein kleines Stück Verachtung in meiner Tante wuchs, wie sie empfindet, wer sich vollständig aufgegeben hat, wenn er einen anderen sieht, der sich strampelnd mit erlahmenden Kräften gegen das süße Opium der Hingabe zu wehren versucht.

Es war ein unglückliches Zusammentreffen, daß die Geschichte, die Stephan erzählte, jetzt erst ihr wirklich schockierendes Stadium erreichte. Wie leicht konnte der Eindruck entstehen, daß es seine Kraftlosigkeit war, die sich zu immer abscheulicheren Phantasien verkrampfte, weil sie spürte, wie ihr die Puste ausging, und weil sie sich vom Auswalzen tabuisierter Schrecknisse eine einschüchternde Wirkung auf die geheimnisvolle Zuhörerin versprach. In Wahrheit konnte Stephan jedoch nichts dafür, daß sich der Report, den er von seinem Theaterabend gab, nun einem an Ekelhaftem schwer zu überbietenden Höhepunkt näherte, denn er war schließlich nicht der Autor des Stücks, und er hätte selbst in seinen Träumen, die er, wie Dr. Tiroler ihm schonend beigebracht hatte, schließlich selbst inszenierte, nicht etwas Ähnliches zustande gebracht wie die Handlung, die sich Monsieur de Lorde zur Erheiterung des großstädtischen Publikums ausgedacht hatte.

Hartnäckige Geister könnten immer noch darauf verweisen, daß Stephan aus der Vielzahl seiner Pariser Eindrücke ausgerechnet diesen wählte, um meiner Tante einen angenehmen Nachmittag zu bereiten. Stephan erinnerte sich aber erst beim Erzählen an den Fortgang der Handlung und war selbst überrascht, wie ihm solches Grauen hatte entgleiten können. Dieser zerstreute Nachgeschmack war nebenbei kein Zeichen seelischer Deformation, oder jedenfalls einer solchen, die er mit beinahe allen Besuchern des Stückes teilte.

Allzu deutlich war beim Lesen der Kritiken anderntags zu spüren, wieviel Mühe es die Journalisten kostete, als einzige Besucher eine Art von Distanz zu der Aufführung zu beziehen. Nebenbei bezogen sich die kritischen Berichte niemals auf die eigentliche Qualität der Darstellung, auf die künstlerische Intensität der Inszenierung oder auf die literarische Kategorie des Stückes. Vielmehr versuchten die Kritiker, auf unbefangene Manier, die dem lauten Liedersingen der Kinder im dunklen Wald verwandt war, zu erörtern, ob der Handlungsablauf nun diesmal »zu weit gegangen« sei oder nicht. In falscher Abgebrühtheit verloren sie manches schnoddrige Wort über die kaum glaublichen Vorkommnisse und entwickelten sich dadurch zu den eigentlichen Propagandisten des »Theaters des Schreckens«, dem sie, ohne selbst daran zu glauben, den Namen eines »Theaters des Lachens« gaben, denn das Lachen, das in diesem Theatersaal zu hören war, hatte den unkontrollierten und peinlichen Charakter des Gelächters, das Tiefererschütterte bei Beerdigungen befällt.

Monsieur de Lorde wirkte, als er nach der Pause den Zuschauerraum wieder betrat, frischer und gepflegter als in den Minuten vor Beginn der Aufführung, denn er hatte den Aufenthalt in der Garderobe der Maxa nicht nur dazu genutzt, den Star zu beruhigen, was bei seinem eigenen Nervenzustand ein absurdes Unterfangen war, sondern er hatte auch der Dame mit dem Flügelhut sein rosiges, schweißglänzendes Haupt hingehalten, um sich von ihr mit der Puderquaste abtupfen zu lassen, eine Prozedur, die auch den von kräftigem Bartwuchs gezeichneten Wangen zugute kam. Zuversicht leuchtete aus seinen Augen. Er sprach nicht mehr mit seiner Begleiterin, sondern schaute sich aufgeräumt im Saal um, von allen Seiten Grüße entgegennehmend. Ein plötzlicher Einfall führte seine runden Lippen an das Ohr der Nachbarin, er flüsterte längere Sätze, mehrmals absetzend, hinein und sah sie dann fragend von der Seite an. Es klopfte schon auf dem Bühnenboden, als der Frau als Antwort ein koloraturartiges Gelächter entstieg, deshalb jedem bemerkbar, weil das Publikum schon verstummt war und auf den Anfang des nächsten Aktes wartete. Mehrere Leute sahen sich um, Stephan fand, daß die Flügelbekrönte sich reichlich frei benehme. Er schätzte bei Frauen eine gewisse Mimikry.

Solche Überlegungen wurden jedoch vom Anblick, den der in den Höhen entschwundene Samtvorhang freigab, abgeschnitten. Das freundliche Familienleben des ersten Aktes war krasser Wandlung unterworfen worden. Am Boden kauernd, knurrte der Sohn, im weißen Drillich einer Zwangsjacke eingeschnürt, im Mund einen Knebel wie ein Spanferkel seinen Apfel im Maul haltend. Ansonsten war schon wieder ein wenig Ordnung geschaffen, das Blut war aufgewischt, die umgestürzten

Stühle aufgestellt, auch das Chaos auf dem Tisch war beseitigt. Stephan hatte jetzt erst Zeit, den hinzugekommenen Neuling genauer zu betrachten, der auf dem Boden vor der Blonden kniete und ihren durch die Bratengabel durchlöcherten Schenkel verband. »Sie haben Glück gehabt, Madame«, sagte der Mann, »er hätte auch die Schlagader treffen können.« Das war der Arzt, wie unmittelbar nach diesen Worten klarwurde, als ihn die Blonde mit »Herr Doktor« anredete. Jetzt wurde auch die Tasche mit dem Roten Kreuz neben dem Lebensretter sichtbar. Stephan bekam nicht mit, wieso im einsamen Manoir zu nächtlicher Gewitterstunde nun plötzlich ein Arzt aufgetaucht war, aber er forschte diesem unklaren Punkt nicht weiter nach, denn die oberflächliche dramaturgische Begründung verblaßte vor dem tieferen Gesetz aller Schicksalshaftigkeit: Sein Erscheinen war von der höheren Sinnlosigkeit aller Versuche, zwingendem Untergang in den Arm fallen zu wollen. Je eher ein solcher Versuch zunächst gelang, desto sicherer stand im ganzen der böse Ausgang fest; im nachhinein schwankte der Außenstehende, ob er die Beteiligten beklagen solle, weil die Katastrophe durch trügerische Hoffnungen unerträglich lang hinausgezögert wurde, oder ob er sie zu dem letzten heiteren und unbeschwerten Augenblick des Lebens, dies kurze Verweilen am Ruhepunkt des Orkans, vielleicht zu beglückwünschen habe. Tatsächlich, wenn man von dem gefesselten und geknebelten Unhold einmal absah, ging es geradezu aufgekratzt zu im Speisezimmer. Die Blonde war trotz Blutverlusts keineswegs geschwächt und plapperte mit einer munteren Haltlosigkeit, die von der Erleichterung nach dem großen Schock sprach, wie denn die meisten Menschen nach existentiellen Erschütterungen nicht etwa Erwägungen über Leben und Tod in neuem Lichte anstellen, sondern versuchen, im lauwarmen Bad der Banalität seelische Entspannung zu finden.

Der Mann zu ihren Füßen war eine gewichtige Erscheinung und verhielt sich der Aufmerksamkeiten, die ihm von seiten der Blonden zuteil wurden, wert. Sein Kopf war beinahe quadratisch, seine Wangen waren aus Zement gegossen, mit seiner breiten Stirn hätte man Nägel in die Wand schlagen können. Seine Augen waren unsichtbar: Er trug eine kleine runde Brille, deren Gläser derart spiegelten, daß Reflexe im Zuschauerraum tanzten, wann immer er den Kopf bewegte. Sein Mund war zwischen den Massen der Wangen eingeklemmt, seine Lippen befanden sich, wenn sie geschlossen waren, in ständiger Bewegung. Die Ohren lagen eng am Kopf, das Haar gleichfalls, dies gab dem Kopf das Aussehen einer Bombe. Unter seinem dunklen Anzug mußte ein eindrucksvoller schwerer Körper verborgen sein, Dickheit und Kraft standen bei dem Arzt nicht in Gegensatz. Es bedurfte gewiß unerhörter Mengen feinster Nahrungsmittel, um diesen Körper am Leben und dieses Gehirn am Denken zu erhalten. Nie war so deutlich wie bei diesem Arzt, daß auch die Denkarbeit Beträchtliches an Energien verschlang. Stephan sah geradezu vor sich, daß in diesem koloßhaften Körper Würste in Ideen verwandelt wurden wie in einem Destillationsapparat. Er fühlte, daß eine Berührung mit dieser ärztlichen Hand eine diagnostische Leistung war und zugleich auch noch therapeutischen Charakter haben würde, und er verstand, wie wichtig es war, daß der Arzt seine volle weiße Hand schwer auf dem nackten Oberschenkel der Blonden ruhen ließ, die den Rock hochgezogen hatte und mit gespreizten Beinen vor ihm saß. Die Behandlung tat ihr ersichtlich gut. Sie vergaß die Schmerzen, obwohl sie die lange Spritze noch nicht bekommen hatte, die auf dem Eßtisch lag, und jetzt mußte sie sogar lachen, laut und lang, in der Koloratur der Flügelhutfrau nicht unähnlich. Zu intensiverer Pflege legte der Arzt ihr nun auch noch die zweite Hand auf den allerdings unverwundeten Schenkel und strich mit beiden Händen langsam vom Knie nach oben, von oben zum Knie zurück, und das gefiel der Blonden noch viel besser. Der knurrende Sohn versuchte einen Aufstand. Er zerrte an seiner Jacke und fiel um, sein Kopf knallte auf den Bühnenboden, und nun war die Heiterkeit der Blonden gar nicht mehr zu bremsen, und es war gut, daß sie nicht im selben Augenblick das Gesicht der Schwarzen sehen konnte, die hinter ihr den Raum betrat und das Bild, das sich ihr bot, mit einem Blick erfaßte.

Stephan hatte zu diesem Zeitpunkt jeden Abstand zu dem, was auf der Bühne geschah, verloren. Er sprach jetzt auch in der Erinnerung nicht mehr über Schauspieler, die allabendlich dasselbe groteske Stück exekutieren, sondern über Personen der Zeitgeschichte, oder vielmehr sogar seiner eigenen Geschichte. Was er bei der Aufführung nicht verstanden hatte, regte ihn zu Spekulationen an, wie uns ein Brief der Frau, in die wir verliebt sind, an den Stellen, an denen sie zu faul oder zu unbeholfen war, um sich klar auszudrücken, tausend Rätsel aufgibt.

Es dauerte ziemlich lange, bis Stephan die Möglichkeit erwog, die Hände des Arztes auf den Schenkeln der Blonden könnten eine andere Bedeutung haben als ärztliche Pflege und Sorge. Sein Bild des Arztes verbot ihm zunächst, sich den Bühnenriesen als routinierten Schürzenjäger vorzustellen, dergleichen kleine Schwächen waren doch den normalen Sterblichen vorbehalten und nicht solch einem Denker. Stephan kannte weder den kranken Arzt noch den verliebten Arzt, der Onkel Doktor war eine Spielart des Weihnachtsmanns, alterslos und geschlechtslos wie jener, und dies Bild wurde später nur noch vom Typus des berühmten Forschers ergänzt, der mit weißem Schnurrbart gereizt von seinem Mikroskop aufblickt, weil er durch eine Lappalie, etwa die Nachricht von der Verleihung des Nobelpreises, bei der Arbeit gestört wird. Es schadete dem Arzt in der Rue Chaptal bei Stephan, daß er sich plötzlich sagte: »Ei, der macht des ja grad so wie ich.« Er konnte den heilenden Mann danach nicht mehr so recht ernst nehmen, und er schilderte auch meiner Tante seinen Eindruck unverblümt: »Der war ein linker Vogel, der hat die Lage von der Frau richtig ausgenutzt!«

Diesen Satz sagte er mit vor Entrüstung bebender Stimme, doppelt bemerkenswert deshalb im übrigen, weil er selbst sich nun schon eine ganze Zeitlang überlegte, wie er es anstellen würde, meiner Tante ebenfalls den Rock hochzuschieben und seine Hände auf ihren Schenkel zu legen. Sein Instinkt, der dies Ziel nach wie vor im Auge behielt, warnte ihn nicht im geringsten davor, meine Tante mit einem solchen Verlauf der Geschichte etwa erschrecken zu können und so die Stimmung für einen Vorstoß zu ruinieren. Dieser Instinkt behielt auch recht, denn die Erwähnung gewisser Gegenstände in der Unterhaltung kann weit gewichtiger sein als die moralische Wertung, die ihnen auf der Oberfläche des Gesprächs beigegeben wird: Eine Grenze ist überschritten, die Phantasie ist in eine bestimmte Richtung gelenkt und schleift die schwache Kraft adjektivischer Bewertung in ihrem unaufhaltsamen Sturmlauf einfach hinter sich her. Darüber hinaus hörte meine Tante seiner Geschichte schon längst nicht mehr in der Form zu, daß sie an dem Berichteten selbst ihr Interesse nahm, sondern nur noch, indem sie einerseits das Vergnügen genoß, Stephan sprechen zu sehen, und andererseits gespannt den Punkt erwartete, an dem ihm nichts mehr einfallen würde. Und je wilder die Geschichte wurde, desto näher mußte sie auch ihrem Ende rücken, wie sich bei einem Wolkenbruch nach der heftigsten Ergießung oft augenblicklich der blaue Himmel wieder zeigt.

Stephan roch in diesem Stadium der Erzählung zum erstenmal den Atem meiner Tante, denn ihre Köpfe waren sich immer näher gekommen, und meine Tante atmete mit halbgeöffnetem Mund. Stephan stutzte, als der Hauch ihres Atems ihn streifte. Er war nicht nur makellos rein, sondern dabei auch süß, wie der Atem eines kleinen Kindes, dessen Magen und Speichel noch neu und zart sind, weil sie die Prozesse von Gärung, Verdauung und Selbstreinigung noch wie im Spiel betreiben und nicht in immer mühevollerer, schließlich vergeblicher Arbeit. Eine ganz unvermutete Frische offenbarte sich Stephan, meine Tante begann sich vor ihm zu verjüngen, als ob sie mit einem Zauberstab berührt worden sei oder als ob seine Augen vom Star befreit worden wären. Stephan sagte gedankenverloren vor sich hin: »Ach Gott, was war das schlimm, das war vielleicht schlimm«, und ließ diesen Bemerkungen nichts mehr folgen. »Was war schlimm?« fragte meine Tante nach einer stummen Weile mit sehr sanfter Stimme.

Die Erzählung war beileibe nicht an ihrem Ende angelangt. Das Publikum holte tief Atem, wie es die Passagiere einer Achterbahn tun, wenn ihre Erfahrung mit diesem teuflischen Vergnügungsgerät ihnen sagt, daß sie alsbald ins Bodenlose stürzen werden. Stephan stellte zu diesem Zeitpunkt fest, daß das Theater eine feste Gemeinde haben mußte. Ein unterdrücktes Wispern ging durch die Reihen, weil Kenner sich untereinander ihre Vermutungen über den Ausgang mitteilten, über den nur sicher war, daß er an Grausamkeit den des ersten Aktes überbieten mußte. Die Blonde hörte unterdessen die knallenden Schritte der Schwarzen, der es weiß Gott nicht um Diskretion zu tun war, und stieß den Doktor von sich, indem sie mit verlogener Förmlichkeit für seine Mühe dankte und erklärte, sich kurz frisch machen zu müssen. Ihren humpelnden Abgang verfolgte die Schwarze mit kohlpechrabenschwarzem Blick, sie machte keine Anstalten, der verwundeten Gefährtin wenigstens der Form halber vor Dritten beizustehen. Kaum war die Blonde aus der Tür, fuhr die Schwarze zischend zum Doktor herum und warf ihm beleidigende Sätze an den Kopf. Der ging um den sich am Boden windenden, würgende Geräusche von sich gebenden Sohn herum, indem er dem Rasenden noch beiläufig einen Tritt mit dem wie eine neue Lokomotive funkelnden riesigen Stiefel gab, stellte sich vor die Schwarze und fuhr ihr mit der Hand, die eben noch auf dem Schenkel der Blonden geruht hatte, in einer Manier über den Hintern, die sich keine Mühe gab, zu verbergen, daß es hier um die Demonstration eines wohlerworbenen Rechtes und nicht um eine kühne Zärtlichkeit ging. Die Schwarze reagierte darauf wie eine wütende Katze. Selbst der gewaltige Arzt war schwach genug, um seine Augen zu fürchten, die Brille flog durch das ganze Zimmer und offenbarte kleine schwarze Augen, die wie schrumplige Rosinen mit dem Daumen tief in den Hefeteig des Gesichts hineingedrückt aussahen. Der Arzt befand sich auf dem Rückzug, bei dem Tappen nach seiner Brille verlor der potente Riese seinen Schrecken, er wirkte hilflos und rührte beinahe, allerdings nur das Publikum, denn die Schwarze platzte fast vor einem hustenartigen, bellenden Gelächter.

Stephan empfand gerade diesen Auftritt als besonders widerlich. Er liebte nicht, dabeizusein, wenn irgend jemand dekuvriert wurde. Selbst wenn man die Erfahrung berücksichtigt, daß wir unsere Moral im Umgang mit anderen gewöhnlich an unseren ureigenen Bedürfnissen ausrichten und ihnen ohne weiteres unsere eigenen Unempfindlichkeiten zumuten, während wir ihren Schwächen, solange sie den unseren gleichen, volles Verständnis entgegenbringen, und selbst wenn man daraus folgert, daß Stephan anderen Schonung angedeihen lassen wollte, weil er selbst den strengen Blick auf seine Person fürchtete, darf ihm doch eingeräumt werden, daß ihn seine geheime Sorge zu menschenfreundlichen Anschauungen geführt hatte, deren Großmut durch die eigensüchtige Quelle, aus der sie floß, nicht getrübt wurde.

Stephans Abneigung, sich über seine Stimmungen Rechenschaft zu geben, ist bekannt. Und dennoch war er voller Mitleid für den seiner Stärke beraubten Arzt auf der Bühne und hätte ihn am liebsten durch lautes Zurufen aus dem Zuschauerraum unterstützt, der zwischen zwei Kommodenbeinen funkelnden, unzerstört gebliebenen Brille wieder habhaft zu werden. Übrigens machte Stephan, während er sich an die Handlung dieses seines Lieblingsstücks zu erinnern versuchte, das er so nennen durfte, obwohl er es nur ein einziges Mal mit mancherlei Behinderungen gesehen hatte, die Erfahrung, daß er über ein logisches und über ein sinnliches Gedächtnis verfügte. Das letzte hatte sich den ganzen Abend so köstlich mumifiziert erhalten wie Johanna die Wahnsinnige den Leichnam ihres hohen Gemahls, das logische Gedächtnis hingegen war unterdessen müßig geblieben, und Stephan mußte sich eingestehen, daß ihm große Stücke der Handlung entweder schon damals entgangen waren oder inzwischen im Orkus der Vergessenheit ruhten.

Er sah nur noch Fetzen der Handlung vor sich: die Schwarze hochaufgerichtet mit einer Spritze in der Hand, die sie mit gellendem Hohngelächter auf den Boden wirft und dort zertritt; der Arzt, der mit inzwischen fast gebrochener Stimme allerlei sagt, zum Abschied der Schwarzen noch einmal scheu zwischen die Beine zu tappen versucht und einen Schlag mit dem Schüreisen auf das Handgelenk bekommt; die tiefe Nacht, in der das Haus zur Ruhe gekommen zu sein scheint; die Schwarze, die noch einmal ins Zimmer huscht, sich über den schlafenden Sohn beugt, ihn hin- und herwälzt und an seiner Zwangsjacke herumnestelt, man hört ein Klicken, ein Scharren, aber sieht nicht recht, was sie eigentlich macht; dann schleicht sie wieder hinaus; zu Füßen des schlafenden Irren brennt eine Kerze – halt, nicht zu Füßen, unter einem Fuß, genau darunter!

Der Wutschrei des Wahnsinnigen traf die Zuschauer aus der Stille heraus wie ein Schlag in den Magen. Alle wurden buchstäblich nach vorn geworfen, als säßen sie nicht in einem Theater, sondern in einem Omnibus, der scharf gebremst hat. Schlimmeres stand bevor: Der Sohn springt auf, er schüttelt sich, die Zwangsjacke fliegt ihm vom Körper, er ist frei. Und da – wie ein Rasiermesser fällt ein gelber Lichtstrahl ins Zimmer, die Tür ist aufgemacht, die dämliche Blonde kann es nicht lassen, sie wähnt sich sicher, muß unbedingt noch einmal nachgucken, diese Eigenschaft von ihr kannte die Schwarze natürlich, darauf war alles berechnet, jetzt liegt es klar zutage. Das Monster und die Frau erblicken sich im selben Augenblick; die Geräusche, die sie nun von sich geben, übersteigen das menschliche Fassungsvermögen. Ah, ihr schöner, ihr einzigartiger Hals, der sich im Entsetzen dem Ungeheuer entgegenwölbte, weil die Blonde den Anblick der Bestie nicht mehr ertragen konnte. Wenn Stephan sich an diese Szene erinnerte, mußte er sich unwillkürlich an den Kragen greifen, er bemerkte auch, daß ihm das Schlucken weh tat und spürte die Bewegungen des Adamsapfels mit Schaudern.

Was nun geschah, sprengte die Grenzen dessen, was sich die landläufige sadistische Phantasie vorstellen konnte. Monsieur de Lorde zitterte bei dem Gedanken, daß der Effekt, den er einer schlaflosen Nacht im Triumph abgerungen hatte, irgendwie verpatzt werden könnte, »wie, beiläufig erwähnt, bei der Generalprobe schon geschehen«. Er war der einzige im Theater, der noch die geistige Kraft zu kalkulierenden Gedanken fand, denn schon seine Begleiterin, die das Stück längst aus den Proben kannte, saß vornübergebeugt und umklammerte die Sessellehne des vor ihr sitzenden Mannes, der sich seinerseits mit brennendem Blick an der Lehne seines Vordermannes festhielt. Der wesentliche

Eindruck, der Stephan von dieser Szene blieb, war eine Woge, die alles überschwemmte und in der alle Empfindungen und Ängste ertranken. Das war eine Woge von Blut, die in mächtigem Strahl aus der blütenweißen Kehle der Blonden schoß, nachdem sie den Biß ihres Sohnes empfangen hatte. Zu dem Erlebnis des Wegspülens trug auch das sofortige Verstummen der Blonden bei; nachdem der rasende Sohn zugebissen hatte, herrschte Ruhe, es war ein Gefühl, wie im tiefen Schnee zu wandern. In diese verzauberte Befangenheit platzte ein häßliches kleines Geräusch, ein Klumpen fiel auf den Bühnenboden, der Sohn hatte ihn herausgewürgt und stand nun über ihn gebeugt da, ihn teilnahmsvoll betrachtend, wie ein Kind einen Käfer anschaut, dem es zwei Beine ausgerissen hat. »Ihre Gurgel«, flüsterte der Nachbar Stephans und wandte den Kopf ab.

Stephan brauchte Zeit, bis er verstand, was sich abgespielt hatte. Wie mit einem Hammer betäubt, wankte er zur Ausgangstür. Die Dame mit dem Flügelhut, die eine Stimme hatte, deren Schwingungen das Beifallsrauschen zerteilte, obwohl sie nicht laut sprach, mußte Monsieur de Lorde beruhigen. Der Autor war verstört und den Tränen nah.

»Chéri, Sie sind der Alte, glauben Sie mir. Das Ganze hat sehr nett gesessen, und der Maxa gebe ich höchstpersönlich einen Tritt in den Arsch. Fassen Sie sich, Sie müssen jetzt den ›Fürst des Schreckens‹ machen.« Dieser Hinweis wirkte Wunder. Kenner hatten sich Monsieur de Lorde zugewandt und applaudierten auch in seine Richtung. Er lächelte entzückt und wehrte mit eleganten Handbewegungen den Beifall ab. Sein rosiges Haupt schwebte als Frühlingsmond in der Menge und zeigte die Miene gelöster und friedfertiger Bonhomie, und seine Begleiterin setzte ein hinreißendes Strahlen auf ihren dunkelroten Mund und klatschte mit kleinen Pritschelgeräuschen in sein Ohr, während sie sich nach allen Seiten umsah und von überall her Winken und Grüße entgegennahm und mit Kopfnicken beantwortete.

Welche Wirkung hätte die Schilderung dieses zweiten Aktes wohl auf meine Tante gemacht? Leider sollte sie nichts davon vernehmen. Stephan fand nicht den rechten Einstieg, um seine Erzählung fortzusetzen. Die Frage meiner Tante: »Was war schlimm?« entlockte ihm keine Antwort, obwohl sie sich doch als Brücke zu einer Fortsetzung geradezu anbot. Seine Kehle war zugeschnürt, sein Herz raste, er platzte fast vor Angst. Plötzlich glaubte er, daß er meiner Tante niemals wieder in die Augen sehen könne. Die winzige Bewegung seiner Lider, die seine Augen mit ihren Augen verbunden hätte, kam ihm unmöglich vor. Er sehnte sich danach, daß die Zeit für immer stillstehe. In der Anspannung des Willens, meine Tante nicht anzusehen, verpaßte er die Unwillkürlichkeit eines Reflexes, der seine Augenlider hob, was er willentlich nicht fertigbekommen hätte. Er sah die runden braunen Augen meiner Tante auf sich ruhen, in gesammelter Ruhe, er sah ihren halbgeöffneten Mund, und er spürte den Duft ihres unverdorbenen Atems. Plötzlich erkannte er, daß sie weinte, und zwar wie er es niemals vorher erlebt hatte: Sie schluchzte nicht, sie verzerrte ihr Gesicht nicht, sie atmete nicht schwer, nicht einmal die Augen waren auffällig gerötet, aber über ihre Wangen floß still und stetig ein Tränenstrom, der sie wie mit einer glitzernden hauchdünnen Eisschicht überzogen erscheinen ließ. Nach einer Weile beugte sich Stephan vor und verschloß ihren halbgeöffneten Mund mit dem seinen.

Dieser erste Kuß, in dem sich jeder Gedanke der beiden einzig auf ihre Münder richtete, ohne ein weiteres Gefühl von Zärtlichkeit oder Schmerz aufkommen zu lassen, führte dazu, daß sie die kleine, immer noch leere Konditorei verlassen mußten, weil die Besitzerin sich plötzlich mit Scheppern und Klappern hinter der Theke bemerkbar machte, was Stephan herumfahren ließ und ihm die Ruhe raubte. »Laß uns hier weggehen«, sagte er zu meiner Tante, und meine Tante, die ihre Tränen nachlässig mit dem Ärmel ihrer Kostümjacke trocknete, antwortete: »Wie du willst.«

Dritter Teil

FLORENCE

I.

Florence konnte nach der Entführung meiner Tante mit sich zufrieden sein, und sie träumte davon, sich jetzt, bevor sie Stephan auf die unmittelbare Abreise vorbereitete, noch ein wenig hinzulegen. Schon standen ihre Lackschuhe wie zwei gehorsame Lakaien in blitzender Livree nebeneinander unter dem Hotelbett. Florence hatte ihr Kleid geöffnet und auch ihrem Gesicht gestattet, sich in den Zustand ausdrucksloser Entspannung zu begeben. Da klingelte das Telephon, und sie wußte augenblicklich, daß von nun an kein Gedanke mehr an Ruhe zu verschwenden war. Alles, was sie in Frankfurt beschäftigte, war Kinderei gegen das, was sie nun erwartete. Es war gut, daß das Telephon klingelte und sie an ihre Pflicht und an ihr Leben erinnerte.

Wie sie tatsächlich zu Dr. Tiroler stand, war ihr erst wenige Tage vor ihrer Reise nach Frankfurt klargeworden. Sonderbar genug war diese späte Erkenntnis, denn es hatte in ihrem Verhalten genug Hinweise für die allmähliche Änderung ihrer Beziehung zu ihm gegeben, die, so unauffällig sie jedem Dritten erschienen waren, ihr selbst doch nicht ernsthaft verborgen geblieben sein konnten. Aber wenn sie ehrlich war, und Florence hätte sich keine langweiligere Beschäftigung vorstellen können als die, sich selbst zu belügen, dann mußte sie sich gestehen, daß sie beschämend lange ihren eigenen Empfindungen wie eine Fremde gegenübergestanden hatte. Je sorgfältiger sie sich zu erinnern versuchte, desto unangenehmer fühlte sie, daß zu einem Zeitpunkt, an dem sie sich noch vollständig ahnungslos glaubte, ausgerechnet Willy eine für ihn neuartige Befangenheit seiner Frau ausgeschnuppert hatte, die er vielleicht noch nicht deuten konnte, die er sich jedoch mit der ganzen Infamie der Schwachen zunutze machte, um Florence zu quälen.

Das Ehepaar Tiroler hatte das Haus schon wieder verlassen. Zwei schwarze Hausmädchen räumten den Salon auf und kehrten die Asche im Kamin zusammen, und Florence saß noch dort, wo der Kaffee serviert worden war, während Willy sich in einen Ohrensessel zurückgezogen hatte, Zigarre rauchte und seinen Kopf hinter einem Magazin verborgen hielt. Im Zimmer herrschte die ein wenig angestrengte, aber friedliche Stimmung, die nach einem Abendessen mit entfernten Bekannten zurückbleibt. Eine kleine Leere erfüllt den tüchtigen Gastgeber nach einer solchen Veranstaltung, denn er ist sich zwar deutlich bewußt, seine Aufgabe bewältigt zu haben, aber er kann sich nicht mehr so recht erinnern, worin sie eigentlich bestanden hat.

Die Apathie der Korns hatte an diesem Abend jedoch einen doppelten Boden. Das Interesse, das Willy seiner Zeitung entgegenbrachte, stand in auffälligem Kontrast zu seiner Aufnahmefähigkeit, denn er hielt sie, ohne umzublättern, nun schon eine Viertelstunde lang aufgeschlagen, ohne sich deshalb einen einzigen Satz daraus merken zu können. Seine Aufmerksamkeit während des Lesens war freilich geteilt, denn er beobachtete mit schnellen Seitenblicken, die Florence verborgen blieben, die Miene seiner Frau, die träumerisch und unbestimmt den Eindruck erweckte, als seien der Salon, Willy und die beiden Hausmädchen aus ihrem Bewußtsein verschwunden, als habe sich statt dessen eine der hellblauen Rosenblüten auf dem Savonnerie-Teppich plötzlich vor ihren Augen geöffnet und eine Feenwelt von puppenhafter Winzigkeit und Vollkommenheit offenbart, ihr eigentliches Heimatland, in das sie nun, wie aus betäubendem Schlaf erwacht, allmählich wieder zurückkehrte.

Willy war unruhig. Er wußte, daß er sich strafwürdig benommen hatte, aber er konnte sich nicht erklären, warum Florence ihm nicht wie früher die Leviten las und ihm die Bedingungen diktierte, unter denen sie bereit war, seine Unterwerfung entgegenzunehmen. So nachhaltig ihre Züchtigung auch schmerzte, so sehr verstörte ihn, daß Florence nicht schon längst begonnen hatte, kühl und beiläufig mit ihm über das Vorgefallene zu sprechen, und zwar, während die Dienstboten im Raum waren, dankenswerterweise auf Deutsch, um seine ohnehin nur symbolische Autorität im Hause nicht restlos zu zerrütten. Willy fing an, sich zu fürchten. Dies Schweigen war wie der aus der Entfernung wahrgenommene lautlose Flug eines hochbeladenen Bombenflugzeugs, das noch nicht an sein Ziel gelangt ist, das sich aber, von den zarten Piepsern eines Funkgeräts geleitet, unaufhaltsam dorthin bewegt. Schließlich hielt Willy die Spannung nicht mehr aus. Er stand auf und bewegte sich in einem trottenden Schritt von gespielter Natürlichkeit der Flügeltür zu, jeden Augenblick damit rechnend, daß Florence ihn mit scharfer Stimme zurückbefehle. Er erreichte wie im Traum die Tür, ohne etwas zu hören, er drehte sich um und murmelte: »Es ist spät, ich leg' mich schon hin«, aber er hörte immer noch nichts und wagte nicht, ein weiteres Wort zu sagen oder gar die Treppe hinaufzugehen, ehe er Urlaub erhalten hatte. Plötzlich wandte sich Florence ihm zu und sagte nachdenklich: »Es ist gut. Gute Nacht.« Willy glaubte nicht, was er erlebte. Die Treppe betrat er mit der Behutsamkeit eines Menschen, der ein baufälliges Anwesen auf Einsturzgefahr untersucht.

Florence hörte seine Schritte auf dem oberen Korridor. Als seine Schlafzimmertür hinter ihm ins Schloß fiel, ließ sie ihre Schultern fallen und lehnte sich in den Sessel zurück, ihr Kopf sank auf die Rückenlehne. Sie blieb noch lange allein im hell erleuchteten Zimmer. Als sie schließlich aufstand, spürte sie einen leichten Schwindel, denn ihre Entrücktheit war einem tiefen Schlaf ähnlich gewesen, obwohl sie ihre Augen dabei nicht geschlossen hatte.

Den Vormittag des Tages, an dem das Ehepaar Tiroler die Korns zum erstenmal zum Abendessen besuchte, verbrachte Florence in Manhattan mit Einkäufen. Sie suchte einige Lebensmittelgeschäfte auf, in denen es frischen französischen Käse, Brüsseler Trauben und Torten gab, die, wenn man sie aufschnitt, eine kompliziert geschichtete Innenarchitektur offenbarten. Die Pointen eines Diners kaufte Florence immer selbst ein und nahm dafür die lange Fahrt aus Long Island gern in Kauf. Der Morgen vor solch einer Einladung gehörte traditionell diesen Expeditionen, in denen sich am augenfälligsten verkörperte, was Florence unter der Formel »einen Haushalt führen« verstand. Trotzdem war auch für sie an diesem Vormittag der wichtigste Besuch nicht der bei ihren Fournisseuren, sondern der in einem Geschäft für Herrenhemden und Krawatten, den sie an den Schluß ihrer Erledigungen legte, als längst schon im Kofferraum der Limousine die Bestandteile des Abendessens verstaut waren, aufwendig in Zellophan mit seidenen Schleifen verpackt, als sollten sie nicht in der Küche abgegeben werden, sondern als seien sie erlesene Tributgeschenke, die zur feierlichen Überreichung bestimmt waren.

Florence hatte die Adresse des Ausstattungsgeschäfts dem Schildchen entnommen, das in einer Krawatte Stephans eingenäht war. Sie kümmerte sich sonst nicht um Herrengarderobe, da die männlichen Mitglieder ihrer Familie ihre Garderobe stets selbst überwachten und Florence keinen Grund gaben, sich einzumischen. Willy wurde von einem soliden, vielleicht etwas altmodischen Schneider beraten, der ihn in ein dunkles Einerlei aus teurem Tuch hüllte, wie es ihm zukam. Stephan hatte einen weniger gleichförmigen Geschmack, er leistete sich allerhand Muster, er liebte zum Beispiel eine Zeitlang hellgraue Glencheckanzüge, über die sich kaum wahrnehmbar ein feines Netz aus dunkelroten Karos zog. Er hatte eine Vorliebe für weiße Flanellhosen und dunkelblaue kapitänsartige Jacken. Die strengen Wollstoffe ergänzte er mit dem brüchigen Schimmer einfarbiger oder gestreifter Krawatten aus Seidentaft, die er, solange er in Europa lebte, von Sulka aus Paris schicken ließ und die er, glücklicher, als wenn er einen verschollen geglaubten nahen Verwandten aus Oberhessen plötzlich gesund und munter in New York auf der Straße getroffen hätte, durch einen Zufall in einem Laden der Fifth Avenue wiedergefunden hatte.

Auch mir waren diese Krawatten bereits aufgefallen, obwohl ich, als ich Stephan Korn kennenlernte, von der Mode nichts verstand. Deshalb gelang es mir auch nicht, sie angemessen einzuordnen, und obwohl ich Stephans Stadtkrawatten neugierig betrachtete und mir sagte, daß sie aussähen wie aus mit feiner Riffelprägung versehenem bunten Stanniolpapier, in dessen Verknitterung sich das Licht bricht, bewunderte ich sie doch weit weniger als die sportliche Krawatte, die er bei unserem Ausflug nach Würzburg trug: ein Schwarm von hellroten kleinen Doppeldeckern verteilte sich auf dichtgewebter, graugelber Wolle und huldigte Stephans großer Leidenschaft, dem Flugsport. Man konnte sich gut vorstellen, daß sie zu einem Overall getragen wurde, ja, sie beschwor im Grunde eine abenteuerliche Kleidung, zu der sie nach meiner Vorstellung weit besser paßte als zu der grünen Tweedjacke, die Stephan tatsächlich anhatte. Meine Mutter nannte im Gespräch mit meinem Vater Stephans Krawatten seine Ordensbänder, ein Ausdruck, der meine Tante sehr verwirrte, denn sie fragte sofort: »Ich wußte gar nicht, daß Stephan Orden bekommen hat?« und wurde in ihrer Unwissenheit von meinen lachenden Eltern allein gelassen. Ich entdeckte später, wie sehr das Bild meiner Mutter zutraf, denn das strahlende Rot, Blau oder Smaragdgrün des Taftes hatte wirklich wenig von einem modischen Accessoire, sondern viel mehr von der unbekümmerten Pracht der bunten Moiréschärpen, die unter schwarzen Frackjacken leuchten.

Auch Florence empfand Stephans Krawatten nicht als dandyhaft oder sonstwie aus dem Rahmen fallend, obwohl sie weder bei ihrem Vater noch bei ihren Brüdern, noch gar bei Willy, der immerhin auch zu den für sie verbindlichen Repräsentanten würdevoller Männlichkeit zählte, etwas Vergleichbares gewohnt war. Als sie jedenfalls zum erstenmal in ihrem Leben ein Krawattengeschäft betrat, stand für sie von vornherein fest, daß sie keinesfalls Ausschau hielt nach etwas, was auch Willy tragen könnte: nach jenen dunkelblauen, mit winzigen weißen Pünktchen besäten Exemplaren, die sich Mühe gaben, nicht nach Seide auszusehen, obwohl sie konventionellerweise nun einmal aus Seide bestanden, und die ängstlich vermieden, der Erscheinung Willys eine erinnerungswürdige Nuance hinzuzufügen, weil ihre einzige Aufgabe darin bestand, spurlos in der düsteren Silhouette eines seriösen Geschäftsmannes aufzugehen wie ein Kleinaktionär in der jährlichen Hauptversammlung seines Konzerns. Es wäre ein Irrtum zu glauben, daß Florence auf einmal entdeckt hätte, daß ihr die Krawatten Willys oder die ihrer Brüder mißfielen, davon konnte keine Rede sein, und ebensowenig wollte sie statt dessen Stephans Stil adaptieren. Sie stellte sich einfach vor, daß sie heute abend gern eine Krawatte verschenken würde, die wie eine von Stephan aussah, und dennoch berührte es sie merkwürdig, in das Reservat ihres Sohnes einzudringen und dadurch, daß sie die Schönheit der zur Wahl stehenden Dessins miteinander verglich, Gedanken zu denken, wie er sie möglicherweise selber gedacht hätte.

Der Laden sah englisch aus, sein gepflegter Verkäufer redete in gesalbtem Flüsterton auf Florence ein, während er sich hinter die Theke bückte und immer neue flache Pappschachteln präsentierte.

Florence wurde auf einmal klar, wie fremd ihr die Männer eigentlich waren. Sie erschrak beinahe, welch unerhörte Fremdheit sich plötzlich vor ihr auftat. Obwohl sie fast nur mit Männern gelebt hatte, war ihr offenbar das Entscheidende an diesen Lebewesen entgangen, aber woran lag das? »Ich habe immer wegsehen müssen«, dachte Florence, und es fiel ihr bei diesem Gedanken sofort ein, wie unerträglich ihr als Kind der Anblick ihrer sich prügelnden Brüder war, eine Erinnerung, die jetzt noch so viel Gewalt besaß, daß Florence unwillkürlich den Kopf abwandte, als ob sie dem mächtigen inneren Bild, wie es vor ihrer Seele stand, so entkommen könnte.

Die Badezimmertür sprang auf und schlug mit lautem Knall an die Wand, und aus der Tür stürmten Alfred und Ernest, es war nicht zu sehen, wer zuerst herauskam. Alfred war nackt und naß, auf seiner buttermilchfarbenen Haut wuchsen schon eine Menge sich kräuselnder roter Haare, Ernest war zwar kleiner und dünner als der ältere Bruder, aber viel zäher und wendiger. Er war erst halb ausgezogen, hatte sogar noch Schuhe an; das waren natürlich Waffen in diesem Augenblick. War Alfred gestolpert oder hatte ihn Ernest zu Fall gebracht? Im Nu rollten die beiden auf dem Teppich hin und her, ihre Köpfe wurden dunkelrot, und man hörte nur das dumpfe Geräusch des massiven Aufschlags von Fäusten auf den wohlgenährten Körpern. Für Florence war am schrecklichsten, daß keiner sonst einen Laut von sich gab, außer dem konzentrierten Keuchen, das zeigte, wie die Kämpfer alle Kraft zusammennahmen, um beim Ermatten des andern den überwältigenden Schlag zu tun. Aber wie sollte dieser Sieg aussehen, was würde der Sieger dieses haßerfüllten Kampfes mit seinem Gegner anfangen? Dieser Kampf löste nichts, er war nicht dazu geeignet, ein Gleichgewicht herzustellen, denn die beiden hatten vergessen, daß sie Brüder waren.

Als Florence die Augen schloß, dauerte der stumme Kampf noch an, bis auf einmal ein Klirren die Brüder innehalten ließ. Florence machte die Augen wieder auf und sah, daß eine große Vase umgefallen war, die auf einem wackligen Guéridon gestanden hatte. Zum Glück war sie leer, so daß nicht auch noch eine Überschwemmung entstanden war; Alfred und Ernest hatten sich augenblicklich voneinander gelöst und starrten den Schaden an. Dann waren sie, ebenso stumm wie vorher, emsig damit beschäftigt, die Scherben zusammenzulesen. Schließlich verschwand Alfred im Badezimmer, während Ernest, dessen Fuchsblick den ganzen Korridor prüfend gemustert hatte, mit schnellem Schritt aus einem dunklen Winkel eine andere Vase holte und auf das Tischchen stellte. »Meinst du, das merken sie nicht?« fragte Florence. »Wehe, du sagst ein Wort«, antwortete Ernest und ging ebenfalls ins Badezimmer zurück.

Florence kannte auch diese Ruhe, die sich nach den Schlägereien ihrer Brüder in unvorhersehbarer Geschwindigkeit wieder ausbreitete, aber diese Ruhe war nicht imstande, die aufgewühlte Seele des kleinen Mädchens zu besänftigen. Sie fügte vielmehr zu dem eben Erlebten noch einen weiteren Schrecken hinzu, denn Florence empfand sie keinesfalls als Ausdruck des wiedergekehrten Friedens, sondern als Erschöpfungszustand, der nach und nach wieder an Spannung gewann und, wenn die Brüder neue Kräfte in sich fühlten, zum nächsten Angriff führte. Auch die schweigende Tapferkeit, mit der sie die Verletzungen ertrugen, die sie sich zufügten, flößte Florence Grauen ein. Ihre Brüder schienen sich einig zu sein, einander eines Tages umzubringen, dieses gemeinsame Ziel aber der übrigen Welt peinlich zu verbergen, wie Mitglieder verbrecherischer, einander bis aufs Blut bekämpfender Geheimgesellschaften zu unverbrüchlicher Kameradschaft finden, wenn die Obrigkeit des Staates sich in ihr ewiges Duell zu mischen sucht. Manchmal glaubte Florence, daß der Vater die Ursache zu dieser Feindschaft gelegt habe, denn er präsentierte gewöhnlich seine Söhne, wenn sie straff gekämmt in ihren Sportanzügen nach unten kamen, um Gäste zu begrüßen, mit den Worten: »Das ist Alfred, mein ältester, und das ist Ernest, mein begabtester«, und Florence stellte sich dann vor, daß Alfred vielleicht um seine Erstgeborenenvorrechte besorgt sei, aber zugleich war auch wieder klar, daß es den Brüdern nicht um Rechte oder Geld ging, um Vorwürfe, die sie sich allenthalben hätten machen können, mit denen sie aber im Gegenteil erstaunlich großzügig verfuhren, denn sie verpetzten sich niemals gegenseitig und ihre Raufereien hatten nur selten einen Streit um den richtigen Tennisschläger, um Rugbyhelme oder Kniestutzen zum Gegenstand. Vielmehr teilten die Brüder die Leidenschaft für eine Gewalttätigkeit, die nicht der Durchsetzung von Zwecken diente, sondern die sich selbst genügte. Florence wurde schon krank, wenn sie im Nebenzimmer plötzlich einen Stuhl umfallen hörte, weil ihr dies Geräusch des auf den Fußboden schlagenden Holzes in der Phantasie die Bilder wachrief, die dem Sturz des Stuhles vorausgegangen sein mußten: dieses katzenhafte Anspringen, wie sie es von Ernest kannte, oder die rüden Tiefschläge, die Alfred verpaßte, unter denen Ernest erst grün im Gesicht wurde, sich dann in wahrer Raserei von dem empfangenen Schmerz weniger erholte, als ihn vielmehr zum Motor seines Angriffs zu nutzen, um sich mit seinen notorisch schlecht geschnittenen Fingernägeln in Alfreds Gesicht zu verkrallen, bis dessen Nase blutete und Ernests Finger in der Glitschigkeit ihren Halt verloren. Florence setzte sich dann, weil ihre Knie zitterten, und hielt sich in jener halbherzigen Manier die Ohren zu, die nicht wirklich verhinderte, daß sie die Wucht der Schläge hörte, die ihr aber erlaubte, bei einem besonders schlimmen Geräusch, einem Knirschen, einem Stöhnen oder einem Knacken sofort ihre Ohren ganz zu verschließen und am Rauschen des Wassers im Waschbecken, das anzeigte, daß sich der reinliche Ernest von den Spuren des Kampfes reinigte, während Alfred weiter vor sich hinschwitzte, festzustellen, daß der Kampf für dieses Mal ein Ende gefunden hatte. Es war Angst, die Florence empfand, wenn ihre Brüder sich prügelten. Ihr Herz schlug ihr im Hals, sie hätte sich in ihrer Not erbrechen können, um sich Erleichterung zu verschaffen. Diese Angst war die wichtigste in ihrem Leben. Niemals sonst vermochte eine Angst sie dermaßen ganz und gar zu überschwemmen wie die vor der Wut der Brüder. Sie vergaß sie niemals, und es bedurfte durchaus nicht erst der Beobachtung, daß sich in den Augen ihrer Brüder eine gespannte Gereiztheit entwickelte, um diese Angst zu voller Größe anwachsen zu lassen. Ihre Brüder konnten sich lammfromm verhalten oder brauchten nicht einmal zugegen zu sein, damit Florence die Beklemmung befiel, wie sie sie beim Anblick der Haßausbrüche kannte.

Zum letztenmal erlebte sie diese Angst bei einer Gelegenheit, als die Prügeleien der Brüder schon viele Jahre zurücklagen, die Brüder in achtungsvollem Frieden miteinander lebten und, wo es sich ergab, sogar geschäftlich erfolgreich zusammenarbeiteten. Sie waren würdige Herren geworden, Alfred hatte bereits einen kleinen Bauch, Ernest hatte sich zwar die jugendliche Drahtigkeit bewahrt, war im Gesicht aber gelb, weil er fortwährend mit seinem Magen zu tun hatte.

Es war anläßlich des Hochzeitsdiners, nachdem Florence und Willy unter einem Hochzeitsbaldachin, der ganz aus weißen Rosen bestand, die Ehe geschlossen hatten, zur nicht geringen Verlegenheit Willys, dessen Eltern bereits Protestanten geworden waren und der die Enttäuschung, daß er keine protestantische Trauung durchsetzen konnte, erst verwand, als er sich eingestehen mußte, daß es ihm nicht gelang, die Anzahl der zur Dekoration des Ballsaals im »Plaza-Hotel« gekauften weißen Rosen auch nur annähernd zu erfassen. Einem Mann, der seine Tochter in dieser, Willy bis dahin unvorstellbaren Weise auf Rosen bettete, mußten ein paar Eigenheiten zugestanden werden, und außerdem war, bis auf die nächste Verwandtschaft in Gestalt eines gleichaltrigen Vetters, der ebenfalls eine New Yorker Bankausbildung genoß, aus Frankfurt sonst niemand Zeuge der Veranstaltung. Willy befand sich während dieser ersten Zeit in Amerika in dem typischen Zwiespalt eines Europäers, der gerade erst die Finessen des gesellschaftlichen Stils seiner Heimat erforschen und schätzen gelernt hat und der nun in den Vereinigten Staaten erleben muß, wie sich ihm das Tor zur Welt öffnet und wie es dahinter so ganz anders aussieht als in den Kontoren und Salons der Heimat. In die Bereitwilligkeit, alles Neue in der größtmöglichen Geschwindigkeit zu adaptieren, mischt sich ein leises Bedauern darüber, daß die mühevoll erworbenen Umgangsformen am Ziel der Träume nicht mehr Wert besitzen sollen als die dekorativ gestalteten Aktien der zaristischen Eisenbahn. Trotzdem war ihm die Schüchternheit, mit der er die Gemächer der Familie Gutmann betrat, bei Florence zugute gekommen. Willy kam ihr zurückhaltend vor, älter als er war, was einen Vorteil in Florence' Augen darstellte, und in einer seiner Geschäftstüchtigkeit nicht abträglichen Weise dem Schönen im Leben gegenüber aufgeschlossen, was wiederum auf eine im Privatleben nachgiebige seelische Verfassung schließen ließ.

Erst in Frankfurt hatte sie die Möglichkeit, genauer die Vorbilder zu bestimmen, an denen Willy seine Manieren ausgerichtet hatte. Sie mußte lernen, daß Frankfurt ungemein komplizierter war als New York, daß es tausenderlei Dinge zu bedenken galt, von denen sie noch niemals etwas gehört hatte und deren Absurdität sie zunächst nicht fassen konnte, und verstand allmählich, daß sie in der Heimat ihres Mannes niemals würde Fuß fassen wollen. Florence wußte sehr wohl, daß die unangefochtene gesellschaftliche Position ihrer Familie in New York auf ihrem Reichtum beruhte, und sie hatte moralisch gegen diese Selektion der Elite nichts einzuwenden. Zugleich fühlte sie jedoch, daß ihre Gewißheit, ganz unabhängig vom Geld ihrer Eltern oder ihres Mannes, allein aufgrund ihrer Unbeugsamkeit und ihrer einsamen Vollkommenheit ein unveräußerliches Recht auf die Mitgliedschaft der Upper class zu besitzen, was in New York niemals einer Prüfung unterzogen worden war, in Frankfurt keineswegs ohne weiteres Anerkennung fand, sondern planvoll und energisch den Frankfurter Gehirnen eingeprägt werden mußte. Florence schüttelte den Kopf, wenn sie daran dachte, wie Willy ihr nach ihrer Ankunft den Mann vorstellte, den er seinen besten Freund nannte.

Herr von Ballwitz hatte am Weltkrieg als Offizier teilgenommen und den Dienst schließlich im Hauptmannsrang quittiert. In den ersten Friedensjahren, nachdem er erkannt hatte, daß seine Bemühungen um eine angemessene Profession aussichtslos bleiben würden, heiratete er die Tochter eines Hoteliers aus Mainz, und da er einerseits nicht allzu nah beim Hotel des Schwiegervaters wohnen wollte, seine Frau sich andrerseits weigerte, den Dunstkreis von Mainz in entferntere östliche Richtung zu verlassen, war das Ehepaar nach Frankfurt gezogen und bewohnte nun eine herrschaftliche Etage auf der Bockenheimer Landstraße, nicht weit von der Kornschen Villa. Florence sah mit Schrecken, daß Ballwitz den Handkuß mit einem Hacken des Kopfes exekutierte, wodurch diese Huldigung in eine kleine Strafaktion verwandelt wurde, der sich die Damen mit wehem Lächeln auf den gespannten Gesichtern zu unterwerfen hatten. Sie hatte diese Ruckartigkeit bei Kriegsverletzten bemerkt, die trotz großer Schmerzen und der geheimen Scham über eine Verwundung, die sie sich weiß Gott nicht selbst beigebracht hatten, beweisen wollten, daß sie gut erzogen waren. Aber Ballwitz war kerngesund, und wenn er nicht immer so aussah, lag das nur daran, daß er gern die Nacht zum Tage machte, eine Neigung, in der ihn seine Mainzerin, die es von zu Hause eh nicht anders kannte, wann immer er es zuließ, gern unterstützte. Was aber Florence an diesem Handkuß eigentlich erschütterte, war, daß Willy ihn ähnlich ausführte, weil er offenbar den ehemaligen Offizier nachahmte.

Auch gewisse Redewendungen, die sich in Willys Mund

schon wegen seines Frankfurter Dialekts seltsam ausnahmen, wie beispielsweise die Feststellung, eine junge Frau, die er von ferne im Restaurant wahrnahm, habe »Stallgeruch«, womit er andeuten wollte, daß sie vermutlich aus guter Familie sei, oder auch die Bezeichnung bestimmter Mainzer und Rüdesheimer Fabrikate als »Schampus« stammten aus des Herrn von Ballwitz' Repertoire, das bei dem eigentlich in Sachsen geborenen Wahlfrankfurter übrigens ebenso fremdartig wirkte wie bei dem braven Willy, der kein Soldat gewesen war.

Ärgerte sich Florence nun über Willy und seinen Freund, weil sie sich mit sprachlich zweifelhaften Requisiten ausgestattet hatten, die den beiden darüber hinaus auch gar nicht zukamen, so verletzte sie auf der anderen Seite die unverfälschte Bodenständigkeit der hellblonden stumpfnäsigen Frau von Ballwitz, die sich bei ihrem ersten Treffen schelmisch bei Willy eingehängt hatte und beim Anblick von Florence ausrief: »Ei Willy, die Florenz is ja e goldisch Mädche«, wobei sie den Vornamen aussprach, als handele es sich um die Hauptstadt der Toskana. Am schlimmsten war, daß diese Leute als ihr ebenbürtig gelten sollten, und diese Zumutung wurde durch die Entdeckung noch größer, daß Willy nicht zufällig bei den Ballwitzens gelandet war, denn der Zugang zum eingesessenen, soliden Patriziat stellte sich für den alerten jungen Mann als Unternehmen dar, das mit Zurückweisungen, Kränkungen und höchst ungewissen Erfolgsaussichten verbunden war. Florence reagierte unerbittlich auf diese Lage: Die fröhlichen Ballwitzens wurden abgeschafft, aus war es mit den heiteren Gelagen, die Willy für sie und ihre Freunde veranstaltete, und es währte auch nur kurze Zeit, bis der lernfähige Willy die Ballwitzschen Idiome nur noch benutzte, wenn Florence nicht dabei war. Sie verschrieb der Reputation ihrer neuen Familie als Genesungskur eine streng eingehaltene, glänzende Isolation, aber selbst als diese Methode längst einen gewissen Erfolg bewiesen hatte, behielt Florence ein kleines Ressentiment gegen den Adel zurück, dessen sicher unbedeutendste Mitglieder es gewagt hatten, den ihr gehörigen Mann und damit sie selbst in eine schiefe Situation zu bringen. So kam es, daß der einschüchternde Ton, den sie bei Ines Wafelaerts gebrauchte, seine Wurzel in dem Mißverständnis hatte, Ines sei eine geborene von Mallinckrodt. Als sich der Irrtum herausstellte, war es zu spät, diesen Ton zu korrigieren, denn die Rollen der beiden Frauen waren längst bestimmt und festgeschrieben.

Nicht nur Florence übrigens tappte, was Willys gesellschaftliche Stellung in Frankfurt betraf, im dunkeln. Auch ihre Familie bekümmerte sich wenig um diese offene Frage, wie sie das nebenbei noch niemals bei Schwiegersöhnen und Schwiegertöchtern getan hatte, und zwar schon deshalb, weil es in ihren Augen neben dem festgefügten Palast der Gutmann-Familie nur noch unbedeutende Strohhütten und Reihenhäuser geben konnte. Auch das Vertrauen in die Integrationskraft der Familie war unbegrenzt. Sie schluckte alles an Un-Gutmannscher Individualität einfach auf und ließ den verbliebenen Rest der eingeheirateten Persönlichkeit dann zum höheren Ruhm des Hauses gedeihen oder in den Schatten treten, wo sie nicht so auffiel. Wie die Drohne, die die Königin befruchten darf, deshalb noch keinen Anspruch auf Verlust ihrer Anonymität gewinnt, so wenig scherte man sich bei den Gutmanns darum, wer durch das standesamtliche Ereignis in die Familie geschwemmt wurde.

Gleichwohl wurden die Hochzeiten mit einer Pracht gefeiert, die wohl dazu geeignet gewesen wäre, die anspruchsvollsten Schwiegersöhne zu verblüffen, die aber allein dem Lobpreis des Herrn der Welt galt, der die Gutmanns erschaffen hatte. Florence' Vater nahm jede Einzelheit der Zeremonien und Festlichkeiten selbst in die Hand und überwachte alles mit nimmermüder Sorgfalt. Nur bei der Zahl der Gäste wurde jede Überlegung fahrengelassen: Er lud einfach alle Leute ein, die der Strahl seiner Sonne je getroffen hatte. Scharen drängten sich durch die Foyers und Säle des gemieteten Hotels, um Florence' Glück zu betrachten. Wie ein Silvesterfeuerwerk flackerten die Blitzlichter, als der Bürgermeister der Stadt, der Gouverneur und die Senatoren dem jungen Paar gratulierten, und Florence, die den Ablauf solcher Veranstaltungen längst von den Hochzeiten ihrer Geschwister her kannte, fühlte dankbar, wie gut es tat, seine

Pflicht zu erfüllen, denn daß sie verpflichtet war, ihrer Familie eine Gelegenheit zu einem solchen Fest zu geben, stand für sie außer Zweifel, und es war kein Zufall, daß die Aufnahme, auf der Willy ihr einen kleinen Kuß auf die Wange geben sollte, wiederholt werden mußte, weil Florence, während er sie küßte, in eine ganz andere Richtung sah: in die Ecke des Salons, wo ihr Vater stand und sie glücklich betrachtete. Sie suchte seinen Blick und wagte ein kühles Lächeln, als er ihr zunickte und ihr eine Kußhand zuwarf.

Das junge Paar hatte schon auf zwei vergoldeten Louis-quatorze-Thronsesseln Platz genommen, als die Dinergäste in den Rosensaal eindrangen und ein dröhnendes Summen aus tausend Unterhaltungen, das zunächst abgeschwächt von draußen zu hören war, plötzlich den Saal füllte, der bis dahin in der sanften Feuchtigkeit des Rosenduftes geschlafen hatte. Schließlich erhob sich Herr Gutmann, schlug an sein Glas, was freilich in dem allgemeinen Lärm niemand hörte, und rief: »Ich bitte Sie um Ihre Aufmerksamkeit, meine sehr verehrten Damen und Herren, um nur einen Augenblick Ihrer kostbaren Aufmerksamkeit.« Während sich die Festgesellschaft nun langsam beruhigte, sah Florence auf ihren Teller nieder. Was folgen würde, war notwendig wie alle Katastrophen und Krankheiten auf der Welt, aber es würde für sie schwerer zu ertragen sein. Da sie wußte, daß sie von vielen Augenpaaren beobachtet wurde, richtete sie ihren Kopf wieder auf und lächelte ihrem Vater strahlend von der Seite zu. Ihr Herz schlug schneller, sie war außerstande, die Frage, die Willy ihr stellte, zu beantworten, legte ihm statt dessen ihre Hand auf den Arm und sagte in einem drängenden und beinahe gereizten Tonfall: »Liebling, bitte nicht!«

Willy schwieg ein wenig beleidigt, denn er hatte sich entschlossen, da seine Familie auf dieser Hochzeit so gut wie nicht vertreten war, als Bräutigam ausnahmsweise eine Antwortrede auf die Worte des Schwiegervaters vorzubereiten, und wollte Florence gern mit dieser für ihn mit äußersten Mühen verbundenen Leistung überraschen und beeindrucken. Daß daraus nun nichts werden sollte, schrieb er ihrer Laune zu, und auch ein subtilerer

Kenner ihrer Motive, als Willy es war, hätte ihr den Vorwurf der Ungerechtigkeit schwer ersparen können. Was sie in den Reden ihres Vaters fürchtete, war mit Sicherheit in Willys Rede nicht zu erwarten. Seine rhetorischen Bemühungen schulten sich am Vorbild der Sportklubrede, mit der etwa der siebzigste Geburtstag des Gründungsmitglieds gefeiert wird, Ansprachen, die wahrhaft aus dem Geist der Mäßigung kamen, weil auch das sparsamste Pathos, das einem der wenigen leidenschaftlicheren Sportklubrednern entfahren mochte, in der Unbeholfenheit des Vortrags wieder unsichtbar gemacht wurde. Willy hatten Worte dieses Stils vorgeschwebt, als er sich an die Ausarbeitung seiner Rede machte. Seine Tragödie bestand darin, daß Florence eigentlich nichts gegen die Rede einzuwenden gehabt hätte. Sie wäre sogar heilfroh gewesen, wenn ihr Vater etwas Vergleichbares von sich gegeben hätte, nur eben Willy durfte sie nicht halten, jedenfalls nachdem ihr Vater bereits gesprochen hatte, weil Florence nach seiner Rede die Lust an weiteren männlichen Ansprachen vergangen war.

Über Willys Unfähigkeit zu reden, die Florence gar nicht geprüft haben konnte, da sie auch im weiteren Verlauf ihrer Ehe die Konsequenz des Hochzeitstages beibehielt, verbreitete sie sich einmal sogar gegenüber Dr. Tiroler anläßlich eines Spazierganges durch die blutroten Herbstwälder, die man nach kurzer Fahrt in Tirolers Coupé erreicht hatte. Es war das erstemal, daß Florence über Willy sprach. Sie vermied dies an sich naheliegende Thema ängstlich selbst dann, wenn Dr. Tirolers Ausführungen über die von ihm vermuteten Kindheitserlebnisse Stephans dringend der Korrektur bedurft hätten.

Dr. Tiroler horchte auf, als das Wort Willy auf einmal über ihre Lippen kam, ein Wort, das er mit den Mitteln seiner Kunst schon so lange hatte aus ihrem Munde herauslocken wollen, und das nun unerwartet und mühelos hervorkam, wie eine Maus, vor deren Loch man lange die feinsten Nüßchen ausgestreut hat und sie dennoch nicht bewegen konnte, herauszugucken und daran zu knabbern, plötzlich, wenn keine Nüßchen daliegen, herausschlüpft und arglos in der Sonne spielt. Dr. Tiroler war vertraut im Umgang mit solchen Tieren. Er wußte, daß die kleinste falsche Bewegung sie vertreiben konnte und daß es dabei keine Rolle spielte, ob diese Bewegung zutraulich und sanft oder feindselig war. In seiner langjährigen Praxis hatte er sich angewöhnt, beim Beginn eines kostbaren Geständnisses das Gesicht des Pokerspielers anzunehmen, ja mehr noch, nicht nur Interesselosigkeit, sondern eine Leidenschaftslosigkeit mimisch darzustellen, die an Abgestorbenheit grenzte. Seine Rede verkümmerte zu Brummlauten, wie sie aus dem Mund der Schlafenden dringen, denn es war ihnen weder Zustimmung noch Ablehnung über das Gehörte anzumerken, erst recht keine Neugier, denn Tiroler hatte festgestellt, daß ein allzu deutlich fragendes »Aha?«, »So so?«, »Ach ja?« wie eine eiserne Hand den Mund des eben noch Mitteilungsbereiten verschließen konnte. Dennoch durfte auf Interjektionen nicht verzichtet werden, denn wenn sie richtig eingesetzt wurden, konnten sie dem Fluß der Geständnisse, der manchmal zu versiegen drohte, durch ein kleines motorisches Element eine stetigere Strömung verleihen. Da Florence und Tiroler nebeneinander durch das raschelnde Laub gingen, wurde sie zum Glück nicht Zeugin der Veränderung seines Gesichtsausdrucks. Das kunstvoll neutrale Brummen ihres ärztlichen Freundes hatte dagegen eine günstige Wirkung auf ihre Stimmung, da es mit akustischen Schwingungen, die ihre Magennerven ansprachen, übereinstimmte. Sie empfand jedenfalls ein angenehmes Kribbeln in sich und wünschte, daß es nicht so bald wieder aufhörte.

»Willy ist ein eigenartiger Mensch«, so hatte Florence begonnen. Danach schwieg sie wieder und richtete ihren Blick auf den Boden, der eben und leicht begehbar war, sich mit schwerelos im lauen Wind treibendem Herbstlaub aber so bedeckt hatte, daß Florence' kleine Füße und schmale Knöchel manchmal unsichtbar waren, als wate sie in einem Bach. »Ich verstehe zum Beispiel nicht, daß ein so beherrschter und auch geschmackvoller Mann wie Willy einfach nicht einsehen will, daß er nicht zum Redner geboren ist. Als ob das eine Schande wäre, nicht wahr, wir haben alle unsere kleinen Schwächen.« Diese Bemerkung war nicht so wörtlich zu nehmen, weil das Gefühl ihrer inneren Gemeinsamkeit jede unschuldige kleine Pflanze von Skepsis zertreten hatte. Florence hob ihren Kopf und sprach mit einer gewissen Entrüstung in den Wald hinein: »Wie kann ein Mensch sich eigentlich gern reden hören – wenn er einfach schlecht spricht? Ich tue, was ich kann, um zu verhindern, daß er eine Rede hält, aber meinen Sie vielleicht, das hätte ihn nachdenklich gemacht? Können Sie verstehen, daß man niemals die eigene Einstellung zur Realität überprüft, wenn man ständig von kompetenter Seite Korrekturen empfängt? Aber so ist er. Da ist eine Stumpfheit, eine Borniertheit, eine in Charaktereigenschaften begründete Grenze der Intelligenz.«

»Hm, hm«, brummte Dr. Tiroler, denn er spürte, daß Florence vielleicht bereuen könnte, zu weit gegangen zu sein und nicht mehr weiter sprechen würde. Tatsächlich vollzog sie eine leichte Schwenkung, wenngleich sie mittlerweile in Fahrt geraten war und ein Verstummen nicht in Aussicht stand.

»Willy ist bei all seinen Schwächen natürlich eine Persönlichkeit, er ist eine glänzende Erscheinung.« Das fand Tiroler übrigens ganz und gar nicht, er fürchtete aber, wenn er darüber zu argumentieren begann, das Mißtrauen der schönen Florence zu erwecken, und fühlte sich ohnehin nicht dazu disponiert, anderen Männern das gute Aussehen abzusprechen.

»Und dann sein Sinn für die Kunst, seine Sicherheit in den Fragen der Malerei! Gut, Sie werden da vielleicht anderer Ansicht sein, und Sie haben von Ihrem Standpunkt aus gesehen natürlich recht.« Florence, der jegliche Kunstausübung zum entbehrlichsten gehörte, wofür Menschen jemals Geld ausgegeben hatten, war deswegen noch lange nicht blind. Der Unterschied zwischen Willys Spät- und Postimpressionisten und den von Tiroler mittlerweile favorisierten Kritzeleien im Stil der »Art brut« war ihr keineswegs entgangen, und ihre Gleichgültigkeit in diesen Dingen ermöglichte ihr schmerzlos, Dr. Tirolers Kompetenz als Kunstkritiker selbst dann anzuerkennen, wenn er damit den Bestand ihres eigenen Hauses demontieren sollte. Indessen hütete sich Dr. Tiroler beinahe ängstlich, das zu tun. Niemals hatte er auch nur ein vorsichtig einschränkendes Wort zu Willys Bildern gesagt, zunächst, um Florence nicht zu verärgern, aber auch dann noch nicht, als er ihrer Gefolgschaft schon sicher sein durfte.

Diese Abstinenz, die Florence dankbar bemerkte, so daß es nicht zu kühn wäre, darüber sogar ein stillschweigendes Einverständnis zwischen ihnen zu konstatieren, war ein Indiz für die Entwicklung ihrer Beziehung, wenn auch niemand, und erst recht sie selbst nicht, schon hätte sagen können, ob es auf ein allmählich entstehendes schlechtes Gewissen bei Florence und Tiroler hinwies oder ob sie sich vielmehr im geheimen bereits darüber einig waren, Willy im kleinen zu schonen, da ihn auf die Dauer sowieso ein größerer Schlag erwartete.

»Willy ist der aufrichtigste Mann, den man sich denken kann«, erklärte Florence mit neuem Schwung. Ein Specht ließ sich hören, sein Picken war von maschineller Geschwindigkeit, als wolle er einen Knopf an dem Baum festnähen. Dr. Tiroler atmete schnaufend. Bei dem Geräusch des Spechts war er ein wenig zusammengezuckt, als bemerke er entsetzt, daß sie nicht allein im Wald spazierengingen, er vergaß beinahe sein gesprächsförderndes Brummen.

»Nur eins müssen Sie mir erklären, diese Unbeholfenheit beim Reden und dieser entsetzliche Drang dazu. Es war ja frühzeitig Schluß damit, Gott sei Dank kannte ich das Manuskript der Rede, die er bei einem Fest meiner Eltern halten wollte, und ich mußte ihm seinen Plan einfach verbieten, mir brach fast das Herz. Ich möchte nur eins auf der Welt: taktvoll sein zu Willy. Oh, Henry, Sie sind so klug, verzeihen Sie einer armen Freundin, denn so darf ich mich doch nennen, wenn sie sich ein wenig ausweint. Natürlich haben Sie jeden Tag viel wichtigere Probleme zu lösen. Aber auch ich habe es manchmal schwer, glauben Sie mir.« Die letzten Worte hätte Florence sicher niemals in Tirolers Gesicht hinein gesagt, da sie aber mittlerweile schon nicht mehr nebeneinander gingen, weil der kurzbeinige Tiroler, dem die leichte Steigung zu schaffen machte, zurückgeblieben war, war in ihr der Eindruck entstanden, als spräche sie ganz für sich allein in einen Prospekt aus Bäumen und Büschen, wie eine Schauspielerin, die von der Regie veranlaßt wird, dem Publikum den Rücken zu zeigen und in die Kulisse zu sprechen. Sie blieb stehen, als sie merkte, daß auch Tiroler stehengeblieben war, und drehte sich zu ihm um. Er stand etwas tiefer als sie, was ihn noch kleiner erscheinen ließ. Er sah sie aus Augen an, die durch die seelische und körperliche Anstrengung etwas herausquollen, und zuckte mit den Schultern.

Nach einer Weile des Schweigens sagte er schließlich: »Ich liebe es, wenn Sie sprechen, Florence, warum haben Sie aufgehört? Wir haben uns im Wald verirrt wie die Kinder, nicht wahr? Aber wir sind dabei, ohne es zu wollen, wieder ans Ziel gelangt. Sehen Sie dort hinten das Rot durch die Büsche leuchten? Das ist mein Wagen. Wir sind im Kreis gegangen, Florence. Geben Sie mir Ihre Hand.«

Als ihre Hand in der seinen lag, die schmale blauädrige Hand mit den scharfen dunkelroten Fingernägeln in seiner fast kreisrunden, dicken Hand mit ihren kurzen Fingern, erwachte Florence langsam wieder zum Leben. Sie fühlte, wie sie sich an Tiroler erwärmte, der seinerseits die Verfrorenheit ihrer Hand mit einem Schauder bemerkte. Tiroler wäre überglücklich gewesen, wenn sie ihm diese Hand ein wenig länger überlassen hätte, wenn er vielleicht sogar mit ihr das kurze Stück bis zum Auto hätte Hand in Hand gehen dürfen. Aber gerade diese Konsequenz, die Florence auch bedachte, war es, die sie ihm ihre Hand wieder entziehen ließ – gewiß, ihr Herz schmolz, und ihre Seele war bereit, sich an Henry Tirolers Seele zu schmiegen, aber das war noch lange kein Grund, wie ihr Hausmädchen Linda mit ihrem Verlobten auf öffentlichem Gelände Händchen zu halten.

Willy hatte auf seiner Hochzeit also nicht gesprochen, damals nicht und später auch nicht. Dafür hatte Herr Gutmann seine Rede gehalten, eine lange, wohlkonzipierte Rede, deren Manuskript er aber, wie es seine Gewohnheit war, nach einiger Zeit beiseite legte, um sich ganz seinem forensischen Genie zu überlassen. »Florence, mein Kind, meine süßeste kleine Flo!« begann Herr Gutmann und strich sich den schwarzen, mit Silberfäden durchsponnenen Spitzbart, während seine Tochter wußte, daß ihr nichts von dem, was sie sich in den schlimmsten Träumen vorgestellt hatte, nun erspart bleiben würde. Jedes Wort des Vaters, durch das sie sich wie von Skorpionen gezüchtigt fühlte, vertiefte das Schweigen der Gäste, die anfänglich noch Florence zuwinkten und sich zuflüsterten, wie rührend es sei, daß Herr Gutmann zu einer solch bewegenden Sprache gefunden habe, und es war tatsächlich ein seltenes Schauspiel, den harten Geschäftsmann, den »Wall-Street-Tycoon« in derart eindrucksvoller Erschütterung zu erleben. »Als deine über alles geliebte Mutter vor nunmehr fünfzehn Jahren starb, da war unser aller Schmerz groß, er war größer, als daß wir hätten hoffen dürfen, getröstet zu werden. Deine Mutter nahm auf ihrem Totenbett noch einmal Gelegenheit, von uns allen Abschied zu nehmen, sie rief Alfred und Ernest zu sich, Blanche und auch dich, sie legte euch die Hände auf den Kopf und sagte Dinge, die wir nie vergessen werden.« Hier senkte Herr Gutmann seine Augenlider, sein Geist schien abzuschweifen, in das Krankenzimmer seiner Frau zu wandern und dort zu verweilen. Er seufzte, dann fuhr er fort: »Als ihr alle dann das Zimmer verlassen hattet, da sagte deine Mutter, diese wunderbare Frau, zu mir: ›Du wirst mich nicht lange vermissen müssen, denn du hast ja Florence, und denke daran, Efrem‹, so sagte sie, ›Florence ist wie ich.‹« Er wandte den gewaltigen Kopf zu seiner Tochter und sah sie mit einem Blick an, aus dem die Liebe troff wie das Wasser vom Maul einer saufenden Kuh. »Florence«, fuhr er fort, »eine Sterbende kann nicht lügen, und deine Mutter hat auch nicht gelogen: Sie starb, und sie sah das Leben voraus. Vielleicht sind wir überhaupt niemals so nah am Leben, wie wenn wir sterben.«

Diese Reflexion stand nicht im Manuskript, Herr Gutmann hatte sie während des Sprechens empfangen, hing ihr in Gedanken nach und ließ auch seinem andächtigen Publikum Zeit, das unverhoffte Geistesgeschenk zu verdauen. Er pflegte es zu beklagen, wenn ihm später Komplimente gemacht wurden, daß ihm seine besten Einfälle nun einmal beim Reden kämen: »Und dann schreibt es natürlich keiner mehr auf. Es wird gehört, es gefällt, und es wird vergessen. Wir können es uns eigentlich alle nicht leisten, dermaßen großzügig mit unseren Erkenntnissen umzugehen.« Im geheimen genoß er jedoch diese Art von Umgang mit seinen Aperçus, denn er verschaffte ihm die Empfindung verschwenderischer Geistesfülle: »Ich habe eben Gedanken in solcher Menge, daß rechts und links vom Erntewagen die schönsten Früchte achtlos zu Boden fallen, weil ich meine Fahrt nach vorn nicht für einen einzigen Augenblick unterbrechen darf, um sie aufzuheben; aber die, die sich danach bücken, sind für lange Zeit wohlversorgt.« Nun, das waren Gedanken für eine einsame und schlaflose Nacht. Jetzt aber war er nicht einsam, sondern von sechshundert auf seine Kosten speisenden Menschen umgeben, in tausendfachem Lüster- und Blitzlichtglanz, im Hochgenuß des Vateramtes waltend.

»Florence, du wurdest wie Mami, und wenn ich dich heute im weißen Kleid vor mir sehe, dann denke ich daran, wie es war, als ich Mami heiratete, wie schön sie war, wie stolz sie war, und ich muß mir die Augen reiben, sonst glaube ich noch, daß all die Jahre, in denen ich dich, kleine Flo, habe heranwachsen sehen, nur ein Traum waren und daß ich selbst hier als dein Bräutigam sitze und nicht ein einfacher alter Mann bin, der sein Leben hinter sich hat und der glücklich sein muß, so prächtige Kinder zu haben. Alfred zum Beispiel, der mehr Box- und Baseballpreise von der Universität mit nach Hause gebracht hat, als ich alter Mann noch Haare auf dem Kopf habe, und Ernest, unser kleiner Einstein, das Wunder seines Jahrgangs in Yale, und meine brave Blanche, die ihrem Vater schon zwei männliche Enkelkinder geschenkt hat, und schließlich dich, mein Blümchen, Ebenbild deiner Mutter und noch ein bißchen mehr, denn ich habe dich gezeugt.«

Auch dieser tiefere Grund für die Wertschätzung seiner Tochter fiel Herrn Gutmann erst beim Reden ein, überzeugte ihn aber sofort. Wenn er recht darüber nachdachte, welche Vorzüge seiner verstorbenen Frau zu deren häufig von ihm im Munde geführten Vollkommenheit wohl fehlen mochten, dann blieb eigentlich nur übrig, daß sie keine Gutmann war. Das hatte Florence ihr ohne Zweifel voraus, und das wollte er dann auch einmal gesagt haben. Bei Licht besehen kam es ohnehin auf die anderen Eigenschaften nicht an. Diejenigen seiner Frau hatte er schon deshalb nicht wirklich kennenlernen können, weil um die geringe Zeit, die ihm bei seinen vielfältigen Unternehmungen für die Liebe blieb, zahlreiche andere Frauen zusammen mit Frau Gutmann warben und weil er versuchte, diesen Verpflichtungen mit hausväterlicher Gerechtigkeit zu entsprechen. Die Kinder beschäftigten ihn weit mehr als seine Frau, wenn er auch nicht immer die Zeit fand, sie in ihren Kinderzimmern zu besuchen. Statt dessen bestellte er täglich die Personen, die mit ihrer Pflege und Erziehung betraut waren, zu sich zum Rapport, wenn gar keine Zeit blieb, sogar ins Büro, um sich über alle Lebensäußerungen seiner Nachkommen genau unterrichten zu lassen.

Das Elefantengedächtnis, das er für die unabsehbaren Nichtigkeiten eines Kinderlebens entfaltete, erwies sich jetzt für Florence als Fluch. Herr Gutmann geriet nämlich nunmehr ins Plaudern. Er erfreute sich und seine Zuhörer mit einer langen Aufzählung der »entzückenden Aussprüche aus Kindermund«, die Florence frühreif und possierlich angeblich von sich gegeben haben sollte. Angesichts des doch recht ernst geratenen ersten Teils der Rede empfand das Publikum den Umschlag der Atmosphäre als befreiend. Die Leute lachten wieder und zeigten auf Florence, die mit versteinertem Lächeln der Tafel präsidierte und sich mit dem Serviettenzipfel diszipliniert die Schweißtropfen auf ihrer Oberlippe wegtupfte.

Zu der Pein, die sie litt, war ihr die Erweckung solcher Kindererinnerungen eine besondere Qual, ganz unabhängig von der Rede ihres Vaters. Selbst vermied sie grundsätzlich, ihre Gedanken auch nur in die Nähe ihrer Kinderzeit schweifen zu lassen; und sie versuchte auch alle andern daran zu hindern, das Thema darauf zu bringen. Florence spürte nicht die geringste Rührung beim Anblick eines kleinen Kindes. Wieso sollte etwas Unfertiges, Unentwickeltes, Rudimentäres schon zu besonderer Liebeswallung anregen? Der fertige Mensch erst war für sie ein Mensch. Die Hilflosigkeit der Kinder erinnerte sie an nichts als an die der

Verstümmelten und der Schwachsinnigen, die sie ebenfalls nicht als Hochform entwickelter Menschlichkeit feierte. Sie fühlte noch die ganze heiße Scham ihrer Kinderzeit, in der ihr kindliches Gemüt, das in seiner Entwicklung hinter ihrem frühreifen Verstand zurückgeblieben war, ihr so manchen demütigenden Streich gespielt hatte. Sie dachte daran, daß sie sich in ihrer Kindheit wie eine Gefangene in einem hassenswert schwachen kleinen Körper und in ihrer Naivität und Unerfahrenheit vorgekommen war. Für ein intelligentes Kind, wie sie es war, mußte die Kinderzeit eine Leidenszeit sein, die einen lebenslangen üblen Geschmack hinterließ, wenn man auf sie zurückblickte. Größerer Gleichmut, eine mühsam erkämpfte Souveränität vermochten die Schande dieser Kindertage langsam in kälterem Licht erscheinen zu lassen. Aber wie man zur Verschönerung hoher Festtage auf den erbärmlichsten Teil des Menschenlebens auch noch triumphierend mit den Fingern zeigen konnte, blieb ihr ein Rätsel, das sie in dem Respekt, den sie dem Vater schuldete, ungelöst auf sich beruhen lassen mußte.

»Florence«, sagte der Vater, dem die Ammen- und Milchstubengeschichten ausgegangen waren, »und jetzt bist du eine schöne, stolze Frau, und da gehst du nun fort und läßt deinen Vater allein zurück, der sich eben noch voller Liebe am Ebenbild unserer von uns allen abgöttisch geliebten Mami erfreut hat, wie sie es mir an ihrem Todestag vorausgesagt hat. Aber selbst wenn es dir ebenso schwerfällt wie mir, dich scheiden zu sehen – Florence, mein süßes Kind, es muß sein! Ich, der ich weiß, welches Opfer es mich kosten wird, ich würde dich selbst notfalls sogar zu diesem Schritt zwingen, denn er ist das Los des Menschen, der sich aus einem entzückenden Kind zur Frau entwickelt hat. Du mußt nun Glied der Kette werden, die nicht abreißen soll bis zum Ende der Welt. Und außerdem, geliebtes Kind, kannst du ja immer wieder zurückkommen, wenn es dir richtig zu sein scheint.«

Dies war wieder einer der Gedanken, die nicht im Manuskript gestanden hatten, der aber Herrn Gutmann die zwingende Ergänzung zu dem ewigen Auftrag an das Weib zu sein schien, den er soeben geschildert hatte, der für eine Gutmann aber unvollständig formuliert war. Daß eine Gutmann, nachdem sie dem Manne nachgefolgt war, wie es der Schöpfer wollte, mit den Zuständen, die sie bei ihm vorfinden würde, auf alle Zeiten zufrieden sein sollte, war jedenfalls so lange Unsinn, wie ihr eigener Vater, der besser wußte, was sie zum Glücklichwerden brauchte, noch lebte. Und leider war es nicht unwahrscheinlich, daß das Kind in der Fremde nicht glücklich wurde, denn dazu hätte es weiß Gott anderer – in diesem Augenblick fiel Herrn Gutmann Willy ein, und es wurde ihm klar, daß er noch gar nichts über ihn gesagt hatte, und das war ja schließlich der Bräutigam, ein etwas schwachbrüstiger, mit komischem Akzent zwar, aber heute jedenfalls der Mann, und er wollte nicht zu früh beginnen, Willy Gewißheit darüber zu spenden, daß dies wahrscheinlich auch der letzte Tag sein würde, an dem er das Männchen spielen durfte. »Mein Herz«, sagte Herr Gutmann, »da ziehst du also nach Frankfurt, weit weg von uns allen hier, und obwohl du schon ein wenig weißt, was dich dort erwartet, denn du hast ja erzählt bekommen, von Alfred zum Beispiel, der schon ein Jahr bei unsern Partnern in Frankfurt gewesen ist, wird dir deine neue Umgebung doch zu Anfang noch fremd vorkommen. Und deshalb sollst du auch daran denken, daß die Gutmanns gar nicht so weit von Frankfurt weg abstammen. Dein Urgroßvater Meyer Gutmann ist vor langer Zeit aus Landau in der Pfalz nach unserm New York hier aufgebrochen. Du findest es vielleicht komisch, daß eine Familie, die so wie wir nach Manhattan gehört, ausgerechnet aus einem Dorf in der Pfalz abstammen soll. Aber das ist nicht komisch, meine Augenweide, das ist ein amerikanisches Schicksal. Wir alle hier sind Amerikaner.«

Herr Gutmann hätte es unhöflich gefunden, wenn er Willy und seinen Vetter Eddy an dieser Stelle eigens und mit besonderen Worten ausgenommen hätte, und dachte sich, daß Willy diese Courtoisie wohl zu schätzen wissen würde. »Erheben wir also unsere Gläser«, sagte Herr Gutmann, »und trinken wir auf die Zukunft Amerikas, auf die Zukunft meiner bezaubernden jungen – dieses bezaubernden jungen Paares, und denken wir auch an Meyer Gutmanns ausgezeichnete Idee, Landau in der Pfalz den Rücken zu kehren.«

Der Beifall prasselte mit einer Wucht, die verriet, daß die erschöpfte Zuhörerschar durch die simple Motorik des Händeklatschens wieder in Schwung zu kommen hoffte. Florence schien es, als schwanke der Saal wie ein Schiffsdeck, aber dieser Eindruck hatte seinen Grund wohl nur darin, daß alle Herren sich hintereinander von ihren Stühlen erhoben und ihre Gläser leerten, nachdem sie in die Richtung des Brautpaares geprostet hatten. Florence hielt ihrem Vater die pochende Schläfe zum Kuß hin, aber sie spürte nicht einmal das Kratzen seines parfümierten Spitzbartes, ihre Haut war wie anästhesiert. Dennoch war das große Entsetzen, das sie während des längeren Teils seiner Rede erfüllt hatte, geschwunden. Sie war erleichtert, aber nicht wegen des Endes der Ansprache. Sie war eigentümlich frei, ohne zu wissen warum.

Florence hatte ein seltenes Erlebnis gehabt. Die Rede ihres Vaters hatte sie zunächst in Verzweiflung gestürzt. Jedes seiner Worte prägte sich wie ein glühendes Schandmal in sie ein. Ihr Körper revoltierte unter den rhetorischen Schlägen, ihr Herz verließ seinen zuverlässigen Rhythmus. Ihre Konzentration auf die Sätze, die sie hören mußte, wurde übernatürlich. Mit der Sensibilität der Kokainschnupferin tauchte sie in jede einzelne Redewendung ein, sie badete unter Qualen in einem Sprachmeer, das sich mit Assoziationen, entlegenen Einfällen, lächerlichen Hoffnungen mischte. Ihre Tatentschlossenheit, auf die sie sonst stolz war, versagte. Sie träumte hilflos davon, aufzustehen und den Vater irgendwie, mit Gewalt vielleicht sogar, zum Schweigen zu bringen. Florence begann schließlich Ausrufe zu murmeln, die Gebeten ähnlich waren, eine erstaunliche Handlung schon deswegen, weil Florence niemanden kannte, zu dem sie hätte beten können.

»Mach, daß er aufhört. Mach, daß er den nächsten Satz nicht spricht«, sagte Florence in der Stunde ihrer Erniedrigung, und kurz darauf entsann sie sich telekinetischer, parapsychologischer Phänomene, die die Übertragung reiner Willenskraft auf einen ahnungslosen Zweiten betrafen, Theorien, die sie bisher verachtungsvoll ignoriert hatte, um jetzt zu ihnen ihre letzte Zuflucht zu nehmen: »Hör auf, mach deinen Mund zu und setz dich«, dachte Florence mit aller Kraft und einer unerwarteten Hoffnung auf Wirkung. Die Ergebnislosigkeit ihrer spirituellen Bemühungen war doppelt kränkend. Gab es die Kraft der Geister und Dämonen, dann rächten sie sich jetzt für die jahrelange Mißachtung der jungen Aufgeklärten; gab es sie aber nicht, dann war die Hinwendung zu dieser Chimäre nichts als das Eingeständnis eines Zusammenbruchs ohnegleichen.

Florence lernte, daß es eine Steigerung des Schreckens gibt, sie lernte auch, wie man das Schlimmste an Scham ertragen konnte und sich wehmütig daran erinnerte, weil kurz darauf noch Schlimmeres eingetreten war. Dann kam die Phase, in der sie das Zeitgefühl, nicht aber die Schmerzen verlor. In dieser Phase schienen die Rede und ihre Schmerzen kein absehbares Ende mehr zu haben. Ihr Blick verlor sich, und ihre Hände lagen ruhiger auf dem Damasttischtuch, das die Feuchtigkeit ihrer sonst immer trockenen Hände aufsaugte. Als der Vater ihre Brüder erwähnte, horchte sie auf, eine unbestimmte Ahnung befiel sie und verließ sie bald wieder. Als der Vater aber zum zweitenmal auf ihre Brüder zu sprechen kam, ereignete sich in Florence eine kleine Explosion. Sie sah ihre Brüder im Bubenalter vor sich, wutschnaubend einander gegenüberstehend, wie die Boxer tänzelnd, um eine Position zu finden, die sich zum Losschlagen eignete. Sie fühlte, wie ihre Angst aufstieg, die Angst vor dem Geräusch des Aufschlagens einer geballten Faust im Gesicht eines Menschen, und plötzlich überfiel sie mit schneidender Klarheit die Gewißheit, daß die Peinlichkeit, die für sie von den Worten ihres Vaters ausging und die sie fast tötete, und die Angst, in die sie die Brutalität der Brüder früher versetzt hatte, aus derselben Wurzel kamen, oder anders gesagt, die beiden Seiten derselben Medaille waren. Sie spürte körperlich die Kongruenz der beiden Empfindungen, das war ein Gefühl, das ebenso wohltat wie der Schmerz, der unter den Händen eines geübten Masseurs entsteht.

Diese Entdeckung sagte genaugenommen wenig aus, sie erklärte nichts. Die Qualen der Peinlichkeit, die Herr Gutmann seiner Tochter während seiner Rede bereitete, und die Qualen der Angst, die ihre Brüder ihr, ohne sich für diese Folge zu interessieren, einst zugefügt hatten, waren gleich heftig; daß sie eng miteinander verwandt waren, änderte nichts am Grad der Verletzung, die sie zufügten. Und doch bewirkte diese Einsicht in Florence ein kleines Wunder. Ihr Vater schwätzte weiter, nicht weniger hemmungslos als zuvor, aber sie ertrug es auf einmal in einer abwesenden Ruhe, aus der sie erst am Ende des zum Glück lange währenden Diners erwachte.

Leider vergaß Florence dies Ereignis bald wieder, weil ihr Verstand an dem Grauen der Lage nicht das geringste hatte ändern können. Sie hätte sich sicherlich auch hartnäckig gegen idealistische Deutungen dieser Beruhigung des aufgewühlten Meeres gewehrt. Wer ihr von der heilenden Kraft der Wahrheit gesprochen hätte, wäre von ihr nicht mehr recht ernst genommen worden. Florence sperrte sich gegen ihre Leiden ebenso wie gegen die Befreiung davon. Sie empfand jeden Schmerz als Monstrosität, und das war auch der Grund, warum sie weder ihren Brüdern noch ihrem Vater jemals irgend etwas wirklich übelgenommen hatte. Für sie war Verletzlichkeit ein Makel, der verborgen und überwunden werden mußte, der aber niemals ein Recht zur Anklage verlieh.

Es hatte sie wenig Mühe gekostet, Willy zu überzeugen, daß es an der Zeit sei, das Ehepaar Tiroler einmal zum Essen einzuladen. Willy war freilich nicht begeistert von der Vorstellung, mit dem behandelnden Arzt seines Sohnes einen Abend verbringen zu müssen. Inzwischen hatte er sich an Tirolers Erscheinung aber schon ein wenig gewöhnt. Vor allem die Eröffnung der Ausstellung im Museum of Modern Art, in der Tiroler eine glänzende Rolle gespielt hatte und bei der die neugierigen Blicke zahlreicher fescher Gäste auf der engen Gruppe um Tiroler, bestehend aus Mrs. Tiroler, den Korns und dem Direktor des Museums, einem umgetriebenen österreichischen Aristokraten, der mit Willy Korn deutsch sprach, hängengeblieben waren, hatte nicht verfehlt, auf ihn Eindruck zu machen. Dem Referat Henry Tirolers große Aufmerksamkeit zu schenken, konnte er sich nicht entschließen. Er hatte das Gefühl, daß Tiroler, mit wissenschaftlichen Ausdrücken bewaffnet, ziemlich unanständige Sachen sagte, und wunderte sich darüber, daß Florence, in deren Gegenwart sonst kein zweideutiges Wort fallen durfte, nicht wenigstens die Augenbrauen hochzog.

Die Hochachtung, mit der Mr. Fraudendorff, der Museumsdirektor, nach der Ansprache mit Henry Tiroler umging, machte Willy dann stutzig. Überhaupt entzückte ihn Mr. Fraudendorff über die Maßen. Zum erstenmal fühlte sich Willy Korn in New York als Deutscher nicht fehl am Platz, denn die freudige Überraschung, die sich auf dem Gesicht des Direktors malte, als er Willys katastrophalen Akzent vernahm, hatte etwas unbedingt Einnehmendes für den begeisterten Großstädter Willy, der dennoch unter dem ständig drückenden Gebot des Kosmopolitismus gelegentlich stöhnte und dem nichts willkommener war als ein arrivierter New Yorker, der bewies, welche Kraft in der Provinz steckte, weil sie es war, die ihm die Energie für die Karriere mitgegeben hatte. Bei Mr. Fraudendorffs Wirkung war natürlich seine splendide Familie nicht zu vergessen, deren Unbekanntheit in der Neuen Welt ihren Glanz nicht etwa verkleinerte, sondern ihn erst recht sonnengleich werden ließ. In Ermangelung großer Konkurrenz war Mr. Fraudendorff in New York zu »dem Grafen« schlechthin angewachsen. Der Vorstand des Museums rühmte sich, mit ihm einen hervorragenden Griff getan zu haben, aber Mr. Fraudendorff trug seinen Lorbeer zu Recht. Er war einer der geschicktesten Sammler von Spenden, den die New Yorker Geldwelt jemals kennen- und fürchten gelernt hatte. Mr. Fraudendorff verstand es unnachahmlich, seinem Adel allen Schrecken zu nehmen. Er verhielt sich vorbildlich als der Besiegte, und er gab seinen amerikanischen Geschäftspartnern auf eine ungezwungene Manier zu verstehen, daß Amerika, das in Europa für den Sieg der Demokratie gekämpft habe, dort als einzigen ernst zu nehmenden Gegner neben den zum Untergang verurteilten Marionetten auf ihn selbst gestoßen sei, und es herrschte bei den Herren des Vorstands längst achtungsvolle Einigkeit darüber, daß die Chancen, den Weltkrieg zu gewinnen, erheblich schlechter gestanden hätten, wenn unter der österreichischen Feudalität mehr Figuren wie Mr. Fraudendorff gewesen wären. Niemand wird dieser Vermutung im übrigen widersprechen können, ohne sich auf das Feld der Spekulation zu begeben, denn Mr. Fraudendorff hatte, einer geringfügigen Verfehlung ziviler Art halber, nicht die Möglichkeit erhalten, am Weltkrieg in einer Weise teilzunehmen, die seine erschreckenden Fähigkeiten in Abrede hätte stellen können.

Und nun war er in New York dasselbe wie der vom heiligen Georg besiegte Drachen auf dem Marktplatz von Trapezunt. Die Bürger von Trapezunt standen um ihn herum und bestaunten das Ungeheuer, das geknickt an einer Kette lag, und das Ungeheuer revanchierte sich mit einer Überraschung, denn es war so charmant, daß sich kein einziger der Trapezunter Honoratioren ihm widersetzen konnte; ja, es wurde sogar der Brauch beibehalten, daß die Töchter aus gutem Haus dem Ungeheuer ausgehändigt wurden, nicht mehr zum Verspeisen allerdings, sondern zu zarterer Behandlung. Das immerhin wurde allgemein als sein gutes Recht angesehen, so sehr auch einige jüngere Herren unter diesem Recht ächzten und Sankt-Georg-artige Bemerkungen machten, im engsten Kreise, versteht sich, denn Mr. Fraudendorff war das Entzücken zu vieler bedeutender Leute, um sich ohne Schaden an ihm vergehen zu können. Seine beste Eigenschaft war gewiß, daß er sich aus moderner Kunst nicht allzuviel machte, jedenfalls nicht so viel, daß er sich auch nur einmal dazu verstanden hätte, sinnend durch sein eigenes Museum zu schreiten und in Betrachtung vor den Picassos zu verweilen, deren Ankauf sein organisatorisches Meisterstück war. Er wußte genau, daß die Kaufleute, die die enormen Summen für diese Erwerbungen aufgebracht hatten, ebenfalls nicht sehr viel Sinn für solche privaten Leidenschaften gehabt hätten – es war besser, daß er in diesem Punkt einer der ihren war, schlau, zäh, unsentimental, aber dafür von einer Flexibilität, die als Konkurrenzvorsprung geachtet und bewundert wurde.

Als Mr. Fraudendorff Willy und Florence Korn unter den Gästen seiner Ausstellungseröffnung erblickte, wußte er sofort, daß die beiden noch niemals vorher dagewesen waren. Er tat dennoch neugierig, als ihm sein Sekretär zuflüsterte, daß Florence eine geborene Gutmann sei, denn es war ihm bisher nicht gelungen, einen Gutmann in seine heiligen Bezirke zu locken. Gutmanns konnten sich nicht vorstellen, daß das Museum of Modern Art ihrem Ruhm noch etwas hinzufügen könne. Freilich wußte Mr. Fraudendorff auf den ersten Blick, daß er sich um Florence nicht würde kümmern müssen. Ihre Augen waren fest an den Eröffnungsredner geschmiedet. Es wäre sicherlich unvorteilhaft gewesen, sie in ihren Interessen zu stören, und darüber hinaus war es ohnehin nicht klug, sich mit Damen dieser Altersklasse viel Mühe zu geben, denn es konnte sich mit ihnen Gefährlicheres ereignen, als daß sie einen abblitzen ließen, man konnte sie nämlich ebensogut nie mehr wieder los werden. Willy war hingegen der richtige Mann für Fraudendorff, der ihn schon während Tirolers Ansprache mit der gerührten Aufmerksamkeit betrachtet hatte, die der Jäger auf dem Hochsitz dem ahnungslos äsenden Reh schenkt. Fraudendorff registrierte entzückt die verhohlenen Gähnkrämpfe, das angelegentliche Studium des allzu kurzen Einladungstextes, das ruhelose Umherschweifen der Augen, das nichts anderes als der Ausdruck gehemmten Schlafbedürfnisses war, und viele andere Zeichen, die verrieten, daß Willy nicht auf ureigenen Wunsch an den Ort gekommen war, an dem ihn solche Dürre erwartete.

»Na großartig«, rief Mr. Fraudendorff, als er zu der Gruppe kam, die sich um Dr. Tiroler gebildet hatte und die im wesentlichen aus Anni Tiroler, Florence und Willy bestand. »Jetzt bin ich endlich bei der Crème de la crème. Oh, Henry, Sie überraschen uns immer wieder aufs neue. Ich sage Ihnen, hier gibt es ein paar Kunsthistoriker im Saal, die um ihren Job zittern. Ich sage immer wieder: Wenn ihr etwas erfahren wollt, dann wendet euch nicht an die Profis, von daher kommt doch nichts mehr.« Dies war einer der wichtigsten Sätze Fraudendorffs, doppelt kostbar vor allem, weil auch sein Gegenteil stets gut anwendbar war, wie etwa anläßlich des letzten Werks aus der Feder Meyer-Schapiros, von dem Fraudendorff laut sagte: »Die Pranke des Löwen, das ist professionell. Nur ein Profi kann diese immer kompliziertere Landschaft überblicken.« Tiroler spürte übrigens die Ambivalenz des Kompliments und wandte sich Florence zu, um ihr seine Empfindung zu erklären, weil er wußte, wie empfänglich ihre Nervosität für drohende Paradoxa geworden war. Er hätte dem Direktor keinen größeren Gefallen tun können. Fraudendorff nahm den übriggebliebenen Willy ins Visier, während Anni sorgenvoll in das Ohr von Mrs. Meyrish raunte, und sagte: »Sie sind ein seltener, aber mir wohlbekannter Gast. Es ist nicht leicht, jemanden wie Sie mit allem und jedem aus seinem Heim zu locken. Ein Freund von Henry Tiroler – wissen Sie, wie wenige es davon gibt?«

»Och Gott«, sagte Willy, der unbekümmert in sein heimatliches Idiom verfiel, als er Fraudendorffs Wienerisch vernommen hatte, »wir kennen den Herrn Tiroler ja schon lang. Aber wissen Sie, ich bin ja selber Sammler.« Fraudendorffs Staunen kannte keine Grenzen: »Und das weiß man nicht, das halten Sie alles einfach so in Ihren Safes verborgen?«

»No, so auch wieder net«, antwortete Willy. »Wir sind ja sehr französisch orientiert, anders als der Herr Tiroler, der macht sich, glaub' ich, net soviel aus meinen Sachen. Wir sind ja früher immer in Frankreich gewesen, mein Sohn war ewig in Paris, das ist ein halber Franzose.«

»Hören Sie auf«, rief Fraudendorff, als füge ihm Willy furchtbare Schmerzen zu, »mein Gott, Paris, Paris! Sie haben übrigens völlig recht, das steht mir alles auch unendlich viel näher. Was nicht heißen soll, daß wir es heute morgen hier nicht hochinteressant gehabt hätten.«

Willy gab eilig seine Zustimmung zu verstehen. Er konnte eben zu- und abgeben, wenn eine Sache das wert war. Mr. Fraudendorff fuhr fort: »Glauben Sie mir, von all den Leuten, die hier versammelt sind und die mich genau zu kennen glauben, ist keiner, außer vielleicht Ihnen, der versteht, wie mir hier bei allem meinem Erfolg Europa fehlt! Sicher, sicher, es gibt nichts Wichtigeres als New York auf der Welt, aber wer einmal...« Hier plante Mr. Fraudendorff zunächst die Reize einer Christmette in einer winzigen Dorfkirche in den tiefverschneiten Tiroler Bergen zu schildern. Da es ihm stets auf den Genuß der Übereinstimmung mit seinem Gegenüber ankam, hielt er inne, um sich schnell etwas anderes auszudenken, denn er fürchtete zu Recht, mit der Tiroler Christmette kein gemeinsames Erlebnis zu beschwören. Er wich schließlich auf ein Picknick mit Rotwein und Käse in der Ile-de-France aus. Das hatten sie nun allerdings beide niemals veranstaltet, weswegen der abergläubische Mr. Fraudendorff seinen Bericht auch ein wenig nachdenklicher gestaltete, aber Willy dankte ihm die Mühe und rief: »Ei, natürlich, ›Das Frühstück im Grünen‹, Sie Schlawiner«, was Mr. Fraudendorff zwar nicht verstand, weil er die nackte Frau, auf die Korn anspielte, vergessen hatte, was ihn aber dennoch mit Zufriedenheit erfüllte, denn das erste Auftauchen plumper Vertraulichkeiten war im allgemeinen ein gutes Zeichen für den Fortgang der Gespräche mit dem prospektiven Spender.

Willy atmete leichter in der zunächst so ungewohnten Umgebung. Er war geradezu mild gegen Dr. Tiroler gestimmt, der den Aufenthalt in dieser schwierigen Region ermöglicht hatte, und er begann sogar seine Einstellung zu dem Arzt einer vorsichtigen Revision zu unterziehen, die ihm um so leichter wurde, als er glaubte, aus dem Ton Mr. Fraudendorffs eine leichte Ironie herauslesen zu dürfen. Überhaupt schien ihm nach den Torturen der Langeweile die Welt auf einmal ein Fest zu sein. Ein heiteres Essen würde sich dem Cocktail anschließen, die Vögel würden im Park zwitschern und draußen schien gewiß die Sonne. Wieder einmal erwies sich, daß der Druck langen, wehrlosen Zuhörenmüssens gerade bei denjenigen Beteiligten das Gefühl der Erhobenheit und der Bedeutung erzeugte, die dem Vortrag nicht zu folgen imstande waren. Willy jedenfalls hatte nach dem Gespräch mit dem Direktor das Gefühl, daß jedermann in dieser glänzenden Versammlung sein bester Freund sei, und er verabschiedete sich winkend und würdevoll bedauernd, als sie mit den Tirolers aufbrachen, wie ein Fürst, der sich dem Protokoll beugen muß und dafür die köstliche Gesellschaft der ihm Nächststehenden zu verlassen hat.

Willy hatte in seinem Leben sehr selten die Gelegenheit gehabt, in aller Öffentlichkeit gefeiert zu werden, denn irgendwie ergab es sich immer, daß er bei den stattlichsten geschäftlichen Erfolgen dennoch im Schatten stand, weil er selbst oft ganz plötzlich von einer Schüchternheit ergriffen wurde, die verhinderte, daß er sich Leuten, denen er gefallen wollte, darstellte, wie es ihm am vorteilhaftesten vorkam. Das war es vor allem, was er an seinem Sohn Stephan bewunderte, diese Mühelosigkeit, sich die Herzen zu gewinnen, ohne die Hände dabei aus den Hosentaschen zu nehmen. Woher hatte sein Sohn nur diese unverschämte Leichtigkeit? Von Florence jedenfalls nicht, wie Willy augenblicklich eifersüchtig feststellte, die war ja von einer Zeremonialität und matronenhaften Schwierigkeit, als ob man bei den alten Spaniern lebte. Stephan und Florence hatten nur das eine gemeinsam, daß nämlich der Umgang mit Menschen jeder Klasse für sie nicht mit Schwierigkeiten verbunden war. »Eigentlich ergänzen sie sich«, dachte Willy einmal unwillkürlich und fühlte kaum Bitterkeit darüber, daß für ihn selbst in dieser Relation kein nennenswerter Platz vorgesehen war.

Willy kannte das Gefühl der Trauer nicht, die Tränen, die um etwas Heißgeliebtes vergossen werden, von dem man weiß, daß es unwiederbringlich verloren ist. Dieser Mangel war vielleicht sogar ein Zeichen seines friedlichen und bescheidenen Charakters und des Bewußtseins, daß es nicht recht anständig ist, den Verlust von Menschen laut zu beklagen, die man eigentlich niemals besessen hat, ohne sich darüber besonders gegrämt zu haben.

Und dennoch war auch in ihm die Fähigkeit, Glück zu empfinden, nicht ganz verkümmert. Die hundert schwatzenden Menschen, die sich achtungsvoll vor dem kleinen Zug, der Tiroler folgte, teilten und gutgelaunt in die Hände klatschten, animierten ihn, daß ihm das Blut in den Kopf stieg und sein Lächeln und Winken nicht nur ihm allein, sondern auch den Leuten, die ihn nicht kannten, das vage Gefühl vermittelte, als sei dieser

Applaus irgendwie auch für ihn bestimmt, obwohl er nicht, wie Henry Tiroler, eine lange, schwer verständliche Rede gehalten hatte.

Florence hatte eine Weile überlegt, ob man Mrs. Meyrish und Stephan noch zu dem Essen dazubitten solle, um die Konstellation des Abends etwas unübersichtlicher zu machen. Als Stephan sich entschuldigte, weil er, wie er sagte, mit Freunden aufs Land fahren wolle, nahm ihm Florence seine Vergnügungssucht beinahe übel, obwohl sie sich rasch erinnerte, wie reizvoll die Herbstwälder waren. Daß unter diesen Umständen auch Mrs. Meyrish nicht eingeladen werden konnte, schmerzte Florence schon mehr. Sie hatte diese ihr im übrigen außerordentlich unsympathische Dame im Verdacht, ein Auge auf Willy geworfen zu haben, und sie ahnte auch, daß deren einfältige blaue Augen und infantile Konversation bei Willy einen gewissen Eindruck hinterlassen hatten, denn es war ihr längst bekannt, daß Willy weder durch Charme noch durch Schönheit so sehr zu stimulieren war wie durch die hemmungslose sexuelle Fazilität, die auch bei den Schwachsinnigen anzutreffen ist, und sie war nicht einmal imstande, ihm diese Entwicklung seines Gefühlslebens zu verdenken, denn ihre Naivität in Liebesdingen ließ sie in der Überzeugung leben, daß Willy sich allnächtlich ruhelos auf dem Lager wälzte, weil er sich ohne Aussicht auf Erfüllung nach ihr verzehre. Es wäre nebenbei das erste Mal gewesen, daß Florence Willy geradezu eine Mätresse zugeführt hätte, und allein das hätte ihren Verstand ein wenig beschäftigen sollen, wenn der nicht vollständig mit Dinervorbereitungen und Krawattenkäufen ausgelastet gewesen wäre.

»Wir essen à quatre«, sagte Florence also und sprach die französischen Wörter mit einer dermaßen geringfügigen Trübung der A-Laute aus, wie es unter ihren Freundinnen sonst keiner gelang, die gleichwohl nach jedem Europa-Aufenthalt in französischen Floskeln schwelgten, unbekümmert darüber, daß in ihrer Aussprache meist nicht einmal Amerikaner die zitierten Partikel wiedererkannten. Florence unterließ es aber, Willy darüber aufzuklären, daß es sich um Tirolers Geburtstagsfest handelte, denn sie fürchtete, Willy könne sich über eine solche Veranstaltung mokieren und sie allzu intim finden. Schon am Morgen grübelte sie darüber nach, wie lange es dauern werde, bis von diesem Geburtstag gesprochen wurde. Wahrscheinlich würde Anni Tiroler plötzlich die Gesellschaft auffordern, auf das lange Leben ihres Mannes anzustoßen und Florence für den Einfall zu danken, den Geburtstag Henrys genau da zu feiern, wo er am allerliebsten seinen Tee trinke. Sie könnte ihr, wie sich die in ihrer Unruhe immer phantasievollere Florence vorstellte, auch schelmisch mit dem Zeigefinger drohen und sich an Willy mit gespielter Lustigkeit wenden, um ihm vorzuschlagen, die beiden, die ohnehin nur noch Augen füreinander hätten, doch am besten allein zu lassen und zusammen hinauszugehen, um den Vollmond zu betrachten.

Als sie sich erinnerte, daß heute abend gar kein Vollmond sein würde, fand sie ihre verlorengegangene Ruhe wieder zurück. Am Abend stand sie strahlend im Entree und bestaunte den Strauß gelber Rosen, der, fast so groß wie die beiden Tiroler, von einem Schneewittchensarg aus durchsichtigem Zellophan umgeben war. »Eieiei«, rief auch Willy, gönnerhaft wie ein Feudalherr, der die armen Gaben der ländlichen Bevölkerung entgegennimmt. Er war so kurz vor den Tirolers eingetroffen, daß Florence schon fürchtete, er würde sich verspäten und sie müsse die Gäste allein empfangen. Als er dann schließlich eintraf, saß Florence längst hinter dem Spiegel und hatte keine Zeit mehr, seine Erscheinung zu überprüfen, was sie sonst immer tat, obwohl es eigentlich nicht notwendig war, weil Willy auch von sich aus auf seine Wirkung bedacht war und sich nicht gehenließ. Sie ging die Treppe hinunter, als es klingelte, und konnte Willy nur noch zurufen: »Du mußt dich noch einmal kämmen, dein Haar steht hinten ab«, als sie zu ihrer Verwunderung ihren Mann antworten hörte: »Ei, wieso denn, der Tiroler ist doch net der Kaiser von China«, eine Bemerkung, die ohne Antwort blieb, weil Linda die Haustür schon geöffnet hatte und das Ehepaar Tiroler, von seinem Rosenbusch verborgen wie die Kämpfer gegen Macbeth, die sich die Zweige des Waldes von Dunsinan zur Tarnung vorhalten, oder wie Odysseus, der seine Blöße während der Unterhaltung mit Nausikaa hinter einem entwurzelten Busch tarnt, hereinkam und begrüßt werden mußte. Florence nutzte, ebenfalls durch den Rosenbusch geschützt, die Gelegenheit zu einem scharfen Blick auf Willy, dessen »Eieiei« zwar in sein vertrautes Repertoire gehörte, aber ein wenig zu laut ausgefallen war, um zwanglos zu klingen. Er hatte geradezu etwas Lärmendes an sich, als er die Gäste nun in den Salon begleitete. Florence, die noch im Vestibül zurückblieb, um Linda Anweisungen zu geben, hörte von drinnen seine Stimme herausdringen, die unsicher klang. Sie hörte Satzfetzen, französische Ortsnamen, »Châteauneuf-le-Duc« war deutlich auszumachen, er sprach also über seine Bilder, die Anni Tiroler noch nicht kannte.

Florence fühlte etwas Fürchterliches auf sich zukommen, demgegenüber sie wehrlos war. Es kam ihr auf einmal ausgeschlossen vor, noch einen Schritt dorthin zu setzen, wo Willy war. Sie hing mit ganzer Kraft dem Klang des Wortes »Châteauneuf-le-Duc« nach. Sie sah diesen Ort vor sich, mit seiner romanischen Dorfkirche, die auf dem Bild so achtungslos behandelt worden war, mit seiner Kirschblüte aus rosa Zahnpasta, mit den Menschen, die dort lebten und starben, die sämtlich nichts davon wußten, was sich gerade hier im Hause abspielte, die die Kirschen ohne die geringste Ahnung davon pflückten, daß ein Bild ihrer Stadt in einem Salon hing, in dem gerade Dinge vor sich gingen, die auf unnennbare Weise die Kräfte einer Frau wie Florence überstiegen. Daß es etwas gab, was unbeeindruckt von den eigenen Schrecken und Prüfungen blieb, wirkte tröstend auf Florence. Sie murmelte den Namen der kleinen Stadt, von der sie übrigens nicht wußte, daß es sie gar nicht gab, weil Willy den Namen aus einer Mischung von Vergeßlichkeit und Hochstapelei aus vier ähnlich klingenden Ortsnamen zusammengeknetet hatte, die sämtlich nichts mit der Île-de-France zu tun hatten, dankbar vor sich hin und faßte sich, denn sie war in eine Stimmung geraten, in der man sie über ihren eigenen Tod mit dem Argument hätte trösten können, es komme für den weiteren Bestand der Welt auf ihr Fortleben durchaus nicht an. Drinnen wurde ihre Beherrschung belohnt. Es schien sich dort nichts weiter Auffälliges ereignet zu haben. Die beiden kleinen Tirolers saßen in den zierlichen rosa Sesselchen wie zwei Wellensittiche, Willy wirkte geradezu massig im Gegensatz zu ihnen.

Florence hatte sich noch niemals um die Frage gekümmert, mit welcher Frau Henry Tiroler eigentlich verheiratet war. Sie war überrascht, wie gut ihr Anni Tiroler gefiel, und auch Henry Tiroler wäre überrascht gewesen, daß Florence seine Frau nicht unmöglich fand, eine harmlose, dickliche Person in einem zu engen schwarzen Seidenkleid, die unter ihrem zu einem kunstgewerblichen Pony geschnittenen weißen Haar von einer naiven, scheu-kichernden Mädchenhaftigkeit war.

Florence sagte sich, als ihr klargeworden war, daß die Frau, die sie noch auf der Ausstellungseröffnung für eine ältere Verwandte ihres Freundes gehalten hatte, ganz unzweifelhaft mit Henry Tiroler verheiratet war, wie gut es sei, daß ein Mensch, der mit seinem Geist an den Kosmos heranreiche, ein Wesen an seiner Seite habe, das offensichtlich gutwillig veranlagt sei und seine Schwäche im Praktischen sicher nicht ausnutze, wenn sie gleichwohl auch niemals imstande sein werde, ihrem großen Mann auf den verschlungenen Pfaden seiner Gedanken kongenial zu folgen. Anni, die vor Florence von Anfang an sichtlich Angst gehabt hatte, atmete auf, als Florence hereinkam und freundlich, aber nicht mehr mit ihrem unnahbaren Lächeln sagte, daß man zum Essen gehen könne.

Willy folgte der Gesellschaft in kleinem Abstand. Florence bemerkte jetzt, daß auf seinen blassen Backen rote Flecken waren, das pomadisierte Haar stand noch mehr ab, er sah aus, als habe er sich soeben von einem Mittagsschläfchen erhoben.

»Oh, là, là!« sagte Willy, als sie saßen und Linda die aufgeschnittenen Maine-Hummer hereinbrachte, während Dina aus einer medaillengeschmückten Flasche Chablis eingoß, »das gibt's beim Irrenarzt aber nur, wenn er reiche Irre als Patienten hat. Sagen Sie, Dr. Tiroler, wie machen Sie das, daß Sie an reiche Irre kommen? Vom Geld eines armen Irren kann man doch bestenfalls von Sandwiches leben?«

»Oh«, kicherte Anni Tiroler, »Mr. Korn ist aber lustig, das hätte ich gar nicht gedacht, so ein lustiger Mann.« Florence schluckte Luft herunter. Henry Tiroler sah auf seinen Teller. Plötzlich wandte er sich mit leicht forcierter Stimme an Florence und sagte: »Ach, Florence, habe ich Ihnen eigentlich schon erzählt, daß ich von der Sorbonne eine interdisziplinäre Vorlesungsreihe ›Sozialpsychologie der modernen Kunst‹ angetragen bekommen habe? Meine gesamte Vorlesung in Philadelphia soll nebenbei ins Französische und Deutsche übersetzt werden, ich korrespondiere soeben mit Professor Castelli und Herbert Read über diesen Plan. Außerdem will mich nun die Universität von Ottawa doch noch zum Ehrendoktor machen, Sie wissen selbst, mir liegt nicht viel daran. Was sagen Sie dazu, daß Anni und ich nächste Woche im Weißen Haus speisen? Ich würde das gar nicht machen, wenn es nicht für die Sache wäre, es ist gut, daß sich gewisse Herren endlich einmal mit den Entwicklungen auf unserem Gebiet befassen. Ich habe zu Anni gesagt, daß wir nur hingehen, um bei dieser Gelegenheit meine Untersuchung über die verheerende Situation bei der psychoanalytischen Erfassung der staatlichen Kindergärten zu überreichen.«

»Ja, das stimmt, das hat er gesagt«, sagte Anni und lächelte mit kaum verhohlenem Stolz den dumpf vor sich hinbrütenden Willy an. Tiroler war aber noch nicht zu Ende. »Dann denkt man bei Simon & Schuster bereits an eine Gesamtausgabe, die von General Motors gesponsert werden soll. Ich habe den guten Leuten gesagt, daß ich das für etwas früh halte, ich bin noch nicht unter der Erde, und ich habe die Feder noch lange nicht weggelegt, haha.«

»Ob Sie es glauben oder nicht, so hat er gesprochen«, sagte Anni, als ob sie auf den ungläubigsten Widerspruch gefaßt sei.

»Jetzt hören Sie mal zu«, sagte Willy, der aus seiner Betäubung aufgewacht war. »Ich weiß ja, daß Sie reiche Irre suchen, und ich weiß auch, daß Sie eine ganze Menge davon für die Miete verwenden müssen, aber ich finde, ein Patient pro Familie reicht. Ich finde, die Korns müssen zu Ihrer Unterstützung nicht noch einen weiteren Patienten stellen. Sehen Sie, Florence ist ganz normal, richtig im Kopf, die hat mehr in ihrem Kopf als der Rest hier am Tisch. Ich bitte Sie, akzeptieren Sie das ein für allemal und verstehen Sie, daß Florence keine Anwärterin ist. Ich weiß, Sie denken anders darüber, aber ich finde, es muß auch Normale geben. Das ist meine bescheidene Meinung. Florence, guck nicht so bös, ich halt' ja schon den Mund. Ein heißer Tag war das heute, nicht wahr?« Tatsächlich schloß er den Mund und machte ihn lange nicht mehr auf. Erstaunlicherweise geriet der Abend im weiteren Verlauf trotz des Vorfalls in eine Art von Gleichgewicht. Auch Florence fing sich schnell wieder. Sie hatte erkannt, daß Willy sich schwer betrunken hatte. Allerdings kam es nicht mehr zur Überreichung der mühevoll ausgewählten Krawatte, denn Florence fühlte sich nicht kräftig genug, um dem Abend noch ein neues belastendes Element hinzuzufügen.

Als sie gegen Morgen in einen Zustand geriet, von dem sie nicht mehr hätte schwören können, sie sei noch hellwach gewesen, der andererseits aber auch weit von der Ohnmacht wirklichen Schlafes entfernt war, traten Bilder vor ihr inneres Auge, deren Schönheit sie in eine unheilverkündende Spannung versetzte und deren Schrecken ihr schließlich auf eine geradezu wohltuende Weise den Atem nahm und ihr den Weg zum Schlaf eröffnete.

Sie sah sich selbst, mit einem spanischen Schleier über den Haaren, in einem strengen südlichen Innenhof. Säulen, Mauern und Bänke waren aus porösem, in der Sonne gebleichtem Stein gehauen. Alles Fleisch ist von ihm abgefallen, dachte Florence, während sie die edlen Maße der Architektur bestaunte und mit den Fingerspitzen über den warmen Stein strich. Durch das Portal kam Henry Tiroler auf sie zu. Er trug einen schwarzen Anzug und setzte sich auf die Bank links neben dem Portal. Florence setzte sich daraufhin auf die rechte Seite. Sie sahen sich eine Weile ernst an. Wie bei Sphingen lagen ihre Unterarme auf den Oberschenkeln, die Hände fielen über die Knie herab, Tirolers Finger hatten sich fast zu Pianistenfingern gestreckt. Dann begann Florence zu arbeiten. Der Hof war ein Gartenhof. An den Mauern zog sich Spalierobst entlang, in dessen Laub schon Pfirsiche und Äpfel zu sehen waren. In der Mitte des Hofes stand eine Weinpergola, aus der schwere dunkle Weintrauben herabhingen. Sie bildete wie die Hofmauern ein Geviert, das wiederum einen kleinen Innenhof umschloß. In der Mitte stand ein Sockel aus demselben porösen Stein, aus dem hier alles gehauen war. Er war mit Reliefarbeiten bedeckt, die höchste bildhauerische Kultur verrieten: Zweimal war ein kunstvoll verschlungenes Bandmotiv zu erkennen, Bänder, die wie Krawatten in einem breiter werdenden Dreieck endeten und am anderen Ende zu schmalen Zipfeln wurden. Dazwischen saß ein gewaltiger Hund, aus dessen Maul der Speichel troff, Zerberus, der Wächter der Unterwelt, mit gefährlichen Krallen und einem dobermannähnlichen Kopf. Der Sockel war leer, und Florence' Arbeit bestand darin, einen Topf auszusuchen, der darauf paßte. Sie stellte fest, während ihre Augen über eine Vielzahl von Terrakotta-Töpfen schweiften, in denen Küchengewürze mit kleinen Blättern wuchsen, daß Tiroler ihre Auswahl mit ängstlichen Blicken begleitete. Schließlich nahm sie einen kleinen Topf, in dessen schwarzer Erde gar nichts wuchs. Sie hielt ihn wie eine Priesterin und trug ihn mit gemessenen Schritten durch die Weinpergola zu dem leeren Sockel, sie setzte den Topf dort ab und kehrte zu ihrer Bank zurück. Tiroler bedeckte sein Gesicht mit den Händen. Dann begann mit zartem Ächzen ein Pflanzenkeim sich aus der schwarzen Erde des Topfes zu schieben, er war fleischig und weiß wie ein Kartoffelkeim, aber er entwickelte sich mit großer Kraft, und Florence dachte bei sich: Jetzt erlebe ich endlich einmal, was die Leute meinen, wenn sie erklären, man könne beim Wachsen bestimmter Pflanzen zusehen. Eine eigentümliche Knollenform an der Spitze des Keims verriet, daß sich dort ein Blatt, eine Blüte oder eine Frucht verborgen halten müsse, von den immer zarter werdenden Keimhäuten so lange beschützt, bis das Sonnenlicht ihm nicht mehr schadete. Der Keim sproß empor, die Verdickung schwoll an, aber sie platzte nicht. Das wird sicherlich eine riesengroße Blume, dachte Florence, die keine Augen mehr für Tiroler hatte und die Pflanze mit solcher Spannung betrachtete, daß sie ihr sogar zuzureden begann, wie es manche ihrer Freundinnen, die sich auf ihre Zuchterfolge viel zugute taten, taten, eine Übung, die Florence bis dahin höchst albern gefunden hatte.

Ein zufälliger Seitenblick auf Tiroler ließ sie erschreckt innehalten: Ihr Freund war zusammengesunken, sein Gesicht war aschgrau, er wand sich unter stummen Krämpfen. Beim nächsten Wachstumsschub der Pflanze fiel er von der Bank und lag gekrümmt am Boden. Florence sah, daß sein Körper ein Kinderkörper geworden war; zugleich zeigte sich auf der weißen Knolle des fast mannshoch angewachsenen Keims ein haarfeiner Riß, die Öffnung stand unmittelbar bevor. »Nein«, flehte Florence die Pflanze an. Sie sprang auf und lief zu Tiroler hinüber, und tatsächlich gehorchte ihr die Pflanze, sie öffnete sich nicht und hielt das Geheimnis ihres Inneren vor Florence für immer verborgen. Für Tiroler war diese Intervention freilich zu spät gekommen. Als Florence ihn erreichte, lag er schon tot und kalt zu ihren Füßen.

Längst war Florence aufgefallen, daß sich Tirolers Ton verändert hatte, wenn er von Stephan sprach. Es lag etwas Insistierendes in seinen Fragen, die sich strenggenommen immer weniger mit Stephan selbst beschäftigten als mit Florence' Verhältnis zu ihrem Sohn. Tiroler wollte neuerdings wissen, ob sie glaube, daß Stephan sie liebe, ob sie spüre, daß Stephan ihr ähnlich sei, ob Stephan und auf welche Weise er ihr einmal einen Schmerz zugefügt habe, wie sie zu Stephans Eitelkeit stehe, ob sie unter Stephans Untätigkeit leide, welche Zukunft sie sich für Stephan erträume, ob sie sich schließlich ein Leben ohne Stephan vorstellen könne. Florence wollte Tiroler so gern zufriedenstellen. Sie gab sich die größte Mühe bei ihren Antworten, und sie spürte doch immer wieder, wie sehr sie ihn enttäuschte und wie wenig das, worauf er eigentlich hinauswollte, in ihren Antworten anklang.

Zugleich wunderte sie sich darüber, daß er, wenn sie ihm alles, was sie zu dem angesprochenen Komplex zu sagen gewußt hatte, mitteilte, nicht einfach weiterfragte, wenn ihm ihre Auskünfte sichtlich nicht genügten, denn sie hatte keinen anderen

Wunsch mehr, als ihn zufriedenzustellen, ein Wunsch, der sich ihres gemeinsamen Themas freizügig bediente in der vorsichtigen Ahnung, daß Stephan längst nicht mehr den wahren Gegenstand ihrer Unterhaltung bildete.

Aber auch Florence war nicht immer offen und frei Henry Tiroler gegenüber. Gerade das Abendessen an seinem Geburtstag störte ihre Beziehung für ein paar Tage empfindlich. Anstatt sie auf Willy zornig zu machen, hatte sie der Abend in eine Fülle von Überlegungen gestürzt. Sie zweifelte, ob sie eigentlich ein Recht habe, auf Willy böse zu sein. Sie scheute noch davor zurück, sich genau einzugestehen, worin ihr Unrecht Willy gegenüber bestand, aber sie fühlte, daß es ein solches gab, und sie gestand sich auch ein, daß dies Unrecht im Umkreis ihrer Freundschaft mit Tiroler zu suchen war. Sie fühlte sich auf einmal beschmutzt, wenn sie an die Atmosphäre ihres strahlend erleuchteten, mit holländischen Stilleben ausgestatteten Speisezimmers dachte. Die ganze Idee einer solchen Veranstaltung schien ihr geschmacklos, kompromittierend, mesquin. Und was hatte sie dazu veranlassen können, sich in eine solche Situation zu begeben? Sollten es tatsächlich ihre Empfindungen für Tiroler gewesen sein? Dann wäre es seine Aufgabe gewesen, sie von ihren Plänen zurückzuhalten, und zwar nicht nur als Gentleman, sondern gerade auch als Freund, oder wie immer man seine Position zu ihr bezeichnen wollte.

Da ein Gedankengang, der zum Ergebnis hatte, daß anderen als ihr selbst die Verantwortung für irgendeinen Vorfall zufiel, in ihrem Kopf an sich nicht vorgesehen war, konnte er, nachdem sie ihn ausnahmsweise einmal gedacht hatte, auch nicht vollständig oder für längere Zeit von ihr Besitz ergreifen. Dennoch tat die Kränkung, die in den Ereignissen des Geburtstagsdiners und ihren Ursachen lag, Florence eine Zeitlang weh, brachte sie aber schon dadurch Tiroler wieder ein Stück näher, daß sie sich eingestanden hatte, wieviel Einfluß auf sich sie ihm bereits einräumte. Hätte Florence die Neigung zu religiösen Spekulationen besessen, wäre ihr vielleicht der Einfall gekommen, daß die Beschreibung Dantes von den Höllenstrafen, die jeder einzelnen bösen Tat genau die Torturen zukommen lassen, die der Tat spiegelbildlich entsprechen, in Wahrheit ebensogut eine Beschreibung des Lebens schon vor dem Tode enthielten. Wurden nicht auch im Leben auf der Erde die Menschen gerade da gedemütigt und geschlagen, wo sie ihre schwächste und empfindlichste Stelle hatten? Die Habgierigen wurden bestohlen, die Wollüstigen blieben unbefriedigt und den Stolzen wurde das starre Genick herunter in den eigenen Unrat gedrückt, und der Umstand, daß die Danteschen Höllenstrafen für die Ewigkeit andauerten, die irdischen Mißgeschicke aber im Gegensatz dazu manchmal nur einen Augenblick, hatte für Florence überhaupt keine besondere Bedeutung, denn sie lebte so sehr in der Gegenwart, daß sie sich die Zukunft nur intellektuell, nicht aber mit den Empfindungen der Furcht oder der Hoffnung vorstellte. Was ihr widerfuhr, erschien ihr, als könne es niemals enden und als sei die ganze Welt dadurch unumstößlich eine andere geworden.

Auch für Tiroler war die Welt nach dem Abendessen nicht mehr dieselbe. Er begann sofort, als sich die Kornsche Haustür hinter ihm und Anni geschlossen hatte, die Unverfrorenheiten Willys zu wiederholen, so daß Anni, die alles gar nicht richtig verstanden hatte, ihren Mann mit runden Augen ansah und auf dem Gartenweg stehenblieb, ein Fehler, den sie sofort büßen mußte, denn Tiroler ermahnte sie scharf, nachts nicht draußen herumzustehen, während er sich eine Lungenentzündung hole. Zu Hause begab er sich in sein Arbeitszimmer, schickte Anni, die ihn fragte, ob er noch eine heiße Milch trinken wolle, mit barschen Worten ins Bett und begann ruhelos im Zimmer auf und ab zu gehen. Seine Hände fuhren in willensstarken Bewegungen durch die Luft, er übte sich in der selbstbewußten Gestik, wie sie von überlegenen Gutachtern bei Senats-Hearings geübt wurde.

»Dieser Mann«, sagte Tiroler voller Haß, »ist das Erbärmlichste, was die Gesellschaft hervorbringen kann: ein neurotischer Barbar. Die Monstrosität dieses Mannes findet ihr Gegenstück in der Monstrosität einer Gesellschaft, die eine solche Gestalt nicht nur hervorbringt, nicht nur duldet, sondern vielmehr und sogar als ihren eigentlichen Prototypen feiert. Ein Mann wie Korn kann sich doch sagen, daß er in allem dem entspricht, was in seinem Milieu belohnt und bewundert wird, obwohl man natürlich sagen muß, daß er im Grunde ein kleiner Fisch ist, wäre da nicht das Gutmannsche Geld im Hintergrund. Ganz animalisch setzt solch ein Kerl, der genau spürt, wie erbärmlich es um seinen geistigen Horizont bestellt ist –« Tiroler wurde auf einmal durch die Wahl seiner Worte dazu verführt, sich den Horizont aus animalischer Optik vorzustellen. Wie durch ein Fischauge zeigten sich die Gegenstände winzig klein und nach dem Linsenrand zu lächerlich verzerrt. »Ja, so sieht für dich die Welt aus! Wenn es im Kopf fehlt, dann setzt du eben die zweifelhaften Reize deines Schnurrbarts ein, um an das Geld zu kommen. Später, wenn die Frau dann ihren Gigolo kennengelernt hat, ist es zu spät. Dann funktioniert schon dieser hundsgemeine Anstands- und Treuemechanismus der sexuell unterworfenen Frau der sogenannten guten Gesellschaft.« Tiroler hielt inne, denn auf dem Weg der Verfertigung der Gedanken beim Reden war ihm ein Einfall gekommen. »Bitte«, sagte er zu sich selbst, »und wie der Vater, so der Sohn. Natürlich nicht so laut, nicht so gemein. Stephan, das ist ein feiner Mann, nicht wahr, müder Charme, aristokratische Trägheit oder wie das sonst in der Trivialliteratur heißt.«

Jede therapeutische Rücksicht auf Stephan verschwand. Tiroler fühlte, ohne daß er sich dagegen wehrte, ja, indem er sogar eine gewisse Lust dabei empfand, wie aus seinem schonungsvoll behandelten Patienten sein Feind geworden war. »Er ist ein Vampir, ein lebensgefährliches Ungeziefer«, murmelte Tiroler vor sich hin, »er hat von Florence nicht nur die Milch getrunken.« Dieser Satz wurde in krasser Verkennung der Realität gesprochen, denn natürlich hätte Tiroler sich denken können, daß Florence ihre Kinder nicht gestillt hatte. »Er trinkt bis auf den heutigen Tag ihr Blut. Aber soll man ihn dafür tadeln?« dachte er in einem flüchtigen Anfall von Gerechtigkeit. Er stand eine Weile schweigend da. Dann sagte er: »Das ist mein Schicksal. Ich komme zu spät. Aber selbst wenn ich rechtzeitig gekommen wäre, vor Willy also, hätte mir das nichts geholfen. Sie sieht mich ja überhaupt nur an, weil sie ein Leben mit diesem Schatten zugebracht hat und endlich weiß, was das heißt.« Über die Frage, ob er also Stephan hassen müsse oder ob er ihm besonderen Dank schulde, erlosch sein Feuer in einem schwarzen Strom von Wehmut. Schließlich sank Henry Tiroler auf der Couch, auf der sonst, in freiwilliger Wehrlosigkeit, seine Opfer sich ihren hemmungslosen Geständnissen hingaben, in einen tiefen Schlummer, dessen rücksichtsvolle Traumlosigkeit ihm die Lösung weiterer Rätsel am anderen Morgen ersparte.

Tiroler lag schon im Krankenhaus, als er sich der Nachtgedanken an seinem Geburtstagsabend wieder erinnerte. Es stand schlecht um ihn. In seinem Körper ernährte sich ein bösartiges Gewächs von seinem Fleisch und Blut, und obwohl sein Zustand an sich noch nicht kritisch war, wurde das Herz, ohnehin die schwächste Stelle in seinem Organismus, von seiner Krankheit in einem Maße belastet, dem es auf die Dauer wohl nicht gewachsen sein würde. Obwohl er viel schlief, besuchte ihn Florence häufig, saß stundenlang an seinem Bett und beobachtete seinen Schlaf. Wenn er erwachte, dankte er Florence in rührenden Worten, daß sie gekommen war, und er bemühte sich, ihr das Gefühl zu geben, daß sie nicht vergeblich gekommen sei, denn er konnte sich immer noch nicht vorstellen, daß sie ihn wirklich nur um seinetwillen besuchte und nicht, um von ihm unterhalten zu sein. Er hatte sich ein sonderbares Gedankensystem zurechtgemacht. Die Vorstellung, daß Florence Stephan mit Leib und Seele verfallen sei, war seine fixe Idee geworden. Er sah die Verbindung zwischen Mutter und Sohn als unauflöslich an. Natürlich würde ein erfahrener Analytiker in jahrelanger Arbeit dies Gefüge lockern können, aber wer außer ihm sollte das denn sein? Wem außer ihm würde Florence denn ein Vertrauen schenken können, das in gleichem Maße erwidert wurde?

Er dekretierte vor sich, daß Florence' Schicksal ebenso unabänderlich sei wie sein eigenes. Wie er starb, würde auch Florence eine seelisch gesunde Beziehung zu ihrem Sohn niemals mehr erlangen können. Natürlich trug sie daran auch eine gewisse Schuld. Man hatte nicht das Recht zu glauben, daß man ewig lebe, man durfte nicht einfach eine ausgestreckte Hand so lange betrachten, bis man alt und grau und einsam genug war, um ein Vergnügen daran zu finden, sie auch zu ergreifen. Florence hatte sich einen Luxus ohnegleichen geleistet. Sie hatte ihn, der zur Stunde die Zahl seiner Auszeichnungen nicht mehr zählen konnte, wie einen Buben behandelt, dessen Heranwachsen die hohe Frau mit besinnlichem Lächeln verfolgt. Für diese Verkennung der Lage mußte sie jetzt bezahlen. Sein Tod würde ihre Strafe sein. Dieser Gedanke gewährte ihm einen gewissen Trost.

»Sie werden sich wunderbar erholen«, sagte Florence jedesmal, wenn sie ihn besuchte, und sie hatte auch keine Bedenken mehr, seine Hand, die schwach auf der Bettdecke lag, zu ergreifen und für eine Weile zu halten. Die kostbaren Petits-fours-Schachteln, die sie niemals versäumte am Krankenbett abzustellen, hatten jedoch nur noch die Funktion der silbernen Herzen, die die Gläubigen als Danktribut in den Gnadenkapellen der Maria aufhängen, in der Hoffnung, das silberne Geschenk würde vom Himmel schon irgendwie wahrgenommen, denn Tiroler aß nichts davon, sondern schaute sich die kleinen Kunstwerke aus buntem Zucker nur an, um nach Florence' Abschied der Schwester zu läuten und sie anzuweisen, die Votivgabe im Kleiderschrank zu den übrigen zu legen.

»Sie vergeuden Ihre Zeit«, antwortete Tiroler, »Sie haben andere Pflichten. Wie lange ist es her, daß Sie nichts mehr von Stephan gehört haben? Wissen Sie, was es heißt, ihn dort in Europa allein umhertreiben zu lassen? Er ist auf Ihre Aufsicht angewiesen. Wenn ich jetzt gesund wäre, würde ich Ihnen vorschlagen, auf unserer Schweiz-Reise Stephan gemeinsam wieder einzufangen. Es war wohl zu früh für dies Experiment. Aber so werden wir unseren Aufenthalt in Ascona verschieben müssen, und Sie werden Stephan allein abholen und hierher zurückbringen. Sie sollten nicht zuviel Zeit verlieren.« Tiroler wiederholte diese Reden immer wieder, er versuchte geradezu, Florence von sich wegzutreiben. Florence zögerte hartnäckig, ihm zu gehorchen, sein Auftrag kam ihr fremd vor.

Wenn sie an Tirolers Krankenbett saß, konnte etwas geschehen, was außerhalb seines Vorstellungsbereichs lag: Sie vergaß Stephan, er spielte keine Rolle mehr in ihren Überlegungen. Stephan war ein Bestandteil ihres Lebens vor Tiroler, ein freundlicher Bestandteil ohne Zweifel, denn er hatte sie zu Tiroler geführt. Daß Tiroler sie nun zu Stephan zurückschickte, irritierte sie. Sie verstand nicht, was für ein Sinn in diesem verschlungenen Weg liegen sollte, dessen vermeintliches Ziel offenbar nur die Durchgangsstation war, um an den Ausgangspunkt zurückzukehren. Es wäre falsch zu glauben, daß Florence litt. Sie war mit der Arglosigkeit eines kleinen Mädchens bei diesem Spiel dabei, sie versuchte seine Regeln zu ergründen und besaß als einzigen Antrieb den Willen, alles richtig zu machen, und das hieß, Tirolers Wünschen gerecht zu werden. Florence war gespannt wie ein Neophyt, der in den Tempel eingeführt wird. Sie war wie er bereit, alles, was im heiligen Bezirk vorkam, anzunehmen, ob es Schmerzen bereitete oder glücklich machte, ob es das Leben verschönte oder es zerstörte, und dies allein aus der sicheren Empfindung heraus, daß sie zum erstenmal in ihrem Leben ihr Herz schlagen hörte, weil sie aus ihrem Schlaf erwacht war.

Sie ahnte nicht, wie wenig sich von dem, was in ihr vorging, ihrem kranken Freund mitteilte. Sie glaubte fest, er lese in ihrer Seele wie in einem geöffneten Buch, er wisse, was ihr selbst noch verborgen war, und sage und befehle alles im Hinblick auf seine tiefe Kenntnis ihrer innersten Beweggründe. Florence wurde das Entsetzen erspart, zu erfahren, wie wenig Tiroler von ihrer Hingabe an ihn wußte, ja, wie vollkommen ausgeschlossen ihm ihre Bereitschaft erschien. Seine Fähigkeit, in Florence etwas anderes wahrzunehmen als das, was er in ihr vermutete, wurde in dem Maße, in dem es ihm schlechter ging, eher noch geringer. Tiroler begann, alle Kräfte seines Verstandes und seiner Phantasie zum Kampf gegen die Todesangst zu mobilisieren, er fand diese Kräfte in der Nachbarschaft seiner Liebe zu Florence, dort, wo seine Eifersucht und sein Haß auf Stephan wohnten. Es mag verwundern, daß diese Gefühle stark genug waren, um den Seelenarzt von der Furcht vor dem eigenen Verlöschen abzulenken.

Jeder glaubt, daß die Angst vor dem Tod alle andern Ängste besiegt, weil der Tod ein Übel ist, das alle andern Übel übersteigt. Und dennoch scheitert die Seele immer wieder bei dem Versuch, ihr eigenes Verschwinden zu fühlen und zu denken. Wenn Tiroler an seinen Tod dachte, sah er ihn niemals, wie er sich für alle andern darstellte: daß nämlich die Welt fortbestand, ohne daß Henry Tiroler weiter auf ihr herumlief. Er erlebte seinen Tod eher wie eine Ohnmacht. Er sah die Möglichkeit, daß die Frau, die er liebte, nach seinem Tod in anderen Armen glücklich sein könne, als etwas an, das ihm auch nach seinem Tode noch Qualen bereitete, weil er diesem Beweis des Erlöschens ihrer Liebe mit gebundenen Händen würde zusehen müssen. Dabei glaubte Tiroler nicht an ein Fortleben der Seele nach dem Tode. Er folgte in seinen Phantasien lediglich einer biologischen Disposition der menschlichen Denkfähigkeit, der er sich um so tiefer auslieferte, als er sich ihrer transzendentalen Überhöhung verschloß. In diesen Nöten flüchtete er in das Netz seiner Untersuchungen. Es war ihm auf einmal das wichtigste, von Florence selbst wortwörtlich zu erfahren, daß ihr Herz allein ihrem Sohn gehöre und daß jeder, der sich sonst noch um ihre Neigung bemühe, damit einverstanden sein müsse, hinter Stephan zu rangieren.

Was versprach sich Tiroler von einem solchen Bekenntnis? Er wußte bereits jetzt, wie tief diese Gewißheit ihn verletzen würde. Er wußte auch, daß er selbst dann, wenn er alles, wie er es forderte, von Florence vernahm, keinesfalls sicher sein durfte, ob sie das, was sie sagte, auch wirklich so meinte, nicht weil sie ihn hätte belügen wollen, sondern weil ihm aus seinem Arbeitsleben die Unfreiwilligkeit aller bewußten Aussagen geradezu zum Dogma, zur Prämisse seiner Bemühungen geworden war.

Wie einfach werden schließlich die verzweifelten Wünsche der kompliziertesten Menschen. Wenn Tiroler zu Florence sagte: »Reisen Sie, kümmern Sie sich um Stephan, Stephan geht vor, lassen Sie mich hier allein«, dann wollte er nur die eine Antwort hören: »Ich reise nicht, ich kümmere mich nicht um Stephan, jetzt nicht und auch später nie mehr, und ich lasse Sie auch nicht allein, denn ich liebe Sie.« Florence hielt diese Winkelzüge für ausgeschlossen, wie hätte sie auch annehmen können, daß der Mann, dessen Führerschaft sie sich mit ganzer Seele anvertraute, sich längst als ihr Opfer betrachtete. Sie hörte zu, sie bemühte sich, nicht zu widersprechen, sondern zu verstehen, eine fruchtlose Bemühung, solange Tiroler ihr dazu mit Eifer seine rabulistischen Hindernisse in den Weg legte.

In der dunklen Nacht seiner Motive wurde eine neue Wirkung geboren: Tiroler erst führte Florence ihrem Sohn wie eine Braut zu. So wenig sie noch an die gemeinsame Reise in die Schweiz glaubte, und so herzlich sie Tiroler gegenüber daran festhielt, so sehr befreundete sie sich mit dem Gedanken, Stephan als das Vermächtnis ihres sterbenden Freundes entgegenzunehmen. Immer unwahrscheinlicher erschien ihr der Traum, den sie kurz vor Tirolers Geburtstag gehabt hatte und der ihr deshalb bemerkenswert erschienen war, weil er die Stimmung des wirklich Erlebten besessen hatte.

Sie saß bei Ines Wafelaerts im Wintergarten beim Tee, und Ines stimmte, wie sie es oft getan hatte, wenn der Mond abnahm und Neumond bevorstand, ihr Klagelied über ihre Kinderlosigkeit an. Im Traum kam sogar die Szene vor, die sich kurz vor der Abreise der Korns nach Amerika ereignet hatte, als Ines Florence in ihr Schlafzimmer führte, eine Kommodenschublade herauszog und anklagend auf ein buntes Sammelsurium von Medikamenten wies, die angeblich günstigen Einfluß auf ihre Fertilität nehmen sollten.

»Ach, jammere nicht«, antwortete die träumende Florence, »ich habe auch kein Kind von ihm und lebe noch.«

Sicher hätte der sterbende Tiroler mit Vergnügen diesen Traum seziert, aber es entsprach nicht ihrem Comment, daß Florence wie eine Patientin Träume erzählte, sie war vielmehr Adeptin und durfte die Vorgänge in den Seelen von anderer, höherer Warte aus betrachten. Nur von der letzten Alchimie der Schmerzen hielt er sie fern, obwohl sie die wichtigste Erfahrung war, die er ihr hätte vermitteln können: wie man einen Schmerz durch einen Gegenschmerz bekämpft, wie die Seele, die einem einzigen Schmerz nicht gewachsen gewesen wäre, zwei oder drei ebenso starke auf einmal ertragen kann, ohne unterzugehen, und wie es gelingt, die verzweifelte Unruhe über eine offene Frage mit der Gewißheit über einen Sachverhalt zu beschwichtigen, der die offene Frage in keinem Punkt auch nur im geringsten berührt. Daß Tiroler wissen wollte, ob Florence ihn liebe, daß er aber auch die Gewißheit hingenommen hätte, daß sie durch die Liebe zu ihrem Sohn ganz okkupiert sei und daß er diese Gewißheiten benötigte, um ohne Angst sterben zu können, war die letzte, vielleicht aber auch die erste Erfahrung seines Lebens, das so reich an Worten und Reflexionen gewesen war.

Florence ließ sich schließlich von seinem Drängen anstecken. Seine Sorge um Stephans Befinden wurde die ihre. Wenn sie ihm erzählte, wie häufig sie schon wieder versucht habe, Stephan in Frankfurt zu erreichen, ohne dabei Erfolg zu haben, vermochte sie kaum mehr, ihre Unruhe zu beherrschen.

An dem Tag, an dem Florence glaubte, daß es Tiroler bessergehe, weil er sie im Sessel sitzend empfing und in ihrer Gegenwart eine blaue Marzipanrosenknospe aß, faßte sie endlich allen Mut zusammen und versprach ihm, zu Stephan zu reisen und ihn nach Amerika zurückzubringen. Sie sagte ihm auch, daß sie bald zurück zu sein hoffe und daß sie stets zu erreichen sein werde. Sie wandte sich an der Tür noch einmal um und winkte Tiroler zu, der von einer heiteren Sonne beschienen wurde. »Sie sehen, ich tue alles, was Sie von mir verlangen; jetzt müssen Sie auch tapfer sein und schnell gesund werden, denn ich freue mich schon sehr auf die Schweiz.« Das waren ihre Abschiedsworte, und sie sprach sie in einer Weise, die wohl niemand an ihr bisher hatte bemerken dürfen: Ihr Lächeln war sanft, anspielungsreich, keinesfalls kokett, das war immer noch nicht vorstellbar, aber vielleicht anmutig, um die Wirkung zu beschreiben, die es jedenfalls bei Tiroler erzielte.

Florence hob den Telephonhörer ab. Wie sie erwartet hatte, war Henry Tiroler selbst am Apparat. Es rauschte in der Leitung, und seine Stimme klang durch die technische Störung noch schwächer. »Alles ist wunderbar gelaufen, trotz gewisser Schwierigkeiten«, rief Florence. »Ich werde dir alles erzählen, wenn wir zurück sind.«

Tiroler antwortete: »Ich werde übermorgen operiert. Man macht mir keine große Hoffnung. Die Leute sind sehr sachlich hier. Florence, wir müssen uns verabschieden.«

»Was für ein Unsinn«, rief Florence, heftiger, als sie es wünschte, denn sie wollte Henry nicht aufregen. »Es wird alles gutgehen. Und außerdem bin ich übermorgen spätestens zurück in New York. Ich habe alles in deinem Sinne geregelt. Du mußt auch Stephan noch vor deiner Operation sehen. Wir sehen uns noch, glaube mir.«

Tiroler strengte seine Stimme an, um deutlicher gehört zu werden. »Florence«, rief er, »wenn wir uns noch sehen...« In diesem Augenblick nahm das Rauschen überhand, kurz danach war die Leitung tot. Jede andere Frau hätte versucht, eine neue Verbindung nach New York zu bekommen. Florence aber fand, daß bei einer Verlängerung des Gesprächs gar nichts herauskommen konnte. Statt dessen begann sie mit Energie, alles Erforderliche für ihre Abreise zu organisieren. Als erstes bestellte sie zwei Karten der 1. Klasse für das nächste Flugzeug von Frankfurt nach New York.

II.

Stephan war viel bescheidener, als er wirkte. Die Beiläufigkeit seiner Manieren hatte auf viele Leute einen geradezu verstörenden Effekt. Sie konnten sich nicht vorstellen, daß die Mühelosigkeit seiner Formen und Bewegungen anders als durch eine Sicherheit zustande komme, die man getrost als unverschämt bezeichnen durfte, weil es nichts gab, das ihn dazu wirklich berechtigt hätte. Was war er denn schließlich? Ein Söhnchen, ein Tagedieb, ein Mensch ohne eigentliche Vorlieben, ohne Eifer, ohne Schmerzen, ohne Leidenschaft. Er hatte nichts Vernünftiges gelernt, er besaß kein Ziel, und sein Herz war vermutlich aus einer zu zähen Masse gebildet, um irgendwann zu brechen. Es war erstaunlich, daß die Erde in einem Jahrhundert der Katastrophen und der apokalyptischen Schrecken ein solches Menschenwesen noch auf ihrer Kruste duldete, das keine der Millionen Tränen, die in verzweifeltem Unglück vergossen wurden, mitgeweint hatte, einen Menschen, der sich um das Unrecht überall auch dann nicht scherte, wenn er selbst davon gestreift wurde, und der zu allem nicht einmal zur Kenntnis nahm, daß es allein die Verkettung unverdient glücklicher Zufälle war, die ihn davor behütete, ein Opfer der großen Verfolgung zu werden.

Stephan hielt sich schon in Narbonne auf, als er Herrn Dr. Frey kennenlernte, der wie er aus Frankfurt stammte, allerdings auf ganz anderen Wegen als Stephan nach Südfrankreich gelangt war. Es war selbstverständlich nicht das erste Mal, daß er in diesen Jahren einem Mann begegnete, dessen Schicksal dem gehetzten Hasen glich, worüber nicht hinwegtäuschen konnte, daß Herr Dr. Frey ganz ruhig auf seinem Kaffeehausstuhl Stephan gegenübersaß. Aber es war doch nie so deutlich geworden, wie befremdlich ihm ein solches Schicksal vorkam, wie tief er sich von einem Menschen wie Dr. Frey geschieden fühlte.

Die Wochen in Narbonne waren für Stephan eine Zeit, die aus dem historischen Ablauf seines Lebens herausfiel, es war ihm, als halte sein Leben den Atem an. Äußerlich trug dazu gewiß der seltsame diplomatische Schwebezustand bei, in dem sich sein neues Vaterland Amerika zu der chimärischen Regierung des Marschalls Pétain befand. Nachdem Deutschland schon lange die Fiktion eines autonomen Vichy-Frankreich verlassen hatte und auch das noch nicht von deutschen Soldaten besetzte Gebiet in Besitz nahm, residierte Stephans Dienstherr, der Admiral Leahy, immer noch als amerikanischer Botschafter in Vichy und versuchte, seinem alten Kriegskameraden Pétain ein letztes Stückchen souveräner Reputation zu erhalten. Jeder wußte, daß es so nicht lange weitergehen würde. Stephan hatte es nicht einmal für nötig befunden, sich in Vichy abzumelden, als er seinen Urlaub im Süden antrat. Er besaß freilich Gründe für die Vermutung, daß er nicht vermißt würde, denn es war ihm von Anfang an nicht recht klargeworden, wie er die ihm über seine Gutmann-Beziehungen eingeräumte kleine Position eigentlich sinnvoll hätte ausfüllen können. Der größte Reiz seiner Anstellung bestand in seinem Diplomatenpaß, ein Reiz, der durch die zahllosen Schwierigkeiten, mit denen das Leben eines normalen Bürgers in der Zeit der Okkupation belastet wurde, ins Zauberische stieg. Salutierende Kontrollen, nach oben schwebende Schranken, an Lederriemen zurückgerissene Schäferhunde säumten Stephans Weg auf seinen Fahrten von Vichy nach Paris. Unüberwindbare Hindernisse wichen vor seinem Paß beiseite wie die Felsenwände auf Ali Babas magischen Befehl. Diese Leichtigkeit der Bewegung, die in der Gegenwart der Gewalt erst richtig sichtbar wurde, gab Stephan das Gefühl, auf einer Wolke zu leben, und er genoß dieses Erlebnis bis zur Selbstvergessenheit.

Anderen Kummer brauchte er nun allerdings auch nicht zu vergessen, denn es gab in seiner nächsten Familie niemanden, um den er hätte fürchten müssen, weil sich alle zur rechten Zeit in Sicherheit gebracht hatten, und die Regungen des Mitleids für Leute, die er nicht kannte, blieben ihm zeit seines Lebens fremd. Aber nicht einmal damit war Stephans Unbeschwertheit befriedigend zu erklären, denn es besteht Anlaß zu dem Verdacht, daß er sich selbst dann, wenn seine Eltern den verhängnisvollen Fehler begangen hätten, in Frankfurt auszuharren, wenig Gedanken gemacht hätte: Krieg und Verfolgung, die für alle anderen Menschen Ursache des Jammers waren, schufen eine Luft, die ihm das Atmen nicht nur erleichterte, sondern es ihm geradezu zum Genuß machte, wobei er allerdings noch nicht in die Lage geraten war, um seine Haut besorgt sein zu müssen, weil sein Laisser-passer ihn mit einem unsichtbaren Schutzmantel umgab.

»Ich verstehe genau«, rief Dr. Tiroler während einer ihrer Sitzungen, »ich kenne diesen Fall genau. Das war dein persönlicher Krieg gegen Hitler, nicht wahr? Geschichte, Solidarität, Politik – das interessierte dich nicht. Für dich gab es nur zwei Menschen auf der Welt – dich und Adolf Hitler. Einer mußte gewinnen. Ein tödliches Spiel von gleich zu gleich, ohne Moral, ohne ein weiteres Ziel. Du bist eben ein kleiner Sieger, als Sieger erzogen, zum Siegen verurteilt. Aber das lassen wir jetzt erst einmal, das kommt später dran, wenn wir vertiefen.«

Die Scham, die Stephan bei diesen Worten empfand, hatte übrigens diesmal ausnahmsweise nichts damit zu tun, daß Tiroler über ihn sprach, im Gegenteil. Dem in persönlichen Bemerkungen sonst heiklen Stephan wurden die ausschweifenden Monologe Tirolers über seinen Charakter allmählich immer angenehmer, obwohl es ihm unmöglich war, sich in diesen Erörterungen auch nur silhouettenhaft wiederzuerkennen. Der meditative Ton der Überlegungen Tirolers, die um den prekären Seelenkern Stephans kreisten, vermittelte ihm die Empfindung einer kosmetisch-hygienischen Prozedur, der er sich ebenso entspannt hingab wie einer von sensiblen Fingerspitzen ausgeübten Kopfhautmassage. Tiroler leistete ein Zauberkunststück in Stephans Augen. Er beschäftigte sich mit all seiner Geisteskraft mit Stephan, aber er sagte dabei niemals etwas, dem Stephan hätte zustimmen können. Dabei blieben Tirolers Deutungen meist im Allgemeinen. Sie enthielten nichts, dessen man sich hätte schämen müssen, denn er vermied jeden moralisch klassifizierenden Tonfall und wußte seine Darlegungen in einer Weise zu färben, die auch die bedenklichste Seelenkonstruktion noch bedeutend und reizvoll erscheinen ließ.

Auf dieser Argumentationshöhe zu widersprechen erschien Stephan nicht nur sinnlos, sondern auch ein Zeugnis mangelnden Geschmacks und sozialer Ungeschliffenheit. Bei der Vermutung über Stephans Motive in Frankreich während der deutschen Besetzung, die Tiroler in seiner bewährten Übung dem Patienten in falsch affirmativer Form wie eine Zeugenaussage unter die Nase hielt, wurde Stephan dennoch unbehaglich zumute. Gewiß, das, was Tiroler sich da ausgedacht hatte, war nicht falscher als seine übrigen Eingebungen, aber es war erheblich konkreter, es bewegte sich in der Zone einer Verbindlichkeit, die es verbot, sich behaglich ausgestreckt um eine Stellungnahme zu drücken. Niemals berührte Tiroler die Sphäre des Tatsächlichen in gleicher Weise wie jetzt, wo er Stephans Verhalten während des Krieges beschrieb. Stephan spürte deutlich, daß diese Beschreibung nicht ebenso in das Reich des L'art pour l'art zu verweisen war wie Tirolers Vortrag über Stephans Liebe zu den Pudeln und den Spitzen, und wenn er dennoch keine Bedenken anmeldete, dann erfüllte ihn diese Unterlassung doch mit einem peinigenden Gefühl der Unruhe, wie es den unter falschem Namen reisenden Hotelbetrüger befällt, wenn er in der Halle einen Kellner erblickt, der im fernen Monte Carlo Zeuge seiner diskreten Entlarvung durch den Hoteldetektiv geworden war. Stephan protestierte nicht, als Dr. Tiroler ihn zum einsamen Gegenspieler Hitlers erhob, dem das Schicksal der leidenden Menge gleichgültig ist, weil er seinen existentiellen Kampf kämpft, aber er fühlte sich so schlecht bei seinem Schweigen, daß er seinen Mund in der Art der Säuglinge verzog, denen zur Unzeit ein Löffel Brei aufgedrängt wird, und Tiroler, der ihn beständig im Auge behalten hatte, registrierte diese Fratze mit Behagen, denn Stephan verwöhnte ihn so selten mit Reaktionen auf seine Mühen, daß Dr. Tirolers Ansprüche in dieser Beziehung gesunken waren. Der Arzt verhielt sich wie ein verschmähter Liebhaber, dem schließlich jedes Zucken der Augenbrauen reichliche Nahrung für seine sich sonst nur im Kreis bewegenden Phantasien ist, denn die Träume gedeihen am üppigsten im Status der Unterernährung durch Tatsachen, und die Liebe steht insoweit unter dem gleichen physikalischen Gesetz, als auch sie nichts anderes ist als ein großer Traum.

Dabei hätte Tiroler stolz darüber sein dürfen, wieviel er bei seinem Gegenüber in Bewegung gebracht hatte. »Hitler mein Gegner«, dachte Stephan in einer fast ironischen Laune, weil seine Scham in dem Augenblick, da sie ihn zu verwirren begann, stets in Galgenhumor umschlug, »da war ja noch eher Dr. Frey ein Held als ich. Der närrische Kerl. Der Mäuserich. Der Schammes.«

Stephans Erinnerung erheiterte ihn und entfernte seine trübe Stimmung. Seine weit zurückliegenden Erlebnisse erschienen ihm nun wieder, wie sie sich zugetragen hatten, und nicht mehr im Licht des schlechten Gewissens des Nachhinein.

Nichts war für Stephan während der Dauer eines Liebesverhältnisses mit solch einem kostbaren Genuß verbunden wie der Augenblick, wenn er sich aus den morgendlichen Umarmungen löste, die Badezimmertür hinter sich schloß, das große Werk der Restauration mit Pedanterie vollendete, frisch und duftend noch einmal zu seiner bettwarmen Geliebten hinüber ins Schlafzimmer ging, um sich von ihrem verschlafenen Maulen die Ohrmuschel kitzeln zu lassen, und dann endlich ins Freie trat, von dort in ein nahe dem Hotel gelegenes Kaffeehaus, um sich in der friedenspendenden Gewißheit niederzulassen, nun fast zwei Stunden zu haben, in denen er sich ausschließlich mit Zigaretten, ziellosen Phantasien und schweifenden Beobachtungen befassen durfte. In seinem Ohr klang noch das Rauschen des Badewassers, denn er unterließ es niemals, bevor er seine Freundin verließ, ihr noch eine Badewanne einzulassen, eine Handlung, die nicht nur ritterlich gemeint war, sondern Stephan auch eine kleine Spanne der Ruhe garantieren sollte. Denn er hatte die Erfahrung gemacht, daß eine Frau, die er glücklich dazu gebracht hatte, sich in die Badewanne zu setzen, das Badezimmer nicht so bald wieder verließ, als ob eine höhere Gewalt sie festhielte, gegen die jede rationale Gegenwehr scheiterte, eine Urerinnerung an die Abstammung des Lebens aus dem Wasser wahrscheinlich, von der Stephan manches Wissenswerte aus einem alten Heft der ›National Geographic‹ entnommen hatte und die er später gemeinsam mit meiner Tante auf einer in optimistischem Hellblau strahlenden Lehrtafel im Senckenberg-Museum studierte, ohne sich im tiefsten davon überzeugen zu lassen. Denn er wenigstens stammte nicht aus dem Wasser, sondern war vermutlich durch ein dem Urknall verwandtes Ereignis entstanden. Für die Erklärung der Liebe einer Frau zum Badezimmer war ihm die Evolutionstheorie dennoch willkommen, denn er hätte sich sonst womöglich auf weit mystischere Pfade begeben müssen, wonach er kein Verlangen trug.

Er hatte überhaupt kein Verlangen an einem solchen Vormittag, der ihm vielleicht noch kostbarer erschienen wäre, wenn er begriffen hätte, daß in ihm die einzigen Augenblicke des Glücks lagen, die ihm in seinem Leben beschieden waren; eine hypothetische Vermutung allerdings, denn dies Glück bestand ja gerade im ereignis- und bewußtlosen Verstreichen der Zeit, ein Glück, das nicht zum Erinnern, sondern nur zum Erleben da war und das mit den köstlichsten und erlesensten kulinarischen Delikatessen gemeinsam hatte, daß es beinahe nach nichts schmeckte.

Als Stephan Dr. Frey kennenlernte, atmete er gerade dieses Glück in Gestalt eines provenzalischen Sommermorgens ein, und es bedurfte der bemerkenswerten Hartnäckigkeit von Frey, Stephan in dieser Übung zu unterbrechen und damit ihre Bekanntschaft überhaupt einzuleiten. Stephan war in einer solchen Stimmung eigentlich nur für Fragen des Kellners empfänglich, die sich zudem in diesem Fall seit Wochen erübrigten, denn er hing gern Gewohnheiten an und ging seit seiner Ankunft in Narbonne immer nur in das Café, das seine Stühle gegenüber dem

»Hotel Midi«, in dem Stephan und seine Begleiterin abgestiegen waren, herausgestellt hatte, und der Kellner wußte schon, was Stephan haben wollte, nachdem er seinen Milchkaffee getrunken hatte, und stellte unaufgefordert, indem er die dicke Tasse wegnahm, ein kleines Glas Weißwein auf das Tischchen, an dem Stephan im Schatten des Hauses seine Morgenfeier beging.

Dr. Frey unterschied sich von Stephan schon darin, daß er sich zwar ebenfalls im Bezirk der Caféterrasse aufhielt, dort aber nichts konsumierte und überhaupt zum Ortswechsel neigte. Waren die wenigen Tische besetzt und hielt ein neuer Gast Ausschau nach einem leeren Platz, so sprang Dr. Frey eilfertig auf und bot seinen Platz an. Er verharrte danach weiterhin in der Nähe, indem er die Hände in die Hosentaschen steckte, sich an die Hausmauer lehnte und die Vorgänge auf der Terrasse geschäftig im Auge behielt.

Dr. Frey wäre Stephan wie der unbeschäftigte Sohn oder Neffe des Cafetiers erschienen, dem die romanische Familiensitte gebietet, sich nicht zu weit von der Quelle seiner Wohlfahrt zu entfernen, ohne ihn mit Pflichten zu belasten, wenn nicht die Dürftigkeit seiner Erscheinung, vor allem der um den mageren Körper schlotternde Anzug die Vermutung verboten hätte, daß sich sein Träger allabendlich an einen gedeckten Familientisch setzte, um seine reichliche Ration zu verzehren. Stephan betrachtete Dr. Frey ohne Neugier. Er war ihm lieb geworden, weil ihm diese Morgende so lieb waren, und er hatte sogar schon einige Male das beflissene Angebot Freys angenommen, auf seinem Stuhl Platz zu nehmen, ohne sich dabei mehr zu denken, als daß es doch besonders angenehm sei, niemals auf den Stammplatz vor dem Café verzichten zu müssen.

Eine Weile hielt er Dr. Freys beständige Aufmerksamkeit überhaupt für eine höfliche Geste des Cafetiers, der seinem ausländischen Stammgast den Lieblingstisch reservieren wollte. »Spring mal schnell zu meiner Frau und sag ihr, daß ich noch zehn Minuten hierbleibe!« rief dann nach einer Welle ein dicker, rotgesichtiger Mann in schwarzem Anzug, der den

Hemdkragen zur Erleichterung in der Wärme geöffnet hatte und der stets mit einigen anderen Männern den Vormittag am Ecktisch auf der Caféterrasse verbrachte, und Dr. Frey dankte ihm für den Auftrag mit einer freundlichen kleinen Verbeugung und machte sich auf der Stelle auf den Weg. Als er wieder erschien, richtete er die Antwort des Eheweibes mit einem Takt aus, der die Privatsekretäre großer Herren kennzeichnet, die gelernt haben, daß ihre Gebieter scheinbaren Lappalien aus ihrem Alltagsleben manchmal höhere Bedeutung beimessen als den Staatsaktionen. Der Rotkopf nahm diese Dienste mit einer Selbstverständlichkeit entgegen, als sei Dr. Frey ihm verpflichtet, und Stephan wunderte sich, als der Dicke nach Wochen plötzlich den Kellner beauftragte, seinem fleißigen Boten ein Glas Weißwein zu bringen, was Dr. Frey stehend trank, nicht ohne vorher dem Spender liebenswürdig, aber diskret zugeprostet zu haben, eine Huldigung, die der dicke Mann mit einem Winken seiner schwarzbehaarten Hand beiläufig und ohne seine Unterhaltung zu unterbrechen erwiderte.

Stephan empfand dies Tun und Treiben als typisch südländisch. »Nein, was es hier für Existenzen gibt«, sagte er sinnierend vor sich hin, denn er hatte noch niemals in kühler Überlegung sein Augenmerk auf die eigene Existenz gerichtet und deren Fremdartigkeit inmitten bourgeoiser Betriebsamkeit betrachtet. Er rang lange mit sich, ob es angemessen sei, seinem getreuen Platzhalter auch einmal ein Glas Wein auszugeben, keineswegs aus Sparsamkeit, wohlgemerkt, sondern weil er eine nervöse Empfindlichkeit für das Betragen von Leuten entwickelt hatte, die sich in einem Milieu, in das sie offensichtlich nicht gehörten, mit allzu dreister Selbstverständlichkeit bewegten, und er wollte um jeden Preis den Eindruck vermeiden, er biedere sich an, ein nicht auszuschließendes Ergebnis touristischer Spendenfreudigkeit, das er mehr fürchtete als den Vorwurf des Geizes. Als er ihm schließlich den Wein dann doch bestellte, geschah das freilich in einer Lage, die Mißverständnisse über Stephans Motive nicht mehr zuließ, weil er und Dr. Frey vorher schon eine Weile ins Plaudern geraten waren und Stephan zu seiner höchsten Verblüffung feststellen mußte, daß der typisch romanische, braungebrannte, ausgemergelte Familien- und Wirtshausparasit ebenfalls aus Frankfurt am Main stammte.

Stephan war später als sonst im Café erschienen, die meisten Leute waren schon zum Mittagessen nach Hause gegangen, und die Terrasse lag leer da bis auf den einsam an einem Tischchen ausharrenden Dr. Frey, der wie immer in die Höhe schoß, als Stephan auf der anderen Straßenseite aus der schmalen zweiflügeligen Tür des Hotels kam, einen Radfahrer abwartete und dann über die Straße seinem Morgenkaffee entgegenging.

»Zwanziger«, sagte Herr Dr. Frey plötzlich, als Stephan in seiner bequem geöffneten Leinenjacke auf Freys Stuhl Platz genommen hatte. Stephan zuckte bei dem Wort zusammen, das ihm Dr. Frey, der schräg hinter ihm einen Stuhl gefunden hatte, ins Ohr raunte, wie Jago auf der Bühne zu Othello spricht.

Er begriff zunächst gar nicht, was »Zwanziger« eigentlich heißen sollte, aber seine Nasennerven erinnerten sich augenblicklich an einen bestimmten Geruch, der mit diesem Wort zusammenhing: Mottenpulver, Dünste, die von feuchtem Stoff unterm Bügeleisen aufstiegen, der ungesunde Likör-Atem eines gallengelben Zwerges, der zu Stephans Füßen kniete, die schmalen Lippen zusammengepreßt, um mit ihnen mehrere Stecknadeln zu halten.

»Erlauben Sie?« fragte Dr. Frey und ergriff Stephans lose herunterhängenden Rockschoß. »Ich habe das Schildchen schon von weitem gesehen. Sehen Sie hier.« Und nun rückte er näher, öffnete die eigene schwarze Jacke, in der er offensichtlich auch seine Nächte zubrachte, nach ihrem verbeulten und verfleckten Zustand zu schließen, und wies auf einen Fleck auf dem grauen Seidenfutter, der ein wenig dunkler leuchtete als der übrige Stoff und in dem noch Reste von Fäden hingen.

»Ich habe es herausgetrennt«, flüsterte Dr. Frey, »es braucht niemand hier zu wissen, daß ich nicht aus Straßburg komme.« Stephan reagierte betroffen und angewidert. Die schmutzige Jacke unter seiner Nase verstörte ihn ebenso wie der Überfall und die ganze Geheimnistuerei. Er hatte noch nicht die geringste Zeit bei all diesen primären Eindrücken gefunden, sich über den Umstand, daß ihn ein Deutscher hier im Süden Frankreichs an seiner Jacke identifizierte, gebührend zu verwundern. Stephan war begriffsstutzig, was er im einzelnen wahrnahm, konnte ihn in ein Grübeln versetzen, das verhinderte, daß er bemerkte, welches Ganze diese einzelnen Teile bildeten.

Es war ein Zufall von besonderer Ironie, daß Dr. Frey nun ausgerechnet an einer Jacke von Zwanziger die Frankfurter Herkunft Stephans erkannte, denn Stephan hatte den tüchtigen Handwerksmann niemals ausstehen können. Die Leinenjacke, die er an diesem Vormittag in Narbonne trug, war das letzte Stück, das Stephan aus einem Atelier besaß, das zu beauftragen Willy Korn ihn in mühevollen Auseinandersetzungen gezwungen hatte. »Was gut genug für mich ist, ist auch gut genug für dich«, beendete Willy den Streit, ein Argument, dem Stephan nicht hätte widersprechen können, ohne an die Grundlagen ihrer Beziehung zu rühren, und dies vermied er getreu der unausgesprochenen Verhaltensmaßregeln, die Florence in eiserner Schulung ihrer Familie eingeprägt hatte, wobei sie sich häufig fragte, ob Willy diese Zurückhaltung überhaupt zu schätzen wisse oder ob er am Ende gar glaube, diese schonungsvolle Behandlung sei eine von Bewunderung und Respekt gestützte Selbstverständlichkeit. Natürlich war es aussichtslos, Willy klarzumachen, daß Zwanziger keinen besonders begnadeten Zuschneider besaß, im Gegenteil, Willy adaptierte noch mit vorzüglichem Vergnügen die augenwischerischen Sprüche des stellvertretenden Geschäftsinhabers, der bei jeder Reklamation, ob es sich nun um einen verschnittenen Rücken, ungleich lange Hosenbeine oder Zugfalten an der Knopfleiste handelte, den kritischen Kunden mit der Verheißung zu begütigen versuchte: »Des bügele mir noch raus.« Anstatt sich über dies Betragen zu entrüsten, nahm Willy diesen Satz in seinen Sprachschatz auf und fügte Stephan damit täglich neue Pein zu, der sich durch die väterliche Anerkennung des schlauen Handwerksmannes doppelt gekränkt sah.

Dr. Frey klammerte sich inzwischen mit Impertinenz an die

Ausweiskraft des fehlenden Schneiderschildchens. Er glaubte zunächst, daß Stephan, der mit abgewandtem Kopf und blindem Blick seinen Erinnerungen nachhing, den Fleck einfach noch nicht richtig gesehen habe, und rückte ihm mit seiner Jackeninnentasche näher auf den Leib. Als dies Identifikationsmerkmal nachhaltig versagte, weil Stephan sich offensichtlich nicht damit befassen wollte, griff Frey zu seinem letzten Strohhalm und stellte sich vor: »Frey, mein Name, wenn Sie bitte entschuldigen. Ich bin der Sohn von den Freys aus der Schubertstraße, wenn Sie sich vielleicht erinnern.«

»Von den Freys aus der Schubertstraße?« fragte Stephan, wie aus einem Schlaf erwachend. »Wo der Vater Prokurist bei Adler war?«

»Grad von denen«, antwortete Dr. Frey. Er sprach eilig und leise und sah sich dabei um. »Stört es Sie, wenn wir einen Augenblick sprechen? Es muß net lang sein. Sie müssen sich keine Sorgen machen, hier weiß noch keiner, daß ich – ich mein, daß wir...« Die vorsichtige Andeutung brachte Stephan auf. »Das geht doch mich nichts an, von mir kann das jeder wissen.«

»Sein Se doch still«, flüsterte Frey, »es ist ja net wegen Ihnen, es ist ja nur wegen mir.«

Stephan hatte eigentlich geglaubt, sich das Bild des Menschen, der sich ihm nun als der Sohn der Freys aus der Schubertstraße vorgestellt hatte, während seiner capuanischen Morgenstunden eingeprägt zu haben. Der wieselflinke Eckensteher war ihm zum regelmäßigen Zeugen seines Milchkaffees und der sich anschließenden erfrischenden kleinen Weißweine geworden. Mehr als die anderen würdevollen Patriarchen mit ihren weißen rasierten Schädeln, ihren Hosenträgern und dem unverwechselbar auf- und abschwellenden Unterhaltungston, der ihre Gespräche kennzeichnete, war Freys Anblick für ihn der Inbegriff Südfrankreichs, weil er beispielhaft eine rastlose Beweglichkeit mit beständigem Müßiggang zu verbinden wußte. Jetzt aber hätte es ihm die größte Mühe bereitet, sich Freys Gesicht vorzustellen, den er nach wie vor nicht recht ansehen konnte, weil er seine Position immer noch nicht geändert hatte. Er legte wohl

Wert darauf, daß es nicht so aussah, als seien sie in ein vertrauliches Gespräch versunken. Statt dessen stand aber die Schubertstraße mit einer Deutlichkeit wieder vor ihm, als sei er erst gestern zum letztenmal dort gewesen, um von ihr Abschied zu nehmen.

Die Straße besaß keine auffälligen Merkmale, ihre Häuser zeigten nicht den eklektizistischen Formenreichtum der Jahrhundertwende. Es gab keine Türmchen, keine Zinnen und keine Treppengiebel, nur solides Material, großzügige Proportionen und bürgerliche Nüchternheit. In einem der Häuser, die als einzigen auffälligen Schmuck eine maskenhaft blickende Frauenbüste über dem Salonfenster besaßen, war Dr. Frey geboren. Sein Vater hatte es zu Beginn des Jahrhunderts gekauft, obwohl es innen nicht sehr überlegt geschnitten war und obwohl es vergebliche Liebesmüh bedeutete, aus dem lichtlosen Hof eine Art Garten machen zu wollen, was die Mutter von Dr. Frey dennoch immer wieder versuchte. Schon der Begriff Villa war für das zweigeschossige Haus im Grunde irreführend. Dafür war es dann doch nicht geräumig genug, es stand auch nicht frei, sondern war nur durch Brandmauern von den anderen Häusern der Zeile geschieden. Und dennoch, es war ein hübsches Haus, es lag günstig zum Zentrum der Stadt. Die Straße gehörte zu einem gepflegten Viertel, in dem es im Frühling einen geradezu explosiven Blütenzauber zu bewundern gab, und die zwölftausend Mark, für die die alten Freys dies Haus nun notgedrungen an einen Kolonialwarenhändler verkauft hatten, waren unter keinen Umständen als ein realistischer, irgendwie zu rechtfertigender Preis anzusehen. Der Ladenbesitzer hatte das Haus übernommen und erlaubte den alten Freys immerhin, gegen eine vernünftige Miete in den hellen Mansardenzimmern weiterzuwohnen. Das war bei dem traurigen Verkauf auch für Dr. Frey noch ein erfreulicher Aspekt, als er seine Eltern verließ, um sein Glück in Prag zu versuchen. »Sehen Sie, das wissen Sie ja selbst, in Frankfurt ging es für unsereinen einfach nicht mehr, wir sind jung, nicht wahr, da hat man Pläne; den Alten macht das Neue jetzt nicht so viel aus.«

»Zwölftausend Mark?« fragte Stephan. »Das ganze Haus?«

Weil dies die erste richtige Frage Stephans auf seinen hastigen und gerafften Reisebericht war, glaubte Dr. Frey, auf diesen Punkt genau eingehen zu müssen. »Eine Schande, nicht wahr? Zwölftausend Mark für so ein ordentliches Haus. Ich habe aber weiter nichts gesagt, damit die Leute die Eltern vielleicht ein bißchen unterstützen. Ich wollte doch weg. Ich mußte auch weg, oder nicht? Man hört so viel von Umsiedlung und Arbeitseinsatz. Ich glaube, wenn ich dageblieben wäre, hätten wir trotzdem nicht lange zusammenbleiben können. Oder doch? Sie hören doch etwas, Sie sind doch rumgekommen.«

Es zeigte sich nun, daß Dr. Frey viel genauer über Stephan Bescheid wußte, als Stephan das geahnt hätte. Die Ankunft eines Paares, von dem der Mann einen amerikanischen Diplomatenpaß, die Frau dafür überhaupt keine Papiere in der Unterpräfektur präsentiert hatten, war offensichtlich bald im Ort herumgegangen. Es gehörte Stephans Indolenz dazu, um das Beobachten und das Tuscheln, das ihm und seiner Freundin galt, nicht ernsthaft wahrzunehmen, wenn er nach Sonnenuntergang durch die kühleren Straßen mit seinem blonden Mädchen am Arm auf und ab ging, wie es die eingesessenen Bürger von Narbonne taten, als gehöre er zu ihnen und als seien ihre uralten Gewohnheiten auch die seinen. Er fühlte sich um so mehr zu diesen braven Leuten gehörig, desto weniger er mit ihnen sprach. Es war normal, daß er nun in Narbonne lebte, es war normal, daß er dort niemanden kannte, und er wünschte an keinem dieser beiden Zustände etwas zu ändern. Freys Eröffnungen störten seine Illusion vom spurlosen Untertauchen, sie waren daher nicht dazu geschaffen, Stephan freundlicher für seinen Landsmann zu stimmen.

»Eine entzückende Dame ist Frau Korn«, sagte Frey nun auch noch, und sein schwärmerisch-galanter Tonfall ließ keinen Zweifel daran, daß er nicht etwa Florence meinte, die er in Frankfurt wohl gelegentlich gesehen haben mochte, sondern die Frau, die Stephan aus dem bedrohlichen Norden in den offenbar friedlicheren Süden geführt hatte.

Frey gehörte zu den Menschen, die im Umgang mit Fremden zunächst durch ihre Geschwätzigkeit auffallen. Es scheint keinen Gedanken in ihrem Gehirn zu geben, den sie nicht alsbald Sprache werden lassen, unbesorgt darum, daß beim anderen dadurch der Eindruck der Hemmungslosigkeit entstehen könnte. In Wahrheit durfte man Frey jedoch nichts weniger als hemmungslos nennen, sein Wortfluß hatte vielmehr Methode, er entsprach einer Konzeption, die aus seinem ihm leidvoll bekanntgewordenen Unvermögen erwuchs, neue Menschen nach ihren Gesichtern oder Bewegungen einzuschätzen. Frey verfuhr daher systematisch. Er kam in der sprunghaftesten Manier von einem zum anderen Thema, das er blitzschnell dem anderen, um in der Sprache der Staatsanwälte zu reden, vorhielt, seine Miene beobachtete und es ebenso gewandt wieder fallenließ, wenn es aussah, als werde der Gegenstand unergiebig bleiben. Daß Stephan nicht auf die blonde Frau in seiner Begleitung angesprochen werden wollte, merkte Frey auf der Stelle, denn Stephan machte, kaum daß Frey sie erwähnte, wieder sein verwöhntes Babygesicht, von dem Frey immerhin im Profil die gekrauste Nase erkannte, und sich bedauernd im geheimen sagte, daß ein Mann, der ein Gespräch über Damen refüsierte, wohl doch ein härterer Brocken sein werde.

Stephan hatte sich jetzt ebenfalls ein Bild von seinem neuen Bekannten gemacht. Er will Geld, dachte er. Er wird gleich anfangen, vom Geld zu reden, und er überlegte sofort, wieviel er ihm würde geben können, denn seine Reserven näherten sich der Neige, und er wußte nicht, wieviel er in der nächsten Zeit noch brauchte. Stephan sträubte sich gegen jede Veränderung seines heiklen Gleichgewichts. Zum erstenmal in seinem Leben hatte er das Gefühl, alles, was ihn anging, befriedigend gelöst zu haben, nicht ohne dabei zugleich schon darüber besorgt zu sein, wie lange es wohl glücken würde, diese Lage aufrechtzuerhalten. Ich bin gestorben! dachte Stephan eines Morgens im Café und freute sich über das Glück, das ihm dieser Gedanke schenkte. Die Politik, der Krieg, die Zukunft waren Stephan gleichgültiger denn je. Er gab sich kaum Rechenschaft über das Unwohlsein, das ihn bei der Redseligkeit des Dr. Frey befiel, keinesfalls wollte er jedoch zu einer Stellungnahme verpflichtet werden, die Rückfrage nach dem Kaufpreis der Villa reute ihn jetzt schon, obwohl ihn die Summe wirklich erschüttert hatte.

»Ich war Rot-Weiß«, raunte Dr. Frey jetzt. »Waren Sie nicht auch? Ach nein, Sie waren sicher Palmengarten. Die haben viel später angefangen. Bei Rot-Weiß hat unsereiner Platzverbot bekommen, schriftlich, vom neuen Vorstand, in einer Form, die war... aber das wissen Sie ja, das haben Sie ja mitgekriegt.« Dr. Frey sprach vom Tennisspielen in den beiden Frankfurter Klubs, die in sorgfältigem Abstand voneinander die streng geschiedenen Gruppierungen sportbegeisterter Bürgerlichkeit präsentierten. Stephan störte es bereits, daß Dr. Frey schon wußte, daß er im Palmengartenklub gewesen war, so leidenschaftslos er das Tennisspiel auch von Anfang an betrieben hatte. Die weißgekleideten Menschen vor dem Klubhaus, die Weinschorle und Zitronenlimonade tranken, waren ein freundlicher Anblick, und Stephan ging an Sommerabenden gern dorthin, um sich in seiner eierschalfarbenen Flanellhose neben eine Dame zu setzen, die außer Atem war von den Anstrengungen ihrer Partie und tief atmete, so daß sich ihr Busen unter dem grobgestrickten Pullover hob und senkte.

Aber die Zurufe, die er dort hörte, blieben ihm fremd und auch ein wenig abstoßend. Er verabscheute die Spezialsprache, die im Umkreis des Tenniscourts herrschte, die künstliche Absurdität der Spiel- und Zählregeln und die Ausbildung der Beinmuskulatur bei den Frauen, die dem Tennisspiel in ernsthafter Beständigkeit oblagen. Aber der Wind, der die immer ein wenig feuchten Blättermassen der riesenhaften Kastanienbäume sanft modulierte und die Erinnerung an flüchtige Sommerregen beschwor, war noch immer verführerisch, als ihm Dr. Frey die Bilder des Frankfurter Palmengarten-Tennisklubs wieder ins Gedächtnis rief. Er war gar nicht erst ausgetreten, als sich die Korns aus Frankfurt nach New York aufgemacht hatten, weniger um den Klubvorstand zu düpieren, als um sich selbst die Endgültigkeit des Aufbruchs zu verbergen.

Bei Dr. Frey hatte die Abreise aus Frankfurt anders ausgesehen. »Ich bin bewußt allein gegangen«, sagte Dr. Frey, der zufrieden war, daß sich in Stephans Gesicht bei der Nennung der Chiffren »Rot-Weiß« und »Palmengarten« etwas bewegt hatte. »Den alten Leuten werden sie nichts tun, das sagt einem jeder. Natürlich würde ich gern mal etwas von ihnen hören, aber Sie finden es doch sicher auch nicht klug, wenn ich von hier aus schreibe? Das ist doch gewiß nicht gut, wenn die beiden auf einmal vom Ausland Post bekommen? Das wird doch kontrolliert, meinen Sie nicht?«

Es dauerte noch lange, bis Stephan verstand, was aus diesen und den noch folgenden Fragen Dr. Freys sprach. Wovor fürchtete sich Stephan? Hatte er schon jemals in seinem Leben Angst gehabt? Frey sprach gar nicht über die Empfindungen der Furcht oder der Angst, aber er insistierte mit seinen Fragen in einer Weise, die unvernünftig war, denn er hätte sich denken können, daß er so in einer solchen Zeit nichts herausbekommen würde. Stephan wurde nachgerade zornig auf seine Frankfurter Bekanntschaft, als ob er mit seinem unauffälligen Abschied von Frankfurt das Recht erkauft hätte, niemals wieder etwas von Sorgen und Beschwernissen aus diesem Teil der Welt hören zu müssen. Er war taktvoll gewesen und hatte den Frankfurtern die Peinlichkeit erspart, eindeutig Stellung beziehen zu müssen, und damit war dies Kapitel in seinem Leben geschlossen. Ein anderes öffnete sich nun: ein windstilles, honigreiches, wortloses, ein Kapitel, das weder mit Florence noch mit Willy, weder mit New York noch mit Frankfurt in näherem Zusammenhang stand. Frey hätte sich in diesen Tagen keinen ungünstigeren Geburtsort auf der Welt aussuchen können als Frankfurt, um Stephan so sehr zu mißfallen, daß sich dessen Ohren für jedes noch so billige Anliegen verschließen mußten.

Frey sprach dabei inzwischen gar nicht mehr über Frankfurt. Seine Schilderungen bewegten sich in dem verwirrenden Auf und Ab eines Flüchtlingsschicksals. Sie waren von den vergeblichen Mühen gekennzeichnet, eine Art Ordnung in die sinnlose Flut zu tragen, deren Unabsehbarkeit dem verlorenen Menschen den Verstand zu rauben drohte. Die Ortswechsel, das ewige Warten vor Bahnstationen, Dienstzimmern, Konsulaten, Polizeibehörden, der bedrückende Mangel an Geld, die Unmöglichkeit, Arbeit und Unterhalt zu finden, die täglich von neuem unsichere Lage, vor allem aber die Gerüchte, die an die Stelle überprüfbarer Informationen getreten waren, verschmolzen zu einem formlosen Brei, der Stephans Augen, Ohren und Mund verklebte. Er nahm so gut wie nichts von den Irrwegen des Dr. Frey auf, der die Freiheit zum Ziel hatte, zum gegenwärtigen Zeitpunkt aber fürchten mußte, auf den verschlungensten Pfaden unter restloser Erschöpfung seiner Nervenkräfte nicht mehr erreicht zu haben als eine zeitliche Verschiebung des Unheils. Er war wie ein verzweifelter Wanderer in der Wüste, der seine letzte Energie darauf gewandt hat, eine steile Sanddüne zu erklimmen, um von dort aus Umschau halten zu können, und der vom Grat dieser Düne aus bis zum Horizont nichts anderes als ebensolche Dünen und dazwischenliegende tiefe Sandtäler wahrnimmt. Herr Dr. Frey hatte gelernt, mit dem Ohr auf der Schiene zu liegen, und er hatte dort ein unheilvolles Dröhnen vernommen, den noch körperlosen Vorboten einer neuen Gefahr für sein Leben. Nach Monaten eines entbehrungsreichen Friedens mehrten sich nun die Anzeichen der Bedrohung.

»Ich habe es hier ja noch gut«, flüsterte Dr. Frey und sah sich dabei nach der offenen Tür des Cafés um, als glaube er, einen zufälligen Lauscher durch die Bekundung von Dankbarkeit und Zufriedenheit zu besänftigen.

»Ich habe sogar ein kleines Zimmer! Ich gebe Nachhilfeunterricht, dreimal in der Woche, da gibt es jedesmal etwas zu essen. Ich bin auch sonst gefällig. Wenn mir einer sagt, ich möchte für ihn schnell irgendwohin springen, dann spring' ich schnell. Die Leute können mich allmählich ganz gut leiden, denn sie sehen, daß ich arbeiten will, ich bettele ja nicht. Dies Département ist sowieso viel besser als Marseille. Und dann sag' ich natürlich hier niemandem, daß ich ... was ich halt bin. Man will niemanden belasten.«

Die Unterbrechung des Satzflusses kam wieder durch Stephans Naserümpfen zustande, auf das Dr. Frey nach wie vor geschmeidig achtete. Das Thema Marseille wollte er Stephan dennoch nicht ersparen. Er hoffte vielleicht auch, Stephan mit einer kenntnisreichen Warnung zu dienen, denn eines stand in diesen ungewissen Zeiten fest, daß es nämlich keine sicheren Zufluchtsorte und keine Papiere, die unverwundbar machten, für denjenigen gab, der es sich leistete, sich auf solche herausfordernden Privilegien hochmütig zu verlassen.

»Mein Vetter hat in Cannes gewohnt, ein wohlhabender Mann mit den besten Papieren«, sagte Dr. Frey, »aber der neue Präfekt hat gleich durchgegriffen dort. Ich habe etwas in der Richtung gehört und habe meinen Vetter noch gewarnt. Er ist geblieben, und jetzt haben sie ihn geholt, zum Arbeitseinsatz. Nein, hier muß man keine Angst haben, hier ist alles ruhig, es interessiert hier keinen, ob man... wenn man sich vernünftig benimmt, was man da ist.«

»Wie hieß denn der Vetter?« fragte Stephan, um irgend etwas zu fragen; er vergaß dann auch den Namen, den Frey ihm nannte, auf der Stelle wieder. Frey hatte das Verschwinden dieses Verwandten offenbar hingenommen wie ein Naturereignis. Er grämte sich wohl nicht besonders, wahrscheinlich fehlte ihm vor allem die gelegentliche Unterstützung, die ihm der Mann zuteil werden ließ, solange er noch in Cannes lebte. Frey schien überzeugt, daß nur der das rettende Ziel erreichen werde, der nicht auf die rauchenden Stätten der Vernichtung zurückblickte. Er wurde durch diese Art der Darstellung für Stephan nebenbei allmählich etwas angenehmer. Das Unheil sah vorübergehend nicht mehr bedrückend aus und forderte auch nicht mehr den Protest, die Klage oder gar den Beistand dessen, der davon vernahm. In diesem Stadium ihrer Unterhaltung fragte Stephan, ob Frey nicht etwas zu trinken wünsche, er könne gut zu diesem kleinen Weißwein raten, der ihm nun schon wochenlang bekomme. Frey stand sofort auf, um die Bestellung nach drinnen zu tragen, als sei es in seiner Position nicht recht angebracht, den Kellner zu bemühen, der an einem der hinteren Tische über eine Suppe aus dicken Bohnen gebeugt saß, wie in den Rekonstruktionen der Ethnologen die ersten Menschen sich über das rohe Fleisch eines frisch gerissenen Stücks Wildbret neigen.

Die Straße war um die Mittagsstunde ausgestorben. Die Fensterläden der Häuser waren zugeklappt, die Häuser sahen aus, als schliefen sie, und daran änderte auch nichts, daß Frey hinter jedem Laden einen Menschen vermutete, der durch die Ritzen die Straße im Auge behielt. Das Gefühl, allmählich bei Stephan an Boden gewonnen zu haben, berauschte Freys gesprächsentwöhnten Kopf. Als er vorsichtig mit zwei randvollen Gläsern aus dem Café trat, wirkte er fast heiter und so selbstverständlich wie ein liebenswürdiger Gastgeber. Er rückte nun auch den Stuhl herum, sah Stephan endlich voll ins Gesicht, hob das Glas zum Dank und begann wieder zu sprechen, mit anderer, mutigerer Stimme. Stephan dachte angestrengt darüber nach, woher er diese Stimme kannte, Assoziationen tauchten auf, ließen sich aber nicht festhalten. Seine Gewißheit, daß die Art, in der Dr. Frey sich jetzt benahm, ihn an etwas ganz Bestimmtes erinnerte, nahm dabei noch zu. Plötzlich aber sah Stephan das Bild des Dinter, Heinz wieder vor sich und hörte ihn wohlgemut perorieren, und es kam ihm vor, als habe sich Dr. Frey in anderer Gestalt bereits in seine Erinnerungen eingeschlichen.

Der Dinter, Heinz glich körperlich dem Dr. Frey in keiner Weise. Er war lang und hatte kräftige, grobe Knochen und fettes, dickes blondes Haar, das Gesicht war teigig, er sah aus wie ein Nachtkellner und ließ sich von einem schmutzigen, aggressiven Köter begleiten, der wohl auch Blut von einem Schäferhund mitbekommen hatte. Der Dinter, Heinz war Stephans Schulkamerad auf dem Gymnasium gewesen, das er wegen unbedeutender Verfehlungen, die in seinem frühentwickelten Händlergeist wurzelten, nach den ersten Klassen wieder verlassen mußte. Dann hatte er sich als Kommis im väterlichen Pelzgeschäft herumgedrückt, und die ehemaligen Klassenkameraden begegneten ihm ehrfurchtsvoll, weil er Billard spielte, weite Anzüge trug und mit einer Zigarette im Mund über seine komplizierten Verbindungen zu mehreren Damen eine lebemännische Klage führte. Seinen weiteren Lebensweg verfolgte Stephan nicht. Er sah den Dinter, Heinz jahrelang nicht mehr und fragte sich niemals, was aus ihm geworden sei. Über das Wiedersehen mit dem früheren

Mitschüler war Stephan erschrocken, denn der Dinter, Heinz hatte sich sehr verändert, und Stephan brauchte lange, bis er ihn überhaupt wiedererkannte, was der Dinter, Heinz ebensowenig zu bemerken schien wie die peinliche Betroffenheit, die auf das mühsame Wiedererkennen folgte, während der Dinter dröhnende Reden führte, die man noch auf der anderen Straßenseite verstehen konnte. Die Begegnung fand vor einer kleinen Kneipe statt, unter einem Schild, auf dem »Kutscher und Chauffeure – halt!« stand und wo sich schon am Vormittag ein fideles Publikum versammelte.

Es war kein Zweifel darüber möglich, daß Dinter zu den Stammgästen des Unternehmens gehörte. Kurz nachdem er die Türe geöffnet hatte, erschienen zwei nicht mehr ganz standfeste Männer im Türrahmen und forderten den konversierenden Heinz zur Rückkehr an den Tresen auf, was dieser aber gravitätisch zurückwies. Seine Laune war durch die Intervention seiner Freunde gestiegen. Er dachte nicht daran, Stephan gehen zu lassen, und fragte ihn akribisch über das Schicksal alter Klassenkameraden aus, von denen Stephan längst nichts mehr wissen wollte.

»Na, und bist du noch so ein Schlimmer wie früher?« fragte der Dinter, Heinz und berührte jetzt sogar mit seiner blauroten Hand Stephans Mantelärmel. Stephan sah an ihm vorbei und sagte: »Aber hör mal, ich war doch kein Schlimmer.«

»Hoho«, lachte der Dinter, Heinz, als stehe er vor einer großen Gemeinde. »Jetzt tu du mal nicht so unschuldig. Du warst ja einer der Schlimmsten. Aber du hast es eben hier gehabt.« Dabei tippte er sich mit schwarzem Fingernagel auf die Stirn. »Und deshalb konnten die nicht an dich ran«, rief er und ignorierte in der Begeisterung, die er den alten Erinnerungen schuldig zu sein glaubte, Stephans immer sichtbarer werdende Verlegenheit. »Du und der Karl-Heinz, ihr wart die Schlimmsten«, sagte der Dinter, Heinz, und Stephan tappte erneut in die Falle.

»Karl-Heinz war doch gar keiner bei uns«, murmelte er und empfing sofort die Quittung für diesen Gesprächsbeitrag.

»Und ob«, rief der Dinter, Heinz, »und ob der bei uns war. Jetzt tu mir aber mal nicht so, als ob du den Karl-Heinz vergessen hättest, das darf ich ihm aber gar nicht sagen.«

Stephan war überrascht, wie mühelos er diesem Wegelagerer wieder entkam, denn als er ohne die geringste Hoffnung, den Dinter, Heinz damit beeindrucken zu können, mit schwacher Stimme etwas von einer geschäftlichen Verabredung sagte, bemerkte er, wie der Trinker geradezu Haltung annahm und mit der leidenden Seriosität des überlasteten Großkaufmanns erklärte, nun auch seinerseits wieder seinen Geschäften nachgehen zu müssen. Damit reichte er Stephan seine klebrige Hand und ging eilig in das Wirtshaus zurück, wo ihn seine lärmenden Freunde bereits erwarteten.

Was Stephan verblüffte, daß nämlich der Dinter den Ruf der Pflicht so beflissen hinnahm, lag eigentlich von Anfang an in seinem ganzen Verhalten begründet. Das schlechte Gewissen war für ihn schon seit langem nicht mehr als ein Zustand, der in Gemeinschaft mit dem morgendlichen Kater auftrat und zugleich mit diesem wieder verschwand. Seitdem er aus dem väterlichen Geschäft geflogen war, lebte er schlecht und recht in den Tag hinein, ohne noch groß Scham zu empfinden. Auch das heulende Elend, das ihn zuzeiten überkam, führte ihn nicht zur reuevollen Betrachtung seiner Lage, sondern war nichts anderes als das Gegenstück seiner alkoholischen Euphorie und gehörte wie sie in die Region des Rausches. Dennoch befielen ihn, etwa in dem Augenblick, als er Stephan draußen vorbeigehen sah, Sehnsüchte nach einem Leben, das er weggeworfen hatte, von dem er aber nach den ersten morgendlichen Schnäpsen glaubte, daß es ihm als Möglichkeit nach wie vor offenstehe. Seine aufdringlichen Reden richteten sich daher in Wahrheit gar nicht an Stephan, sondern sollten ihn selbst davon überzeugen, daß er noch Manns genug sei, sich seinen geachteten Platz im bürgerlichen Leben zurückzuerobern.

Im tiefsten seiner Seele war er dennoch mißtrauisch über die Wirkung, die er eben hervorgerufen hatte, und das nicht ohne Grund, denn selten war die Verwüstung seiner Person dermaßen sichtbar geworden wie in der Unterhaltung mit Stephan, in der er sich mit aller Kraft, die er aus seinen Schnäpsen schöpfte, bemüht hatte, an die alten hoffnungsreichen Zeiten ihrer gemeinsamen Jugend anzuknüpfen. Gerade da, wo der Dinter, Heinz also versucht hatte, sich den Lebensgesetzen, die Stephan für ihn darstellte, wieder zu nähern, stieg die unübersteigbare Mauer vor ihm auf, die die Trunksüchtigen von den Menschen trennt, denen es geglückt ist, mäßig zu bleiben.

Stephan nahm nun, als Dr. Frey entspannter und gelöster zu sprechen begann, eben diese Mauer wieder wahr, die nicht nur die Schranke zwischen den Süchtigen und den Gesunden bildete, sondern die ganz allgemein die Glücklichen von den Unglücklichen scheidet und mit Strenge verhindert, daß die Bewohner dieser umgrenzten Reiche sich jemals auch nur ein Bild über die Zustände in dem anderen Bezirk machen können. Die Unglücklichen empfinden geradezu mit Selbsthaß ihren Makel, der sie aus den seligen Gefilden entfernt hat. Sie spüren, wie abstoßend sie wirken, und sie phantasieren sich über das Glück, das sie einmal besaßen und für immer verloren haben, das tollste Zeug zusammen. Die Glücklichen hingegen bemerken ihren Zustand nur an dem geheimen Grauen, das sie befällt, wenn sie einem Unglücklichen begegnen. Die Regungen des Mitleids, die sie aus solchem Anlaß verspüren, sind mit scheuen Opferhandlungen, an die höheren Mächte gerichtet, verbunden, die die Schatten verscheuchen sollen, welche die Erscheinung eines Unglücklichen an den stets hellblauen Horizont geworfen hat. Dr. Frey als Bittsteller zu sehen, den er mit einem Bündel Banknoten hätte abfinden können, wäre Stephan gerade noch erträglich gewesen. Den von hundert Bluthunden gehetzten Dr. Frey jedoch neben sich beim Weißwein plaudernd zu erleben, das war für Stephan nur noch Verkehrtheit, denn es ging gegen die Natur, die von Anbeginn der Welt auf Ordnung unter den Menschen gesehen hatte.

Die erste Möglichkeit seit langem, im heimatlichen Idiom mit einem Landsmann die schlimme Lage zu beraten, hatte Dr. Freys Vorsicht eingeschläfert. Auch hielt er wohl mit der Weißweinbestellung das Eis für gebrochen. »Bis jetzt habe ich mich hier vollkommen sicher gefühlt«, sagte Dr. Frey. »Ich habe ja sogar auf französischer Seite gekämpft. Stellen Sie sich vor, ich habe hier sogar einen französischen Paß bekommen. Aber ich mußte dem Unterpräfekten versprechen, daß ich ihn bei Kriegsende zurückgebe. Und jetzt kommt das Böse, das gestern nacht passiert ist, und daran ist ausgerechnet dieser Paß schuld. Ich bin kurz nach Mitternacht geweckt worden und mußte zur Polizei. Dort waren noch eine ganze Reihe anderer... zum Teil habe ich die noch nie gesehen – wo die sich wohl den ganzen Tag aufhalten? Narbonne ist doch nicht groß. Deshalb habe ich auch nie versucht, mich zu verstecken, man macht sich nur verdächtig, finden Sie nicht auch?« Stephan hoffte längst nichts anderes mehr, als daß diese Unterhaltung ein Ende fände. Er ahnte, daß er zum letztenmal in diesem Café gesessen hatte, das als Oase seiner Einsamkeit unwiederbringlich zerstört war. Er untersuchte nachdenklich den Inhalt seiner Brieftasche, die noch angenehm dick war. Vor allem enthielt sie einen Dollarvorrat, den er bisher noch nicht angebrochen hatte. Gerade wollte er sich ermannen und den Redefluß von Dr. Frey mit der barschen Frage: »Also wieviel wollen Sie von mir?« unterbrechen, als Dr. Frey sagte: »Daß dieser Paß, um den ich so herumgelaufen bin, mich jetzt noch ins Unglück bringen soll. Mein Geburtsort ist dort mit Straßburg angegeben, sehr geschickt, damit kann ich hier meinen Akzent erklären. Ei, von wegen. Straßburg gehört jetzt wieder zu uns, und die Elsässer werden gezogen, in die Wehrmacht oder zum Arbeiten ins Reich. Wir bekämen noch Bescheid, wir sollten uns aber schon mal bereithalten. Wenn ich noch verheiratet wär', das könnte man angeben, ist gesagt worden. Da gäb es vielleicht Aufschub. Aber geheiratet hab' ich grad nicht. Ich war in Prag kurz davor, aber in den Zeiten, hab' ich gedacht, schlägt sich jedes besser allein durch, und später mal, wenn alles vorbei ist, kann man sehen, ob es noch geht. Jetzt frag' ich Sie, Herr Korn, Sie kennen sich aus – was soll ich machen?«

Stephan mußte lächeln, kein Lächeln der Schadenfreude selbstverständlich, aber ein Zeichen, daß ihn die schreckliche Komik dieser Verstrickungen unwillkürlich reizte. Er versuchte das Lächeln dadurch zu mildern, daß er eine Grimasse schnitt, die Frey sich auslegen mochte, wie er wollte, durch die er sich aber nicht mehr verhöhnt vorkommen mußte. Er sitzt richtig im Loch, dachte Stephan, aber die Erscheinung Freys hinderte ihn, die ganze Bedeutung dieses Urteils zu ermessen. Frey besaß zu viel Geschicklichkeit, er wirkte zu wenig und zu servil, als daß Stephan ihn eines tragischen Schicksals für wert empfunden hätte. Freys Zwickmühle war das Ergebnis eines verlorenen Spiels, das dieser mit List und Tücke viel weiter getrieben hatte, als es nach menschlicher Voraussicht denkbar gewesen wäre, das er aber schon deshalb nicht gewinnen konnte, weil er seine Nase zu tief in den Straßenstaub gedrückt hatte, um Spuren zu suchen und zugleich niemandem aufzufallen, und weil er sich niemals aufgerichtet und die Lage in ihrer Komplexität studiert hatte. Stephan wehrte sich übrigens gegen dieses Gefühl der Genugtuung, das ihn bei dem letzten Teil der kummervollen Erzählung Freys beschlichen hatte. Er war kein schlechter Mensch, und wenn er sich auch bei den Hasenjagden, die einer seiner Frankfurter Freunde, der einen Besitz in der Wetterau hatte, in jedem Herbst veranstaltete, ebenso über die raffinierten Haken der Hasen amüsieren konnte wie über ihren kleinen Purzelbaum, der anzeigte, daß der Schrot sie tödlich getroffen hatte, gab es in seiner Seele doch eine Schranke, die ihn hinderte, ein solches Vergnügen auf menschliche Verhältnisse zu übertragen.

»Vier Möglichkeiten habe ich mir ausgerechnet«, flüsterte Dr. Frey und beugte sich über den Tisch. »Der Bischof von Toulouse hat ein Schloß, wo fast hundert von uns wohnen sollen. Aber da weiß man erstens nicht, ob sie mich noch nehmen, und zweitens, ob das nicht doch eines Tages eine Falle ist. Wissen Sie, ich bin nie gerne da, wo noch so viele andere sind. Dann könnte ich versuchen, nach Spanien zu kommen.« Stephan machte ein betroffenes Gesicht, denn es dämmerte ihm, daß Frey vielleicht noch viel mehr von ihm verlangen könnte als Geld, und Frey beeilte sich denn auch gleich hinzuzusetzen, daß er zu Fuß zu gehen denke. »Dabei ist aber eine Gefahr: Die Spanier kontrollieren einen Streifen von hundert Kilometern hinter der Grenze. Wen sie da erwischen, den liefern sie aus, wer da durchkommt, der darf bleiben.« Diese Behauptung kam Stephan wie ein echtes Flüchtlingsgerücht vor. Er konnte sich nicht vorstellen, daß es auf der spanischen Seite eine solche Vorschrift geben sollte, aber er trat dem, was er für die auswuchernde, weltfremde Phantasie eines naiven Schlaukopfs hielt, nicht entgegen, denn er hatte nicht vor, Dr. Frey große Lust auf Spanien zu machen. »Ich glaube, die hundert Kilometer halte ich nicht durch«, sagte Dr. Frey, und Stephan nickte bedenklich mit dem Kopf.

»Dann wäre natürlich die Möglichkeit, nach Deutschland zu gehen, denn ich habe ja meinen neuen Paß. Vielleicht könnte ich dann auch was für die Eltern tun. Aber wenn mich einer erkennt...« Dr. Frey versagte sich, Stephan die Folgen seiner Entlarvung in Deutschland auszumalen, und Stephan bestärkte ihn in seinen Sorgen und sagte: »Also zurück nach Deutschland – dazu rat' ich Ihnen selber net.«

»Dann bleibt zum Schluß noch Dableiben und Abwarten«, sagte Dr. Frey und machte eine Handbewegung, als lege er seine letzte Karte auf den Tisch. »Es sind noch ein paar Tage Zeit, und vielleicht wird nicht jeder aufgerufen. Vielleicht kann man auch einen Antrag stellen, irgend etwas nachweisen, oder«, sagte er mit Galgenhumor, »ich heirate vielleicht noch schnell.«

Dr. Frey hoffte wohl, daß Stephan mit ihm über seinen Witz lachen würde, aber sein Gegenüber war abgelenkt. Die Glastür des »Hotels Midi« hatte sich nämlich geöffnet, und heraus trat in einem weißen Leinenkleid mit einer großen Badetasche Aimée, die sich geblendet umsah, Stephan im Schatten der Caféterrasse entdeckte und dann hinüberging. »Oh, da kommt Frau Korn«, sagte Dr. Frey respektvoll. Die beiden Männer standen auf, um Aimée zu begrüßen.

»Ich bin in der Badewanne ertrunken«, sagte Aimée. Dr. Frey stellte sich selbst vor, und Stephan steckte seine Hände wieder in die Hosentaschen. »Störe ich euch?« fragte Aimée und betrachtete Dr. Frey und Stephan mit ihren kühlen Augen. »Aber was«, antwortete Stephan, »wir haben nur geschwätzt. Herr Frey, ich mach' mir mal ein paar Gedanken. Wir sehen uns wieder.«

Frey schenkte Aimée einen schwärmerischen Blick beim Abschied. Er sah aus, als habe er bei ihrem Anblick das dürftige Gespräch mit Stephan vergessen.

»Wohin mag er jetzt wohl gehen?« dachte Stephan und sah dem zielbewußt davoneilenden Frey nach, bis die kleine Gestalt unter den Platanen der Hauptstraße verschwunden war. Aimée holte ihn aus seinen Gedanken: »Ich hab' Hunger«, sagte sie, »aber ich weiß nicht, worauf ich Lust habe.«

»Ich find' schon was.«

»Dann streng dich mal an«, sagte Aimée in einem Tonfall, der keinen Zweifel daran ließ, daß sie dem Ergebnis seiner Bemühung ungeduldig entgegensah.

Daß Stephan und Aimée nun schon monatelang zusammen lebten, war ihnen beiden nicht richtig klargeworden. Sie lebten ohne Erinnerung und ohne Pläne in den Tag hinein, sie sprachen nicht über sich und ihre Gefühle, und sie empfanden vielleicht nicht einmal, wie anders ihr Leben geworden war, seit sie sich gefunden und nicht mehr voneinander getrennt hatten. Sie waren wie zwei Kletten, die der Herbstwind zusammengetrieben hat, die nun ineinander verhakt sind und eine Weile auf den Kieswegen eines Parkes hin und her rollen, bis ein Junge sie aufhebt und auseinanderreißt, weil er sie zwei kleinen Mädchen, die in der Nähe spielen, ins Haar setzen will. Keiner von beiden hätte sagen dürfen, daß er den andern erobert habe. Selbst ob sie verliebt seien, hätten sie wohl nicht zu sagen gewußt.

Einige Stunden, nachdem sie sich kennengelernt hatten, war entschieden, daß sie sich so bald nicht verlassen würden. Stephan glaubte, wenn er sich später zu erinnern suchte, dieser magische Augenblick sei bei ihnen beiden in genau derselben Minute eingetreten. Seine Täuschung war verzeihlich, denn Aimée hatte ihm nicht gestanden, daß sie bereits bei seinem Eintreten in das halbdunkle Zimmer, in dem sie sich begegneten, in ein unruhiges Nachdenken darüber verfallen war, ob und wo sie ihn schon einmal gesehen habe, zu einem Zeitpunkt also, in dem Stephan sie noch gar nicht näher ansehen konnte, denn Aimée war ihm vom Hausherrn nicht vorgestellt worden, und Stephan konnte nur eine vage Verbeugung in ihre Richtung machen, während er auf die Fragen des Künstlers antworte.

Stephan hatte eine ziemlich lange Autofahrt hinter sich, denn sein Chef, Admiral Leahy, residierte seit der französischen Niederlage nicht mehr an der Place de la Concorde, sondern war mit einer langen Lastwagenkolonne nach Vichy ausgewichen, wo sich sein immer noch recht zahlreicher Stab auf der ersten Etage eines großen Kurhotels zusammendrängte. Stephan haßte die Atmosphäre von Vichy, wie sie sich durch die zwangsläufigen Provisorien ergab, die der überhastete Umzug der Regierung in den alten Badeort mit sich brachte. Die Welt von Vichy schien für Stephan ausschließlich aus Männern zu bestehen, düsteren, ernsten, wichtigen Männern, voller Pläne, Überzeugungen, Informationen und geheimer Aufträge. Vor allem war es beinahe unmöglich, dem aus dem Weg zu gehen, was Stephan am meisten fürchtete: den Diskussionen nämlich, die sich bei den gemeinsamen Mahlzeiten, an den Vormittagen, die Stephan fast beschäftigungslos und ein wenig geniert mit vier weiteren Mitarbeitern in dem überheizten Hotelzimmer verbrachte, und in den Cafés ergaben, die er schon nicht mehr aufzusuchen wagte, weil mit Sicherheit alsbald ein paar bekannte Gesichter auftauchten, um ihn zu fragen, ob er glaube, daß die Vereinigten Staaten doch noch in den Krieg gegen Deutschland einträten, oder ob er es für möglich halte, daß Roosevelt ein Geheimabkommen mit Hitler zur Bekämpfung des Bolschewismus geschlossen habe. Draußen aber war es naß und ungemütlich und nicht zu Spaziergängen animierend, obwohl die Stadt, abgesehen von dem aufgeregten Scheinleben rund um das »Hotel du Parc«, wie ausgestorben dalag und man auf den Gängen durch den Quellengarten kaum einem Menschen begegnet wäre.

Als Stephan zusammen mit Mr. Homan Potterton, dem Botschaftsrat, beinahe als letzter der ganzen Botschaft, abgesehen vom Botschafter selbst, in Vichy ankam, glaubte er zunächst noch, dem Aufenthalt in der Auvergne etwas abgewinnen zu können. Mr. Potterton war zwar gewöhnlich ein bis zur Steifheit würdevoller Staatsdiener mit an den Kopf geklatschtem Haar und einer Korrektheit im Auftreten, die Stephan vom ersten Tag an eingeschüchtert hatte, weil er in ihr den lebenden Vorwurf des arbeitsamen Professionellen gegen die eigene dilettantische Hilflosigkeit sah, zeigte auf der Autofahrt nach Vichy jedoch auf einmal die andere Seite seines ungenialen, aber pflichtbewußten Charakters: Er hatte für einen Picknickkorb gesorgt, der die Lage der beiden Reisenden im vollbepackten Wagen zwar zunächst keineswegs bequemer machte, der sich bei seiner Öffnung in der Nähe von Blois jedoch als ein kunstvoll komponiertes Wunderwerk der großen Küche erwies.

Homan Potterton hatte alten Burgunder mitgenommen, dazu eine große Geflügelpastete in der Kruste, Sandwiches mit Mousse au jambon und Mousse au saumon, um Appetit zu machen, und einen flachen Karton mit einer geleebedeckten Apfeltorte als Dessert. Er verlor beim Auspacken des Korbes keineswegs die leicht gereizte Konzentration, die allen seinen Handlungen anhaftete, aber der Umstand, daß er nun nicht mit einem Telephonhörer oder einem Aktendeckel operierte, milderte Stephans Urteil über den gefürchteten »Eisschrank«, wie Potterton von seinen Kollegen genannt wurde. Er entdeckte in ihm nun den feierlichen Genießer, wie er unter ältlichen, resignierenden Zölibatären anzutreffen ist, und er scheute sich nicht, seinem Reisegefährten ein hohes Lob zu spenden, während Potterton mit gerunzelter Stirn überwachte, daß Stephan auch von allem versuchte und sich im Genuß nicht zurückhielt. Als die Geheimnisse des Korbes erschöpft schienen, kam es zu Homan Pottertons Triumph. Er holte aus einem Etui eine Art strahlend vernickelter Bombe hervor, öffnete die Autotür und suchte ein ebenes Plätzchen, um das Gerät senkrecht aufstellen zu können, nachdem er ein System feiner Röhrchen zusammengeschraubt und der Nickelkapsel aufgepflanzt hatte. »Ich habe sie noch niemals ausprobiert, es soll aber kinderleicht sein«, sagte er, und Stephan fürchtete, daß Potterton, der mit der Ungeschicklichkeit eines Riesen, der die Wirkungen seiner Kraft nicht kennt, an den feinen Leitungstellen herumzerrte, die Röhrchen verbiegen oder zerbrechen könnte.

»Dies ist ein Geschenk vom italienischen Militärattaché«, sagte der ins Schwitzen geratene und immer ungeduldiger montierende Potterton, »eine Espresso-Maschine für Offiziere; diese hier war nach seinen Worten schon bei den Kämpfen um Duino dabei – kennen Sie zufällig Duino?« Dabei sah er Stephan scharf an, während ihm eine dünne, fette Haarsträhne ins Gesicht fiel. »Ein schönes Fleckchen Erde gewesen – vorher. Nachher –« Er schloß seinen Satz mit einer Bewegung, als schlage er mit der Handkante einen zierlichen Spielkartenpalast zusammen. »Und so wird es bald überall aussehen. Hoffentlich haben Sie sich noch mal gut umgesehen.«

Sein Gesicht kam Stephan wie ein großer weißer Mond vor, als Potterton diese apokalyptische Vision verkündete. So spricht ein Lehrer, der dem Gestotter eines Schülers eine Weile zugehört hat, in die Stille der Klasse hinein mit eiserner Ruhe: »Setzen! Sechs!« So fühlte Stephan sich durch Potterton zensiert, als ob dieses böse Ende Europas auch ihm zuzuschreiben sei oder doch jedenfalls auch eine Stephan zugedachte Bestrafung enthalte.

Es war ein dunkler Tag. Stephan glaubte plötzlich, mit Homan Potterton durch die Luft zu reisen, als hätten sie beide ein utopisches Gefährt bestiegen, um die schuldige Welt in Richtung auf die Galaxis zu verlassen. Stephan hatte die Orientierung verloren. Er wußte nicht einmal, ob sie von rechts oder von links gekommen waren, als Potterton hatte halten lassen, weil ihm die windgebeugten Brombeerbüsche einen guten Windschatten für ihre kleine Reisemahlzeit zu bieten schienen. Welch freundlicher Abschied! Das Auto war warm, im Mund hatte sich ein zarter Geschmack kostbarer Speisen mit dem milden Salz des Speichels gemischt. Jetzt begann es, während die Maschine draußen leise zischte, nach Kaffee zu duften. Sie würden ihn aus kleinen Nickelbecherchen trinken, die Potterton schon auseinandergeschraubt hatte. Obwohl der Espresso kräftig gebraut war, hatte er keine aufputschende Wirkung auf Stephan. Die leichte Schläfrigkeit, die ihn nach jedem Mahl befiel, blieb auch diesmal nicht aus, und da Potterton es sich nicht nehmen ließ, alle benutzten Gegenstände selbst zu reinigen und wieder zu verpacken, gab Stephan dieser Müdigkeit nach und schlief, eingekeilt zwischen einer Schreibmaschine und einem Aktenkoffer, sanft ein. Als er erwachte, fiel sein benommener Blick auf die golden in der Abendsonne funkelnde Kuppel einer großen Moschee.

Diese Moschee wurde in den nächsten Wochen seine Zuflucht. Vichy war, von der Moschee abgesehen, kein Ziel, das den Hoffnungen, die die Reise mit Mr. Potterton geweckt hatte, Genüge tat. Kaum, daß sie angekommen waren, mußte Stephan schon fürchten, in der Woge des über ihn hereinbrechenden Kollegengeschwätzes zu ertrinken. Vichy kam ihm vor wie das chemische Destillat des diplomatischen Lebens schlechthin: Was nicht notwendig zur Diplomatie gehörte, war kunstvoll und zugleich radikal aus dem Leben entfernt worden. Die politische Maschinerie, die hier auf hohen Touren lief, der man aber das entscheidende Zahnrad entfernt hatte, das ihre rasende Bewegung einem größeren Gefüge mitzuteilen bestimmt war, stand unter einem Glassturz, und Stephan wehrte sich mit all der Kraft, die seinem Phlegma zur Verfügung stand, dagegen, mit den anderen unter diesen Glassturz zu geraten, denn seinem Lebensgefühl widerstrebte es, sich der Macht kollektiver Träume hinzugeben: Er zog es vor, auf eigene Faust ein Narr zu sein.

Auf einem weißen Stühlchen in der Nähe der Goldkuppel des Grand Établissement Thermal, das in Ermangelung von Kurgästen bis auf weiteres geschlossen blieb, ließ er sich, indem er ägyptische Zigaretten rauchte, weit aus Vichy forttragen.

Stephan dachte nicht an die Störche des Nils, er dachte nicht an Buchara und Samarkand, wenn er am frühen Nachmittag, noch halb taub von dem Gesprächsgewirr des Mittagessens, die goldene Kuppel betrachtete. Auch die Märchen von Tausendundeiner Nacht blieben unbeschworen, denn Feen und Dämonen hatten in der Phantasie Stephans niemals eine Rolle gespielt, nicht einmal Agnes hatte ihm den Sinn dafür geöffnet, weil sie nie Märchen erzählte, sondern immer nur über ihr altes Dillenhausen sprach, das sich für Stephan schon phantastisch genug ausnahm. Als Stephan die Moscheekuppel des Grand Établissement Thermal zum erstenmal sah, hörte er eine Zaubermusik, die kein Komponist geschrieben hatte, die vielmehr, ähnlich der Musik, die aus der Reibung der Sphärenschalen entstand, eigentlich ein Geräusch war, sich aber tiefer in Stephans unmusikalisches Gemüt eingeprägt hatte, als es die eingängigste Swingmelodie vermocht hätte.

Stephan hatte diese Musik bei seinem ersten Besuch in New York vernommen, als er auf der Straße in der Nähe der Wall Street vor einem turmhohen Bankgebäude auf Willy wartete, der mit ihm zu Mittag essen wollte. Es war ein warmer Tag. Stephan fühlte sich frei und wohlgelaunt, denn er hatte den ganzen Vormittag allein verbracht. Und alsbald erlebte er die Aufführung dieser unvergeßlichen Tonfolge, die ihm beim Anblick der blattvergoldeten Kuppel des Thermaletablissements von Vichy so tröstlich wieder ins Gedächtnis trat und deren Wiederbelebung ihm die Nachmittage in der geisterhaften Hauptstadt vertrieb und versüßte.

Ein gepanzerter und vergitterter Lastwagen fuhr vor, aus dem Panzerkasten sprangen zwei Uniformierte mit Maschinenpistolen unter dem Arm. Stephan erkannte nicht gleich, was aus dem Lastwagen geladen wurde, er sah nur, daß es schwere Gegenstände waren, in der Art von Backsteinen, die auf einem Karren akkurat gestapelt wurden. Mit jedem dieser Backsteine aber, die in regelmäßigem Rhythmus aufeinandergesetzt wurden, erklang ein wundersames Klicken. Dies Klicken hatte etwas Verwandtes mit dem Ton, den die höchste Taste des Klaviers hervorbringt, beinahe stumpf, nicht mehr imstande, in sich zu schwingen, und doch war es viel voller im Körper, denn es wurde nicht von der kürzesten Metallsaite eines Pianos produziert, sondern verfügte über ganz andere Resonanzmöglichkeiten. Was Stephans Wall-Street-Klicken und das Klicken der Klaviertaste unterschied, stand auch zwischen der Stimme eines ausgebildeten Kastraten und dem Gesang eines weiblichen Soprans. Einst wurden die Kenner beim Hören der Kastratenstimme zur Raserei gebracht, gewiß durch ihre Ähnlichkeit mit der weiblichen Stimme, nur daß sie dem Zauber des Soprans noch einen unfaßbaren Reiz hinzufügte, der die Hörer süchtig und die singenden Eunuchen reich und mächtig machte.

So rührte das Klicken, das Stephan seit seinem ersten Erklingen auf der frühlingshaften Wall Street nicht mehr vergaß, von Klangkörpern her, deren Beschaffenheit auch ohne die Musik, die sie von sich gaben, auf die meisten Menschen anregend wirkte: Die backsteinartigen Blöcke, die auf den Karren geladen wurden, waren große Goldbarren, deren Gewicht wie auf einem Riegel Kochschokolade in die Vertiefung der Oberseite deutlich lesbar eingeprägt war. Stephan, der von Jugend auf an den leichtfertigen Umgang mit Geld gewöhnt war, vermochte dennoch die ganze romantische Kraft einer Anhäufung puren Goldes zu empfinden. Seine Vorstellung verstieg sich beim Anblick der Moscheekuppel von Vichy in immer beglückendere Konstruktionen, denen, wie allen seinen ungehemmten Träumereien, eine technische Note beigegeben war.

Stephan saß wieder in seinem Doppeldecker und zog seine Kreise über den auvergnatischen Hügeln, scheinbar ohne das Objekt seiner Sehnsucht, die weithin blitzende Goldkuppel des Thermaletablissements, näher zur Kenntnis zu nehmen. Langsam ging er tiefer, und die Kuppel entwickelte sich von oben gesehen zu ihrer vollen Pracht, sie war wie eine riesige Glocke, die eben fertiggegossen ist und nun auf das Turmgerüst geschafft werden soll, für das sie angefertigt wurde, ohne dort natürlich jemals geläutet werden zu dürfen, weil bei ihrem urtümlichen Dröhnen nicht nur der Turm selbst, sondern ganz Vichy einstürzen würde. Stephan hat sich genähert, er schwebt über der Kuppel, er ergreift einen auf dem eisernen Boden hin- und herrutschenden backsteingroßen Goldbarren, und er wirft ihn über dem dicken Knopf, der den höchsten Punkt der Kuppel markiert, ab. Der Barren fällt in Zeitlupentempo, als teile er der Luft etwas von seiner Schwere mit, und nun muß er gleich aufschlagen, und das schreckliche Dröhnen, das die Mauern so mühelos zerreißt wie die Trommelfelle, wird sich in einem vernichtenden Crescendo entwickeln – ja, dies war Stephans kostbarster Augenblick. Er versuchte, seine Dauer zu Minuten zu dehnen, obwohl seine Wirkung eigentlich gerade in seiner Kürze bestand. Das Dröhnen blieb, immer wieder neu überraschend, einfach aus, und statt dessen hörte Stephan nichts weiter als das ersehnte »Klick«, woraufhin sich die Kuppel mühelos aus ihrer Verankerung löste und leicht wie eine Billardkugel davonrollte.

Einmal wurde Stephan während dieser in seiner Arbeitszeit gefeierten Ruhestunden von Mr. Homan Potterton angetroffen. Das war nicht angenehm, denn Mr. Potterton hatte seine Umgänglichkeit wieder verloren, auf die Stephan seit ihrer gemeinsamen Reise setzte, ganz ohne Recht nebenbei, denn das Genießertum war keine schwache Stelle des »Eisschranks«, sondern sogar eine besonders starke, derer er sich nicht nur nicht schämte, sondern der er mit eifersüchtiger und eigensüchtiger Sorgfalt in jeder Lebenslage zu entsprechen suchte, und wäre die Welt darüber untergegangen. Mit der gleichen eisernen Disziplin unterwarf sich Potterton auch den tückischen Regeln der französischen Aussprache. Stephan beobachtete, wie er, wenn der französische Terminus nahte, unmerklich innehielt, dann wie ein Springreiter in hohem Bogen über das Hindernis setzte und beinahe fehlerlos wieder auf dem Boden des Englischen landete, wenn man von den amerikanischen Vokaltrübungen absah, die für Stephan Pottertons Sprache aber noch elitärer wirken ließen.

Aber jetzt im Park unter den kunstvoll beschnittenen Platanen in der Nähe des Grand Établissement Thermal war nicht von Mousse au jambon oder Mousse au saumon die Rede, übrigens auch nicht etwa von expliziten Vorwürfen, dazu wäre sich Mr. Homan Potterton bei weitem zu schade gewesen, und so fand denn zwischen beiden ein betont beiläufiges, verlegenes Gemurmel statt, von dem nur der Kenner ahnen konnte, daß es Stephan Unbehagen bereitete und die Erinnerung an die liebevoll ausgestattete Reise von Paris nach Vichy sich trübte. Dennoch hatte Mr. Potterton offenbar Schwierigkeiten, aus dem Vorfall sofort seine Konsequenzen zu ziehen und Stephan eine dienstliche Auslastung hinfort zu garantieren. Schon in Paris hatte sich Stephan überflüssig gefühlt. Im eingeschränkten Botschaftsbetrieb von Vichy hätte selbst ein Arbeitserfinder von den Graden eines Homan Potterton schwerlich eine Beschäftigung für Stephan ersinnen können. Beiden war die Erleichterung in dieser Not von den Gesichtern abzulesen, als Potterton Stephan zu sich kommen ließ und ihm auftrug, sich anderntags so früh wie möglich nach Paris zu begeben, um eine Reihe von Kommissionen im Namen der Botschaft zu erledigen. Es handelte sich um Bestellungen höchst privater Art, die unerledigt geblieben wären, hätte die Botschaft nicht über einen Gehilfen wie Stephan verfügt. Potterton fand über der Rettung der Disziplin seine Ruhe wieder, und Stephan sah sich für den unabsehbaren Zeitraum von drei Tagen aus dem Reich der goldenen Moschee beurlaubt, in dem es die längste Zeit über so erdrückend langweilig war.

»Das ist jetzt Boris, jetzt wird Boris zurückgebracht«, sagte eine Männerstimme hinter der Etagentür, an der Stephan geklingelt hatte, weil ihm die Adresse, ein altes, hohes Haus in der Nähe des Odéon, auf der Liste des Mr. Potterton genannt worden war. Das einzige Mal, daß Stephan der Name Boris schon begegnet war, lag in seiner Erinnerung viel weiter zurück, als es tatsächlich der Fall war, aber Frankfurt entwich in Stephans Gedächtnis mehr und mehr in die Zonen der Unkenntlichkeit. Ines Wafelaerts besaß einen besonders bösartigen Langhaardackel, den sie Boris getauft hatte, ein Tier, in dessen Charakter sich Feigheit und Bissigkeit tückisch mischten. Boris kannte seine Herrin und nutzte seine Kenntnis zu dem tyrannischsten Betragen, dessen ein Haustier, das in Wohl und Wehe von der menschlichen Geduld abhängt, nur fähig sein kann. An den stillen Sonntagvormittagen ertönte in den Straßen des Westends der wehklagende Ruf: »Boris, mein kleiner böser Schatz.« Denn Ines' ganzes Herz hing an diesem launischen Köter.

Boris hatte sich wieder einmal einen kleinen Manierismus zunutze gemacht, an dem Ines gleichwohl festhielt und den ich selbst noch bei ihr beobachten durfte, die Hundeleine nämlich stets nur mit zwei Fingern, die graziös in Brusthöhe schwebten, festzuhalten. Boris, der scheinheilig eine ganze Weile vor ihr hergetrottet war, preschte plötzlich vor und riß mit scharfem

Ruck die Leine aus ihren Fingern, flitzte um die Straßenecke und schleifte die Leine im Dreck hinter sich her. Ines stand indessen wie eine Mutter am Meeresstrand, die zusieht, wie ihr Kind ertrinkt. Niemals nahm sie die Bosheit zur Kenntnis, mit der Boris ihr einen solchen Schrecken zufügte. Sie erlebte seine Fluchten vielmehr wie ein von niemandem verschuldetes, beiden gemeinsam widerfahrenes Unglück, und sie tröstete den knurrenden Dackel mit bewegten Worten, wenn er wieder eingefangen war, denn sie wollte nun einmal daran glauben, daß Boris unter seinem Ausreißen in Wahrheit noch weit schmerzlicher gelitten habe als sie selbst.

Auch hier nun wurde Boris vermißt, was allerdings das Gute hatte, daß nicht beim Öffnen eines Türspalts solch eine verwöhnte Wurst auf vier Beinen hervorschoß, um Stephan in die Hose zu beißen, weil sie ihn wegen seines dunkelblauen Anzugs für den Briefträger hielt. Die Stimme hinter der Tür entfernte sich wieder, Stephan hörte noch ein schwaches: »Ach Gott, ach Gott« rufen und glaubte, daß geisterhafte Vorgänge im Innern der Wohnung nunmehr ganz von dem Besucher im Treppenhaus abgelenkt hätten. Boris schien nicht dringlich erwartet zu werden. Ines hätte bei dem Verdacht, Boris stehe draußen, die Tür aufgerissen, selbst wenn sie eben noch in der Badewanne gesessen hätte, denn sie lebte in der Überzeugung, daß die großen Augenblicke im Leben des Menschen keine Scham kannten. Die Männerstimme brummte nun wieder ganz nah, und auf einmal ging die Tür auf und ein dicker Mann in seidenem Morgenrock mit ein paar Frühstückskrümeln im langen Bart sah Stephan mit aufgerissenen Augen an.

»Wo ist er?« fragte der Mann. Stephan überreichte einen kleinen Brief.

»Oh, sehr gut«, sagte der dicke Mann, »wir erwarten nämlich jemanden, wissen Sie, der wird uns aber nicht stören – vielmehr, vielleicht wird er uns nicht stören«, fügte er hinzu mit der Nachdenklichkeit des Wahrheitsfreundes, der keine leichtfertigen Zusagen machen will. »Bei mir ist alles stockdunkel«, sagte der Mann, der Stephan durch ein dämmriges, uneingerichtetes Vorzimmer voranging. »Ich bin ein blinder Maler, müssen Sie wissen, so wie Beethoven taub war.« Er zog eine Parfumwolke hinter sich her, die in Gegensatz zu den schwarzen Fingernägeln stand, die Stephan beim Türöffnen aufgefallen waren, obwohl er niemals von sich wie Ines Wafelaerts oder auch Dr. Tiroler etwa behauptet hätte: »Wenn ich einen fremden Menschen kennenlerne, achte ich immer zuerst auf die Hände, Hände drücken so viel aus.«

Stephan sah sich nichts bei einem Menschen genau an, meistens wurde er von der Fülle der einander widersprechenden Eindrücke überfahren und blieb lange dabei, jemanden »nett« oder »weniger nett« zu finden, ohne die Notwendigkeit zu sehen, dieses Urteil zu präzisieren. Die Fingernägel hatte er nicht ohne Mißfallen zur Kenntnis genommen, aber das Parfum roch gut, und die halbdunklen Räume befanden sich in angenehm organischer Unordnung. Plötzlich blieb der Maler vor einer blauweißen chinesischen Vase stehen und zeigte Stephan einen Strauß aus weißem Flieder, zitronengelben Nelken und rosavioletten Cattleya-Orchideen.

»Finden Sie den Strauß auch scheußlich?« fragte er und faßte Stephan wie ein Untersuchungsrichter ins Auge.

»Na, horribel«, sagte eine helle, scharfe Stimme mit östlichen R-Lauten hinter Stephan. Stephan drehte sich um und sah Aimée zum erstenmal, das heißt, er sah ihren Schattenriß, von dem aus die weißen Ritzen der geschlossenen Fensterläden sich zum Rand des Fensters zogen, als werde Aimées Körper graphisch von diesen Lichtlinien gebildet. »Nelken«, sagte die helle Stimme mit einer Verachtung, die Stephan schon deshalb peinlich war, weil er fürchtete, Stellung beziehen zu müssen.

»Diese Sarmatin«, murmelte der Maler, »sie gehört in einem weißen Pianoforte unter hundert Baccara-Rosen beerdigt. Verzeihen Sie bitte, daß ich kein richtiges Licht mache«, fügte er zu Stephan gewandt hinzu, »aber ich vertrage kein scharfes Licht nach dem Aufstehen, na, Sie ahnen schon weshalb, und außerdem... Aber wo Boris bloß bleibt: Sie müßten ihn doch allmählich gefunden haben?«

Stephan konnte sich mit der Zeit in dem Zimmer zurechtfinden. Wie die anderen war es eigentlich kahl. Es gab ein, zwei Sofas, die mit naturfarbenem Rehleder bezogen waren. Auf dem Kamin standen als Wachsoldaten rechts und links zwei Khmer-Plastiken, in der Ecke war ein riesenhafter Zeichentisch mit Arbeitsgeräten, Lampen, Mappen und Gläsern.

»Na, das ist ja alles wunderbar«, sagte der Maler, »Sie wissen schon, daß ich selber Bonnetti bin? Haben Sie mein Photo gesehen? Oder habe ich mich vorgestellt? Beides nicht. Wie dumm. Das liegt an Boris, solange er weg ist, geht alles schief, ist er wieder da, geht auch viel schief, aber anders – wenn Sie wissen, was ich meine. Nun denn aber – Amerika. Wem verdanke ich eigentlich die Ehre?«

Stephan wußte auch nichts Genaues, denn gerade das alles hatte Bonnetti dem kleinen Brief entnehmen sollen, der aber verschwunden war und auch nicht auftauchte, als der Dicke an sich und seinem Morgenrock herumsuchte wie ein Menschenaffe, der seinen Körper auf Parasiten inspiziert.

»Es geht wohl von Mrs. Meyrish aus, einer Freundin von Admiral Leahy«, sagte Stephan dann zögernd.

»Sind das die Meyrishs, für die Sie eine Yacht ausgestattet haben?« fragte aus der entlegenen Zimmerecke mit einer Kälte, die Stephan zusammenfahren ließ, Aimée, die sich offensichtlich, wann es ihr paßte, in die Gespräche des Hausherrn einschaltete.

»Ach Gott, ach Gott, die Meyrish-Yacht«, seufzte Bonnetti traumverloren und fuhr dann auf: »Die Meyrishs denken an mich? Kaum zu glauben. Ich hatte den größten Krach wegen der Rechnung, aber jetzt denken sie an mich. Amerikaner sind wunderbare Menschen.«

»Amerikaner sind überhaupt keine Menschen«, sagte Aimée und zog die Füße auf das Sofa, »außerdem ist es hier wirklich zu dunkel, ich will Ihren Gast anschauen.« Stephan hatte sich inzwischen auf einem adler- und sphingenbestückten Empire-Thronsessel niedergelassen, der weniger wie ein Möbel als wie eine geflügelte Skulptur im Zimmer stand. Er gab sich keine Mühe, sich in der Unterhaltung zur Geltung zu bringen. Seine Mission bestand nur darin, Herrn Bonnetti auszurichten, daß er notieren solle, welche Nahrungsmittel und Gegenstände ihm im besetzten Paris das Leben erleichterten. Meyrishs wollten dafür aufkommen, und die Botschaft in Vichy würde die Vermittlung der Sachen ermöglichen. Oder wünschte Herr Bonnetti vielleicht lieber den Kontinent zu verlassen? Auch dabei könnte geholfen werden.

Aber Bonnetti war mit zu vielem auf einmal beschäftigt, um auf das Angebot überhaupt näher einzugehen, und Stephan, den nun eigentlich hier nichts weiter gehalten hätte, unterließ es nicht nur, ihn zu drängen, sondern machte es sich bequem und schlug die Beine übereinander, als werde sein Besuch noch eine Weile dauern.

»Was für eine wundervolle Vorstellung – Amerika!« sagte Herr Bonnetti, der fortwährend umherlief und damit zu tun hatte, seinen Morgenrock, der drohte, vorn aufzuspringen, zu ordnen und neu zuzubinden. »Sehen Sie, dieser Stoff ist zu rutschig, er gibt sich selbst zu wenig Halt, und ausziehen kann ich ihn nicht, denn ich gehöre zu der revolutionären Generation, die das Nachthemd abgeschafft hat und die nun sieht, daß Pyjamahosen kneifen, wenn man anfängt dick zu werden.« Er schien seine beiden Besucher vergessen zu haben. Stephan freilich kam sich als der einzige Besucher vor, er hielt Aimée für einen festen Bestandteil dieses Ateliers und stellte sich vor, daß Bonnetti sie wie eine Hauskatze ernähre, indem er ihr gelegentlich ein Schüsselchen mit Milch hinstellte.

»Amerika, Amerika. Also, wenn ich alles aufschreibe, was hier fehlt, dann bin ich wohl eine Weile beschäftigt. Oder sollte ich doch lieber gleich nach Amerika gehen? Und mein Atelier? Und Boris? Nein, oh, nein, ich verlasse euch nicht, ich biete den Schurken die Brust«, sang er unter Benutzung einer pucciniësken Phrase und riß den Morgenrock auseinander.

»Vorsicht«, sagte Aimée von ihrer Sofaecke aus, »nicht undelikat sein!« Bonnetti saß schon an seinem Zeichentisch und schrieb wie ein Schulkind, das vor Anstrengung bei diesem Geschäft die Zunge in den linken Mundwinkel schiebt und jedes Wort, das es geschrieben hat, leise vor sich hin spricht: »Blumen, vor allem folgende Tabletten (füge Rezepte bei), Cognac (viel), Whisky (für Boris, am besten auch viel, obwohl es nicht gut ist), Zigarren, Leinwand (gibt es in Amerika anständige Qualität?).«

»Vergessen Sie Butter, Eier und Kohlen nicht«, sagte Aimée, »nicht alle Menschen wollen leben und aussehen wie Sie.« Sie rollte sich auf den Bauch und zeigte die schöne Linie, die vom Berg ihrer Schultern geschwungen zu ihrer Taille herabfiel und sich dann über ihr rundes Hinterteil noch einmal als besonders vollendete Kurve zog. Stephan hörte ohnehin nicht zu und war ganz in die Betrachtung dieses beweglichen Körpers versunken. Als ob Aimée ohne ihn zu sehen bemerkt hätte, daß Stephan sie anschaute, nahm sie mit einer ungeduldigen Geschäftigkeit eine neue Position ein, indem sie dabei ihr Gesicht verzog und tat, als habe sie infam falsch gelegen und sich dabei weh getan. Stephan hatte jetzt nur noch ihr Hinterteil vor sich, denn Aimée war, zumindest aus seinem Blickwinkel, fast zur Kugel geworden, weil sie wie ein Säugling die Knie anzog und ihren blonden Lockenkopf darauf zur Ruhe bettete. Aus dieser Position heraus sagte sie mit Kinderstimme: »Ich will Milch haben und was zu essen, ich will auch Spiegeleier haben und ein Stückchen Brot, nur ein Stückchen Brot.«

»Nur ein Stückchen Brot«, sagte Bonnetti, der von seiner Liste aufblickte und Stephan anklagend in die Augen sah, ohne sich davon stören zu lassen, daß dieser ihm nichts erwiderte, weil er in Aimées Hinteransicht versunken war. »Sie selbst müßten wissen, daß sogar ein deutscher Polizist bei mir kein Stückchen Brot finden würde, seit Sie hierher gekommen sind. Wenn ich nur an Boris denke. Boris wird immer sehr verletzend, wenn er hungrig ist. – Eine indiskrete Frage nebenbei«, sagte er dann mit veränderter Stimme zu Stephan, »Sie sind doch Amerikaner, nicht wahr?« Stephan riß sich von Aimées Hinterteil los und antwortete mit einem verlegenen »Ja«. Willy fiel ihm dabei ein, und er fügte etwas verspätet hinzu, die Familie sei ursprünglich einmal aus Deutschland in die Vereinigten Staaten eingewandert, wobei er offenließ, ob sich dies zur Zeit der Mayflower-Expedition oder etwas später zugetragen habe.

»Dann müßt ihr euch umarmen«, rief Bonnetti, und seine Augen funkelten vor Vergnügen. »Ein Amerikaner und eine Russin – die Herren der zukünftigen Welt.« Bonnettis Lachen wirkte ansteckend auf Stephan. Er lachte ein bißchen mit und sah zu Aimée hinüber, wie Willy es bei einem Witzchen, das mit der Liebe spielt, getan hätte, bis sich das Mädchen aufrollte und er den Zorn in seinen Augen sah, der ihn augenblicklich verstummen ließ, weil er sich geradezu läppisch vorkam.

Bonnetti plauderte weiter: »Was sind die Deutschen doch für romantische Mystifikateure. Ich habe noch nie einen richtigen Deutschen gesehen. Die Deutschen lieben die Zwischenreiche, wo sie mit anderen Nationen, die ihnen wer weiß wie bezaubernd vorkommen, uneheliche Kinder zeugen können. Das sind Träumer, Liebhaber der Geschichten vom geraubten Kind, das bei den Zigeunern wiedergefunden wird. Ich bin ein nüchterner Künstler und für legitime Abstammung. Rom, liebe Freunde, das zählt, nicht wahr? Und Frankreich stammt von Rom ab.«

Es war schwer zu ergründen, worin Bonnettis Bosheit eigentlich lag. Zwischen deutlichen Sottisen wechselte er in verblüffender Geschwindigkeit den Ton, er verfiel in ein parodierend hohles Deklamieren, er rollte mit den Augen und sprach mit klagend greisenhafter Fistelstimme und fing dann auf einmal wieder an, dröhnend wie ein Landsknecht zu lachen und sich selbst damit eine nicht unbeträchtliche physische Freude zu bereiten.

»Es gibt übrigens genau drei Phasen des Wartens auf Boris«, fuhr er, das Thema geschmeidig wechselnd, fort. »In der ersten Phase bin ich gereizt, förmlich, kontrolliert. In der zweiten Phase nehme ich mir vor, ihn irgendwann einmal umzubringen. In dieser Phase befinden wir uns jetzt. In der dritten Phase bin ich bereit, die Dreckspur, die er auf dem Teppich hinterlassen wird, voll Andacht zu küssen. Eine weitere Phase gibt es nicht, denn am Ende der dritten wird er schließlich gebracht.« Stephan wurde sich auf einmal darüber klar, daß Bonnetti möglicherweise keinen Dackel meinte, wenn er von Boris sprach. Vielleicht ein Kind?, überlegte Stephan, sollte Bonnetti einen Sohn haben?

»Woher stammt denn Ihre Mutter?« fragte Aimée mit der Ruhe einer behandelnden Ärztin, die den Redeschwall ihres Patienten als dessen Krankheitssymptom diagnostiziert hat und danach nicht mehr zuhört. »Ach, die Abstammung«, rief Bonnetti fidel. »Muß man denn immer irgendwoher abstammen? Die Abstammung sagt weniger, als man gemeinhin denkt. Sehen Sie, Derain stammt von einer Marktfrau ab, und damit ist gewiß nicht erklärt, warum er immer Äpfel malt. Am schönsten ist aber doch die Herkunft der Helena: aus einem Ei im warmen Sand am Ufer des blauen Meeres zu schlüpfen.« Obwohl Stephan sich nicht für Bonnettis Abstammung interessierte, hatte er bei Aimées Frage die Ohren gespitzt. Uneingestanden bewegte ihn, seitdem er sich in diesem Atelier aufhielt und Aimée gesehen hatte, eigentlich nur die Frage, in welcher Beziehung Bonnetti und das Mädchen zueinander standen. Zum einen bestand zwischen ihnen ja wohl ein hoher Grad an Vertrautheit, sie waren für Stephans Gefühl in einem beinahe demonstrativen Ausmaß ungezwungen, denn Stephan war konventionell genug, um sich die Situation, wie er sie vorgefunden hatte, zuerst nur im naheliegenden Sinne zu deuten: Es war später Vormittag, der Mann trug seinen Morgenrock nicht etwa als elegante Interimslösung, sondern weil er sonst gar nichts anhatte. Das Mädchen war zwar angezogen, aber es räkelte sich auf dem Sofa, als sei es im Bett. Es zeigte nicht die geringste Spur von Verlegenheit und schien in diesen Räumen sein Nachtschattenleben zu verbringen. Gut, die beiden sagten »Sie«, wenn sie sich anredeten, oder besser »vous«, denn das war etwas anderes, und Stephan hatte sich inzwischen durchaus so weit einweihen lassen, daß ihm klargeworden war, der Gebrauch der Anrede »vous« müsse nicht immer und nicht in jedem Milieu der sittsamen Distanz des deutschen »Sie« entsprechen. Aber wenn dies blonde Kind sich so angelegentlich vor einem Dritten nach Bonnettis Mutter erkundigte, dann war es möglicherweise doch nicht einfach – Stephan suchte nach einem Wort, das ihm genehm war – Bestandteil des Haushalts, sondern vielleicht erst vor kurzem in die Vormittagsruhe dieses Appartements hineingeraten?

Es war eigentlich nicht sehr wohlerzogen von Bonnetti, daß er sie mit keinem Wort bekannt gemacht hatte. Er war doch, wenn man sich in der Wohnung umsah, ein weltläufiger Mann, mit Verbindungen, die Stephan einem Maler, dessen Namen er nicht kannte, gar nicht zugetraut hätte. Stephan dachte an seinen Vater, der Gemälde sammelte, französische Gemälde überdies, und dem seine »Stücke«, wie er sie nannte, Gegenstand einer öffentlich zelebrierten Verehrung waren. Und dennoch sprach Willy vom »Künstlervölkchen« in einem Ton, der nicht nur seiner Ehrerbietung für die Malerei, wenn sie erst einmal bei ihm an der Wand hing, auffällig wenig entsprach, sondern der zugleich ein Element bourgeoiser Geringschätzung enthielt, die Stephan immer etwas peinlich war, die er aber jetzt zum erstenmal verstand. »Was bildet sich der Kerl eigentlich ein«, fragte sich Stephan, »der will auf Händen getragen werden und lebt mitten in Paris herrlich und in Freuden. Den kümmert's gar nicht, wie es jetzt den andern geht, solange er aus Amerika seinen Whisky geliefert bekommt.«

Die Ungerechtigkeit dieser Gedanken mußte Stephan sich nicht reuevoll selbst bestätigen. Es kam ihm auch nicht darauf an, Bonnetti gerecht zu werden, viel weniger noch, seinen Lebenswandel zu erforschen. Stephan wollte etwas ganz anderes wissen. Die Ungeduld, die ihn bei diesem Wunsch regierte, und das Unvermögen, ganz schnell mit einer einzigen schlagenden Frage dieser Ungeduld Genüge zu tun, schuf in ihm einen Grimm, der sich in der abfälligsten Beurteilung Bonnettis zunächst noch erschöpfte. Aimée jedoch kam in diesem Teil von Stephans Betrachtungen nicht mehr vor; er hatte sie in Gedanken schon aus diesen kargen Luxusgemächern hinaus in die frische Luft geführt und in sein Auto gesetzt.

Auf einmal wurde ihm klar, warum Bonnetti, der nach wie vor am Zeichentisch saß, einen dermaßen fahrigen Eindruck machte. Er war in Wahrheit keineswegs fahrig, er war im Gegenteil eifrig bei der Arbeit, tauchte immer wieder den Pinsel ein, mischte Farben und streifte Wasser aus den vollgesogenen Haaren. Was er sagte, war im Grunde nur eine ihn selbst beruhigende Begleitmusik, ein Schutzschild, mit dem er sich weniger die beiden Anwesenden als die eigenen Überlegungen und Bedenken vom Halse hielt.

»Ich male ein Bild für Madame Meyrish«, erklärte er beiläufig. »Ich bin so analphabetisch, daß ich ihr nichts schreiben kann, und sie liebt das Improvisierte über alles.« Ohne den Kopf zu heben, sprach er mit der albernen Kopfstimme des Transvestiten, zugleich einen affektierten amerikanischen Akzent annehmend, weiter: »Oh, Charlie, wenn Sie improvisieren, dann sind Sie wirklich groß! Ihre Improvisationen sind das Geistvollste, was Sie je für mich gemacht haben! Sie sollten überhaupt nur improvisieren. Das ist Ihre eigentliche Stärke!«

Aimée lachte wie ein Schuljunge, der gekitzelt wird, hoch und japsend. Sie lag nun wieder lang ausgestreckt auf dem Rücken. Stephan sah jetzt, daß sie barfuß war, aber er verstand nicht, wie sie sich so schnell ihre Strümpfe hatte ausziehen können, die sie, als sie auf dem Bauch lag, noch getragen hatte. Es dauerte eine Weile, bis er entdeckte, daß Aimée sich die Seidenstrümpfe auf die nackten Beine geschminkt hatte, indem sie auf die Haut einen zarten Braunton auftrug und die Fersen und Nähte mit einem Augenbrauenstift einzeichnete. Von vorn sahen ihre nackten Füße aus, als sei sie mit ihnen in Mehl herumgelaufen, denn wenn sie die Schuhe auszog, wurde der Trennungsstrich zwischen geschminkter und ungeschminkter Haut deutlich.

»Kommen Sie mal her, Sie kleine Exzellenz«, sagte der nach wie vor mit seinem Aquarellblock befaßte Maler, »ist das was für Madame Meyrish? Ist das was für das Boudoir dieser Freundin aller Künstler? Sie haßt dieses Rosa, das ich da verwende, weil sie eine Amerikanerin mit Europatick ist und deshalb ihr unschuldsvolles Verhältnis zum Pink gestört ist. Ich erkenne die soziale Klasse der Menschen an ihrem Verhältnis zum Rosa: Das ist eine Farbe für Fürsten und für Plebejer, aber nichts für den geschmackvollen Mittelstand.«

»Exzellenz bin ich noch grad net«, sagte Stephan geniert, erhob sich aber brav und ging zu Bonnetti hinüber, unablässig

Aimée dabei im Auge behaltend, die gerade alle in ihrer Reichweite befindlichen mauvefarbenen Seidenkissen zusammengerafft hatte und mit verbissener Miene mit ihnen experimentierte: Sie stopfte sie sich ins Kreuz, riß sie wieder unter sich hervor, drückte sie sich in die Kniekehlen, knautschte sie unter ihren Kopf und versuchte auf jede Weise, aus dem Sofa ein für ihren Körper irgendwie erträgliches Lager zu machen. Stephan fühlte mit ihr, niemand wußte besser als er, wie mühevoll das Ruhen sein konnte, wenn man es mit Ernst betrieb, das heißt eben nicht, wenn man erschöpft war und einfach halb ohnmächtig wegsackte, kaum daß die Beine hochlagen, sondern gerade, wenn man sich diesem Geschäft mit Wissen und Willen widmete.

Dann jedoch ließ es sich nicht vermeiden, daß er Bonnettis Befehlen folgte und die Augen abwandte. Der Maler hatte den unteren Teil des Fensterladens, an dem der Tisch stand, ein wenig hochgeklappt. Ein Strahl weißgraues Tageslicht fiel auf sein Blatt, ohne seine übernächtigten Augen zu malträtieren. Bonnetti hatte von einem größeren Blatt einen schmalen Streifen abgeschnitten. »Madame Meyrish bekommt immer nützliche Geschenke von mir als Bonbon. Sonst habe ich für sie immer die Menükarten gezeichnet. Heute bekommt sie als Belohnung für das viele anstrengende Lesen ein Lesezeichen gemalt.«

»Wann werden Sie ihr denn mal einen Topflappen zeichnen?« fragte Aimées trockene Stimme aus dem Hintergrund.

»Aber Madame Meyrish kocht doch nicht selbst«, entgegnete Bonnetti entrüstet und allzu schnell, um selbst zu merken, daß er Aimée nicht verstanden hatte. Dann schlug er sich auf den Mund, denn er fürchtete stets im geheimen, von langsamem und nicht genügend brillantem Geist zu sein, und hatte sich vorsichtshalber unter seinen französischen Freunden den Ruf des großen Schweigers verschafft. Unter Ausländern, wo er seiner Plauderhaftigkeit ungehemmten Lauf gönnen zu dürfen glaubte, waren ihm Niederlagen aus mangelnder Schlagfertigkeit ein besonders bitteres Memento. Er schielte zu Stephan hin, aber der hatte offenbar nichts mitbekommen, und Aimée blieb ohnehin kalt auf jede Entgegnung. Sie hatte ihren Spaß gehabt und war für die Lehre von der kunstvollen Konversation und ihrem feinen Wechselspiel nicht im mindesten zu begeistern.

»Na, was sagen Sie?« fragte Bonnetti. Stephan fiel nichts Rechtes ein. Wäßrige Farbflecken, ineinander verschwimmend, teilweise zart begrenzt wie ein vom Baum gefallenes Blatt, bedeckten die Fläche, die an den Rändern weiß geblieben war. Unten, in ein chaotisches Gebilde, hatte Bonnetti mit der Füllfeder eine Widmung in seiner verspielten, halb kindlichen, halb graphisch kalkulierten Handschrift gesetzt: »Merci, ma petite Ophélie, pour votre corne d'abondance!« Das Datum und dann als Unterschrift »Charlie«. Bonnetti war offenbar entzückt von seinem Werk und sah Stephan mit einer Erwartung an, als glaube er, etwas dermaßen Schlagendes entworfen zu haben, daß jeder, auch der stumpfeste Amerikaner, darüber in einen Begeisterungsschrei ausbrechen müsse. Die gute Stimmung, in die ihn das Aquarellieren versetzt hatte, trug ihn zum Glück über Stephans Hilflosigkeit hinweg; sie gab ihm sogar noch genügend Schwung, um den uninspirierten Betrachter in das Blatt einzuführen.

»Ich sehe schon, ich muß Ihnen das Aquarell erklären, dann wird es Ihnen gewiß ebensogut wie mir selbst gefallen. Sie denken vielleicht, weil das Aquarell so schnell entstanden sei, könne nicht viel daran sein, das sei bloß eine Skizze, ein kleiner Einfall, ein Impromptu? Keineswegs, mein Lieber, der Sie gewiß noch einmal eine wundervolle amerikanische Exzellenz werden, wenn Sie Ihrer Mama keinen Ärger machen wollen, keineswegs. Sie staunen vielleicht, wenn ich das sage, aber Sie werden es sogleich selbst sehen: Das ganze Leben von Madame Meyrish ist in diesem Blatt enthalten. Hier unten, wo ich meine Widmung hingeschrieben habe, entdecken Sie allerhand Unordnung: kleine zierliche Trümmer von Zwergentempeln, nicht größer als Hundehütten, dies hier ist eine Art Plumeau aus einem Internatsbett, hier ist ein Stück Tennisschläger, vielleicht auch eine Pferdetrense, künstliche Blumen, wie man sofort sieht, oder haben Sie schon mal blaue Rosen gesehen? Also bitte. Das symbolisiert sozusagen die Ausgangsposition von Madame Meyrish: das Vassar College, ›Onkel Toms Hütte‹, Sport, Wohltätigkeitsball mit Hermelin, Protestantismus, Musik aus gestopften Trompeten und all die Sachen, die Sie ja kennen. Und jetzt kommt Madame Meyrishs Seele: zart, sensibel, turmhoch entwickelt, empfindlich für alles Schöne und Wahre bis zur Neurasthenie und todtraurig über das viele Häßliche in der Welt. Das drücke ich durch diesen Berg aus rosa Matratzen aus, ein Berg, so hoch wie das Kaufhaus Bergdorf & Goodman, feinste Matratzen, mit den Augenwimpern von naturgeschützten Schneegänsen gestopft, ungewöhnlich zart. Diese Matratzen türmen sich auf, aber sie sind eben nicht nur ungewöhnlich weich, sie können auch nicht allen Druck von unten wegnehmen, und deshalb leidet Madame Meyrish unter wundem Rücken, bildlich gesprochen. Ihr Leiden ist wichtig, das mußte mit aufs Bild. Und oben sehen Sie so eine Art Tintengespritz, einen wilden, zerfetzten Fleck, von dem aus Tröpfchen noch ins Weiße gesprungen sind. Das ist das sogenannte explodierende Buch. Das explodierende Buch auf der Spitze der rosa Matratzen symbolisiert Madame Meyrishs Erweckungserlebnis, das in einer Kubistenausstellung stattfand. Madame Meyrish sah die Klötzchen vor sich auf der Leinwand, und weil sie eine Suchende war, baute sie sich aus diesen Klötzchen eine neue Welt, und weil sie eine enorme Seele war, legte sie die neue Welt dermaßen großzügig an, daß sogar für mich Platz darin war, der ich doch nur ein schlichter Dekorateur bin – nur ein Dekorateur.« Er richtete sich mit völlig verändertem Gesichtsausdruck auf und sagte leidenschaftlich: »Man sollte sich allmählich davor hüten, die Dekorationen immer noch mit Abfälligkeit zu betrachten, wo die meiste große Kunst doch so ausnehmend scheußlich ist.«

Stephan sah ihn staunend an. Während der listigen Erklärung, die Bonnetti dem Aquarell hatte angedeihen lassen, war er sich häufig nicht recht sicher gewesen, wie das ganze gemeint war, bei einzelnen Bemerkungen hätte er sich dafür verbürgen mögen, daß sich irgendwelche beziehungsreichen Scherze dahinter verbargen, wozu beitrug, daß Aimée hinter ihm sich offenbar auf dem Sofa hin und her warf, wie er dem Ächzen der Polsterung und einem sanften Seufzen entnahm. Diese Unsicherheit wurde durch die Jupiterblitze aus Bonnettis Augen beendet; jetzt konnte Stephan schwören, daß der Bruder Lustig ernst geworden war. »Ich kenne Mrs. Meyrish«, sagte er zerstreut. »Sie haben schon recht.«

»Finden Sie?« fragte Bonnetti düster. »Sie können ihr die Erklärung des Aquarells übrigens gern weitersagen, wenn sie nicht zu unübersichtlich war, sprachlich, meine ich, denn auf dem Bild ist ja alles drauf. Sie haben vermutlich keine Angst, sie zu langweilen? Madame Meyrish kennt meine Gesänge nämlich seit langem, obwohl sie nie zugehört hat, ein spirituelles Wunder.«

»Ja, was denken Sie denn eigentlich von einer Dame?« sagte Aimée. »Was erwarten Sie eigentlich? Sie können doch ein schönes, edles Geschöpf nicht in Ihre trüben Konfessionskriege hineinzerren. Eine Dame hat keine andere Aufgabe als die, à jour zu sein. Wenn Sie partout einer Dame gefallen wollen, dann seien Sie gefälligst à jour, der Rest ergibt sich von selbst. Ich hasse diese Künstlerlarmoyanz. Ins Paradies kommen wir später einmal. Auf der Erde aber ist alles ein Rechenexempel.«

Aimée überzog, während sie, bequemer lagernd, als sie den Anschein gab, an Bonnetti diese Antwort richtete, ihr Erfahrungskonto ganz erheblich. Bonnetti war der erste Künstler, in dessen Atelier sie sich aufhielt und den sie überhaupt hatte näher kennenlernen dürfen. Ein Wort wie »Künstlerlarmoyanz«, das klang, als sei sie bisher dazu verurteilt gewesen, am Krankenbett hypochondrisch unrasierter Lyriker deren Klagegesang zu lauschen, durfte sie eigentlich nicht mit der Selbstverständlichkeit gebrauchen, die sie den Herren vorführte. Dennoch hieß es Aimées Fähigkeiten erheblich unterschätzen, wenn man ihr, angesichts ihres offensichtlichen Mangels an Einblicken und Erlebnissen, darum gleich jede Erfahrung abgesprochen hätte. Aimées Geist war in einer sehr seltenen Ausprägung ausschließlich auf die Absorption sinnlicher Eindrücke ausgerichtet. Sie fraß Gerüche und Geschmäcker, Farben und Formen, Sprachen und Klänge ebenso gierig wie ihren Kartoffeleintopf, aber sie verdaute sie gründlicher als diesen, denn während der Pot au feu sie stets hungrig zurückließ, wuchsen aus den winzigsten Erlebnisfetzen in geisterhafter Geschwindigkeit die kompletten Welten, aus denen diese Fetzen stammten, vor ihrem inneren Auge nach und bedrängten ihre Einbildungskraft in einem Ausmaß, das sie glauben ließ, sie habe, was sich ihr ruheloser Geist aus den mikroskopischen Realitätsbröcklein rekonstruierte, in seiner ganzen erstickenden Fülle selbst durchlebt und erfahren. Aimée verband eine grundsätzlich nüchterne Weltkenntnis mit einer überfruchtbaren Phantasie. Sie wäre durchaus imstande gewesen, Allgemeingültiges über das Wesen der Künstler aus einer nur halbstündigen Begegnung mit Charles Bonnetti zu saugen. Aber das hatte sie in diesem Fall nicht getan, weil ihre Aufmerksamkeit abgelenkt war, und zwar schon seit sie sich zu Bonnetti auf den Weg gemacht hatte.

Seine Adresse war ihr eingefallen, als ihre Ressourcen in Paris sämtlich erschöpft waren und ihre Lage ohne richtigen Paß ausweglos wurde. Sie erinnerte sich, daß Ines von Bonnetti gesprochen hatte, und zwar im Zusammenhang mit einem Wandteppich, den sie vor Jahren bei ihm im Atelier gekauft haben wollte. Ines schien einen großen Respekt vor Charles Bonnetti zu empfinden, nach ihren Worten war der Künstler ein Mandarin, ein Arbiter elegantiarum, ein mächtiger Mann. »Wie traurig, daß er sich nicht für Frauen interessiert«, sagte Ines, der auch der günstigste Erwerb eines Wandteppichs ohne kleinen Flirt wie ein Schlag ins Wasser vorkam.

Aimée wußte, daß Hilfsbedürftigkeit auf die meisten Menschen eine erschreckende Wirkung erzielt. Schon bevor sie sich zu Bonnetti in das VI. Arrondissement auf den Weg machte, hatte sie sich vorgenommen, dort weder das Weibchen noch die Unglückliche hervorzukehren. Sie wollte so unbekümmert, souverän und weltgewandt wie möglich erscheinen. Bonnetti machte ihr nicht die geringsten Schwierigkeiten, als er erkannte, daß es nicht Boris war, der geklingelt hatte. Daß Boris erwartet wurde, war für Aimée sogar ein Glücksfall, denn weder hätte Bonnetti die Tür geöffnet, wenn er nicht jeden Augenblick mit der Rückkehr des schwer betrunkenen Boris gerechnet hätte, noch wäre die erste halbe Stunde so einfach zu bewältigen gewesen, denn Bonnetti war durch die Warterei zermürbt und zerstreut, und Aimée saß schon eine ganze Weile mit wachsender Sicherheit in der dunklen Wohnung und hatte ihr Anliegen gerade erst vortragen können, als Stephan eintraf. Sie hatte deshalb auch noch keine Antwort erhalten, ob Bonnetti sie für irgendeine Aufgabe brauchen oder weiterempfehlen könne. Natürlich hätte sie das Eintreffen eines Amerikaners von der Botschaft in Vichy, wie ihre Umstände aussahen, auch dann neugierig gemacht, wenn sie sich bei Stephans Anblick nicht sofort hätte fragen müssen, ob er der junge Mann sei, der bei »Fouquet's« den bestellten Tisch inspiziert hatte. Aimée wußte, daß sie ihre Fäden in jeder Richtung zu spinnen hatte, die sich ihr auftat, und sie hatte die schmerzliche Erfahrung gemacht, wie schwer eine einsame und mittellose Ausländerin in dieser Stadt günstige Beziehungen anknüpfen konnte. Stephans Auftreten erschien ihr wie der Fingerzeig des Himmels, daß sie nun endlich auf erfolgversprechender Fährte wandele. Scheinbar ohne ihn weiter zu beachten, änderte sie ihre Taktik und stimmte sie ganz auf Stephan ab, der ihr durch sein Schweigen immer anziehender wurde. Das Schweigen eines Mannes erntete hier ein weiteres Mal den ungerechten Lorbeer, der ihm seit jeher beschieden ist. Am Felsen des männlichen Schweigens zerschellt die geistvollste, unterhaltsamste Suada eines Konkurrenten und läßt ihn als haltlosen, weibischen Schwätzer erscheinen. Aimée hätte dies Gesetz zu verteidigen gewußt. Eine Frau brauche in ihrer Lage einen Mann, der für sie da sei, und nicht einen, der sie amüsierte; Aimée würde überhaupt niemals einen Mann brauchen, der sie amüsierte; ebensowenig wie sie die Langeweile kannte, hatte sie Sehnsucht nach Zeitvertreib. Wenn für die Grundbedürfnisse des Lebens gesorgt war, würde sie sich den Luxus der Divertimenti schon selbst zu beschaffen wissen, dazu bedurfte es keines Mannes.

Aimée war in Not, wenngleich ihre bis zur Dreistigkeit ungebrochene Haltung sie immer noch nicht bemitleidenswert erscheinen ließ. Das änderte nichts daran, daß sie, als ihr die Concierge ihres kleinen Hotels vor einer Woche eine letzte Frist zur Bezahlung der Rechnung gesetzt hatte, auf ihr Zimmer zurückgekehrt war, sich auf das Bett gesetzt und lange und hemmungslos geweint hatte. Aimée zehrte von ihren letzten Kraftreserven, als sie Stephan bei Bonnetti begegnete. Wenn sie ihre Zukunftsaussichten so sachlich wie möglich durchrechnete und dabei nach ihrer Gewohnheit jede, auch abstoßende und demütigende Rettungsmöglichkeiten in Betracht zog, weil sie aus dem Gefühl, daß es unter ihrer Würde liege, sich die Realität zu verschweigen, mit selbstquälerischer Bravour gern ausprobierte, ob es nicht doch etwas gebe, was sie erschrecke, dann geschah es jetzt manchmal, daß sie die Fassung verlor, nicht weil sich das Netz um sie mit bedrückender Endgültigkeit zuzuziehen schien, sondern weil ihre Gedanken sich im Kreis zu drehen begannen und das Ersinnen düsterer Entwicklungen nicht mehr wie anfangs noch als Selbstverspottung entlastend wirkte, sondern allmählich zur Erkenntnis einer zwangsläufigen Entwicklung geworden war. Aimée war zum erstenmal in ihrem Leben so weit gekommen, daß sie ihre Rettung vom Eingreifen eines anderen Menschen erwartete, dessen Auftauchen, sollte das Schicksal tatsächlich diesen Plan verfolgen, unmittelbar bevorstehen mußte, um nicht zu spät zu kommen. Aimée war verzweifelt, und sie hielt zugleich Ausschau: In dieser Disposition war der Umstand, daß Stephan, möglicherweise, kurz vor Kriegsausbruch, zusammen mit ihr, bei »Fouquet's«, in den Spiegel gesehen hatte, für sie dermaßen bedeutungsvoll, daß sie ihre Entscheidung, ihm mit allen Mitteln auf den Fersen zu bleiben, alsbald getroffen hatte.

Stephan wurde währenddessen von der Vorstellung gepeinigt, daß Aimée ihn für einen aufs Maul gefallenen Bauern aus dem Wilden Westen halten könnte. Bonnetti sagte in Stephans Augen, soweit er ihn überhaupt verstand, eigentlich nur albernes Zeug, aber diese Leute brachten ihre Nichtigkeiten mit einer sprechlustigen Großartigkeit an den Tag, die Stephan beneidenswert fand, was ihm den Mund erst recht versiegelte. Stephan machte zum erstenmal die Erfahrung, daß er unfreiwillig schwieg. Er fühlte das dringende Bedürfnis, Bonnetti als Causeur aus dem Feld zu schlagen, und das schien eigentlich leicht zu sein, denn man mußte nur mit Désinvolture allerhand Paradoxa und Schamlosigkeiten vorbringen und unkommentierbar in den Raum stellen, um sich auf dem ungemütlichen Thron des Konversationslöwen zu behaupten. Gerade diese nichtigen Bemerkungen, die angeblich so leicht zu haben waren und die aufzugreifen es doch eigentlich nur ein wenig Unverschämtheit bedurfte, fand er nun nicht, schon gar nicht, als er die auf dem Sofa liegende Aimée betrachtete, und auch nicht, als er sich vorstellte, daß sie ihre Augen in seinem Rücken hatte. Wenn sie ihn nur einmal angesehen hätte. Wenn es ihm wenigstens geglückt wäre, ihr einen, wie Willy es genannt hätte, »sprechenden Blick« zuzuwerfen! Er sah schon auf sich zukommen, daß ihm nur noch die Möglichkeit des Husarenstreichs, der überraschenden und gewaltsamen Handlung übrigbleibe, um sich nicht vollends aus einem Spiel, in das er noch gar nicht richtig eingetreten war, herauszubringen. Lampenfieber befiel ihn. Eine entschiedene Aktion in einer solchen Angelegenheit war nicht sein Fall. Er konnte sich bei reichem Erfahrungsschatz nicht auf eine einzige Affaire besinnen, die ihm durch einen zielbewußt geführten, entschlossenen Schlag zu beeinflussen gelungen war.

Niemand weiß, ob Stephan und Aimée sich damals bei Charles Bonnetti ineinander verliebten. Sie selbst klärten diese Frage in ihren sparsamen Unterhaltungen nicht, und auch wenn sie allein über den anderen nachdachten, wurde der Komplex der Verliebtheit oder gar der Liebe niemals angetastet. Stephan war es, als berühre unvermutet eine Hand seinen Rücken, als ihn die kühle Stimme Aimées gleichsam mitten zwischen die Schulterblätter traf. Er war sich augenblicklich darüber im klaren, daß die Besitzerin dieser Stimme nichts mit dem zu tun hatte, was er in der Sphäre von Florence, ob in Frankfurt oder in New York, jemals erfahren hatte. Die Langeweile von Vichy hatte seinen Geist dermaßen ausgedörrt, daß er glaubte, ein ganzes Meer von Erlebnissen werde nicht ausreichen, um sich damit bis zum Grad der Sättigung vollzusaugen. Das waren Durstphantasien, gewiß, denn Stephans seelisches Aufnahmevolumen war durch sein Phlegma und sein haushälterisches Wesen viel begrenzter, als er jetzt glaubte. Stephan roch Gefahr, Härte, Kälte und Kampf, er fühlte sich stark genug für alle Proben, er kam sich wie ein Junge vor, der bisher nur mit Stöcken gefochten hat und zum erstenmal eine blaugeschmiedete Damaszenerklinge in die Hände bekommt.

Charles Bonnetti stand plötzlich auf und sagte zu Stephan: »Und jetzt möchte ich noch ein Wort mit Ihnen allein sprechen.« Er winkte Aimée, die Anstalten machte, sich vom Sofa zu erheben, sie solle bleiben, wo sie sei, und führte Stephan in ein Nebenzimmer, in dem es außer einem Kamin mit großem Spiegel nur noch zwei voluminöse Sessel gab, die wie für die Mitropa entworfen aussahen. Bonnetti schloß die Flügeltüren hinter sich und sagte mit gedämpfter Stimme, vor der Türe lehnend, als wolle er Stephan mit seinem Leib daran hindern, das Nebenzimmer, in dem Aimée lag, wieder zu betreten: »Verzeihen Sie die Geheimniskrämerei. Ich kenne das Mädchen nicht. Sagen Sie mir ganz schnell: Wie viele Leute können Sie hier herausbringen? Nicht nach Amerika. Spanien oder Marokko reichen auch. Aber ich will weg, es wird mir ungemütlich. Nicht meinetwegen in erster Linie übrigens.«

»Sie allein könnte ich jetzt schon im Auto mitnehmen«, sagte Stephan.

»Das nützt mir nichts«, sagte Bonnetti. »Es muß noch jemand mit, ein Freund und Assistent von mir.« Stephan wunderte sich über den entschiedenen, schnellen und sachlichen Ton, den Bonnetti jetzt an sich hatte. Das zerstreute Plaudern war wie weggeblasen. Auch machte Bonnetti nicht den Eindruck eines Bittstellers. Er stellte nicht höflich anheim, er diktierte einfach Bedingungen. Und doch glaubte Stephan in dieser lakonischen Strenge keine Anmaßung zu hören. Er wußte, daß es in diesen Tagen Notlagen gab, die den Hilfsbedürftigen das Bitten abgewöhnt hatten. Ist der Schrei des abstürzenden Bergsteigers etwa eine Bitte? Obwohl die Lage nicht ganz so dringlich aussah, waren Bonnettis Bedingungen für seine Abreise ein Befehl.

Stephan konnte diesen Anordnungen zu seinem Bedauern nicht entsprechen. Er hatte schnell überschlagen, daß ein überfülltes Auto das Mißtrauen der Kontrollen wecken müsse und daß damit niemandem geholfen sei.

»Gut«, sagte Bonnetti, »dann gehen Sie und organisieren Sie rasch, daß wir hier wegkönnen. Und kommen Sie bald wieder, damit Sie noch jemanden zum Abholen vorfinden.« Stephan in seinem Mitropasessel stellte keine Gegenfragen, wie es ein pflichtbewußter Abgesandter gewiß getan hätte. Er fühlte sich aller Bürokratie unendlich fern. Er war doch inkompetent und begriff zwar, daß hier ein Mensch eine dringende Forderung an eine wichtige Institution stellte, aber er fühlte sich dabei nicht angesprochen. Er kam sich wie ein Hochstapler vor, als er Bonnetti die »alsbaldige und wohlwollende Prüfung« seines Falles zusagte. Gegenwärtig war nun nur noch ein Platz frei im Fond des großen schwarzen Wagens, und da Stephan nicht die Order erhalten hatte, jemanden Bestimmten mit nach Vichy zu bringen, wollte er über diesen Platz gern noch ein Weilchen verfügen. Charles Bonnetti wurde doch ohnehin geholfen. Günstigere Protektion als die durch Mrs. Meyrish wäre nur mit großen Schwierigkeiten aufzutreiben gewesen.

Draußen sagte Bonnetti zu Stephan, indem seine Stimme wieder den alten, losen Klang annahm: »Ein Mann allein in Paris. Sie müssen Gesellschaft zum Essen haben. Nehmen Sie doch die junge Skythin hier mit, sie wird Ihnen etwas voressen, da bekommen Sie was zu sehen für Ihr Geld. Baronesse«, fuhr Bonnetti fort, indem er die Arme ausbreitete, »Sie sind ein besonderes Wesen, ohne Zweifel, aber ich kann leider gar nichts für Sie tun. Ich weiß nicht, was hier werden wird, zu zeichnen ist für mich im Augenblick gar nichts, meine Freunde habe ich aus den Augen verloren. Ich wünsche Ihnen Glück, obwohl ich nicht gut Glück wünschen kann: Meine Mutter hat vergessen, die dreizehnte Fee zu meiner Taufe einzuladen. Der arme Charlie ist keine Empfehlung mehr, Baronesse, aber er dankt ganz entzückt für das Vertrauen.«

Daß die größte Hürde, die Stephan vor sich gesehen hatte, einfach weggenommen wurde, betäubte ihn ein wenig. Eben hatte er sich noch gefragt, wie er seine Verkrampfung überwinden und die Kraft zu einem Ausfall finden solle. Plötzlich war das, was Stück für Stück errungen werden sollte, um schließlich zum Ziel zu führen, die bare Selbstverständlichkeit: Stephan ging mit Aimée spazieren, Stephan ging mit Aimée zu »Maxim's« zum Essen, Stephan stellte mit Aimée gar gemeinsame Bekannte fest: Ines Wafelaerts an erster Stelle, und die beiden hatten ihren gepflegten Spaß an der Entdeckung, daß sie sich eigentlich schon hätten vor zwei Jahren kennenlernen sollen. Dies alles war jedoch keineswegs geeignet, Stephan glücklich zu machen. Er hatte den fatalen Eindruck, daß ohne die katalysatorische Gegenwart Bonnettis ihrer Beziehung unmerklich die Spannung genommen sei. Nicht etwa, daß Aimées Anziehung nachgelassen hätte, nur seine eigene Schüchternheit war gewachsen, denn er sah ganz deutlich, daß die außerordentliche Stimmung, die in Bonnettis Appartement herrschte, nicht seine eigene war. Ohne Bonnetti war alles so schrecklich normal. Es war ihm, als würden er und Aimée wie zwei rotangelaufene Krebse aus einem brodelnden Wassertopf herausgefischt und auf eine eiskalte Silberplatte gelegt. Dabei war Aimée nicht etwa kühl. Er glaubte allmählich sogar festzustellen, daß er ihr gefiel. Sie machte nicht im mindesten Anstalten, förmlich zu sein, keine Zeit zu haben oder sich sonstwie zu verschließen. Aber es kam keine rechte Stimmung auf, auch nachdem sie schon ziemlich viel getrunken hatten. Die Unterhaltung schleppte nicht mehr wie am Anfang, sondern hüpfte lustig, wenn auch nicht ausgelassen, von Stein zu Stein, und keiner der beiden mußte mehr fürchten, daß noch einmal ein Augenblick des Schweigens entstehen würde. Vorher gab es Augenblicke, in denen Stephan glaubte, daß Aimée einfach aufstehen würde, während er an dem Tischchen zurückblieb, als seien ihm von einem Zauberer die Beine in einen Marmorblock verwandelt worden, so daß er, wie einst der orientalische »Prinz im Felsen« in seinem persischen Edelsteinpalast, auf alle Zeiten gelähmt auf die Bank bei »Maxim's« gebannt war, nicht wachend und nicht sterbend, nicht von Raben, sondern von Kellnern mit komprimierten Delikatessen am Leben gehalten.

Die Stunden, die Stephan und Aimée bis zum Abend verbrachten, waren anstrengend und langweilig zugleich. Ihre Gefühle füreinander hatten allzu früh einen hohen Hitzegrad erreicht. Die üblichen Stadien der Annäherung lagen längst hinter ihnen, sie konnten nichts mehr damit anfangen. Über das Essen, über Paris, über Ines Wafelaerts und über den Krieg würde man vielleicht wieder sprechen können, wenn etwas Entscheidenderes geschehen war, aber vielleicht würde sich danach auch jede weitere Unterhaltung erübrigen. In jedem Fall war, was sie bis zum Abend sprachen, überflüssig. Es enthielt ein sinnloses Ritardando, das keiner von beiden mehr zu genießen imstande war, weil sie sich beide einander nicht vollständig sicher waren und dennoch nichts tun konnten, um ihre Wünsche zu beschleunigen. Stephans Routine war wie Schnee geschmolzen. Er hätte Aimée ohne zu lügen schwören können, daß sie die erste Frau seines Lebens sei, wenn sie sich dazu entschließe. Aimée hingegen bemerkte seine Befangenheit und führte sie ohne Selbstüberschätzung auch ganz richtig auf sich selbst zurück, und konnte doch aus dieser Beobachtung keinen Nutzen für sich ziehen. Sie vermochte nicht zu spielen oder zu planen, denn sie war überzeugt, daß ihre Begegnung mit Stephan von vorausbestimmter Bedeutung sei, und sie wandte ihre gesamte soldatenhafte Disziplin auf, um sich des Augenblicks wert zu erweisen. Im übrigen litt sie bei weitem nicht so sehr wie Stephan. Das Essen tat ihr gut, und sie konnte den entscheidenden Augenblick abwarten, den sie gewiß nicht verpassen würde, denn sie war wie eine Katze, der es gelingt, harmlos zu dösen und zugleich auf der Lauer zu liegen.

Stephan war zunächst wie vom Donner gerührt, als Aimée ihn abends ganz einfach fragte, ob sie bei ihm übernachten könne. »Oder ist Ihnen das nicht angenehm?« fügte sie hinzu, als sie bemerkte, daß Stephan schwieg und sie nur fassungslos ansah, nicht unfreundlich übrigens, sondern wie ein Mensch, der bisher taub war und nun vermittels einer modernen elektrischen Apparatur in seinem Ohr zum erstenmal einen zarten Piepton vernimmt.

»Das Bett ist doch groß genug für zwei todmüde Leute«, sagte sie, »ich habe nebenbei gar keine andere Wahl, denn ich bin aus meinem Hotel geflogen, und für die Brückenbögen bin ich noch nicht fortgeschritten genug in meiner Karriere als Obdachlose.«

»Mein Gott, Obdachlose«, sagte Stephan, dem dies Wort aus Aimées Mund wie ein Blumenname vorkam, als habe sie von der Schwester der Herbstzeitlosen gesprochen. Er lächelte und gewann seine Fassung zurück. Dies war doch jetzt eigentlich eine Situation, in der er sich auskannte. Zudem befand er sich nun, wo er sich hingewünscht hatte, seit er Aimée in Bonnettis Atelier erblickt hatte. Aimée nahm ruhig den Zimmerschlüssel beim Portier entgegen und ging an Stephan vorbei zum Aufzug. Sie warf ihren Kopf zurück und riß die Kostümjacke eng um ihren Körper herum, indem sie die Arme verschränkte und mit jeder Hand die gegenüberliegende Jackenseite festhielt. Stephan mußte noch telephonieren und blieb deshalb in der kleinen Halle zurück. Sein Vorhaben erwies sich als schwierig, es war fortwährend besetzt. Er beschloß, eine Weile zu warten, und setzte sich auf ein steifes Sofa. Das fängt ja gut an, dachte Stephan und reckte sich diskret.

Sein Stimmungsumschwung war beträchtlich. Diese Art der Entwicklung einer Affäre überforderte seine seelischen Möglichkeiten bei weitem. Der Blitzschlag, der ihn im Atelier Bonnettis getroffen hatte, die Zauberstunde in den dämmrigen Zimmern, die Erscheinung der sich in unsichtbaren Fesseln auf dem Sofafelsen windenden Prinzessin, sein eigenes Verstummen, das ihm, hätte er an die Bibel gedacht, gewiß vorgekommen wäre wie der von Engeln versiegelte Mund des Hohenpriesters Zacharias. Dann dieser mühelos arrangierte, erstickend banale Nachmittag, das Geschwätz über Ines Wafelaerts, Aimées Dankbarkeit für den Service bei »Maxim's«, der die Unterhaltung derart häufig unterbrach und ablenkte, daß es ihnen gelang, die gegenseitige Befangenheit fast zwanglos zu übersehen. Und nun am Schluß dieses nervenaufreibenden Tages dies Verhalten Aimées, dies Betragen eines käuflichen Mädchens oder der abgebrühten Männerverbraucherin. Aber warum war sie dann vorher dermaßen spröde gewesen? »Spröde« war vielleicht gar nicht einmal der richtige Ausdruck. Sie verhielt sich zwar nicht im mindesten kokett oder wenigstens mysteriös, aber auch nicht steif oder irgendwie damenhaft, was nach ihrem Betragen bei Bonnetti allerdings auch ein starkes Stück gewesen wäre. Sie war vielmehr ganz besonders freundlich zu Stephan, dankte für alles Gebotene mit einem überirdischen Lächeln und berührte einmal sogar seine Hand, aber zart, daß ihm keineswegs erlaubt gewesen wäre, diese Geste anders als mit der Herzlichkeit zu erwidern, die man einer schwesterlichen Freundin entgegenbringt. Sie hatte ihm beim Essen ziemlich schonungslos das Ausmaß ihrer Notlage eröffnet, in einem Tonfall übrigens, in dem man eine groteske Geschichte erzählt, und auf seine beklommene Frage, ob er ihr vielleicht irgendwie helfen könne, mit einem Lachen geantwortet, das Stephan genau kannte, weil es bei Florence oder Ines Wafelaerts den Ausruf »rührend« begleitete und ihn stets verstört hatte, weil er vermutete, daß »rührend« nicht ausschließlich freundlich gemeint war, wenn es mit einem Lachen dieser Klangfarbe zusammen auftrat. Gerade deshalb war auch Aimées Bitte um Logis in seinem Zimmer rätselhaft, denn sie hatte doch gerade jede Hilfe abgelehnt, und war viel zu überlegen, als daß Stephan ihr noch hätte widersprechen mögen. Stephans Schwerenöter-Pose kehrte zurück, er fühlte sich als Herr der Materie. »Die will«, sagte er zu sich selbst und boxte sich mit der rechten Faust in die linke Hand. So waren die Frauen eben: Die Koketten machten Schwierigkeiten, und die stillen Wasser bewegten sich plötzlich, obwohl man gar nicht gepustet hatte.

Stephan hatte im Grunde zu keinem Zeitpunkt seines Lebens daran geglaubt, daß eine Frau sich allen Ernstes für ihn interessieren könne. Wie alle unsere tiefsten Überzeugungen war auch diese weder durch ein Erlebnis entstanden noch durch

Erfahrungen korrigierbar. Es war nach den vielen Beziehungen zu Frauen, die Stephan mit den Jahren eingegangen war, für ihn noch jedesmal ein beinahe verstörendes, völlig überraschendes Ereignis, wenn eine Frau, der er nachstellte, ihm dann schließlich zeigte, daß seine Absichten auch die ihren seien und daß der Umsetzung der gemeinsamen Wünsche in die Tat nichts mehr entgegenstehe. Es war für Stephan ein tiefes Rätsel, was eine Frau allen Ernstes bewegen könne, sich mit einem Mann wie ihm abzugeben. Er ließ die Frauen, die er gekannt hatte, an sich vorbeiziehen und versuchte, die Eigenschaft herauszufinden, die ihnen allen gemeinsam war, weil er hoffte, auf diese Weise dem Herd seiner Unruhe näherzukommen. Wenn er eine Geliebte verließ – fast immer war es Stephan, der genug hatte –, dann tat er dies stets in der Gewißheit, nur seinem eigenen Hinauswurf zuvorgekommen zu sein. Er bekam nie heraus, was eine Frau an ihm suchen und schätzen könne. Je länger er über die Frauen nachdachte, desto unsicherer wurde er, überhaupt etwas Gewisses über dies Geschlecht in Erfahrung gebracht zu haben. Daß Frauen eben anders als Männer waren, erschien ihm als ein allzu dürftiges Ergebnis seiner tiefsinnigen Grübeleien.

Ein Gran Enttäuschung war in die Gefühle gemischt, die Stephan empfand, wenn er sich vorstellte, wie plötzlich Aimée sich geändert hatte. Er war immer noch ein wenig der Romantiker, den die Literatur in ihrem Personal fordert. Er wünschte nicht, daß der durchsichtige Schleier der Täuschungen und Lügen in einem zu frühen Stadium zerrissen werde, und nahm Aimée beinahe übel, daß sie die Entwicklung der Angelegenheit so roh in ihre Hand genommen hatte, denn wenn er auch nicht glaubte, jemals eine einzige Frau wirklich erobert zu haben, und sich niemals in Träumen von seinem unbezwingbaren Charme wiegte, hatten die Frauen bisher doch meistens Taktgefühl bewiesen und ihm die Gelegenheit zu einem kurzen Theaterstückchen gegeben, wenn sich erst einmal herausgestellt hatte, daß er sich ihren Wünschen prinzipiell geneigt zeigen werde. Stephan empfand diese Komödie als das wichtigste Zeichen dessen, was er als eine »anständige« Frau bezeichnete. Er forderte diesen Funken Selbstachtung, den er in solch einer Inszenierung zu entdecken glaubte, denn sie schien ihm zu gewährleisten, daß diese Frau auch später auf die Dehors zu achten gesonnen sei, und das wiederum war die beste Garantie dafür, daß später fällige Krisen überschaubar und berechenbar blieben.

Aimée hatte ihn hingegen während des ganzen Tages durch eine Reihe einander widersprechender Verhaltensweisen gründlich verwirrt. Es war gewiß, daß es ihm jedenfalls unmöglich sein würde, so etwas wie Vorhersehbarkeit in der Abfolge ihrer Handlungen zu entdecken. Er dachte noch daran, wie sie im Restaurant den halben gelbblättrigen Kopfsalat, über den der Kellner einen großen Löffel Vinaigrette gegossen hatte, zerteilte: Sie schnitt sehr appetitliche Bissen aus dem Blattkörper heraus, ihre Operation hatte Ökonomie und Routine; allenfalls die Entschiedenheit, mit der sie die nur geringen Widerstand leistenden schwachen Blätter behandelte, ließ ein wenig Proportionsgefühl vermissen oder auch eine Neigung zu herrischem Verhalten ahnen.

Bedenklicher fand Stephan noch die Art, mit der sie über Bonnetti sprach, als hätte sie Anlaß, ihn zu verachten. Er selbst hatte das schleppende Gespräch auf Bonnetti gebracht. Unbeholfen, indem er mehr Teilnahme verriet, als er vorhatte, fragte er Aimée noch einmal nach der Art ihrer Verbindung zu dem Maler. Aimée wußte ebensowenig von den Künstlern wie von den Juden, weil es beides in Ubbia, wenigstens für die Augen der Baronesse sichtbar, nicht gegeben hatte. Sie hatte eigentlich nicht den geringsten Grund, Bonnetti wegen irgend etwas böse zu sein: Der Mann kannte sie nicht und hatte nicht den geringsten Anlaß, ihr zu helfen, er hätte vielmehr sogar allen Grund gehabt, mißtrauisch zu sein. Außerdem hatte sie von Anfang an gespürt, daß Bonnetti selbst in einer Notlage war. Er war doch freundlich gewesen, und sie hatte Stephan dort kennengelernt. Wenn Aimée nun sagte: »Ach, der mit seinem gräßlichen Kerl« und damit auf Boris anspielte, der Bonnetti in den Tagen des besetzten Paris viele Sorgen bereitete, dann wollte sie eigentlich niemanden wirklich herabsetzen. Abfällig über andere, eigentlich alle Menschen zu sprechen war eine kindliche Angewohnheit, ein Brauch, den sie im Internat angenommen hatte, wo ihre Mitschülerinnen mit Ausdrücken des äußersten Entzückens inflationären Gebrauch trieben. Dort war alles »wonnig«, »herzig«, »geliebt« und »niedlich« gewesen, und ebenso wie Aimée dort eine elitäre Hinwendung zu den Toccaten Bachs aus dem einzigen Grunde zur Schau stellte, weil diese Musik für die anderen Mädchen der Gipfel der Langeweile und der Pein bedeutete, begann sie, kalt und abschätzig über all das zu sprechen, was anderen Leuten aus irgendeinem Grunde des Respekts und der Verehrung wert erschien.

Stephan wagte keinen Widerspruch. Er wollte Aimée um keinen Preis mißfallen. Er hatte während der Unterhaltung auch kaum Gelegenheit, sich über einzelne ihrer Äußerungen Gedanken zu machen, obwohl er nur einsilbig zu antworten vermochte und bedrückt wirkte, so daß Aimée eine Zeitlang glaubte, er habe den Kopf voll mit dem schlimmsten Ärger und sei eigentlich nicht imstande, ihrer Konversation zu folgen. Sie fragte sich sogar, ob es klug gewesen sei, die von Bonnetti virtuos vermittelte Mittagessenseinladung so schnell und umstandslos angenommen zu haben und sich nicht noch ein bißchen länger nötigen zu lassen. Während dieser Zweifel offenbarte sie Stephan zum erstenmal ihre letzte und wichtigste Waffe, die vielmehr in das Gebiet der außergewöhnlichen Naturerscheinungen, wie das Nordlicht, das Meeresleuchten und der Kometenschweif, gehörte, deren Wirkung sie im übrigen im Laufe der Jahre entdeckt hatte und mit der sie seitdem planvoller umging als zuvor, ihr Lächeln nämlich, das ihr Gesicht vollständig veränderte und Stephan den letzten Halt nahm.

Die wilden Tiere brauchen nur das Weiß eines rollenden Augenballes zu erblicken, und die Hormone, die sie zur Kräftigung ihrer Angriffslust benötigen, ergießen sich in ihre Adern und versetzen sie in Raserei. Es war, als ob Aimées Lächeln, auf eine weniger erforschte Weise freilich, eine ähnliche unwillkürliche Wirkung in den Seelen derjenigen hervorrief, die es sahen. Stephan verfiel zwar nicht in Raserei, aber er spürte die Kraft einer

Verzauberung, solange Aimée lächelte und ihn dabei mit blitzenden Augen ansah. Aimée lächelte niemals über eine witzige Bemerkung, sie lächelte nicht über eine ihr erwiesene Höflichkeit und nicht aus Spott. Sie dankte auch nicht mit einem Lächeln. Das Lächeln trat grundlos auf ihr Gesicht, das vorher teilnahmslos, launisch, streng, gereizt oder neugierig ausgesehen hatte. Es war beinahe wie eine Maske, die sie unversehens vorhielt, oder besser, die auf einmal vom Himmel herab über sie geworfen wurde und alles, was sie ansah, verschönte und in Bann schlug. Die alte Astrologie, der diese Erscheinung offenbar vertrauter war, als sie es uns heute ist, muß von einem Lächeln wie dem Aimées gesprochen haben, wenn sie das »Lächeln der Venus« beschrieb, eine Gabe, die ihren Beobachtungen zufolge den im Machtbereich dieses Planeten Geborenen häufig zu eigen sei.

Stephan fragte indes nicht nach Aimées Geburtsdatum. Er hätte auch mit der astrologischen Erklärung nicht viel anzufangen gewußt, denn er stand dermaßen unter dem Eindruck dessen, was er sah, daß er für eine Analyse der Ursache und ihrer Wirkung auf ihn nicht zu gewinnen gewesen wäre.

Aimée lächelte in der geschilderten Weise an diesem Nachmittag ihres Kennenlernens dreimal, einmal länger, zweimal nur so kurz wie das Blinken eines unendlich weit von der Erde leuchtenden Sterns. Die Lähmung der Unterhaltung, die jedesmal eintrat, die Verwirrung Stephans, die noch dadurch stieg, daß sie sofort nach dem Lächeln etwas Alltägliches oder auch Bissiges sagte, dem er in seiner viel unbeweglicheren Stimmung nichts entgegenzusetzen hatte, nahm sie ohne Sorge hin. Ihr kam es ohnehin nicht auf den Glanz seiner Unterhaltung an, sondern auf seine Gegenwart und auf die Anzeichen seines Verhaltens, die darauf hindeuteten, daß er ihr würde folgen wollen, wie sie sich ausdrückte, obwohl es in der Realität zunächst darauf würde ankommen müssen, daß er ihr gestatten würde, ihm zu folgen.

Stephan stand noch eine Weile vor der Tür seines Hotelzimmers und fixierte die Messingzahlen, als seien sie die Nummer des Loses, das er gekauft hatte. Daß nun vollkommen feststand, was sich ereignen würde, gab ihm den Wunsch ein, vorher noch einmal ganz schnell das Hotel zu verlassen und im Stehen etwas zu trinken, weniger um seine Nervosität zu beruhigen, als um zu genießen, daß Aimée jetzt, wo alles abgemacht war, auch noch ein halbes Stündchen warten würde, zumal sie ja schwerlich woanders hinzugehen wußte und gerade ihr der Aufenthalt auf der Straße nach der Sperrstunde nicht ratsam erscheinen konnte. Zum anderen wußte er, daß die Situation nun Taten von ihm verlangte, auf die er sich natürlich freute, in die er aber lieber hineingeschliddert wäre, als sie quasi auf Befehl ohne Wenn und Aber zu vollbringen. Schließlich drehte er den Knopf der Tür, gab sich einen Ruck und ging hinein.

Sein Zimmer war hell erleuchtet. Er machte die Tür schnell hinter sich zu, damit niemand zu sehen bekomme, was seine ungläubigen Augen sehen mußten. Er lehnte sich an die geschlossene Tür und hielt die Klinke mit beiden Händen auf dem Rücken fest umklammert, als könne aus dem kühlen Metall Kraft und Ruhe aufsteigen.

Das Zimmer sah aus, als hätten die Räuber darin gewütet. Stephans Koffer waren einfach ausgekippt worden, der Inhalt lag in Haufen auf dem Boden. In dem hohen blankpolierten Messingbett, dessen Polster an den Rand geschoben worden waren, thronte Aimée in türkischer Manier und bis zur Unkenntlichkeit vermummt. Ihr war kühl gewesen. Sie hatte in ihrer ungenierten Suche nach etwas Warmem in Stephans Gepäck Agnes' Stricksachen gefunden und sich damit ausstaffiert. Nun trug sie einen dieser Stephan stets als besonders scheußlich erscheinenden Pullover aus jener filzig grauen Wolle wie von einer alten stinkenden Militärdecke, einer Wolle, die Agnes ausschließlich benutzte und aus der sie auch die Fäustlinge, den dicken Schal, die Pudelmütze und den Nierenwärmer hergestellt hatte, die Stephans Pietät wie Reliquien hütete und stets in greifbarer Nähe hielt. Selbst auf die kurze Reise nach Paris nahm Stephan diese Erinnerungen an eine einzigartige Beziehung mit, obwohl sie im Koffer viel Platz wegnahmen, weil er sich besser fühlte, wenn etwas von Agnes in seiner Nähe war. Und nun hatte diese junge Wilde alles, was Stephan aus Agnes' Händen mit auf die Reise genommen hatte, herausgewühlt und sich über den Körper gezogen, bis fast nichts mehr von ihr zu sehen war.

Natürlich war das Durchstöbern von fremden Koffern eine Unverschämtheit, aber das war es nicht, was Stephan so verblüffte. Aimée hatte schon richtig gerechnet, wenn sie Stephan nun, nachdem ihre Bekanntschaft Fortschritte erzielt hatte, mit einer kräftigen Überraschung richtig durchschüttelte. Hatte sie auf ihrer Suche in seinen Koffern erkannt, daß Agnes' Geschenke Fremdkörper in der Garderobe Stephans waren? Sie selbst fand die gestrickten Sachen übrigens nicht so schlimm wie Stephan. Sie war ein Landkind, und solche grobe graue Wolle war ihr durchaus nicht nur bei den Landarbeitern wohlvertraut, auch an sich selbst, vor allem im Winter auf den Schulwegen in dem zugigen, altersschwachen Pferdeschlitten. »Hier herrscht eine Affenkälte, und wenn ich schlafen soll, muß ich warmhaben«, sagte sie, während Stephan schweigend sein Herzklopfen zu überwinden versuchte, und lachte unter der bis zu den Augen herabgezogenen Pudelmütze wie ein Troll aus den nördlichen Schluchten.

Es war gerade diese Mütze, die das Bild, das Stephan erblickte, grotesk machte. Stephans Hotel lag am Seinequai. Es war klein, aber es hatte alles, was nach Stephans Begriffen zu einer eleganten Unterkunft gehörte, die pastellfarbenen Smyrnateppiche auf dem dunkel gebohnerten Parkett, die Louis-seize-Sesselchen in Gris-de-Versailles, Marmorkamine, gestreifte Tapeten in Stuckrahmen, kristallene Wandleuchter und sorgfältig in Falten gelegte, auf dem Boden schleppende Vorhänge. Zu Stephans besonderem Entzücken gab es keine Bilder an den Wänden seines Zimmers, sondern außer dem obligaten Kaminspiegel nur noch ein prunkvolles Barometer im Geschmack der Régence.

Stephan liebte dieses Zimmer. Um so wütender machte ihn nun der Anblick dieses Waldschrats, der in seinem Reich nach eigenem Gutdünken schaltete und mit hellsichtiger Tücke hervorgezerrt hatte, was Stephan gewöhnlich verbarg. Es kümmerte ihn dabei nicht groß, was andere über das graue Zeug denken mochten. Er selbst wollte nicht sehen, was auf dem Boden seines

Koffers lag. Agnes' Macht erwies sich gerade dann als beständig, wenn man nicht an sie dachte. Sie wollte nicht berührt werden, man mußte sie im stillen wirken lassen, versteckt unter den austauschbaren Requisiten des täglichen Lebens.

»Was gibt's denn da zu lachen?« sagte Stephan mit zusammengepreßten Zähnen. Aimée kam ihm auf einmal unsagbar fremd vor, mit unheimlichen Spuren, an die er sich noch erinnerte, die jedoch in einen erschreckenden neuen Zusammenhang gerückt waren. Aimée warf sich indessen mit dem Übermut eines jungen Hundes auf dem Bett hin und her. Stephan sah Streifen ihrer leicht brünetten Haut zwischen der grauen Wolle aufblitzen. Sie war nackt darunter.

»Das scheußliche Zeug«, jauchzte sie. Stephan spürte plötzlich das Anwachsen einer lustigen Brutalität und stürzte sich auf sie. Es entstand eine Rauferei. Aimée verteidigte sich mit einer Wendigkeit und Kraft, die Stephan sehr schnell entwaffnet hätte, wenn nicht der heftige Wille in ihm gewesen wäre, Aimée die Sachen vom Leibe zu reißen und ihr dabei weh zu tun. Aimée biß und boxte, Stephan versuchte, ihre Handgelenke festzuhalten und sein Knie zwischen ihre Brüste zu setzen. Eher hätte er auf die Dauer einen Aal festhalten können. Im Nu war es Aimée gelungen, sich unter seinem Körper hindurchzuwinden, seinen rechten Arm zu packen und ihn auf den Rücken zu drehen. Stephan schrie unwillkürlich auf, aber zugleich schämte er sich seiner Schmerzensäußerung, und er konnte von Glück sagen, daß sein Gesicht schon dunkelrot angelaufen war von den Anstrengungen des Ringkampfes, sonst hätte die indianische Aimée ihn erröten sehen.

Stephans Kopf war in den Kissen vergraben. Er rührte sich nicht und wartete einfach ab. Er hätte auch beim besten Willen jetzt nichts zu sagen gewußt. Das war keine lustige Rauferei; das war auch nicht die Einleitung eines zärtlichen Tobens. Es war etwas Erbarmungsloses im Spiel gewesen, böse Launen hatten sie beide überwältigt, eigentlich war der ganze Vorfall unendlich peinlich. War es nicht wirklich soweit gekommen, daß er Aimée hatte schlagen wollen? Sie hatte ihn gereizt und Rücksicht und

Schonung, wie sie im allgemeinen ein junges Mädchen, das sich in die Hände eines älteren Mannes begibt, erwarten darf, nicht mehr verdient. Und dennoch hatte er bei seiner Gewalttätigkeit, die so kläglich gescheitert war, allzuviel Spaß empfunden, als daß er sie ohne Verlegenheit hätte betrachten können. Seit er Aimée kannte, war er immer neue Stufen der Verwirrung hinaufgeschritten. Dies war der Höhepunkt bisher, der strahlende Attaché Stephan hatte selten so kläglich ausgesehen.

Auf einmal spürte Stephan in seiner Bewegungslosigkeit, daß Aimée sich an ihn schmiegte, ihre erstaunlich kühl gebliebene Nase in seine blaurasierte Wange drückte und ihm Worte ins Ohr flüsterte. Er verstand nicht, was sie sagte, sondern spürte nur den beruhigenden Tonfall ihres Singsangs. Es war ihm, als spreche sie mit ihrem Hund, der, obwohl das von den Eltern streng verboten war, im Schein des Vollmondes plötzlich vom Bettvorleger zu ihr ins warme Bett gesprungen war und dem sie nun sanfte Wörter zuraunte, um ihn wieder zum Schlafen zu bringen, indes das Tier hechelnd in die Dunkelheit starrte.

»Mein kleiner Rabe«, flüsterte Aimée, »du komischer kleiner Kerl, du bist ja wütend, kleiner Rabe mit den schwarzen Federchen.« Stephan drehte den Kopf, der bisher im Kissen vergraben war, was ihm allmählich Atembeschwerden bereitete, so daß er Aimée genau ins Gesicht sah. Ihre Nasenspitzen berührten sich, ihr Atem vermischte sich und die Augen des anderen verschmolzen zu einem einzigen Auge, das seinen Platz in der Nasenwurzel hatte und zyklopisch-starr auf das ihm gegenüberliegende einzelne Auge gerichtet war, als ob eine gläserne Röhre von Stirn zu Stirn führe, die an den beiden Enden mit je einer blauen und einer braunen Augenglaskugel verschlossen worden sei.

Aimée hatte sich den hingebungsvollen Eifer in allen Verrichtungen der Liebe bewahrt, der das Zeichen der Unschuld ist, gleich, ob diese Unschuld bisher bewahrt wurde, weil sie sich keiner Gefährdung aussetzte, oder ob, wie bei Aimée, auch die angelegentlichste Erfahrung nicht imstande gewesen war, ihren Panzer auf Dauer zu brechen, weil er sich beständig erneuerte, wie die Haut, die schon Tage später nicht mehr die gleiche ist wie diejenige, die man herzklopfend berühren wollte. Als Aimée sich deshalb zum Kuß vorbereitete, verfuhr sie wie ein Kind, das zum erstenmal ins Wasser springen soll und das voller Mut und Zutrauen zu seinem Lehrer die Haltung annimmt, die ihm befohlen worden ist. Es war diese Mischung aus Bereitwilligkeit, alles, was zu einem Kuß gehört, mitzuvollziehen, und der Unkenntnis, worum es sich bei einem Kuß eigentlich ganz genau handelte, die Stephan in ihrem Gesicht las, als sie ihre Lippen weniger spitzte, als sie ihm vielmehr entgegenzuwölben, wobei diese Unkenntnis im wesentlichen doch das Ergebnis der Fähigkeit Aimées war, zu vergessen und sich selbst Tag für Tag neu auf die Welt zu bringen. Stephan hätte seiner Schüchternheit, wie sie ihn nach diesem Tag und sehr viel mehr noch nach diesen Minuten beherrschte, auf Knien danken müssen. Es war seine Passivität, seine Mutlosigkeit, die diesen Kuß beschleunigt hatte. Er hatte Aimée gerührt, ohne es darauf angelegt zu haben. Die Rollen waren vertauscht, denn die Hilfsbedürftige gewährte Geschenke, und der Mächtige wagte nicht, das Haupt zu heben, um sie anzunehmen.

Als Stephan Aimée auf seinem Bett in seinem behaglich erleuchteten Hotelzimmer küßte, nahm er ihre Taille in beide Hände und spürte zum erstenmal ihren Körper, denn Agnes' Pullover war hochgerutscht. Der Wanderung seiner Hände wurde indes ein rasches Ende bereitet, denn Aimée entwand sich, ohne dabei prüde oder abweisend zu wirken, genauso, wie sie sich auf dem Sofa Bonnettis bewegt hatte, als ob es ihr lediglich darauf ankomme, eine bequemere Stellung zu finden.

Stephan und Aimée begannen zu sprechen. Sie erzählten sich wie alle Liebespaare, wer den anderen zuerst gesehen, was man sich beim Anblick des anderen gedacht habe, wie schrecklich die Zeit der Ungewißheit gewesen sei, in der man noch nicht habe ahnen können, ob der andere die eigene Empfindung erwidern werde. Eine besondere Art von Prahlerei gehört zu diesen ersten Gesprächen, das Prunken mit den Wunden, das eitle Vorweisen des Herzens, das sich rühmen kann, den Blitzschlag als erstes empfangen zu haben, als ob das, wofern es wirklich ein Blitzschlag war, ein Verdienst sei. Und in dem zärtlichen Streit, wer mehr gelitten und früher zu begehren begonnen habe, malt sich schon die Silhouette der späteren Auseinandersetzungen, in denen es um Stärke und Schwäche, um Macht und um die guten Gründe, einander wieder zu verlassen, gehen wird.

Stephan und Aimée lagen sich in den Armen und atmeten einer den Atem des anderen, als sie schließlich einschliefen. Zu einem Vorgang, von dem Willy gesagt hätte: »Ich habe sie zu meiner Geliebten gemacht«, war es nicht gekommen. Aimée hatte beiläufig und gar nicht zimperlich darüber gesprochen und gesagt: »Ich habe nichts dagegen, wenn es sein muß. Aber jetzt muß es noch nicht sein. Das findest du ja auch. Wir merken schon, wann es sein muß, wart nur ab. Heut abend jedenfalls nicht.«

Stephan hatte den Plan, nach dem reichhaltigen Mittagessen in einem Wäldchen, an das er sich noch gut erinnerte, einen Mittags- und Verdauungsschlaf zu halten. Seit seinem Zusammenleben mit Aimée hatte er seine Eßgewohnheiten vollständig verändern müssen. Aimée hatte immer Hunger, ruhelos wie ein Wolf hielt sie Ausschau nach Nahrung, die Unsicherheit ihrer Lage schien ihren Instinkt auf das Nächstliegende gerichtet zu haben, denn wohlgenährt waren die allseitig lauernden Gefahren eher zu bestehen. Dazu noch war sie in einem Alter, in dem die Form des Körpers und die Menge der aufgenommenen Nahrungsmittel nicht miteinander in Verbindung stehen. »Ich fresse wie ein Dorfarmer«, sagte sie mit selbstzufriedenem Ausdruck, indem sie an die Armen dachte, die in der Leuteküche von Ubbia ein freies Essen erhielten. Und dennoch blieb sie das schlanke junge Mädchen mit der auffallend engen Taille.

Stephan hingegen steckte bezüglich des Essens voller Hypochondrien, seine Phantasie war beständig damit beschäftigt, was alles ihm nicht bekommen könnte. War nicht alles, was man üblicherweise angeboten bekam, zu schwer, zu fett, zu schwierig zu verdauen, jedenfalls von dem Augenblick an, wenn man anfing darüber nachzudenken? Er hatte oft die Vorstellung, daß er erst dann eine wirklich sinnvolle Tätigkeit beginnen könne, wenn ihm klar sei, wie er sich zu ernähren habe. Es war ihm ein beständiges Rätsel, wie ein Mensch nach Einnahme eines normal komponierten Mittagsmahls noch zu einem einzigen Handschlag fähig sein könne. Auf Stephan wirkte ein Essen wie der Bolzenschlag, der das Schlachtschwein noch nicht getötet, aber in tiefe Ohnmacht versetzt hat. Seine Träume malten ihm die zartesten Substanzen aus, die lebensspendend und kräftigend zugleich seien, getrocknete, federleichte Blätter von der Form des Lorbeers etwa, die einen milden Geschmack nach Meersalz besaßen und sich auf der Zunge, sowie sie mit dem Speichel in Berührung kamen, von selbst auflösten, wahrhaft spirituelle Speisen. Wo mochte es so etwas wohl geben? In der Provence gewiß nicht, hier bekamen die beiden für Stephans Dollars immer wieder die deftigsten, scharf gewürzten Töpfe auf den Tisch gestellt, deren Inhalt damals ohne weiteres eine Familie gesättigt hätte, der aber für Aimée und ihn gerade reichte, wenn sie vom Schwimmen kamen oder den Tag unter einem Baum liegend vertan hatten. Stephan merkte schnell, daß er sich in Aimées Gesellschaft nicht heikel zeigen durfte, denn ihr Spott in diesen Dingen war so rücksichtslos wie der einer Internatsschülerin, die über die verzärtelten Angewohnheiten einer Neuen herfiel. Er aß also tapfer, was auch Aimée aß, und er wurde dafür belohnt, denn Aimée teilte sein Schlafbedürfnis nach dem Essen und stellte überhaupt denkbar geringe Anforderungen an die Programmgestaltung eines Tages: Essen, Schwimmen und Schlafen waren ihr genug, nicht ein einziges Mal sprach sie mit Stephan über die Zukunft, weder über ihre eigene noch über die Europas. Das warme Paradies des vegetativen Glücks hatte alle Unruhe in ihr zum Schweigen gebracht.

Nur heute wurde den beiden die Erfüllung ihres letzten Wunsches schwer, denn als Stephan das Wäldchen erreichte, mußten sie entdecken, daß es abgebrannt war. Ihre Hoffnung, daß vielleicht nur die Ränder des Waldstücks gebrannt hatten, wurde immer geringer, je weiter sie in das mit Steineichen in luftigem Abstand bewachsene Gelände hineinfuhren: Alle Bäume waren rabenschwarz verkohlt, die knorrigen Formen der Äste, die in die blaue Sommerluft ragten, wirkten verdreht wie die Arme von Menschen, die in den Flammen sterbend, halb aus Verzweiflung, halb schon im Spasmus des Todeskampfes ihre Fäuste zum Himmel recken. Kein Laut war hier zu hören. Soweit sie sich umblickten, sahen sie nichts als die toten Bäume, als hätte ein böser Zauberer Besitz von dem ganzen Land ergriffen und alles Leben mit einer schrecklichen Formel daraus verbannt. Es roch gut in dem abgebrannten Wäldchen, Holzfeueraroma lag in der Luft, auch ätherische Öle waren durch die Hitze aus den Pflanzen herausgekocht worden und gaben der schweren, brandigen Atmosphäre ein fast stechendes Gewürz. Aimée und Stephan brauchten Zeit, bis sie sich von dem Anblick lösen konnten. Dann setzten sie sich wieder ins Auto und fuhren zurück, ohne ein Wort zu sagen; sie hätten vielleicht auch gar nicht gewußt, warum sie der abgebrannte Wald zum Schweigen gebracht hatte.

Erst viel später sagte Aimée: »Jetzt erzähl mir doch noch einmal von dem Kerl, den du heute morgen gesprochen hast, dem mageren, der so lustig aussah. Der hat mir gut gefallen.«

»Mir hat der grad noch gefehlt«, sagte Stephan, »das war der ewige Klassenkamerad!«

»Das war dein Klassenkamerad?« fragte Aimée.

»Du hast mich net verstanden«, sagte Stephan, »kennst du das net, daß du irgendwo hinkommst, wo du denkst, daß dich hier wirklich niemand kennt, und dann haut dich plötzlich ein Kerl, den du nie gesehen hast, auf die Schulter, duzt dich und hat mit dir auf derselben Bank Latein gelernt, und du weißt nur noch, daß er wahrscheinlich nicht der Rudi war, denn der hatte rote Haare – und so.«

Aimée war unzugänglich. »Nein, das kenne ich nicht. War das jetzt dein Klassenkamerad oder nicht, der Kleine mit dem niedlichen Fuchsgesicht?«

Stephan fühlte, wie in ihm ein vorher unbekanntes Gefühl wuchs. Dr. Frey wurde ihm womöglich noch unsympathischer, als er es während seines aufdringlichen Versuchs, ins Gespräch zu kommen, gewesen war. Er fragte sich, was man denn um Gottes willen an diesem verkommenen Gesellen niedlich finden konnte, wobei er die Bezeichnung »Fuchsgesicht« noch angehen ließ, obwohl ihm andere Tiervergleiche noch nähergelegen hätten. Stephan erfand das »Schakalschafsgesicht«, das »Hühnerwieselgesicht«, das »Hyänenotterngesicht«, was er Aimée nicht mitteilte, weil er herausbekommen hatte, daß sie mit seiner Phantasie nichts anfangen konnte, sie würde nur leicht gereizt feststellen: »Hyänenottern gibt es nicht.« Statt dessen gab er gelangweilt das Gespräch mit Frey wieder, immer in der Hoffnung, daß Aimée bald die Neugier darauf verlieren würde, die aber, wenn er verstummte, nachhakte und: »weiter« sagte, unnachgiebig wie ein Feldwebel, der schon weiß, daß der angeblich fußkranke Rekrut in Wahrheit nur faul und störrisch ist.

»Ich weiß nicht, was er von mir wollte«, sagte Stephan zum Schluß. »Wollte er Geld, wollte er von mir nach Spanien gebracht werden, wollte er, daß ich ihm sage, wen er heiraten soll? Vielleicht war das auch ein Agent provocateur, oder er wollte ein Schwätzchen halten über Frankfurt.« Bei der letzten Bemerkung war Stephan nicht ganz wohl. Sie war seiner Gereiztheit zuzuschreiben, weil Aimée sich dermaßen anhaltend mit seiner Straßenbekanntschaft beschäftigte. So ist es recht, sagte Stephan ärgerlich zu sich selbst, soweit bringt sie dich. Das kann noch heiter werden. Und Aimée sagte ohne besonderen Nachdruck, mit einem nachlässigen Lächeln: »Wie gut, daß Dr. Frey kein Mädchen ist, dann bekäme ich ja beinahe Angst.«

»Wieso Angst?« fragte Stephan sofort, indem eine unruhige Ahnung in ihm aufstieg. »Der Frey und ich sind doch in der gleichen Lage«, sagte Aimée heiter. »Er muß heiraten, um nicht nach Deutschland verschleppt zu werden, und ich muß heiraten, um mit dir gehen zu können, wenn du dich nach Spanien davonmachst, demnächst. Ohne Paß und allein wird's nämlich hier auch für mich nicht sehr komisch.«

Stephan wäre bei diesen Worten beinahe in den Straßengraben gefahren. Er sammelte sich jedoch sofort wieder, denn er war seit Wochen auf diesen Augenblick vorbereitet. Er wußte, daß er eintreten würde, je mehr das Vertrauen zwischen ihnen wuchs und je länger die absurde Situation andauerte, daß die Amerikaner auch nach der Besetzung Vichy-Frankreichs dort eine diplomatische Vertretung unterhielten. Jeden Tag konnte Stephans Lage sich umkehren. Er wäre dann nicht mehr Besitzer eines privilegierten Passes, sondern feindlicher Ausländer, und obwohl ihm diese Aussicht keine Sorgen machte, weil ihm sicher immer noch genügend Zeit bliebe, um nach Spanien zu entkommen, lag es doch nahe, daß Aimée sich darum kümmerte, was mit ihr geschehe, wenn ihr Beschützer nicht mehr da sei. Es war ein beunruhigendes Gefühl für ihn, sich darüber klarzuwerden, daß sie die ganze Zeit daran gedacht hatte, wie sie gemeinsam mit ihm über die spanische Grenze entkommen konnte; daß die Tage der Sorglosigkeit in Wahrheit von ihren rastlosen Überlegungen begleitet waren, wie sie sich durch ihn und mit ihm aus dem deutschbesetzten Gebiet retten könnte. Stephan fühlte sich in die Gemeinschaft der Verfolgten gezogen, gegen die er sich stets mit Händen und Füßen gewehrt hatte. In seiner nächsten Nähe, im Gehirn dieses schönen Mädchens, wurden die Berechnungen derer angestellt, die um ihre Haut kämpfen müssen und zu denen Stephan nun einmal nicht gehören wollte.

Aimée hatte ihren Fluchtplan die ganze Zeit über betrieben. Sie war, während er sie in der Badewanne wähnte, sogar einmal beim Unterpräfekten gewesen und hatte erfahren, daß dieser Mann, dem sie sichtlich gefiel, zu seinem größten Bedauern glaubte, keine Papiere mehr ausstellen zu können, weil man auf ihn aufmerksam werde. Etwas ganz anderes sei es, wenn es sich nur um einen vorläufigen Ausweis handele, der das Übertreten der Grenze in Verbindung mit einem anderen, eindrucksvolleren Dokument gewiß erleichtern würde. Der Unterpräfekt druckste etwas herum, als er sah, daß sie ihn nicht verstand, und sagte dann: »Wenn Sie Ihren amerikanischen Begleiter zum Beispiel heirateten, dann könnte ich über die Hochzeit eine Urkunde ausstellen, die auf irgendeinen Paß Bezug nimmt, und für diesen verlorengegangenen Paß ein Ersatzpapier anfertigen – das sind Gedankenspiele, die Sie vielleicht mit Ihrem Herrn Begleiter einmal an einem dieser langen warmen Abende zu Ende spielen könnten, wenn ich Ihnen, verehrtes Fräulein von Leven, eine kleine Anregung geben darf.«

Aimée hatte nicht fürchten müssen, den Beamten belästigt zu haben. Er war in den Grauzonen der Legalität zu Hause. Er genoß die Erfindung gewagter Konstruktionen, und er rechnete sich bei einem Fall, an dem eine Blondine und ein Amerikaner beteiligt waren, dazu noch eine Erkenntlichkeit aus, wenn er zur Lösung der Schwierigkeiten durch konziliantes Verhalten etwas beitrüge, wozu er fest entschlossen war.

Aimée zeigte ihren Stolz über das Ergebnis des Gesprächs. »Er würde uns auch ohne meine Papiere verheiraten. Ist das nicht unglaublich? Und dann nichts wie weg hier. Ich finde Narbonne allmählich auch langweilig, obwohl du mich immer so schön herumfährst. Jetzt sag mal, wie großartig du mich findest. Ich weiß ja, wie gräßlich es dir ist, dich um die Organisation kümmern zu müssen. Ich glaube, die Frauen können das besser als ihr.«

Es sah so aus, als füge Stephan sich zunächst in sein Schicksal. Er fühlte, daß nun ein Punkt erreicht war, der alles in seinem Leben veränderte, aber er wehrte sich nicht, denn er glaubte, daß die Entwicklung, so wie alles gelaufen sei, eine »gewisse Zwangsläufigkeit« enthalte. Er hatte Aimée schließlich nicht ohne Grund über die Demarkationslinie gebracht, er konnte sie nun hier nicht hängenlassen, während er sich selbst bequem in Sicherheit brachte, und zwar bevor für ihn das Spiel überhaupt gefährlich zu werden begann. Es war eigentlich wie in den gesegneten Zeiten, als Agnes ihm seine Ärmchen in die Luft gehoben, Hemdchen darübergestreift hatte, mit dem Waschlappen im Gesicht herumgefahren war und ihm im Kinderbettchen die Decke fest um den Körper gestopft hatte. Aimée hatte anscheinend begriffen, was zu tun war, wenn man mit ihm zusammenbleiben wollte. Er bewunderte sie ohnehin und immer noch, weil sie, von Florence und Agnes abgesehen, die einzige unsentimentale Frau in seinem Leben war. Vor dem Einschlafen dachte er einmal geradezu selig: Sie ist nicht so schrecklich gefühlig wie die anderen.

In ihrer Beziehung gab es kein Theater, keine Machtkämpfe

und überhaupt nichts, was Stephan gewohnt war, »Schmonzes« zu nennen. Immerhin spürte er bereits ein Hochgefühl des Glücks, wenn sie badete, und er einmal am Tag allein war. Sie verlangte dabei gar nichts von ihm. Sie war selbständig. Sie hatte keine Lust, ihn zu tyrannisieren. Aber er meinte manchmal, daß ihn ihr kühler, blauer Blick tiefer durchschaue, als ihm das von seiten irgendeines Menschen auf der Welt lieb gewesen wäre.

Und nun war es also beschlossen, daß sie zusammenblieben, das also würde jetzt sein Leben sein. Stephan empfand kein Glück bei diesem Gedanken, aber er bäumte sich auch nicht auf. Die Notwendigkeiten ließen nun einmal keine andere Wahl, und vielleicht würde ihm nie wieder ein Mensch wie Aimée begegnen. Er mußte zugreifen, wenn er nicht allein bleiben wollte, selbst wenn ihm der Zeitpunkt nicht behagte, selbst wenn soviel Wichtiges noch ungeklärt war und selbst wenn der Heiratsplan wirklich etwas plötzlich kam. Bei aller Schonung, die ihm Aimée durch ihre selbständige Planung hatte angedeihen lassen, wäre ein langsames Anwachsen dieses Gedankens Stephans Heiratslaune möglicherweise doch förderlicher gewesen.

Aimée freilich erwartete von ihm keine große Begeisterung. Sie glaubte ihn mittlerweile genau zu kennen, und sie wußte, daß mit Temperamentsausbrüchen bei ihm nicht zu rechnen war. Sie fühlte sich wohl bei ihm. Und wenn sie auch ahnte, daß sie auf die Dauer mit Stephan nicht viel gemeinsam haben würde, war sie doch bereit, in Zukunft dankbar und loyal mit Stephan zu leben. Stephan genügte dem, was sie von einem Mann erwartete, vollauf: Er war einfach, weltläufig, wohlhabend und in sie verliebt. Sie sah sich gern an seiner Seite, wenn sie in einem Restaurant plötzlich vor einem Spiegel standen. Zudem stand hinter ihm dies magische Wort »Amerika«. Aber selbst wenn wir die Ausstrahlung dieses Wortes auf Aimée ganz sachlich bewerten, änderte sie nichts daran, daß Stephan ihr gefiel und daß er auch unter günstigeren welthistorischen Konstellationen gute Chancen gehabt hätte, ihr zu gefallen. Wahrscheinlich war es der Funken Selbstsucht, den Stephan aus lauter Verwöhntheit zu faul zu verbergen war, der Aimée mit verwandtschaftlichen Empfindungen anheimelte und zugleich ihre bei allem Zynismus romantische Wahrheitsliebe beeindruckte.

Aimées Fairneß äußerte sich noch am selben Abend in einem Ereignis, mit dessen Zustandekommen Stephan nicht mehr gerechnet hatte: Sie hatte ihre Ansicht in bezug auf das, was sein mußte oder nicht sein mußte, auf einmal geändert.

So erfreulich dieser Sinneswandel für Stephan an jedem anderen Tag gewesen wäre – jetzt schlug er zu Aimées Schaden aus. Stephan lag lange wach in dieser Nacht. Aimées Umarmung hatte ihn aufgetaut. Sein unter der Schockwirkung des Nachmittags erstarrter Gedankenapparat geriet wieder in Bewegung. Auf einmal erschienen ihm Aimées Handlungen von Anfang an berechnend. Vom ersten Augenblick an hatte sie nichts anderes vorgehabt, als ihn nach allen Regeln der Kunst zur Strecke zu bringen. Er hatte sich naiv und gutgläubig, wie er es selbst in der Pubertät nicht gewesen war, ihren doch recht einfach gestrickten Unterwerfungsmethoden ausgeliefert. Er glaubte auf einmal nicht mehr daran, daß sie ernsthaft in der Gefahr schwebte, nach Deutschland deportiert zu werden. Und wenn schon. Gehörte sie da nicht im Grunde auch hin? Für sie gab es in Deutschland doch gar keinen Ärger, sie hielt sich schließlich nur aus Hochmut und Eigensinn von ihrem Vaterland fern, vielleicht auch aus Faulheit; dort würde sie wahrscheinlich hart arbeiten müssen für Hitlers Sieg. Wochenlang hatte sie ihn an der Nase herumgeführt, ihm den nicht vorhandenen Schopf abgeschnitten wie einst Dalila dem Samson.

Was für ein freier, unbekümmerter Mensch war er einmal gewesen. Keinen Blick hatte er fürchten müssen; er war einmal ein Flieger. Das schien nun lange her zu sein.

Stephan starrte ins Dunkle, während völlig geräuschlos Aimée neben ihm schlief. Sie muß nicht einmal atmen, dachte er, und es war ihm, als ob alles, was er nun an Aimée entdeckte, zu ihrem Nachteil ausschlug.

Stephan saß wieder im Doppeldecker, die Luftmassen schossen ihm durch seine beiden Nasenlöcher in die Lungen und bliesen sie wie Ballons auf. Er genoß den scharfen Druck der ledernen Fliegerkappe um seine Stirn, als halte sie sein zum Zerfließen neigendes Gehirn zusammen. Er erprobte die Willfährigkeit des Steuerknüppels, ließ sich hinabstürzen, wackelte herausfordernd mit den Tragflächen und schoß erneut der Sonne entgegen. Er war eigentlich ein Raubvogel, ein Einzelkämpfer, ein Held. Stephan erkannte, daß das Schicksal von ihm jetzt wahrhaft heldischen Mut forderte. Wie man den Steuerknüppel zum Sturzflug herunterdrückte, mußte er nun den Schnitt vollziehen, entschlossen, mechanisch und kalt. Er berauschte sich an seinem Vorsatz, Aimée zu verlassen, wie an starkem südlichem Wein, der ihm gestattete, die Augen zu schließen und in einen tiefen Schlaf des Vergessens zu sinken.

Der Morgen war seinen nächtlichen Vorsätzen günstig. Aimée lag schon in der Badewanne, als Stephan die Augen aufschlug. Er arbeitete stumm und zielbewußt wie ein Soldat in geheimem Auftrag, als er seine Kleider zusammenraffte und sich fertigmachte. Es war, als habe sich sein Entschluß im gleichen Augenblick, in dem er eingeschlafen war, als Leibwache neben ihm niedergelassen und sei wieder vor die Augen des Herrn getreten, als dieser erwachte. Aimée war gewöhnt, daß er früh ohne sie das Zimmer verließ.

Die gespannte Erregung, mit der Stephan sich wortlos unausgesetzt versicherte, daß er etwas Hochbedeutendes unternehme, verließ ihn bis Vichy nicht. Er sah noch das Paket Dollarnoten vor sich, fast seinen ganzen Besitz, das er mit einem Zettel, auf dem »Adieu!« stand, auf Aimées Kopfkissen gelegt hatte. Soviel Geld ist so gut wie ein Paß, sagte sich Stephan und fühlte die Freiheit wie der Flüchtling aus einem Gefängnis.

In Vichy war Aufbruchstimmung. Es herrschte allgemeine Verwunderung darüber, daß Stephan noch einmal zurückgekommen war. Es gab noch weniger zu tun für ihn als vorher. Stephan hatte viel zuviel Zeit, um nachzudenken und sich mit den Kennern der Lage zu unterhalten. Auf einmal schämte er sich. Er wußte jetzt wieder, daß es noch andere Wege gegeben hätte, Aimée ins friedliche Ausland zu geleiten, als die Heirat.

Stephan raffte sich auf, setzte sich ins Auto und fuhr zurück nach Narbonne. Im »Midi« erfuhr er, daß »Madame« sofort nach ihm abgereist sei. Sie habe jedoch einen Brief für ihn hinterlassen, zusammen mit einem Lederhandschuh, den Stephan offenbar bei seinem hastigen Aufbruch auf dem Zimmer vergessen hatte.

Daß sie geahnt hat, daß ich noch einmal zurückkomme, dachte Stephan und wurde rot. In dem Café gegenüber dem Hotel drehte er den Brief in seinen Händen hin und her, unschlüssig, ob er ihn lesen solle oder ungeöffnet aufheben oder ungeöffnet vernichten. Plötzlich fiel ihm auf, als er sich umsah und alles unverändert fand, wie zu der Zeit, als er allmorgendlich auf dieser Terrasse zu sitzen pflegte, daß dennoch etwas fehlte, ein wichtiger Bestandteil des alten Bildes: Dr. Frey war nicht mehr da, der lästige, wache kleine Frankfurter war verschwunden. Sie haben nur abgewartet, daß ich weg war, dachte Stephan und versank in ein fruchtloses Grübeln über sein Glück, seine Bosheit, seine Klugheit und darüber, wie unabhängig von all dem sein Leben seinen Lauf nahm.

III.

Obwohl meine Mutter sich nur selten dem Geschäft des Kochens mit der Hingabe widmete, die sie gern den Köchinnen vergangener Zeiten zuschrieb und von der sie behauptete, daß sie in unserer Zeit einen atavistischen Luxus darstelle, zu überflüssig, um noch genußreich sein zu können, gab es Mittagessen, die sie mit einem gewissen Aufwand vorbereitete. Unverhofft fiel auf ein vergessenes Rezept ihr Gnadenstrahl, eine Speise sollte auf einmal wieder in duftender Fülle erscheinen, die bis dahin nur noch auf den zart zerknitterten und zwischen den Kochbuchseiten wieder glattgepreßten Zetteln in der dünnen, lockeren Handschrift meiner Großmutter ein geheimes Leben führte und spirituell und unfaßlich geworden war wie der Plan eines von der Erdoberfläche verschwundenen Bauwerkes, der dessen physische Wirklichkeit weit mehr verschweigt als verrät. Allerdings verbot das Temperament meiner Mutter selbst beim Kochen, unumschränkt einer anderen als der eigenen Autorität zu folgen, denn die Patriarchengeste meines Großvaters hatte ihr nicht nur die Motive und Fähigkeiten aller Männer verdächtig gemacht, sondern darüber hinaus überhaupt jedes tradierte Prinzip, ihren eigensinnigen Zweifeln ausgeliefert, und seien es auch die Küchenregeln, denen sich meine Großmutter nicht aus Unselbständigkeit und Vergangenheitshörigkeit untergeordnet hatte, sondern weil sie sie als nützlich und erprobt befand. Der Blick meiner Mutter kühlte ab, wenn sie sich ein solches Rezept vornahm, nachdem sie ihr Vorhaben meist schon Tage vorher angekündigt hatte und sich dabei liebevoller Worte über die elterlichen Mahlzeiten nicht schämte. Zunächst behauptete sie, die Schrift meiner Großmutter nicht lesen zu können, als handele es sich bei den handschriftlichen Supplementen zum Kochbuch um die entlegensten gotischen Manuskripte und nicht um die Hand ihrer Mutter, die keineswegs die von den Volksschullehrern der Kaiserzeit erfundene und eisern gelehrte »Deutsche Schrift« schrieb, sondern eine zwanglos aussehende Mischung aus lateinischen und deutschen Buchstaben, die ihrer Schrift die unverstaubte Eleganz des 18. Jahrhunderts gaben und obendrein besonders gut lesbar waren. Wenn meine Mutter dann behauptete, ein Gericht nach dem Rezept ihrer Mutter gekocht zu haben, hatte sie die einzelnen Vorschriften, Zutaten und Mengen, die mit zweifelsfreier Nüchternheit von meiner Großmutter angegeben waren, freilich kaum beachtet. Wie eine Wahrsagerin, die mit entschiedener Bewegung den Satz des türkisch gebrauten Kaffees vor sich hin auf den Tisch schüttet, weil seine unvorhersehbaren Formationen sie in mantische Trance versetzt, betrachtete meine Mutter die alten Rezepte, ohne sie zu lesen, und ließ sich von ihnen in eine milde Stimmung gegenüber ihrer familiären Vergangenheit versetzen, die sie sonst eher kritisch zu schildern geneigt war.

In der Zeit, in der meine Tante bei uns wohnte, kamen solche Rückgriffe auf die Welt meiner Großeltern häufiger vor, weil meine Mutter glaubte, vor ihrer Schwester, deren junggesellenhafte Anspruchslosigkeit jeder geregelten Haushaltsführung entwöhnt war, mit Kostproben einer entwickelteren Ökonomie glänzen zu sollen. Leider stimmte solcher Aufwand meine Tante doppelt schüchtern, weil sich in ihm die respektheischenden Häupter ihrer verblichenen Eltern zugleich mit den ohnehin schwer zu fassenden Vollkommenheiten meiner Mutter zu einer erdrückenden Phalanx fügten, der gegenüber sie nur noch den eigenen Unwert, bevor er ihr womöglich vorgehalten wurde, freimütig zugeben konnte. Dabei tat meine Mutter alles, um meine Tante in ihrer eigenen achtungslosen Haltung gegenüber den Leistungen der elterlichen Küche zu bestärken. Sie sprach voller Verachtung von Menschen, die nichts Besseres zu tun hatten, als fünf Stunden lang Bouillon zu kochen, und sie zitierte höhnisch eine Vorschrift, die angeblich aus Trier stammte, deren Wortlaut viel wahrscheinlicher jedoch in der Kaiserzeit bereits in kabarettistischer Absicht abgefaßt worden war: »Zum Sauerkrautkochen nimmt man Champagner, arme Leute nehmen einen feinen Mosel.« Meine Tante fiel bei solchen Reden von einem Gefühlsextrem ins andere: sie bestaunte demütig die handwerkliche Inbrunst, sie erschrak vor der frivolen Verschwendung, und sie neigte ihr Haupt vor denjenigen, die das Für und Wider in solchen, ihrem eigenen Lebenskreis unendlich fernliegenden Fragen gewandt ins Gefecht zu führen wußten, wie meine Mutter es tat, wenn sie zusammen Gemüse putzten, um die bei uns so gut als Vor- wie auch als Hauptspeise immer wieder auf den Tisch kommende Gemüsesuppe vorzubereiten.

Es war in solchen Augenblicken, als seien die beiden Frauen nicht Schwestern, die für eine ganze Jugendzeit Tag für Tag am selben Tisch Platz genommen hatten, sondern als stammten sie aus vollkommen verschiedenen Milieus, die es unfaßlich erscheinen ließen, daß ein Volk dermaßen weit voneinander entfernte Lebensgewohnheiten in seinen Klassen und Schichten duldete und dennoch eine einzige Sprache gebrauchte. In dieser Hinsicht nämlich bewiesen meine Mutter und meine Tante die tiefe Einigkeit gleicher Herkunft, sie hatten sich die bürgerliche Version des eigentlich ländlich klingenden Idioms der Mosel bewahrt. Wenn die klingende Erinnerung an Trier den Reden meiner Mutter aber den Charakter der Skepsis und der Nüchternheit verlieh, führte derselbe Akzent dazu, die melancholische Ruhe, die vorwurfslose Resignation meiner Tante in geradezu orientalischem Singsang noch deutlicher werden zu lassen, als sie es den gezügelten Inhalten ihrer Worte jemals gestattet hätte. Meine Tante wußte, daß die Vorwürfe meiner Mutter gegen die Bevölkerung Frankfurts, die nichts davon verstehe, was ein richtiger katholischer Karneval sei, mit ebensogutem Recht auch gegen sie selbst hätten erhoben werden können. Sie fühlte sich angesprochen, wenn meine Mutter sich über das Ehepaar lustig machte, dem der Kolonialwarenladen auf dem Trümmergrundstück des Hauses Wafelaerts gehörte, keineswegs Frankfurter nebenbei, sondern aus Breslau gebürtig, für meine Mutter jedoch als Bestätigung ihres Urteils über eine Stadt willkommen, die solche Neubürger in ihren Mauern duldete.

Ihr kleiner Laden war aus Trümmerholz zusammengezimmert. Die Ahnung, daß ihnen auf diesem Grundstück bestimmt kein Bleiben beschieden sein würde, hinderte das Ehepaar daran, an den häßlichen Provisorien der ersten Stunde unnötig herumzubessern, und die beiden Breslauer fühlten sich in ihrer Bitterkeit nur bestätigt, als sie sich endlich entschlossen hatten, den alten Eisschrank, der zweimal in der Woche mit einem Eisblock aus der Wassereisfabrik gefüllt wurde, gegen ein elektrisches Fabrikat auszutauschen, und ihnen, kaum daß die teure neue Maschine Aufstellung gefunden hatte, der amtliche Bescheid zuging, daß es mit dem Trümmeridyll nun ein Ende habe, weil das Wafelaerts-Grundstück neu bebaut werde und das Hüttchen daher verschwinden müsse. Zur Fastnachtszeit war es hingegen auch in ihrem Laden beinahe übermütig zugegangen. Am Rosenmontag bediente das Ehepaar, das wie immer seine Arbeitskittel über dem Reißverschlußpullover trug, zwar mit derselben üblen Laune, dem grämlich verschlossenen Mund, dem trüben Blick und der unwilligen und gekränkten Stimme, aber doch nicht ohne den Besonderheiten der Festtage Rechnung zu tragen, denn Frau Busack hatte sich ein rosaglitzerndes Spitzhütchen mit einer durch jede Bewegung in wildes Schwanken versetzten hellgrünen Papierquaste, das von einem Gummiband um den Hinterkopf gehalten wurde, auf den graugelockten Kopf gesetzt, und Herr Busack trug die in Pappe gearbeitete Nachahmung eines Fez, wie er in der Türkei schon lange verboten war. Sie wollten sich nicht eigentlich verkleiden, sie trugen den Karnevalsfirlefanz wie Opfer, die von Schergen in kindischer Grausamkeit mit Eselsohren geschmückt werden, weil sie nicht nur des Lebens, sondern auch ihrer Würde beraubt werden sollen. Wenn es also dem Ehepaar Busack gelang, ihre Kunden stets in die Stimmung unbestimmten Mitgefühls zu versetzen, wenn sie den Laden betraten, um dort Seife und Tomaten einzukaufen, fügte meine Tante diesem Mitleid noch eine feine Nuance hinzu, wie es ihrer im Leid erfahrenen Seele zukam. Sie ahnte, daß nicht nur mangelnder Leichtsinn die Busacks an der ungehemmten Mitfeier der Fastnachtstage hinderte. Gewiß, es war nicht schön, wenn man sich der kalendarisch verordneten Fröhlichkeit verschloß, und doch war es sicher rücksichtsvoller, wenn sich aus dem saturnalischen Treiben rechtzeitig aussonderte, wer befürchten mußte, daß ihm unversehens im Konfettiregen die Tränen in die Augen sprangen. Meine Tante suchte Gefährten in ihrem Leid, und wenn sie irgendwo welche entdeckt zu haben glaubte, begann sie die innigste Teilnahme zu zeigen, als zähle ihr eigenes Unglück nichts gegen den Kummer der anderen.

Ganz in Gedanken an das Schicksal der Busacks, mit denen sie übrigens niemals viel gesprochen hatte und die sie erst richtig bedauerte, seitdem meine Mutter über sie herzog, sah sie meiner Mutter zu, die über geschälte Kartoffeln eine Flasche Apfelwein goß, ein Rezept, das ihr aus ihrer Jugend in Erinnerung geblieben war. Allerdings lehnte sie es entrüstet ab, für die andere Hälfte des Sudes, in dem die Kartoffeln kochen sollten, eine richtige Bouillon zu bereiten, was in ihren Augen geradezu eine Versündigung gegen den Geist des Fortschritts bedeutete. Der Fortschritt hatte mit Sturmesbrausen alles hinweggeblasen, was ihr an ihrem Elternhaus mürbe und welk erschien, und er war durch dies Reinigungswerk zu einer moralischen Kraft angewachsen. Meiner Mutter bescherte er die Gelegenheit zu Triumphen, wenn sie zum Beispiel, statt Markknochen, ein großes Stück Suppenfleisch und ein Huhn auszukochen, einfach einen Würfel fettigen Konzentrats in das brodelnde Wasser warf und in Minuten erreichte, was früher das Ergebnis von Stunden gewesen war.

Meine Tante hingegen erinnerte sich wohl daran, daß einst im Souterrain viel Aufhebens vom Kochen gemacht worden war, hatte aber niemals empfunden, daß diese Mühen auch ihr galten, und fühlte sich genaugenommen nicht wirklich betroffen, wenn etwas Gutes auf den Tisch kam. In selbstgewählter Vereinzelung saß sie zwischen den Schmausenden und pflegte in sich die Vorstellung, daß sie wie ein kleiner Soldat plötzlich vom

Tisch aufstehe, um, ohne sich einmal umzusehen, diese freundliche Tafel mit ihrer eigentlichen Heimat, einem entbehrungsreichen Biwak, zu vertauschen. Ohne die geringste Aufsässigkeit zu zeigen, wußte sie, daß die bürgerliche Behaglichkeit, die sie vom ersten Tag ihres Lebens an umgab, ihr Wesen nicht berührte. Es lag eine besondere Tücke ihres Schicksals darin, daß ihre Wildheit und Verlassenheit für ihre Verwandten wie bedauernswerte Altjüngferlichkeit aussahen, obwohl meine Tante weder abgestorben noch unempfindlich war.

Ihre Dienstwilligkeit bei der Zubereitung kulinarischer Köstlichkeiten, wie des Kartoffelsalates, den meine Mutter anläßlich des Abschiedsbesuchs von Florence und Stephan zu bereiten gedachte, hätte meine Mutter rühren müssen, wenn sie ein Auge für die tapfere und zugleich blinde Ungeschicklichkeit besessen hätte, mit der sich ihre Schwester ihren Aufgaben unterzog. Niemals freilich war meine Tante weniger bereit, die Besonderheiten einer Kartoffel, die sich mit einer Mischung aus erhitztem Apfelwein und Rinderbouillon vollgesogen hatte, zu ermessen als an diesem Tage, an dem sie sich die Fingerspitzen an den heiß aus dem Sud kommenden Kartoffeln verbrannte, um aus ihnen für Stephan einen Salat zu schneiden, das letzte, was sie für ihn tun durfte.

Der Aufbruch der »Ménage Korn«, wie meine Mutter sich gern ausdrückte, hatte sich um einige Tage verzögert. Wenn es auch zunächst aussah, als rechne Florence nach ihrem Ausflug mit meiner Tante nach Kronberg nicht mehr damit, daß sie und Stephan noch einmal mit meiner Tante zusammentreffen würden, hatte sie, wenn sie sich des Gesichts meiner Tante bei ihrem Abschied erinnerte, alle Furcht vor einem neuen Zusammentreffen verloren. Als sich Florence dann zusammen mit Stephan für einen Abschiedsbesuch bei uns ansagte, konnte sie sich außerdem durch die vorsichtigen Andeutungen, die mein Vater machte, leicht davon überzeugen, wie wirkungsvoll ihre Unterredung mit meiner Tante den Gang der Ereignisse beeinflußt hatte. Meinem Bruder und mir hingegen erschien das Verhalten meiner Tante erst bei diesem Mittagessen wirklich eigenartig, davor hatten wir gerade begonnen, besser mit ihr zurechtzukommen.

Ich erinnere mich, daß in den Tagen vor Stephans Abreise die Beklommenheit, die ich meiner Tante gegenüber empfand, gewichen war, weil sich ihr ganzer Ton uns gegenüber verändert hatte. Wir spürten nichts mehr von der verzweifelten Bemühung, uns näherzukommen, nichts mehr von dem ungeschickten Erziehungsgehabe, das uns um so unglaubwürdiger vorkam, als sie versuchte, ihr Gesicht vor uns zu wahren, denn sie konnte ihren Lehrerinnenberuf niemals verleugnen. Dennoch erwarb sie sich bei uns keinen Respekt, und wir folgten ihren Anweisungen nur, wenn wir sie von den Wünschen unserer Eltern gedeckt wußten. Unsere Unbotmäßigkeit war ihr geheimer Kummer während ihrer Aufenthalte im Haus meiner Eltern, denn sie hielt sich dadurch für unnütz, für eine Last des Haushalts, dem sie sonst nichts beizusteuern hatte. Ich wußte früh, daß meine geringe Bereitwilligkeit zum Gehorsam eigentlich eine Art von Unkameradschaftlichkeit darstellte, denn meine Tante verlangte nicht wirklich die Unterordnung unter ihre Vorschriften. Sie hätte sich ebensogut mit dem Schein des Gehorchens zufrieden gegeben und diesem Schein auch ihre pädagogischen Ideale geopfert, weil ihre Sehnsucht nach friedlicher Harmonie in unserem Haushalt noch stärker entwickelt war als die nach der Erfüllung ihrer eingebildeten Pflichten.

Was uns in den Tagen nach dem Ausflug nach Kronberg auffiel, war die gute Laune meiner Tante, eine fast übersprudelnde Redseligkeit uns Kindern gegenüber, aber nicht mehr lehrhaft, sondern heiter und um uns an ihrer eigenen aufgeregten Stimmung teilnehmen zu lassen. Auf einmal steckte meine Tante voll von Geschichten, wie ich sie liebte und wie sie sie uns bisher stets verbieten wollte. Meine Tante hatte auf dem Seminar und aus ihren Zeitschriften gelernt, daß es die vornehmste Aufgabe des Erziehers sei, Augen und Ohren der Heranwachsenden von allen Darstellungen der Gewalttätigkeit fernzuhalten. Bereits wenn sie sah, daß ich mit meinem Kasperlepuppenkrokodil, dessen roter Rachen sich so weit öffnete, wie ich meine kleine Hand spreizen konnte, meinem Teddybären in die starken Extremitäten biß, versuchte sie, mich abzulenken, indem sie mich mit harmloseren Spielen lockte und sogar mit ihrer hellen Knabenstimme ein freundliches Lied sang. Wenn nichts half, verfiel sie auf den Gedanken, mir das Gefühlsleben des Teddybären vorzuhalten, über das ich selbst nun freilich besser unterrichtet war, als sie es sein konnte. Ich wußte, daß der Bär nicht traurig war, wie meine Tante behauptete. Ich wußte, daß er kräftige Bisse liebte und daß er imstande war, gelegentlich selbst welche auszuteilen. Ich wußte auch, daß die Stimme, mit der meine Tante um die Schonung des Teddybären flehte, um so zu tun, als bettele er beim Krokodil um Gnade, nie und nimmer die Stimme meines Bären sein konnte. Sie piepste, um besonders mitleiderregend zu wirken, wohingegen die Stimme des Teddybären, die ich nachts vernommen hatte, das Grollen eines Vulkans war. Dieser Bär hatte mein Krokodil schon tausendmal aufgeschlitzt und seinen Körper wie einen Handschuh umgekrempelt, und wenn das Raubtier aus dieser auswegslosen Lage nicht schon wiederholt von der Fahrrad fahrenden Rotekreuzschwester befreit worden wäre, hätte es seine letzten Lebenstage längst würgend in unserem Vorgarten unter einem heftig lilablühenden Rhododendronstrauch gelegen.

Meine Tante von dieser wahren Lage der Verhältnisse zu unterrichten wäre mir als aussichtsloses Unterfangen erschienen, ebensowenig wie es ihr gelang, mich für die Welt der Karussell fahrenden Nilpferde, in die Schule ziehender Kätzchen und Veilchensträußchen pflückender Äffchen zu interessieren. Wenn es überhaupt in den Geschichten, die sie bevorzugte, spannend werden durfte, kam etwa ein tapferer kleiner Flugzeugpilot darin vor, der mutig ein wichtiges Medikament für ein armes krankes Kind über die Alpen bringt, der aber immer rechtzeitig genug landete, um das Entstehen einer uferlosen, unbesiegbaren Trauer, von Schmerzensschreien, die ein anspruchsvolles Publikum beschäftigen könnten, zu verhindern. Ich bemerkte diese Wendung zum Hoffnungsvollen schon bald. Sie teilte sich stimmungshaft im Grunde schon in der Exposition solch einer Geschichte mit, die doch eigentlich noch die Möglichkeit eines guten Ausgangs zweifelhaft erscheinen lassen wollte. Mit der Hoffnung kehrte auch die Langeweile in meinem Herzen ein. Ich gab es bald auf, noch weiterhin zu tun, als höre ich zu. Der wahre Grund, warum meine Tante immer wieder versuchte, diese Art von Büchern bei uns anzupreisen, lag übrigens nicht allein in der Überzeugung, daß solche Geschichten für die Bildung der jungen Seele humanisierende Nahrung enthielten, sondern in dem von der Wirklichkeit nicht zu erschütternden Glauben, daß Kinder reifer als die Erwachsenen seien und dem Schrecken keinen ästhetischen Reiz abgewinnen könnten.

Wie köstlich war meine Überraschung deshalb, als ich bemerkte, daß die Geschichte, die meine Tante uns einen Tag nach ihrer Rückkehr aus Kronberg, nachdem sie ihre Klausur aufgegeben hatte, mit frisch gefaßtem Mut zu erzählen begann, in keiner Hinsicht dem glich, was sie uns sonst vorsetzte, was man schon am Anfang merkte, so deutlich formten sich die Sätze aus anderem als dem bei ihr gewohnten Stoff. Ihre schönen Augen glänzten, wenn sie innehielt, um sich an Details ihrer Erzählung zu erinnern, als handele es sich um ein wirklich erlebtes Abenteuer und nicht um etwas zur Erheiterung von Halbwüchsigen Ausgedachtes, und auch das war etwas Neues, denn sie hatte es vorher immer mit der Wahrheit sehr genau genommen und damit jedem ihrer Berichte in meinen Augen die letzte Würze entzogen.

Später hätte ich den neuen Ausdruck, mit dem meine Tante auf einmal sprach, wahrscheinlich als hemmungslos bezeichnet, aber damals begann ich mich in ihrer Nähe wohler zu fühlen und war geneigt, ihren Worten mehr Gewicht als früher beizumessen. Ihre Sätze schweiften nun frei umher wie die Schwalben. Überhaupt war jede Form von Anstrengung, die ihr sanftes Gesicht so häufig entstellt hatte, von ihr gewichen. Sie war jung und heiter geworden, und sie empfing den Kuß, den ich ihr aus einer Augenblickslaune heraus auf die Wange gab, eine Zärtlichkeit, die ich ihrem hartnäckigen Flehen sonst grundsätzlich verweigerte, mit freundlichem, aber zerstreutem Lächeln, das mich noch mehr verblüffte als mein Einfall, sie zu küssen.

»Ach Gott, Küsse«, sagte sie verträumt, »Küsse habe ich bekommen, so viele, daß ich sie gar nicht zählen kann. Alle wollten sie mich küssen. Aber nur einem habe ich das erlaubt. Denn zum Küssen, da gehören zwei dazu.« Die Einfalt dieses letzten Satzes, der vielleicht aus einem Schlager stammte, konnte meiner Tante nichts anhaben. Ihre gute Laune machte alles, was sie sagte, funkelnd neu und originell, und sei es vorher noch so abgenutzt gewesen. »Wir saßen schon im Flugzeug, als wir uns küßten«, fuhr sie beinahe geschäftsmäßig fort. Sie erwähnte nicht, mit wem sie im Flugzeug saß, aber das war auch nicht notwendig für mich, denn die Identität ihres Begleiters verstand sich eigentlich von selbst.

»Hattest du keine Angst?« fragte ich.

»Wir hatten doch Fallschirme«, antwortete meine Tante mit dem nachsichtigen Lächeln, das man den Naiven schenkt. »Wir hatten jeder einen riesigen himmelblauen Fallschirm, der genauso himmelblau wie der Himmel selbst war.«

»Unsichtbar für die Feinde, die denken sollten, daß ihr fliegen könnt«, sagte ich und spürte, daß ich nun endlich in der Welt, die meine Tante so beiläufig vor mir ausrollte, zu Hause war, und daß ich die Geschichte im Grunde allein hätte weiter erzählen können.

»Oh, die Feinde«, sagte meine Tante, und ich lernte bei diesem Wort zum erstenmal auf ihrem Gesicht den Ausdruck der Geringschätzung kennen, eine Empfindung, die es bis dahin nicht bei ihr gegeben hatte. »Weißt du, er ist dermaßen wild, daß sie ihn sowieso schon fürchten. Er ist immer wild, er küßt wie ein Tiger, er beißt auch, manchmal auch mich, man weiß es nie vorher, ob man ihn irgendwie geärgert hat.«

Keine dieser Eröffnungen konnte mir von ihrem Inhalt her erstaunlich sein. Der Kampf, den die verschiedenen Wirklichkeiten, die ich wahrnahm, um die Approbation durch meine Vernunft führten, schwankte lange unentschieden hin und her. Noch vermischten sich die Sphären, ohne sich zu stören, so daß mir die Welt der Verkehrsampeln und Zahnärzte, der Gespräche meiner Eltern und der Suppen, die dabei gegessen wurden, mühelos mit den überall lauernden Dämonen und den Zauberkräften meines Bären verschmolz. Es war ein neuer Aspekt, daß mein Bär und Stephan so viele Ähnlichkeiten besitzen sollten. Aber diese mir durch meine Tante überraschend offenbarte Verwandtschaft gefiel mir so gut, daß Stephan und mein Bär für mich identisch wurden, und nun gab es nicht mehr den geringsten Grund, meiner Tante noch mit Reserve zu begegnen, im Gegenteil, ich trieb sie an und half ihrer manchmal stockenden Rede nach, denn meine Tante war naturgemäß im Machtbereich des Bären Stephan noch nicht lange genug zu Hause, um darüber schon so viel wie ich zu wissen. Ich spürte nicht die kleinste Eifersucht darüber, daß meine Tante nun auf einmal, nach so langer, widerspenstiger Abstinenz, den Bären ganz vereinnahmen wollte, denn einmal hatte sie das majestätische Tier um die Hinzufügung der Persönlichkeit Stephans bedeutend bereichert und mich damit dermaßen verblüfft, daß die Regionen des Herzens, in denen der Besitztrieb wohnt, von der stärkeren Reizung der Neugier betäubt wurden, und außerdem schien sie ihm ebensoviel Ehrfurcht und Liebe, wie ich es tat, entgegenzubringen. Er hingegen behandelte sie in ähnlich gefährlicher und undurchschaubarer Weise, wie ich es an ihm gewohnt war.

»Warst du denn nackt im Flugzeug?« fragte ich schließlich und vergaß, daß eine solche Frage von den üblichen Unterhaltungen mit meiner Tante so weit entfernt lag, daß ich eigentlich aus meinem Rausch hätte erwachen müssen. Normalerweise weigerte ich mich bereits, die Gegenwart meiner Tante zuzulassen, wenn ich gebadet wurde, und meine Tante war stets betrübt darüber, daß sie meine Mutter nicht in einer Arbeit unterstützen durfte, die ihrer unbeholfenen Kinderliebe so sehr entsprochen hätte. Auf meine Frage, die ich nun auch für sie überraschend stellte, zögerte sie zunächst, jedoch nicht etwa deshalb, weil sie schockiert gewesen wäre und weil sie mich hätte zurechtweisen wollen und dafür nach Worten suchte, sondern ganz offensichtlich aus dem Grund, weil sie sich in ihrer Erinnerung wieder zurechtfinden mußte. Ich sah ihr an, daß ihr meine Frage gefallen hatte, aber sie war sich einfach nicht ganz sicher, ob sich ihr Erlebnis tatsächlich so zugetragen hatte, wie ich es ihr nahelegte und wie sie es sich vielleicht auch gewünscht hätte, und sie war auch jetzt, da sie sich meiner eigenen Gedankenwelt angenähert hatte, ernstlich beflissen, keineswegs leichtfertig etwas zu behaupten, was sich bei Überprüfung als unwahr hätte herausstellen können.

»Ich glaube«, sagte sie langsam und ließ den Mund, der die unerhörte Vermutung so unwillig entlassen hatte, halb offenstehen, so daß ihre feuchten Lippen im Sonnenlicht glänzten.

Ein einziges Mal hatte ich meine Tante nackt gesehen, und auch davon war mir eher die intellektuelle Gewißheit, daß sie nackt war, im Gedächtnis geblieben, als ein genauerer optischer Eindruck. Ich hatte vergessen anzuklopfen, und ihre unbekleidete Gestalt schoß mir blitzschnell entgegen, um die Tür wieder zuzudrücken. Eigentlich sah ich nur die Linien des Körperumrisses, weil der Körper selbst sich in der Geschwindigkeit, in der er sich auf mich zubewegte, verdunkelte, bevor die Tür ins Schloß sprang und drinnen der Schlüssel hastig zweimal herumgedreht wurde. So schattenhaft aber das Bild war, das mir im Gedächtnis blieb, hatte es mich doch zu meiner Frage anregen können, weil mir seitdem die Möglichkeit ihrer Nacktheit denkbar geworden war und weil diese Möglichkeit zugleich einherging mit dem Zauber eines sorgfältig gehüteten Geheimnisses, das hinter doppelt verschlossenen Türen bewahrt wurde, nicht anders als die rätselvollen Bildnisse, die in verwunschenen Schlössern hinter der zwölften Tür ihren magischen Alltag zubringen und von denen mir vorzulesen meine Tante bisher so gewissenhaft vermieden hatte.

»Ich war nackt, weil alles brannte«, sagte sie schließlich mit neugewonnener Fassung. »Überall war Feuer, auch in meinen Haaren, es tat weh und schnitt mich bis aufs Blut.« Außer mir vor Begeisterung klatschte ich in die Hände. »Und was machte er da, er hat dann doch etwas gemacht?« rief ich und sah meine Tante mit nie gekannter Liebe an.

»Er machte mit den großen Schrauben die vielen weißen Giftblumen kaputt, die überall auf den Bäumen wuchsen. Wenn die Schrauben an sie rankamen, spritzten ihre Blätter durch die ganze Gegend, die ganze Straße war naß von ihrem Gift.«

»Was für Schrauben waren denn das?« fragte ich. Meine Tante war wieder zerstreut und antwortete nur obenhin, ohne mir dabei einen Blick zu schenken. »Nun, die großen Schrauben, die ein Flugzeug hat, er ist doch ein Flieger, ein Flugzeug fliegt doch mit zwei großen Schrauben. Es ist alles wie im ›Kleinen Prinzen‹, ich habe dir doch die schöne Geschichte oft vorgelesen.« Die Erwähnung dieser Erzählung, die die Lieblingserzählung meiner Tante war, brachte mich augenblicklich um meine Stimmung. Niemals hatte mich meine Tante mehr gelangweilt als mit dem ›Kleinen Prinzen‹. Daß ich schließlich nun doch wieder zu diesem verabscheuten Buch zurückgeführt werden sollte, empfand ich als Heimtücke, und im Nu stiegen Ungeduld und Gereiztheit, die sonst mein Verhältnis zu meiner Tante prägten und die ich während der letzten Weile vergessen hatte, wieder in mir hoch, und Verachtung klang in meiner Stimme, als ich ihr antwortete: »Du bist aber dumm, das sind doch keine Schrauben, das sind Propeller. Wofür liest du denn immer den ›Kleinen Prinzen‹, wenn du das nicht weißt?« Meine Tante hörte mich nicht, obwohl das Wort »Propeller« durch ihre plötzliche Abwesenheit hindurchdrang und von ihr sofort aufgegriffen wurde.

»Propeller, Propeller«, sang sie vor sich hin, als sei sie allein, niemals hatte in ihrer Stimme soviel unbekümmerte Heiterkeit gelegen. Sie öffnete die Kommodenschublade und warf rücksichtslos ihre sorgfältig gefaltete Unterwäsche durcheinander, dann kroch sie unter das Bett und suchte lange im leeren Papierkorb. »Mein Hut, wo ist mein Hut? Ich weiß genau, ich hatte einen Hut!« murmelte sie und legte ihre Hände ratlos in den Schoß. »Dein Hut ist in der Garderobe«, sagte ich, und weil sie mich nicht zur Kenntnis nahm und immer weiter die Sorge um den Hut in leisen Worten hin und her wandte, ergriff ich schließlich ihre Hand und zerrte sie aus dem Zimmer. Sie folgte mit eigentümlich tapsenden Schritten, unbeholfen wie jemand, dem die Beine eingeschlafen sind, und auch ein wenig kindisch.

»Da ist doch dein Hut«, sagte ich und zeigte auf das Hutbrett, wo als einzige Kopfbedeckung das schwarze Vogelbrüstchen meiner Tante lag, das seit dem Ausflug nach Würzburg seinen Platz nicht mehr verlassen hatte, obwohl es auf dem windigen Schloßplatz im Laufen und im Fliegen unterwiesen worden war. Meine Tante sah durch ihren Hut ebenso hindurch wie durch mich. Sie war auf einmal gleichgültig. Als sie mit freundlicher Bestimmtheit ihre Hand aus der meinen nahm und wegging, wollte ich ihr noch hinterherlaufen, um zu sehen, was sie nun beginne, denn ich ahnte, daß von heute an im Leben meiner Tante manches Neue zu erwarten sei. Aber sie schlug mir die Tür vor der Nase zu und schloß ab, und als ich versuchte, durch das Schlüsselloch zu gucken, sah ich nichts als das Handtuch, das sie über die Türklinke gehängt hatte, um mir die Einsicht zu verwehren. Ich weiß noch, wie ich eine unerwartete Bewunderung für meine Tante empfand, weil die freche Selbstbehauptung, die in dieser Geste lag, nichts mit ihrer alten Demut, die ihr jedermann so schlecht vergolten hatte, zu tun hatte. Ich fühlte sie zu einem ernsthaften Gegner heranwachsen und war deshalb gekränkt, daß ihre Türe auch weiterhin abgeschlossen blieb, obwohl der einzige Zweck, den diese Verriegelung in meinen Augen haben konnte, nämlich sich bei mir Respekt zu verschaffen, bereits erreicht war und wir nun getrost hätten weiter einander bei unseren Erlebnissen zuhören können.

Wenn meine Tante bei uns zu Besuch war, begleitete sie mich statt meiner Mutter in die Sonntagsmesse, denn meine Mutter liebte es, länger zu schlafen, und murrte darüber, den Sonntagvormittag nur durch eine zusätzliche Pflicht vom Werktag unterschieden zu sehen, der sie nur meinetwegen nachkam, weil sie es für klug hielt, meinen religiösen Eifer bis zur Erstkommunion nicht unnötig zu beeinträchtigen. Wenn sie am Samstagabend entschied, indem sie tat, als stelle sie diese Überlegung zum erstenmal an, daß sie am anderen Morgen nun doch nicht mit mir zur Kirche gehen werde, weil sie endlich einmal ausschlafen müsse, daß es für mich aber schließlich auf dasselbe hinauslaufe, wenn ich statt dessen von meiner Tante begleitet würde, deren

Frömmigkeit außer Zweifel stand, dann schloß sie diese Bemerkung mit dem versonnenen Wunsch, ich möge für sie mitbeten, ein Auftrag, dem sie die leichte Frivolität der großen Sünderin zu geben wußte, deren Leben ihr den Weg in die Kirche schmerzlich verbaut und die dennoch weiß, wie süß die Sünde schmeckt. Meine Tante schickte sich selbstverständlich widerspruchslos und versuchte sogar noch, mir am nächsten Morgen, wenn ich aus meinem Zorn über das Ruhebedürfnis meiner Eltern keinen Hehl machte, mit einfühlsamen Erklärungen das Herz weicher und andachtsbereiter zu stimmen. Sie sorgte auch jedesmal dafür, daß ich für meine Eltern nach der Messe eine Kerze aufstellte, denn sie wollte sich vergewissern, daß der Auftrag meiner Mutter, den sie wörtlich genommen hatte, ausgeführt werde, und zwar nicht nur von ihr, die sie die Kraft ihres Gebetes nur gering einschätzte, sondern vor allem von dem unschuldigen Kind, das sie zur Messe geführt hatte. Obwohl ich, wenn meine Tante mit mir zur Kirche ging, erheblich länger dem Kult folgte, denn im Unterschied zu meiner Mutter war sie pünktlich zum Anfang der Messe mit mir zur Stelle, und wir harrten auch bis zum Segen aus, von dem meine Mutter gern sagte, daß sie ihn sich gut schenken könne, hinderte sie mich durch die auffällige Inbrunst ihrer Andacht daran, daß ich den Ablauf der heiligen Handlung verstehen lernte, wie mich die Zerstreutheit meiner Mutter in anderer Weise durcheinander brachte.

Für meine Mutter war von wesentlicher Bedeutung, wer sich überhaupt der Mühe unterzogen hatte, in der Kirche zu erscheinen. Wenn Frau Oppenheimer etwa den Sonntag ausnahmsweise nicht auf dem Lande verbrachte und mit ihren blonden Söhnen der ersten Reihe zustrebte, als handele es sich um ihr Herrschaftsgestühl, war meine Mutter ebenso davon in Anspruch genommen, wie wenn der Monsignore vertretungshalber die Messe las und weder Ines Wafelaerts noch die alte Agnes es für nötig hielten, ihrem Seelenführer durch tapfere Anwesenheit Beweise ihrer Treue darzubringen. Dabei hätte nicht einmal der Papst eine der beiden Frauen noch in diesen Tempel locken können. Für beide war die Zeit des Kirchgangs unwiderruflich vorbei, weil ihr Glaube an irdische Manifestationen des Herrn unlösbar an die Existenz bestimmter Immobilien gebunden war: Für Agnes lebte Gott in Dillenhausen, und sie hatte sich also ein ganzes Leben daran gewöhnt, ohne ihn auszukommen; für Ines Wafelaerts hingegen hatte Gott die Stadt Frankfurt in dem Augenblick verlassen, als ihre schöne Villa in Schutt und Asche sank. Wie auf diesem Trümmergrundstück nun nur noch ein schäbiger Kolonialwarenladen blühen konnte, hatte sie ihre religiöse Praxis auf ein Notprogramm zurückgeschraubt. Auch spürte sie in den Tagen ihres körperlichen Verfalls ein geringeres Bedürfnis nach den Wohltaten der seelischen Reinigung.

Es verstand sich aber von selbst, daß bei meiner Tante die Frage nach der Gesellschaft im Gotteshaus nicht die geringste Rolle spielte, obwohl sie sich stets schämte, wenn sie die Erkundigungen meiner Mutter bei unserer Heimkehr nicht beantworten konnte, als ob unser gesamter Aufenthalt während der Stunden der Messe mit dieser Unwissenheit in Frage gestellt sei. Wie Frau Oppenheimer und ihre Söhne nahm ich mit meiner Tante stets in der ersten Reihe Platz, allerdings in größter Bescheidenheit, denn meine Tante rechnete sich als Lehrerin der Kinderwelt zu und kannte es nicht anders, als daß die Kinder in der Messe vorn saßen, damit sie sich nicht getrauten, unter den Augen eines gestrengen Pfarrherrn allzuviel Unsinn zu machen. Meine Tante selbst wäre freilich die letzte gewesen, die eine Aufsicht über die Kinder in den ersten Reihen hätte ausüben können; die Andacht, in die sie, kaum daß sie sich auf ihre Knie niedergelassen hatte, verfiel, ließ ihre Umgebung für sie versinken.

Sie vergrub ihren Kopf in die Hände, wenn sie betete, und sie hielt in dieser Stellung so lange aus, daß es mir manchmal vorkam, als verliere sie während des Gebetes ihr Gesicht vollständig. Dieser Eindruck verstärkte sich durch ihr Aussehen, wenn sie schließlich die Hände wieder wegnahm. Sie war rot und zerdrückt im Gesicht und trug den benommenen Ausdruck der Menschen, die aus bleiernem Schlaf erwacht sind und sich noch nicht wieder in ihrer Umgebung zurechtfinden. Ich glaubte dann, ihr Gesicht könne wie eine weiche Maske in ihren Händen zurückbleiben, während sich der Kopf in einer glatten Rundform zwar weiterhin mit braunen Locken und Baskenmütze, jedoch ohne Augen, Nase und Mund darüber wunderte, was ihm wohl verlorengegangen sei. Gelegentliches Seufzen und Murmeln, das durch die das Gesicht verbergenden Hände hindurchdrang, verstärkte in mir den Eindruck, daß hier im verborgenen eine schwierige Arbeit verrichtet wurde, von deren Zielen sich keinem Außenstehenden etwas mitteilte, und wenn auch die Gebetsanstrengungen meiner Tante nicht geradezu die Ablösung ihres Gesichts zum Gegenstand hatten, war ihr Vorhaben wohl doch nicht allzu weit von einem solchen Plan entfernt, und es ist nicht verwunderlich, daß solche asketischen Kraftproben mich verängstigen und vom liturgischen Geschehen ablenken mußten.

Gerade auch dieses Verhalten meiner Tante hatte sich in solchem Maße verändert, daß ich es nicht wiedererkannte, als ich mit ihr an dem Sonntag, der ihrem Ausflug nach Kronberg folgte, in die Messe ging, an jenem Morgen nach ihrer Erzählung über die Flugabenteuer mit Stephan Korn, nach der sie nicht mehr zum Abendessen erschienen war, seltsamerweise ohne von meinen Eltern über ihr Ausbleiben befragt oder bedrängt zu werden, wie es sonst selbstverständlich war.

»Ach Gott, das arme Kind!« sagte mein Vater lächelnd, als meine Mutter ihm mitteilte, daß sie meine Tante heute abend nicht zu stören gedenke; sie habe auch mit Florence Korn telephoniert. »Ich weiß, ich weiß«, sagte mein Vater und sah in meine Richtung, um meiner Mutter zu bedeuten, daß er es nicht für tunlich halte, diesen Komplex in meiner Gegenwart zu besprechen.

»Ob sie wohl trotzdem morgen mit dabei sein soll, oder ob wir besser in ein Restaurant gehen?« fragte meine Mutter gleichwohl, und ich verstand nun, daß sie, obwohl man von einem Kind gesprochen hatte, über meine Tante redete. »Ich glaube, das wäre etwas gewagt«, sagte mein Vater.

Ich konnte nun zwar erkennen, daß irgend etwas mit meiner Tante geschehen war, das mir verborgen gehalten werden sollte, es war mir aber nicht klar, daß sich etwas Schlimmes ereignet hatte, denn meine Eltern führten täglich Unterhaltungen darüber und verhielten sich in meinen Augen nicht, als müßten sie mit etwas Außerordentlichem fertig werden. Es war nicht Herzlosigkeit von meinen Eltern, daß sie die Entwicklung, die das Leben meiner Tante nun nahm, derart leichtfertig behandelten und daß sie nicht bestürzt genug waren, um in dem Ritual ihrer Tischgespräche einmal innezuhalten und an der Stelle meiner Tante, die die Fähigkeit dazu verloren hatte, deren Schicksal zu betrauern.

Meine Eltern liebten meine Tante gewiß aufrichtig, hatten sie aber niemals recht ernst genommen und verfolgten ihre Hinwendung zu Stephan mit gutmütigem Spott. Mich auch weiterhin mit meiner Tante in die Kirche zu schicken, hatten sie jedenfalls nicht die geringsten Bedenken. Es muß ihnen zugute gehalten werden, daß sie meine Tante noch niemals hatten beten sehen; anders kann die Vorstellung, die sie später äußerten, daß nämlich der Besuch der Messe auf einen so frommen Menschen wie meine Tante nur beruhigend wirken könne, kaum entstanden sein.

Am Sonntagmorgen bekamen meine Eltern sie erst gar nicht zu Gesicht. Sie war früh aufgestanden, wie sie es immer tat, und sie war schon fertig angezogen, als sie mich weckte und dafür sorgte, daß ich vor dem Aufbruch in die Kirche noch einen dünnen Tee und Toastbrot bekam, von dem sie natürlich nichts zu sich nahm, da sie die nächtliche Fastenzeit erst nach der Messe unterbrach. Im Gegensatz zum vergangenen Tag war sie schweigsam, aber ebenso freundlich wie gestern. Unser Verhältnis hatte sich seitdem geändert, daran ließ sie keinen Zweifel, und ich wiegte mich für den Nachmittag, wenn wir beide Stephan Korn gegenübertreten würden und mit ihm und meinem Bären im Auto sitzen könnten, in den schönsten Hoffnungen.

Der Monsignore hatte gerade an diesem Sonntag das Evangelium von der Heilung des Besessenen und der Flucht des bösen Geistes in eine Schweineherde zu erörtern. Die Perikope berührte eine der Neigungen des Monsignore Eichhorn, der schon als junger Priester ein Spezialist für die Metamorphosen des Beschwörungswesens seit der Antike geworden war und der nie aufhörte, magischen Phänomenen nachzuspüren, wo sie sonst niemand entdeckt hätte.

»Sehen Sie«, sagte er etwa zu Ines Wafelaerts, die selbst seiner Lyrik nicht so viel Begeisterung entgegenbrachte wie seinen Forschungen über die Magie. »Sehen Sie, wir sind von magischen Symbolen in Wahrheit doch ganz eingesponnen. Goethe verzeiht den Künstlern den Aberglauben, weil er ihnen helfe, ihr Leben zu poetisieren. Oh, er war vorsichtig, er sagte nicht alles, aber Sie merken wahrscheinlich schon, worauf er in Wahrheit hinauswollte.«

Ines Wafelaerts' wiederholtes Kopfnicken enthielt pantomimisch weniger das Zugeständnis, daß sie selbst etwas merke, als die grundsätzliche Bereitschaft, die Erklärung, die alsbald folgen mußte, bedingungslos anzunehmen. Zur Hebung ihrer Laune trug bei, daß der Monsignore nicht versäumt hatte, Goethe frühzeitig ins Spiel zu bringen. Das gab dem Gespräch etwas vom Glanz der Goetheschen Autorität und verhinderte dennoch nicht, von dem großen Mann herablassend zu sprechen. Wenn der Monsignore nach langem Schweigen etwa die Bemerkung in das Zimmer tropfen ließ: »Ja, ja, der Herr Geheimrat – ein Schlaumeier«, und dann schweigend tat, als müsse dies Wort erst verhallen, dann war Ines außer sich vor Bewunderung, sogar noch in den Jahren nach dem Krieg, in denen eine gewachsene Skepsis sie geistig genügsamer gemacht hatte. »Aberglauben – Sie weichen aus, Herr Geheimrat«, rief der Monsignore in drohendem Ton, als habe er den Toten vor die Schranken eines Gerichts zitiert, um ihn ins Kreuzverhör zu nehmen. »Glauben Sie«, sagte der Monsignore zu Ines Wafelaerts, »er wußte in Wahrheit mehr, und er wußte es besser. ›Könnt' ich Magie von meinem Pfad entfernen!‹ Haha, du alter Hexenmeister, hab' ich dich.«

Es gab eine Zeit im Leben von Ines Wafelaerts, in der sie nach den geheimnisvollen Privatissima des Monsignore geradezu süchtig war. Niemand von den bedeutenden Denkern, die sie in ihrem Leben schon zu Rate gezogen hatte, vermochte ihr dies einzigartige Vergnügen zu bereiten. Der Monsignore gab ihr einerseits das Gefühl, alles, was er gedacht hatte, genauso wie er selbst zu denken und zu besitzen, und er ließ ihren Wissensdurst andererseits immer und ebenso vollständig unbefriedigt. Seine Worte zerfielen in der Erinnerung, wenn sich Ines aus seinem Dunstkreis entfernte – »War da nicht so etwas Ähnliches mit dem Schleier der Penelope?« –, und ebensoschnell fügten sich ungewöhnliche Hypothesen wieder zusammen, wenn sie nur den Bohnerwachsgeruch seiner unbehausten und ungelüfteten Junggesellenwohnung in die Nase bekam. Nicht anders als in Platons heiliger Akademie verhielt es sich mit den Mysterien des Monsignore hermetisch. Das tat ihrer Wahrheit keinen Abbruch, da sie eben nur in der Gegenwart des großen Meisters sichtbar und greifbar wurden, in der Trivialität der materiellen Welt jedoch zur Unsichtbarkeit verblaßten.

Später, noch vor Ende des Krieges, aber längst, nachdem Florence mit ihrem Hof Frankfurt verlassen hatte, hätte Ines doch manches gern ein wenig genauer erfahren. Sie war in einen magischen Zirkel geraten und hatte zunächst geglaubt, daß ihr ohne weiteres nach den jahrelangen Lehrstunden bei ihrem geistlichen Freund der Rang einer eingeweihten Adeptin zukomme, wovon nach den Prüfungen, denen man sie unterzog, gar nicht mehr die Rede sein konnte. Auf alle Erwähnungen Goethes blieben die Mitglieder des Zirkels kühl, dafür führten sie Namen wie Apollodor von Tyana, Pythagoras und Reb Löw im Munde, von denen nun wieder Ines nichts gehört hatte, obwohl sie, wie man ihr sagte, wichtig waren, eine Behauptung, die sie verwirrte, denn der Wegweiser zu aller Wichtigkeit war für sie immer noch unangefochten der Monsignore. Deshalb wollte sie nun endlich einmal von ihm erfahren, ob er sich, wie sie sich ausdrückte, nur symbolisch mit den Beschwörungstechniken befasse oder ob er wirklich mit Leib und Seele bei der Sache sei und sich der geheimen Wissenschaft in der gleichen Unbedingtheit wie das Haupt ihres magischen Zirkels verschrieben habe.

»Mein Kind, worauf wollen Sie sich einlassen«, rief Monsignore Eichhorn, als Ines mit ihrer Frage herausrückte und auch gleich ihre Bekanntschaft mit dem Zirkel gestand. Ines empfand es als ungeheuer angenehm, daß in diesem Ausruf nichts von Maßregelung oder geistlichem Verbot lag, wie es von einem Priester, der den Gesetzen der Kirche folgte, eigentlich zu erwarten gewesen wäre. Bei Eichhorn herrschte diese wundervolle Freiheit, die im Kabinett der geistig Überlegenen zu Hause ist und die den Regel- und Formenkram für die breite Masse einfach außer Kraft setzt.

»Weiße oder schwarze Magie?« fragte nun der Monsignore, und Ines mußte sich erst einmal darüber aufklären lassen, daß es auf dem Gebiet ihrer neuen Leidenschaft Unterschiede zu beachten gab, die dem Laien verborgen waren. Voll Staunen hörte sie von den Dämonenhierarchien der Gnosis, die sich nach Anrufungen dem Würdigen offenbaren, von den Ansichten der Kirchenväter dazu, vom Pentagramm, von der kabbalistischen Pyramide und vom Magnetismus des Willens. Ärgerlich war bei diesen Darlegungen nur, daß der Monsignore ständig im dunkeln ließ, wie er selbst zu diesen Techniken stand. Ines wollte endlich wissen, ob ihr Freund sich die riesige Mühe gegeben hatte, die von der Kirche erlaubten und die verbotenen Formen der Anrufungen, Geister- und Totenbeschwörungen zu schildern, um ihr damit doch nur ein kulturgeschichtliches Referat zu halten, weil er im übrigen dem ganzen Treiben viel ferner stand, als sie ursprünglich angenommen hatte.

»Vor allem eine Regel gilt seit dem Altertum«, sagte der Monsignore und faßte Ines dabei streng ins Auge, »Gesundheit. Der Adept muß vollkommen gesund sein. Seelische und körperliche Labilität bringen ihn in Lebensgefahr. Die Gesellschaft der Mächte ist nicht gemütlich. Es wird von Adepten berichtet, die mit weißem Haar aus ihrer Kammer gekommen sind. Solche Operationen sind keine Spielerei. Man muß ein wirklich ernsthaftes Anliegen haben.«

Mit einem solchen konnte Ines alsbald aufwarten. Als ob der gute Zweck etwas über die Qualität der Mittel sage, legte sie dem Monsignore voller Eifer dar, warum sich der Kreis zusammengeschlossen habe, eine freundschaftliche Offenheit, die sowohl sie selbst als auch der Monsignore bereuen sollten, denn nicht alle Personen des Zirkels besaßen die feierliche Diskretion, wie sie sich für Geheimgesellschaften aller Zeiten geziemt, und es war nicht nur Ines Wafelaerts, die darüber sprach, daß ein profilierter Theologe die kleine Spiritistengemeinschaft gewissermaßen beraten hatte. Dabei sollte Monsignore Eichhorn niemals einem einzigen Mitglied des Zirkels außer Ines begegnen, und auch ihr erklärte er immer wieder, daß es sich für ihn bei den Experimenten des Kreises um rein theoretische Probleme handele, die ihm aus der Literatur in ihrem schillernden Für und Wider zu genau bekannt seien, um durch praktische Erprobung zu gewinnen, da die außerordentlichen Gefahren solcher Übungen im Grunde ihre Anwendung bereits regelmäßig verböten.

Wenn man Monsignore Eichhorn überhaupt einen Vorwurf machen wollte, dann allenfalls den, daß er in seiner langen Freundschaft zu Ines Wafelaerts seine Freundin nicht wirklich kennengelernt hatte, denn es gab Tage, an dem es ihm unmöglich war, sich auch nur an ihr Gesicht zu erinnern. Er verbrachte manchmal eine gewisse Zeit, indem er darüber nachdachte, ob sie eigentlich eine intelligente Frau sei; die Erkenntnis aber, wie sehr er ihrer zu seinem täglichen Leben bedurfte, behinderte ihn dann doch, in dieser Frage eine Antwort zu finden. Er beschloß, es bereits als Beweis ihrer Intelligenz anzusehen, daß sie so nachdrücklich zu ihm hielt, obwohl er es ihr, wie er mit einer von ihm selbst durchaus registrierten Selbstgefälligkeit feststellte, doch überhaupt nicht leichtmachte. »Sie muß sich ganz schön anstrengen«, dachte er und erinnerte sich der grantigen Unzugänglichkeit, die er Ines gelegentlich zumutete, nicht ohne Vergnügen. Die rücksichtslose Einsicht in ihre Geistesgaben hätte ihn gewiß weniger enttäuscht, als wenn er jemals hätte erfahren müssen, wie wenig Ines sich in Wahrheit in seiner Gesellschaft anstrengte. Da er nur einen winzigen Ausschnitt aus ihrem Leben sah und sozial zu naiv war, um sich aus diesem Ausschnitt ein gesamtes Bild dieses Lebens bauen zu können, ahnte er nicht, daß Ines nur bereit war, sich Mühe zu geben, wenn es um die Bereicherung ihres Liebeslebens ging, und daß alles andere, was sonst noch zur Erhöhung ihres Lebensgefühls beitragen mochte, zu ihren Füßen niedergelegt werden mußte. Das gerade schätzte sie ja am Monsignore, daß er sich in ihren Augen so für sie abrackerte, während er fürchtete, sie mit schwerer geistiger Arbeit zu überfordern, ein gegenseitiges Mißverständnis, das niemals aufgeklärt werden mußte, weil ihrer beider Alter und Krankheit schließlich darüber hinweggingen.

Dies Verhältnis wurde nicht einmal dadurch belastet, daß sich nie ganz herausstellte, wer genau den Monsignore durch die Indiskretion bezüglich seiner Beziehungen zu dem bewußten spiritistischen Zirkel belastet und ihm die polizeiliche Untersuchung und den Tadel durch den bischöflichen Stuhl von Limburg beschert hatte. Ines hatte Agnes in Verdacht, und tatsächlich war Agnes anläßlich der Untersuchung genau vernommen worden, aber auch weil das Protokoll ihrer Aussage zurückgehalten wurde, blieben Zweifel bestehen, ob Agnes ihrem Dienstherrn wirklich geschadet hatte, ja, ob sie überhaupt imstande war, ihm zu schaden, denn selbstverständlich hatte sie an den inkriminierten Gesprächen nicht teilgenommen und hätte auch wohl, wenn sie jedes Wort davon gehört hätte, darüber kaum befriedigend berichten können.

Es war richtig, daß Ines dem Monsignore regelmäßig Fragen über die magische Praxis gestellt hatte, es traf auch zu, daß sie die Antworten auf diese Fragen weitergab, und zwar um ihr Ansehen zu steigern, unter Angabe der Quelle, aus welcher sie so reichlich flossen, denn der Monsignore besaß keineswegs nur den ›Hexenhammer‹, sondern von den Publikationen der Krakauer Alchimisten bis hin zu Eliphas Levi alle magische Literatur von Reputation. Trotzdem versuchte er stets, Ines ein wenig von ihrem Zauberkram abzulenken, indem er die Entwicklung des Willens in den Vordergrund stellte, das war schmerzlich für Ines, denn sie hegte ihrerseits eine berechtigte Furcht vor jeder Abstraktion.

»Die Ausbildung des Willens«, sagte der Monsignore, »darauf müssen Sie Ihr Augenmerk richten, das ist das transzendentale

Alpha und Omega, das andere Zeug ist Technik, magisches Ingenieurswesen, woran sich die Willenszwerge klammern. Wußten Sie schon, daß die Willenskraft, wenn sie genügend ausgebildet ist, geradezu körperlich verdichtet auftreten kann? Ein großer Magier braucht einen Willen wie eine Faust.«

Wenn er solche Dinge sagte, konnte er Ines einen Schrecken einjagen, nicht, weil sich seine auch verbal auf die Spitze getriebenen Postulate von der Ebene ihrer Existenz wie unerreichbare Gebirge ausnahmen, sondern vor allem, weil er dann so wild aussah, daß Ines sich überlegte, wie gefahrvoll doch der Umgang mit einem Mann sei, der sich niemals richtig ausleben dürfe.

Es rettete den Priester bei seinen Oberen übrigens nicht, daß er erklärte, er habe selbstverständlich keinen spiritistischen Kreis beraten wollen, er sei vielmehr im wesentlichen dazu befragt worden, ob es moralisch zu rechtfertigen sei, wenn man mit allem Wollen im Gebet um eine Änderung der herrschenden Verhältnisse, des Krieges und der Tyrannei flehe und dabei diese Änderung zuerst und vor allem in der ersehnten Höllenfahrt des Diktators erblicke, ein Vorhaben, das im Dillenhausen der alten Agnes vermutlich mit dem Ausdruck »totbeten« charakterisiert worden wäre und in dieser Form erst recht nicht die Billigung des Ordinariates finden konnte. Dabei war es Ines tatsächlich vor allem um diesen Wunsch zu tun gewesen, weniger im übrigen aus einem Haß gegen Hitler heraus, sondern wohl hauptsächlich, weil sie die spirituellen Formen der Beeinflussung auf die Probe stellen wollte und der sicherste Beweis ihrer Wirksamkeit gewiß dadurch gegeben wurde, wenn weit weg vom magischen Zirkel irgend jemand starb, um den es nicht schade war. Auch der Monsignore hatte gerade diesen Teil der Beratung besonders ernst genommen. Seine Gewissenserforschung ließ keinen Zweifel darüber, daß ihm die Vorstellung eines Attentats des Willens zur fixen Idee geworden war, je länger er mit Ines diesen Fall besprach. Er hatte sogar schon ein Gedicht zu diesem Plan geschrieben, das in freien Rhythmen versuchte, der Willensballung, wie sie ihm vorschwebte, ein sprachliches Äquivalent an die Seite zu stellen. »Ich habe mich sehr weit in schwierigstes Gelände vorgewagt«, bekannte sich der Monsignore, ohne freilich darüber Reue zu empfinden, denn er zählte sich zu den Kämpfern in den Gräben der Seele, und er kalkulierte die Gefahr, im Grabenkampf unversehens die eigene Seite zu verlassen, ja die Front zu wechseln, im vorhinein furchtlos und kühlen Herzens ein.

»Was heißt denn überhaupt Besessenheit?« fragte der Monsignore von der Kanzel herab in das hallende Kirchenschiff hinein. Fragen spielten die größte Rolle in seinen Predigten, und er ließ sich oft genug dazu verführen, die Predigt auch mit einer Frage schließen zu lassen, meist mit derselben, mit der die Predigt begonnen hatte. Wenn aber bei der klassischen Kanzelfrage die Antwort entfällt, weil sie dem Hörer als selbstverständlich suggeriert wird, so ließen die Fragen, die der Monsignore in der Predigt liebte, die Gemeinde oft in Verwirrung und Ratlosigkeit zurück. Man war gewohnt, eindeutige Direktiven von der Kanzel zu erhalten, aber einzelnen Hörern kam es immer wieder vor, als hätten sie ganze Passagen der Ansprache nicht mitbekommen.

»Der Besessene ist ein Gefäß«, sagte der Monsignore mit hoher Stimme und machte danach eine bedeutungsvolle Pause. Soweit die Gemeindemitglieder bereit waren, ebenfalls Gefäße zu sein, sanken seine Worte in sie hinab und blieben auf dem Boden neben allerlei anderen Worten liegen, die zu anderer Zeit und von anderen Rednern dorthin geraten waren. Das Wortgefäß weckte jedenfalls noch keinen Widerstand in den Hörern, zumal der Sprecher dazu die beiden Hände vor die Brust hob, als forme er dort auf unsichtbar surrender Töpferscheibe eine folkloristisch wirkende Salatschüssel.

Mir fiel auf, wie zerfahren meine Tante sich verhielt. Nichts mehr an ihr glich der gehorsamen Haltung, mit der sie sonst die religiöse Unterweisung während der Messe zu hören pflegte. Unruhig und zielbewußt blätterte sie in ihrem dicken Meßbuch, aber nicht, wie Ines Wafelaerts es getan hatte, als sie noch Messen besuchte und sich vergeblich bemühte, die der Zelebration des Tages entsprechenden Stellen aufzufinden und mit den bunten Seidenbändchen zu markieren, sondern um all die zahlreichen Bildchen, die sie darin gesammelt hatte, herauszusortieren und in verschiedenen Häufchen vor sich auf der Bank zu ordnen.

Die Bildchen, die an Wallfahrtsorte erinnerten, kamen auf das erste Häufchen. Sie zeigten vorwiegend die Gnadenbilder, denen die Pilgerfahrt galt: kleine, meist unbeholfene bäuerliche Skulpturen, die einstmals an einem Wegesrand auf freiem Feld gestanden hatten, bis plötzlich ihre Wunderkraft entdeckt worden war, zunächst von einem Hirten mit gebrochenem Bein, der im Schatten der bescheidenen Statue unerklärlicherweise gesund wurde. Nun stand die starre Madonna, unter kostbaren Schmuckstücken fast verschwunden, auf dem Hochaltar der Kirche, die um sie herum gebaut worden war, wie die mittelalterliche Legende von einsamen Büßern erzählte, die vom Konklave aus ihrer Wildnis in den Märchenglanz des Vatikans versetzt wurden. Mit ihrer Königinnenkrone, den gleichfalls gekrönten Sohn auf dem Arm, lag die Muttergottes von Kevelaer nun auf dem ersten Häufchen zuoberst, und nicht aus Zufall, denn ich wußte, daß ihrer Person die besondere Verehrung meiner Tante gehörte.

Im zweiten Häufchen lagen die Bilder, die die Gläubigen beim Empfang der Osterkommunion erhalten. Meine Tante besaß eines für jedes Jahr ihres Lebens, die ersten sieben Jahre ausgenommen, in denen sie zum Empfang der heiligen Speise noch nicht zugelassen war. Der Wandel der Zeiten war auf die Gestaltung der Bildchen nicht ohne Einfluß: den Anfang machten nazarenisch geprägte Szenen aus dem Leben der Heiligen Familie, Abbildungen des Osterlamms, des flammenden Herzens Jesu und des heiligen Joseph; dem folgten streng stilisierte Kreuzigungen im Neubeuroner Stil, und schließlich kamen die Bildchen aus der Zeit nach dem Krieg, Reproduktionen von zersprungenen Ikonen und neue Versuche der Kirchenkunst. Als Abschluß lag hier das Bildchen des letzten Jahres, ein Holzschnitt, der das Motiv »Mutter und Kind« in drei übereinandergetürmten Kreisen sehr frei behandelte. Ausdrucksvoll sprach dieses Häufchen von dem Wandel der Zeit, aber nicht von den Lebensjahren meiner Tante, die nun einmal nicht vom Wechsel, sondern von der unabänderlichen Gleichförmigkeit gezeichnet waren. Ich könnte nicht einmal sagen, ob sie die Veränderung im Stil der Bildchen wirklich wahrgenommen hatte. Sie war zwar gewöhnt, das Gegenwärtige, das ihr vorgeschrieben wurde, dankbar entgegenzunehmen und es vor allem als eine Verbesserung gegenüber der Vergangenheit zu empfinden, aber gerade die generelle Zustimmung verhinderte auch, daß sie sich die Dinge, die außerhalb ihres Pflichtenkreises lagen, allzu genau ansah, wie das die Nichtstuer taten. Meine Tante schenkte diesem Häufchen, das das dickste war, viel Sorgfalt und machte einen exakten Stapel. Es bestand kein Zweifel, daß sie in diesem Augenblick den Sinn ihres Lebens darin erblickte, diesen Stapel so lange lückenlos zu ergänzen, bis der Tod die kleine Serie einst abschloß.

Als drittes und dünnstes Häufchen folgten schließlich die Sterbebildchen der Anverwandten, vornehmlich von Vater und Mutter, als einziger nicht blutsverwandter Person auch das einer Eibinger Äbtissin, an deren Beerdigung meine Tante teilgenommen hatte. Bevor sie diese Bildchen ablegte, studierte sie die Sprüche, die unter den Photographien der Toten standen: »Eine Ehrenkrone ist das Alter, auf dem Wege zur Gerechtigkeit wird sie gefunden«, »Unruhig ist unser Herz, bis es Ruhe findet in Dir« und »Wer reine Hände hat und lauteren Herzens ist, der steigt zum Berge des Herren hinan«. Unter dem Bild ihrer Mutter, die auch als alte Frau noch etwas von ihrer einstigen Schönheit erkennen ließ und der meine Tante so ähnlich sah, daß mein Vater sagte, es sei ihm erst an meiner Großmutter aufgegangen, daß meine Tante eigentlich ein hübsches Mädchen sei, stand die Aufforderung: »Betet für die arme Seele der lieben Verstorbenen!«

Dieser Bitte war meine Tante in einer Gewissenhaftigkeit nachgekommen, als gehöre dies Gebet als eine Art Fortsetzung zu der aufopfernden Pflege, die sie ihrer Mutter bis zu deren Tod hatte angedeihen lassen, und noch heute sorgte sie dafür, daß eine rotglühende Ewige Lampe neben dem frisch bezogenen Bett meiner Großmutter stand, auf deren Nachttisch alles, was zu ihrem täglichen Gebrauch gehört hatte, unberührt wie am Todestag aufgestellt war, so daß sich meine Großmutter, wenn es ihr in ihrem entmaterialisierten Zustand eingefallen wäre, sich an den Ort ihres irdischen Lebens zu begeben, dort alles auf das einladendste bereitet gefunden hätte, und wenn auch meine Tante gewiß nicht mit einem solchen Besuch rechnete, war sie doch davon überzeugt, daß die Tote ihre Mühen um sie im Auge behielt und unglücklich gewesen wäre, wenn sie diese vernachlässigt hätte. So seltsam der Totenkult meiner Tante im übrigen ihre Umwelt, soweit sie davon etwas mitbekam, berührte, war er in seiner scheinbar dem Leben abgewandten Strenge in Wahrheit doch eine der wenigen Schutz- und Kraftquellen meiner Tante. Die Sorge für die Ewige Lampe entfernte sie für befreiende Augenblicke aus einer Gegenwart, die sie mehr zu bedrängen als zu trösten vermochte. In der Totenwelt hatte die Dauer ein freundlicheres Gesicht als in ihrem Leben. Hier herrschte friedliche Gewohnheit und beruhigende Endgültigkeit, und es stellte sich niemals mehr die Frage, wie es das sonst beinahe täglich tat, wie lange ihr Körper noch den Belastungen, die in einer Welt des allgemeinen Glücks auf ihre Schultern allein getürmt worden waren, würde standhalten können. Meine Tante wußte, wie sündhaft es war, das eigene Ende herbeizusehnen, und sie bat niemals, auch in schwachen Stunden nicht, um die Gnade einer frühen Abberufung von der Erde, wie sie sich ausgedrückt hätte, aber sie erlaubte sich doch, im Gewand kindlich liebevoller Pietät durch die Pflege der Gräber und der hinterlassenen Andenken nicht nur den Toten, sondern auch dem Tod selbst kleine Zeichen von Sympathie zu geben.

Ich habe nicht herausbekommen, ob dem Monsignore von seiner Kanzel aus die rastlose Beschäftigung meiner Tante aufgefallen war. Wir saßen ihm jedenfalls vor der Nase, und es lag nahe, daß er, anstatt seinen Blick in den verschwimmenden Gesichtern der anonymen Menge versickern zu lassen, sich das nächstgelegene Gegenüber aussuchte, um es gleichsam persönlich anzusprechen und damit auch eine Art von Kontrolle seiner Wirkung ausüben zu können, die in der Kirche, in der Beifalls-

und Mißfallenskundgebungen entfallen, auch dem erfahrenen Kanzelredner nicht immer leichtfällt. Hinzu kam, daß er meine Tante kannte, denn meine Mutter hatte sie zu ihm geschickt, damit sie ihre Unterrichtsausarbeitungen mit ihm bespreche. Es war stets die Hauptsorge meiner Tante, wenn sie bei uns wohnte, daß solch eine Ortsverpflanzung allzuleicht mit einer Unterbrechung der Arbeit verbunden sei, ein Preis, den meiner Tante zu entrichten schwergefallen wäre. Um »das Kind«, wie meine Mutter sich auch in diesem Fall ausgedrückt hatte, nach Frankfurt zu locken, denn sie fühlte die Pflicht, ihre jüngere Schwester gelegentlich aus der Sphäre des St.-Ursula-Gymnasiums herauszuholen, hatte sie ihr die Hilfe des Monsignore in Aussicht gestellt. Der hohe geistliche Titel Eichhorns, der freilich nur den Außenstehenden verbarg, daß ihn seine Oberen seit langem nicht mehr liebten, gab meiner Tante beinahe das Gefühl, eine Dienstreise nach Frankfurt anzutreten, und in einem der Reise vorausgehenden, mutig begonnenen kleinen Briefwechsel hatte sie ihn über ihre Arbeit unterrichtet und dabei beglückt vernommen, daß der Monsignore Homme de lettres mit eigener literarischer Produktion sei. Der Gedanke, ihre Auffassung des ›Kleinen Prinzen‹ mit einem Dichter zu besprechen, berauschte sie und gab ihr in den langen Wochen vor Ferienbeginn den Schwung, der aus der Erwartung kommt.

Die eigentlichen Besuche standen an diesem Sonntagvormittag noch bevor. Sie hatten verschoben werden müssen, weil meine Tante ihr Maschinenschriftexemplar nicht abschließen konnte, solange die Schreibmaschine noch in Bockenheim stand und gerichtet wurde. Aber meine Tante war dem Priester jedenfalls schon vorgestellt, und es kam mir vor, als ob er ihr sogar ein winziges einverständliches Kopfnicken zukommen ließ, als er die Kanzel bestieg, um seine Predigt zu halten. Gewiß war er erstaunt, als er sah, was sie tat, und vielleicht war diese Beobachtung auch der Grund dafür, daß er die Stimme hob und lauter sprach, als ob er sie auf diese Weise zur Ordnung rufen wolle, wie ihr Vater, wenn er am Familientisch einen Zank seiner Söhne bemerkte, eine verhohlene Balgerei, Tritte unter dem Schutz der die nackten Knie bedeckenden Tischdecke oder Raubzüge gegen die Apfelsinen auf dem Teller des Nachbarn, die sich in seiner Gegenwart nicht zu wehren trauten, zunächst davon absah, den Vorfall »expressis verbis« zu »rügen«, wie er in seiner Mischung aus Humanisten- und Beamtensprache gesagt hätte, sondern nur einfach seinen Satz, so nichtig er gewesen sein mochte, in verdoppelter Lautstärke fortsetzte und damit schon den gewünschten Erfolg einer vorläufigen Einschüchterung erzielte.

Die väterliche Verfahrensweise im Munde des Monsignore erzielte jedoch bei meiner Tante die gegenteilige Wirkung. Sie beruhigte sich nicht nur nicht in ihrem nervösen Bestreben, unter ihren Bildchen Ordnung zu schaffen, sie wachte eigentlich erst recht auf und sah den laut sprechenden Prediger zornig an. Der Monsignore war unglücklicherweise an einer besonders heiklen, jedenfalls eigenwilligen Passage seiner Betrachtung angekommen, vortragstechnisch hatte er sich vorgestellt, daß die nun folgende Überlegung in einem schläfrig machenden Tonfall, der den Widerstand des wachenden Intellekts zugunsten inspirierter Beeinflußbarkeit einzulullen hatte, gesprochen werden sollte, und statt dessen hatte sich sein ohnehin nicht voluminöses Organ zu einem scharfen Krähen verwandelt, das den metaphysischen Nachhall in den lauschenden Seelen erst gar nicht aufkommen ließ, dafür aber die Eigenartigkeit der Formulierung nackt und bloß dem Tage auslieferte.

»Es gibt auch eine Besessenheit, die kommt von Gott. Göttliche Besessenheit – göttlich Besessene. Aber ist das Besessenheit? Ist das nicht eher – Erfülltheit? Verharmlosen wir nicht! Seien wir mutig! In wem der Gott rast, der ist besessen von Gott.« Meine Tante hatte bis dahin nur stumm die Lippen bewegt, als zähle sie die Bildchen und merke sich noch einmal die Gesichtspunkte, nach denen sie sie ordnen wolle. In dem Maße, in dem sich die Stimme des Predigers verschärfte und ihr Unmut darüber anwuchs, wurde auch ihr Murmeln lauter. Als aber der Monsignore nach »... ist besessen von Gott« eine Kunstpause machte, die nicht nur vom Inhalt her geboten war, sondern die auch des flatternden Echos in der weitläufigen Kirche wegen eingehalten werden mußte, sagte sie mit ihrer kräftigen, wohllautenden Stimme, zu der sie sich vorher niemals so recht hatte bekennen wollen, indem sie die Totenbildchen ihres Vaters aufnahm und mir zeigte: »Das ist mein Vater, gestorben im Jahre 1949 an Alterskrebs, geboren 1869 in Trier.«

Gemessen an ihrer Harmlosigkeit, konnte die Wirkung dieser Worte nicht stärker sein. Der Monsignore starrte einen Augenblick fassungslos meine Tante, seine prospektive Schülerin, an. Im übrigen Kirchenschiff bewegten sich die Köpfe der Zuhörenden hin und her, die Ruhe für die Aufnahme des schwierigen Predigttextes blieb eine Weile gestört. Meine Tante nahm von alledem nichts wahr und legte das Bildchen ruhig zurück. Sie war gerade im Begriff, das nächste zu ergreifen und mir mit ebenso lauter Stimme die zu seinem Verständnis erforderlichen Erklärungen abzugeben, als Fräulein Feige sich zu uns einen Weg bahnte und meine Tante an die Hand nahm.

Fräulein Feige war die Gemeindehelferin. Sie war noch jung und meiner Tante nicht unähnlich in der Erscheinung, was die unkleidsamen Kostüme, flachen Schuhe und vernachlässigten Haare anging, sogar die Aktentasche und Baskenmütze hatte sie mit meiner Tante gemeinsam. Aber während die orientalischen Augen meiner Tante aus ihrer unweiblichen Montur herausblickten wie die einer schönen Sklavin, die sich zum Zwecke der Flucht in Männerkleider gehüllt hat, ging Fräulein Feige in ihrem äußeren Typus restlos auf. Sie hatte rote Backen, die von einer Vielzahl geplatzter kleiner Adern überzogen waren, und ihre Stimme war heiser geworden, weil sie sich beim Üben der Kirchenlieder mit den Kindern und bei den Prozessionen, bei denen der städtische Gemeindegesang häufig recht dünn klang und manchmal sogar ohne Fräulein Feiges tatkräftiges Eingreifen gar nicht zu hören gewesen wäre, ohne Schonung verausgabte. Und doch empfand ich es später als besonders beschämend, daß meine Tante nun vor der ganzen Gemeinde, übrigens so schonend und taktvoll wie nur möglich, ausgerechnet von einer Frau hinausgeführt wurde, an deren Stelle sie, wäre ihr Leben nur geringfügig anders verlaufen, ohne weiteres selber hätte stehen können, um an eben dieser Stelle und in der liebevollen Ausübung dieser Funktion etwa ein Fräulein Feige, sollte sie sich auffällig betragen haben, durch die Gasse der Gemeinde leise in die Sakristei zu führen.

Unterdessen erwartete Ines Wafelaerts den Besuch von Florence Korn, die sich mit ihrem Sohn am späten Vormittag, vor dem Mittagessen, bei meinen Eltern angesagt hatte, um von ihrer alten Freundin Abschied zu nehmen, einen endgültigen wahrscheinlich sogar, denn sie plante keine Wiederholung ihres Aufenthalts in Frankfurt und hatte auch nicht die Absicht, Ines vielleicht einmal nach Amerika einzuladen. Sie war in Gedanken schon abgereist, Frankfurt hatte nicht mehr die Kraft, ihre Phantasie zu beschäftigen. Florence kam es vor, als sei es dieser Stadt, die sie niemals geliebt hatte, nicht gut bekommen, daß sie nicht mehr dort wohnte. Wie eine leere Hülse, ohne Funktionen und ohne Leben, lagen die Straßen, in denen sie einmal zu Hause gewesen war, vor ihr. Die Stadt war, als Florence ihr den Rücken wandte, wie ein Kartenhaus zusammengestürzt. Der Zustand, in dem Ines sich jetzt befand, trug nicht dazu bei, in Florence heimatliche Empfindungen zu wecken. Rührend fand sie, daß die alte Agnes ohne Stellung dasaß, als habe es für sie eine einzige Lebensaufgabe gegeben, nämlich den Korns zu dienen, und als sei ihr mit deren Weggang nur übriggeblieben, die Erinnerung daran zu bewahren und auf den Tod zu warten. Mit künstlichem Gleichmut schlug Florence ihrem Sohn vor, Agnes gemeinsam in ihrer Dachkammer aufzusuchen. Als Stephan auswich und Arbeit vorschützte, sagte Florence leichthin: »Altes Personal ist Frauensache, laß dich nur nicht irritieren, du mußt ja fertig werden, damit wir aufbrechen können.« Sie wunderte sich nicht, daß sie auf diese Erwähnung ihrer Heimreise nach New York von Stephan nie eine Antwort bekam, keinen Widerspruch, aber auch keine Zustimmung, allenfalls eine ausweichende Bemerkung, die sie daran hindern sollte, das Thema zu vertiefen oder gar genauere Auskünfte über seine Pläne zu verlangen.

Stephan verhielt sich, was seine Rückkehr nach New York anging, wie ein Mönch des Mittelalters, der dem Teufel zu entkommen hofft, indem er stets peinlich vermeidet, ihn beim Namen zu nennen. Er glaubte, daß er sich Optionen offenhalten könne, daß plötzlich noch irgend etwas dazwischenkomme, er glaubte vielleicht auch, daß es ihm leichter fallen werde, seinen Willen durchzusetzen, wenn er die Entscheidung bis zum äußersten Zeitpunkt hinauszögerte und dann einfach größere Diskussionen mit Florence nicht mehr möglich wären, vor allem aber sagte er sich wohl, daß dem ganzen Reiseplan so lange die Realität fehle, wie es ihm gelinge, ihn totzuschweigen. Florence wären normalerweise solche Ausweichmanöver ihres Sohnes nicht entgangen. Sie besaß in ihrer langen Befehlsgewohnheit eine überempfindliche Nase für Insubordination, und sie kannte Stephan zu gründlich, um bei ihm die Kaufmannsregel, daß Schweigen Zustimmung bedeute, ohne weiteres in Anwendung zu bringen. Diese Regeln taugten in seinem Fall nur, um ihn nachträglich ins Unrecht zu setzen, wenn die Ungehorsamkeit also bereits manifest geworden war und Florence ihm zur Wahrung ihrer Würde wenigstens ein schlechtes Gewissen nicht ersparen mochte. Das waren dann Rückzugsgefechte, wie Florence ahnte. Sie hatte sich die Erfahrung der Kondottieri zu eigen gemacht, die wußten, daß noch so harte Bestrafung der Disziplinlosigkeit nicht das üble Omen bannte, das in der Gehorsamsverletzung selbst lag. Wie solche Söldnerführer verlegte sie sich aufs Taktieren, wenn sie befürchtete, daß ihr eine Machtprobe mit Stephan bevorstand, denn sie wollte verhindern, daß er sich an die Situation gewöhne, nicht in allem mit ihrem Willen übereinzustimmen.

Von solch taktischem Verhalten konnte jetzt keine Rede mehr sein. Florence sah ihr Leben vor sich wie ein Wanderer, der nachts ein von Blitzen erhelltes Tal in seinem ganzen, ungeahnten Ausmaß erblickt. Ihre Liebe zu Dr. Henry Tiroler hatte sie in einen permanenten Erregungszustand versetzt. Daß Tiroler nun todkrank sein Ende erwartete, ihr also keine gemeinsame Zukunft mit ihm bevorstand, ließ ihr alles, was geschah, bedeutungsvoll und groß erscheinen. Daß Tiroler sterben würde, war gewiß, aber es ließ kein Vakuum in ihr entstehen. Durch seinen frühen Tod wurde er wie ein Führer, der sie in ein neues Land wies; Staatsbürger in diesem Land konnte nur werden, wer Tiroler geliebt hatte, ihr aber würde zudem noch gewährt werden, jemanden dorthin mitzunehmen, Stephan natürlich, den sie der Trivialität seiner Existenz entreißen würde. Die Vision dieses zukünftigen Lebens enthielt nur drei Menschen: sie, Stephan und einen Henry Tiroler, der zwar körperlich nicht mehr gegenwärtig, aber dafür sternzeichenartig an den Himmel versetzt war, wo er sich ewig leuchtend ausruhte.

Das Bemerkenswerte an diesen Aussichten, die Florence pflegte, war ihre Ungenauigkeit. Florence hatte ihre Nüchternheit verloren. Sie fragte sich nicht ein einziges Mal, worin dieses Leben, das sie mit Stephan führen wollte, sich eigentlich von dem unterscheiden würde, das sie bereits seit vielen Jahren mit ihm führte. Sie wollte Willy ja keineswegs verlassen, sie wollte auch nicht umziehen, sie wollte schon gar nicht, wie es bei Frauen ihres Milieus gelegentlich vorkam, plötzlich anfangen, irgendeine sinnlose, vermeintlich ausfüllende Tätigkeit zu übernehmen, in ihrem zukünftigen Leben sollte weder Wohltätigkeit noch Malerei eine Rolle spielen, und sie hatte nach wie vor nicht die geringsten religiösen Bedürfnisse. Dennoch erfüllte sie die Gewißheit über das Kommende, so daß sie sich ein Zögern Stephans, jetzt, nachdem sie die schwachen Fäden, die ihn in eine andere Richtung hätten ziehen können, kurzentschlossen durchgeschnitten hatte, einfach nicht vorstellen konnte. Es stand ohnehin für sie fest, daß Abweichungen auf Stephans Lebensweg, die nicht in ihr Konzept paßten, immer nur von außen kommen konnten, und sie merkte niemals, wie sie sich in ihrer Beziehung zu Stephan dadurch bestärkte, daß sie verächtlich triumphierend Stephans Schwäche als die Garantie seiner Treue geradezu feierte. Es gab nichts, was Stephan in Frankfurt halten konnte, nachdem Tiroler gestorben war – das war die Logik, die sich ihr einstmals unbestechlicher, wenn auch niemals origineller Geist nun, ohne die geringste Scham dabei zu empfinden, zu eigen machte.

Die Fahrt zu Agnes trat sie deshalb ohne Furcht an. Ihre erste Überlegung war gewesen, Agnes zu überreden, nach New York überzusiedeln, wo sie Stephan vermutlich auf die Dauer lästig werden würde. Übrigens trieb sie nicht die Neugier, als sie in die schäbige Siedlung hinausfuhr. Sie wollte nicht wissen, was Stephan und Agnes zusammen gemacht hätten, ihr genügte die Überzeugung, daß Stephan in dieser Frau etwas gesucht hatte, was sie ihm bisher nicht zu geben imstande gewesen war, aus tausend Gründen. Henry Tiroler hatte ihr das wundervoll aufgezählt, und sie hatte auch zugehört, und doch hatten all diese Gründe, die sie gar nicht abstreiten wollte, wenig mit der Geschichte ihrer Empfindungen für Stephan zu tun, in der jetzt ein neues, das letzte Kapitel aufgeschlagen werden sollte. Agnes mußte deshalb abgefunden, es mußte ihr klargemacht werden, daß sie von nun an keine Rolle mehr in Stephans Leben zu spielen habe, und die Enttäuschung, die das für solch ein Ersatzmuttertier bedeutete, wollte Florence ihr mit einer Donation versüßen, die garantieren würde, daß Agnes sich an die Abmachungen auch hielt. Sie bemerkte nebenbei, wie sicher Stephans Chauffeur den Weg in diese Vorstadt fand, wie er sich rühmte, den Weg auswendig zu kennen und sogar eine schöne Abkürzung gefunden zu haben. Aber sie hielt es für unter ihrer Würde, den Angestellten auszuhorchen, um etwas zu erfahren, was vielleicht peinlich war.

Stephan hatte meine Tante seit dem Tag ihres Ausflugs nach Kronberg nicht wiedergesehen, aber das war noch nicht lange her, und ihm kam überhaupt vor, als lebe er auf einer Wolke, seit er mit meiner Tante zusammen die Schreibmaschine zur Reparatur nach Bockenheim gebracht hatte. Er zählte die Tage und Stunden nicht mehr. Es war ihm noch nicht recht klar, wie er die Schwierigkeiten, die neuerdings durch das Auftauchen seiner Mutter entstanden waren, eigentlich aus dem Weg räumte, und er hoffte nichts anderes, als daß ihm das Glück, das ihm bisher stets treu gewesen war, auch hierbei zu einer gewaltlosen Lösung verhelfen würde, ohne Schweiß und Tränen, ohne endgültige Erklärungen und ohne übermäßige Kraftanstrengung. Es beunruhigte ihn ein wenig, daß Florence meine Eltern angerufen hatte, um ihren und seinen Abflug anzukündigen, und er vermutete zu Recht, daß diese Nachricht auch meine Tante erreichte. Stephan fragte sich, was sie sich wohl denke, wenn sie das hörte, und was sie davon halte, daß sie es nicht von ihm selbst erfuhr. Stephan hatte Angst, daß meine Tante durch sein widersprüchliches Verhalten an ihm zweifeln könne. In einer Aufwallung von Hoffnung sagte er sich, daß sie den Nachrichten von anderen nicht glauben und seine Stellungnahme abwarten würde. Er stellte sich vor, daß meine Tante in innerer Verbindung zu ihm stehe und jeden Gedanken, der sich in ihm vorbereitete, mitvollziehe, noch bevor er ihn ausgesprochen habe. Niemals mehr fühlte Stephan sich einem anderen Menschen so nahe, niemals zuvor hatte er eine solche Bereitschaft empfunden, für einen anderen Verantwortung zu übernehmen, selbst wenn er sich darunter noch nicht viel Konkreteres vorstellen konnte als die Arbeitspläne, die er in der Werkstatt des Schreibmaschinenmechanikers gefaßt hatte. Die nähere Beziehung Stephans zu meiner Tante ließ ihm alles, was er von sich wußte, als eine hauchdünne Schlangenhaut erscheinen. Mit dem ersten Kuß, so glaubte er deutlich gefühlt zu haben, war diese Haut haarfein angerissen. Sie hielt noch, aber bald würde er sie mit einer einzigen Wendung seiner Schultern abstreifen und als ein ganz anderer dastehen, wie meine Tante nicht nur ganz anders war als andere Frauen, sondern darüber hinaus auch noch verborgene Eigenschaften besaß, von denen er wahrscheinlich als erster einen tiefen Eindruck erhalten hatte. Freilich fühlte er auch ihre Überlegenheit, und er nahm in seinen Gedanken gern in Kauf, daß sie noch eine ganze Weile andauern würde, so lange, bis er auch die letzten Schuppen der alten Existenz verloren hatte.

Stephan liebte meine Tante, obwohl sie keine elegante Frau war. Die Kategorie der Eleganz bestand für sie überhaupt nicht, weil das Zeitgebundene der Erscheinungen nur wahnbildhaft an ihr vorüberzog und dann den Blick wieder auf die Wurzeln der Existenz freigeben mußte. Dieser Blick würde meine Tante auch in die Lage versetzen, zu erkennen, daß Florence nicht für Stephan mitgesprochen hatte, wenn sie ihre Reisepläne verkündete. Es war doch genaugenommen gar nicht seine Schwäche, die Schuld daran trug, daß Florence noch immer glaubte, er würde sie allen Ernstes, nachdem er ihr zum zweitenmal in seinem Leben entkommen war, nun wieder brav nach Hause begleiten. Schadenfreude erfüllte ihn, wenn er daran dachte, daß Florence jetzt bald erfahren würde, daß dieses Bestimmen über seinen Kopf hinweg einmal nicht den Erfolg hatte, den sie sonst gewohnt war. Sie würde vor Tiroler hintreten und eingestehen, daß ihre Mission gescheitert sei. Dann könnten die beiden in gewohnter Manier dieses skandalöse Verhalten in alle Unendlichkeit drehen und wenden, und er würde ihnen bei dieser Lieblingsbeschäftigung, auf die es ihnen doch ganz allein ankam, auch nicht mehr eine Minute lang im Wege stehen. Nein, niemand konnte behaupten, daß er seine Zustimmung zu den Plänen seiner Mutter gegeben habe, und auch sie selbst würde sich, wenn sie ehrlich mit sich war, in bezug auf seine deutliche Zurückhaltung nichts vormachen können. Sicher würde in weiter Zukunft wieder einmal der Tag kommen, an dem vielleicht sogar ein Zusammenleben erneut möglich war. Bis dahin müßte sich Stephan allerdings ganz und gar frei entfaltet und die Dominationsfrage ein für allemal erledigt haben.

Für Agnes war ebenfalls kein Raum mehr in Stephans Gedanken. Wenn Florence jetzt bei Agnes das Zimmer besichtigte, in das er sich geflüchtet hatte, als er New York verließ, dann sah sie etwas Vergangenes, und es machte ihm gar nichts aus, wenn sie mit ihrem ärztlichen Berater gründlich darüber sprach. Was er Florence früher, bevor er meine Tante kennenlernte, sorgfältig verbergen wollte, das mochte sie seinetwegen nun ruhig entdecken. Wie in der Zeit der alten Kriege berittene Kundschafter sich vorsichtig einem Lager des Feindes näherten, um seine Stärke abzuschätzen, und dann oft nur kalte Feuerstellen, niedergetretenes Gras und eingetrocknete Pferdeäpfel fanden, weil der Feind längst abgezogen war, so lag nun für einen neugierigen Besucher auch das Bett der Agnes da, denn Stephan hatte sich aus ihm erhoben, um nicht mehr dorthin zurückzukehren. Es kam ihm vor, als sei dies Ruhen im Bett der alten Agnes ein Kapitel aus unvordenklichen Zeiten, die zu beschwören eigentlich nicht mehr möglich war.

Dabei hatte Stephans Abwendung von Agnes nichts mit ihr zu tun. Er war nicht zornig auf sie. Er fühlte sich auch nicht von ihr beherrscht oder bedrängt. Es war nur einfach so, daß ihre Aufgabe als Fluchtburg vorbei war, und zwar einerseits, weil Florence sie aufgestöbert hatte, und andererseits, weil er in Zukunft keinen Bedarf mehr an Fluchtburgen haben würde. Agnes brauchte zum Glück keine Erklärungen. Für sie war es gleich, ob er kam oder ob er wegblieb, wie es für das Gras gleich ist, ob die Sonne scheint oder ob es regnet. Er könnte Agnes natürlich etwas zukommen lassen als Dank, wie man bürgerlicherweise wohl sagen würde, obwohl Dankbarkeit in ihrer Beziehung nicht richtig vorgesehen war. So kam es, daß sich Agnes, die mit nichts dergleichen gerechnet hatte, später dennoch im Besitz eines für ihre Verhältnisse großen Betrages sah, der sich durch die Addition der Schenkungen von Mutter und Sohn, die ihre Spenden aus guten Gründen voreinander geheimhielten, ergab.

Obwohl Florence die in ihren Kreisen gelegentlich anzutreffende Sentimentalität gegenüber dem Elend der »kleinen Leute« nicht kannte, war sie von den Wohnverhältnissen, wie sie in der Siedlung der Agnes herrschten, beeindruckt. Noch niemals hatte sie so schlecht gebaute Häuser gesehen, an denen kein Verputz verbarg, daß sie aus dem billigsten Material einzig zur Behebung der größten Wohnungsnot zusammengehauen waren. Florence konnte sich nicht vorstellen, daß ein Mensch so wohnte, und sie war noch fassungsloser bei dem Gedanken, daß ihr eigener Sohn aus seinem behaglichen Heim aufgebrochen war, um sich in einer solchen Barackenstadt herumzutreiben. Sie hatte gelesen, daß es Mütter gab, die ihre Söhne an noch schlimmeren Plätzen wiederfanden, in Gefängnissen, Irrenhäusern, Opiumhöhlen und Bordellen, und tatsächlich hätten Orte dieser Art Florence nie aus ihrem Gleichgewicht bringen können. Die Mickrigkeit der Kuhwaldsiedlung hingegen berührte sie.

Sie hätte Gestank ertragen, aber keinen Mief, sie war in die

Schlacht gefahren und hatte einen saugenden Sumpf gefunden, in dem der Soldat seinen Stiefel verlor. Sie hatte nichts dagegen, einen kranken und unglücklichen Sohn zu haben, aber sie wollte ein Unglück, das zu ihr und ihrer Welt gehörte, und sie wollte nicht durch eine unpassende soziale Komponente das Leid ihres Hauses erbärmlich machen. Sie versuchte sich abzulenken mit dem Gedanken, daß Agnes schließlich eine ehemalige Angestellte war, aber das war hier in dieser Umgebung nur ein intellektueller, kein ästhetischer Trost, dessen sie doch so sehr bedurft hätte.

Lange Zeit stand Florence in dem kleinen Zimmer, in dem ihr Sohn die letzten Monate zugebracht hatte, und sah sich um. Agnes war nicht zu Hause, aber Haus- und Wohnungstür standen offen und wehrten dem erwarteten Gast den Eintritt nicht. Auf dem Herd stand ein großer Aluminiumkessel auf kleiner Flamme, daneben war schon das Wasserbad für die Kaffeekanne gerichtet, die Filtertüte durch Faltungen für den Gebrauch vorbereitet und der Kaffee in der Kaffeemühle gemahlen. Florence, die selbst nicht groß war, bemerkte zerstreut, wie niedrig dies Zimmer war, sie hätte die Decke beinahe mit der Hand berühren können. Hier stand der Wehrmachtsschrank, den sie freilich nicht als solchen erkannte, weil ihr die Bekanntschaft mit Möbeln dieser Art erspart worden war; daneben war der bauchige, weißemaillierte Ausguß, über dessen Becken man ein eisernes Leiterchen klappen konnte, um einen Eimer daraufzustellen, und dann kam das kleine Fenster mit Scheibengardinen, das mansardenartig die schrägen Wände unterbrach. Es war ein freundlicher, heller Tag, Sonnenstrahlen fielen auf den Boden und zeigten, wie sauber er war, überhaupt war alles sehr aufgeräumt und reinlich. Florence kam die Umgebung nicht unvertraut vor, sie erinnerte sie an den Aufenthaltsraum des Personals neben der Küche im Souterrain ihres Frankfurter Hauses. Auf dem linoleumbezogenen Tisch lagen Agnes' Rätselhefte, daneben zwei Bleistifte, ein Radiergummi und ein Spitzer und eine Brille.

»Sieh da, sie braucht eine Brille«, dachte Florence und fuhr mit einer unbewußten Bewegung der Hand über ihre Augen. Nein, dort gab es nichts zu entdecken, Florence brauchte keine Brille, sie war auch nicht grau geworden, ihr schönes Gesicht war alterslos und fest, denn das Altern war eine Frage der Disziplinlosigkeit und fiel nicht in ihr Ressort, und doch machte es sie nachdenklich, an dieser Brille das Verstreichen der Zeit zu empfinden, wie zuletzt als junges Mädchen, als das Verlobungsjahr mit Willy so schnell zu Ende gegangen war und kein Weg mehr an der Heirat vorbeiführte.

Florence schaute sich um, ob sie irgendeinen Hinweis dafür fand, wie Agnes jetzt aussah. Das lag nah in diesem Zimmer, das für den Augenblick verlassen war und doch in jedem Gegenstand den Geist und den Körper seiner Bewohnerin atmete, und zwar deutlicher, als es das Zimmer einer Dame vermocht hätte, die viel Geld und Geschmack zur Ausstattung ihrer Wohnung aufgewandt hat. Hier gab es kein Dekor, abgesehen von der großen schwarzweißen Photographie eines Eisvogels, der dem Vogel, der in Ines Wafelaerts Trümmerquartier hing, ähnlich sah, aber auch dieses Bild erfüllte noch eine Funktion, weil es die Rückwand eines kleinen Abreißkalenders war, an dem Agnes den gleichförmigen Fortgang ihres Lebens in Ruhe verfolgen konnte. Dies Zimmer war wie eine Kartäuser-Zelle. Alle Bedürfnisse eines einfachen Lebens waren hier berücksichtigt: Es gab zwei Stühle, es gab den Tisch, es gab den Schrank und auch eine Kommode, einen Spiegel, den Ausguß, das Fenster, den Herd, Haken an der Wand, um etwas aufzuhängen, und schließlich entdeckte Florence in der dunklen Zimmerecke nahe der Tür auch das Bett. Die Tür hatte Florence offengelassen, weil Agnes nicht erschrecken sollte, wenn sie nach Hause kam, und im Schatten dieser Tür war das Bett doppelt geborgen. Es war frisch bezogen. Das enorme Plumeau war ballonrund aufgeschüttelt, und die Spitzen des feisten Kissens, das durch einen leichten Schlag mit der Handkante in der Mitte einen Knick erhalten hatte, ragte willkommenwünschend in die Luft. Die Decke war umgeschlagen. Sie lud dazu ein, sich in die warme Tasche zu legen, und zwischen Decke und Kissen lag ein frischer, weißseidener Schlafanzug mit einem rot eingestickten kleinen Monogramm.

Es war dieser nicht nur harmlose, sondern vielmehr besonders behagliche Anblick, der Florence aus dem Gleichgewicht brachte. Vorsichtig, als wolle sie vermeiden, daß jemand ihre Gegenwart bemerke, zog sie einen Stuhl unter dem Tisch hervor und ließ sich darauf nieder. Niemals war ihr Stephan so fremd vorgekommen wie jetzt. Alle seine Sonderbarkeiten hatten sie nicht hindern können, für ihn Gefühle zu entwickeln, die über Mutterliebe weit hinausgingen. Stephan war aus ihrem Stamm, nicht aus dem von Willy, das hatte für sie auch bei seinen befremdlichsten Handlungen stets außer jeder Diskussion gestanden. Sie fragte sich gar nicht lange, worin dieser Gleichklang zwischen ihnen eigentlich bestand, den sie mit solcher Sicherheit immer wieder vernommen hatte, und vielleicht hätte sie bei genauerer Selbsterforschung auch nur herausbekommen, daß sie von vornherein geneigt war, Stephan die gleiche Superiorität wie sich selber zuzubilligen, eine Vortrefflichkeit, die sich bei ihm eben nun einmal anders ausdrückte als bei ihr.

Aber dies, was sie hier erfuhr, und sie bedurfte nach dem ersten Blick auf das Bett keiner weiteren Erklärung mehr, entzog ihr den Boden unter den Füßen. Sie war ratlos, mehr noch, sie begann sich einfach fehl am Platz zu fühlen. Hier war die Welt der sieben Zwerge, ein Puppenhaus, reingefegt und sonnengewärmt, alles war auf sanfte Pflege und Ammenbräuche hin eingerichtet. Schneewittchen war ausgegangen, um Blaubeeren zu pflücken, die Zwerge hämmerten derweilen in ihrer unterirdischen Fabrik, aber bald würde das Türchen unten aufspringen und alle Bewohner, mit kleinen Körben und zierlichen Werkzeugen über den Schultern, kehrten nach Hause zurück, um sich zusammen an ihr Tischchen auf ihre Stühlchen zu setzen; eines würde die Tellerchen bringen, ein anderes würde Eier braten, und das nächste würde die Rätselhefte in die Kommode räumen. In der Mitte des Raumes aber saß riesengroß die böse Stiefmutter, die das Häuschen im Wald endlich aufgestöbert und sich hineingedrängt hatte, wo sie nicht hingehörte und niemand sie haben wollte. Aber, erstaunlich genug, niemand nahm sie zur Kenntnis, das Treiben um sie herum ging fröhlich und mit geheimnisvoller Emsigkeit fort und fort, als ob sie gar nicht im Zimmer sei. Sie war einfach zu groß, um gesehen zu werden. Niemand hier konnte sich etwas so Großes wie die böse Stiefmutter vorstellen, und da die Sinne auch bei den Zwergen stets dem geistigen Vorstellungsvermögen gehorchen, blieb Florence ihnen unsichtbar, obwohl sie sich fortwährend an ihr stießen.

Mutlosigkeit überkam sie. Was hier zu tun war, und ob überhaupt etwas zu tun war, konnte sie nicht allein entscheiden. Ängstlich dachte sie an Tiroler. Er überforderte sie damit, daß er schon sterben wollte. Sie war noch nicht soweit. Er irrte sich, wenn er glaubte, sie könne schon, ohne seine Kraft immer neu einzusaugen, die Aufgabe, die er ihr zugedacht hatte, in seinem Sinne erfüllen. Vielleicht war es wirklich falsch, Stephan hier zu stören. Sie kannte ihn immer weniger, wie sollte sie die Bedürfnisse kennen, die ihn in dies Bett geführt hatten? Keinesfalls wünschte Florence, mit irgend jemandem in eine Konkurrenz zu treten, die aussichtslos war, weil sie das, was den Feind für Stephan anziehend und wichtig machte, nicht begriff. Plötzlich war sie voller Dankbarkeit, daß sie Agnes nicht angetroffen hatte. Sie raffte sich zusammen und stand auf, denn nur der einzige Gedanke beherrschte sie, Agnes ungesehen zu entkommen. Den Scheck, den sie vorbereitet hatte, legte sie auf den Tisch, obwohl der Zweck der Zahlung ihr nicht mehr deutlich war; die Vorstellung, mit der sie hierhergefahren war, nämlich Agnes abzufinden, kam ihr jetzt beinahe peinlich vor.

Wie für Florence in dem Zimmer der Agnes und in seinen Gegenständen das Abbild des Lebens, das Stephan dort mit dem alten Kindermädchen aus Dillenhausen geführt hatte, deutlicher geworden war, als jede Schilderung anderer dies vermocht hätte, so wurde für meine Tante nach ihrer Rückkehr aus Kronberg unser Gästezimmer, das nun dazu bestimmt war, das Gehäuse ihres Leidens zu werden, nach kurzer Zeit mit ebendiesem Leiden identisch. Je intensiver sie betete und weinte, desto mehr entäußerte sie sich des Kummers in dies Zimmer hinein, das der einzige Zeuge ihrer Nacht war. Unser Gästezimmer war ein lieblos möblierter Raum, in dem klobige Möbel aus der Vorkriegszeit, die man sonst nicht mehr sehen wollte, einen Abstellplatz gefunden hatten. Die dicken Holztüren der Schränke klemmten, der Sessel war unbequem und viel zu groß, und wenn man die Tür öffnete, mußte man vorher den Kleiderschrank schließen. An den Wänden hingen Reproduktionen nach Dürers Holzschnitten, meine Tante schlief unter drei Blättern aus der »Kleinen Passion«. Diese Gegenstände hatten sich nun mit ihrem Unglück vollgesogen wie die Schwämme und dadurch ein nur meiner Tante sichtbares mysteriöses Leben erhalten. Wenn sie in dies Zimmer trat, um sich auf Geheiß meiner Mutter nach dem Essen hinzulegen, dann schauten sie aus den mattpolierten Eichenmöbeln alle Phasen ihrer Beziehung zu Stephan an, das Wachsen ihrer Liebe, die Ereignisse in Bockenheim und was sonst noch geschehen war, und schließlich Florence, die alles zerstört hatte und von ihr sogar noch die Einwilligung in diese Zerstörung verlangte. Und weil der Geist meiner Tante zu zart war, um solchen Erlebnissen auf die Dauer gewachsen zu sein, ging das Unglück tatsächlich von ihr auf die Möbel ihres Zimmers über, die sie deswegen nur liebevoller betrachtete, denn sie begann ihre Entlastung zu spüren und aufzuatmen.

Ein lebenslanger Druck war plötzlich von ihr genommen, freilich für einen hohen Preis, wie jeder finden mußte, der das Leben meiner Tante mit Wohlwollen verfolgte und sich doch über das Ausmaß ihrer Qualen keine Vorstellungen machte.

Stephan übrigens bekam die Veränderung im Verhalten meiner Tante gar nicht mit. Wie hätte er sich verhalten, wenn sie ihm in ihrer ganzen Verwirrung begegnet wäre? Er vermutete ungeheure Reserven in ihr, Vorräte, die noch niemals das Tageslicht gesehen hatten, riesige Lager an unentdeckter Empfindungsfähigkeit, sinnlichem Reichtum und dunkelrotem Liebesblut, und er war auf den Gedanken nicht vorbereitet, daß die Besitzerin dieser geheimen Schätze, von denen er doch in Zukunft zu zehren gedachte, weil er ihr Finder war und deshalb Anspruch auf den Hort besaß, so schwer in ihrer seelischen Fassungskraft bedroht sein könnte. Wer Stephans Charakter mit Skepsis betrachtete, mußte um seine Standfestigkeit im Fall einer Begegnung mit meiner dermaßen veränderten Tante bangen. Es ist nicht sicher, ob er ihr zur Seite gestanden hätte, es ist noch weniger gewiß, ob er sich von ihr unter diesen Umständen in Deutschland hätte halten lassen. Wir müssen vielmehr befürchten, daß die Art und Weise, in der meine Tante sich neuerdings betrug, auf Stephan einen erschreckenden, vielleicht auch abstoßenden Eindruck gemacht hätte. Er suchte ein einzigartiges Abenteuer, ein Leben, das im weitesten Sinne seinen Fliegerplänen entsprochen hätte, das Leben des neuen und des wahren Stephan, aber nicht eine Stellung als Krankenwärter einer verrückt gewordenen Französischlehrerin. Daran hätte auch nichts geändert, daß es ja die Geschichte ihrer Liebe zu ihm war, das Verhalten seiner Mutter, aber auch sein eigenes, welches sie sich so zu Herzen genommen hatte, bis ihr Herz sich rettete und sich gegen das Unglück unempfindlich machte. Stephan wäre wahrscheinlich nur zu bald für Erklärungen empfänglich gewesen, nach denen meine Tante ohnehin von labiler Verfassung gewesen sei; in solchen Fällen komme es nur auf ein Auslösungsmoment an, und der längst vorbereitete, nur noch auf dies Moment wartende psychopathische Zustand entfalte sich zu einem Ausmaß, das in keinem Verhältnis mehr zum Auslösungsfaktor stehe; dieser Auslösungsfaktor aber sei im Grunde bei entsprechend disponierten Menschen beliebig; irgendein kleiner Schock, ein kleiner Unfall, ein Blitzschlag, eine Enttäuschung im Beruf und ein Streit mit dem Ehegatten, das alles laufe dann auf dasselbe hinaus, und kein Redlicher dürfe sagen, daß der solcherart ausbrechenden Krankheit das Verschulden eines anderen zugrunde liege, der den Ausbruch doch nichtsahnend ausgelöst habe.

Gewiß dürften gerade im Fall meiner Tante solche Erklärungen den Anspruch auf eine gewisse Wahrscheinlichkeit erheben. Wie schwankend der Boden war, auf dem sie stand, war allen bekannt, die ihr Leben ein wenig verfolgt hatten. Stephan hatte Instinkt bewiesen, als er der unvermutet aus ihr hervorbrechenden Heftigkeit verfallen war. Er wußte aber nicht, daß ihre ihm so köstlich erscheinende sinnliche Wut sich ein ganzes Leben lang ausschließlich gegen sie selbst gerichtet hatte. Sie war bereits verloren, als sie Stephan kennenlernte, denn sie hatte sich längst beinahe vollständig aufgezehrt, es war von ihr nur eine Fassade übriggeblieben, die darauf wartete, bei der geringsten Erschütterung einzustürzen.

Niemand hätte Stephan also ernsthafte Vorwürfe machen dürfen, wenn er meine Tante hätte fallenlassen, im Gegenteil, er hätte wohlwollendes Bedauern fordern dürfen. Und doch, wäre es nicht traurig gewesen, Stephan aus seiner schönen Erregung, die vielleicht die letzte in seinem Leben war, dermaßen vernünftig und gefaßt aufwachen zu sehen? In meiner Tante hatte sich ihm ein einzigartiges Wesen, kurz bevor es sich von dem bewußten Leben auf der Erde, an dem es ohnehin nur in Grenzen teilgenommen hatte, verabschiedete, ganz schenken wollen, und er war von dieser Gabe über die Maßen entzückt und beglückt. Wie wäre es gewesen, wenn er diesem Ereignis wenigstens ein Grabmal gesetzt hätte in Form einer dauernden, zarten Hinwendung zu einer Frau, die nun mehr denn je der Nachsicht, der Pflege und der Fürsorge eines zärtlichen Freundes bedurfte? Die Freunde Stephans dürfen deshalb aufatmen: Es bleibt ihnen erspart, Zeuge zu sein, wie Stephan meine Tante aus kleinlichen Erwägungen und Herzenskälte heraus verläßt. Seine Bewunderung für sie war ungebrochen, als er, ohne sie noch einmal zu sehen, aus Frankfurt abreiste, und weil er auch später niemals erfuhr, was aus meiner Tante geworden war, lebte sie in seiner Phantasie als die erträumte Geliebte fort, als die sie ihm in der Bockenheimer Konditorei zum erstenmal erschienen war.

Daß Ines Wafelaerts sich aufraffte, an demselben Sonntagvormittag, an dem sie Florence und Stephan zum Abschied empfing, auch Frau Oppenheimer zu sich zu bitten, hatte mehrere Gründe. Gesellschaftliches Leben fand bei Ines nun nicht mehr statt. Sie war arm und alt und deshalb auch einsam geworden, ohne unter diesem Zustand besonders zu leiden. Ihr glückliches Temperament hatte ihr den Abschied von ihrem früheren Leben leicht gemacht, wenngleich sie jetzt weniger gutmütig war als in ihren glänzenden Jahren. Sie konnte nun nachgerade bösartig werden, ohne dabei übrigens nachhaltig verletzen zu wollen. Im Roten Kreuz war ihr handfester Ton sogar geschätzt, wenn sie mit den Blutspendern so sicher umging, und Ines kam sich nicht einmal tapfer vor, weil sie ihr Alter mit Galgenhumor ertrug, denn ihre Bewunderung der guten Gesellschaft hatte auch in ihrer gegenwärtigen Verlassenheit nicht nachgelassen, und sie empfand es als selbstverständlich, daß Leute, die ein Anrecht auf den Umgang mit schönen und reichen Menschen haben, weil sie selbst reich und schön sind, es ablehnten, mit ihr weiterhin zu verkehren.

Die Armut hatte außerdem auch angenehme Seiten, die sie zu schätzen wußte. Ines spürte, daß sie täglich schwächer wurde. Sie war immer häufiger krank und fand morgens oft genug nicht die Kraft, überhaupt aufzustehen. Wenn sie noch ein bißchen von ihrem alten Vermögen hätte retten können, das zerronnen war, weil kein Ratgeber Henri Wafelaerts 1943 davon abbringen konnte, ihr als Abfindung sein Depot von Elsässischer Baumwolle und Ostpreußischem Asphalt zu übertragen, dann müßte sie jetzt all ihre Kräfte zusammenreißen, um täglich Bridgepartien und Abendesseneinladungen zu veranstalten, sie müßte fortwährend zum Friseur gehen, sinnlose, langwährende Kämpfe am Schminktisch austragen und beständig die Kränkung hinunterschlucken, daß sie überall »die gute, alte Ines« sein würde, die man ewig kannte, die man nun aber nicht mehr als Frau, sondern als alte Dame zu behandeln gewillt war. Es gab keine Sorgen um ihre Kleider mehr. Mit ihrer Rot-Kreuz-Schwesterntracht oder mit ihrer Keilhose war sie nun endgültig zufrieden, sie würde niemals mehr, bis zu ihrem Tod, nach anderen Kleidungsstücken Ausschau halten.

Nur wenn Aimée Oppenheimer sie besuchte, kehrte ein wenig von der alten Neugier auf das Leben der Gesellschaft zurück, denn sie schämte sich nicht vor Aimée, obwohl sie sie fürchtete, und diese Furcht verjüngte sie. Es war das Unterlegenheitsgefühl, das eine kokette Frau angesichts einer Intellektuellen befällt, die Aimée für Ines auch noch war, als sie längst in Frankfurt verheiratet lebte. Aimée blieb der alten Ines treu und machte ihr hin und wieder einen Besuch, denn Herr Oppenheimer wollte Ines nicht im Hause haben, und Ines war Aimée nicht wichtig genug, um einen Ehestreit ihretwegen auszutragen. Ines wiederum schlug Aimée niemals einen Termin aus und versuchte lieber, an solchen Tagen die Rot-Kreuz-Station früher zu verlassen, denn sie hatte die Erfahrung gemacht, daß es lang dauerte, bis Aimée wieder einmal Zeit fand, wenn sie ihr einen Tag hatte abschlagen müssen. Am liebsten hätte Ines die Besuche von Florence und Aimée nacheinander gelegt, weil sie dann mindestens vier Stunden lang Unterhaltung gehabt hätte, während so zu befürchten stand, daß beide schon nach einer halben Stunde gemeinsam aufbrachen, da Florence Aimée zweifellos anbieten würde, sie im Wagen mitzunehmen, was erfahrungsgemäß auch die schonungsloseste Abkürzung eines Besuches hinreichend zu entschuldigen imstande war.

Ines, die die Kuppelei früher so geliebt hatte, war von den Freunden meist grausam enttäuscht worden. Oft ging eine erfolgreiche Kuppelei zum Nachteil des Kupplers aus. Fast nie durfte er an dem Glück, das er gestiftet hatte, als harmloser Zuschauer teilnehmen. Und doch stach sie diesmal ein wenig der alte Hafer. Es tat Florence gut, wenn sie sah, daß Ines noch nicht ganz und gar verlassen war. Sie stellte sich vor, mit Aimée beim Tee zu sitzen und, wenn es klingelte, zerstreut zu sagen: »Ach, das ist wohl meine New Yorker Freundin«, oder, wenn Florence als erste da sein sollte: »Ach Gott, jetzt kommt auch noch die kleine Aimée, was mag die wohl wollen? Es tut mir so leid, daß wir gestört werden.« Aimée war nicht nur klug, sondern geradezu furchterregend belesen, und Ines konnte das Vermögen der Oppenheimers auch daran abschätzen, daß Aimées Geist anscheinend ohne viel Widerstand vom Frankfurter Publikum ertragen wurde. Auf jeden Fall würde Aimée nicht verfehlen, Eindruck auf Florence zu machen. Vielleicht würde sie sogar irgendeine ihrer köstlichen Frechheiten sagen, wie die, von der sie Ines selbst erzählt hatte: »Sind Sie aber gebildet«, hatte jemand in aller Unschuld zu Aimée gesagt, und sie hatte darauf geantwortet:

»Können Sie das denn überhaupt beurteilen?« Solche Bemerkungen entschädigten Ines für vieles, und sie erhoffte sich ein ähnliches Erlebnis für diesen Vormittag, obwohl Florence natürlich nicht so naiv sein würde, dankbare Stichworte zu geben. Wie immer die Unterhaltung aber auch verlief, auf alle Fälle wollte Ines Aimée auffordern, diese Geschichte noch einmal zu erzählen, wenn sich herausstellen sollte, daß die Damen sich allzugut verstanden.

Ihre Sorge, daß das Arrangement mit beiden Damen möglicherweise doch nicht wirklich genußreich verlaufen könnte, trog sie nicht. Aimée war schon da, während die Korns auf sich warten ließen, so daß Ines, deren Phantasie sich ganz auf den Augenblick der Begegnung gerichtet hatte, von dem, was Aimée sagte, nur die Hälfte mitbekam. Aimée hingegen, die bemerkte, daß ihre alte Freundin zerstreut war, und die vermeiden wollte, sie anzustrengen, machte immer wieder Anstalten, aufzubrechen und zermürbte Ines damit. Weil es außerordentlich ungemütlich bei Ines war, wenn ein kalter Frühlingswind auf die zugigen Fenster blies, hatte Aimée ihren Pelz anbehalten. Sie verschränkte die Arme und zog die Schultern hoch, als habe sie einen Schneesturm auszuhalten, war aber sonst zunächst vergnügt und nur erstaunt, daß Ines derart unaufmerksam war.

»Jetzt wird sie endlich gaga«, dachte Aimée und beschloß, diesen Umstand als Aufforderung zu bewerten, ihre eigene Langeweile bei solchen Besuchen nicht mehr unnötig zu unterdrücken.

Aimées Fähigkeit, sich zu langweilen, hatte noch zugenommen, seit sie in Frankfurt lebte. Nachdem sie ihre abenteuerlichen Wege im Krieg schließlich in den Hafen von Ruhe und Wohlstand geführt hatten, erlebte sie, wie ihre Waffen, die für den Lebenskampf geschliffen waren, allmählich nicht mehr gebraucht wurden. Witz, Mut und Kälte waren nicht nötig, um auf der Couchette zu liegen und in einem Buch zu blättern. Zugleich war sie klug genug, um sich nach den Zeiten der Unsicherheit keinen Augenblick zurückzusehnen. Sie hielt vielmehr an dem, was sie in ihrem Leben erreicht und was sie immer erstrebt hatte, fest, und sie redete sich ein, daß ein Leben im Überfluß nun einmal mit Langeweile bezahlt werden müsse. Sie nahm sich vor, keine Launen zu haben, viel Geld auszugeben für Gegenstände, die sie in ihren Notzeiten niemals vermißt hatte, und dieses Wohlleben unter keinen Umständen zu gefährden. Sie konnte inzwischen ein brillantes Lob auf die Langeweile singen, aber es gab in Frankfurt niemanden, der es zu schätzen gewußt hätte, jedenfalls nicht in den Kreisen, in denen sie sich nun verpflichtet fühlte zu verkehren. Immerhin hatte Aimée viel Zeit zu lesen, und bald war sie in der großen Literatur, die ihr der Monsignore nannte, ganz zu Hause. Aber ihre heimlichen literarischen Lieblinge waren Altenberg, die Blixen und die Sackville-West, Autoren, die sie in der Hoffnung bestärkten, daß die gute Gesellschaft nicht ausschließlich von allem Geist entleert zu sein habe.

Für Ines, die sie in Paris noch geschmacklos und bürgerlich gefunden hatte, erwärmte sie sich in Frankfurt durch die Flut von Skandalgeschichten, die über sie im Schwange waren und die die Leute früher bewundert hatten, jetzt aber dankbar als Begründung dafür nutzen, daß sie keine Lust mehr hatten, sich um sie zu kümmern. Am liebsten war Aimée das Gerücht, Ines habe den schönsten Régence-Sesseln die halben Beine absägen lassen, weil sie sonst für den Couch-Tisch zu hoch gewesen wären. Ob das zutraf, konnte Aimée aus Ines nicht herausholen. Ines war seltsam kalt, wenn es um ihr altes Haus ging. Daß Ines jetzt dermaßen erbärmlich wohnte, erbärmlicher übrigens, als es nötig war, störte Aimée gesellschaftlich, nicht aber ästhetisch, beides Kategorien, von denen Ines sich inzwischen befreit hatte. Der Verlust ihrer Habe, noch mehr aber der Verlust der Gabe, einen jungen Mann für sich einzunehmen, war zuviel für ihre im Grunde kindlich gebliebene Seele gewesen. Durch die Verkehrung ihrer Empfindungen in ihr Gegenteil baute Ines einen Schutzwall gegen die Macht der Zerstörung: Es war nicht nur ärmlich in ihrem Zimmer, es war auch schmutzig dort, und es gab sogar Anzeichen dafür, daß nicht ungeschickt die Abscheulichkeit dieses Notquartiers durch die widersinnige Art, in der die delabrierten Möbel über den Raum verteilt waren, erst recht deutlich gemacht worden war. Der von Florence mit Schauder betrachtete Eisvogel zum Beispiel verstärkte den Eindruck der Kahlheit an der Wand, wo er in einem Verhältnis zur Tür und zum Fenster hing, das bei längerer Betrachtung Gleichgewichtsstörungen verursachte. So etwas beanstandete Aimée niemals. Sie vermutete vielmehr, die Photographie habe schon vor Ines' Einzug hier gehangen, und Ines sei eben zu souverän, in einem solchen Quartier, in dem ohnehin nichts zu retten sei, mit hilflosen kleinen Änderungen eine Art von Gemütlichkeit herzustellen.

Inzwischen war die Unterhaltung anregender geworden. Ines änderte die Taktik. Sie hatte gehofft, den Besuch der Korns als blanken Zufall hinstellen zu können, und mußte nun fürchten, daß ein Rencontre ihrer Freundinnen scheiterte, wenn es ihr nicht gelang, Aimée zum Bleiben zu bewegen. Sie begann daher, von den Korns zu erzählen, ohne ihren Namen zu nennen, und versuchte, sich dabei über Florence und Stephan ein wenig lustig zu machen, weil sie wußte, daß Aimée Spötteleien schätzte. Ines machte sich gar an ein komisches Porträt von Florence, beschrieb ihre Prüderie, ihren Reichtum, ihre Mutterinstinkte und ihr Aussehen: »Weißt du, hauchdünne Haut, sicher fünfundzwanzigmal geliftet, von weitem wie sechzehn, aus der Nähe siehst du dann das zerknitterte Seidenpapier, auch wenn sie geschminkt ist.«

»Das ist ja herrlich«, sagte Aimée, »wenn man sie umarmt, muß das ein Gefühl sein, als ob man ein Bündel raschelndes Papiergeld küßt.« Ines bedeckte mit der Hand ihre Augen, als seien ihr vor Lachen die Tränen gekommen. Sie erinnerte sich an den ersten Besuch ihrer Freundin und daran, daß sie aus den Augenwinkeln ein dickes Dollarpaket in ihrer Handtasche deutlich wahrgenommen hatte, was nicht erstaunlich war, denn sie kannte noch von früher Florence' Gewohnheit, niemals ohne einen Batzen Geld das Haus zu verlassen. Florence hatte die Tasche aber wieder zuschnappen lassen und war mit ihrem Geld verschwunden. Was Ines niemandem in Frankfurt übelnahm, verzieh sie Florence nicht, denn Florence hatte keinen Grund, sie zu verachten, weil sie keine Frankfurterin mehr war und sich deshalb Neigungen hätte gestatten können, ohne Rücksicht auf ihre gesellschaftliche Position zu nehmen.

Als es klingelte, hatten die Freundinnen schon viel über die Korns gelacht, und Ines sagte, als sie zur Tür ging: »Wehe, wenn du ein Gesicht machst. Wir müssen sofort wieder ernst werden«, worauf sie beide erst recht lachen mußten. »Nein, die Mama ist noch nicht da«, hörte Aimée Ines draußen auf dem Flur sagen, dann kam Stephan Korn in das verwahrloste Zimmer herein und sah Aimée in einem Sessel sitzen, den Pelz eng um sich gezogen und eine Meise beobachtend, die auf der Fensterbank Körner pickte.

Stephan hatte bis jetzt geglaubt, daß Aimée nicht mehr lebe. Seine Rückkehr in das Hotel Midi damals in Narbonne war nicht sein einziger Versuch gewesen, etwas über ihr weiteres Schicksal in Erfahrung zu bringen. Er hatte das Land freilich bald verlassen müssen, war aber dann mit einer Luftwaffeneinheit, zu deren Bodenpersonal er gehörte, vier Monate nach der Invasion wieder nach Frankreich gekommen. Von dem Unterpräfekten in Narbonne, der Aimée so gerne mit einem Paß behilflich gewesen wäre, erhielt er nur eine ungenaue, zugleich aber unheilschwangere Nachricht. Der Unterpräfekt, der sich genau an Aimée erinnerte, wußte, daß sie sich mit einem Deutschen zusammen einem Mann angeschlossen hatte, der Flüchtlinge auf Schleichwegen über die Grenze führte. Gerade diese Gruppe sei von einer Patrouille entdeckt worden, weil der vermeintliche Fluchthelfer in Wahrheit ein Spitzel der Besatzungsmacht war. Stephan kam diese Nachricht nicht unerwartet; er war darauf vorbereitet, seit er Aimée verlassen hatte, um sie aus seinem Leben auszumerzen. Die Ungewißheit, mit der sich der Beamte äußerte, weil er keinen Beweis für Aimées Tod hatte, kam Stephan nur als schonungsvolle Verschleierung der Wahrheit vor.

Die heimliche Überzeugung, Aimées Tod verursacht zu haben, entfaltete unterschiedliche Wirkungen bei ihm, die ihn je nach seiner Stimmung vollständig beherrschten. Natürlich gab es Tage, an denen er niedergeschlagen war, wenn er an Aimée und die letzte Nacht in Narbonne dachte. Er war oft genug davon überzeugt, die einzige Chance seines Lebens, nämlich die, Aimée zu heiraten, sinnlos vertan und noch dazu ein Verbrechen auf sich geladen zu haben, als er das schutzlose junge Mädchen in dieser gefährlichen Zeit allein zurückgelassen hatte. An solchen Tagen fühlte er, wie die Jahre, die seitdem verstrichen waren, eigentlich nur noch in einem Dämmern bestanden hatten. Er lag als Mumie in seinem mit kostbaren Gegenständen, mit Dienern, Pferden und Wagen wohlausgestatteten Felsengrab, mit dem einzigen Unterschied zu den einbalsamierten Leichnamen im Tal der Könige, daß er noch seine Augen bewegen und seine Ohren gegen die Geräusche nicht verschließen konnte, die von dem Fortgang einer Welt zeugten, an der er nicht mehr teilnahm. Stephan hatte sich an diesen Tagen der Melancholie sogar daran gewöhnt, Selbstverachtung zu empfinden, eine Regung, die dem Sohn von Florence eigentlich nicht anstand. Sein einziger Trost bestand in der Gewißheit, daß niemand jemals von dem Vorgefallenen erfahren würde, weil es sich in jenen chaotischen Zeiten zugetragen hatte, als jeder Mensch von Gefahren bedrängt war. Ein Mädchen aus dem Nirgendwo hatte seinen Weg gekreuzt und war ins Nirgendwo zurückgekehrt, und wenn er das bedachte, dann schien ihm die ganze Geschichte schon kaum mehr ganz wahr zu sein.

Es gab aber auch andere Tage, an denen ihn der Gedanke an den Tod Aimées und seine Schuld daran geradezu in Hochstimmung versetzte. Das waren die Tage, an denen er auch über Aimées Vorzüge ins Schwärmen geriet, dann erschien sie ihm als die bedeutendste Frau der Welt, nach Florence natürlich. Und eben diese Frau war dazu bestimmt gewesen, in seinem Leben eine gewisse Rolle zu spielen, bevor er sie wieder hinter sich ließ, denn selbst solch eine Göttin durfte Stephans Entwicklung nicht hemmen, es war ihr eben nicht vergönnt, sein Leben ganz auszufüllen, statt dessen war er dazu berufen, ihr Schicksal zu sein. Nach ihm war nicht mehr viel Raum in ihrem Leben für andere geblieben. Wer eine solche außergewöhnliche Frau als sein Opfer vorweisen konnte, der mußte selbst auch aus ganz ungewöhnlichem Holz geschnitzt sein, dieser Rückschluß lag für Stephan im Bereich des Denknotwendigen. Wenn ein Mensch wie er die Erde betrat, dann ging nun einmal manches zu Bruch, ein Leben wie das seine verlief nicht ohne Tragödien, aber es war selbst keine Tragödie; zu lustvoll schlugen Stephans Pulse, und zu reich gesättigt von der liebevollen Hingabe vieler Menschen war sein für seine schlanke Gestalt auffällig geräumiger Magen. Aimées Verschwinden hatte sie ganz in seinen Besitz gegeben, ohne daß sie weiterhin seine Kreise hätte stören können. Sie bedrückte ihn, und sie bereicherte ihn, und es ist ganz gewiß, daß sich Stephan meiner Tante nicht in der gleichen Weise zugewandt hätte, wenn er Aimée nicht vorher begegnet und durch sie mit dem Stolz belohnt worden wäre, den eine große tragische Liebesgeschichte dem glücklich daraus Entkommenen verleiht. Hinzu kam, daß der Tod Aimées Stephans Bedürfnis wachhielt, in den Genuß eines alles Alter hinwegschwemmenden Tauchbades zu gelangen, das ihn wirklich gereinigt entließe, und so hatte er mittlerweile seinen Entschluß, in Frankfurt zu bleiben, schon soweit vorangetrieben, daß er die Koffer nicht packte und überzeugt war, damit ein erstes Hindernis für die Abreise geschaffen zu haben.

Während Stephan Aimée starr vor Schrecken betrachtete, versäumte er die letzte Möglichkeit, schnell umzukehren und die Wohnung unter einem Vorwand sofort wieder zu verlassen. Vielleicht hielt ihn das Gefühl davon ab, daß es dafür nun zu spät sei. Daß Aimée noch am Leben war und auf ihn bei Ines Wafelaerts gewartet hatte, konnte von niemandem mehr beeinflußt werden. Die Welt war eine andere geworden. Stephan würde in ihr nichts mehr zu entscheiden haben. Er hatte vielmehr abzuwarten, was über ihn entschieden werden würde.

Jetzt wandte Aimée den Kopf und erkannte Stephan, der wie angewurzelt im Türrahmen stand. »Sieh da, Stephan Korn«, sagte sie. Ihre Stimme klang gleichmütig, aber sie war blaß geworden, was Stephan nicht bemerkte, weil er gegen das Licht sah.

Ines kam ins Zimmer und sagte: »Wie, ihr kennt euch?« Aimée antwortete nicht gleich und blickte Stephan weiter an. »O ja, wir kennen uns«, sagte sie dann, »das ist doch der Stifter meiner Ehe. Auch sonst ein großer Stifter. Wenn es zu schön wird, muß er stiftengehen.« Ines' Ahnungslosigkeit rettete die Situation nach außen hin. Sie war ganz aufgeregt über die Querverbindungen, die sich da unverhofft ergaben, und es entzückte sie, daß sie diese Verbindung zwar nicht selbst hatte vermitteln können, aber daß sie es einmal vorgehabt hatte, und im Triumph dieser Erinnerung erzählte sie ihren Gästen von diesem Plan aus den glücklichen Tagen vor dem Krieg, ihrem letzten Parisaufenthalt, der sich durch dies überraschende Erlebnis nun nachträglich vergoldete. Stephan und Aimée waren der Notwendigkeit enthoben, Konversation zu machen, nur Aimée mußte ein paar Antworten geben, denn Ines versuchte, nach den Reminiszenzen ihres verlorenen Paradieses, genauer herauszubekommen, wie Stephan nun wieder Aimées Ehe hatte stiften können.

»Er hat mich in Narbonne mit einem Vetter von Eddi bekannt gemacht«, sagte Aimée und sah Stephan dabei fest an. Sie sprach langsam und leise, wie ein Hypnotiseur, der durch seine verschleierte Stimme seine Sätze doppelt tief in das Gemüt des Schlafenden senken will. »Den könntest du auch noch kennen, Adolf Frey war das, ein rechter Vetter mütterlicherseits von Eddi. Das war ein Hase, ein tapferer Hase. Er ist den Hasentod gestorben, beim Zickzack-Laufen durch die Macchia. Das paßte zu ihm. Ich werde den Tod einer Löwin im Zoo sterben. Du«, und ihr Blick wich nicht von Stephans Gesicht, »stirbst wie ein altes Schlachtroß, das man nicht auf den Schlachthof gibt.«

»Und er?« fragte Ines, die solche Spiele liebte. »Oh, er«, sagte Aimée, »ach, das weiß ich nicht. Ich kenne ihn eigentlich nicht genug. Vielleicht habe ich auch vergessen, wie er war. Es kam manches Widersprüchliche vor.«

Stephan saß steif in einem durchgesessenen Sessel. Der Schweiß stand ihm auf seiner Stirn. Er hörte kaum zu, auch wenn Aimée etwas Böses sagte, das halb in seine Ohren drang, gegen das er sich aber nicht einmal in seinem Innern zur Wehr setzte. Er dachte einen einzigen Satz, den er beständig wiederholte und der ihm vorkam, als habe er sein Leben lang auf ihn gewartet: Alle werden es erfahren, alle wissen es.

Es war ihm, als führe er einen Befehl von Aimée aus, als er

sich schließlich erhob und zu Ines sagte, mit der Abreise sei noch viel vorzubereiten, sie solle Florence, wenn sie komme, zu ihm ins Hotel schicken. Aimée blieb sitzen, als Stephan mit willenlosen Schritten aus dem Zimmer tappte; er hatte den Kopf demütig gesenkt, er wagte nicht, sich umzusehen, als ob er durch ein freies Umherschweifen der Augen den allgemeinen Zorn gegen sich zum Ausbruch brächte.

Ines bemerkte jetzt, daß eine Spannung im Raum war, und sah unruhig zwischen Stephan und Aimée hin und her, schwieg aber, bis Stephan draußen war, denn sie fürchtete Szenen.

»Sag mal«, fragte sie dann vorsichtig die vor sich hinsinnende Aimée, »war da mal was zwischen euch? Ich meine, habt ihr...?«

Aimée wachte aus ihren Träumen auf, räkelte sich in ihrem Pelz, machte kleine Augen und sagte: »Weißt du, Stephan Korn ist wie ein Schnupfen. Man hat ihn, und eines Tages ist man ihn wieder los.«

Weil Stephan von seiner Mutter ein Talent zum »kleinen Glück« geerbt hatte, schlug es ihm nun zum Guten aus, daß er seine Koffer noch nicht gepackt hatte. Wie bei Florence ergab sich für ihn die reine Organisation des Lebens gewöhnlich mühelos. Wenn Stephan sich versehentlich doppelt verabredet hatte, wurde eine der beiden Personen ganz gewiß krank, wenn er zu spät zum Flughafen kam, hatte das Flugzeug ebenfalls Verspätung, und wenn ihm eine Frau die Freundschaft aufkündigte, hatte er am Tag davor schon eine andere kennengelernt. So mußte er auch jetzt Florence keine langen Erklärungen abgeben, als er sie auf der Treppe traf. Und als sie hörte, daß er noch zu packen habe, machte sie ihm nicht den kleinsten Vorwurf, sondern entschied schnell, daß sie unter diesen Umständen auf jeden weiteren Besuch verzichte, um ihm zu helfen. Mit meinen Eltern und mit Ines konnte sie ebensogut auch telephonieren. Sie ahnte sofort, als sie ihn sah, daß etwas vorgefallen war, das ihn erschüttert haben mußte. Sie war sich nur nicht darüber klar, ob dies ihr unbekannte Ereignis der Abreise förderlich sein werde, und nahm sich vor, Stephan bis zum Flughafen nicht mehr aus den Augen zu lassen.

Niemals war sie einfühlsamer, als wenn sie ahnte, daß sie in bezug auf Stephan wachsam sein mußte. Stephan sah sie dankbar an, während sie im Auto fuhren und Florence sich mit selbstverleugnender Disziplin jeder Frage enthielt. Sie konnte ihr Glück kaum fassen, aber sie war niemals ein Backfisch gewesen, der unvorsichtig von der Erfüllung seiner Träume schwärmt. Alles würde sich aufklären, wenn Stephan erst wieder zu Hause war. Vielleicht wäre eine Erklärung aber auch gar nicht nötig. Es gab Situationen im Leben, die sich von selbst erledigten, weil man lange genug darüber geschwiegen hatte. Florence fühlte große Schweigenskräfte in sich, genug, um Stephan ein für allemal gewachsen zu sein, wenn Tiroler einmal nicht mehr da wäre. Sehr behutsam legte sie ihre magere, energische Hand auf die von Stephan, die neben ihr auf dem Polster lag. Sie hielt den Atem an, studierte angelegentlich die Straßenschilder, die draußen vorbeisausten, und wartete. Tatsächlich geschah nichts, Stephan zog seine Hand nicht weg, in der Kurve sank er sogar ganz leicht auf ihren Arm, immer noch nach vorn starrend, in der Sphäre seiner Träume aber längst vertrauensvoll ihrem Schutz ergeben.

Wir hörten niemals mehr etwas von Stephan, worüber meine Eltern sich nicht wunderten. Sie selbst schrieben keine Briefe und betrachteten Bekanntschaften gern unter dem Aspekt des Zufalls. Nicht einmal die späte telephonische Absage aus dem Hotel beunruhigte sie besonders, im Gegenteil, meine Eltern waren sogar erleichtert, denn sie enthob sie der Sorge, was man bei der Mahlzeit mit meiner Tante hätte anstellen sollen.

Der Monsignore, der zum Essen erschien, war kein so heikler Gast wie Florence. Im übrigen war er eingeweiht, und außerdem verpflichtete ihn sein geistlicher Stand ohnehin zur Nachsicht gegenüber den Armen im Geiste. Er war aufgekratzt, als er eintraf, verbarg seine Enttäuschung, Florence, von der er so viel gehört hatte, nun doch nicht kennenzulernen, mit der verständnisinnigen Bemerkung, wer eine so weite Reise tun wolle, der müsse sich schonen, und er sah zufrieden aus, als die Ankündigung meiner Mutter, es werde heute aber nur ein ganz einfaches Essen geben, weil sie im Grunde nicht mit vielen Gästen gerechnet habe, nicht ausschloß, daß ein großes Stück Suppenfleisch in der Terrine mit klarer Gemüsesuppe lag, gekochtes Rindfleisch schätzte er über die Maßen. Zu meinem Vater sagte er, er habe festgestellt, wie sehr die Begriffe der Fortuna maior und der Fortuna minor, die doch aus ganz unchristlichen Bereichen stammten, in Wahrheit mit den Prinzipien der asketischen Praxis übereinstimmten; nur wer im kleinen zu verzichten wisse, erhalte die großen geistlichen Geschenke. »Ein spirituelles Grundwissen ist allen Kulturen gemeinsam«, schloß er voller Bonhomie und pustete auf den heißen Suppenlöffel, »und wir existentiellen Katholiken haben ohnehin immer etwas Paganes.«

Eichhorn stand unter der Zwangsvorstellung, daß man von ihm eine mit bedeutenden Bemerkungen gespickte Unterhaltung als Gegengabe für das angebotene Mittagessen erwartete. Kaum saß er, da quälte ihn schon die Angst, es breite sich Enttäuschung über seine Schweigsamkeit aus, die Gastgeber machten schon lange Gesichter und bereuten im stillen bereits die Einladung, von der sie sich erheblich mehr versprochen hatten. Meine Mutter verstimmte gerade diese Angewohnheit des Seelenführers; in dem Groll, den sie auch gegen die entsprechenden Gesprächsgegenstände meines Vaters hegte, wurde sie schließlich von der fixen Idee ergriffen, auf jeden Fall eine Verständigung der beiden Männer zu verhindern, deren Neigung zu unverständlicher Literatur binnen kurzem dazu führte, daß sie selbst kein Wort mehr würde sagen können.

»Nicht jetzt schon reden«, sagte meine Mutter mit gespielter Strenge, unter der die echte Ungeduld kaum verborgen war, »man muß essen, solange die Suppe heiß ist.« Wäre sie nicht damit befaßt gewesen, das mit Petersilienblättchen behaftete Fleisch aus der Terrine zu heben und auf einem Teller zu zerschneiden, hätte sie vermutlich auch noch erklärt, es enthalte eine Ungehörigkeit gegenüber der Köchin, wenn man ein Essen kalt werden lasse, eine Äußerung, die jedesmal die Illusion fröhlicher Entschiedenheit zerstörte und in ihrer Schärfe weit über das von ihr beabsichtigte Ziel hinausschoß. Mein Vater aß daraufhin gar nichts mehr, Disharmonie wäre aufgekommen, wenn nicht der

Monsignore, der seitens seiner Haushälterinnen viel erschreckendere Auftritte gewohnt war, mit einer Stimme, die lebenslange Dressur durch diese Frauen verriet, meine Mutter angesprochen und ihre Bouillon in den höchsten Tönen gepriesen hätte. In seinem ganzen Betragen zeigte er, daß er die Rangordnung, nach der die Kirche ihre Stärke zunächst in den Frauen zu bestätigen habe, begriffen hatte und daß er in Zukunft nicht nur dem Hausherrn, sondern vor allem auch der Hausfrau gerecht zu werden sich bemühen wolle. Meine Mutter nahm das Lob wie immer in vollständiger Naivität auf, als könne es nicht im geringsten Zusammenhang mit ihrem Fauchen stehen, sondern als sei es das Überquellen eines vom Staunen überwältigten Herzens. Sie liebte es, an einer solchen Stelle Rezeptmitteilungen zu machen, und schloß dann stets mit dem Geständnis, daß sie selbst sich noch nie in ihrem Leben an ein Rezept gehalten habe, sie koche rein nach ihrer Eingebung, habe so ihre eigenen Methoden, die besser zu ihr paßten als die Regeln der Kochbuchautoren, und sei selbst stets am meisten überrascht, wie ungewöhnlich gut ihr die Speisen gelängen. Sie sprach nicht anders, als es möglicherweise einer der Evangelisten getan haben könnte, wenn er dazu aufgefordert worden wäre, die Wirkung der Verbalinspiration zu beschreiben, und sie unterließ es zu beachten, daß sie sich, sowie ihr gelungen war, das Wort zu erobern, keineswegs anders zu verhalten dachte, als es der Monsignore und mein Vater taten. Die Männer hatten ihr von Jugend auf das Predigen vorgemacht, und sie konnte nun einmal der Versuchung nicht widerstehen, das Predigtamt, wenn sie es einem Mann entreißen konnte, ungesäumt selbst auszuüben.

Auf einmal stand meine Tante am Tisch. Sie trug ihr Nachthemd und hatte die Baskenmütze aufgesetzt und man sah, wie voll ihre Arme waren, die nackt an ihrem Körper herunterhingen. Sie war sehr ungehalten. Ich glaubte, sie habe geschlafen und sei durch unsere Unterhaltung geweckt worden.

»Wo ist Stephan?« fragte sie mit erhobener Stimme.

»Stephan ist nicht gekommen«, sagte mein Vater, »er hat abgesagt, er ist schon auf dem Weg nach Hause.«

Meine Tante ballte die Fäuste und rief: »Das stimmt nicht. Ihr versteckt ihn hier, er sitzt unter dem Tisch, ich höre ihn doch die ganze Zeit sprechen.« Sie machte dabei keine Anstalten, etwa unter dem Tisch nachzusehen, sie bückte sich nicht, sondern sah uns nur mit flammenden Augen an und forderte eine Antwort auf ihre unerhörte Anschuldigung, es war, als erhebe sie ihre Klage nur, um von uns eine Antwort darauf zu erhalten. Was sie erhielt, konnte ihr freilich nicht genügen. Die freundlichen Appelle des Monsignore und meines Vaters an ihre Vernunft ließen sie weiß werden vor Wut. Ihre Stirnader trat wie ein Muskel über der Nasenwurzel hervor.

Meine Mutter fand das richtige Wort; ein Wort aus der Sphäre, nach dem ihre Schwester so heftig verlangt hatte. »Stephan ist im Bett«, sagte meine Mutter im selbstverständlichsten Tonfall von der Welt, »geh du auch ins Bett.« Meine Tante hörte meiner Mutter mit offenem Mund zu. Dann entspannte sich ihr Gesicht, sie lächelte und ging, ohne sich umzuwenden, barfuß in ihr Zimmer zurück. Wir hatten diese Gabe meiner Mutter schon bei Genofefa Hauff kennengelernt, sie blieb dennoch erstaunlich. Die Tischgesellschaft schwieg befangen und sah auf ihre Suppenteller hinab.

Sein gesellschaftliches Pflichtgefühl ließ Monsignore Eichhorn die Stille unterbrechen und das Gespräch wieder in allgemeine Bahnen lenken. »Ich habe in der letzten Zeit wieder viel über die Erbsünde nachgedacht«, sagte er und wandte sich liebenswürdig meinem Vater zu, als wolle er ihm sagen: »Ich habe in der letzten Zeit viel über Ihre Cousine Ilse nachgedacht.« Mein Vater hatte eine Art, Aufmerksamkeit zu bezeigen, die der Redewendung »die Ohren spitzen« sehr nahe kam, da er dabei die Augenbrauen in die Höhe zog und zugleich die Ohren nach hinten bewegte, so daß ich immer glaubte, in dieser Bewegung der Ohren liege der Beginn ihres Spitzwerdens. Meine Mutter erhob keinen Einspruch gegen diese Worte, da sie noch an den Auftritt meiner Tante dachte und vielleicht auch glaubte, der Priester wolle auf dem Weg über die Erbsünde etwas Erläuterndes zu dem Verhalten meiner Tante sagen. »Die Widerstände, die der moderne Mensch gegen den Gedanken der Erbsünde empfindet, sind doch ganz engstirnig«, fuhr er fort, »die Erbsünde ist ja auch gar kein originär christlicher Gedanke. Bei den frommen Juden ist zum Beispiel die erste Sünde jedes Menschen der Tritt, den er als Säugling der Brust seiner stillenden Mutter versetzt – im Grunde doch ein ganz ähnlicher Gedanke.«

»Was für ein Unsinn«, sagte meine Mutter, die jetzt bemerkte, daß der Monsignore gar nicht über meine Tante reden wollte, und der der Begriff der Erbsünde nicht dadurch plausibler wurde, daß sich in anderen Religionen etwas ähnliches finden sollte. »Ein Kind tritt doch seine Mutter nicht auf die Brust.«

»Natürlich tritt ein Kind seine Mutter auf die Brust«, sagte mein Vater, »sicher nicht absichtlich, aber darauf kommt es doch hier nicht an. Das ist symbolisch gemeint.«

»Ein Kind strampelt, aber tritt nicht«, sagte meine Mutter, »solche Symbole sind zu hoch für mich.«

Die Stimmen verwirrten sich. Der Priester und mein Vater versuchten gemeinsam, meiner Mutter zugleich recht und unrecht zu geben, meine Mutter hingegen verwahrte sich mit wachsender Heftigkeit dagegen, gemaßregelt und, wie sie sagte, mit Gewalt überzeugt zu werden. Es gab noch andere Dinge zu essen an diesem Mittag, die Stimmen dämpften sich bald, weil man fürchtete, meine Tante zu beunruhigen und wieder aus ihrem Zimmer herauszulocken.

Die Unruhe, die sich um meine Tante und um Stephan Korn verbreitet hatte, war mir nicht verborgen geblieben. Ich spürte wohl, daß sich zwischen den beiden etwas entwickelt hatte und daß diese allmähliche Entwicklung ein reißender Strom geworden war, der in einem Wasserfall endete, und ich merkte auch, daß Stephans Abreise und dann bald danach auch die Abreise meiner Tante etwas Irreversibles enthielten. Stephan war nun in Amerika, weiter weg als auf dem Mond, den ich jedenfalls noch sehen konnte, wenn er über den Kastanien des Hinterhofes aufging, und meine Tante schlug hinfort in einem Haus ihren Wohnsitz auf, in dem, wie mir meine Eltern versicherten, »gute

Menschen« für sie sorgen würden. Dennoch weigerte ich mich, von diesen beiden Freunden Abschied zu nehmen. Wer sich wie sie einen festen Platz an unserem Tisch erobert hatte, war auch verpflichtet, ihn zu behaupten, indem er ihn täglich neu einnahm.

Jeden Tag, nachdem Stephan und meine Tante hintereinander verschwunden waren, fragte ich meine Mutter, ob sie heute nicht doch wieder zum Essen kämen, und meine Mutter, die die Unerfüllbarkeit meines Wunsches kannte, die mich aber zum Schweigen bringen wollte, sagte dann: »Sie sind eingeladen, aber sie kommen vielleicht doch nicht.«

»Kommen sie, oder kommen sie nicht?« fragte ich dann.

»Sie kommen«, sagte meine Mutter, hackte mit ihrem Küchenmesser eifrig auf den Kräutern herum und fügte genauer werdend hinzu: »Sie kommen *vielleicht*.«

Nachwort

›Das Bett‹ ist mein erster Roman, aber kein Jugendwerk. Als ich 1980 mit der Arbeit an diesem Buch begann, hatte ich, bereits etwas verspätet, meine juristische Ausbildung abgeschlossen. Was ein Roman sei, meinte ich zu wissen, weniger aus den Definitionen der Literaturtheoretiker, als aus meiner Lektüre der Romane des 19. und 20. Jahrhunderts. Deren Autoren sind oft für eine denkbar widersprüchliche Ausgangsposition beim Schreiben ihrer Bücher bekannt. Zum einen sind ihre Romane mit autobiographischem Material derart gesättigt, daß mancher Leser sie als veritable Autobiographien zu verstehen – oder mißzuverstehen – geneigt ist; zum anderen weisen sie vielfach und eindringlich auf die Prävalenz der Form in ihren Werken hin. Einer strengen Formvorstellung kann man aber einen Stoff eigentlich nur unterwerfen, wenn er in seinem Ablauf zur Disposition steht, und das tut das eigene Leben bekanntlich nicht. Wenn autobiographisches Material zurecht gedreht und passend gemacht wird, um das Gerüst einer abstrakten Form zu bekleiden, kann von Autobiographie eigentlich nicht mehr gesprochen werden.

Autoren, die in ihre Autobiographie eingreifen, können dafür die unterschiedlichsten Motive haben. Dabei ist der naive Wunsch, das eigene Leben und die eigene Person aufregender darzustellen als sie sind, sicherlich am ehesten zu vernachlässigen, denn sein Ergebnis ist beinahe jedem offensichtlich. Aber es bedeutet auch schon eine ernste Verfälschung des Tatsächlichen, wenn man aus einem weiter andauernden Leben Episoden herauslöst, als handle es sich um abgeschlossene Erzählungen, wo doch jedes, auch das bescheidenste Motiv eines Lebens, seinen bestimmbaren Platz in der biographischen Architektur erst mit dem Tod einnehmen kann. Dennoch liegt vielen Romanen eine solche Anekdotisierung des Lebens zugrunde.

Auch ›Das Bett‹ hat einen Anekdotenkern: Der heimkehrende Emigrant, der seine Amme suchte, um sich wieder zu ihr ins Bett zu legen, war eine Gestalt meiner Kinderjahre. Was das Ziel dieses Mannes in Deutschland war, hat man mir freilich erst viel später gesagt. Seine seltsame Lebensgeschichte erfuhr ich, als mir sein Bild nur noch als ferne Jugenderinnerung vor Augen stand. Was ich von diesem Mann wirklich wußte, was ich auf eine sich tief in die kindliche Phantasie gesenkt habende Weise von ihm aufgenommen hatte, waren nur einige wenige Bilder, die sich zusammenhanglos aneinander reihten.

Als wir zum Beispiel als kleine Kinder auf das Erscheinen des Nikolaus' warteten, der sich mit bedrohlichem Rumpeln angekündigt hatte, öffnete sich unversehens die Tür, und herein trat nicht der Gottvater im Wattebart, den wir gewärtigten, sondern ebender Mann, der im ›Bett‹ Stephan Korn heißt, mit seiner weißen Glatze und seinem schmalen hocheleganten schwarzen Anzug, und hielt ein gemessen an unserer Körpergröße riesengroßes Lebkuchenhaus vor sich. Ich erinnere mich, daß meine Überraschung noch größer als das Hexenhaus war; in das Staunen war aber auch Enttäuschung gemischt, daß der rotgewandete Richter nicht auftrat, und zugleich Glück über die luxuriösen Ausmaße des Hexenhäuschens. Welche Gewalt Stephan Korn vor den Nikolaus geschoben hatte, blieb unklar, aber daß hinter verschlossener Tür eine geheimnisvolle Rochade stattgefunden hatte, lag auf der Hand. Ein noch wichtigeres, noch eindringlicheres Bild, das mit Stephan Korn verbunden ist, hing mit einem Ausflug zusammen, zu dem er meine Familie in sein großes schwarzes Automobil einlud. Es ging nach Würzburg, die in den fünfziger Jahren noch deutlich vom Krieg gezeichnete Stadt mit ihrer berühmten, damals teilweise ausgebrannten bischöflichen Residenz. Der Tag ist mir als düster in Erinnerung. Wir standen allein auf dem Schloßplatz, der von dem bedrohlich wirkenden, rußgeschwärzten Balthasar-Neumann-Bau begrenzt wurde. Was machte mir das Bild einiger weniger Menschen, die sich in der zugigen Leere vor den dunklen Gebäudemassen verloren, derart einprägsam? Ich kann es bis heute nicht sagen. Die Eindringlichkeit solcher Bilder gleicht denen der Träume; was für den Träumenden ein quälendes Rätsel enthält, ist für alle anderen bedeutungslos und banal. Für mich aber wurden solche Erinnerungssplitter mit ihrem nur für mich unausschöpflichen Reiz zum eigentlichen Kern meines ersten Romans. Ich glaube übrigens, daß viele Romane und Gedichte solche Kerne haben, die dem Leser meist verborgen bleiben werden. Die Unmöglichkeit, mir den eigentümlich wehen, lustvollen Reiz dieser Bilder zu erklären, brachte mich auf eine andere Methode, mich mit ihnen zu beschäftigen. Ich behandelte sie wie kleine erhaltene Stellen eines großen, weitgehend verlorengegangenen Mosaiks, deren Umfeld es zu rekonstruieren galt. Ich fragte mich, wie der größere Zusammenhang aussehen müsse, in den diese meine wahllos aufbewahrten Erinnerungsbilder sich plausibel einfügen könnten. Was aus sich heraus nicht zu erklären war, sollte sich durch seine Einbettung in eine Geschichte erklären, oder besser in eine Atmosphäre, die dem bewahrten Bild etwas Selbstverständliches oder Bedeutungsvolles verlieh. Bei diesem Verfahren erlebte ich, wie mir der Stoff der Autobiographie tatsächlich sehr schnell zum bloßen Material wurde. Ich ging damit um, wie ich es gerade brauchte, um die stummen, vieldeutigen Bilder, die mich zum Schreiben bewegt hatten, zum Sprechen zu bringen. Die paradoxale Lage entstand, daß ich, um den mich beunruhigenden Motiven meiner Biographie näherzukommen, diese Autobiographie bedenkenlos umstellte und verfälschte.

Verfälschen, um der Wahrheit von etwas näher zu kommen, das sich der einfachen Mitteilung verweigert, ist vielleicht ein Wesenszug der Literatur. Ihre fiktiven Paläste müssen in ihrem Innersten von einem realen Ungeheuer bewohnt sein wie von einem Minotaurus im Labyrinth des Königs Minos. Das Erfundene und Fabulierte muß sich um einen festen Kern herumspinnen, um ein anderes Bild zu gebrauchen, das immer schon mit der Literatur in Verbindung gebracht worden ist. Das Überraschende besteht in dem Ergebnis, daß gerade das Luftige und Unsolide, das bloß phantasierte Drumherum das von ihm Verhüllte und Verborgene erst eigentlich sichtbar macht. Nach neunzehn Jahren erkenne ich die stummen Bilder, die mich damals zum Schreiben angeregt haben, deutlich wieder, aber ihre Wirklichkeit strahlt nun auf die sie tragende Geschichte des Romans herüber und suggeriert mir, es habe sich wirklich alles genauso zugetragen, wie ich mir das einst ausgedacht habe. Wenn das Gefühl solcher Wirklichkeit sich auch beim Leser, den mein Erinnerungszauber nicht interessieren muß, einstellt, hätte dies Buch sein Ziel erreicht.

Es trifft sich, daß die Lektorin des Hoffmann & Campe Verlages, die sich beim ersten Erscheinen des Buches gegen viele Widerstände mit ganzer Kraft für ›Das Bett‹ engagiert hat, Jutta Siegmund-Schultze, an dem Tag, an dem ich diese Zeilen schreibe, zu Grabe getragen wird. Karl Corino hat mir bei der Durchsicht des Buches viele wertvolle Hinweise gegeben. Beiden gilt mein großer Dank.

M. M., Frankfurt am Main, den 13.8.2002